W0368095

Thomas Sanders

Todeszone

Thomas Sanders

Todeszone

Die spektakulären Operationen einer deutschen Eliteeinheit. Ein Topagent packt aus

HEYNE

Titel der englischen Originalausgabe: *The Playground.*
Die Originalausgabe erschien bei Bantam Press, a division of
Transworld Publishers.

Umwelthinweis:
Dieses Buch wurde auf chlor- und säurefreiem Papier gedruckt.

Copyright © 2003 by Thomas Sanders, Greyfar Ltd and Betablade Ltd
Copyright © 2003 der deutschsprachigen Ausgabe by
Ullstein Heyne List GmbH & Co. KG
Wilhelm Heyne Verlag
Heyne ist ein Verlag des Verlagshauses
Ullstein Heyne List GmbH & Co. KG
Die in »Todeszone« geschilderten Ereignisse entsprechen den Tatsachen.
Die Namen der handelnden Personen und mancher Orte wurden jedoch
aus Sicherheitsgründen geändert.
Aus dem Englischen von Gertrud Bauer
Gesetzt aus der Aldus und Syntax bei
Franzis print & media, München
Druck und Bindung: Ebner & Spiegel, Ulm
Printed in Germany

ISBN 3-453-86924-9

Für einen Freund, der es nicht geschafft hat.

Prolog

Hinter dem eintönigen Hin und Her der Scheibenwischer erschien im Scheinwerferlicht das Tor wie eine eiserne Mauer. Es füllte die Frontscheibe unseres Zil aus.

Ich kurbelte das Fenster herunter. Die Außenluft war dick und roch nach Schwefel. In den feinen Tröpfchen des Nieselregens, die vor den Lagerlampen herumwirbelten, konnte man den Schmutz sehen.

Das Hochsicherheitsgefängnis Rummelsburg. Drei Uhr morgens. Wir lagen genau im Zeitplan.

Vor dem Tor stand ein Wachposten. Er ging auf unser Auto zu, aber als er mich sah und meinen Rang erkannte, kehrte er um und lief zum Türöffner.

Ich warf einen Blick zu Andy hinüber, aber der schaute starr geradeaus, die Hände fest am Lenkrad.

Es gab kein Zurück mehr. Wir mussten rein und den Kerl rausholen.

Das Tor schob sich langsam hinter die Mauer zurück. Wir konnten das Rumpeln von Kurbeln und Zahnrädern direkt fühlen.

Vor uns lag ein zweites Tor, genauso groß wie das erste, aber diesmal war es ein Gittertor. Ich blickte zur Seite und sah durch ein Fenster zwei weitere Wachen in einem neonbeleuchteten Raum, so nahe bei Andy, dass er sie beinahe hätte berühren können. Das Tor hinter uns schloss sich. Wir waren eingesperrt wie Vögel im Käfig.

Eine der Wachen kam heraus und salutierte. Ich erwiderte den

Gruß. Andy reichte unsere Papiere zum Fenster hinaus. Der Wachposten verschwand im Büro und wir folgten ihm mit den Augen.

Der Rhythmus des Scheibenwischers dröhnte mir im Kopf.

Die Tür ging auf und hartes weißes Licht fiel heraus. Der Wachposten ging vorne um unser Auto herum und händigte mir die Papiere aus.

»Was soll denn das heißen?«, fragte ich, indem ich auf seine Stiefel zeigte. Ich schaute ihm ins Gesicht. Er war um Worte verlegen, aber ich konnte sehen, was in ihm vorging. Ein Offizier der Nationalen Volksarmee war für diesen Mann ein Gott. Und er hatte Dreck an den Stiefeln.

Er wusste nicht, wo er hinschauen sollte, und schlug die Augen nieder.

»Verdammt noch mal, schauen Sie mich an, wenn ich mit Ihnen rede!«

Die Atmosphäre im Zil war aufs Äußerste angespannt. Ich konnte sie wie Elektrizität spüren und meine Nackenhaare richteten sich auf. Das war alles nicht vorgesehen gewesen.

»Putz sie oder du wirst mich kennen lernen!«

Der Posten nahm Haltung an und trat zurück.

Ich schloss das Fenster und hörte, wie Chris hinter mir unterdrückte Flüche ausstieß.

Ich sagte nichts. Wenn ich es zu weit getrieben hatte, würden wir es nur zu bald merken.

Das zweite Tor begann sich zu bewegen.

Andy legte den Gang ein und fuhr ins Lager. Er bog scharf rechts ab, dann links.

Genau wie man es uns gesagt hatte, strichen unsere Scheinwerfer über die Tür des Gebäudes, in dem unser Mann saß.

Andy rangierte und parkte den Zil so, dass er in der Richtung stand, aus der wir soeben gekommen waren. Sein Auftrag war, im Auto auf uns zu warten.

Chris und ich stiegen aus und zogen unsere Uniformen zurecht; ein NVA-Offizier und sein Feldwebel auf dem Weg zu Routineverhören von Gefängnisinsassen.

In einiger Entfernung begann ein Hund zu bellen. Ein paar Kilometer weiter, in Westberlin, waren bestimmt noch nicht alle Partys zu Ende. Aber hier im Osten herrschte Grabesstille.

Ich ging zur Tür und drückte auf die Klingel. Ich hörte ein Klicken. Ich griff nach der Klinke und wir traten in den Zellenblock.

Innen roch es nach Feuchtigkeit und Verfall. Die Wände, einst weiß, waren mit Schimmel bedeckt. Zum Teil waren die Schimmelflecken blasig aufgeworfen und bröselten von der Wand. Das Licht einer schwachen Glühbirne ließ gerade noch die Pfützen am Boden erkennen.

Geradeaus starrte mir eine eiserne Gittertür entgegen. Wir standen in einem kleinen Warteraum, etwa vier auf zwei Meter groß, der von den Zellen getrennt war. Rechts von uns war eine fensterartige Luke in die Wand eingelassen. Ich blickte durch die Scheibe in eine kleine Schreibstube, in der zwei Wachen saßen und miteinander redeten. Einer rauchte eine Zigarette. Als er mein Gesicht im Fenster sah, drückte er sie schnell aus. Beide sprangen auf.

Noch ein Blick auf Chris und ich öffnete die Tür. Die Wachen standen in Habachtstellung, als wir eintraten. In dem Raum gab es einen einzigen Schreibtisch, zwei Stühle und einen Schrank, alles aus Metall und grau angestrichen. Boden und Wände waren aus Beton. Die Luft war zum Schneiden dick und roch leicht nach Urin.

Ich gab unsere Papiere dem, der am nächsten stand, und beobachtete sein Gesicht, während er sie prüfte. Die Stille war erdrückend. Irgendwo über unseren Köpfen wurde eine Toilette gespült.

Der Wachposten gab die Papiere zurück und griff zum Telefon. Ich drehte mich dem anderen zu.

Unsere Blicke trafen sich und er wandte die Augen ab. Er war ein junger Kerl, direkt von der Schulbank. Ungefähr so war ich auch gewesen, bevor dieser ganze Scheiß anfing.

Der Rekrut beugte sich vor, holte einen Schlüsselbund aus der obersten Schreibtischschublade und ging aus dem Zimmer. Ich warf Chris einen Blick zu und folgte. Hinter uns hörten wir, wie der Wachhabende seinen Kollegen im ersten Stock Bescheid gab, dass wir auf dem Weg nach oben waren.

Der Rekrut ging hinüber zu einer anderen Gittertür, den Schlüsselbund in der Hand. Er brauchte eine Weile, bis er den richtigen Schlüssel gefunden und ins Schloss gesteckt hatte.

Ich wartete, bis ich das Schloss knacken hörte und die Tür aufgehen sah. Dann streckte ich den Arm aus, griff ihm von hinten ans Kinn und drehte ihm den Kopf um volle 120 Grad auf den Rücken.

Ich hörte deutlich, wie Muskeln und Bänder vom Rückgrat abrissen, dann knackte es direkt unter der Schädelbasis. Ich wartete, bis der Tote schwer in meine Arme sank, dann ließ ich ihn sanft zu Boden gleiten.

Ich spürte Chris neben mir, blickte zurück und sah durch die offene Tür den anderen Wachposten auf seinem Stuhl sitzen, das Kinn auf der Brust. Er sah aus, als schliefe er.

Als wir den dritten Stock erreicht hatten, waren alle acht Wachen tot, und die Zeit rannte.

Wir fanden den Ring mit dem Hauptschlüssel und einem Dutzend anderen an einem Nagel an der Wand. An jedem Schlüssel hing ein hölzerner Anhänger mit einer Nummer. Ich ging schnell die Schildchen durch, bis ich die Nummer 308 fand.

Ich schaute den Gang entlang. Auf jeder Seite lagen sechs Zellen. Die einzige Neonröhre summte leise und man hörte Bewegungen.

Ein Gesicht mit Bartstoppeln und tief in den Höhlen liegenden Augen erschien hinter der ersten Gittertür und zog sich schnell wieder ins Dunkel zurück. Der nächtliche Besuch eines Volksarmee-Offiziers konnte nur eines bedeuten.

Ich ging den Gang entlang und spähte zwischen den Stangen hindurch in die Zelle Nummer 308. Eine Gestalt kauerte in der Ecke gegenüber dem Bett.

Ich steckte den Schlüssel ins Schloss und drehte ihn um. Dann zog ich die Tür auf. Ich ging in die Zelle; Chris folgte. Die Gestalt in der Ecke rührte sich nicht.

Chris betrachtete den Mann und nickte. Das Gesicht war magerer und die Haare waren grauer und kürzer als auf den Phantombildern. Aber es war Lehmann, Erich Lehmann, daran bestand kein Zweifel.

Ich senkte die Stimme zu einem Flüstern. »Wir sind aus dem Westen. Sag nichts. Wir sind hier, um dich rauszuholen.«

Lehmann schüttelte den Kopf.

Ich kniete nieder, so dass unsere Augen auf gleicher Höhe waren. »Es ist wahr, Sie können es glauben. Wir bringen Sie raus. Wenn Sie schreien oder eine falsche Bewegung machen, dann schlage ich Sie nieder und trage Sie hinaus. Verstanden?«

Diesmal ein schwaches Nicken. Gut. Klar, Lehmann reagierte auf Befehle. Ich streckte die rechte Hand aus und er umklammerte sie mit beiden Händen. Ich legte die linke Hand darüber und zog ihn in die Höhe. Den Arm um seinen Taille gelegt, half ich ihm aus der Zelle. Dann übergab ich ihn an Chris.

Als Lehmann die Wachen mit dem Gesicht nach unten auf dem Boden liegen sah, zuckte ein Schimmer von Verstehen über sein Gesicht.

Ich schloss die Haupttür und sperrte sie ab. Dabei registrierte ich Bewegung in den anderen Zellen. Das Gesicht mit den eingesunkenen Augen starrte mich wieder an. Diesmal zog es sich nicht ins Dunkel zurück.

Ich schleuderte den Schlüsselbund in den Gang zwischen den Zellen. Er lag außer Reichweite der Gefangenen, aber die verzweifelten Männer würden sich schon etwas ausdenken. Ein Häftlingsausbruch wäre vielleicht genau die Ablenkung, die wir brauchten.

Im Erdgeschoss holte ich Chris und Lehmann ein.

»Draußen steht ein Zil«, sagte ich. »Wenn ich diese Tür aufmache, gehen Sie direkt darauf zu, steigen in den Kofferraum und legen sich hin. Dann fahren wir zur Mauer. Wir brauchen höchstens dreißig Minuten. Und kurz darauf sind wir wieder im Westen.«

Lehmann nickte, aber seine Augen waren die eines Toten.

Ich legte ihm die Hand auf die Schulter. »Los jetzt. Kommen Sie.« Ich öffnete die Tür und wir traten hinaus.

Andy wartete. Der Kofferraum stand offen. Lehmann stieg hinein.

Der Motor des Zil erwachte zum Leben. Zweimal Abbiegen, rechts und links, und wir waren in der Kontrollzone am Tor.

Das innere Gittertor zog sich in die Mauer zurück und vor uns lag die dicke rostige Eisenwand des äußeren Tors.

Andy fuhr vor. Wir warteten darauf, dass das zweite Tor sich öffnete.

Der Wachposten trat aus dem Büro und kam auf uns zu.

Ich versuchte, mich zu entspannen und normal auszusehen. Aber die Selbstsicherheit, die ich auf dem Weg hinein aufgebracht hatte, hatte mich verlassen. Ich konnte das Gesicht des jungen Rekruten nicht aus meinen Gedanken verscheuchen. Ich dachte auch an die Schlüssel. Erst jetzt ging mir auf, was für ein Fehler das gewesen war.

Ich wartete auf den ersten Schrei, den ersten Schuss.

Die Zeit dehnte sich ewig, dann endlich zitterte das Scheinwerferlicht, als das Tor sich zu bewegen begann.

Ich drehte das Fenster herunter. Wir drei saßen wortlos im Auto. Irgendetwas stimmte nicht. Ich wandte mich dem Wachposten zu. Eineinhalb Meter von meinem Fenster entfernt stand er stramm und wartete offenbar auf irgendeine Reaktion von mir. Ich schaute auf seine Stiefel hinunter. Er hatte sie verdammt noch mal blitzblank geputzt.

Das Tor prallte mit dumpfem Dröhnen auf den Puffer. Andy gab Gas, der Zil setzte sich in Bewegung, und wir fuhren langsam los.

Wir waren wieder auf den Straßen von Ostberlin.

Ich zündete drei Zigaretten an und reichte sie herum. Das war schon zum Reflex geworden. Ich hatte Zigaretten angezündet, als wir hineinfuhren, und jetzt, als wir hinausfuhren, tat ich es wieder. Durch Kettenrauchen hatte ich meine Nerven vor dieser Mission im Zaum gehalten.

Andy sah mich an und lachte. Chris lachte mit. Ich hatte gar nicht bemerkt, dass sie sich selbst schon Zigaretten angesteckt hatten.

Ich schaute starr vor mich hin.

Andy hörte plötzlich zu lachen auf. »Alles o. k. mit dir?«, fragte er.

Ich nickte, gab aber keine Antwort. Es war nicht alles o. k. mit mir. Überhaupt nichts war o. k. mit mir.

Der Agent tauchte aus dem Waldrand auf, an der gleichen Stelle, wo wir uns auf dem Hinweg getroffen hatten. Als wir die Uniformen im Kofferraum verstaut hatten, setzte er sich hinters Steuerrad und fuhr ab, ohne noch ein Wort zu verlieren. Als wir von der Straße herunter waren und ein paar Bäume erreicht hatten, war der Zil schon in der Nacht verschwunden.

Chris hatte Lehmann seine Jacke gegeben. Er half ihm auf. Die beiden machten sich auf den Weg.

Andy und ich rauchten unsere Zigaretten fertig. Lehmann war besser zu Fuß, als ich gedacht hatte. Er ging neben Chris, ein bisschen wackelig, aber ohne Hilfe.

»Wir müssen bloß schauen, dass er es bis zum Gestrüpp schafft«, sagte Andy. Er trat seine Zigarette aus und schickte sich an, den anderen zu folgen. »Von dort an können wir ihn abwechselnd tragen, wenn es sein muss.«

Nach ein paar Metern drehte er sich zu mir um. »Was ist, kommst du?«

Ich blieb bei den Bäumen stehen. »Geh du mit Lehmann«, sagte ich. »Du und Chris. Ihr wisst Bescheid. Wir liegen gut in der Zeit, wir sind dem Plan sogar voraus. Es dauert noch zwei Stunden, bis es hell wird.«

»Und was machst du?«, fragte er.

»Ich geh jetzt ein Bier trinken.«

»Du tust *was*?«

»Vor ungefähr einem Kilometer sind wir an einer Truckerkneipe vorbeigekommen. Da gehe ich hin. Ich will was zu trinken.«

Andy kam zurück und legte mir die Hand auf die Schulter. Seine Stimme war ruhig. »Überleg's dir noch einmal. Wir können doch alle zusammen auf der anderen Seite etwas trinken.«

Ich schubste ihn weg. »Nein. Ihr bringt unseren Mann zurück. Ich komme gleich nach. Bis ihr das Gestrüpp erreicht habt, hole ich euch ein.« Ich sah ihn an. »Mir passiert schon nichts. Geh.«

Ich nahm den Gürtel ab, in dem ich D-Mark und Ostgeld bei mir trug, und gab ihn ihm. Ein paar Ostmark behielt ich.

Andy wusste, dass er keine Chance hatte, mich umzustimmen. Er wandte sich um und lief den anderen beiden nach.

Ich ging los. Zu beiden Seiten der Straße erstreckten sich Felder, der Regen fiel mir ins Gesicht, und meine Augen waren unbeirrbar auf den Schein der Straßenlampen gerichtet, wo ich die Bar entdeckt hatte, als der Zil sich dem Stadtrand näherte. Zur Linken konnte ich aus dem Augenwinkel den schwachen Lichtschimmer über Westberlin erkennen.

Wir hatten Unglaubliches vollbracht. Wir waren unter den Augen dieser Bastarde ins Gefängnis eingedrungen und wieder herausgekommen.

Ich brach in Lachen aus. Und dann begann ich zu pfeifen. Ich pfiff einen Clapton-Song und ersetzte im Geist den originalen Text durch ein Leck-mich-Mantra an die Adresse von Erich Honecker, Erich Mielke, Markus Wolf und der ganzen lausigen DDR. Mein Adrenalinspiegel stieg in unglaubliche Höhen. Ich dachte nicht mehr an unsere Mission. Ich dachte an das sechsjährige Kind, das entsetzt auf die Mauer starrte, und erinnerte mich an den Augenblick, als dieses Kind dachte, Mutter und Großeltern würden nie mehr zurückkommen. Ich dachte an meinen Urgroßvater und an sein Haus in einem Vorort im Berliner Osten. Ich dachte an all die Menschen, die im Todesstreifen umgekommen waren. Wir hatten es für sie getan. Ich war unbesiegbar.

Ich hob das Gesicht zum Himmel und ließ den Regen darauf fallen. Und dann erinnerte ich mich an das letzte Mal, als ich Regen auf meinen Lippen gespürt hatte, und an den Augenblick, als er klebrig und warm geworden war vom Blut eines anderen.

Ich konnte die Kneipe in der Ferne erkennen. Die meisten Lastwagen, die vorher dagestanden hatten, waren fort. Das Lokal wirkte verlassen, im Inneren leuchtete Neonlicht. Ich ging schneller.

Fünfzig Meter von dem Lokal entfernt, immer noch im Dunklen, griff ich in meinen Gürtel und nahm die Pistole, die Ersatzmunition und mein Messer heraus. Ich versteckte alles unter Büschen im Straßengraben und prägte mir die Stelle ein. Es war kein ideales Versteck, aber gut genug. Ich wollte im Osten ja nicht alt werden.

Ich zog die Tür auf und ging hinein. Dicker Zigarettenrauch hing im Raum. Die abgenutzten beigefarbigen Resopaltische waren mit Kaffee- und Teeflecken bedeckt. Sechs graue, unrasierte Gesichter wandten sich mir zu, als ich zur Bar ging.

Ich nahm mir einen Hocker und bestellte Bier und Wodka.

Irgendwo hinter dem Tresen plärrte ein Radio ein Lied der Puhdys.

Der Wirt, ein dicker Mann mit Schweiß auf der Stirn, fragte mich, wo ich herkäme und wo ich in einer solchen Nacht hinwollte.

Ich zündete mir eine Zigarette an und murmelte das Erstbeste, was mir einfiel: Irgendwas über häuslichen Ärger, Zoff mit meiner Frau, und dass ich keine Lust hätte, darüber zu reden.

Er zuckte die Achseln und machte sich wieder daran, im schmutzigen Wasser seiner Spüle Tassen abzuwaschen. Die anderen Gäste nahmen ihr Gespräch wieder auf. Ich zog mich hinter meinen Zigarettenrauch zurück und starrte auf den Fußboden, wieder einmal heimgesucht von der Erinnerung an die Mission vor Rummelsburg und an das Gesicht des Mannes, der es nicht geschafft hatte.

Dieses Bier trank ich für ihn.

Ich goss es hinunter, wischte mir den Mund am Ärmel ab und schob das Glas über den Tresen. Ich war lange genug Gast im Osten gewesen.

Ich schaute auf. Der Wirt war nicht mehr da. Ich warf einen Blick auf die Wanduhr. Ich hatte mich ein paar Minuten länger als geplant aufgehalten. Ich bemerkte den schmutzigen geblümten Vorhang links von der Spüle, durch den es in ein Nebenzimmer ging. Irgendwas stimmte nicht. Ein Fremder am Stadtrand von Ostberlin, der um diese Nachtzeit über Ärger mit seiner Frau sprach, war in einem so durch und durch misstrauischen Land Grund genug, die Polizei anzurufen.

Bevor ich aufstehen konnte, ging die Tür auf und zwei Männer kamen herein. Sie trugen ungebügelte Anzüge und Nylonkrawatten. Einer hatte einen Mantel über dem Arm. Der andere rauchte eine Zigarette. Ich schaute sie an und sie schauten mich an. Meine Nackenhaare stellten sich auf.

Es gelang mir, die antrainierte Gelassenheit zur Schau zu tragen, aber ich wusste, dass es niemanden auf Gottes Erde gab, der mir jetzt helfen konnte.

Kapitel 1

Feldwebel Schulze öffnete die Tür zum Zimmer des Majors und begleitete mich hinein. Ich erhaschte einen flüchtigen Blick auf einen Schreibtisch und die Silhouette eines Mannes vor einem großen Fenster, dann nahm ich Haltung an und salutierte, die Augen respektvoll auf ein Stück Wandfarbe zwischen Fenster und Decke gerichtet.

Ich blieb stocksteif stehen, während Schulze und der Major miteinander flachsten. Ich hatte keine Ahnung, warum ich hier war, aber meine Erfahrung sagte mir, dass solche Dinge nur vorkommen, wenn man in der Scheiße steckt.

Schulze, mein Zugführer, amüsierte sich sichtlich; die Situation schien ihm zu gefallen. Er grinste unablässig, und zwar schon seit dem Augenblick, an dem er mich vor einer Viertelstunde vom Exerzierplatz geholt hatte mit der Nachricht, dass der stellvertretende Regimentskommandeur mich augenblicklich zu sprechen wünsche.

Der Major blätterte geräuschvoll einen Stapel Papier durch und klatschte ihn dann auf den Schreibtisch.

»Waren Sie schon einmal in Amerika?«, fragte er plötzlich.

Einen Augenblick lang glaubte ich, er spräche immer noch mit Schulze, aber dann merkte ich, dass die Frage an mich gerichtet war.

»Nein.«

»Möchten Sie gern hin?«

Ich senkte die Augen und sah auf den Kopf des Majors hinunter; sein rötliches, kurzgeschnittenes Haar war mit grauen Stoppeln wie mit Eisenfeilspänen durchmischt.

»Darf ich fragen, warum gerade ich?«

Schulze erstarrte. Ein Offiziersanwärter war so ziemlich das Unterste in der militärischen Hackordnung, und man beantwortete die Frage eines Vorgesetzten nicht mit einer Gegenfrage. Aber ich hatte nicht damit gerechnet, in den nächsten paar Monaten außer unserer Kaserne etwas anderes zu sehen als die Truppenkampfschule in Hammelburg.

»Rühren«, sagte der Major. Schulze trat ein paar Schritte zurück.

Der Major blätterte in meinem Akt. »Wollten Sie immer schon zur Infanterie gehen, Sanders?«, fragte er.

»Soll ich ehrlich sein?« Ich fühlte, wie sich Schulzes Augen in meinen Rücken bohrten.

»Sprechen Sie ganz offen.«

»Nein; ursprünglich wollte ich zur Luftwaffe.«

»Und warum haben Sie Ihre Meinung geändert?«

»Ich wollte nicht Soldat werden, um wieder in die Schule zu gehen. Von der Schule habe ich genug. Ich wollte lieber Taten sehen.«

Taten war natürlich das falsche Wort. In der Bundeswehr gab es 1975 keine »Taten« – da hätten schon die Sowjets beschließen müssen, mit ihren T-64-Panzern in Deutschland einzufallen. Aber es drückte meine Einstellung aus.

Ich hatte mit sechzehn die Schule verlassen und zwei Jahre in der Zentrale einer großen Berliner Spedition verbracht. Als Berliner war ich vom Wehrdienst befreit durch ein Gesetz, das seinen Grund in der Aufteilung der früheren Hauptstadt unter die Vier Mächte hatte. Während meine Altersgenossen in Westdeutschland nur zu gut wussten, was sie nach Schule oder Universität machen würden, blieb ich zusammen mit allen anderen Westberlinern verschont.

Aber als ich die Lehrzeit hinter mir hatte, war mir völlig klar, dass ich in dieser geisttötenden Umgebung nicht mein restliches Arbeitsleben verbringen wollte. Ich entdeckte die Bundeswehrreklame im *Stern* und fand mich bald darauf in einem Kreiswehrersatzamt der Bundeswehr in der Nähe von Hannover wieder. Dort sollten meine Eignung und meine körperliche Tauglichkeit geprüft werden. Auf Grund meines Talents für Mathematik und Physik stuften sie mich als geeignet ein für die Ausbildung als Navigator in der Luftwaffe. Das hatte seinen Reiz für mich, bis ich herausbekam, dass ich weitere sechs Jahre Unterricht hätte erdulden müssen, bis ich im Hintersitz eines Kampfflugzeugs Platz nehmen durfte.

Der Major hob den Kopf und sah mir in die Augen. »Was hat Sie dann zu den Fallschirmjägern gebracht?«

»Ich sagte ihnen, ich wolle aus dem Flugzeug runterspringen, nicht drinsitzen.«

In den Mundwinkeln des Majors zuckte ein Lächeln. »Haben Sie das den Werbeoffizieren so gesagt?«

»Ja. Ich glaube, dass wir in Extremsituationen über uns selbst Dinge lernen, die wir anderenfalls nie erfahren würden.«

»Das ist eine ungewöhnliche Einstellung zum Leben, Sanders«, sagte der Major.

»Eine andere habe ich nicht.«

Der Major wandte sich wieder dem Akt zu. »Hier steht, dass Sie nicht verheiratet sind. Haben Sie eine Freundin?«

»Ja.«

»Dann werden Sie die Sache wohl mit ihr besprechen wollen.« Er grüßte flüchtig. »Sie können gehen, Sanders. Morgen früh geben Sie mir Bescheid. Das war's.«

Ich nahm wieder Haltung an, machte rechtsum kehrt und stieß beinahe mit Schulze zusammen. Der Feldwebel zischte mir zu, ich solle draußen auf ihn warten.

Ich wusste, was das hieß. Seit dem Tag, als ich beim Regiment ankam, hatten wir uns ständig in den Haaren gelegen. Es lief nach einem immer gleichen Muster ab. Wenn Schulze mir befahl, mich in ein Schlammloch zu werfen oder, das Gewehr mit ausgestreckten Armen vor mir haltend, um die Kaserne zu laufen, antwortete ich, das sei o. k., so lang er es auch mache. Dass Vorgesetzte niemals etwas verlangen sollten, was sie nicht selbst bereit waren zu tun, war ein geheiligter Grundsatz im deutschen Militärrecht. Diese Regel kannten alle, aber ich war der einzige Neuling, der dumm oder stur genug war, auf ihrer Verwirklichung zu bestehen. So war der Krieg zwischen mir und Schulze eskaliert. Zum Ausgleich dafür, dass ich ihn zwang, sich im Schlamm zu wälzen oder neben mir um die Kaserne zu laufen, weckte mich Schulze gern mitten in der Nacht in voller Kampfmontur, händigte mir ein Maschinengewehr und zusätzliche Munitionsgürtel aus und teilte mir mit, wir würden ›spazieren gehen‹. Damit meinte er einen fünfzehn Kilometer langen Marsch durch den angrenzenden Wald.

Die Tür ging auf und Schulze trat auf den Gang. Er wandte sich mir zu, und das Lächeln, das er für den Major aufgesetzt hatte, verschwand blitzschnell.

»Mann Gottes, Sanders, was für ein Arschloch du bist!«

»Wie bitte?«

»So mit dem Major zu sprechen! Du hast Glück, dass du nicht strafexerzieren musst.«

»Wir sind doch ganz gut miteinander ausgekommen.«

»Da, wo du hingehst, Sanders, wird es nicht viel Gelegenheit für geistreiche Bemerkungen geben. Du bist für ein weiteres Training in Amerika ausgewählt worden. Du musst nicht annehmen, aber wenn du es tust, wirst du die nächsten zwei Jahre beim US Marine Corps verbringen, zuerst einmal in Camp Pendleton in Kalifornien.«

Ich war sprachlos. Wir gingen hinunter und hinaus in den Sonnenschein. Die Pfützen auf dem Exerzierplatz kräuselten sich im scharfen Ostwind. Am Horizont ballten sich Wolken zusammen. Bis zum Abend würde es schneien.

»Wenn ich an deiner Stelle wäre, würde ich sicher Gründe finden, nicht zu gehen.« Schulze zog an einer Zigarette; seine Stimme klang unerwartet milde. »Hier hast du deine Freunde, deine Familie. Aber Amerika ist Amerika. Eine solche Gelegenheit kriegt man nicht alle Tage. Irgendjemand denkt offensichtlich, du bist es wert. Kann sein, du machst diesen Scheiß besser, als du selbst für möglich hältst.«

Meine Freunde und meine Familie waren kein Problem. Wenn nichts dazwischenkam, würden sie immer noch für mich da sein, wenn ich zurückkehrte. Bei Sabine war ich mir in dieser Hinsicht durchaus nicht sicher.

Ich hatte sie vor einem Jahr, als ich noch in der Grundausbildung war, im Urlaub kennen gelernt. Ich war im »Bohannan« am Kurfürstendamm, einer Discokneipe, die ich immer besuchte, wenn ich wieder in Berlin war, und da war sie. Sie saß an der Bar. Sie hatte Beine, die kein Ende nahmen, und ihr dichtes blondes Haar fiel ihr wie eine Mähne über die Schultern. Wir tanzten zusammen, und ich erfuhr, dass sie in Steglitz wohnte und dass wir sogar ein paar gemeinsame Freunde hatten.

Nach einer Woche »gingen wir zusammen«. Nach einem Jahr meinten wir es so ernst mit unserer Beziehung, wie es bei zwei jungen Leuten von achtzehn und neunzehn Jahren nur möglich ist.

Ich liebte sie und sie liebte mich, aber ich war Realist genug, um zu wissen, dass das, was uns zusammenhielt – was immer es war –, die Prüfung durch eine zweijährige Trennung vielleicht nicht bestehen würde. Trotzdem teilte ich dem Major am nächsten Tag mit, dass ich bereit sei, nach Amerika zu gehen.

Es ist nicht leicht, heutzutage die volle Bedeutung dieser Einladung ins Gelobte Land zu erfassen, vor allem, weil die ganze Ausbildung samt Kost, Logis und allem Drum und Dran von der Bundesregierung bezahlt wurde. Berlin war zwar eine lebendige, aufregende Stadt, aber es war auch – in mehr als einer Beziehung – von der übrigen Welt isoliert.

Am Wochenende fuhr ich nach Hause, um Sabine und meiner Familie die Neuigkeit mitzuteilen.

Kapitel 2

Ich bin ein Einzelkind. Nach meiner Geburt verließ mein Vater meine Mutter, und obwohl er noch lebt – jedenfalls soviel ich weiß –, bin ich ihm nie begegnet.

Meine Mutter ist medizinisch-technische Assistentin, und sie zog mich mithilfe ihrer Eltern allein auf. Wir wohnten alle zusammen in einer kleinen Wohnung in Rudow, einem ruhigen, bürgerlichen Bezirk, nur einen Steinwurf von der Mauer entfernt.

Mir fehlte der stabilisierende Einfluss eines Vaters, und so war es unvermeidlich, dass ich häufig in Schwierigkeiten geriet.

Meine Mutter schuftete schwer, um mich auf eine Privatschule schicken zu können, aber mit zehn Jahren weigerte ich mich, an der morgendlichen Schulversammlung teilzunehmen. Ich sah keinen Sinn darin. Als ich nicht nachgab, warfen sie mich raus.

In meiner nächsten Anstalt, einer staatlichen Schule in Tempelhof, wendete ich den gleichen Grundsatz auf Fächer an, die mir im Hinblick aufs wirkliche Leben mehr oder weniger sinnlos schienen. Ich merkte, dass ich zum Vorrücken nur einen Notendurchschnitt von mindestens Vier brauchte. Das hieß, wenn ich in den Fächern, die ich interessant und wichtig fand, mit Eins abschnitt, konnte ich ein paar andere völlig vernachlässigen. Ich schaffte es sogar, meiner Mutter die Logik dieser Strategie beizubringen. Wann würde ich je im Leben, so fragte ich, eine gute Note in Religion brauchen?

Mit der Zeit gaben die Lehrer auf.

Meine Mitschüler teilten sich in Bewunderer, die mein Verhalten mutig und sinnvoll fanden, und in solche, die mich für ein erstklassiges Arschloch hielten.

Ich war immer der Jüngste in der Klasse und wurde deshalb oft schikaniert. Mit elf begann ich zu joggen und Muskeln aufzubauen. Ich fing auch mit Selbstverteidigung an. Mit dreizehn Jahren konnte ich schon recht gut auf mich aufpassen. Wenn einer von den großen Jungen mich verprügeln wollte, schlug ich zurück, und zwar heftig. Als ich fünfzehn war, legte sich keiner mehr mit mir an.

Wenn es einen Mann gab, der prägenden Einfluss auf mich hatte, dann war es mein Großvater. Er war Soldat gewesen und von den Russen gefangen genommen worden, hatte es aber irgendwie geschafft, nach Frankreich verlegt zu werden und den größten Teil der Gefangenschaft dort zu verbringen. Als er 1950 nach Berlin zurückkam, fing er wieder bei einer Zeitung an und beendete seine Laufbahn als höherer Beamter, zuständig für die Veröffentlichung offizieller Papiere und Dokumente. Weil meine Mutter berufstätig war, kontrollierte Großvater meine Hausaufgaben und ohrfeigte mich, wenn sie schlampig gemacht waren. Disziplin ging ihm über alles, aber ich hatte großen Respekt vor ihm und liebte ihn sehr.

An dem Wochenende nach meinem Gespräch mit dem Major kam ich am Samstagmorgen heim. Meine Großmutter küsste mich und regte sich schon unter der Tür darüber auf, dass ich so viel dünner geworden war. Ich roch, dass ein Kuchen im Ofen war.

Ich fand meinen Großvater im Wohnzimmer. Er saß in seinem Lieblingssessel und schaute in den Regen hinaus. Auf seinem Schoß lag ein altes Fotoalbum. Ein paar Fotos waren herausgefallen und er klebte sie wieder ein. Es waren Fotos aus seiner Militärzeit – schöne Erinnerungen aus Vorkriegstagen. Wir gaben uns die Hand, dann zog er mich zu sich und kniff mich in die Wange. Die Haut seiner Finger fühlte sich an wie Pergament.

»Na, wie geht's denn so?«, fragte er, als ich mich neben ihn setzte.

»Jetzt, wo die Grundausbildung vorbei ist, schon besser.« Ich grinste ihn an. »Das ewige Schleifen passt mir nicht.«

»Soll es auch nicht«, sagte er und legte das Album weg. »Ihr Offiziersanwärter habt es ziemlich leicht. Das hat sich bestimmt nicht geändert seit meiner Zeit.«

»Kommt drauf an, was du mit leicht meinst«, sagte ich und dachte an Feldwebel Schulze. Großvater war Unteroffizier. Von Großmama wusste ich, dass er seinen Leuten immer vorangegangen war, wenn es gefährlich wurde, und dass sie ihn verehrten.

Er schaute aus dem Fenster. »Die anderen Rekruten wissen, dass du Offizier werden wirst, und schikanieren dich, nehme ich an.«

»Mach dir da keine Sorgen, Opa. Ich geb ihnen alles zurück.«

Er lächelte und schlug sich mit den Händen auf die Knie. »Das glaube ich gern, mein Junge.«

Wir schauten eine Weile gemeinsam in den Regen, dann fuhr er fort: »Ein Offizier in der Familie. Ein Berufssoldat. Wir sind sehr stolz auf dich.«

»Noch ist es nicht so weit.« Ich dachte an meinen bisherigen Weg. Sechs Wochen Grundausbildung, gefolgt von sechs Wochen Intensivunterricht in der Nähe von Köln – ein Privileg, das nur zukünftigen Offizieren vorbehalten war –, dann Versetzung zu einem Fallschirmjägerregiment, wo ich wieder mit Rekruten aller Art zusammengeworfen worden war.

Ich hatte von Anfang an Offizier werden wollen. Wenn man etwas machte, sollte man es gleich richtig machen. Das hatte ich von Opa gelernt.

In Köln und Hannover hatte ich miterlebt, wie Rekruten auf Herz und Nieren geprüft wurden. Da gab es die Schlampigen und Lässigen, da gab es welche, die einen Marsch nicht durchhalten konnten, selbst wenn es ums Leben gegangen wäre. Und dann gab es die Naturtalente: Burschen, die immer proper aussahen, deren Uniformen immer sauber und gebügelt waren, in deren Stiefeln man sich spiegeln konnte. Bei den linken Rabauken an meiner Schule wäre das nicht die angesagte Mode gewesen, aber ich hatte immer so aussehen wollen. Und es würde noch schöner werden, wenn ich erst das Rangabzeichen eines Leutnants trug. Aber da würde ich mich noch eine Weile gedulden müssen.

Im *Taschenbuch für Wehrausbildung HEER*, dem Handbuch, das jedes Detail im Leben eines Bundeswehr-Soldaten regelte, stand, dass die Grundausbildung drei Monate dauerte und dass man dann noch drei Jahre brauchte, bis man Leutnant wurde. Das war der Grund, warum mir die Sache mit Amerika unwiderstehlich vorkam.

Die Armee hatte etwas in mir zutage gefördert, was ich in der Schule nicht gekannt hatte – Ehrgeiz. Jetzt wollte ich bei allem, was ich tat, der Beste sein. Aus diesem Grund hatte ich mir die Fallschirmjäger ausgesucht. Hier hatte ich meine Nische gefunden. In der theoretischen Ausbildung war ich unter mehr als dreihundert Rekruten immer bei den ersten drei gewesen. Im körperlichen Fitness-Training war ich immer an meine Grenzen gegangen. Wenn der Feldwebel mir fünfzig Liegestütze befahl, machte ich meistens hundert, rein aus Trotz. Wenn ich zu zwanzig Runden um das Kasernengelände verdonnert wurde, legte ich noch fünf drauf. In Bezug auf meine Erscheinung war ich äußerst genau. Im Gegensatz zu den Wehrpflichtigen war ich stolz auf die Uniform, die ich trug. Aber immer noch scheute ich mich nicht, fragwürdige Befehle zu hinterfragen.

Ein paar Monate früher waren wir an einem Manöver auf dem Truppenübungsgelände in Grafenwöhr beteiligt. Eine unserer Aufgaben war es, drei Panzer anzugreifen, die direkt vor uns auf einem Abhang in Stellung gebracht worden waren. Unser Übungsleiter, ein Major, schlug vor, über die Flanken vorzurücken und den »Feind« von hinten anzugreifen. Ich sagte, das fände ich sinnlos – weil die Panzer fächerartig aufgestellt waren, gab es kein erkennbares Hinten –, und der Major fragte, ob ich einen besseren Plan hätte.

Wir teilten den Zug in vier Gruppen zu je acht Mann auf. Eine rückte links vor, zwei weitere umgingen die Panzer auf der rechten Seite. Dann eröffnete die vierte, die vor den Panzern stehen geblieben war, das Feuer mit LMGs. Der »Feind« stellte sich folglich auf einen Frontalangriff ein, und es gelang mir, eine der Gruppen völlig unbemerkt auf der rechten Seite ins Herz der feindlichen Stellung zu bringen.

Opa versicherte mir, dass ich es ganz richtig machte; genau wie Schulze glaubte auch er daran, dass man Chancen mit beiden Händen ergreifen musste. Und als alter Soldat wusste er, was für Chancen Amerika bot. Er gab mir seinen Segen. Das wollte etwas heißen.

Ich stand hinten im Sprechzimmer und sah zu, wie meine Mutter einem kleinen Jungen, der mit seinem Fahrrad gestürzt war, den Kopf verband. Er konnte nicht mehr als zehn Jahre sein. Seine Freunde hatten sich draußen auf der Straße versammelt. Es waren fünf Jungen und sechs Räder. Bei einem war das Vorderrad ziemlich verbogen. Erinnerungen an meine Kindheit in Berlin wurden in mir wach.

Erst als sie den Jungen wegschickte, entdeckte sie mich.

Ich küsste sie auf die Wange. »Hallo, Mutti.«

Sie lächelte. Meine Mutter war vor Kurzem vierzig geworden und war immer noch eine blendende Erscheinung. Wenn sie lächelte, schienen sich alle vier Ecken eines Raumes zu erhellen. Seit mein Vater sie verlassen hatte, hatte sie ihr Leben weitgehend mir und ihren Patienten gewidmet.

»Mit solchen Sachen habe ich allerhand Übung. Weißt du noch, wie du bei deinem Urgroßvater vom Baum gefallen bist? Oder wie du vom Balkon gefallen bist und eine Gehirnerschütterung gehabt hast?«

Ich spürte die Blicke der Wartenden in meinem Rücken. »Hast du einen Augenblick Zeit, Mutti? Können wir hinausgehen?«

Sie schaute auf die Uhr. »In zwei Stunden bin ich daheim. Ich bin schon sehr gespannt auf deine Neuigkeiten.«

»Bitte, Mutti. Ich muss dir etwas sagen.«

Ihr Gesichtsausdruck wechselte. »Ist alles in Ordnung?«

Ich ging mit ihr hinaus. Es dämmerte bereits. Die Kinder waren fort. Der Regen hatte aufgehört.

»Es ist alles in Ordnung«, sagte ich. »Die Armee bietet mir die Gelegenheit, nach Amerika zu gehen. Ich werde zwei Jahre lang weg sein. Ich darf natürlich heimfliegen, aber nicht allzu oft – vielleicht höchstens zwei Mal im Jahr. Ich habe lang und gründlich darüber nachgedacht. Ich habe auch an dich, an Opa und Oma gedacht, aber ich muss es tun. Ich bin extra dafür ausgewählt worden. Ich wäre verrückt, wenn ich ablehnen würde.«

»Nein, natürlich«, sagte sie nach einem Augenblick. »Du musst gehen. Was für eine wunderbare Nachricht.«

Sie hielt sich tapfer. Wie alle in der Familie, hatte sich auch meine Mutter gefreut, dass ich eine Laufbahn in der Bundeswehr anstrebte. Die Antikriegsbewegung hatte Mitte der 1970er Jahre in Deutschland ihren Höhepunkt erreicht. Der Vietnamkrieg trieb seinem unabwendbaren, blutigen Ende zu. Deutsche Studenten protestierten regelmäßig gegen die amerikanische Teilnahme an diesem Krieg. »USA, SA, SS« skandierten sie auf dem Kurfürstendamm. Aber man kann keine Familie ernähren, pflegte meine Mutter zu sagen, indem man herumsitzt, Hasch raucht und mit Pflastersteinen nach der Polizei wirft. Deutschland war nach dem Krieg durch die Anstrengung seiner Bewohner wieder in die Höhe gekommen, und meine Mutter hatte an dieser Entwicklung Teil gehabt. Sie war eine stolze Frau, die ihr Kind allein aufzog, und zwar auf die einzige Art, die sie kannte: durch unermüdliche Arbeit. Niemand wusste, wie lange das Wirtschaftswunder in Westdeutschland anhalten würde. Für meine Mutter war die Bundeswehr ein Ort, wo ihr einziger Sohn sich in einer unsicheren Welt eine Karriere aufbauen konnte.

Nur wenige Westdeutsche glaubten, dass es zu einem Krieg zwischen Ost und West kommen würde. Wir hatten unseren Krieg gehabt, und alle, die ihn erlebt hatten, erinnerten sich gut an seine Schrecknisse. Die Bundeswehr war eine Friedensarmee. Sie schickte ihre Soldaten nicht in entlegene Länder, um sie dort töten zu lassen. Aber wenn ich auserwählt worden war, nach Amerika zu gehen, dann wusste meine Mutter genauso gut wie ich, dass ich damit die Gelegenheit zu einer glänzenden Karriere bekam.

»Hast du es Sabine schon gesagt?«

»Nein«, sagte ich. »Sie ist bei ihren Eltern. Ich geh jetzt hin.«

»Sag ihr, dass wir uns um sie kümmern werden, wenn du weg bist – wenn sie das möchte.«

»Ist recht, Mutti. Danke.« Über ihre Schulter hinweg konnte ich sehen, dass die wartenden Patienten ungeduldig wurden. Ich umarmte meine Mutter und verabschiedete mich.

Sabine nahm die Nachricht besser auf, als ich geglaubt hatte. Sie war erst achtzehn, aber gewitzt genug, um zu wissen, was sie im Leben erreichen wollte. Sie konnte es gar nicht erwarten, in die Welt hinauszukommen.

Sie war in der Ausbildung zur medizinisch-technischen Assistentin, was gleich zu Beginn ein Band zwischen ihr und meiner Mutter hergestellt hatte.

Wir hatten noch nicht über Heirat gesprochen, aber darüber nachgedacht, ob wir zusammenziehen sollten. Das war jetzt natürlich nicht möglich. Aber sie versprach, auf mich zu warten. Das war im Moment alles, was ich hören wollte.

Wir aßen bei ihren Eltern zu Abend und nahmen dann einen Bus zum Tiergarten. Es war dunkel und kalt, aber Sabine wollte irgendwohin, wo wir gehen und reden konnten.

Wir wanderten dick eingepackt herum und hielten uns an den Händen, sprachen aber letztendlich nicht viel. In wenigen Stunden würde ich nach Amerika abreisen. In den 1970er Jahren war ein Amerikaflug noch eine großartige Angelegenheit. Flugtickets waren teuer, und man telefonierte über den Atlantik eigentlich nur, wenn es sich um einen Notfall handelte. Sabine wusste auch, dass ich ein lausiger Briefschreiber war.

Als es Zeit wurde, sie nach Hause zu bringen, umklammerte Sabine meine Hand so fest, als wolle sie sie nie wieder loslassen.

Wir standen an einer Bushaltestelle an der Potsdamer Straße. Ein paar hundert Meter weiter hob sich das Brandenburger Tor hell erleuchtet gegen den Nachthimmel ab.

Davor erstreckte sich die Mauer nach links und rechts, tiefschwarz vor dem grellen Licht, das den Todesstreifen überflutete. Ich starrte die Mauer an, während wir eng umschlungen da standen. Hier waren wir in Westberlin an einem Samstagabend. Neben uns an der Haltestelle lachten und scherzten Menschen, als ob es die Mauer nicht gäbe. Ich hatte meine Zweifel, ob man es von der anderen Seite genauso sah. Die Menschen drüben fühlten sich sicher von der Mauer ständig an die Freiheit erinnert, die sie nicht haben konnten.

Als kleines Kind wohnte ich nahe bei einem der unzähligen Wasserläufe, die kreuz und quer durch Berlin verlaufen. Meine Mutter hatte mir verboten, diesem Wasser in die Nähe zu kommen – wegen des Straßenverkehrs, wie sie sagte. Aber sie konnte nie gut lügen. Ich ging schließlich jeden Tag allein in den Kindergarten. Der Verkehr hatte nichts damit zu tun.

Hinter dem Kanal kamen düstere, schäbige Wohnblocks. Und hinter ihnen die Mauer.

Für einen Sechsjährigen wirkte sie wie ein solider Betonblock, so hoch, dass ich nicht sehen konnte, was dahinter lag, egal wie hoch ich sprang.

Ich verstand nicht, warum sie da war. Früher war dort eine leere Fläche gewesen. Die Häuser, die dort gestanden hatten, waren zerbombt gewesen, die Trümmer weggeräumt. Ich hatte oft mit meinen Freunden dort gespielt. Dann, eines Tages, wurden Zäune gezogen und bald darauf erschienen Soldaten auf Lastwagen und bauten eine Barrikade. Es ging sehr schnell. Ich war an jenem Tag im Kindergarten, aber ich erinnere mich sehr lebhaft daran. Zufällig waren Mutter und die Großeltern gerade bei meinen Urgroßeltern am Rand von Berlin zu Besuch, als die ostdeutsche Regierung auf Anweisung von Chruschtschow begann, den ersten Abschnitt der Mauer zu errichten.

Das einzige Zeichen für mich, dass etwas nicht stimmte, war, dass unsere Kindergärtnerinnen uns früher heimschickten. Als ich zu unserer Wohnung kam, war niemand da.

Unsere Nachbarn fanden mich und nahmen mich zu sich mit. Ich war zu jung, um zu verstehen, was vorging, aber ich wusste, dass etwas Schlimmes passiert war. Die Leute vermieden es, mich anzuschauen. Ich sah ihren Gesichtsausdruck und dachte, ich würde meine Familie nie wiedersehen.

Viel später erst begriff ich das volle Ausmaß dessen, was geschehen war. Bis zum 13. August 1961 hatte es einundachtzig Übergänge zwischen Ost- und Westberlin gegeben. Aber an diesem Tag wurde ohne Vorwarnung jede Bewegung von Ost nach West gestoppt. Selbst Menschen, die von West nach Ost gefahren waren, konnten ohne einen entsprechenden Ausweis nicht zurückkehren.

Aber meine Mutter ist erfinderisch. Sie hatte als Teenager in Berlin das Bombardement der Alliierten miterlebt und wenig später die russische Besatzung. Nach zwei Tagen konnte sie einen Lastwagenfahrer dazu überreden, sie und ihre Eltern hinter den Zementsäcken, die für den Westen bestimmt waren, zu verstecken. Sie schafften es mit viel Glück und kamen heim. Tausende andere hatten nicht so viel Glück. Meine Urgroßeltern habe ich nie wiedergesehen.

Bis ich alt genug war, um das Ganze zu begreifen, überquerte ich oft den Kanal und blieb vor der Mauer stehen. Ich starrte auf den Beton und Angst zog mir den Magen zusammen. Es war ein eigenartiger Zwang. Vage Erinnerungen an die Zeit, als ich glaubte, meine Familie sei mir genommen worden, sagten mir, dass hier nicht der richtige Aufenthaltsort für einen kleinen Jungen war. Aber ich dachte, wenn ich nur hoch genug spränge, würde ich das Haus und den Garten sehen können, wo meine Urgroßeltern lebten. Ich wusste nicht, dass ihr Haus viele Kilometer entfernt war. Und ich wusste auch nicht, dass beide schon tot waren.

Als ich mich Sabine zuwandte, sah ich Tränen in ihren Augen.

»Was ist?«, fragte ich

Sie wischte sich die Augen. »Nichts. Es ist albern.«

»Ich möchte nicht nach Amerika gehen, wenn ich nicht weiß, was du denkst.«

»Ich war albern und sentimental, Thomas. Du weißt, dass mir das eigentlich nicht ähnlich sieht.« Sie zögerte. »Versprichst du mir, dass du nicht lachst?«

»Ich verspreche es.«

»Ich dachte an unser gemeinsames Leben – wie wir wohl in zehn Jahren sind, du und ich.«

»Zehn Jahre sind eine Ewigkeit.«

»Du hast versprochen, dass du nicht lachst.«

Ich zog sie eng an mich. Ich roch das Parfüm, das sie sich auf den Hals getupft hatte, bevor ich sie abholte. »Erzähl mir deinen Traum. Ich bin neugierig.«

Sie tat, als ob sie mich wegschieben wollte. »Thomas, die Leute schauen uns an.«

»Dann erzähl's mir doch«, sagte ich. »Schnell.«

»Ich seh dich in deiner Uniform. Du bist Hauptmann oder Major.«

»Nicht Oberst?«, fragte ich.

»Ich meine es ernst.«

»O. K.«, lachte ich. »Tut mir Leid. Und weiter?«

»Ich sehe uns in einem schönen alten Haus. Irgendwo auf dem Land. Da sind Felder und eine Scheune. Vielleicht auch Pferde. Es ist ein idyllischer Fleck, unser Heim, mit Obstbäumen im Garten und einem Bach. Und keiner kann hereinschauen.«

»Und Kinder?«, fragte ich. »Was ist mit Kindern?«

»Mit der Zeit werden auch Kinder kommen.«

»Ach, weißt du«, sagte ich und schaute sie ernsthaft an, »ich glaube, alles in allem hätte ich eigentlich lieber einen Porsche.«

Sie gab mir einen Stoß und wich zurück. »Du bist gemein«, sagte sie, rot vor Verlegenheit. »Ich wusste ja, dass ich besser den Mund gehalten hätte.«

Ich trat auf sie zu. Aus dem Augenwinkel sah ich den Bus kommen. Die Leute schoben sich vor. Ich ergriff Sabines Hand. Die Leute murrten, weil wir ihnen im Weg standen.

»Dein Traum gefällt mir«, sagte ich, zog Sabine an mich und küsste sie.

Wir hielten uns eng umschlungen. Weit in der Ferne hörte ich das Zischen, als sich die Bustüren öffneten. Als wir uns wieder losließen, waren Bus und Leute verschwunden.

Am nächsten Tag verabschiedeten wir uns am Bahnhof. Wir hatten alles so gut wie möglich besprochen. Wir hatten nicht die Absicht, den Abschied länger als nötig auszudehnen. Sabine kannte den Wert der Chance, die sich mir bot, und unterstützte mich voll und ganz. Als ich den Zug nach Köln bestieg, drückte sie mir ein kleines herzförmiges Medaillon in die Hand und versprach, auf mich zu warten.

Kapitel 3

Die Marine-Basis Camp Pendleton war mehr als eine militärische Anlage; es war eine kleine Stadt an der Küste, ungefähr 48 Kilometer südlich von Laguna Beach, einem vornehmen Vorort von Los Angeles. Ich kam nach einem langen Linienflug von Frankfurt und einer zweistündigen Autofahrt vom Flughafen Los Angeles müde, aber aufgekratzt dort an. Ich überreichte den Wachen am Tor meine Papiere und sie fingen an, sich über mein Englisch lustig zu machen.

Ich kam mir ziemlich blöd vor, während sie über den »Kraut« ihre Witze rissen, der da in Jeans und Flanellhemd vor ihnen stand, mit einer schäbigen Reisetasche als Gepäck. Ich verstand zwar nicht genau, was sie sagten, aber der Sinn war klar genug.

Sie schickten mich zu einem Gebäude, wo ich Captain Braniff finden würde, aber als ich hinkam, kannte man dort nicht einmal den Namen. Ein stämmiger Sergeant schickte mich zu einem anderen Gebäude, wo man wenigstens den Namen schon gehört hatte. Man wies mich zu einem dritten Gebäude, gleich neben dem, von dem ich eben gekommen war. Es war sichtlich Mode, Krauts in den April zu schicken.

Endlich stand ich vor Braniffs Büro. Ich hörte drinnen Stimmen und wartete, bis ich an der Reihe war. Schließlich ging die Tür auf und ein paar Marinesoldaten kamen heraus. Braniff, dessen Name auf der Brusttasche seines Hemdes eingestickt war, begleitete sie bis zur Tür. Er war kleiner als ich, aber drahtig und offensichtlich kräftig. Seine stoppelkurzen blonden Haare standen bürstenartig steif vom Kopf ab.

Als er sich umwandte, stellte ich mich vor und hielt ihm meine Papiere hin.

Braniff runzelte die Brauen, als er sie las, aber dann verzog sich sein Mund zu einem breiten Grinsen. Er schlug mir auf die Schulter und bat mich in sein Büro und überschüttete mich mit einem Strom freundlicher Fragen nach meiner Reise, wie mir Kalifornien gefiele und ob ich lieber Tee oder Kaffee wolle. Dann teilte er mir mit, dass die Ausbildung in der folgenden Woche beginnen würde. Bis dahin hätte ich Zeit, mich mit der Umgebung vertraut zu machen.

Ein Soldat zeigte mir mein Quartier und dann wurde ich in die Kantine geführt. Das Essen war üppig und so gut, wie man es sonst nur in Restaurants bekommt. Nach zwei Tagen meldete ich mich in der Kleiderkammer und nahm meine Uniform entgegen. Auf dem Hemd war mein Name eingestickt. Ich hatte gehofft, dass ich mit der Uniform weniger auffallen würde. Aber während ich so herumwanderte und nichts anderes zu tun hatte, als mich mit meiner neuen Umgebung vertraut zu machen, geriet ich oft ins Visier von allen möglichen Ausbildern, die fragten, wer ich sei, was zum Teufel ein verdammter Kraut auf der Basis zu suchen habe und ob ich das vielleicht einen verdammten Gruß nennen wolle.

Feldwebel Schulze war gesund und munter wie eh und je und lebte jetzt in Kalifornien.

Wenn ich diesen Leuten gegenüber Braniffs Namen erwähnte, zeigte sich kaum Wirkung.

Am fünften Tag meldete ich mich in seinem Büro, wie jeden Morgen, um zu sehen, ob ich für irgendeine Aufgabe eingeteilt war. Ich brannte darauf, endlich was zu tun zu bekommen.

Braniff sah gar nicht von seiner Arbeit auf. »Ah, Sanders«, sagte er, »packen Sie Ihre Sachen und melden Sie sich hier in einer Stunde. Wir fahren weg.«

Als ich wiederkam, wartete er schon vor dem Gebäude in einer olivgrünen Limousine. Er wies mich mit einer Geste an, meine Sachen in den Fond zu werfen, und wir fuhren ab. Es fiel mir gar nicht ein, zu fragen, wo es hinging.

Wir fuhren nach Süden, in Richtung auf die mexikanische

Grenze, die Sonne zu meiner Linken, die weißen Brecher des Pazifik zu meiner Rechten. Braniff und ich redeten nicht viel. Mit meinem holprigen Englisch fand ich es klüger, den Mund zu halten und einfach die Fahrt zu genießen.

Ungefähr fünfzig Minuten später erreichten wir die Außenbezirke von San Diego und wandten uns nach Osten. Vor mir sah ich Berge. Die Gebirgszüge begrenzten eine öde, mit Gestrüpp bedeckte Fläche, von der ich erst später den Namen erfuhr: die Colorado-Wüste. Braniff hielt die Augen auf die Straße gerichtet und schwieg. Er hatte das Fenster heruntergedreht, steuerte mit einer Hand und hatte den linken Arm auf der Wagentür liegen. Warmer Wind blies durchs Auto. Die grauen, dreieckigen Gipfel rückten näher, die Hänge am Fuß der Berge waren nach den Frühlingsregen mit Grün gesprenkelt.

Braniff bog von der Hauptstraße ab und folgte einer schmalen Piste. Nach fünf Minuten bremste das Auto, dass der Staub aufwirbelte. Wir standen vor einer Villa im spanischen Stil, die von einer hohen weißen Mauer umgeben war und im hellen Sonnenschein direkt die Augen blendete. Braniff stieg aus, ging zum Tor und tippte ein paar Zahlen auf ein Tastenfeld ein. Die Torflügel schwangen nach innen und wir fuhren durch.

Die Villa war umgeben von einem üppigen, wohlgepflegten Garten, in dem Palmen und Kakteen wuchsen. Während das Auto noch fünfzig Meter zurücklegte, konnte ich hinter dem Haus ein Stück von einem Swimmingpool sehen.

Braniff parkte das Auto vor einer Doppelgarage, stieg aus und streckte sich.

»Wie finden Sie's hier?«, fragte er, indem er sich mir zuwandte und sich die Stoppeln am Hinterkopf rieb.

»Nett«, sagte ich, wusste aber nicht, wieso meine Meinung eine Rolle spielen sollte.

»Freut mich, dass es Ihnen gefällt. Sie werden eine Zeitlang hier leben.«

Ich ließ meine Taschen fallen und fragte mich, ob ich richtig gehört hatte. Ich erkundigte mich, ob im Camp schon alle Betten belegt seien.

Braniff lachte. »Ja. So ungefähr. Kommen Sie, ich führe Sie rum.«

Er geleitete mich an der Garage vorbei in die Küche. Sie war sauber, geräumig, klimatisiert und mit allen technischen Raffinessen versehen. Braniff zog die Doppeltür eines riesigen Kühl- und Gefrierschranks auf. Er war gerammelt voll mit Nahrungsmitteln und Getränken.

»Es ist Bier im Kühlschrank und dahinten ist noch mehr«, sagte er, indem er auf einen Kühlraum zeigte, an dem wir vorbeigekommen waren. »Das ist alles für Sie da, also nützen Sie es aus. Für die Spirituosen gilt das Gleiche.«

Ich hatte schon einen reichlichen Vorrat von Tequila und Bourbon in einer Ecke entdeckt.

Wir gingen weiter. Es gab vier Schlafzimmer, jeweils mit eigenem Bad. In jedem Zimmer standen zwei frisch überzogene Einzelbetten. Braniff hieß mich meine Sachen in einem der Zimmer ablegen, dann sollte ich ihm nach draußen folgen.

Ich fand ihn am Pool, wo er gerade einen toten Skorpion aus dem Netz holte.

»Wie lang soll ich hier bleiben?«, fragte ich.

Braniff hielt das tote Tier an einem Bein hoch, schaute es sich an und warf es dann ins Gebüsch.

»Tja – ich würde sagen, so zwei, drei Wochen. Sie brauchen nichts zu tun als den Pool sauber zu halten und ab und zu den Rasen zu sprengen. Schaffen Sie das?«

Ich nickte. Das war eine sinnlose Anordnung, mit der ich leben konnte.

Er zeigte mir, wo das Chlor aufbewahrt wurde, wie die Umwälzpumpe für den Pool und das System der Rasensprinkler funktionierte. Dann führte er mich in einen Raum gleich hinter der Eingangstür, der voller Überwachungsbildschirme war. Hier konnte ich jeden eventuellen Besucher entdecken. Der einzige Befehl, den er mir sonst noch gab, war, dass ich das Anwesen auf gar keinen Fall verlassen dürfe.

Er schrieb ein paar Nummern auf, unter denen ich ihn erreichen konnte. Wenn es ein Problem gäbe, könnte ich zu jeder Tages- und Nachtzeit anrufen.

Und damit fuhr er ab. Ich schaute den Staubwolken nach, die sein Auto auf der Piste aufwirbelte. Dann war es verschwunden.

Die Stille war überwältigend. Ich schaltete das Radio ein, suchte eine mexikanische Musikstation und tanzte mit einer imaginären Partnerin um den Pool.

Abends holte ich ein Steak aus dem Froster und warf es auf den gemauerten Grill am Pool. Ich lehnte mich in einem der Liegestühle zurück, eine Flasche Bier in der Hand, und dachte über mein Tagewerk nach. Braniffs Befehle waren klar gewesen: Ich sollte hier bleiben, bis man mir etwas anderes befahl; und nachdem das Wetter schön war, der Kühlschrank von guten Sachen überquoll und die Rechnung von jemand anderem bezahlt wurde, sah ich keinen Grund, mich zu sträuben.

Ich nahm an, es würde nur allzu bald jemand dahinterkommen und mich schleunigst wieder nach Pendleton befördern.

Bis dahin wollte ich die Gunst der Stunde nutzen.

Am nächsten Morgen holte ich mir gerade eine Flasche Milch aus dem Kühlschrank, als ich im Garten eine Bewegung sah.

Da marschierte einer über meinen frisch besprengten Rasen.

Er hatte Jeans und ein T-Shirt an und über der Schulter hing ihm eine Reisetasche. Ich trat aus dem Haus und er winkte mir fröhlich zu. Ich wollte ihn fragen, wer er sei und wie zum Teufel er hereingekommen sei, aber er nannte seinen Namen – Andy – freiwillig, bevor ich den Mund aufmachen konnte. Sein Englisch war besser als meines, aber an seinem Akzent erkannte ich, dass er auch Deutscher war.

Vielleicht war das eine Art erster Test.

Ich holte dem Burschen etwas zu trinken und brachte ihn an den Pool, dann ging ich hinein und rief Braniff an.

»Hey, Sanders, wie steht's?«, fragte er gemütlich.

Jemand sei aufgetaucht, teilte ich ihm mit, ganz plötzlich. Braniff hatte nichts von Gästen gesagt.

»Kein Grund zur Aufregung«, sagte er. »Andreas gehört dazu. Dachte mir, Sie könnten ein bisschen Gesellschaft brauchen da draußen. Sie haben bestimmt genügend Gesprächsstoff.« Und damit hängte er ein.

Als ich zum Pool zurückkam, hatte sich Andreas schon das Hemd ausgezogen. Er hatte ungefähr den gleichen Körperbau wie ich, war gebräunt und wirkte, als habe er erheblich mehr Sport getrieben als ich. Er sah so gut aus, dass er wahrscheinlich bei den Frauen ohne Anstrengung ankam – eine Tatsache, die mich normalerweise sofort gegen ihn eingenommen hätte, weil ich hinter solchem Aussehen immer Arroganz witterte. Dazu kam noch, dass er eine Rolex am Handgelenk trug. Ich hatte noch nie eine Rolex gesehen, außer in Anzeigen. Sie hatte bestimmt ein Vermögen gekostet.

Aber trotz dieses ersten Eindrucks war Andy weder arrogant noch ein Angeber. Genau wie ich sagte er nie ein Wort zu viel. Wir waren uns auffallend ähnlich. Ich mochte ihn sofort.

Auch er war kürzlich von seiner Einheit, einem Fallschirmjägerbataillon in der Nähe von Stuttgart, nach Pendleton versetzt worden. Er war Hauptgefreiter. Ich dagegen war Offiziersanwärter; das hätte eine Barriere zwischen uns sein können, aber ich habe mir nie etwas aus der Rangordnung gemacht, und Andy ging es genauso.

Als wir uns über unser Bier und die Steaks hermachten, besprachen wir unsere Situation und kamen beide zum gleichen Ergebnis. Wahrscheinlich war organisatorisch etwas schief gelaufen und wir waren aus dem Weg geschafft worden und wurden hier festgehalten, bis sich alles geklärt hätte.

Im Augenblick blieb uns nichts anderes übrig, als uns auszustrecken und die Sonne zu genießen.

»Wer weiß«, sagte Andy, »vielleicht schicken sie uns auch noch ein paar Mädels.«

Wir blieben lang auf und verdauten unser Essen. Andy kümmerte sich gerade um die Restglut im Grill, als er mir plötzlich mit den Augen ein Zeichen machte, mich umzusehen. Ich drehte mich um und sah einen riesigen Mann am Pool stehen, das Gesicht verzerrt von den Reflexen der Unterwasserbeleuchtung. Er war durch das Gebüsch gekommen, so leise, dass keiner von uns etwas gehört hatte. Ich war sprachlos vor Überraschung.

Er hob die Hand und sagte in langsamem, schwerfälligem Deutsch: »Ich bin Unteroffizier Koch. Braniff lässt grüßen. Er hat mir gesagt, hier gäb's was zu essen.«

»Und wie wär's mit einem Bier dazu?«, fragte Andy ganz gelassen.

Koch verzog das Gesicht. »Wasser wäre mir lieber. Danke.« Er kam herüber und setzte sich zwischen uns.

Andy ging ins Haus. Ich wusste, er würde Braniff anrufen. Koch lehnte sich zurück und schaute zum Nachthimmel auf. Die Luft war so klar, dass man glaubte, die Sterne berühren zu können.

Er war als Kampfschwimmer zur Bundeswehr gegangen, war aber kürzlich zu den Fallschirmjägern gewechselt, wie Andy und ich.

»Prima«, sagte er, als ich ihm das erzählte. »Da werden wir allerhand zu reden haben.«

Andy erschien wieder mit einer Flasche Wasser und zwei Steaks aus dem Froster. Seiner Größe nach zu urteilen, konnte Koch schon was vertragen. Als Andy das Grillfeuer wieder anfachte, zeigte er mir den hochgereckten Daumen. Er hatte die Sache überprüft.

Ich merkte, dass Essen für Koch eine ernsthafte Beschäftigung war und dass er sich auf das konzentrierte, was er gerade tat. Wir sahen ihm schweigend beim Essen zu.

»Erwartet ihr noch andere?«, fragte er, kaum dass er den letzten Bissen hinuntergeschluckt hatte.

Ich schüttelte den Kopf. Ich sagte ihm nicht, dass wir nichts erwarteten und mit allem rechneten.

»Schön«, erwiderte er, erhob sich und ging zum Haus. »Mein zierlicher Körper braucht Ruhe.«

Am anderen Morgen stand ich früh auf und schlenderte zum Pool. Ich wollte gerade hineinspringen, als ich bemerkte, dass ein dunkler Schatten unter der Wasseroberfläche dahinglitt. Es war Koch. Ich stoppte die Zeit. Zweieinhalb Minuten später tauchte er auf, kaum außer Atem.

»Hast du einen Passierschein dafür?«, fragte ich, als er das Wasser abgeschüttelt hatte.

Koch runzelte die Stirn. »Wofür?«

»Für die Muskeln!«

»Ach, das.« Er lachte. »Ein Passierschein. Ich lach mich tot.« Er gluckste noch ein wenig vor Vergnügen, dann beugte er sich zu mir und sagte mit verschwörerisch gesenkter Stimme: »Vor ein paar Tagen hätte ich meinen beinahe verloren. In Pendleton.«

Jetzt war ich an der Reihe, fragend dreinzuschauen.

»Den Passierschein«, sagte Koch. »Sie waren zu fünft. Wir waren in einer Bar gleich außerhalb des Camps. Ich saß da und tat keinem was zuleide. Und was passiert?«

Ich zuckte fragend die Achseln.

»Diese Burschen haben Witze gemacht über mich. Sie haben mich Kraut genannt.«

»Und was hast du gemacht?«

»Es waren Weißbrotärsche. Du kennst den Typ. Dumm, stark und wasserdicht.«

Und ob ich den kannte. Ein Weißbrotarsch war der Typ des hirnlosen Skinhead, den man zu Hause bei Aufzügen von Neonazis zu sehen bekam. Der Ausdruck passte auf eine Menge der muskelbepackten Rednecks in Pendleton.

Ich dachte daran, wie sie mich am ersten Tag herumgeschickt hatten, und wusste ziemlich sicher, was jetzt kommen würde.

»Ich erklärte, mein Name sei nicht Kraut, sondern Koch. Ich half ihnen beim Buchstabieren. Ich habe das Wort jedem einzeln eingehämmert. Auf die Stirn. Und ordentlich mit Wucht. K – O – C – H, damit sie sich's merken konnten.«

Ich lachte. Koch war nicht so dumm, wie er aussah.

Wir gingen hinein, um zu frühstücken. Andy und ich waren gerade mit unserem leichten kontinentalen Frühstück fertig und Koch mit den zwei Steaks, die seine übliche Ration werden sollten, als es klingelte. Allmählich kam Leben in die Bude.

Ich ging zum Kontrollraum und schaute auf die Bildschirme. Vor dem Tor stand jemand, den ich zuerst für ein Kind hielt. Erst als ich die Reisetasche sah, die neben ihm am Boden stand, wusste ich, dass hier ein weiterer Rekrut zu uns stieß.

Ich griff hinüber und drückte auf etwas, was ich für den Toröffner hielt. Plötzlich waren die Bildschirme alle leer. Ich fluchte und drückte den Knopf noch einmal, in der Hoffnung, sie würden durch ein Wunder wieder zum Leben erwachen. Aber nichts geschah.

Jetzt übernahm Koch, der an der Tür gestanden und über meine Schulter auf die Bildschirme geschaut hatte. Innerhalb von zwei Sekunden hatte er die Lage erfasst und bewegte seine Finger behände auf der Konsole. Die Bilder vom Haus und seiner Umgebung erblühten wieder auf den Schirmen.

Koch spähte auf den Monitor. »Magerer kleiner Bastard, was?«, sagte er.

Wir gingen zu dritt hinaus.

Koch hatte Recht, der Bursche sah komisch aus. Er war höchstens eins fünfundsechzig und so mickrig wie ein unterernährter Elfjähriger. Er ließ seine Tasche am Pool fallen, sog die Wüstenluft tief ein und musterte die luxuriöse Umgebung.

»Ei, ei, ei«, sagte Koch und rückte ihm drohend näher. »Wen haben wir denn da?«

Die kleine Gestalt stand einfach da und sagte nichts.

»He, Kleiner, ich warte«, sagte Koch.

Der Kleine nahm seine verspiegelte Sonnenbrille ab und sah uns forschend an.

»Hat deine Mutter deinem jämmerlichen Arsch keinen Namen gegeben?«, fragte Koch.

Der Neuankömmling nahm Haltung an. Mit dünner Piepsstimme äffte er eine zackige Meldung nach: »Jawoll, Hauptgefreiter Christian Bauer, zu Befehl.«

»Lauter. Ich höre nichts«, bellte Koch, der offenbar nicht merkte, dass Christian ihn verarschte.

Christian wiederholte seinen Namen und Koch brach in Gelächter aus. Dann wandte er sich an Andy und mich. »Großer Gott. Hat man so was schon gehört? Vermutlich sind seine Eier in den Schraubstock gekommen.«

Den ganzen Nachmittag saßen wir am Pool und es ging immer so weiter. Koch frotzelte ihn unaufhörlich. Andy, Chris und ich unterhielten uns und versuchten, die Verbindung zwischen dem

Marine Corps und diesem Anwesen zu ergründen. Koch schwamm inzwischen Bahn um Bahn und machte nur gelegentlich eine Pause, um im Sonnenschein mit seinen Muskeln zu protzen, ließ aber keinen Augenblick von Chris ab. Mickerarsch, Babyschwanz, Chormädchen, Eunuch – was immer Koch sich auch ausdachte, Chris blieb sitzen und steckte es einfach weg.

Auch Christian war Fallschirmjäger, das hatte ich beim Anruf in Pendleton erfahren. Ich mochte ihn. Er war cool, er war etwas Besonderes. Den größten Teil des Nachmittags vergrub er sich in eine russische Ausgabe von Anna Karenina.

Die anderen, hatte Braniff gesagt, würden am späten Nachmittag kommen. Er sagte nicht wie viele, aber die acht Betten hatten wohl einen Sinn.

Chris, Andy und ich versuchten das Puzzle zusammenzusetzen, das Braniff uns vorgelegt hatte, aber wir scheiterten. Das Einzige, was wir vier gemeinsam hatten, war das Bestreben, uns in unserem Beruf auszuzeichnen, die Besten zu sein.

Koch schwamm weiterhin im Pool hin und her und goss fortwährend Schmähungen über Chris aus.

Als er schließlich aus dem Becken stieg, stand Chris langsam auf, legte seine Sonnenbrille ab und ging zu der Stelle, wo der frühere Kampfschwimmer stand. Koch schaute ihn ungefähr so an, wie er einen Pickel auf seinem makellosen, gemeißelten Gesicht gemustert hätte. Dann, so schnell, dass ich es kaum mitbekam, gab Chris ihm einen Tritt vor die Brust, der ihn rückwärts ins Wasser beförderte.

»Mensch, Christian«, sagte ich, »mal abgesehen davon, dass du Russisch kannst und den Schwarzen Gürtel hast – gibt es da noch andere Hobbys, die wir kennen sollten?«

Chris ging zu seinem Stuhl zurück. Er setzte die Sonnenbrille wieder auf und sagte trocken: »Ich spiele gern mit Sprengstoff, wenn du schon fragst.«

Von da an waren Chris und Koch eng befreundet. Da sie körperlich so verschieden waren wie nur möglich, gaben sie ein ziemlich groteskes Paar ab.

Kapitel 4

Die anderen kamen alle gleichzeitig an. Es waren fünf, so dass wir jetzt insgesamt zu neunt waren. Das hieß, dass einer kein Bett abkriegen würde.

Wir losten, und Koch verlor. Aber weil neben ihm alles so winzig aussah, auch das Mobiliar, beschlossen wir, dass wir reihum auf der Couch schlafen würden. Irgendwer, irgendwo, hatte das vorausberechnet. Sie kannten uns besser als wir uns selbst.

Die anderen fünf waren Wolfgang, Tony, Mike, Carl und Dietrich. Zweieinhalb Wochen lebten wir völlig ungestört in der Villa.

Praktisch von Anfang an bildeten sich zwei Gruppen. Da waren einmal Andy, Koch, Chris, Dietrich und ich. Und dann Wolfgang, Tony, Mike und Carl.

Wolfgang war ungeschickt und streitsüchtig. Vom ersten Tag an machte er ständig Sachen kaputt oder stolperte über irgendwas. Ich fragte mich, wie er je in die Bundeswehr gekommen war, von den Fallschirmjägern ganz zu schweigen.

Wir saßen am Pool, als Wolfgang aufstand, am Tisch anstieß und dabei einige Gläser umwarf. Wir hatten es alle kommen sehen – das heißt, alle außer Wolfgang.

»Macht nichts, Kumpel«, sagte Koch, als das zum dritten Mal passierte. »Du kannst mir eine neue Cola holen, dann sind wir quitt.«

»Was soll das heißen?«, fragte Wolfgang.

»Nun, da, wo ich herkomme, ist es üblich, dass man den Leuten die Drinks ersetzt, die man verschüttet hat«, erklärte Koch.

Er deutete auf drei weitere umgefallene Gläser. »Sanders und unser Major Karate könnten wieder ein Bier brauchen und Dietrich will wahrscheinlich Whisky und Ginger Ale, wie üblich.«

»Kann schon sein«, sagte Wolfgang. »Aber was geht das mich an?«

Koch kratzte sich am Kopf. Er trug das Haar so kurz wie ein US-Marinesoldat. Es gab ein Geräusch wie Sandpapier. »Du hast den Tisch angerempelt.«

Wolfgang zuckte die Achseln. »Das war ich nicht. Vielleicht war's der Wind.«

Es rührte sich kein Hauch. Nie gab es hier Wind. Der Tag war so paradiesisch wie alle anderen.

Schließlich bequemte sich Wolfgang doch dazu, neue Drinks zu holen.

Wolfgangs olivfarbige Haut und der schmale schwarze Schnurrbart gaben ihm ein latinomäßiges Aussehen. Weil wir uns im Grenzland zu Mexiko befanden und weil einer darauf hinwies, dass das spanische Wort für Wolf »Lobo« war, wurde er Lobo getauft.

Die drei ruhigen Burschen – Mike, Tony und Carl – schienen von Lobo angezogen zu sein, der sich als liebenswürdiger und charismatischer Mensch entpuppte.

Ich wurde mir nie klar darüber, ob seine Streitsucht nur gespielt war, aber die Ungeschicklichkeit war garantiert echt. Man hörte ein Scheppern oder Krachen und Lobo war wieder einmal gegen eine Tür oder einen Schrank gerumpelt.

Bei Tony und Carl kann ich mich aus diesen Tagen nur an eins erinnern: Kaugummikauen.

Tony saß den ganzen Tag rum, kaute und machte Kaugummiblasen. Er sprach nicht viel – tatsächlich sagte er so gut wie nie etwas.

Ich kann mich nur an ein einziges Gespräch – im weitesten Sinne des Wortes – mit Tony erinnern. Es war mittags. Wir saßen um den Tisch; das Radio spielte Mariachi, die mexikanische Musik, die in den Wüsten des Südwestens den Äther beherrschte. Wir suchten nach einem Sender, der etwas spielte, das wir kannten, aber hier in den Bergen, am Arsch der Welt, war das ein vergebliches Bemühen. Dann also Mariachi. Es machte uns schier verrückt. Nur Tony schien völlig unbeeindruckt. Er trommelte unablässig im Takt mit den Fingern auf die Tischkante. Er hatte lange Finger und er traf den Rhythmus gut.

»Bist du vielleicht Klavierspieler oder was?«, fragte ich.

Er schaute mich vergnügt an und sagte: »Stimmt haargenau.« Und machte unbeirrt weiter.

Ich dachte, er wolle mich verarschen. Aber später entdeckte ich, dass Tony tatsächlich ganz hervorragend Klavier spielte.

Trotz, oder vielleicht gerade wegen all dieser Eigenarten und Marotten langweilten wir uns nie und gerieten auch nie aneinander. Das war schon ein Wunder, wenn man bedenkt, dass wir so eng zusammenlebten und nicht rauskonnten.

Wir durften das Anwesen nicht verlassen, also mussten wir uns etwas ausdenken, um fit zu bleiben. Es gab einen kleinen Kraftraum, in dem wir Gewichte stemmen konnten. Irgendwann einmal gründete Chris eine Karate-Gruppe und ein paar von uns nahmen bei ihm Unterricht. Morgens und nachmittags wurden sie jeweils zwei Stunden lang schwer drangenommen. Tony und Mike übernahmen den Garten, mähten den Rasen und schnitten die welken Wedel von den Palmen, während Koch sich um den Pool kümmerte, Chlor einfüllte und tote Skorpione aus dem Wasser fischte. Ich war glücklich, wenn ich lesen und den Scherzen der anderen zuhören konnte.

Alles, was wir machten, war auf jeden Fall weit besser als Exerzieren auf dem Kasernenhof. Wir waren jung und unerfahren – jedenfalls, was Amerika betraf – und akzeptierten unsere Lage voll Dankbarkeit.

Ich hatte mich für übertrieben ordentlich gehalten, aber für Andy war Ordnung eine Obsession.

Sein Rasierzeug und seine Zahnbürste standen auf der linken Seite des Waschbeckens, meine Sachen auf der rechten. Wenn ich seine Sachen auch nur geringfügig verrückte, bekam ich was zu hören. Das hätte sich zu einem Kleinkrieg wie in den Filmen um »Ein seltsames Paar« entwickeln können, aber so weit kam es nicht. Was ich an Andy bewunderte, war, dass er diese präzise

Sorgfalt auf alles anwendete, was er tat. Er dachte systematisch und logisch und wälzte Probleme so lange, bis er sie gelöst hatte. In der kurzen Zeit, die wir nun zusammen verbracht hatten, waren wir enge Freunde geworden.

Ich fragte ihn, warum er nicht die Offizierslaufbahn gewählt hatte, vor allem, weil der familiäre Hintergrund ja gepasst hätte. Aber er machte mir klar, dass Rang und Titel für ihn kein Thema waren. Als Unteroffizier, sagte er, sei man immer mitten im Geschehen.

Genau wie ich wollte er so viel erleben, wie in der Bundeswehr Mitte der 1970er Jahre nur möglich war. Seine – und meine – große Enttäuschung war, dass wir in unserer Armee, die in der Folge des Krieges durch vertragliche Bindungen stark eingeschränkt war, niemals den Ernstfall erleben würden, wenn nicht die Russen in Westeuropa einfielen.

Ich hörte seine Worte, aber ich fühlte, dass es zu Andy und den Entscheidungen, die er getroffen hatte, noch mehr zu sagen gegeben hätte.

Wenn wir um den Pool saßen und den Tag verstreichen ließen, konnten Chris und Koch stundenlang über Waffen, Munition und Sprengstoff reden, Dinge, für die sie ein krankhaftes Interesse hegten. Ihr Wissen war beeindruckend.

Lobos Leidenschaft war Elektronik und er verbrachte ganze Nachmittage, indem er jedem, der es hören wollte oder nicht, alles, vom neuesten Hi-Fi-System bis zu den Innereien der taktischen Armeefunkgeräte, mit allen Einzelheiten beschrieb und erläuterte. Am ehesten hörte ihm noch Tony zu, der kaugummikauend dasaß, während Lobo sein Lieblingsthema durchkaute. Wenn Tony sich für etwas interessierte, erkannte man es daran, dass er eine große Blase aufblies und sie dann platzen ließ. Lobo ließ das als Beifall gelten und dozierte weiter über Hochton- und Tieftonlautsprecher.

Mike und Carl waren Fitnessfreaks. Sie liefen den größten Teil des Tages rund um das Haus und ließen sich dabei alle zehn Meter auf die Hände fallen, um Liegestütze zu machen.

Der ruhige und nachdenkliche Dietrich, der älter und weiser aussah als die Einundzwanzigjährigen, die ich sonst kannte, war als Einziger von uns verheiratet.

Während wir anderen Bier und gelegentlich Tequila tranken (außer Koch, der überhaupt keinen Alkohol anrührte), hielt sich Dietrich ausschließlich an seine Lieblingsmixtur: Whisky und Ginger Ale. Weil er befürchtete, das Ginger Ale könnte ausgehen, meldete er Anspruch darauf an und bedrohte jeden – nur halb im Scherz, vermute ich –, der sich an dem schwindenden Vorrat vergriff, mit Rachemaßnahmen. So kam auch er zu einem Spitznamen. »Ginger« schien besser zu ihm zu passen als Dietrich.

Eines Abends saßen wir wieder um den Pool, tranken und rauchten wie üblich. Wir waren stimmungsmäßig hin und her gerissen. Wir hatten es so schön wie nur möglich, aber allmählich brannten wir darauf, mit der Ausbildung anzufangen. Von Braniff hatten wir seit Tagen nichts mehr gehört und wir hätten gern gewusst, wann die Ferien zu Ende sein würden.

»Hast du nicht das Gefühl, dass hinter dieser Sache mehr steckt, als man auf den ersten Blick vermuten möchte?«, fragte mich Andy, als wir am Grill standen und auf die letzten Steaks aufpassten.

Ich blickte hoch und erspähte einen Falken, der im Aufwind segelte und nach Beute Ausschau hielt.

»Mir ist dieser Ort von Anfang an irgendwie unheimlich gewesen«, sagte er.

»Als ob wir überwacht würden, oder wie?«

Der Falke verschwand hinter einem Bergkamm. Andy schwieg. Ich wandte mich ihm zu. Seine Beobachtung interessierte mich, denn ich hatte das gleiche Gefühl.

Die anderen wurden auf unser Gespräch aufmerksam. Koch brach das Schweigen. »He, du Schlaumeier«, rief er Andy vom tiefen Ende des Pools aus zu. Er saß am Beckenrand, ließ die Füße ins Wasser hängen und nahm einen kräftigen Schluck aus der Wasserflasche. »Tu mir den Gefallen und hör auf. Wenn du ständig grübelst, krieg ich Kopfweh.«

Andy lachte. Aber ich sah, dass ihn etwas beunruhigte.

»O. K., spuck es aus«, forderte ich ihn auf. »Sonst kriegen wir noch alle Kopfweh.«

Was ihm zu denken gebe, sagte Andy, sei die Tatsache, dass wir so verschieden seien.

Er erhob sich, eine Zigarette in einer Hand und ein Glas Tequila in der anderen. »Denkt mal darüber nach.«

Wir hatten alle verschiedene Fähigkeiten, die sich ergänzten. Andy und ich waren Organisatoren. Chris hatte den Schwarzen Gürtel in Karate, konnte mehrere Sprachen inklusive Russisch und kannte sich mit Sprengstoffen aus. Koch war ein außergewöhnlich guter Schwimmer und ausgebildeter Taucher und ein erstklassiger Experte in allem, was Waffen, Munition und Ballistik betraf. Lobo und Tony hatten ein Händchen für Funkgeräte, waren ausgezeichnete Navigatoren und wussten alles, was es über Elektronik zu wissen gab. Mike, Carl und Ginger hatten keine auffallenden Talente, machten aber den Eindruck von Alleskönnern. Körperlich waren wir alle in hervorragender Kondition.

Das war in etwa Andys kurzer Umriss. Jetzt hätte es gut wieder Spott geben können, aber diesmal sagte niemand etwas, und es lachte auch keiner.

Andy machte eine Pause und nahm einen Schluck von seinem Drink. Er spülte ihn im Mund hin und her und ließ seine intensiv blauen Augen über den Himmel und die Berge schweifen, bevor er fortfuhr.

»Schaut euch an. Das Leben ist schön und wir sind alle verdammt zufrieden mit uns selbst. Wir wollen die Besten sein.«

Er blickte zu Koch hinüber, der ausnahmsweise einmal gefesselt war von Andys Worten. »Mach weiter«, sagte er.

»Tja, was ich eigentlich sagen will«, fuhr Andy fort, während der Ernst in seinen Augen einem Lächeln wich, »ist, dass ein paar von euch Arschlöchern sich in Zukunft ziemlich anstrengen müssen, um das zu schaffen.«

Koch brüllte auf und sprang auf die Füße. Er jagte Andy um den Pool und drohte, ihm den Kopf abzureißen. Bei Koch wusste man nie recht, ob er etwas ernst meinte. Aber er war der größte und stärkste Typ, den wir je gesehen hatten, und Andy ging kein Risiko ein.

Koch war schnell, aber Andy war schneller. Sie rannten zwei Mal um den Pool, sie rannten zehn Mal um den Pool, und es sah nicht so aus, als würde einer aufgeben.

Ohne ein Eingreifen von außen wäre das Schauspiel den ganzen Tag so weiter gegangen. Ich schaute zu Mike und fing seinen Blick auf. Ohne ein Wort standen wir auf, packten Andy und warfen ihn mitsamt seinem Drink in den Pool.

Aber ich wusste, was Andy meinte. Die Atmosphäre in diesem Anwesen hatte von Anfang an etwas Eigenartiges gehabt, obwohl keiner von uns hätte sagen können, was ihn befremdete und warum. Wir waren junge Leute. Wir hinterfragten Befehle nicht. Wenn die Yankees auf unsere Ankunft so wenig vorbereitet waren, dass sie uns in eine Villa auslagern mussten, die sich gut als Schauplatz in einem Hollywoodfilm geeignet hätte, was sollten wir dann dagegen haben?

Ich fragte Andy nie, worauf er mit seiner Analyse hinausgewollt hatte, und das Thema kam nicht wieder aufs Tapet.

Meist verbrachten wir die Zeit am Pool und klönten endlos über die Themen, über die Zwanzigjährige eben reden: Fußball, schnelle Autos und Frauen.

In der Regel war es Koch, der solche Gespräche in Gang brachte. Ich erinnere mich an eins davon, das mich für immer an ein anderes Mitglied unserer Gruppe band.

Koch sprach darüber, was er als Erstes tun würde, wenn wir einmal in Pendleton Urlaub bekommen würden. Er hatte immer von einem großen amerikanischen Auto geträumt, einem Straßenkreuzer mit Faltdach und endlos langen Kotflügeln. Er sah sich den Pacific Highway entlangfahren, einen Finger am Lenkrad, neben sich eine blonde kalifornische Schönheit, nur Titten und Arsch, und mit laut aufgedrehtem Radio. Wir lachten. Die Vorstellung von Koch in bunten Shorts und einem Hawaiihemd war ungeheuer komisch.

Lobo fragte Koch nach seiner Idealfrau.

»Ich mag dicke Frauen«, antwortete er. »Und dicke Autos.«

»Du bist unglaublich«, sagte Lobo. »Ein rammelndes Tier.«

»Er fantasiert bloß«, ließ sich Chris mit seiner hohen, dünnen Stimme hören. »Glaubt mir, Koch ist noch Jungfrau. Der ist im Bett immer mit sich selbst beschäftigt.«

»Er wüsste gar nicht, was er mit einer Frau anfangen sollte, selbst wenn sie eine fette Zielscheibe auf sich draufmalen würde«, sagte Andy. »Diese Großmäuler sind alle gleich.«

»Ihr seid alle unerfahren und eifersüchtig, das hört man raus«, erwiderte Koch.

Andy öffnete eine Bierflasche und schaute zum Himmel auf. »Das Einzige, was hier fehlt, ist Ursula Andress. Das wäre die richtige Frau für mich.«

»Ich hab's mehr mit den Intellektuellen«, sagte Chris und kratzte sich im Schritt. »Wie in dieser Fernsehserie, ihr wisst schon.«

»Frank Cannon? Der Dicke?«, lachte Koch.

»Nein, du Trottel. Angie Dickinson, die Polizistin. Bei der ist alles am richtigen Fleck.«

Ich versuchte zu lesen, hörte aber dem Geschwätz mit einem Ohr zu. Meine Gedanken wanderten zu Sabine. Ich sah auf die Uhr. Es war kurz nach drei Uhr nachmittags. Wenn man die Zeitverschiebung bedachte, lag sie jetzt im Bett und schlief tief und fest. Plötzlich hatte ich Sehnsucht nach ihr.

Ich zog meine Geldbörse aus der Gesäßtasche und holte ihr Bild heraus. Es war vor einem Monat im Zoo aufgenommen. Sie hatte einen Passanten gebeten, uns zu fotografieren. Sabine war gut getroffen, aber ich sah saublöd aus, und so hatte ich mich mit der Schere weggeschnitten. Ihre Augen funkelten in der Sonne.

Ich dachte daran, was wir an unserem letzten Abend vor meiner Abreise nach Amerika besprochen hatten, und fragte mich, ob unsere Beziehung halten würde. Zwei Jahre schienen auf einmal verdammt lang.

»Hübsch. Ist das deine Freundin?«

Ich drehte mich um. Hinter mir stand Ginger. Wenn ich das gewusst hätte, wäre ich vorsichtiger gewesen. Jetzt wurde ich wahrscheinlich in ein Gespräch gezogen, auf das ich nicht scharf war. Ich wollte Teile meines Lebens für mich behalten, und Sabine gehörte dazu. Ich steckte die Fotografie zurück.

»Geht ihr schon lang zusammen?«, fragte er.

»Ziemlich lang«, antwortete ich und nahm mein Buch wieder auf.

»Tut mir Leid, es geht mich natürlich nichts an.«

Etwas in seiner Stimme verriet mir, dass er sprechen wollte. Drei von uns hielten sich stets aus der testosterongeladenen Konversation heraus. Zwei davon waren Ginger und ich. Der dritte war Mike, der beim Thema Frauen auffallend schweigsam war.

Ich legte mein Buch weg. »Wir gehen eigentlich zusammen, seit ich von der Schule abgegangen bin«, sagte ich mit gedämpfter Stimme, damit die anderen es nicht hörten.

Ginger atmete auf. »Gott sei Dank«, sagte er ernst. »Ich dachte schon, ich wäre der Einzige hier. Margit und ich sind zusammen seit unserem letzten Schuljahr. Besser gesagt, ihrem letzten Schuljahr. Sie ist zwei Jahre älter als ich. Vergangenen August haben wir geheiratet. Möchtest du ein Bild von ihr sehen?«

Bevor ich noch etwas sagen konnte, griff er in seine Tasche und zog ein Passfoto mit Eselsohren heraus. Er gab es mir in die Hand. Ich hielt es ins Licht.

Margit, das muss ich ehrlich sagen, war keine schöne Frau. Nach dem zu schließen, was man sah, war sie ein stämmiges, gesundes Mädchen vom Land, mit breiten Schultern und blondem Haar. Sie hatte eine große Nase, dicke Lippen und einen schiefen Mund. Ihre Augen bohrten sich in die Linse. Es sah aus, als wolle sie sie verschlingen.

Sie mussten ein höchst sonderbares Paar abgeben, aber es war nicht zu übersehen, dass Ginger sie anbetete.

»Nun, was sagst du?«, fragte er, als ich das Foto zurückgab.

»Mir scheint, du bist ein Glückspilz«, brachte ich hervor.

»Meinst du das ernst? Wirklich?«

»Ja. Wirklich.«

Er steckte das Foto wieder ein und ging beschwingt weg.

Als ich an diesem Abend auf dem Weg ins Bett an seinem Zimmer vorbeikam, stand die Tür offen und ich sah das Foto wieder. Ginger hatte es in einen winzigen Rahmen gesteckt und auf seinen Nachttisch gestellt. Er musste den Rahmen schon aus Deutschland mitgebracht und auf irgendeine Ermutigung gewartet haben, bevor er es wagte, seine Frau Margit öffentlich auszustellen.

Gleich am nächsten Tag ging es mit den Witzen los. Aber bevor jemand in Gegenwart von Ginger etwas sagte, konnte ich für ihn bitten.

Ginger war ein lebhaftes Mitglied der Gruppe. Wenn er ein paar Drinks gehabt hatte, konnte er so verrückt sein wie Koch, Lobo, Chris oder Andy. Aber wenn er gemerkt hätte, dass die anderen seine Frau hinter seinem Rücken einen Trampel nannten, hätte ihn das zutiefst verletzt.

So predigte ich und es schien irgendwie anzukommen, denn nie sagte jemand in Gingers Hörweite etwas über Margit. Aber wenn er nicht dabei war, gab es noch Witze genug.

Und dann rief Braniff an. Er würde am nächsten Tag mit zwei Jeeps kommen, um uns wieder nach Pendleton zu bringen. Die Ferien waren vorbei.

Kapitel 5

Obwohl wir in Deutschland die Ausbildung als Fallschirmjäger schon abgeschlossen hatten, mussten wir in Pendleton wieder ganz von vorn anfangen. Unser tägliches Brot war gnadenloser Drill: Wecken vor Morgengrauen, Gewehrübungen, Zwanzig-Meilen-Läufe, Sturmübungen, und vor allem verbale und körperliche Misshandlungen von Seiten unserer Ausbilder. Der Vietnamkrieg war gerade zu Ende gegangen und die ergrauten Schleifer der Armee waren anscheinend wütend auf Gott und die Welt.

Ein Ausbilder bemühte sich besonders, uns das Leben zur Hölle zu machen. Sein Name war Garten.

Wir neun waren mit den amerikanischen Rekruten in Pendleton zusammengeworfen worden. Wir aßen, trainierten, schliefen und lebten mit ihnen, aber Garten hackte auf uns »Krauts« herum, als hätten wir ihm persönlich etwas getan.

Weil wir unsere Grundausbildung in Deutschland absolviert hatten, glaubte ich zuerst, Garten übe so viel Druck aus, um uns zu Höchstleistungen zu zwingen. Aber ich merkte schnell, dass das nicht der Fall war. Garten meinte es persönlich.

Es war ja gut möglich, dass sein Vater an der Normandieküste oder bei Anzio im Kampf gegen die Deutschen gefallen war. Aber ich vermutete einen tieferen Hintergrund für Gartens Vorurteile. Sein Name verriet deutsche Wurzeln. Garten war höchstwahrscheinlich ein Kraut in der zweiten Generation, der alle Schikanen, die er selbst als Rekrut erlitten hatte, weitergab. Er war der klassische Schinder.

Am ersten Abend in der Kaserne pickte er uns aus der Menge der anderen heraus und machte uns klar, was wir zu erwarten hatten.

»So lange ihr hier seid, werde ich alles in meiner Macht Stehende tun, um euch das Leben zu versauen«, schrie er, indem er vor uns auf- und abging. »Wenn ich mit euch anfange, ihr kleinen Stücke Krautscheiße, werdet ihr am Abend so nach eurer ›Mutti‹ heulen, dass diese braven amerikanischen Jungs, eure Mit-Rekruten, euch am liebsten umbringen würden.

Ihr wisst also Bescheid. Wenn einer von euch Trotteln überhaupt durchhält, garantiere ich euch eins: Ihr werdet mir an den Kragen gehen wollen. Jede Nacht werdet ihr davon träumen, wie ihr mich umbringen könnt. Aber das ist der Spaß an der Sache. Ich werde für diesen Scheiß bezahlt und ich verstehe mein Geschäft. Niemand weiß mehr über den Tod als ich. Ich werde euch Tötungsmethoden beibringen, von denen ihr keine Vorstellung habt. Ich werde eure erbärmlichen kleinen Träume mit Tod erfüllen. Ihr werdet davon fantasieren, mich zu ermorden, mit Methoden, die nur ich euch zeigen kann. Und das verdammt Schlimmste daran ist: Ihr werdet mir dafür dankbar sein. Habe ich mich klar genug ausgedrückt?«

»Sir, yes, sir!«

»Lauter, ihr jämmerlichen Arschlöcher!«

»*Sir, yes, sir!*«

Und dann blieb er zwei Mann entfernt von mir stehen. Er hatte seinen Punchingball gefunden.

Garten baute sich drohend vor Chris auf. Er beugte sich runter und brüllte Chris direkt ins Gesicht: »Hast du je den Slogan gehört: ›Jeder Marine ist eine tödliche Waffe.‹?«

»Sir, yes, sir!«, schrie Chris. In einem Schlafsaal mit etwa vierzig zukünftigen Marines klang seine Stimme wie die eines Angels. Gartens Augen funkelten.

»Hast du schon mal etwas von Linda Lovelace gehört, du jämmerliche deutsche Missgeburt?«

»Sir, yes, sir!«

Garten bückte sich noch tiefer, bis er Chris direkt in die Augen sehen konnte. »So mickrig, wie du bist, wirst du nie ein Marine«, höhnte er. »Du bist so winzig, dass Linda Lovelace dich nicht einmal als Dildo hernehmen würde.«

Am Ende der Reihe, am anderen Ende der Baracke, lachten ein paar der Amerikaner. Aber Garten überhörte es. Für die Amerikaner galten andere Regeln. Er diskriminierte uns mit Absicht.

Die nächsten sechs Wochen schikanierte uns Garten, so gut er konnte. Er teilte uns immer wieder mit, dass wir geborene Versager seien. Schließlich hätten die Krauts, wie er uns ständig erinnerte, den Krieg verloren. Aber wir schnitten bei den physischen und theoretischen Tests durchgehend besser ab als die Yankees. Das brachte Garten auf die Palme.

Einer dieser Wettbewerbe war ein Klassiker. In der Wüstenvilla hatten ein paar von uns angegeben, was für prima Schützen sie seien. Ginger entschied, wir müssten die Sache im Rahmen einer Wette austragen. Sobald wir in den Schießstand durften, würden wir gegeneinander kämpfen. Der schlechteste Schütze würde für jeden einen Sixpack Bier zahlen müssen, der beste eine Runde Weinbrand, Bourbon oder Wodka – was immer jeder haben wollte.

Tatsächlich aber waren uns, als sich die erste Gelegenheit bot, die Amerikaner haushoch überlegen. Da gab es Burschen aus Kentucky, Arkansas oder Alabama, wo man schon als kleiner Junge mit auf die Jagd geht, die uns weit in den Schatten stellten.

Der Einzige von uns, der sich im Wettschießen behauptete, war ausgerechnet Carl, der nie angegeben hatte und sich auch aus dem Streit, der zu der Wette führte, herausgehalten hatte.

Nach jeder Runde schied der schlechteste Schütze aus und die Schießscheibe wurde 50 Yards (circa 45 Meter) weiter weggezogen. Wir acht waren unter den Ersten gewesen, die hinausfielen, aber Carl war immer noch dabei. Wir schauten ihm ehrfürchtig zu. Bei 350 Yards schoss er immer noch. Ich konnte das Schwarze gar nicht mehr sehen und der letzte Amerikaner war schon ausgeschieden. Sogar unser Ausbilder – es war gottlob nicht Garten – nahm einen respektvollen Ton an, als er befahl, die Scheibe noch einmal 50 Yards weiter wegzurücken. Carl legte sich hin und brachte das Gewehr in Anschlag. Dann drehte er sich zu uns um und sagte ruhig: »Whisky, Wodka oder Weinbrand – ihr könnt es euch schon mal überlegen.«

Als man die Scheibe herbrachte, hatte er 96 Prozent erreicht. Das war, schätzte unser Ausbilder, zum letzten Mal einige Zeit vor dem Zweiten Weltkrieg vorgekommen.

Je mehr wir uns anstrengten, je besser wir abschnitten, desto schlimmer wurde es für uns. Garten drillte uns unbarmherzig und ließ nie ab. Und immer bekam Chris den Löwenanteil seiner Gehässigkeit ab.

Eines Tages waren wir auf dem Exerzierplatz und Garten fand bei Chris einen winzigen Fussel unter dem Revers. Er brach in eine Schmährede aus, wie wir sie noch nie von ihm gehört hatten. Er belegte Chris mit jedem Schimpfnamen unter der Sonne. Und als Chris nicht mit der Wimper zuckte, packte er ihn beim Kragen und stieß ihm das Gesicht in den Dreck, damit er »den Feind genau sehen« könne. Garten drückte ihn so fest in die Erde, dass ich dachte, er würde ihn umbringen.

Koch trat aus der Linie. Sein Schatten fiel auf Gartens Hinterkopf. Der Schleifer drehte sich langsam der Sonne zu. Mit der rechten Hand hielt er noch immer Chris am Kragen.

»Sergeant Garten«, sagte Koch langsam und jedes Wort betonend, »warum zeigen Sie mir jetzt nicht, ob ein voll ausgebildeter amerikanischer Marine eine tödliche Waffe ist?«

»Was zum Teufel«, begann Garten, ließ Chris los und stand auf.

»Ich gebe Ihnen die Gelegenheit, Sergeant Garten, mir zu zeigen, wie gut Sie wirklich sind«, sagte Koch und schaute ihm in die Augen.

»Treten Sie zurück ins Glied!«, schrie Garten.

Aber Koch blieb stehen. Garten wiederholte den Befehl und diesmal gehorchte Koch. Garten war aschfahl. Er fand keine Worte. Er entließ uns und stürmte davon.

Kaum waren wir wieder in der Kaserne, wurde Koch von Gratulanten umringt. Alle, auch die Amerikaner, klopften ihm auf die Schulter und beglückwünschten ihn.

Die Monate vergingen und das Leben wurde ein wenig leichter. Gartens Quälereien hatten nachgelassen und alle, Chris eingeschlossen, glaubten, dass wir nun alle gleich behandelt würden.

Aber Garten wartete nur auf seine Chance.

Sie kam bei einer Übung, bei der unser gegenseitiges Vertrauen getestet werden sollte.

Wir wurden in die große Schwimmhalle gebracht und saßen auf einer langen Bank, während Garten uns die Regeln erklärte. Jeder Rekrut würde der Reihe nach mit Handschellen um Handgelenke und Fußgelenke ins Wasser geworfen werden. Die Hände waren dabei hinter dem Rücken gefesselt. An den Fußschellen hing zusätzlich ein Vorhängeschloss, an dem eine Kette mit Gewichten befestigt war. Ein zweiter Rekrut sollte mit dem Schlüssel auf den Grund des Beckens hinabtauchen und seinen Kumpel retten, indem er das Vorhängeschloss an den Knöcheln aufsperrte und somit die Gewichte löste. Zwei Kameraden standen am Beckenrand, um den Geretteten anschließend aus dem Wasser zu ziehen.

Die Amerikaner exerzierten das durch und alles lief wunderbar. Dann kam Garten zum Ersten von uns. Es war zufällig Koch. Als ich Gartens Gesicht sah, wusste ich, dass etwas passieren würde. Er betrachtete den Schlüssel eine Weile, dann zitierte er Koch zu sich. Koch stand auf und ließ sich von Garten fesseln. Dann sprang er ins Becken. Seit unserer Zeit in der Villa wusste ich, dass Koch ohne Schwierigkeiten zwei bis drei Minuten unter Wasser aushalten konnte. Als Koch jetzt am Grund des Beckens lag, tat Garten, als ob nichts wäre. Er ging an unserer Reihe entlang, strich sich das Kinn und überlegte, wer mit dem Schlüssel ins Wasser springen sollte.

Ich hatte im Geist die Sekunden gezählt, seit Koch ins Wasser gegangen war. Nach zwei Minuten saugte Garten immer noch an seinen Zähnen und alle wurden unruhig. Garten befahl Chris, an den Beckenrand zu treten.

»He, du verdammter kleiner Scheißer«, sagte er und hielt den

Schlüssel in die Höhe, »Zeit, den dämlichen Riesen zu retten.« Er tat, als wollte er Chris den Schlüssel geben, warf ihn dann aber mitten ins Becken.

Chris atmete tief ein und wollte springen, aber Garten packte ihn im Genick. »Hab ich ›jetzt‹ gesagt?«

»Bitte?«

»Hab ich gesagt, du sollst dich schon jetzt nass machen, du jämmerliches Stück Krautscheiße?«

»Wollen Sie Koch umbringen?«

»Keineswegs«, sagte Garten gelassen. »Ich denke, er wird ein bisschen Wasser trinken, und dann wird er ein bisschen zu wenig Sauerstoff kriegen. Aber wenn ich bedenke, wie groß und dumm er ist, dann glaube ich, er wird die paar Gehirnzellen nicht so arg vermissen. Andererseits glaube ich, wenn er mit einem furchtbaren Kater zu sich kommt, dann wird er seinen kleinen Arschkumpel umbringen wollen, weil du derjenige warst, der den Schlüssel nicht rechtzeitig gefunden hat.«

Ich schaute auf meine Uhr. Koch war seit drei Minuten unter Wasser. Dann sah ich Chris an. Ein Schatten fiel über sein Gesicht. Mir fiel plötzlich ein, wie er Koch mit einem Karatetritt ins Schwimmbecken der Villa befördert hatte.

Wenn Chris Garten angriff, wanderte er ins Gefängnis. Und anschließend würde er heimgeschickt.

Ich stand auf, bevor ich noch wusste, was ich vorhatte. »Das reicht jetzt, du Bastard, lass ihn aus«, sagte ich zu Garten, »oder ich bringe dich mit bloßen Händen um.«

Garten starrte mich an, als wäre ich so ein Fussel, wie er sie nur allzu oft von meiner Montur gepflückt hatte. Ich konnte nur daran denken, dass die Zeit verging. Chris entschlüpfte Gartens Griff und sprang ins Becken. Ginger lief zum tiefen Ende, wo Koch schon Wasser schluckte.

Garten und ich standen da und starrten uns an. Dann griff er in die Tasche und händigte mir einen Ersatzschlüssel aus.

»Sanders«, sagte er, »vielleicht kriegst du die Gelegenheit, eher als du denkst.«

Hinter ihm tauchten Ginger und Koch auf. Ich ging an Garten

vorbei und schloss Kochs Handschellen auf. Sein Gesicht war schon ein bisschen blau, aber er lebte.

Kurz bevor wir den Ausbildungsabschnitt in Pendleton abschlossen, traten wir vor Garten zum Nahkampfunterricht an. Garten hatte uns schon beigebracht, wie man Menschen auf vielfältigste Weise mit dem Messer erledigen konnte. Nun hielt er uns wieder einen langen Vortrag übers Töten, aber diesmal, sagte er, indem er mich herauspickte, sollten die bloßen Hände unsere einzigen Waffen sein. Er beschrieb, wie man einen Mann unauffällig tötete; wie man sich von hinten anschlich, sein Gesicht packte und ihm die Kinnspitze nach hinten drehte, bis man das verräterische Knacken der Halswirbelsäule hörte. Dann befahl er mir, allen zu demonstrieren, wie man es in der Realität machte. Garten stellte sich mit dem Rücken zu mir und lud mich ein, ihn zu töten.

Ich stand auf.

Ich hielt die Augen auf ein Stück Haut zwischen dem Kragen und dem Borstenhaar an seiner Schädelbasis gerichtet. Vor meinem geistigen Auge sah ich mich unter der Dusche stehen, voll bekleidet mit dem Kampfanzug, meine M 16 im Arm, angestrengt bemüht, den festgebackenen Schlamm eines Zwanzig-Meilen-Marsches durch einen Sumpf abzuwaschen. Eine andere Methode war mir in meiner Verzweiflung nicht eingefallen.

Das war gegen jede Regel. Hätte Garten mich erwischt, während ich mein Gewehr wusch – das Gewehr, das jeder Marine pflegen sollte wie sein krankes Kind –, er hätte mich auf der Stelle umgebracht. Aber es wirkte, und Garten kam mir nicht auf die Schliche.

Garten hatte jedoch einen sechsten Sinn für jede Art von Regelverstoß. Er fand tatsächlich einen winzigen Baumwollfussel im Magazin meines Gewehrs, und das war Anlass genug für eine weitere Tirade über die Krauts und den Krieg und den erbärmlichen Abschaum, der wir waren.

Und dann dachte ich an Chris und daran, was Garten mit Koch gemacht hatte, und das Blut kochte mir. Ich rannte los und streckte die Hand nach seiner Kinnspitze aus. Ich wollte das Knirschen und Knacken zerreißender Bänder und gebrochener Wirbel hören. Aber Garten war vorbereitet. Bevor ich ihn noch erreichte, wirbelte er herum und boxte mich in den Solarplexus. Einen Augenblick lang dachte ich, meine Rippen würden brechen. Aber Garten wusste genau, wie viel Kraft er anwenden durfte. Ich fiel zu Boden, krümmte mich und japste nach Luft wie ein Fisch auf dem Trockenen. Und dann stand Garten über mir, die Hände auf den Hüften.

»Schön, du Arschloch, jetzt hast du deine Chance gehabt.« Dann drehte er sich um und sprach zu den anderen. Er tischte ihnen die tägliche Portion Hass auf die Krauts, ihre Nichtswürdigkeit und ihre verlorenen Kriege auf. Als er über mir stand und meine Demütigung vollkommen war, schwor ich mir, nie wieder die Beherrschung zu verlieren.

Mir wurde klar, dass Garten mir eine Lehre erteilt hatte, die ich nie vergessen würde.

Kapitel 6

Nach einigen Monaten in Pendleton wurden wir nach Fort Benning an der Grenze zwischen Georgia und Alabama verlegt. Dort bekamen wir auf Kosten der US Army einige Monate Unterricht in Infiltration und Aufklärung. Das Schwergewicht lag auf Unterwanderung – wie man durch die feindlichen Linien kam und wie man sich hinter der Front durchschlug.

Von Benning aus kamen wir nach Virginia Beach und tauschten so das Feuchtgebiet von Georgia und Alabama gegen die Marine Corps Base in Fort Story, eine Kriegsausbildungsstätte direkt neben dem riesigen US-Marinebasis-Komplex von Norfolk an der Atlantikküste.

Die folgenden sieben Wochen durchliefen wir eine weitere Grundausbildung, die noch intensiver war als der Drill in Pendleton. In Fort Story wollten sie nicht nur herauskriegen, wie fit man war, sondern auch wie motiviert.

Unsere Ausbilder erhöhten den Einsatz, indem sie uns mitteilten, dass wir jederzeit aufhören konnten, wenn wir wollten. Man brauchte nur die Hand zu heben und zu sagen, dass man genug hatte. Dann würden keine Fragen gestellt, es gäbe keine öffentliche Demütigung. Aber wenn wir diesen Weg wählten, wären wir raus, ohne ein Abschiedswort. Dadurch kam ein psychologisches Moment ins Spiel. Aber der Bindungsprozess in einer Gruppe ist eine eigenartige Sache. Ich war entschlossen, nicht vor den anderen das Gesicht zu verlieren. Den anderen ging es genauso.

Außerdem saß uns Garten nicht mehr im Nacken, und so war alles viel leichter zu ertragen als in Pendleton.

Zur Belohnung wurden wir in den »Basic Amphibious Reconnaissance Course« aufgenommen, einen weiteren Kurs in Spezialitäten der Kriegsführung. Diesmal waren die Höhepunkte unter anderem Patrouillenführung hinter der Front, höhere Navigation und Orientierung, taktische Kommunikation, schnelle Infiltration, Evakuierung mithilfe von Hubschraubern und Anforderung von Luftangriffen.

In Pendleton war es immer um Muskeln und Fitness gegangen. In Fort Story kam der Druck von einer anderen Seite. Hier ging es darum, seinen Kopf zu gebrauchen – die physische Fitness, die körperliche Geschicklichkeit sollte mit geistigen Fähigkeiten kombiniert werden. Tagaus, tagein wurden wir zu Spezialisten ausgebildet, wie sie in der Bundeswehr der 1970er Jahre nicht denkbar waren.

Ich war Offiziersanwärter und ich wusste, was von mir erwartet wurde. Der Unterrichtsstoff war teilweise schwierig und ich musste hart arbeiten. Wenn ich mich weiterhin vor den anderen auszeichnen wollte, musste ich in der knapp bemessenen Freizeit Wissen speichern. Wenn die anderen in eine Bar verschwanden, blieb ich in der Kaserne und büffelte. Was mich anspornte, war, dass Andy immer gleichauf war mit mir, dass ich immer seinen Atem im Nacken spürte. Ihn sah man nie mit einem Lehrbuch; er war als Soldat die größte Naturbegabung, die ich je gesehen habe.

Eines Abends lag ich auf meinem Stockbett und versuchte mir ein Kapitel Trigonometrie einzuprägen, das wir in der folgenden Woche für einen Test in Navigation brauchen würden, als Andy hereinkam und verkündete, dass draußen ein paar Taxis ständen, die uns in die Stadt bringen sollten.

»Los, Sanders, um Himmels willen«, sagte er. »Lass die verdammten Bücher und mach auch einmal einen Spaß mit.« Er packte das Lehrbuch und warf es aufs oberste Bett.

Ich stand auf und holte es wieder. »Vielleicht verstehst du das nicht«, entgegnete ich. »Ich will Offizier werden. Ich möchte nicht ein einfacher, blöder Soldat sein wie du.«

»Du legst zu viel Wert auf diese Offizierssache«, sagte er und überprüfte sein Äußeres im Spiegel.

»Aber die Bezahlung ist gut und man kriegt am Ende eine nette Pension.« Ich deutete auf seine Rolex. »Du magst doch die gleichen Sachen im Leben wie ich, Andy. Ich verstehe nicht, warum du dich nicht darum bemühst.«

»Vielleicht gibt es noch andere Dinge im Leben als Bezahlung und Pension. Vielleicht will ich nicht mein ganzes Leben rumsitzen und Berichte schreiben. Vielleicht überlasse ich diesen Scheiß gerne gebildeten Leuten wie dir.«

Das klang hohl und ich sagte es ihm. »Wir sind für irgendetwas ausgesucht worden; du hast das als Erster gemerkt. Höchstwahrscheinlich spezielle Ausbildungseinheiten, wo wir den Deutschen das beibringen sollen, was die Amerikaner uns beigebracht haben. Mach dich unentbehrlich und dein Wert steigt ins Unermessliche. Ich gedenke, das Möglichste daraus zu machen. Und das solltest du auch.«

Andy setzte sich aufs Fußende meines Bettes. Sein Gesichtsausdruck hatte sich verändert. »Ich sag dir, warum ich diesen Offiziersscheiß dir überlasse, Thomas. Als ich beschloss, zur Bundeswehr zu gehen, war mein Vater ganz und gar dagegen. Er ist Geschäftsmann und eine bedeutende Persönlichkeit in Stuttgart. Er hat seine Finger überall drin. Er hat sein Leben lang hart gearbeitet und so ziemlich alles erreicht, was er erreichen wollte. Das Einzige, was er sich noch wünschte, war, dass ich, sein Sohn, in seine Fußstapfen trete und das Familienimperium führe. Er hat mich schon immer zu seinem Nachfolger herangezogen. Aber er kann nicht einsehen, dass ich eine eigene Person bin. Ich entscheide, was ich mit meinem Leben anfange, nicht er.

Als er merkte, dass mein Entschluss feststand, begann er beim Militär die Fäden zu ziehen. Er kennt ein paar Majore und Generäle, die dafür gesorgt hätten, dass ich bequeme Jobs und schnelle Beförderungen bekommen hätte. Er ist ein schwieriger Typ, mein Alter, und er ist daran gewöhnt, dass er seinen Willen kriegt. Keiner leistet ihm Widerstand. Als ich herausbekam, was er im Schild führte, zog ich meine Offiziersbewerbung zurück und ging als einfacher Soldat zum Bund. Mein Vater ging in die Luft. Aber jetzt weiß er wenigstens, dass ich es ernst meine.«

Er schaute auf die Uhr. »Die Taxis müssen jeden Augenblick da sein. Bist du sicher, dass du deine Meinung nicht änderst?«

Ich schüttelte den Kopf und sah ihm nach. In der Stille, die folgte, hätte ich leicht wieder den Kopf in den Büchern vergraben können. Aber ich hatte keine Lust mehr zu lernen.

In Fort Story lernten wir eine Anzahl höherer Fallschirmsprungtechniken, alles von HAHO-Sprüngen – High-Altitude High-Opening (Absprung in großer Höhe, frühes Öffnen) – über HALO-Sprünge – High-Altitude Low-Opening (Absprung in großer Höhe, spätes Öffnen) bis zum Absprung aus dem Hubschrauber.

Das war schwieriger, als es aussah. Eines Tages sprangen wir in 2.400 Meter Höhe aus einem MH-53, einem riesigen Hubschrauber, den die US Special Forces für Luftangriffe über große Entfernungen benutzen. Kaum war ich rausgesprungen, als ich vom Luftstrom des Rotors erfasst wurde, mich überschlug und ins Trudeln geriet.

Man hatte uns gesagt, was man in einer solchen Situation tun musste, aber ich hatte nur halb hingehört. Man konnte diesen Effekt auch nicht simulieren. Praxis kriegt man nur in der Wirklichkeit – einer Wirklichkeit, die man nie zu erleben hofft.

Plötzlich merkte ich, in was für einer schlimmen Lage ich war. Wenn man im Taumeln und Trudeln im falschen Moment die Reißleine zieht, hat man gute Aussichten, sich in seinen Fallschirm zu verwickeln und wie der Blitz im Boden einzuschlagen. Besser benutzte ich den Reserveschirm, der mir auf den Bauch geschnallt war; da konnte ich doch sehen, was ich tat. Aber ich wirbelte so schnell in der Luft herum, dass es kaum möglich war, den richtigen Moment für die Reißleine zu erkennen. Ich sah den Himmel, zwang mich, bis zwei zu zählen, und zog fest. Es gab einen Knall und einen Schlag, als der Fallschirm sich öffnete, und fast im gleichen Augenblick schlug ich auch schon auf dem Boden auf. Die Wucht des Aufschlags drückte mir die Luft aus den Lungen und ein paar Sekunden lag ich da und bekam keine Luft.

Die anderen hatten meinen Fall verfolgt und rannten auf mich zu, um zu sehen, ob ich noch atmete. Als sie herankamen, schaffte ich es, mich aufzurappeln und mich wieder zu fassen. Kein Grund zur Aufregung, sagte ich. Das hätte ich genauso vorgehabt.

An diesem Abend feierte ich still für mich, dass ich dem Tod so knapp entronnen war. Das Beste an der Bar, die Andy und die anderen so gern besuchten, war die Musikbox, eine alte Wurlitzer mit Country- und Western-Songs. Ich war sturzbetrunken und eines dieser Lieder schlich sich in meinen Kopf ein und setzte sich dort fest. Es war eine traurige Ballade von Johnny Cash. Beim fünften Mal konnte ich den Text auswendig.

Er brachte mich auf Sabine. Ich hatte das goldene Herz in der Hand, das sie mir an unserem letzten Abend gegeben hatte. Ich stand an der Bar und sang in meine Bierflasche, in einer Lautstärke, als wäre ich der Mann in Schwarz höchstpersönlich.

We got married in a fever
Hotter than a peppered trout
We bin talkin' about Jackson
Ever since the fire went out
Oh, I'm goin' to Jackson
Gonna mess around
Yeah, I'm goin' to Jackson
Look out Jackson town …

Ich griff in meine Hosentasche, fischte eine Hand voll Kleingeld heraus und machte mich wieder auf den Weg zur Musikbox, aber ich kam nicht weit. Die anderen fielen über mich her, trugen mich hinaus und setzten mich auf dem Gehsteig ab, zum größten Vergnügen der Einheimischen, die aus uns nicht schlau wurden.

»Du kannst wieder reinkommen, Jackson, wenn du dich für ein anderes verdammtes Lied entscheidest«, sagte Koch und warf die Tür hinter sich zu.

»Jackson?«, sagte ich fragend und blickte zu den Sternen auf. »Scheint, du hast einen neuen Namen bekommen …«

Ich wandte mich um und sah Mike, auf dessen Gesicht die

wechselnden roten und weißen Lichter einer Budweiser-Reklame spielten. Es war eine heiße, feuchte Nacht. Die anderen waren wieder hineingegangen, aber er saß da auf dem Randstein, die Füße auf der Straße.

Er gab mir eine Zigarette und zündete sich selbst auch eine an. Es waren filterlose Winstons. Alles andere war in der Bar ausgegangen. Wenn sie überhaupt je etwas anderes gehabt hatten.

»Du magst Johnny Cash?«, fragte er.

»Manchmal«, sagte ich und zog den Rauch tief in die Lungen. Er traf frontal auf den Alkohol in meinen Adern und die Sterne begannen um meinen Kopf zu kreisen. »Clapton ist der Beste, der Einzige, wenn du mich fragst.«

»Was ist dann mit diesem Song?«

»Ich weiß nicht.« Ich legte mich hin, die Zigarette im Mund, und versuchte die wirbelnden Sterne anzuhalten. »Wenn wir heimkommen«, hörte ich mich sagen, »werde ich Sabine einen Heiratsantrag machen.«

»Heiraten?« Er stieß einen leisen Pfiff aus. »Bist du sicher?«

»Die anderen werden mich für verrückt halten, aber mir kommt es nicht verrückt vor. Kommt es dir verrückt vor?«

Mike, ruhig wie immer, schüttelte den Kopf. »Nein – aber ich hab auch noch nie jemanden getroffen, der heiraten wollte. Wo wollt ihr leben?«

»Ehrlich, so weit hab ich noch gar nicht gedacht, Mike. Ich weiß nur, dass wir nicht in Westberlin leben wollen. Ich mag die Stadt, aber sie ist so verdammt abgeschnitten. Kann gut sein, dass ich irgendwo in der Nähe von Köln stationiert werde, wenn wir hier fertig sind. Dort scheint am meisten los zu sein. Sabine kann ihren Beruf überall ausüben. Aber ich glaube, wir wissen beide, dass Köln nicht der ideale Ort ist. Das Dumme ist nur, dass wir nicht wissen, welcher Ort sonst ideal ist. Sabine und ich sind zuerst Berliner, dann erst Deutsche. Wir kennen unser eigenes Land nicht.«

»Tja, so ist das Leben«, sagte Mike. »Ich meinerseits war noch nie in Westberlin. Es ist so ein blödsinniger Zirkus, wenn man rein und raus will. Es war mir nie der Mühe wert.«

»Das muss sich ändern, mein Freund. Du musst uns besuchen.«

Er grunzte zustimmend und dann fragte er: »Und wo wollt ihr jetzt wirklich leben?«

»Sabine hat die fixe Idee, sich auf dem Land niederzulassen, aber ich bin noch nicht so weit, dass ich hinter den sieben Bergen leben möchte. Und sie wahrscheinlich auch nicht, wenn sie ehrlich ist.«

»Vielleicht denkt ihr einmal über Frankfurt nach«, sagte er. »Wie du weißt, lebe ich da ja. Es liegt so zentral, dass man in ein paar Stunden überall hinkommt. Es ist auch nicht weit von Köln weg und es gibt regelmäßige Flüge nach Berlin. Und wenn du auf Nachtleben scharf bist, da ist eine Menge los. Du könntest es schlechter treffen. Verlass dich auf mich.«

Ich setzte mich auf und legte ihm einen Arm um die Schultern. »Weißt du, Mike, es ist komisch, aber das tu ich.« Ich wandte den Kopf und richtete meine Stimme theatralisch gegen den Lärm, der durch die Fliegengittertür der Bar herausdrang. »Ich vertrau dir ein verdammtes Stück mehr als den anderen Arschlöchern, mit denen ich leider Gottes zusammen trainieren muss. Tatsächlich vertraue ich dir so sehr, dass ich dich bitten möchte, mein Trauzeuge zu sein.«

Er verschluckte sich beinahe an seinem Bier. »Ich? Ist das dein Ernst?«

»So ernst war es mir noch nie im Leben.«

»Na gut«, sagte er. »Sieht aus, als sollte ich doch noch nach Westberlin kommen.«

Die sechs Monate in Fort Story, in denen wir alles lernten, was zur Ausbildung des britischen Special Air Service, der amerikanischen Rangers (das war, bevor das Pentagon die Delta Force einrichtete) und der sowjetischen Spetsnaz gehörte, waren beinahe vorbei. Man sagte uns, unsere Ausbildung sei zu zwei Dritteln vollendet.

Von Virginia Beach aus würden wir zwei Wochen Heimaturlaub bekommen, und dann würden wir in die Staaten zurückkehren, um den letzten Ausbildungsabschnitt in einer Spezialeinrichtung bei Fort Worth in Texas zu absolvieren.

Und was war dann? Wir wurden immer noch im Ungewissen gehalten.

Wir feierten unseren Abschluss mit einem Neun-Mann-Nachtsprung.

Es war eine wunderbare Nacht. Die Luft war warm und der Himmel sternenklar. Es war Vollmond und man konnte meilenweit sehen.

Ich landete, rollte mich in Richtung des leichten Vorwärtsdralls und stand auf. Rund um mich holten die anderen ihre Fallschirme ein. Ich zählte schnell ab und kam auf acht Mann. Alle waren haargenau im Zielgelände – alle außer Koch, von dem nichts zu sehen war.

»Da ist er«, flüsterte Andy, und ich schaute auf.

Aus einem Grund, den nur er kannte, war Koch offenbar fünf Sekunden später gesprungen als wir. Sein Schirm trieb gemächlich in Richtung Erde und einen Augenblick lang sah ich Kochs Umrisse sich vor dem Mond abzeichnen. Instinktiv schätzte ich seine Flugbahn ab. Wir befanden uns auf welligem Wiesengrund nahe der Atlantikküste. Es war ein ideales Gelände für eine Fallschirmlandung, weil es keine Bäume gab – außer einem. Und Koch trieb geradewegs darauf zu.

Er war immer noch circa 150 Meter hoch oben, als Andy zu mir sagte: »Ein Kasten Bier sagt, dass er links vom Baum herunterkommt.«

Lobo fiel sofort ein: »Eine Flasche Bourbon sagt, er fällt rechts.«

Auch die anderen setzten ihre Wetten, während Koch lautlos und zielsicher auf den Baum zutrieb, der jetzt als eine große alte Föhre mit vom Wind verdrehten und verzogenen Ästen erkennbar wurde. Die Wetter teilten sich in die üblichen Koalitionen auf: Carl, Tony und Mike schlugen sich auf Lobos Seite, Chris und Ginger stimmten mit Andy. Ich machte nicht mit, weil ich mir von Anfang an sicher gewesen war, wie es ausgehen würde.

Während der letzten fünfzig Meter von Kochs Fall wurde die Stille der Nacht von Geschrei erschüttert.

»Links, du Bastard!«

»Nein, rechts! Los, Koch, du Arsch!«

»Mach einmal im Leben was Vernünftiges!«

»Los! Los!«

Eine Sekunde vor dem Aufschlag verstummten beide Parteien. Man hörte einen Fluch von Koch, dann das Krachen und Knacken von Ästen.

Wieder Stille.

Wir nahmen unsere Fallschirme auf und rannten los. Ich hatte bei den Fallschirmjägern genug Geschichten von Soldaten gehört, die in Bäumen gelandet waren, vor allem nachts, um mir Sorgen zu machen. Altgediente Feldwebel konnten sich gar nicht genug tun mit Geschichten von Fallschirmjägern – teils persönlich bekannt, teils nicht –, die von Ästen durchbohrt oder von den Leinen der eigenen Fallschirme erwürgt worden waren. Als wir den Baum erreichten, außer Atem vom Laufen, versuchten wir, durch die breit ausladenden Äste nach oben zu spähen.

Der Nachtwind fuhr sanft durch die Zweige. Dann hörten wir von weit oben ein lautes Fluchen.

»Verdammte Hurensöhne!«, brüllte Koch. »Holt mich runter!«

»Bist du noch ganz?«, schrie ich hinauf, die Hände zum Schalltrichter um den Mund gebogen.

»Natürlich bin ich ganz, Jackson, du Arsch. Aber meine Hände sind eingeklemmt. Ich kann nicht an mein Messer ran. Einer muss raufkommen und mich losschneiden.«

Ich griff nach einem Ast und war dabei, mich daran hinaufzuziehen, als Lobo mich zurückhielt.

»Wart ein bisschen«, sagte er. »Wer hat die Wette gewonnen?«

»Was?«, fragte ich.

»Was?«, kam ein Echo hoch aus dem Baum.

»Lobo hat Recht«, sagte Chris schrill. »Er ist *im* Baum gelandet. Wer hat dann gewonnen?«

Ich ließ den Ast los und plumpste herunter. »Genau genommen ich«, sagte ich.

»Aber du hast gar nicht gewettet«, erwiderte Andy.

»Weil ich wusste, dass er im Baum landen würde. Du, Ginger

und Chris, ihr schuldet mir je einen Kasten Bier, und ihr anderen schuldet mir eine verdammte Menge Bourbon.«

»Verpiss dich«, sagte Lobo. »Du hast nicht gewettet. Du zählst nicht mit.«

»Verdammt noch mal, was ist denn da unten los?«, brüllte Koch. Ich hörte, wie er sich drehte und wand, um freizukommen.

»Eigentlich ist Koch schuld, weil er in den Baum gefallen ist«, sagte Ginger.

»Yeah«, pflichtete Chris ihm bei. »Da hast du Recht.« Er schrie in den Baum hinauf: »Spaßverderber!«

»Kommt rauf und schneidet mich los!«, schrie Koch. So wütend hatte ich ihn noch nie gehört.

»Passt auf, Jungs«, sagte Chris. »Ich weiß was. Wie lang braucht er wohl, bis er runterkommt? Ich setze meinen Kasten Bier darauf, dass es auf jeden Fall eine Stunde dauert.«

»Blödsinn«, meinte Lobo. »Mindestens doppelt so lang.«

»Prima Idee«, sagte Andy. »Jeder macht eine Vorhersage, dann sehen wir schon, wer am nächsten dran ist.«

»O. K., und der Gewinner kriegt alles«, stimmte Lobo zu.

Wir gaben also unsere Tipps ab. Sie lagen zwischen dreißig Minuten und vier Stunden. Ich schätzte auf zwei Stunden und vierzig Minuten, weil ich wusste, dass Koch als Junge viel im Wald gespielt hatte, und weil er mit einem Messer sehr geschickt umgehen konnte.

Aber erst musste er an sein Messer rankommen.

Jetzt gab es keinen Diskussionsbedarf mehr. Wir packten unsere Ausrüstung ordentlich zusammen und lagerten uns am Fuß des Baumes. Einer ging ans Funkgerät und informierte die Kaserne, dass der Absprung gelungen war. Wir hatten durchaus keine Eile.

Chris hatte eine Flasche Bourbon mitgenommen und Ginger hatte immer Spielkarten bei sich. Wir zündeten ein kleines Feuer an und richteten uns auf eine Nacht mit Kartenspielen und Geschichtenerzählen ein.

»Was zum Teufel treibt ihr da unten?«, schrie Koch.

Nach einem Schluck Whisky war selbst der schweigsame Carl kühn genug zum Reden. »Hat jemand was gehört?«, fragte er.

»Das war bestimmt der Wind«, erklärte Mike. Die Sache begann uns Spaß zu machen.

Ginger, Lobo, Carl und Mike waren bereits ins Pokern vertieft. Wir übrigen erforschten die Tiefen der Whiskyflasche.

Wieder brüllte Koch uns an. »Wenn ich da runterkomme, stecke ich jedem von euch die Hand in die Gurgel und reiß ihm das Rückgrat heraus. Dann könnt ihr eure Ärsche an der Leine spazieren führen!«

»Ts, ts«, machte Lobo. »Ist das eine Art, mit seinen Freunden zu sprechen?«

»Wenn du mich fragst, nein«, sagte Andy. Er schaute auf die Uhr, beugte sich nach hinten und rief in den Baum hinauf: »Wenn du runterkommst, Freund, dann beeil dich doch bitte ein bisschen. Ich fürchte, ich verliere meine Wette.«

Die Antwort war ein weiteres Wutgebrüll.

Ich streckte mich lächelnd im Gras aus, den Kopf auf dem Fallschirm. Nächste Woche würden wir für vierzehn Urlaubstage heimfahren. Ich würde meine Mutter und die Großeltern wiedersehen und ich würde Sabine treffen. Ich war erfüllt von Zufriedenheit und Wohlbehagen. In dem Jahr, das wir zusammen verbracht hatten, hatte die Gruppe sich zu einer Kampfeinheit von beträchtlicher Stärke entwickelt, beschwingt durch einen Mannschaftsgeist, den ich in der Bundeswehr nie für möglich gehalten hatte. Ich hatte Angst vor dem Augenblick, in dem unsere Gruppe zerschlagen und wir einzeln nach Hause geschickt würden, jeder zu seiner Einheit. Aber jetzt war es noch nicht so weit. Wenn wir wieder nach Amerika zurückkamen, hatten wir noch mehrere gemeinsame Ausbildungsmonate vor uns. Ich freute mich schon darauf. Ich mochte diese Freunde mehr, als ich sagen konnte. Ich mochte sie ohne Vorbehalt. Sie waren meine Freunde.

Meine Gedanken wurden durch Ginger unterbrochen, der ein bisschen vom Stamm weggegangen war. Er schaute auf den Baum zurück und lachte sich schief.

»Jackson, komm und schau dir das an«, japste er. »Kommt alle her zu mir. Schnell!«

Ich sprang auf und lief zu ihm. In wenigen Sekunden hatten

wir uns alle versammelt. Koch entdeckte uns und nahm es als Zeichen, dass wir hinaufsteigen und ihn befreien wollten. Aber das hatte keiner von uns im Sinn.

»Schaut ihn an«, sagte Ginger. »Schaut ihn euch bloß an.«

Ich schaute hinauf, und da war Koch, die Arme fest an den Körper gefesselt, der Fallschirm um ihn herumdrapiert. Die Seide fing das Mondlicht ein und leuchtete fast magisch. Ginger sagte, Koch sähe wie ein Engel aus.

Alle lachten.

»Süßer kleiner Engel«, gurrte Lobo.

»Gott segne ihn, unseren Angel«, sagte Andy.

»Lacht nur«, sagte Koch, und man hörte ihm an, dass er sich in sein Schicksal ergeben hatte. »Aber ich sage euch, wenn ich wieder festen Boden betrete, dann sorge ich dafür, dass euch Iwan der Schreckliche im Vergleich mit mir wie Mutter Teresa vorkommt. Ihr werdet euch wünschen, ihr wärt nie geboren.«

Erst im Morgengrauen stieg schließlich einer auf den Baum und schnitt ihn frei.

Aber Koch war jetzt nicht mehr Koch. Er war Angel.

Kapitel 7

Am Tag nach meiner Ankunft in Deutschland nahm Sabine meinen Antrag an. Die Hochzeit wurde auf den späten Frühling 1977 festgesetzt, sobald ich von Fort Worth zurück sein würde.

Meine Mutter und meine Großeltern waren überglücklich. Sabine gehörte schon zur Familie. Meine Mutter hatte Wort gehalten und sie während meiner Abwesenheit unter ihre Fittiche genommen. Die beiden waren sich noch näher gekommen.

Sabine und ich wollten uns gleich darum kümmern, wo wir leben sollten. Sie hatte die Ausbildung beendet. Sie war MTA und konnte sich eine Stellung suchen, wo sie wollte.

Mir standen noch sechs Monate Training in den USA bevor bis zu meiner Rückkehr nach Deutschland und, wie ich vermutete, in mein altes Regiment.

Ich machte einen Besuch in der Kaserne, aber der Offizier, der mich damals informiert hatte, dass ich in die Vereinigten Staaten überstellt werden sollte, war woandershin versetzt worden. Feldwebel Schulze, mein alter Peiniger, war nur ausführendes Organ gewesen.

Ich rief Schulze an und erkundigte mich nach Neuigkeiten. Er klang überrascht, als er meine Stimme hörte.

»Na, wie ist es denn da drüben, Sanders? Ich wette, die Schleifer vom Marine Corps haben sich nichts gefallen lassen.« Er lachte amüsiert. »Das sind alles gemeine Schinder. Vielleicht hätte ich dir das vorher sagen sollen.«

»Die Monate bei Ihnen waren eine ausreichende Vorbereitung, Feldwebel Schulze«, sagte ich trocken.

»Du hältst dich wohl immer noch für oberschlau, Sanders, was?«

»Ob Sie's glauben oder nicht, ich freu mich darauf, Sie wiederzusehen«, sagte ich, und es stimmte. Nach Garten kam mir Schulze vor wie ein Lieblingsonkel. Aber er hatte genauso wenig Ahnung wie ich, was in Deutschland auf mich wartete.

Sabine und ich folgten Mikes Rat und schauten uns in der Umgebung von Frankfurt nach einer Wohnung um und fanden bald eine Vierzimmerwohnung ein paar Kilometer außerhalb der Stadt. Sie war nicht das Landhaus ihrer Träume, aber sauber, günstig gelegen und von Köln aus, wo ich vermutlich wieder stationiert werden würde, leicht erreichbar. Sabine fand eine Stelle in einer Arztpraxis ganz in der Nähe.

Als alles arrangiert und mein Urlaub zu Ende war, traf ich mich mit meinen Kumpels am Frankfurter Flughafen und wir flogen nach Dallas/Fort Worth. Ein Mann namens Ed Scott holte uns vom Flughafen ab. Er war etwa Anfang vierzig, groß, dunkelhaarig und sehnig und hatte die irritierende Angewohnheit, einem nie direkt in die Augen zu schauen.

Er ließ uns in zwei Kleinbusse einsteigen. Nach dreistündiger Fahrt erreichten wir eine Anlage, die nicht aussah wie ein Militärcamp. Ermüdet vom langen Flug, hatte ich nicht auf die Fahrtroute geachtet, aber wir waren meilenweit von jeder Ansiedlung entfernt. Es war ein abgelegener Fleck in einer staubigen Ebene, schon nahe beim Texas Panhandle.

Andy, Chris, Angel und ich tauschten Blicke. Hier gab es keine Soldaten, keinen Exerzierplatz, keine Fahrzeuge in Militäroliv, die auf dem Gelände herumkurvten. Die einzigen Menschen, die zu sehen waren, trugen Zivil, die Gebäude waren flache Ziegelbauten mit herabgelassenen Jalousien.

Eins dieser Gebäude wurde für die nächsten sechs Monate unser Quartier.

Es herrschte eine gespannte Atmosphäre und der Grund dafür wurde während unserer Ausbildungszeit langsam klarer. »Zivilisten« unterrichteten uns in verschiedenen Fertigkeiten, die mit dem Soldatenleben herzlich wenig zu tun hatten. Ich lernte, wie man ein Büro verwanzt und im eigenen Büro die Wanzen findet, was man als Bodyguard zu tun hat und wie man eine Verfolgungsjagd im Auto so gestaltet, dass man weder sich selbst noch Unbeteiligte dabei umbringt. Das war zwar spannend, aber es verstärkte unseren Frust noch. Keiner im Camp konnte uns sagen, wofür wir das alles brauchen würden.

Scott wich unseren Augen aus wie immer und machte klar, dass er seine Befehle von weiter oben bekam. Wer ihn bezahlte, darüber konnten wir nur Vermutungen anstellen, und die gingen dahin, dass die fraglichen Leute in einem fensterlosen Büro saßen, nicht allzu weit entfernt von Langley, Virginia, dem Hauptquartier der Central Intelligence Agency.

Angel bemühte sich, die Situation ins Spielerische zu ziehen, machte sich wichtig wie ein kleiner Junge und betätigte die Klospülung, wenn er etwas Lauteres als ein Flüstern von sich geben wollte. Trotzdem fühlten wir uns alle unbehaglich bei dem Gedanken, die CIA könnte, wenn auch indirekt, etwas mit unseren Laufbahnen zu tun haben. Aber jetzt steckten wir schon drin; und wenn man so jung ist wie wir, hat man nicht genug Erfahrung und Selbstbewusstsein, um die Hand zu heben und Auskunft zu verlangen. Erst später im Leben weiß man, dass man darauf ein Anrecht hat. Wir fanden uns mit unserem Geschick ab und setzten unser Vertrauen in unsere deutschen Vorgesetzten. Die mussten doch jedenfalls wissen, was sie taten.

Kurz bevor wir endgültig heimkehren sollten, beorderte mich Scott in sein Büro. Er wolle mich um einen kleinen Gefallen bitten. »Ich habe von den anderen Jungs gehört, dass Sie den Bund fürs Leben schließen wollen«, sagte er, indem er für uns beide Kaffee in Styropor-Becher goss.

Ich verzog das Gesicht. Nach beinahe zwei Jahren in Amerika war mein Englisch ziemlich gut, aber mit den idiomatischen Ausdrücken kannte ich mich nicht besonders aus.

»Heiraten«, sagte Scott. »Dass Sie heiraten wollen.«

Ich nickte vorsichtig.

Scott erklärte, dass ein paar seiner Kollegen ein Problem hätten. Der Drogenhandel zwischen Mexiko und den USA hatte ungeheure Ausmaße angenommen.

Was Scotts »Kollegen« brauchten, waren einige Informationen über den Zustand des Marktes in einer bestimmten Gegend und über die Route, auf der das Rauschgift in die USA gelangte; über Lieferanten und Käufer und alle Zwischenstationen und Mittelsmänner. Die Mexikaner waren Amerikanern gegenüber von Haus aus misstrauisch und schnitten sie von allen Informationen ab – manchmal gründlich und für immer. Aber ein Westdeutscher, vor allem, wenn er sich als Tourist tarnte, würde keinen Verdacht erregen. Wie war es also mit mir? Machte ich mit oder nicht?

Ich sagte ihm, dass die Hochzeit in drei Wochen stattfinden würde.

»Kein Problem«, sagte Scott. »Machen Sie den Job nachher. Sie werden höchstens zwei Monate dafür brauchen.«

Es klang einfach genug, und weil es ein Auslandseinsatz war, hatten meine Chefs in Deutschland beschlossen, ich sollte extra dafür bezahlt werden. Man verlangte von mir nur, dass ich zu niemandem ein Wort sagte.

Sabine und ich wurden in einer schönen kleinen Kirche in Berlin getraut. Alles lief nach dem üblichen Muster ab: zwei Tage lang Partys im Haus der Brauteltern, wobei ein bisschen Geschirr zertrümmert wurde, Kutschenfahrt zur Kirche und nach der Trauung ein großer Empfang für unsere zwei Familien und neunzig Gäste. Am Tag nach den Feierlichkeiten sollte ich nach Mexiko fliegen. Jeder dachte, ich ginge nach Amerika zurück.

Mike war mein Trauzeuge. Ich hatte das Versprechen nicht vergessen, das ich ihm in jener Nacht gegeben hatte, als die anderen mich aus der Bar warfen.

Die Hochzeitsfeier im Hotel Berlin zog sich bis in die Morgenstunden hin. Freunde und Verwandte rissen sich darum, mit der Braut zu tanzen. Sie war nie schöner gewesen. Sie hatte nicht nur das Kleid mitsamt der Schleppe selbst genäht, sie konnte auch noch darin tanzen. Die meiste Zeit stand ich nur irgendwo rum und schaute ihr zu. Sie bewegte sich völlig ungezwungen unter den Gästen und tanzte mit den meisten von ihnen. Manchmal fing ich einen Blick von ihr auf, aber bevor ich zu ihr gehen konnte, kam immer ein Gast dazwischen und entführte sie auf die Tanzfläche.

Aber als die Menschen mir die Hand drückten und die Verwandten mir die üblichen Briefumschläge mit Geld zusteckten und mir auf die Schulter klopften, fühlte ich, dass mir etwas fehlte – der Rest des Teams. Die Feier war in allen Einzelheiten von Sabines Eltern arrangiert worden und von meinen Freunden war nur Mike dabei.

»Warum ziehst du so ein Gesicht?«

Ich wandte mich um und lächelte meine Mutter an. »Du täuschst dich«, sagte ich. »Ich bin noch nie so glücklich gewesen.«

Sie strich mir über die Wange. »Wo warst du gerade?«

Ich hatte sie nie belügen können. Ich hatte es versucht, wie alle Kinder, aber sie hatte mich immer durchschaut.

»Ich dachte an Amerika.«

»An diese Freunde, von denen du mir erzählt hast?«

Ich nickte.

Wieder berührte sie mein Gesicht. »Jetzt kannst du an jemand anders denken.«

Ihr Blick schweifte über die Tanzfläche. Sabine unterhielt sich lachend mit einem Freund der Familie, einem Arzt, den ich aus seiner Praxis kannte. Er legte eine Hand aufs Herz und verbeugte sich in scherzhafter Untertänigkeit. Er entschuldigte sich, er sei zu alt für solchen Trubel, und zog sich in Richtung Bar zurück.

Sabine drehte sich zu mir um. Ihr Gesicht leuchtete auf und sie winkte mir zu. Ich winkte zurück.

»Regt sich Sabine auf, weil du wieder nach Amerika gehst?«, fragte meine Mutter.

Ich schüttelte den Kopf. »Sie glaubt, dass es gut ist für meine Karriere. Das glaube ich auch. Und es bedeutet mehr Geld.«

»In eurer Situation braucht man noch so viele Dinge.« Nach einer kleinen Pause fuhr sie fort: »Dafür, dass du noch nicht lang dabei bist, wirst du bei der Bundeswehr eigentlich auffallend bevorzugt.«

Ich nickte. »Ja. Darüber habe ich auch schon nachgedacht.«

»Aber es ist eine feine Sache, wie?«

»Ja, Mutti. Es ist eine feine Sache.« Aber während ich das sagte, erschien mir im Geist ein Bild von Ed Scott. Ich hatte mit ihm vereinbart, nach Mexiko zu reisen und als eine Art Geheimagent zu fungieren, dabei konnte der Mann mir nicht einmal in die Augen sehen.

»Ist alles in Ordnung, Thomas?«

»Ja, Mutti, alles in Ordnung.«

Ich wandte mich um und sah gerade, wie Sabine Mike auf die Tanzfläche zerrte. Er hatte allein an einem Tisch gesessen und mit einer Bierflasche an den Lippen beobachtet, was rings um ihn vorging. Bei den ersten Riffs von Brown Sugar räumten die älteren Gäste das Feld.

Sabine bewegte sich wie eine Flamenco-Tänzerin und ihre Schleppe floss hinter ihr her. Mike dagegen war etwa so graziös und anmutig, als hätte er Bleischuhe an. Er trat ihr auf die Füße und stolperte über ihre Schleppe. Schließlich rettete mein Großvater die Situation, indem er auf die Tanzfläche trat, als die Stones von traditionellerer Musik abgelöst wurden.

»Pass auf, ich zeige dir, wie ein alter Soldat tanzt«, sagte er und schwang sie herum.

Wir verließen Berlin am Sonntagmorgen in aller Eile und flogen nach Frankfurt. Sabine trug immer noch ihr Brautkleid. Kaum waren wir im Flugzeug, lehnte sie den Kopf an meine Schulter, und bevor wir noch in der Luft waren, schlief sie schon.

Ich trug sie über die Schwelle unserer Mietwohnung und lud sie ein, die üppige Ausstattung unserer Räumlichkeiten zu bewundern – ein paar Plastik-Gartenstühle, ein Bett, Bettwäsche und einen Vorhang um ein Fenster, das auf den Wald hinausging.

Am Abend warfen wir ein Tischtuch über einen Umzugskarton und stellten eine Kerze darauf. Ich machte gebackene Kartoffeln und Zigeunerschnitzel. Noch am gleichen Abend fuhr ich zum Flughafen.

Kapitel 8

Ich war drei Monate in Mexiko. Ich hörte mich um und schoss heimlich ein paar Fotos und entdeckte Verbindungen zwischen ein paar Kleinganoven und den großen Drogenhändlern. Aber es war mir immer noch nicht klar, was das Ganze sollte. Ich konnte mir nicht vorstellen, dass ein einzelner Deutscher auf einer Art Urlaubsreise etwas herausfinden konnte, was die Amerikaner nicht längst wussten.

Aber das war schließlich nicht mein Problem. Vor mir lagen zwei Wochen Urlaub, dann sollte ich mich zu meiner alten Kaserne in der Nähe von Köln begeben.

Ich traf Ed Scott in der Transit Lounge des internationalen Flughafens von Miami. Er trug ausgebeulte Chinos und ein geblümtes, kurzärmeliges Freizeithemd. Er sah lächerlich aus, aber er passte gut zu den durcheinander eilenden Touristen. Ich händigte ihm ein Kuvert mit meinem Bericht aus.

Ich wollte schon zu meinem Anschlussflug, da rief Scott mich zurück.

»Sie haben Ihre Sache gut gemacht. Danke.«

Ich wartete, ob noch etwas käme, aber er streckte nur die Hand aus. Wir schüttelten uns die Hände und gingen auseinander. Ich freute mich auf einen ordentlichen Drink und auf ein paar Stunden Schlaf im Flugzeug. Ich wollte bloß noch heim.

Sabine holte mich am Frankfurter Flughafen ab. Und es gab schon wieder eine Überraschung für mich: einen roten Porsche 924. Sie drückte mir die Schlüssel in die Hand. »Sag ja nicht, ich hätte ein schlechtes Gedächtnis«, sagte sie.

Ich war sprachlos.

»Weißt du nicht mehr, was du am letzten Abend vor der Abreise nach Amerika gesagt hast?«

»Das ist lang her«, antwortete ich und strich mit der Hand über das Autodach. Ich wusste nicht recht, was ich dazu sagen sollte. Wie hatte sie einen Porsche bezahlen können?

»Freust du dich nicht?«

»Klar doch«, begann ich, »aber …«

»Er war nicht so teuer, Thomas. Nachbarn von uns – nette Leute übrigens, du wirst sie bald kennen lernen – haben einen Freund, der ihn schnell verkaufen musste. Ich habe das Geld hergenommen, das wir zur Hochzeit bekommen haben, und den Rest habe ich mir bei der Bank geliehen. Schau nicht so sorgenvoll drein. Wir werden nicht verhungern, Liebling. Ich verdiene gut, und du auch.«

Und ob ich mich erinnerte. An meinem letzten Abend in Berlin hatte sie mir von ihrem Traum erzählt: von einem alten Haus auf dem Land, das wir zusammen herrichten würden, mit einem Obstgarten und einem Bach mittendurch. Und ich hatte ihr im Spaß darauf erwidert, dass ich an Stelle von Kindern lieber einen Porsche wollte …

Ich ging ums Auto herum und küsste sie. »Du bist ein Weltwunder. Danke.«

Nach all der Aufregung in Mexiko wollte ich nur noch mit Sabine ins Bett und dann lange schlafen. Aber am Abend erschienen eine Menge unbekannte Leute in unserer Wohnung. Es stellte sich heraus, dass das unsere Nachbarn waren – Paare aus unserem Haus, die sich um Sabine gekümmert hatten, während ich weg war. Da waren Hans und Gabi aus der Wohnung gegenüber und Robert und Jutta aus dem Stockwerk unter uns. Hans arbeitete in der örtlichen Bibliothek, hatte krauses Haar und einen Bart und rollte schon bald einen Joint auf dem Küchentisch. Er reichte ihn herum.

Ich wanderte durch die Wohnung und sah Leuten, die ich nicht kannte, dabei zu, wie sie sich betranken. Ich wich einer Menge Fragen nach meiner Sonnenbräune aus. Unsere neuen Nachbarn waren jung und liberal und ganz entschieden antimilitaristisch. Sie waren von der Sorte, die an Protestmärschen in Bonn teilnahm und vor den Toren von US-Militärstützpunkten Transparente hochhielt. Sie wussten, dass ich bei der Bundeswehr war, und wollten hören, was ich in Amerika gemacht hätte. Schließlich erzählte ich Hans, dass ich meine Bräune einer Sonnenbank verdankte. Ich wusste, dass diese Überraschungsparty gut gemeint war, aber es war jetzt wirklich das Letzte, was ich brauchen konnte.

Schließlich sagte ich, ich hätte Kopfweh und wolle ein bisschen an die Luft gehen. Und ging in eine nahe Kneipe.

Die Zeit, bis ich wieder zu meinem Regiment musste, verbrachte ich in der Wohnung und versuchte mich mit Hammer und Schraubenzieher nützlich zu machen. Sabine hatte alles schon recht wohnlich gemacht, aber es war doch noch allerhand zu tun. Ich schlug Haken für die Bilder ein, tünchte die Küche und richtete das Badezimmer so ein, wie Sabine es haben wollte.

Anfangs fand ich die Arbeit entspannend und heilsam. Ich schaltete die Gedanken aus und lebte einfach vor mich hin. Aber weil Sabine den ganzen Tag arbeitete, fühlte ich mich mit jedem Tag einsamer.

Einmal sprach mich Sabine auf meine Stimmung an, und zwar im Supermarkt. Wir machten immer am Samstag Großeinkauf, weil Sabine an den Wochentagen arbeitete, die Wochenvorräte aber selbst kaufen wollte.

»Was ist los?«, fragte sie, als ich den Einkaufswagen an den Tiefkühltruhen entlang schob. »Du bist so still und abwesend. Bist du nicht froh, dass du wieder da bist?«

»Klar bin ich froh«, sagte ich. »Mir geht's bloß nicht so gut, wenn ich nichts tue.«

»Aber du kannst doch nicht sagen, dass du nichts getan hast. Das Bad ist wunderschön geworden.«

»Das habe ich damit nicht gemeint.«

Sie sah mich an. »Wenn du erst wieder in der Kaserne bist,

werden wir uns kaum noch sehen. Ich weiß nicht, wie ich das aushalten soll, wenn du nur am Wochenende da bist.«

»Du hast auch Amerika ausgehalten, oder?«

»Aber ich wusste, dass das ein Ende haben würde. Jetzt steht mir etwas anderes bevor: Ich werde die Frau eines Offiziers sein, der Karriere macht.«

»Das schaffst du schon«, sagte ich so beruhigend wie möglich. »Und dann gibt es ja immer noch Hans und seine Kumpels, die sich um dich kümmern, wenn ich weg bin.«

Sie schlug mir mit einer Selleriestange scherzhaft auf den Arm. »Sprich nicht so gemein über sie. Das sind ganz liebe Menschen. Wenn du ein bisschen lockerer wärst, würdest du sie auch mögen.«

»Wenn ich ein bisschen lockerer wäre, würde ich mich mit ihnen zukiffen.«

»Vielleicht solltest du es einmal versuchen. Wer weiß ...«

Ich hob die Augenbrauen. »Ich habe gesehen, dass du auch nicht an dieser kleinen Haschrunde teilgenommen hast.«

»Aber nur, weil ich nicht rauche«, lächelte sie. »Das weißt du doch.«

»Pass auf«, sagte ich und hielt sie an den Oberarmen fest, ohne Rücksicht auf die Kunden, die um uns herumkurven mussten. »Wir werden genau das Leben führen, von dem du geträumt hast. Das wird nicht gleich gehen, aber ich habe nicht vergessen, was du gesagt hast. Jetzt ist es noch eine Mietwohnung, aber eines Tages werden wir in diesem Haus auf dem Land leben, du und ich.«

Meine Worte waren ehrlich gemeint, aber als ich den Wagen zur Kasse schob, zählte ich die Stunden, bis ich wieder zur Armee zurückkehren konnte.

In der Kaserne hatte sich in den zwei Jahren, die ich fort gewesen war, kaum etwas geändert. In der zweiten Urlaubswoche hatte ich in einem braunen Umschlag die nötigen Instruktionen bekommen, und so meldete ich mich, wie befohlen, im Gebäude Nr. 1023. Es war ein typisches Kasernengebäude, ein vierstöckiger Ziegelbau, mit Eingangshalle und Lift. Ich präsentierte dem diensthabenden Offizier meine Papiere und er händigte mir einen neuen Ausweis aus.

Stube 407 war eine nüchterner weiß gestrichener Raum, mit einem Tisch und zwei Stühlen vor den zwei quadratischen Fenstern und ein paar Spinden. Ich warf meine Sachen auf eins der zwei Betten. Ich war in eine Zweibettstube eingewiesen worden, aber ich hatte Glück. Es stand nur mein Name auf dem Schild draußen.

Es wurde dunkel. Im Gebäude herrschte eine direkt unheimliche Ruhe. Ich räumte meine Sachen in einen Spind und überlegte, ob ich etwas lesen sollte. Aber ich beschloss stattdessen, mir etwas zu essen zu besorgen.

Als ich auf den Lift wartete, hörte ich Stimmen. Ich schaute den Gang entlang und sah unter einer Tür Licht. Und plötzlich wich der Friede dem typischen Lärm, der entsteht, wenn ein Kartenspiel ausartet.

Ich hörte Pfiffe und Schmähungen und über allem eine Stimme, die wie das Zürnen des Donnergottes klang, und ein eigenartiges, hohes Gegenstück dazu: eine männliche Stimme, aber sie machte mich nachdenklich.

Der Lift kam und die Tür ging auf. Ich trat hinein. Als ich gerade auf den Knopf drücken wollte, gab es einen gewaltigen Krach. Die ganze Etage erbebte.

Ich sprang aus dem Lift und rannte den Gang entlang. Als ich näher kam, hörte ich Pfeifen und Gelächter, aber auch Schmerzenslaute. Ich stieß die Tür auf.

Durch dichten Zigarettenqualm sah ich als Erstes einen Tisch. Die Karten waren mit dem Gesicht nach unten darauf abgelegt worden, die zwei Aschenbecher quollen über. Dahinter, mitten im Raum, lag ein umgestürzter Spind. Drei Kerle, die sich vor Lachen krümmten, versuchten ihn wieder aufzustellen.

»Steh nicht rum und glotz, Jackson«, brüllte Angel. »Pack mit an, verdammt noch mal!«

Ich trat näher. Andy und Chris sahen mich nicht mal an. Andy sagte nur: »Eins, zwei, *drei …*«, und wir stellten den Spind wieder auf.

Unter all den Socken, Unterhosen, Kampfanzügen, Handtüchern und dem restlichen Kram, der aus dem Schrank gefallen war, sah ich die Umrisse eines Mannes. Er lag mit ausgebreiteten Armen und Beinen auf dem Rücken. Sein Gesicht war zwar von einer Jeans bedeckt, aber ich wusste sofort, dass es Lobo war.

»Zum Teufel, was ist denn los?«, fragte ich.

»Dasselbe könnten wir dich fragen«, antwortete Andy und klopfte sich den Staub von den Händen.

»Wir warten seit zwei Wochen auf dich«, sagte Chris.

»Ich spreche von ihm«, sagte ich und deutete auf Lobo.

Andy fing wieder zu lachen an. »Du weißt doch, was für ein ungeschickter Trottel er ist. Da spielen wir ganz friedlich Karten, und ihm fällt auf einmal ein, dass er oben auf dem Spind Zigaretten versteckt hat. Er steigt auf das unterste Einlagebrett und der Spind beginnt zu kippen. Jeder vernünftige Mensch hätte sich mit einem Sprung in Sicherheit gebracht, aber Lobo ist mit dem Schiff untergegangen.«

»Gar nicht wahr!«, protestierte eine gedämpfte Stimme unter der Jeans. Als ich die Hose wegnahm, sah ich Lobo an, dass er große Schmerzen hatte. »Jemand hat das verdammte Ding umgestoßen.« Seine Augen fielen auf mich. »Oh, hallo, Jackson«, sagte er.

»Geht's dir gut?«, fragte ich.

»Besser denn je.« Er versuchte aufzustehen und zuckte zusammen. »Aber das ist nicht das Verdienst von diesen Bastarden. Schön, dich zu sehen. Was hat dich aufgehalten?«

Ich kniete nieder. Die Seitenwände des Spinds waren auf seine Unterarme gefallen. Gut möglich, dass beide gebrochen waren.

»Was meinst du mit ›aufgehalten‹?«, fragte ich und schaute im Kreis herum.

»Der Diensthabende hat gesagt, du kämst zwei Wochen früher«, antwortete Andy.

Ich schüttelte den Kopf und fragte mich, wer hier verrückt war. Vom Boden kam wieder ein Stöhnen. »Er braucht einen Arzt«, sagte ich.

»Blödsinn«, sagte Lobo, streitsüchtig wie immer.

Ginger telefonierte und zwei andere hoben Lobo auf und setzten ihn vorsichtig auf einen Stuhl. Sobald er es bequem hatte, fragte ich: »Kann mir jemand eine klare Antwort geben? Warum seid ihr, beziehungsweise sind wir, hier?«

Andy erzählte mir, was er wusste. Als sie aus Amerika zurückgekommen waren, hatten alle einen Monat Urlaub erhalten, bevor sie sich bei ihren alten Einheiten melden mussten. Dann wurden sie für zwei Monate in die bekannte und beliebte voramerikanische Routine zurückbeordert: Morgenläufe, Exerzieren, Vorbereiten der Fallschirme für den nächsten Sprung und am Nachmittag Unterricht.

Dann, vor zwei Wochen, waren sie plötzlich alle nach Köln verlegt worden.

»Als wir hier aufkreuzten, sagte uns der Offizier vom Dienst, dass du derjenige bist, der Bescheid weiß.«

Ich starrte ihn an. »Ich? Ich tappe genauso im Dunklen wie ihr.«

Zwei Sanitäter tauchten auf und nahmen Lobo mit. Inzwischen waren Carl, Tony und Mike erschienen. Carl und Tony setzten sich Kaugummi kauend an die Rückwand der Stube. Mike schüttelte mir die Hand und fragte nach Sabine.

»Ich weiß nicht, was mit euch ist«, sagte ich, »aber ich schätze, wir haben etwas zu feiern.«

Kapitel 9

Keiner hatte mich vor Renate gewarnt. Ich trug gerade mein Frühstückstablett an den Tisch, als sie aus der Küche auftauchte, ein Messer in der einen Hand und eine Suppenkelle in der anderen. Es gab beifälliges Gemurmel rund um den Tisch, schnelle Seitenblicke – ein paar davon in meine Richtung – und hie und da unterdrücktes Gelächter.

Zuerst sah ich sie nur von den Knien abwärts. Sie hatte wohlgeformte Beine und ihre großen Füße waren in hübsche Schuhe gezwängt. Aber als ich die Augen hob, konnte ich das ganze Bild in mich aufnehmen. Sie war vielleicht fünfundvierzig, mächtig aufgedonnert und in jeder Hinsicht riesig.

Sie ging auf Angel zu. Dann musterte sie die anderen Gesichter am Tisch.

»Ah, meine tapferen, starken Soldaten«, sagte sie, »wie fühlt ihr euch heute Morgen?«

»Hungrig«, sagte Angel und stopfte sich Brot in den Mund.

»Habe ich dir in der Nacht gefehlt?« Ihre Stimme besaß die rauchigen Obertöne von Tina Turner und von meinem alten Freund Feldwebel Schulze.

»Nein«, erwiderte Angel. »Du warst in meinen Träumen gegenwärtig und hast mich völlig fertig gemacht. Und jetzt bin ich hungrig.«

Renate lachte und schob mit den Händen ihren üppigen Busen unter dem Nylonkittel zurecht. Einen Moment lang dachte ich, die Druckknöpfe, die ihn zusammenhielten, würden aufspringen. Ganz offensichtlich trug sie nicht viel darunter.

»Und wen haben wir denn da?«, fragte sie, als ihre Augen auf mich fielen.

Ginger, der neben mir stand, sagte: »Das ist Sanders, Offiziersanwärter Sanders. Aber du kannst ihn Jackson nennen. Er gehört zu uns.«

Sie kam zu mir und lächelte. Mit beiden Händen am Tablett fühlte ich mich der bis an die Zähne bewaffneten Renate gegenüber schutzlos.

»Dreh dich rum, Jackson. Ich will dich von allen Seiten anschauen.«

Ein paar Leute lachten. Renate musterte mich von Kopf bis Fuß. Und weil ich mich nicht rührte, ging sie um mich herum und betrachtete mich von hinten.

An meinem Tisch war eine gewisse Vorfreude zu bemerken und Renate sagte: »Ich denke, Jackson, du solltest eine Anzeige ins Lokalblatt setzen.« Sie klopfte mir mit dem Schöpflöffel auf den Hintern. »Hose braucht Füllung. Arsch gesucht.«

Ringsum brachen alle in Gelächter aus.

Renate ließ ihre Augen über den Tisch gleiten und sagte: »Wo ist denn euer Streithammel?«

»Wer, Lobo?«, fragte Andy und schielte über seine Kaffeetasse. »Er hatte letzte Nacht einen kleinen Unfall.«

Renate schüttelte missbilligend den Kopf. »Das ist das Problem mit euch verdammten Soldaten. Kaum seid ihr ein paar Nächte von euren Mädchen getrennt, gönnt ihr euch ein bisschen zu viel Trost, wenn ihr wisst, was ich meine, und dann passiert so was.« Sie wackelte einladend mit den breiten Hüften. »Sagt eurem Freund, wenn er das nächste Mal ein bisschen überhitzt ist, soll er zu mir kommen. Ich werde ihn schon wieder zur Vernunft bringen.«

»Großer Gott«, sagte ich zu Andy, als sie verschwunden war. »Geht das jeden Morgen so?«

Andy grinste. »Keine Angst, sie ist eine Seele von einem Menschen. Es dauert nur eine Weile, bis sie jemand ins Herz schließt.«

»Angel liebt sie heimlich«, sagte Chris.

»Falsch«, entgegnete Angel. »Das ist nicht geheim.«

»Du bist wirklich unmöglich«, sagte ich.

»Danke, Jackson«, knurrte er. »Ich habe dich auch vermisst.«

Ich trank einen halben Becher Kaffee in der Hoffnung, er würde meinen daniederliegenden Kreislauf wieder in Gang bringen. Es war eine lange Nacht gewesen. Wir hatten bis weit nach Mitternacht gefeiert. Als wir in die Kaserne zurückkehrten, erfuhren wir, dass Lobo sich keinen Knochen gebrochen, sondern nur Quetschungen und Blutergüsse davongetragen hatte. Mit einem so erfreulichen Befund hatten wir nicht gerechnet, und so feierten wir wieder. Und jetzt fühlte ich mich wie tot, nur noch schlechter.

»Und was hast du nun wirklich in der ganzen Zeit gemacht?«, fragte Angel.

»Ich hab's euch doch gestern schon gesagt. Ich habe am Strand gelegen.«

»Du lügst«, sagte er empört.

Ich rollte meinen Ärmel auf und legte meinen Arm neben seinen. »Was glaubst du, wo ich sonst die verdammte Farbe her hätte?«

Chris lachte. »Ignorier ihn einfach, Jackson. Er ist bloß neidisch. Er hat den Sommer mit seinem syphilitischen Regiment an der Ostsee verbracht und sich die Eier abgefroren.«

Ich aß weiter. Alle wussten natürlich, dass ich mich nicht einfach drei Monate lang in die Sonne gelegt hatte. Aber Chris und Andy hatten wenigstens genug Verstand, um nicht weiter in mich zu dringen.

»Du siehst aus, als hättest du was auf dem Herzen«, sagte Andy, als das Gespräch einmal stockte.

Ich langte in die Brusttasche meines Hemdes. Darin befand sich eine Nachricht vom wachhabenden Offizier in unserem Gebäude. Er hatte sie mir gegeben, als ich das Haus verließ.

Ich legte den Zettel auf den Tisch. »Ich muss mich um zehn bei diesem Typ melden. Oberst Krause.«

Andy studierte den Zettel und verzog das Gesicht grüblerisch.

»Kennst du den Namen nicht?«, fragte ich.

Er schüttelte den Kopf. »Jetzt kommt die Sache in Gang ...«

Das konnte man wohl sagen. Andy, Angel, Chris, Lobo, Carl,

Ginger, Mike und Tony waren zwei Wochen lang in der Kaserne auf der faulen Haut gelegen und hatten ungeduldig auf einen Einsatz – irgendeinen – gewartet. Krauses Büro lag im vierten Stock von Bau 1023. Unser Bau, unsere Etage. Und doch hatten sie seinen Namen noch nie gehört.

»Mir scheint, heute werden wir endlich was erfahren«, sagte Angel.

Krauses Büro lag im entgegengesetzten Flügel des Gebäudes, von unseren Unterkünften durch mehrere dicke Brandschutztüren getrennt. Das war gar nicht so schlecht, wenn man bedenkt, was für einen Lärm wir am Vorabend gemacht hatten.

Ich klopfte und trat ein.

Ich befand mich in einem kalten Büro mit kahlen Wänden. Links stand ein großer Holzschreibtisch. Dahinter saß ein Oberstabsfeldwebel, der mich mit gemäßigter Missbilligung ansah. Dann fuhr er mit seiner Beschäftigung fort: Er stempelte Briefe und ließ sie dabei von einer Seite des Schreibtischs zur anderen wandern. Abgesehen von ein paar Blättern Papier, zwei Ablagekörben und einem Telefon war der Schreibtisch so leer und unpersönlich wie der Rest des Raumes.

Eine zweite Tür führte ins Heiligtum, wo der Oberst saß.

Ich trat an den Schreibtisch und präsentierte dem Feldwebel den Befehl, den ich am Morgen erhalten hatte. Als er den Zettel überflog, konnte ich von oben ein paar mickrige Haarsträhnen bewundern, die er über seine Glatze frisiert hatte. Die Reste seines Haars waren so blond, dass sie wie gebleicht aussahen. Er reichte mir das Papier zurück und gab mir durch ein Winken zu verstehen, dass ich mich setzen sollte.

Ich war zehn Minuten zu früh dran und fragte, ob ich rauchen dürfe, aber er verneinte, obwohl er selbst eine Zigarette rauchte. Dann fragte ich, ob ich zum Rauchen hinausgehen dürfte, aber er sagte, ich solle mich setzen und warten.

Er fuhr sich mit der Hand über den Kopf, um sich zu vergewissern, dass die Strähnen ordentlich auf ihrem Platz lagen, und machte voll Genugtuung mit seiner Korrespondenz weiter.

Punkt zehn läutete sein Telefon. Er nahm den Hörer auf, hörte zu und legte ihn wortlos zurück. Dann winkte er mir, ich solle hineingehen.

Ich rückte meine Krawatte zurecht, klopfte einmal und trat ein. Der Raum war riesig – vier oder fünf Mal so groß wie der, in dem ich so ungeduldig gewartet hatte. Am fernen Ende sah ich eine Silhouette – der Oberkörper des Obersten hob sich vom Sonnenlicht ab, das durch das Fenster strömte. Ich schloss die Tür hinter mir.

Der Geruch im Zimmer ließ an alte bayerische Forsthäuser oder Herrenclubs denken: Rauch, Möbelpolitur und alte Teppiche. Die Wände waren eichengetäfelt, die eingebauten Regale voller Bücher. Ich passierte ein großes Ledersofa und zwei gewaltige Lederarmsessel, die um einen Kamin gruppiert waren. Auf dem Kaminsims tickte eine alte Uhr zwischen zwei teuer aussehenden Lampen. Für diese Einrichtung war eine Menge Geld ausgegeben worden, Summen, wie sie normalerweise nur für Generäle und altgediente Politiker zur Verfügung standen. Wenn die Absicht die war, dass der Besucher gleich beim Eintritt beeindruckt war, dann hatte der Oberst bei mir seinen Zweck erreicht. Aber ich war entschlossen, mir nichts anmerken zu lassen. Ich senkte die Augen. Die Folge davon war, dass ich zuerst seine Schuhe sah; sie standen unter einem lederbelegten Schreibtisch von der Größe eines Flugzeugträgers hervor. Er hatte die größten Füße, die ich je gesehen hatte.

Ich blickte auf und erwartete große, grobe Gesichtszüge, doch das Gesicht des Obersten war schmal und intelligent. Er musste doppelt so alt sein wie ich, aber er sah zu jung aus, um am Krieg teilgenommen zu haben. Ich blieb einen Meter vor dem Schreibtisch stehen und nahm Haltung an.

»Lassen Sie die Förmlichkeiten und nehmen Sie sich einen Stuhl«, sagte Krause. Sein Benehmen passte zu der Art, wie er seine Uniform trug. Jacke und Hemdkragen waren offen und die Krawatte hing auf halbmast. In einem Militärsystem, das immer noch die verkrusteten Prinzipien der Preußischen Armee hochhielt, war das ein sehr ungewohnter Anblick.

Ich sah mich um und erblickte ein paar schöne alte Esszimmerstühle an der Wand.

»Ich will Sie nicht in die Irre führen, Sanders«, sagte er. »Sie haben ein Recht zu wissen, was hier vorgeht, aber ich muss Sie bitten, sich noch ein bisschen zu gedulden.« Krauses Stimme war so tief und warm wie die Farbe seiner Augen und sie passte zum Charakter des Raumes.

Er nahm eine Zigarre aus einem silbernen Behälter, schnitt das Ende ab und steckte sie in den Mund. Er zündete sie an, indem er sie in der Flamme hin- und herdrehte. Dann fuhr er fort.

»Warum sollten Sie mir zuhören? Nun, zum Ersten ist hier das Ende der Befehlskette. Ich bin von jetzt an Ihr Chef, Sie hören nur mehr auf mich. Zweitens aber, und das ist noch wichtiger: Sie können mir vertrauen. Hundertprozentig. Absolut. Wenn Sie mir vertrauen, werde ich für Sie sorgen, so lange wir zusammenarbeiten. Das ist die Art, wie ich vorgehe. Habe ich mich klar ausgedrückt?«

Ich nickte. »Jawohl.«

Krause zog an seiner Zigarre, dann beugte er sich vor und sah mir in die Augen. »Können Sie mir vertrauen, Sanders?«

Ich hielt seinem Blick stand. Er hatte warme braune Augen.

Ich war erst seit ein paar Minuten im Raum, aber die Antwort fiel mir leicht: »Jawohl. Ich glaube, ich kann Ihnen vertrauen.«

»Gut. Dann bitte ich Sie um einen Gefallen. Die Details werden Sie in den nächsten vierundzwanzig Stunden erfahren. Was ich jetzt brauche, ist ein einfaches Ja oder Nein. Was sagen Sie?«

Ich brauchte gar nicht nachzudenken. Alles hier wirkte sympathisch auf mich.

»Jawohl.«

Krauses Gesichtsausdruck veränderte sich nicht. Er sagte nur, ich solle mich am nächsten Tag zur gleichen Zeit wieder bei ihm melden.

Ich ging den Gang entlang zurück. Die anderen warteten schon in meinem Zimmer. Ich erzählte ihnen alles.

Andy sprach als Erster: »Was glaubst du, was er von dir verlangen wird?«

»Ich habe nicht die leiseste Ahnung«, antwortete ich.

Angel tippte sich an die Stirn. »Und du hast Ja gesagt? Einfach so? Bist du nicht bei Trost, Jackson?«

Ich zündete mir eine Zigarette an und sog den Rauch tief ein. »Ich weiß, dass es verrückt klingt. Aber ihr hättet dabei sein müssen, dann würdet ihr es verstehen.«

»Bah!« Angel zog ein Gesicht. »Der Kerl braucht dich für einen blow-job.«

Die Versammlung löste sich auf. Ein paar von uns blieben sitzen und spielten Karten, andere gingen in den Kraftraum oder liefen ein paar Runden. Die Stunden zogen sich hin. Ich begann meine schnelle Antwort auf die Frage des Obersten zu bereuen. Was wollte er von mir?

Am nächsten Morgen war ich schon unter der Dusche, als der Offizier vom Dienst das Weckritual vollzog: schallende Marschmusik und eine zuckersüße Aufforderung an »unsere lieben Damen«, hinauszuschauen und sich über einen weiteren Tag im Paradies zu freuen.

Tatsächlich war es draußen kalt und dunkel und es regnete.

Im Vorzimmer gab es wieder die gleiche Szene mit Krauses Ordonnanz. Der Kerl rauchte wie ein Schlot, ich aber durfte nur sitzen und warten.

Das Telefon läutete und ich sprang auf.

Der Oberst lehnte bequem im Stuhl, ohne Jacke und mit gelockerter Krawatte. Hinter ihm trieb ein kalter Nordwind den Regen ans Fenster. Ich setzte mich und er bot mir eine Zigarre an. Ich lehnte ab, schloss aus dem Angebot aber, dass ich eine Zigarette rauchen durfte.

»Schön, Sanders, ich komme gleich zur Sache. Wir haben ein Problem. Nein, *ich* habe ein Problem. Aber ich hoffe, Sie sind der Mann, der es für mich lösen kann. Sind Sie schon einmal in Ostdeutschland gewesen?«

»Ja, als Kind«, sagte ich.

»Sie sind Berliner.«

»Jawohl.«

»Sind Sie in der Stadt noch zu Hause?«

»Ja, meine Mutter wohnt dort.«

Der Oberst nickte. »Ich muss eine Möglichkeit finden, einen Atomphysiker und seine Familie aus Ostberlin in den Westen zu schaffen. Es ist eine relativ unkomplizierte Aufgabe, aber ich gebe zu, dass ein gewisses Risiko dabei ist. Vielleicht täusche ich mich, aber ich glaube, Sie könnten das schaffen. Was sagen Sie?«

Ich hörte kaum mehr, was er sagte. Ich war wie auf den Kopf geschlagen. Krause wollte, dass ich in die DDR ging und einen Überläufer herausschaffte.

Der Oberst stand auf und kam um den Schreibtisch herum. Er setzte sich auf die Kante, lehnte sich zurück und sah mich scharf an. »Sie können es durchaus ablehnen, Sanders. Kein Mensch wird es Ihnen übel nehmen, wenn Sie nicht wollen.«

Ich sagte, ich hätte mein Wort gegeben und würde es auf keinen Fall brechen.

Er sah mir immer noch in die Augen, dann nickte er gelassen. Aber ich sah, dass er sich über meine Entscheidung freute. »Gut«, sagte er. »Wenn Sie gehen, sagen Sie bitte Oberstfeldwebel Müller, dass Sie heute Nachmittag noch einmal kommen. Packen Sie Ihre Sachen. Sie werden noch heute Abend aufbrechen.«

Kapitel 10

Das Flugzeug ging herunter, wir näherten uns dem Flughafen Berlin-Tegel. Durch eine Lücke in der Wolkendecke sah ich die Transitautobahn, die 150 Kilometer lange Nabelschnur, die Westberlin mit der Bundesrepublik verband. Ketten von Scheinwerferlichtern bewegten sich in beiden Richtungen zwischen dem Grenzübergang Helmstedt und Berlin.

Nur wenn man Berlin aus der Luft sah, konnte man seine isolierte Lage so richtig begreifen. Berlin ist eine weit ausgedehnte Stadt. Die Grenze um Westberlin allein war insgesamt 160 Kilometer lang. Die Mauer selbst war die letzte Barriere in einem vielstufigen Sicherheitssystem.

Für die meisten Berliner meiner Generation, die im Schatten der Mauer aufgewachsen waren, war die Mauer schon immer da gewesen. Wir konnten uns an die Zeit vorher nicht erinnern.

Bei meiner Mutter und meinen Großeltern war das anders. Sie hatten miterlebt, wie die Stadt geteilt wurde, und hatten Freunde und Verwandte verloren, die auf der anderen Seite lebten. Theoretisch gehörte uns sogar noch etwas im Osten: das Haus, das meine Urgroßeltern besessen hatten.

Die Mauer war 1961 erbaut worden. Mitte der 1970er Jahre war diese Grenze, die mitten durch Berlin verlief, im Zickzack durch Wohnviertel, Parks und Friedhöfe ging und Straßen und Alleen auseinander schnitt, um einen weiteren Meter auf 3,60 m Höhe angewachsen. Die Mauerkrone war aus Beton, einen halben Meter dick und rund, damit man sich nicht daran festhalten konnte, wenn man die Mauer überklettern wollte.

Die Mauer bestand aus Betonfertigteilen, die fünfzehn Zentimeter dick waren – dick genug, um einen Durchbruch per Auto unmöglich zu machen. Die Betonteile reichten sechzig Zentimeter tief in die Erde.

Zwischen der Mauer und den Ostberliner Wohnvierteln lag der Todesstreifen; er war ungefähr 100 Meter breit und ausgestattet mit einem achtzig Zentimeter tiefen Graben, der Autos abhalten sollte, einer Asphaltpiste für die motorisierten Patrouillen der DDR-Grenzschützer, Fallen für Panzer und Autos, Bogenlampen, Wachtürmen und elektrischen Zäunen, die entweder auf Berührung oder auf Druck reagierten und bei denen jeder Versuch, die Drähte zu durchschneiden, einen Elektroschock verursachte oder Alarm auslöste. Ständig patrouillierten bewaffnete Grenzsoldaten, in manchen Abschnitten mit Hunden. Der Todesstreifen wurde regelmäßig mit Chemikalien besprengt, damit keinerlei natürliche Deckung entstehen konnte.

Hinter dem östlichen Zaun lag noch ein Sperrgebiet von ungefähr fünfzig Meter Breite. Jeder, der sich in dieser Gegend aufhielt, wurde angehalten und verhört. Wenn man keine Genehmigung für die Anwesenheit hatte, wurde man auf der Stelle verhaftet.

Außerhalb Berlins wurde aus der Mauer ein dreieinhalb Meter hoher Zaun, und hier, wo die Augen der Welt nicht so genau hinsahen, war der Todesstreifen vermint.

Vor meiner Abreise hatte Krause mich informiert, dass der Physiker die DDR nur verlassen würde, wenn seine Frau und sein fünfjähriger Sohn mitkommen könnten.

Krause bot mir jede Unterstützung an, die ich brauchte: Pässe, Waffen, Fahrzeuge – ich brauchte es nur zu sagen, und schon würde ich es bekommen. Er hatte angedeutet, dass der Auftrag vom BND, dem Bundesnachrichtendienst, kam.

Offensichtlich waren auch die USA beteiligt; der Oberst hatte mir Namen und Telefonnummer eines Kontaktmannes in der US-Botschaft in Westberlin gegeben. Wenn ich mit Krause Kontakt aufnehmen wollte, sollte ich mich bei der Botschaft melden; ein »Mr. Alexander« würde dafür sorgen, dass ich ein abhörsicheres

Telefon bekam. Um zu überprüfen, wer ich war, würde er nach der Nummer fragen. Es war von äußerster Wichtigkeit, dass ich jeden anderen Kontakt vermied.

In fünfhundert Meter Höhe brach das Flugzeug durch die Wolkendecke einer Gewitterfront und Berlin wurde sichtbar.

Ich konnte die Lampen des Todesstreifens sehen, von Nord nach Süd laufend und verzerrt durch die Regenschlieren auf dem Fenster. Die kargen weißen Blinklichter des Ostens bildeten einen starken Kontrast zu den vielfarbigen Neonlichtern und den warm beleuchteten Straßen, die auf uns zurasten.

Ein zweimaliges Rumpeln im Flugzeug und wir waren gelandet. Angst zog mir den Magen zusammen.

Ich hatte keinen Plan; ich würde meinem Instinkt folgen und meiner einzigen Stärke vertrauen – der Tatsache, dass ich ein Berliner war und die Stadt gut kannte. Weil es mein Leben war, das auf dem Spiel stand, hatte ich Krause gesagt, ich wolle keine Unterstützung. Ich wollte die Verantwortung allein tragen.

Nach allem, was ich erfahren hatte, wusste ich nur, dass ich mich vom Todesstreifen fernhalten und die Grenze auf einem normalen Übergang passieren musste. Die Frage war nur, wie und wo.

Ich hatte Krause angedeutet, dass er mindestens eine Woche lang nichts von mir hören würde. Sabine teilte ich am Telefon mit, dass ich ins Manöver müsse und sie mindestens zwei Wochen lang nicht anrufen würde. Ich rief auch meine Kumpels an und sagte ihnen, ich hätte drei Wochen Sonderurlaub für meinen Einsatz von neulich bekommen.

Am Flughafen nahm ich mir ein Taxi und ließ mich nach Kreuzberg fahren, weil ich mich dort gut auskannte. Wegen der vielen Türken hieß der Stadtteil Klein-Istanbul. Wenn man nicht auffallen wollte, war man dort richtig; und hier wollte ich in die richtige Stimmung kommen, um einen Plan zu entwickeln, wie ich die Grenze überwinden könnte.

Ich mietete mich in einer Pension ein, die nicht mehr als einen Kilometer von der Mauer entfernt war. Mein Zimmer war billig, aber sauber. Bad und Toilette für alle lagen am Ende des schwach beleuchteten Ganges.

Küchengerüche nach Fleisch und Gewürzen erfüllten das Haus. Damals wurden Kreuzberg und einige andere Stadtteile gerade mit großem Aufwand saniert und der Arbeitskräftemangel in Berlin lockte Gastarbeiter aus der Türkei, aus Jugoslawien, Griechenland und Italien an. Meine Pension war recht international belegt.

In dieser Nacht träumte ich von Berlin, wie ich es als Kind erlebt hatte. Ich ging den bekannten Weg zur Mauer, über die Kanalbrücke und durch das Wohnviertel auf der anderen Kanalseite. Schließlich befand ich mich vor dem Ungeheuer aus Beton.

Von der anderen Seite hörte ich eine vertraute Stimme meinen Namen rufen.

»Opa!«, antwortete ich. So nannte ich meinen Urgroßvater.

»Ich bin hier, Thomas, ich bin hier«, sagte er.

»Lass dich sehen, Opa. Ich möchte dich so gerne sehen.«

»Ich möchte dich auch gern sehen, Thomas. Du weißt, dass ich dich liebe, Junge.«

»Warum kann ich dich nicht sehen, Opa? Ich möchte wieder im Garten Äpfel pflücken. Bitte, Opa, bitte!«

Keine Antwort.

Ich rief wieder. Aber alles, was ich hörte, war der Wind, der durch den Draht auf der Mauer pfiff.

»*Opa!*«

Ein formloses Ding flog über die Mauer und fiel mir vor die Füße. Ich starrte es an. Es war der Sack, mit dem Opa und ich immer das Fallobst im Garten hinter dem Haus gesammelt hatten.

Ich rief noch einmal nach ihm. Dann schaute ich auf den Sack.

Jetzt hörte ich Opas Stimme wieder, aber sie klang wie aus weiter Ferne.

»Es gibt jetzt keine Besuche im Garten mehr, mein Junge. Sag deiner Großmutter und deiner Mutter, dass ich sie mehr liebe als mein Leben.«

Da fing ich zu springen an. Ich fühlte einen schrecklichen Schmerz in der Brust. Ich sprang, weil ich ihn sehen wollte. Ich wollte über die Mauer drüberschauen. Aber ich konnte mich kaum rühren. Es war, als ob meine Füße plötzlich am Boden festgewachsen wären.

»Opa, ich habe Angst!«, rief ich.

»Dann mach den Sack nicht auf.« Seine Stimme war schwach wie ein Windhauch.

Ich schaute den Sack wieder an. Er schien sich zu bewegen. Ich machte die Schnur auf und streckte die Hand hinein. Meine Finger berührten etwas Bekanntes. Ich holte einen Apfel heraus und sah ihn an. Er war groß und saftig, so wie die, die mein Urgroßvater und ich immer aufgelesen hatten.

Ich hob ihn zum Mund und biss hinein, aber aus seinem weichen, faserigen Fleisch quoll Blut. Es lief mir übers Kinn und tropfte auf den Boden. Ich warf den Apfel zu Boden und er explodierte in einem roten Sprühnebel.

»Opa! *Opa!*«

Ich erwachte vom Klang meiner eigenen Stimme und war in Schweiß gebadet. Ich konnte die Uhr nicht sehen, aber ich wusste, es war weit nach Mitternacht.

Ich stand auf, ging zum Waschbecken und spritzte mir kaltes Wasser ins Gesicht. Ich lauschte auf die Geräusche der Stadt und dachte gleichzeitig an jenen schrecklichen Tag im Sommer 1961 zurück, als meine Mutter und meine Großeltern sich aufgemacht hatten, um meine Urgroßeltern zu besuchen.

Am 15. August wurden die Stacheldrahtzäune und Barrikaden durch die Mauer ersetzt. Am 19. August forderte sie ihr erstes Opfer, einen siebenundvierzigjährigen Mann, der beim Sprung aus einem hoch gelegenen Fenster starb, während Arbeiter Tür und Fenster im Erdgeschoss zumauerten.

Vier Tage später wurde ein vierundzwanzigjähriger Schneider erschossen, der über den Humboldtkanal in die Freiheit zu schwimmen versuchte. Zwischen dem 24. und dem 27. September wurden fast zweitausend Bewohner der Bernauer Straße, die mit der Mauer parallel lief, zwangsweise evakuiert, um weitere Sprünge aus Fenstern und von Simsen zu verhindern. Wenn die Grenzsoldaten dem Befehl, Flüchtlinge zu erschießen, nicht nachkamen, verloren sie selbst ihre Freiheit.

Ich zog den Vorhang zur Seite und schaute aus dem Fenster. Wie zum Teufel sollte ich je über die Grenze kommen?

Trotz des Regens fühlte ich einen unwiderstehlichen Drang, durch die Straßen zu laufen und nachzudenken. Ich verließ die Pension im Morgengrauen.

Jetzt mal angenommen, ich kam über die Grenze – wie sollte ich dann den Überläufer und seine Familie herausbringen? Zweifellos konnte Krause falsche Pässe und Transitpapiere für sie besorgen, aber das löste noch nicht alle Probleme. Egal wie ich die Sache anschaute, ich kam immer wieder zum gleichen Punkt zurück: Wenn wir an der Grenze ausgefragt wurden, würde vor allem das Kind die Sache bestimmt vermasseln.

Ich lief diesen und den nächsten Tag ruhelos in der Stadt herum und wälzte das Problem in meinen Gedanken. Am dritten Tag legte sich der Druck schwer auf mich. Die leichtlebige Atmosphäre von Kreuzberg bedrückte mich. Die Basargeräusche, die Rufe der Obst- und Gemüsehändler drangen störend in meine Gedanken. Die vielen Penner, Aussteiger und Drogensüchtigen, die von Kreuzberg angelockt wurden wie Insekten von einem Honigtopf, gingen mir allmählich auf die Nerven. Spätestens in zwei Tagen musste ich Krause berichten, ich hätte einen Plan, aber ich fühlte mich so hilflos wie der sechsjährige Junge, der an einem Sommertag des Jahres 1961 vergeblich auf eine Nachricht von seiner Mutter und seinen Großeltern gewartet hatte.

Da klickte es plötzlich in meinem Hinterkopf.

Ich blieb wie angewurzelt stehen; der Regen fiel mir ins Gesicht.

Das Hauptproblem war das Kind. Ich war Anfang zwanzig, ich wusste nichts über Kinder. Aber ich musste das Kind durch die scharf bewachte Grenze kriegen.

Meine Mutter kannte sich mit Kindern aus.

Vor sechzehn Jahren hatte meine Mutter, als sie von ihrem Kind im Westen abgeschnitten war, einen Weg zurück über die Grenze gefunden und ihre Eltern mit sich gebracht.

Es war gegen alle Regeln, aber wie zum Teufel sollte Krause je etwas davon erfahren?

Außerdem hatte ich keine Wahl.

Von der nächsten Telefonzelle aus rief ich sie in der Praxis an. Ich sagte nur, dass ich ein paar Tage in der Stadt sei und sie gern sehen würde.

Aber meine Stimme muss irgendwie verdächtig geklungen haben, weil sie fragte, ob alles in Ordnung sei.

Ja und nein, sagte ich. Kein Grund zur Sorge, aber ich bräuchte ihren Rat.

Wir trafen uns in einem Café, bestellten Kaffee und versuchten uns in Smalltalk, aber mein Anruf hatte das Thema vorgegeben und ich kam bald zur Sache. Ich erzählte meiner Mutter, dass ich nach Ostberlin gelangen und einen Mann, eine Frau und das fünfjährige Kind der beiden herausbringen musste.

Ich sah den Schrecken in ihren Augen. Ich erwähnte die Armee nicht, aber das war auch nicht nötig. Kein Mensch würde nur so zum Spaß versuchen, eine Familie aus der DDR herauszuschmuggeln.

Meine Mutter war immer eine gute Zuhörerin gewesen; sie wusste, wann man Fragen stellen und wann man schweigen musste. Ich hatte deutlich erklärt, dass es sich um etwas handelte, was ich tun musste. Aber sie kannte Berlin viel besser als ich und ich brauchte ihren Rat bei zwei Fragen. Wenn sie in meiner Haut steckte, wo würde sie dann die Grenze überqueren? Und was würde sie mit dem Kind machen?

Meine Mutter stand vom Tisch auf und sagte, sie brauche ein bisschen Zeit zum Nachdenken. Sie verließ das Café und verschwand aus meinen Augen. Als sie zehn Minuten später zurückkam, waren ihre Wangen von der Kälte gerötet und sie sah aus, als hätte sie geweint.

Sie setzte sich, immer noch in Gedanken. »Es gibt nur zwei Grenzübergänge, die ich wirklich kenne«, sagte sie schließlich. »Einer ist die Oberbaumbrücke, aber die ist nur für Fußgänger offen.«

Diese Brücke war ein kunstvolles Bauwerk aus dem Ende des 19. Jahrhunderts mit zwei neogotischen Ziegeltürmen in der Mitte, das die dunklen Wasser der Spree überbrückte. An dieser Stelle stand die Mauer direkt am Nordufer des Flusses.

»Aber dieser Übergang nützt dir nichts«, fuhr meine Mutter fort. »Du musst den Jungen in einem Fahrzeug herüberschaffen.«

»Also?«

»Das Nächstliegende. Heinrich-Heine-Straße.«

Ich sog die Luft scharf durch die Zähne. Vom Westen aus war von diesem Sektorenübergang nicht viel zu sehen; der Kontrollposten auf Westberliner Seite war eine kleine Hütte mitten auf der Straße. Fünfzig Meter weiter aber stand das DDR-Gegenstück: eine einschüchternde Kontrollstation, in der sich der Verkehr aus dem Osten staute.

»Und was ist mit dem Kind?«, fragte ich. »Wie soll ich mit einem fünfjährigen Jungen fertig werden?«

»Man müsste ihn ruhigstellen«, sagte sie. »Du oder die Eltern müssten ihm das Beruhigungsmittel Epiphan spritzen. Wenn man die Maximaldosis für einen Fünfjährigen spritzt, wird die Wirkung ungefähr eine Dreiviertelstunde anhalten.«

Ich fragte, ob sie mir das Mittel besorgen könnte.

»Ja, klar, nur …« Sie stockte, fasste sich aber schnell wieder. »Du weißt sicher, dass es hier in Westberlin Leute gibt, Profis, die gegen Bezahlung Menschen aus der DDR herausschaffen. Sie bieten ihre Dienste in Zeitungsannoncen an. Es heißt, dass sie im Moment fünfundzwanzig- bis dreißigtausend D-Mark pro Person verlangen.«

Sie wandte sich ab, damit ich ihren Gesichtsausdruck nicht sehen konnte.

»Schön, Mutti. Ich will mich darum kümmern. Aber das Beruhigungsmittel brauche ich trotzdem.«

»Weiß Sabine etwas?«

»Nein, Mutti. Und es ist auch besser, wenn sie es nie erfährt.«

»Und du, Thomas – weißt du auch wirklich, was du tust?«

»Ja, Mutti. Das ist schon in Ordnung. Rein und raus, nur dieses eine Mal.« Ich lächelte sie beruhigend an. »Hab Vertrauen.«

Wir verabschiedeten uns bald darauf. Meine Mutter kannte mich gut genug, um zu wissen, dass ich die Drecksarbeit nicht einem anderen zuschieben würde, selbst wenn ich das Geld dafür gehabt hätte. Aber mir war wohler, seit ich ihr versprochen hatte, diese Möglichkeit zu überdenken. Es würde sie vielleicht ein bisschen beruhigen.

Nach dem Abendessen ging ich in einem Gewirr großer Baustellen spazieren und wanderte schließlich die Heinrich-Heine-Straße entlang, bis es nicht weiterging. Hier, auf der anderen Seite der Oranienstraße, war der Sektorenübergang, der im grellen Schein der Grenzleuchten eher unbedeutend wirkte. Ein paar einzelne Autos kamen noch aus dem Osten. Hinüber fuhr keines mehr.

Ich blinzelte die Regentropfen von meinen Wimpern und konnte das Warnschild lesen: YOU ARE LEAVING THE AMERICAN SECTOR.

Auf einem anderen Schild über meinem Kopf, das nach Osten gerichtet war, stand: YOU ARE ENTERING THE AMERICAN SECTOR. CARRYING WEAPONS OFF DUTY FORBIDDEN. OBEY TRAFFIC RULES. Diese Warnung wurde auf Deutsch, Französisch und Russisch wiederholt.

Ich sah mich um. Hinter mir schloss der Besitzer eines Cafés die Läden nach der Arbeit des Tages. Einzelne Fußgänger waren noch unterwegs. Sonst schien die Gegend ausgestorben.

Am anderen Morgen stand ich früh auf und ging wieder hin. Es regnete nicht, aber der Himmel hing schwer über der Stadt. Ich kaufte mir eine Zeitung und betrat das Café, das ich am Abend zuvor bemerkt hatte. Ich bestellte ein Paar Würstchen, zwei Schrippen und Kaffee und setzte mich an einen Tisch am Fenster.

Die Schlange der wartenden Autos vor dem Sektorenübergang wand sich um das Kontrollgebäude und war dem Café so nahe, dass ich jedes Auto gut sehen konnte, während es sich draußen Meter für Meter vorbeischob.

Lieferautos und Personenwagen standen Schlange, um in den Osten zu fahren. Ich sah mir jedes Fahrzeug genau an, um irgendein Muster zu erkennen, wenn es eines gab.

Im Café achtete niemand auf mich. Ständig gingen Leute ein und aus, aber es gab auch viele Kunden – meist Männer so zwischen fünfzig und siebzig –, die schon vor mir da gewesen waren und anscheinend auch noch länger bleiben wollten.

Die Spannung fiel allmählich von mir ab; ich las meine Zeitung und beobachtete nebenbei den Verkehr, was auf Dauer beinahe einschläfernd wirkte. Autos fuhren am Sektorenübergang vor und fuhren wieder weg. Fuhren vor und fuhren weg. Ich gab Acht, ob auch einmal Fahrzeuge von den Vopos zurückgeschickt wurden, nachdem sie den schmalen Streifen Niemandsland zwischen den Kontrollposten überquert hatten, aber soviel ich sah, kam das nicht vor.

Verdammt noch mal, dachte ich nach zwei Stunden, alles ist so normal. Das gab mir Hoffnung. Mit einem Wagen in den Osten zu gelangen, schien kein Problem zu sein, wenn man die richtigen Papiere hatte.

Was ich nicht überprüfen konnte, war, wie sorgfältig die Vopos die Autos kontrollierten, die den Sowjetsektor in Richtung Westen verließen.

Ich grübelte und grübelte, aber ich wusste wenigstens, dass meine Gedanken in die richtige Richtung gingen. Also: Wenn ich mir ein Auto verschafft hatte, wie brachte ich dann die Familie sicher von Ost nach West?

Ich kannte das Vorgehen der Volkspolizei gut genug, um zu wissen, dass im Kofferraum versteckte Personen garantiert entdeckt würden.

Blieb nur eine Möglichkeit: Der Physiker und seine Familie würden Papiere brauchen.

Voll düsterer Gedanken saß ich da und lauschte den Gesprächen der Menschen um mich herum.

An meinem zweiten Tag im Café merkte ich allmählich, dass viele Fahrer, die aus dem Osten kamen, dort kurz Pause machten. Ein Bier, eine Tasse Tee, eine Zigarette, und schon waren sie wieder unterwegs, sicherlich froh, wieder im Westen zu sein.

Ich schaffte es nicht, mit einem von ihnen ins Gespräch zu kommen.

Anfangs hatte ich die Absicht gehabt, Krause einen Plan darzulegen, der alle Eventualitäten berücksichtigte. Statt dessen würde ich jetzt zur amerikanischen Botschaft gehen und ihm auf einem abhörsicheren Telefon mitteilen müssen, dass ich für die Flüchtlinge Papiere brauchte und dass ich zwar ein Beruhigungsmittel für das Kind besaß, sonst aber so gut wie nichts erreicht hatte. Scheiße, Scheiße, Scheiße.

Kapitel 11

Ich wachte früh auf und hatte Kopfschmerzen. Nach dem Duschen ging ich wieder in mein Café, um zu frühstücken. Es war der dritte Tag meiner Observation.

Ein paar Erkenntnisse hatte ich schon gewonnen. Ich hatte beobachtet, dass eine Menge Westler zwischen Ost- und Westberlin hin- und herfuhren. Ein Mietauto kam nicht in Frage. Die Grenzposten würden ein Mietauto mit besonderem Misstrauen betrachten und auf dem Rückweg auf alle Fälle durchsuchen.

So viel war mir schon klar: Ich würde die Familie über diesen Sektorenübergang herausbringen. Wenn ich kein Mietauto nehmen konnte, musste ich mir ein anderes Fahrzeug verschaffen. Ein Lastwagen wäre eine Möglichkeit. Noch günstiger erschien mir ein Lieferwagen oder ein Kleinlaster.

In den vergangenen zwei Tagen hatte ich jede Menge Last- und Lieferwagen beobachtet, die in einer Schlange darauf warteten, in den Osten fahren zu dürfen. Jetzt schaute ich sie mir noch genauer an.

Ich hatte schon ein paar Mal gehört, dass der Betreiber des Cafés Fahrer, die in den Westen zurückgekehrt waren, fragte, wie es »drüben« so ginge, wenn sie ihr Bier und ihre Sandwiches bestellt hatten. Manche parkten ihren Wagen auf der anderen Straßenseite, liefen herüber und kauften sich ein Sandwich, um es mit in den Osten zu nehmen. Die anderen parkten vor dem Café und kamen rein, um Zigaretten zu kaufen. Die Fahrer waren leicht zu erkennen; sie trugen ihre Lederjacken wie eine Uniform und waren immer unrasiert.

Als ich so aus dem Fenster starrte, fiel mir ein beschrifteter weißer Ford Transit auf. Ich hatte ihn schon einmal gesehen. Gestern. Gleiche Zeit, gleicher Ort.

Er wirkte wie ein Krankenwagen, aber während diese in großen roten Lettern vorn und auf den Seiten kundtun, dass sie Krankenwagen sind, hatte dieser Lieferwagen hinten keine Fenster und nur eine Art Symbol auf den hinteren Türen, das ich aber wegen der Entfernung nicht erkennen konnte.

Der Fahrer, ein Mann mit rotem Gesicht, biss gerade in eine Schrippe. Die Schlange rückte vor und er legte den Gang ein. Bald verlor ich den Wagen aus den Augen. Ich schaute auf die Uhr. Es war kurz nach elf.

Am nächsten Tag sah ich den Lieferwagen wieder, als er am anderen Straßenrand parkte. Diesmal stieg der Fahrer aus, sprang zwischen den fahrenden Autos hindurch über die Straße und betrat das Café. Er ging zur Bar und setzte sich auf einen Hocker.

Er ließ sich ein Bier kommen und starrte geistesabwesend auf die Reihen von Flaschen und Gläsern vor ihm. Ich stand auf und ging zur Toilette. Auf dem Rückweg setzte ich mich neben ihn.

Er blickte in meine Richtung, nickte grüßend, steckte sich eine Zigarette in den Mund und wandte sich seinem Bier zu. Als er nach Zündhölzern kramte, hielt ich ihm mein Feuerzeug hin.

Berliner sind gesellige Menschen. Sie reden ohne weiteres mit Fremden. Er beugte sich vor und ich zündete ihm die Zigarette an.

»Na, wie geht's?«, fragte ich.

Er brummte und sah in sein Glas. »Beschissen, wenn du es wissen willst.«

Ich lächelte. Er war ein echter Berliner. Die drücken sich sehr klar aus.

»Die Arbeit ist hart, die Bezahlung mies, und ich hab's dick«, sagte er. »Und du?«

»Ungefähr das Gleiche. Außer dem Geld und dem Job.«

»Arbeitslos, was?«

Ich nickte. »Der Teufel soll den Kanzler Schmidt holen. Soll ich dir noch ein Bier bestellen?«

Er protestierte halbherzig, er wolle lieber mir eins kaufen, aber ich bestand auf meinem Angebot und wir kamen ins Reden. Er arbeitete für eine Lieferfirma namens Purolator.

Als ich fragte, was er in dieser Gegend zu suchen hätte, sagte er, die Firma liefere verschiedene Waren in alle Teile der Stadt, darunter auch Arzneimittel an die größeren Krankenhäuser in Ostberlin, meist Radiopharmaka.

Unsere Biere kamen und wir stießen die Gläser aneinander. Ich wusste jetzt, was das Symbol auf der Wagentür bedeutete: Es war das internationale Zeichen für radioaktives Material.

»Pass auf«, sagte mein neuer Freund nach ein paar Andeutungen von meiner Seite, »meine Firma braucht immer wieder Fahrer. Ist dein Führerschein sauber?«

»Wie frischer Schnee.«

»Wie gesagt, die Bezahlung ist beschissen, aber ich kann dich vielleicht reinbringen, wenn du magst.«

»Prima.«

Er sagte, er werde sich bemühen und ich solle am nächsten Tag wiederkommen.

Ich entschied, mit dem Anruf bei meinem Chef noch etwas zu warten.

Am anderen Tag kam der Fahrer breit grinsend und schickte mich zum Büro der Firma Purolator in der Oranienstraße, das nur ein paar hundert Meter vom Café entfernt war. Wenn dem Chef mein Gesicht gefalle, würde er mich vielleicht einstellen.

Es war keine große Firma. Die Büros befanden sich in einer stillgelegten Tankstelle. Alles war schäbig und heruntergekommen. Ich kreuzte die Finger.

Mein Freund führte mich hinein und stellte mich dem Chef vor. Der fragte mich, wie viel Lohn ich verlangte, und ich antwortete, ich bräuchte den Job und sei mit der üblichen Bezahlung zufrieden.

Er prüfte meinen Führerschein, stellte ein paar Fragen zu meiner Herkunft und Gesundheit und bot mir einen geradezu lächerlich niedrigen Lohn an. Ich bemühte mich, enttäuscht auszusehen, fühlte aber in meinem Innern Wogen der Erregung.

Weil ich der Neue war, bekam ich die Runde, vor der die älteren Fahrer sich immer nach Möglichkeit drückten: die Krankenhaus-Tour. Noch am gleichen Nachmittag, sagte der Chef, würden die Papiere ausgestellt, die ich für den Grenzübertritt brauchte. Am nächsten Morgen solle ich mich im Büro melden. Ich würde einen Stadtplan und die Liste der Lieferadressen bekommen. Wenn ich meine Sache gut machte, würde ich im Lauf der Zeit aufrücken und bessere Touren bekommen. Ich dürfe mich sowieso nur eine begrenzte Zeit lang der radioaktiven Strahlung aussetzen. Es sei nicht gefährlich, versicherte er; die Fahrerkabine sei durch Blei geschützt. Aber die Firma müsse sich an die Regeln halten.

Am nächsten Morgen schon fand ich mich in der Autoschlange wieder, die an der Grenze wartete. Als ich dem Kontrollpunkt näher kam, knotete sich mein Magen zusammen. Ich musste mir dauernd vorsagen, dass ich nichts Unrechtes tat.

Am Sektorenübergang legte ich den Gang ein und folgte den Pfeilen ins Niemandsland.

Ich hielt am Fenster der DDR-Kontrollstation und reichte Pass und Papiere hinein. Es war nicht meine erste Begegnung mit Vopos; ich hatte im Lauf der Zeit schon oft auf der Transitautobahn die Grenze überquert. Die Vopos mit ihrem mürrischen Gesichtsausdruck und der düsteren Uniform waren sich überall gleich.

Der eine, mit dem ich jetzt zu tun hatte, war ungefähr in meinem Alter. Als ich ihm die Papiere hinhielt, zögerte er. Der Wagen war ihm bekannt, aber es war ein anderer Fahrer. Die Vopos waren darauf trainiert, solche Dinge zu bemerken. Ich atmete tief durch und versuchte gelassen zu wirken.

Meine Papiere verschwanden hinter einem Wandschirm. Ich sah zu, wie der Sekundenzeiger meiner Autouhr im Kreis herumkroch. Dann wurde ich durchgewinkt.

Es war, als käme ich in eine andere Welt. Mithilfe meines Stadtplans orientierte ich mich, so gut es ging, aber es war mir alles fremd und ich musste immer wieder anhalten und nach dem Weg fragen.

Ich hatte es schon von anderen Leuten gehört und es stimmte wirklich, dass jede Spur von Farbe aus den Straßen weggesaugt war. Ich passierte riesige Wohnblocks, gigantische Denkmäler für den Kommunismus und große Flächen Brachland, wo die Häuser im Krieg zerstört worden waren. Die Leute trotteten anscheinend ziellos dahin. Der Kontrast zu Kreuzberg mit seiner explodierenden Fülle von Leben und Licht hätte nicht ausgeprägter sein können. Jeder schien hier gebückt zu gehen und trug Kleider, die keine Farben kannten als Grau, Braun und Grün. Erschöpfung lag auf allen Gesichtern, auf der ganzen Stadt.

Nachdem ich ein paar Kisten bei den ersten drei Krankenhäusern abgeliefert hatte, hielt ich vor einem schäbigen HO, einem der Läden der Handelsorganisation, die eine entfernte Ähnlichkeit mit Supermärkten hatten, und kaufte Zündhölzer und eine Dose kubanischen Fruchtsaft. Ich hatte Levis, ein Jeanshemd und einen Anorak an und dachte, ich würde als Westler schlecht behandelt werden, aber das Personal war freundlich, offen und gesprächig.

Eine Stunde später, nach zwei weiteren Lieferungen, ging ich in eine Kneipe und bestellte Kaffee und ein belegtes Brot. Ich wollte ein Gefühl für Ostberlin bekommen, wollte herausfinden, worüber die Leute sprachen, was sie beschäftigte, wie sie lebten, kurz, mich in die Stimmungslage der Ostberliner einfühlen.

Es lief anders, als ich erwartet hatte. Sie sahen zwar anders aus, aber sie sprachen offen und unbefangen über das Wetter, über Fußball und Bierpreise und über all die Alltagsdinge, welche die Menschen überall auf der Welt beschäftigen. Niemand schien mich als Feind zu betrachten. Ich war auch nur ein armer, überarbeiteter Deutscher, genau wie sie.

Nachmittags schloss ich mich an die Fahrzeugschlange an, die sich an der Grenze gebildet hatte. Als ich mich dem Kontrollpunkt näherte, kehrte die Angst, die ich auf dem Hinweg empfunden hatte, zurück. Ich konnte sehen, wie vor mir ein paar Autos und Lieferwagen von den Vopos zur Seite gewinkt und untersucht wurden.

Ich kam am Fenster an und reichte Pass und Papiere einer

streng blickenden Vopöse (das war der Berliner Spitzname für weibliche Vopos). Ich wartete auf den Befehl, die hinteren Türen für die Durchsuchung zu öffnen, aber alles, was ich hörte, war das Geräusch des Stempels und die Anweisung, weiterzufahren.

Als ich am nächsten Tag hineinfuhr, war der gleiche junge Grenzsoldat im Dienst. »Du schaust heute ein bisschen blass aus, Kumpel. Ich weiß, wie's dir geht.« Ich verzog das Gesicht. »Ein fürchterlicher Kater und trotzdem muss man arbeiten.«

Er sagte nichts. Aber als er mir die Papiere zurückgab, sah ich, dass er auf den Beifahrersitz schaute. Erst als ich den Sektorenübergang passiert hatte, wurde mir klar, was seine Aufmerksamkeit erregt hatte: meine Bild-Zeitung und die Banane, die ich mir als Frühstück mitgenommen hatte.

Ich gab Gas und erledigte meine Lieferungen. Sechs Krankenhäuser standen heute auf meiner Liste und sie bekamen ihre Pakete.

Zum Schluss plauderte ich noch in der Nähe des Volksparks Friedrichshain bei Kaffee und Zigaretten mit ein paar Krankenschwestern. Das war ein surreales Erlebnis.

An der Grenze wurde ich wieder glatt durchgewinkt. Genau wie am Tag zuvor. Kein Befehl zum Anhalten, keine Durchsuchung.

Als ich in der Firma den Fahrer traf, den ich aus dem Café kannte, sprach ich ihn darauf an. Er lachte. Es sei komisch, sagte er, aber in der ganzen Zeit, die er jetzt schon für Purolator arbeitete, hätte ihn noch nie ein männlicher Vopo angehalten, um den Wagen zu durchsuchen. Vielleicht hätten sie Angst, dass ihre Eier verstrahlt würden. Mit den Frauen sei es etwas anderes; sie seien überhaupt nicht so berechenbar. Manchmal würden sie kontrollieren, manchmal nicht. Das hänge ganz von ihrer Laune ab; zweifellos, so fügte er mit lüsternem Grinsen hinzu, habe es damit zu tun, ob sie Sex bekommen hätten oder nicht.

An diesem Abend ging ich zur Botschaft und suchte »Mr. Alexander« auf. Ich nannte ihm eine vierstellige Codenummer, um mich zu identifizieren, ansonsten sprachen wir kaum miteinander. Er brachte mich in einen Raum mit Schreibtisch und Telefon. Wenn ich fertig sei, würde er mich hinausbringen, sagte er und ging.

Krause lauschte schweigend, während ich ihn informierte. Als ich mit meinem Bericht fertig war, fragte er, wann ich bereit sein würde.

Es war Freitag. Ich würde das Wochenende frei haben, am Montag wieder mit meiner Runde beginnen und mich Ende der nächsten Woche wieder bei ihm melden.

Bis dahin, sagte ich, würde ich wissen, ob wir die Sache durchziehen konnten.

In der folgenden Woche sprach ich jeden Tag ein bisschen mit dem Grenzpersonal, wenn ich den Kontrollpunkt in Richtung Osten passierte. Jedes Mal plauderte ich mit den Vopos und wenn die Luft rein war, gab ich ihnen eine Banane oder Orange als Geste kameradschaftlicher Solidarität. Auf dem Rückweg überließ ich dem Vopo, wenn ich ihn kannte, meine Bild-Zeitung oder den *Stern*.

An meinem vierten Tag kannte ich alle Vopos und Vopösen vom Sehen und sie kannten mich. Die Prüfung meiner Papiere war nur noch eine Formalität. Sie erkannten das Fahrzeug und sie erkannten mich. Es hatte sich eine Routine herausgebildet, mit der ich gut leben konnte.

Bis Freitag ergaben sich nur zwei Abweichungen vom gewohnten Ablauf. Einmal reichte ich wie üblich meine Zeitung aus dem Fenster, aber der Grenzsoldat gab sie mir sofort zurück. Als ich mich wunderte, lächelte er entschuldigend und tippte sich auf die Schulter. Er trug neuerdings das Rangabzeichen eines Leutnants.

Mit der Beförderung gingen natürlich gewisse Verantwortlichkeiten einher.

Das zweite Ereignis war beunruhigender. Am Dienstag wurde ich beim Rückweg von einer der Vopösen angehalten. Der Erste-Hilfe-Kasten unter dem Armaturenbrett hatte ihr Interesse geweckt. Sie ließ ihn sich geben und wühlte ihn durch. Weiß Gott, was sie da suchte.

Am Mittwoch war dieselbe Vopöse im Dienst und sie verlangte

wieder den Kasten zur Untersuchung heraus. Diese Entwicklung gefiel mir überhaupt nicht. Als Nächstes würde sie bestimmt den Laderaum durchsuchen wollen.

Ich musste etwas dagegen tun, auch wenn es riskant war. Am nächsten Tag stoppte sie mich wieder, wie erwartet. Ich reichte ihr den Kasten und sie begann in den Salben, Pflastern und Bandagen herumzukramen. Plötzlich zog sie die Hand zurück und klappte den Kasten zu. Sie händigte ihn mir mit einem angewiderten Blick aus.

Ich hatte am Vorabend ein paar Kondome gekauft, eins aus der Verpackung genommen und in den Verbandskasten gelegt. Ein Kondom ohne Umhüllung war normalerweise ein benutztes. Ich wurde zackig durchgewinkt.

Ich konnte nicht nachprüfen, ob meine Taktik erfolgreich war, weil am nächsten Tag, dem Freitag, wieder ein Vopo Dienst tat.

Samstag früh ging ich zur US-Botschaft und rief Krause an. Ich sagte ihm, ich sei bereit und der beste Tag wäre der Montag. An diesem Tag war der Verkehr am stärksten und die Vopos standen unter dem größten Druck.

Krause hörte zu und unterbrach mich gelegentlich mit einer Frage. Ich hörte das Kratzen seines Füllers, als er sich Notizen machte. Ich machte ihn mit meinem Routenplan für die kommende Woche vertraut. Am Ende trug er mir auf, mich am späten Sonntagnachmittag wieder zu melden. Seine Stimme klang steif und formell. Da kam mir erst in den Sinn, dass auch er guten Grund hatte, nervös zu sein.

Der Sonntag war scheußlich. Am Morgen traf ich meine Mutter und sie gab mir das Sedativ. Ich ging wieder, sobald sie mir genau erklärt hatte, wie man es dosieren musste.

Danach war ich zu aufgeregt, um zu essen, und so ließ ich das Mittagessen ausfallen und machte stattdessen einen langen Lauf, in der Hoffnung, davon müde zu werden.

Am späten Nachmittag rief ich wieder an, wie vereinbart. Krause nahm sofort den Hörer ab. Ich war so angespannt, dass ich kaum meine Stimme ruhig halten konnte.

»Der Mann, den Sie treffen müssen, wartet in Friedrichshain

auf Sie«, sagte er. »Gleich neben dem Lieferanteneingang, wo Sie Ihre Sachen abgeben müssen, ist eine Bank. Und darauf sitzt der Mann. Sie müssen pünktlich um zwei Uhr dort sein. Bei ihm sind seine Frau und sein Kind. Als Erkennungszeichen trägt die Frau einen roten Schal.«

Ich kannte die Bank. Dort hatte ich mit den Krankenschwestern geraucht und Kaffee getrunken. Sie war nur etwa zehn Meter von der Tür entfernt.

Die Operation wurde für Montag festgesetzt, also gleich am nächsten Tag.

Den Abend verbrachte ich mit Fernsehen.

In den frühen Morgenstunden, noch vor der Dämmerung, tauchte ein Gedanke aus meinem Unterbewusstsein auf und verscheuchte mir den Schlaf.

Vorher war mir der Gedanke noch nie gekommen; erst jetzt sah ich, wie schutzlos ich war. Ich hatte nicht daran gedacht, Krause zu fragen, wie man mir helfen würde, wenn ich aufflog.

Während ich so im Dunklen lag, wuchs mein Zorn, bis er die Angst überwog. Ich wusste nichts über Krause und noch weniger über die Aufgabe, die er mir gestellt hatte. Ich war Soldat, Teufel noch mal. Wer würde mir zu Hilfe kommen, wenn die Sache schief ging?

Kapitel 12

Am Kontrollpunkt zwang ich mich, fröhlich dreinzuschauen, aber ich fühlte mich richtig elend, als ich in die DDR hinüberfuhr.

Ich erledigte meine Aufträge und achtete streng darauf, die Geschwindigkeitsbeschränkungen einzuhalten und mich zu benehmen wie immer. Es war ein Tag wie alle anderen, sagte ich mir immer wieder.

Nach der vierten Station holte ich die Spritze aus dem Verbandskasten und zog das Epiphan auf. Dann legte ich sie wieder zurück. Dabei bemerkte ich, wie sehr meine Hände zitterten.

Ich begann mir gut zuzureden. Erledige deine Aufgabe, behalte die Nerven und du wirst in einer Stunde wieder zurück sein.

Als ich in die Karl-Marx-Allee einbog, war mir etwas schlecht. Ich war nur mehr eine Minute von dem Krankenhaus entfernt, als mein Herz zu rasen anfing. Ich starrte die lange, breite Straße mit ihren grauen Gebäuden und den regennassen Gehsteigen entlang. Auf einmal sprang mir das Licht einer Ampel in die Augen. Im allerletzten Moment sah ich, dass das Licht rot war und die Autos vor mir stehen geblieben waren. Ich trat hart auf die Bremse und der Transporter kam abrupt zum Stehen.

Die Ampel wurde grün und die Autos setzten sich in Bewegung. Vor mir sah ich das Krankenhaus. Ich bog zur Einfahrt ein.

Als ich um die Ecke kam, sah ich sie. Sie saßen auf der Bank neben dem Lieferanteneingang, genau wie es der Oberst gesagt hatte: ein Mann und eine Frau in gebeugter Haltung, den Kopf wegen des Regens gesenkt, und zwischen ihnen ein kleiner Junge, dessen Beine noch nicht auf den Boden reichten. Als ich an ihnen vorbei zur Milchglastür des Lieferanteneingangs fuhr, sah ich, dass der Mann mich beobachtete.

Wegen des Regens war sonst niemand draußen. Die eigenartige Szene wirkte wie gestellt.

Die Frau hob den Kopf. Sie hatte den Schal um den Hals gewunden und den Mantelkragen hochgestellt, aber man sah deutlich, dass der Schal rot war.

Meine Handflächen waren schweißnass. Die Stasi konnte doch wohl nicht Bescheid wissen. Oder doch?

Ich parkte vor dem Eingang und ging ums Auto herum zur Ladetür. Als ich sie öffnete, schaute ich wieder zu ihnen hinüber. Der Mann sah zu mir her, die Frau und das Kind aber schauten starr geradeaus, als ob ich nicht da wäre. Sie hätten geradeso gut auf einen Bus warten können. Was zum Teufel sollte ich jetzt tun?

Ich holte das richtige Paket aus dem Wagen, ging in die Klinik und setzte es ab.

Eine Frau an einer großen Holztheke schalt ein älteres Ehepaar, weil sie einen Termin verpasst hatten. Ich trat näher und bat die Frau, den Lieferschein zu unterschreiben.

Dann nahm ich meinen Mut zusammen und ging wieder hinaus in den Regen, vorbei an der offenen Ladetür. Ich griff in die Tasche und holte eine Packung Zigaretten heraus. Dabei schaute ich mich unauffällig nach allen Seiten um. Dann steckte ich mir eine Zigarette zwischen die Lippen und näherte mich möglichst lässig der Bank. Meine Knie waren weich und mein Mund so trocken, dass ich nicht wusste, ob ich würde sprechen können. Ich schaute dem Mann in die Augen; er hatte sichtlich genauso viel Angst wie ich.

Ich deutete auf die Zigarette und bat um Feuer, aber die Angst in seinen Augen hatte mir genug gesagt. Bevor er noch antworten konnte, sagte ich, sie sollten sich genau an meine Anweisungen halten und jetzt hinten in den Lieferwagen steigen.

Ich machte die Tür hinter ihnen zu und stieg in den Fahrersitz. Ich ließ den Motor an und schaute in die Außenspiegel, ob wohl jemand gesehen haben konnte, was eben geschehen war. Ich bog nach links in die Karl-Marx-Allee ein, kehrte aber nach fünfzig Metern um und fuhr wieder in Richtung Stadtmitte. Ich kam auf den Strausberger Platz. Die riesigen Gebäude im Sowjetstil schauten auf mich herunter, während ich nach einer Stelle Ausschau hielt, wo ich parken und dem Kind seine Spritze geben konnte.

Aber dies war das Prunkviertel von Ostberlin, wo die Elite der Regierung wohnte, und es gab keine schummrigen Gassen. Ich bog wieder links ab, obwohl ich mich damit der sterilen Zone im Umfeld der Mauer näherte, wo die Polizisten darauf gedrillt waren, Leute wie mich zu beobachten.

Ich war wütend auf mich selbst, weil ich diesen Teil des Plans nicht durchdacht hatte. Als ich an einer engen Straße vorbeikam, die zu beiden Seiten von hohen Bürogebäuden gesäumt war, bog ich ein. In dieser Straße entdeckte ich die Lieferbucht einer Druckerei. Ich konnte es mir nicht leisten, wählerisch zu sein. Ich fuhr rückwärts in die Bucht, bis die Rückseite des Lieferwagens nur noch einen Meter von einer verschlossenen Stahltür entfernt war. Jetzt waren wir unter dem Gebäude verborgen und niemand würde in den Laderaum des Wagens sehen können. Nur die Stahltür musste geschlossen bleiben.

Ich verbarg die Spritze in meiner Jacke und ging hinter den Wagen. Es goss jetzt in Strömen. Ich warf einen letzten Blick herum. Die Straße war leer.

Ich öffnete die Ladetür. Die Familie hatte sich an die Trennwand zwischen Laderaum und Fahrerkabine gedrängt. Als Licht in ihre fensterlose Höhle drang, sah ich, wie verängstigt sie waren.

Ich sprang hinein und versuchte sie zu beruhigen. Dann holte ich die Spritze heraus.

Ich sah der Mutter in die Augen. Sie schaute wild zwischen der Nadel und mir hin und her.

»Sie müssen Ihrem Sohn den Mantel abnehmen und einen seiner Arme frei machen«, sagte ich ruhig, aber bestimmt. »Schnell. Jetzt sofort.«

Sie starrte mich immer noch an. Als sie verstand, was ich von ihr wollte, schüttelte sie kaum merklich den Kopf.

Ich gab mir die größte Mühe, nicht laut zu werden. »Bitte. Wir haben keine Zeit für so etwas. Es ist ein Sedativ. Es wird ihn zum Schlafen bringen. Wenn wir über die Grenze sind, wacht er wieder auf. Versprochen.«

Ich sah den Vater an. Er würde es doch sicher verstehen.

Der Junge, der bis dahin still gewesen war, fing zu weinen an. Der Regen trommelte auf das Wagendach. Das Kind entwand sich den Armen der Mutter.

Jetzt sprach ich den Wissenschaftler direkt an. »Halten Sie den Jungen«, sagte ich und versuchte die aufsteigende Panik zu unterdrücken. »Legen Sie ihm die Hand auf den Mund und lassen Sie sie dort, bis die Wirkung der Spritze einsetzt. Wenn Sie es nicht tun, werfe ich Sie alle drei raus. Mitten auf dieser verdammten Straße.«

Der Mann sagte etwas zu seiner Frau. Dann zog er dem Jungen den Mantel aus, rollte einen Pulloverärmel bis über den Ellbogen hinauf und verschloss ihm mit der Hand den Mund. Das Kind wehrte sich, aber jetzt hielt die Mutter es fest.

Ich hob die Spritze, drückte ein wenig von der Flüssigkeit heraus und stach die Nadel in eine Vene in der Armbeuge des Jungen.

Während der Mann noch damit beschäftigt war, den Jungen zu bändigen, sagte ich ihm, ich würde zweimal an die Trennwand klopfen, wenn wir uns der Grenze näherten. Von da an müssten sie sich unter allen Umständen völlig still verhalten.

Dann sprang ich, ohne mich noch einmal umzusehen, aus dem Laderaum und schloss die Tür.

Als ich zur Fahrertür ging, schaute ich auf und sah zwei Männer in Regenmänteln die Straße entlang auf mich zukommen.

Das Herz klopfte mir bis zum Hals.

Ich sprang auf den Fahrersitz, ließ den Motor an und fuhr los. Aber ich ließ die Kupplung etwas zu früh kommen und die Reifen quietschten. Die zwei Männer hasteten mit gesenktem Kopf durch den Regen weiter. Hatten sie etwas gesehen? Würden sie Alarm schlagen?

Wieder auf der Allee, stieg ich aufs Gas und fuhr entschlossen in Richtung Sektorenübergang.

Fünf Minuten später waren schon die Lampen an der Grenze zu erkennen. An Nebel- und Regentagen ließen die Grenzer sie den ganzen Tag brennen, damit die Mauer und der Todesstreifen von den Wachtürmen aus gut zu sehen waren. Vor mir begann sich der Verkehr zu stauen. Ich klopfte zweimal an die Trennwand hinter mir und bremste, als ich mich der Autoschlange vor der Grenze anschloss. Ich lauschte angestrengt auf Geräusche von hinten, aber der Taktschlag der Scheibenwischer und das Toben des Blutes in meinen Ohren übertönten alles andere.

Wir rückten vor. Ich nahm meine Zeitung auf und tat so, als würde ich lesen. Ich zwang mich sogar, von meinem Brot abzubeißen, obwohl mir von dem Geschmack übel wurde.

Ich bemühte mich ganz bewusst, so normal wie möglich zu wirken.

Nach zwanzig Minuten waren wir an der Spitze der Warteschlange. Das Auto vor mir wurde in eine Bucht gewinkt und ein Vopo befahl dem Fahrer, den Kofferraum zu öffnen.

Ich fuhr am Fenster vor und reichte Pass und Papiere hinein. Die Hand, die sie entgegennahm, war weich und weiblich. Ich sah auf und erblickte das Gesicht der Vopöse, die ich vor vier Tagen mit einem benutzten Kondom beglückt hatte.

Dann fiel mir die Spritze ein. Ich hatte sie in den Verbandskasten zurückgelegt.

Scheiße.

Jenseits der Schranke, hinter den Linien von bewaffneten Vopos und Grenzpolizisten, auf der anderen Seite des Niemandslandes, konnte ich gerade noch das Wachhäuschen ausmachen, wo der amerikanische Sektor und die Freiheit begannen. Ich würde es nicht bis dahin schaffen.

Ein Klopfen an meinem Fenster.

»Sie sind heute früh dran«, sagte die Vopöse. Ihre Augen bohrten sich durch meinen Kopf. Ich wollte schon irgendeine Antwort stammeln, aber sie reichte mir die Papiere zurück und winkte mich weg.

Verdammt noch mal, ich war durch. Ich stellte das Radio an

und johlte vor Erleichterung. Ich war durch. Ein fantastisches Gefühl.

Ich stellte den Lieferwagen in einer Nebenstraße in Kreuzberg ab, öffnete die Tür und ließ die Familie heraus. Ich hätte ihnen etwas Freundliches sagen sollen, aber ich war zu erregt und zu sehr mit meinen eigenen Gedanken beschäftigt. Ich musste mich auf die Dinge konzentrieren, die ich noch zu erledigen hatte.

Der Wissenschaftler und seine Frau standen auf dem Gehsteig und trugen ihren noch immer schlafenden Sohn. Ich hielt ein Taxi an und ließ uns zum Rüdesheimer Platz bringen. Dort gingen wir um die Ecke und nahmen ein anderes Taxi zur Argentinischen Allee. Die letzten paar hundert Meter bis zu US-Botschaft gingen wir zu Fuß die Clayallee entlang. Wir hatten seit der Szene mit der Spritze noch kein Wort miteinander gewechselt.

In der Botschaft fragte ich nach Alexander und wir wurden in den Raum gebracht, den ich schon früher benützt hatte. Ich setzte mich an den Schreibtisch und rief den Oberst an.

Seine Stimme verriet kein Gefühl, als er mich hörte.

»Alles in Ordnung. Auftrag erledigt.« Ich beschränkte mich auf das Nötigste und hielt mich nicht mit Details auf.

Krause wies mich an, in meine Pension zu gehen, meine Sachen zu packen und in die Kaserne zurückzukehren. Weil ich erst spät ankommen würde, sollte ich mich erst am nächsten Morgen bei ihm melden.

Während ich zuhörte, beobachtete ich die Familie. Alexander sprach mit dem Wissenschaftler. Leise, damit das Kind nicht aufwachte. Er hatte einen dicken Südstaatenakzent und der Deutsche hatte Mühe, ihn zu verstehen. Die Frau sah aus, als wäre sie den Tränen nahe. Einen Augenblick lang trafen sich unsere Augen und ich konnte ihre Gedanken und Ängste darin lesen. Ich überlegte, was für Geheimnisse der Wissenschaftler wohl mit sich brachte, was ihr Übertritt gekostet hatte und wie die Stasi sich für ihren Verlust rächen würde.

»Was soll ich mit der Familie tun?«, fragte ich Krause.

Das sei nicht mehr meine Sorge, sagte er. Lieferwagen, Familie, der Vertrag mit Purolator – um all das würden sich andere kümmern. Ich hätte meine Aufgabe erledigt. Jetzt seien andere dran.

Ich hielt mich genau an die Anweisung, legte den Hörer auf und machte mich auf den Weg. Das Kind regte sich, als ich durch die Tür ging. Ich schaute nicht zurück.

Kapitel 13

Als ich am Abend über den Hauptplatz in der Kaserne zu unserem Bau ging, traf ich ein paar von meinen Kumpels. Sie hatten in der Kantine etliche Biere getrunken. Sie zogen mich mächtig auf wegen meines Sonderurlaubs und ich wusste nicht recht, wie ich mich wehren sollte. Sie hätten gern gewusst, warum ich eine Sonderbehandlung genoss.

Ich hatte das deutliche Gefühl, dass sich etwas geändert hatte, während ich weg war. Betrachteten sie mich noch als einen von ihnen? Schwer zu sagen. Mir gefiel die Rolle nicht, die Krause mir zugewiesen hatte. Ich war überzeugt, dass Berlin ein Test gewesen war. Aber wofür? Ich war zweiundzwanzig Jahre, jung genug, um mich für Abenteuer zu begeistern. Aber ich hatte die Geheimniskrämerei satt. Ich beschloss, ihn am nächsten Morgen darauf anzusprechen.

Wie vereinbart, traf ich um zehn Uhr in Krauses Büro ein. Als ich eintrat, bemerkte ich mit Überraschung, dass noch andere Personen im Raum waren. Und ich erschrak, als ich erkannte, dass einer von ihnen ein General war.

Vier hohe Offiziere hatten sich um den Kamin gruppiert: Krause, der General, ein weiterer Oberst und ein Major. Ich trat näher und salutierte, aber unter der Maske der Formalität stählte ich mich innerlich. Ich fürchtete, Krause habe herausgefunden, dass ich mit meiner Mutter gesprochen hatte.

Aber die tiefbraunen Augen des Obersten lächelten. Er teilte mir mit, ich sei mit sofortiger Wirkung zum Leutnant befördert und diese Leute seien hier, um mir zu gratulieren.

Der Major griff hinter sich und Sekunden später hörte ich das Ploppen eines Champagnerkorkens. Der General heftete mir unverzüglich die Rangabzeichen eines Leutnants auf die Schultern und händigte mir eine Urkunde aus. Der Major und der Oberst drückten mir fest die Hand.

Ich blickte auf und sah Krauses Gesichtsausdruck. Ich hätte schwören können, dass eine Spur von Stolz in seinen Augen lag. Als der General und die anderen beiden Offiziere miteinander anstießen und ein Gespräch begannen, zog Krause mich auf die Seite und sagte mir, ich könne den Rest des Tages frei nehmen. »Oh«, sagte er, »und damit es mehr Spaß macht, können Sie Ihre Taugenichtse von Freunden auch mitnehmen.« Er deutete mit einem freundlichen Wink zur Tür an, ich könne gehen. Die anderen warteten in meinem Zimmer auf mich. Als sie die Rangabzeichen auf meinen Schultern sahen, begrüßten sie mich mit anerkennenden Pfiffen.

Angel befahl mir strammzustehen, wanderte um mich herum und inspizierte die Abzeichen ganz genau.

»Was hab ich euch gesagt?«, sagte er und verbeugte sich scherzhaft vor mir. »Unser lieber Freund Jackson hat seinen Blowjob beim Oberst offenbar zur Zufriedenheit erledigt.«

Ich stimmte in ihr Gelächter ein, aber mit gemischten Gefühlen. Ich freute mich über die Beförderung, aber ich merkte, dass sich die Kluft zwischen mir und meinen Kumpels verbreiterte.

Der offizielle Zapfenstreich in der Kaserne war um zehn Uhr, aber wir trudelten erst um halb zwölf ein, nachdem wir den Nachmittag und Abend in einer Bar verbracht hatten, die zwei Kilometer entfernt war. Als wir einpassierten, trugen die Wachen unsere Namen in das Sperrstundenbuch ein. Unsere Beteuerungen, Oberst Krause habe uns einen »goldenen Pass« gegeben, damit wir meine Beförderung feiern konnten, interessierten sie nicht. Sie beharrten darauf, dass sie nur ihre Pflicht täten, wünschten uns eine gute Nacht und sagten, sie freuten sich schon darauf, wie wir am nächsten Tag mit dem LMG in den ausgestreckten Händen um das Kasernengelände laufen würden.

Ich befürchtete schon, sie würden Recht behalten: Der Offizier vom Dienst überreichte mir einen Zettel, als wir auf Zehenspitzen in unseren Bau schlichen. Krause wollte uns alle gleich am nächsten Morgen bei sich sehen.

Wir waren fünf Minuten früher dort und zum ersten Mal, seit ich sie kannte, wirkten die Jungs nervös. Sie kannten Krause nicht, aber sie hatten genug von mir gehört, um nachdenklich zu sein, während wir uns vor seinem Büro aufstellten.

Feldwebel Müller war in seinem Element und bedachte uns mit missbilligenden Blicken, während wir auf Einlass ins Heiligtum warteten. Genüsslich holte ich eine Zigarette heraus, zündete sie an und warf das abgebrannte Zündholz in den Aschenbecher auf seinem Schreibtisch. Müller lächelte gequält und wandte sich wieder seiner Arbeit zu, wobei er nervös die Haarsträhnen auf seiner Glatze glatt strich. Ich konnte nicht widerstehen: Ich sagte den Jungs, sie dürften auch rauchen. Es war ein süßer Augenblick.

Schon bevor sie ihn kennen lernten, hatten meine Freunde nach meiner Schilderung den passenden Spitznamen für Müller gefunden: Locke.

Wir überließen Locke seinem unterdrückten Grimm.

Ich betrat das Büro des Obersten als Führer der Gruppe zuerst und nahm Haltung an. Die anderen folgten meinem Beispiel. In Anbetracht unseres Zustandes machten wir gar keinen schlechten Eindruck, fand ich. Der Oberst wandte sich vom Fenster ab und uns zu, und ich bemerkte, dass er nicht nur Jacke und Hemdkragen offen trug – seine Markenzeichen, die ich schon kannte –, sondern dass auch seine Augen blutunterlaufen waren und sein Gesicht blasser war als sonst. Auf dem Schreibtisch stand ein Kognakglas mit dem unerfreulich aussehenden Rest einer Flüssigkeit auf dem Boden des Ballons. Es sah verdächtig nach einem Katerheilmittel aus. Wir waren offenbar nicht die Einzigen, die gefeiert hatten.

Krause kam um den Schreibtisch herum. Ich wartete auf den Befehl zum Rühren, aber er kam nicht.

»Haben Sie sich gestern Abend amüsiert?«, fragte er, indem er einen nach dem anderen anschaute.

Keiner sagte ein Wort.

Dann überfiel uns Krause mit so heftigen Beschimpfungen, dass wir schier zurückprallten. Wir seien, schrie er mit zornrotem Gesicht, eine Schande für die Bundeswehr.

Er hielt unsere Beurteilungen von der Grundausbildung, von der Fallschirmjägerschule und von der Spezialausbildung in Fort Worth in Händen. Was glaubten wir wohl, wozu wir da seien? Es wäre ein gutes Stück billiger und bestimmt nützlicher gewesen, brüllte er, wenn die Regierung uns nach Disneyland geschickt hätte.

Eine Viertelstunde lang tobte er so weiter und erwähnte immer wieder, dass er Selbstzufriedenheit hasse und dass in seiner Organisation kein Platz für die Zweitbesten sei. Dann setzte er sich und griff zum Telefon.

Mit Verblüffung hörten wir, dass er Locke befahl, eine Flasche Kognak und Zigarren zu bringen.

Er legte den Hörer nieder und sah auf. Sein Gesicht hatte wieder die normale Farbe angenommen. Er schaute uns der Reihe nach an. »Wie war ich?«, fragte er lächelnd.

Er lud uns mit einer Geste zum Sitzen ein. Vor dem Kaminfeuer standen die zwei Armsessel. Krause machte es sich in einem davon bequem und winkte mir, ich solle mich ihm gegenüber setzen. Die anderen ließen sich ringsum auf dem Boden nieder, immer noch vorsichtig. Was würde als Nächstes kommen?

Locke kam mit zehn Kognakschwenkern, einer Flasche Remy Martin und einem Kistchen Romeo y Julietas auf einem Tablett. Er setzte das Tablett ab und entfernte sich unterwürfig.

Wir rauchten und tranken zusammen und Krause las uns die Berichte unserer Ausbilder aus Amerika vor. Es gab vereinzelt Kritik, aber sie betraf nur Unwesentliches und war sparsam eingestreut. Im Ganzen waren die Beurteilungen hervorragend.

Ich grinste in mich hinein. Der Oberst hatte einen eigenen Sinn für Humor, aber allmählich durchschaute ich ihn.

Als er fertig war, fragte er jeden einzeln, ob seine Beurteilung fair sei. Dann fragte er noch, ob wir unsere Gruppe genauso einschätzten. Er verhielt sich durchwegs freundlich und aufmerksam, beinahe väterlich.

Alle sagten, sie fänden die Berichte fair. Alle außer Angel.

»Was ist Ihre Meinung?«, fragte der Oberst.

Angel grinste. »Ich finde, wir sind noch besser.«

Krause blickte in sein Glas. »Das ist gut«, sagte er. Als er aufsah, waren seine Augen ernst. »Von jetzt an dürfen Sie mit niemanden mehr darüber reden, was Sie hier tun. Bleiben Sie beisammen und passen Sie aufeinander auf und ich will auf Sie alle aufpassen. Aber schweigen Sie. Wenn Sie unbedingt reden müssen, reden Sie miteinander oder kommen Sie zu mir. Meine Tür steht Ihnen immer offen.« Nach einer Pause setzte er hinzu: »Es ist ein Geschäft auf Gegenseitigkeit. Wir kümmern uns umeinander. Wir sind eine einzige große, glückliche Familie.«

Dann klärte er uns auf. Vor einigen Jahren war entschieden worden – er sagte nicht, von wem –, dass Deutschland eine militärische Eliteeinheit für besondere Einsätze hinter dem Eisernen Vorhang brauche. Eine Einheit, die auf Operationen im Osten spezialisiert, aber nicht streng darauf beschränkt sein sollte. Ein Elitekommando Ost.

Das Trainingsprogramm in Amerika war Teil einer Prüfung auf Herz und Nieren gewesen. Für mich hatte diese Prozedur in meinem Berliner Einsatz gegipfelt. Ich würde die Gruppe anführen.

Unser Job war nirgends definiert. Unsere Einheit existierte offiziell gar nicht.

Man würde uns verleugnen – das heißt, wenn einer von uns hinter dem Eisernen Vorhang gefangen genommen würde, könne er nicht mit Hilfe rechnen.

Krause machte uns klar, dass das der beste Job war, den die Bundeswehr zu bieten hatte. Aber er sagte auch, dass wir Geduld haben müssten. Hinter den Kulissen sei die Planung im Gang. Es sei nicht vorauszusehen, zu welchem Zeitpunkt wir mit einem Auftrag losgeschickt werden würden. Es könne schon am nächsten Tag sein, es könne aber auch nie so weit kommen. Inzwischen müssten wir körperlich und geistig fit bleiben, um für jedwede Aufgabe gerüstet zu sein. Unser Training würde weitergehen, aber wir müssten jederzeit einsatzbereit sein.

Ich packte gerade meine Tasche für das Wochenende, als ich aufsah und bemerkte, dass Krause das Zimmer betreten hatte. Ich erschrak, weil ich nichts gehört hatte, und stand stramm. Meine Gedanken waren ganz woanders gewesen. Es war Freitagnachmittag und ich machte mich fertig, um übers Wochenende zu Sabine zu fahren. Wenn nach dem Mittagessen nichts auf dem Dienstplan stand, durften wir gehen. Ich konnte es nicht mehr erwarten. Im Geist war ich bereits weg.

»Was habe ich Ihnen über diese verdammten Formalitäten gesagt, Sanders?«, fragte er. »Rühren.« Er stand am Fußende meines Bettes. »Brennen Sie darauf, hier wegzukommen?«

»Ja, klar«, sagte ich und versuchte, ruhig zu klingen, obwohl ich an nichts anderes denken konnte als daran, dass jeden Augenblick mein Taxi kommen konnte, das mich zum Bahnhof bringen sollte.

»Es ist vielleicht härter, als Sie denken.«

»Wie bitte?«

»Dass Sie die Ereignisse dieser Woche nicht mit Ihrer Frau besprechen können. Sabine heißt sie, oder?«

»Ja«, sagte ich vorsichtig. »Sabine. Aber wenn Sie sich Sorgen machen, dass ich ...«

Er schüttelte den Kopf. »Nein, Sie verstehen mich falsch, Sanders. Ich vertraue Ihnen unbedingt. Ich wollte Ihnen nur sagen, dass es Druck geben wird. Wie werden Sie mit der Sache in Berlin fertig?«

»Fertig werden?« Ich zuckte die Achseln. »Da gibt es kein Problem. Ich habe einen Auftrag erledigt. Ich bin Soldat. Ich bin gewöhnt, Befehle auszuführen. Sie haben mir einen Auftrag gegeben und ich habe ihn ausgeführt.«

»Ja, aber es war nicht gerade ein gewöhnlicher Auftrag.« Krause blickte auf. »Wenn Sie je über den Druck sprechen möchten, Sanders – wir haben hier Spezialisten, die da helfen können.«

»Spezialisten?«

»Ärzte«, erwiderte er.

»Sie meinen Psychiater?« Ich lachte und schaute auf meine Reisetasche. Sie war immer noch erst halb voll. »Ich weiß Ihre Besorgnis zu schätzen, Herr Oberst, aber ...«

»Ja, natürlich«, sagte er zögernd. »Sie wollen fort. Sie haben Ihre Sache erstklassig gemacht in Berlin, Sanders. Sie können stolz auf sich sein. Schönes Wochenende.«

Er ging und schloss die Tür hinter sich.

Im Zug kam mir dieses Gespräch wieder in den Sinn. Ich mochte Krause, aber er war ein komischer Kauz.

Ich brannte darauf, heimzukommen. Wenigstens von meiner Beförderung konnte ich Sabine und meiner Familie erzählen.

Sabine hatte gedachte, ich sei im Manöver gewesen, und war einfach glücklich, mich wieder zu haben. Glaubte ich jedenfalls.

Wir gingen aus, aßen und tanzten, hatten unseren Spaß und schliefen lang.

Am Sonntagmorgen lag ich neben ihr im Bett und dachte an Berlin. Ich war stolz auf meine Leistung. Die Einsatzbesprechung bei Krause und die Tatsache, dass ich jetzt mit meinen Kumpels über die Sache sprechen konnte, bedeuteten mir eine große Erleichterung.

Aber meine Gedanken kehrten immer wieder zu der Familie zurück. Ich grübelte darüber nach, wo sie jetzt wohl waren, ob sie Freunde oder gar Familie im Westen hatten, ob sie in ihrem neuen Leben glücklich waren und was sie hatten zurücklassen müssen.

Ich hätte auch gern gewusst, ob der Junge sich an den Tag erinnern würde, an dem er aus dem Osten herausgeschmuggelt worden war, und ob die Familie später darüber sprechen würde oder ob die Sache aus Angst vor den Fangarmen der Stasi unter den Teppich gekehrt werden würde. Vielleicht würde der Junge niemals ein Wort davon erfahren.

Weil ich immer noch den Jungen vor Augen hatte, sagte ich zu Sabine später, eher beiläufig, dass ich mich schon darauf freute, selbst Kinder zu haben.

Sie setzte sich im Bett auf und schaute mich mit einem Ausdruck an, den ich noch nie an ihr beobachtet hatte. Wir würden niemals Kinder haben, sagte sie. Das komme nicht in Frage.

Ich dachte, sie hätte vielleicht in der Zeit meiner Abwesenheit von einem Doktor erfahren, dass sie keine Kinder bekommen konnte, aber das war durchaus nicht der Fall. Wir würden keine Kinder haben, erklärte Sabine, weil sie sich nicht darauf verlassen könnte, dass ich auch für sie da sei.

»Den einen Augenblick bist du da«, sagte sie, »und den nächsten schon Gott weiß wo. Was für ein Leben wäre das für uns?«

Ich stand ohne ein Wort auf, zog mich an und verließ die Wohnung. Ich lief den ganzen Tag herum und dachte über das nach, was sie gesagt hatte.

Als ich am Abend zurückkam, war sie sehr beunruhigt. Sie habe mich überall gesucht. Sie hätte das nie sagen dürfen. Ob ich ihr verzeihen könne?

»Ich bin Bundeswehroffizier«, sagte ich sanft. »Du hast doch gewusst, worauf du dich einlässt.«

»Ich weiß. Es ist nur ...« Sie hielt inne.

»Sabine, wir müssen darüber reden.«

Sie wischte sich mit dem Ärmel über die Augen. »Du verschweigst mir etwas. Frag mich nicht, woher ich das weiß. Ich fühle es. Und ich mag dieses Gefühl nicht. Es macht mir Angst. Ich möchte mich bei dir sicher fühlen. Aber das kann ich nicht. Ich bin krank vor Angst, wenn du weg bist. Und ich weiß nicht, warum.«

Sie brach wieder in Tränen aus und ich umarmte sie fest. Ich wollte sie trösten, wusste aber nicht, was ich sagen sollte. Ich hatte ein schlechtes Gewissen.

Kapitel 14

Dass wir jetzt endlich wussten, welchen Zweck unsere Einheit hatte, ließ uns das jahrelange Training erträglicher erscheinen. Andererseits trieb uns das Warten darauf, dass etwas passierte, beinahe zum Wahnsinn.

In den folgenden Monaten wurden wir einmal nach Norwegen geschickt, um Kriegführung unter arktischen Bedingungen kennen zu lernen, und einmal nach Kreta, wo wir den Umgang mit spezialisierten Waffen wie der Redeye, einer tragbaren Flugabwehrrakete, übten. Aber Norwegen und Kreta waren die Höhepunkte in einem sonst öden Einerlei von Pflichten. Die meiste Zeit verbrachten wir im Lehrsaal.

Oberst Krause, den wir jetzt Chef nannten (und hinter seinem Rücken den Alten), hatte einen Lehrplan entworfen, der uns mit unserem »Feind« aufs Innigste vertraut machen sollte. Wenn wir nicht im Manöver waren oder im Fitnessraum etwas für unsere Kondition taten oder in den benachbarten Wäldern unsere Runden drehten, bestand unsere Erholung daraus, mit viel Zeitaufwand in die Taktiken und die ideologische Verbrämung von Militär und Geheimdiensten der DDR einzudringen.

Das Eigenartigste an der Bildung des Elitekommandos Ost war die Tatsache, dass die Beziehungen zwischen Ost- und Westdeutschland zu diesem Zeitpunkt, nämlich Ende der 1970er Jahre, besser waren, als sie seit der Teilung Deutschlands jemals gewesen waren.

1969 war Willy Brandt, der Regierende Bürgermeister von Berlin, Bundeskanzler geworden und hatte sofort angefangen, seine

Ostpolitik einzuleiten, die auf eine Normalisierung der Beziehungen zwischen den beiden Teilen Deutschlands abzielte.

Die Ostpolitik erkannte zwar die DDR nicht als eigenständigen Staat an, wollte aber ihre Grenzen respektieren. Wenn wir auf dem Boden der DDR erwischt wurden, hatte Krause uns zu verstehen gegeben, hätten wir die Souveränität der DDR verletzt – eine Souveränität, die von über sechzig Nationen anerkannt wurde, wenn auch nicht von der Bundesrepublik.

Sobald wir in den Osten hinüberwechselten, würden wir also als Feinde betrachtet werden, genauso wie Amerikaner, Franzosen oder Briten.

Willy Brandt wurde 1974 in der Folge einer Spionageaffäre durch Helmut Schmidt abgelöst, aber die Entspannungspolitik ging weiter. Besuche von Westdeutschen bei Verwandten im Osten wurden erleichtert und manche Handelsrestriktionen aufgehoben.

Aber das war größtenteils nur Kosmetik. Innerhalb der DDR war das Regime von Erich Honecker – der von manchen als liberal gepriesen wurde, als er 1971 die Regierung übernahm – so tyrannisch wie eh und je, und die Menschen wurden von der Stasi unter der Führung des skrupellosen Erich Mielke unter Kontrolle gehalten.

Die Stasi verfügte über nahezu unbegrenzte Mittel und beschäftigte ungefähr 100 000 Leute in militärischer Rangordnung. Ihre Aufgaben waren sehr weit gefasst – sie war auch zuständig für Spionage und Gegenspionage –, aber der Großteil ihrer Anstrengungen und Geldmittel wurde für die exzessive Überwachung der eigenen Bürger aufgewendet.

Dieses Überwachungsnetz kümmerte sich geradezu besessen um jedes Detail und stützte sich hauptsächlich auf eine ungeheure Anzahl bezahlter Spitzel. Man schätzt, dass jeder Laden, jede Fabrik, jede Militäreinheit, jede Institution in Wissenschaft und Verwaltung mindestens einen bezahlten Spitzel in ihren Reihen hatte.

Mithilfe dieses dichten Netzes konnte die Stasi jeden Menschen, für den sie sich interessierte, genau ausforschen. Wenn jemand zu viel trank, sich an illegalen Wetten beteiligte, homosexuell war oder Schulden angehäuft hatte, erfuhr es die Stasi garantiert.

Die Grenztruppen, die auch von der Stasi infiltriert waren, konnten bei der Kontrolle der Grenze auf die Mithilfe einer Armee von »freiwilligen Helfern« zurückgreifen. Kurz, die ostdeutsche Gesellschaft war zu einem großen Teil in die Sicherung des Staates eingebunden.

Das alles betraf unsere Arbeit direkt. Aber die Art, wie uns diese Tatsachen eingetrichtert wurden – mithilfe eines Unterrichtsprogramms, das auch Unterricht in Englisch und in deutscher Grammatik und Syntax umfasste –, erinnerte uns fatal an die Schule. Wir hatten den Eindruck, wir würden wie Kinder behandelt, und gelegentlich konnten wir es uns nicht verkneifen, entsprechend zu reagieren. Wir trieben unseren Lehrer, einen eher zartbesaiteten Zivilisten, fast zum Nervenzusammenbruch. Der Tropfen, der das Fass zum Überlaufen brachte, war, dass wir einmal Chris in einen Schrank im Klassenzimmer einsperrten. Beim Versuch, sich zu befreien, fiel er mitsamt dem Schrank um. Und ausgerechnet in diesem Augenblick kam unser Chef herein. Zur Strafe mussten wir das Wochenende in der Kaserne verbringen. Der Lehrer aber hatte genug von uns und kündigte.

Wir baten wiederholt um ein Gelände, wo wir beim Training unter uns sein würden. Irgendwo in der Nähe, aber doch vor neugierigen Augen abgeschirmt. Bald nachdem der Lehrer uns verlassen hatte, wurde ich zum Chef befohlen.

»Ah, Sanders«, sagte Locke und blickte von einem Aktenstück auf. »Sie sind spät dran.«

Ich sah auf die Uhr und wollte schon sagen: »Tja, und Sie möchten Ihre Glatze gern mit einer lächerlich langen Haarsträhne verdecken.« Aber ich lächelte nur und sagte: »*Leutnant* Sanders für Sie, Feldwebel.« Ich bot ihm eine Zigarette an.

»Nein, danke«, sagte er, und nach einer Pause: »Herr Leutnant.«

»Na schön«, sagte ich. »Dann können wir ja vielleicht zur Sache kommen.« Ich näherte mich der Tür zu Krauses Büro.

»Eigentlich«, sagte Locke, »sind Sie mit mir verabredet.«

Ich blieb stehen und wandte mich um. Locke sammelte seine Papiere zusammen und schob sie in eine Schublade. »Sie und Ihre Leute sollen mich in zehn Minuten unten treffen.« Und nach einer weiteren Pause: »Wenn es Ihnen recht ist, Herr Leutnant.«

Wir versammelten uns außerhalb des Gebäudes und warteten auf ihn. Es war ein typischer Septembertag. Das Laub hatte sich noch nicht verfärbt, aber man konnte den Herbst schon in der Luft riechen. Die Sonne schien uns warm aufs Gesicht. Die Minuten vergingen. Wir beobachteten neue Rekruten beim Exerzieren auf dem Platz. Kondensstreifen von Flugzeugen zogen sich kreuz und quer über den Himmel.

Ein VW-Kleinbus erschien und hielt bei uns. Hinter dem Steuer saß Locke und bedeutete uns einzusteigen. Wir quetschten uns hinein und ab ging's.

»Wo fahren wir hin?«, fragte Angel.

»Warten Sie's nur ab«, sagte Locke. »Der Chef hat eine kleine Überraschung für Sie.«

Andy und ich wechselten Blicke. Keiner sagte etwas. Man hörte nur die Fahrgeräusche und das Kaugummikauen von Carl und Tony.

Wir fuhren über das Kasernengelände, auf den Wald zu. Jenseits des Zauns um die Kaserne erstreckten sich ausgedehnte Wälder, in denen wir häufig trainierten. Wir passierten das Tor und fuhren einen Sandweg zwischen den Föhren entlang.

Nach zehn Minuten erreichten wir eine Hügelkuppe. Locke parkte im Schatten und stellte den Motor ab. Wir kletterten heraus und folgten ihm durch den Wald.

Der Boden senkte sich und wir sahen vor uns in einer Lichtung etwas, was wie ein Schrottplatz aussah. Er war etwa hundert auf fünfzig Meter groß und von einem rostigen Zaun umgeben.

In der Ecke, die uns am nächsten war, befand sich ein zweistöckiges, arg heruntergekommenes Gebäude. Daneben stand das Wrack eines Busses, flankiert von zwei Schrottautos. Unkraut und Dorngestrüpp waren durch die zerbrochenen Fenster gewuchert und hatten sich um die Räder geschlungen.

Links davon befand sich ein Tor. Auf der anderen Seite des Zauns stand ein großer blauer Propangastank und ganz in der Nähe ein kleiner Betonbau für die Reglerventile. In der entfernteren Ecke des Platzes gab es noch zwei Tanks, aber diese waren mit Diesel gefüllt; sie waren leck und das ständig tropfende Öl hatte unter ihnen einen glänzenden Film gebildet. Daneben stand ein baufälliger Holzschuppen

Das Gelände war übersät mit alten Dosen, Glasscherben, Autoteilen und anderem Schrott. Zwei Armeelastwagen standen mit aufgeklappten Motorhauben nebeneinander; die Motoren waren ausgebaut.

»Was ist denn das hier?«, fragte Andy.

»Der Chef hat mit den Bürokraten verhandelt. Dieses Gelände hat schon immer so ausgesehen. Ein Bauer hat die Armee sogar schon einmal dazu überreden können, dass sie ihn hier seine Schweine halten ließen. Machen Sie hier sauber, halten Sie den Platz gepflegt, und er gehört Ihnen. Sie wollten Ihr eigenes Trainingsgelände. Hier ist es. Morgen werde ich dafür sorgen, dass die Logistikabteilung die Wracks abschleppt. Alles andere liegt bei Ihnen.«

»Das haben Sie ausgezeichnet gemacht, Feldwebel. Danke. Sie brauchen aber die Logistik nicht zu behelligen. Der Platz ist genau richtig so, wie er ist.«

Locke sah mich an, als wäre ich eben in Scheiße getreten.

Dann zuckte er die Achseln und ging zurück zum VW-Bus.

In der nächsten Woche gingen wir ans Werk. Alles Brennbare trugen wir zusammen und verbrannten es. Ginger organisierte über einen Freund einen Tieflader von der Instandhaltungsabteilung und wir füllten ihn mit mehreren Tonnen Schrott. Er brachte die Ladung zu einem Schrotthändler am Stadtrand von Köln und kam ein paar Stunden später mit einem Packen Geld für Bier und einem gebrauchten Kühlschrank zurück. Wir installierten den Kühlschrank im Haus, das wir als Lagerraum benutzten.

Über unsere Beziehungen zum Bundesnachrichtendienst in Pullach bekamen wir jede Menge Informationen über das DDR-

Grenzsystem. Wir hatten schon lang den Wunsch gehabt, mithilfe dieses Wissens ein Stück des Todesstreifens zu simulieren; vor allem den Teil, der von den Grenztruppen mit Minen versehen worden war.

Nach zwei Wochen harter Arbeit war unser Trainingsgelände beinahe fertig. Wir hatten den Zaun mit mehreren hundert Metern Maschendraht verstärkt. Den hatte uns Locke widerwillig besorgt, ständig jammernd wegen der Kosten. Angel hatte das Tor repariert und mit einem Schloss gesichert. Der Lagerraum war voll mit Draht, Kabeln, Batterien und Werkzeugen, die Chris herangeschafft hatte. Er hatte auch Locke dazu überredet, uns mit einer Kiste Übungsminen und -granaten zu versorgen.

Am Montag der folgenden Woche rannte Angel mit nacktem Oberkörper herum und schlug in der rechten Ecke unseres Geländes Pfosten ein, die ein Quadrat von vierzig mal vierzig Metern ergaben. Carl und Tony verteilten innerhalb dieser Pfosten sechzig Kubikmeter Sand, die am Vortag angeliefert worden waren. Mike hatte inzwischen den Stall gesäubert, in dem der Bauer seine Schweine gehalten hatte. Der Boden war knöcheltief mit getrocknetem Mist bedeckt gewesen und das Los war auf Mike gefallen. Lobo reparierte die Tür des Busses, den wir behalten hatten, um mit ihm das Befreien von Geiseln zu üben.

Andy und Ginger wollten zusammen mit Chris den blauen Propantank entsorgen. Das stellte sich als gefährlich heraus, besonders weil Chris, unser Sprengstoffexperte, große Lust äußerte, das verdammte Ding mit ein bisschen TNT in die Luft zu jagen. Die Idee hatte ihren Reiz. Aus der Anzeige war zu ersehen, dass der Tank noch halb voll war.

Ich merkte, dass etwas in der Luft lag, als ich sah, wie Chris Ginger anstupste, während Andy, der oben auf dem Tank kniete, einen rostigen Bolzen loszumachen versuchte. Der Tank war sehr hoch und man konnte nur mit einer Leiter hinaufkommen.

Ginger machte sich schnell davon und nahm die Leiter mit und Chris lief zum Haus und kam kurz darauf mit ein paar Schlingen weißer Schnur zurück. Sorglos pfeifend führte er ein Ende der Schnur unter den Tank.

Inzwischen hatten schon ein paar von uns gemerkt, was los war, und schauten interessiert zu. Andy kämpfte immer noch mit dem Bolzen. Es war Schwerarbeit und in der warmen Sonne war ihm heiß geworden. Sein Oberkörper glänzte vor Schweiß. Plötzlich sah er hinunter und bemerkte, dass sich ein Rauchwölkchen durchs Gras schlängelte, genau auf ihn zu. Ich beobachtete sein Gesicht, als ihm die Wahrheit dämmerte.

»Gottverdammt! Was zum Teufel ist das?«

Chris spielte den Erschrockenen und ließ sein Feuerzeug fallen. »Mensch, Andy! Ich habe nicht gewusst, dass du da oben bist. Tut mir verdammt Leid.«

Andy stand auf, die Augen starr auf die Zündschnur gerichtet. Die Flamme näherte sich dem Tank in guter Schrittgeschwindigkeit.

»Was soll das heißen, ›Leid tun‹? Mach es aus, Mann! Piss drauf oder mach sonst was!«

Chris machte einen Schritt auf ihn zu, dann blieb er stehen. Der Zündfunke hatte nur noch zwei Meter zurückzulegen.

»Geht nicht. Wenn das Ding einmal brennt, kann man's nicht mehr löschen. Spring runter und renn weg.«

»Das überleb ich nicht«, schrie Andy und schaute am Tank hinunter. »Helft mir!«

Aber Chris und Ginger rannten schon davon. Wir anderen folgten ihnen.

Über die Schulter sah ich, dass Andy auf den Anhänger sprang, der neben dem Tank stand. Der Anhänger war voll Mist, den Mike aus dem Schweinestall geschaufelt hatte. Andy überlegte nicht lang. Er stieß sich kräftig ab und landete mitten im Mist.

Als er vom Anhänger sprang, von Kopf bis Fuß mit Schweinescheiße bedeckt, kam der Chef, der die Szene unbemerkt beobachtet hatte, durch das Tor.

Wir sammelten uns neben dem Bus. Auch Andy kam dazu. Als er an Krause vorbeiging, trat der einen Schritt zurück. Andy, unser Mr. Cool, roch schlimmer als eine Guanofabrik.

»Die Jungs sind offenbar ein bisschen übermütig«, sagte Krause. Er wirkte weder amüsiert noch zornig, aber wir wussten, dass seine Stimmung schnell umschlagen konnte. Keiner sagte ein Wort. Ich ärgerte mich, dass er uns als Jungs bezeichnete, aber im Rückblick erkenne ich, dass wir genau das waren. Alle nur knapp über zwanzig. Ginger, der Älteste, war gerade mal dreiundzwanzig.

»Erklären Sie mir alles«, sagte Krause mit Blick auf mich.

Er bekam eine kommentierte Führung durch das Gelände. Schließlich kamen wir zu dem abgeschlossenen Quadrat mit fein gerechtem Sand. Angels Pfosten waren alle an ihrem Platz. Wir mussten nur noch die Fläche mit Draht abzäunen und auf zwei Seiten einen Kontaktzaun installieren. Der Chef nickte beifällig.

Es war eine perfekte Kopie des Todesstreifens. Hier konnten wir trainieren, wie man die Grenzsicherungen überwand. Die Erkenntnisse des BND, die uns ständig zugeleitet wurden, versetzten uns in die Lage, alles sehr wirklichkeitsgetreu zu machen. Es gab zwei Typen von Kontaktzäunen: solche, die auf Druck reagierten, und elektrische. Wir würden beide Arten installieren. Im Sand dazwischen würden wir Übungsminen vergraben.

Für die Grenzanlagen war Chris zuständig. Er würde uns alles beibringen, und wenn wir uns einmal gut auskannten, würden wir ihn auf die Probe stellen.

Die Grenzsicherungen waren ein ausgeklügeltes, komplexes System. Minen und Stolperdrähte wurden nach einem Regelbuch ausgelegt, aber dieses Regelbuch enthielt hunderte, wenn nicht tausende von Variationen, und wir mussten sie alle beherrschen.

Der Chef starrte auf den feinen Sand und lachte in sich hinein. »Ein Sandkasten für meine Kinder.« Er sah uns der Reihe nach an. »Was Sie hier geschaffen haben, ist wirklich passend.«

Als er gegangen war, dachten wir darüber nach. Aber wir zogen »Spielplatz« als Namen für unsere künstliche Todeszone vor. Dieser Name bürgerte sich mit der Zeit für unser Trainingsgelände ein.

Im Oktober 1977 wurde unser Gefühl von Frustration durch ein besonderes Ereignis noch verstärkt.

Eine Boeing 737 der Lufthansa wurde auf dem Weg von Mallorca nach Westdeutschland entführt und landete nach einer mehrtägigen Irrfahrt mit Zwischenlandungen in Europa und im Nahen Osten schließlich in Mogadischu in Somalia. Ihr Pilot war in Aden erschossen worden, und es sah nicht so aus, als würden die Entführer – eine Gruppe, die mit einigen deutschen und nahöstlichen Terrorzellen in Verbindung stand – vor weiteren Morden zurückschrecken. Am 17. Oktober wurde das Flugzeug von einer Einheit des Bundesgrenzschutzes gestürmt. Bis zu diesem Zeitpunkt hatten nur wenige über die Existenz des Teams Bescheid gewusst, das die Operation mithilfe der britischen SAS durchführte, nämlich der Grenzschutzgruppe 9. Das änderte sich nach der erfolgreichen Geiselbefreiung.

Die GSG 9 tötete bei dieser Aktion drei oder vier Terroristen, aber alle Geiseln und alle Befreier blieben am Leben. Die Mitglieder der GSG 9 kehrten als gefeierte Helden nach Deutschland zurück.

Diese Sondereinheit war nach dem Massaker von Terroristen des Schwarzen September an israelischen Sportlern bei den Olympischen Spielen in München 1972 gegründet worden. 1977 gehörten ihr etwa 180 aktive Mitglieder an. Über Mogadischu war die GSG 9 ins Rampenlicht geraten. Bis dahin waren ihre Aktivitäten streng geheim gewesen.

Dafür gab es gute Gründe. Die Bundesrepublik sollte eigentlich keine Spezialeinheiten haben. Es gab in der Bundeswehr eine kleine Einheit namens Fernspähkompanie, aber die sollte fast nur für Verteidigungsoperationen im Fall eines Überfalls durch die Sowjetunion eingesetzt werden. Neben ihren Aufgaben auf dem Gebiet der Fernaufklärung sollte diese Einheit im Kriegsfall hinter den Linien arbeiten, das heißt, den Nachschub und die Kommunikationsketten der vorrückenden Sowjets stören.

Die GSG 9 war eine Polizeieinheit und fiel somit nicht unter dieses Verbot.

Unser Fall lag ganz anders.

Im Frühling 1978 wurden wir zu einem dreiwöchigen Survival-Training irgendwo zwischen Dortmund und Essen geschickt. Es sollte eine richtige Härte für uns bedeuten, aber Angel war in der

Natur in seinem Element und ein Spezialist im Fallenstellen, und Chris, der die Geduld und Hartnäckigkeit eines Safeknackers besaß, holte jede Menge Fische aus den Flüssen und Seen. Wir speisten wie die Könige.

Wir anderen schlichen uns abwechselnd in nahe Dörfer, um unsere Bier- und Whiskyvorräte in der richtigen Höhe zu halten. Wenn wir unsere täglichen Orientierungsaufgaben erledigt hatten, ließen wir uns unter dem Sternenhimmel nieder und genossen ein Festmahl. Dann gaben wir uns unserem Lieblingszeitvertreib hin: der ewigen Spekulation, was unsere Oberen wohl mit uns vorhatten.

Es gab wieder mal zwei Lager. Lobo, Mike, Carl und Tony wollten Action um jeden Preis. Wir anderen neigten zu mehr Gelassenheit.

Eines Abends fragte ich Andy, was er von dem allen halte.

Er lag auf dem Rücken, schaute auf ein Stück Himmel zwischen den Bäumen und zog gedankenversunken an seiner Zigarette.

»Wir sind Schachfiguren, mein Freund«, sagte er. »Figuren in einem verdammten Spiel.«

Ich wusste nicht recht, was er meinte.

»Nimm einmal Bonn und Washington«, erklärte er. »Die eine Seite verfolgt offensichtlich eine Politik der Versöhnung mit dem Osten. Die andere hegt einen pathologischen Hass gegen die Sowjetunion und alles, wofür sie steht – nur ein toter Kommunist ist ein guter Kommunist und all das. Wenn ich ehrlich sein soll, verursacht mir allein die Tatsache, dass es unsere Einheit gibt, schlaflose Nächte.«

Ich wusste, worauf er hinauswollte, aber ich wollte es von ihm selbst hören.

»Irgendwo hat irgendwer entschieden, dass die Ostpolitik nichts bringt«, sagte er. »Ich vermute, dass die Amis das Sagen haben, und die Falken unter ihnen dürsten nach Blut.«

Genau das glaubte ich auch. Und dass unser Einsatz nahe bevorstand.

Kapitel 15

Im Oktober 1978 ging es schließlich los und der Chef teilte uns die Nachricht in seiner eigenen, unnachahmlichen Art mit.

Wir standen in seinem Zimmer und er ging vor dem Fenster auf und ab. Dann wandte er sich uns zu und fragte, ob wir gerne eine Raffinerie in die Luft sprengen würden.

Wir schauten uns an, dann den Alten. Das Objekt, sagte er, befinde sich am Stadtrand von Halle. Er meinte es völlig ernst.

»Ich habe schon einige Ideen, aber ich möchte, dass Sie einen eigenen Plan entwickeln – wie Sie die Grenze überwinden und wie Sie das Objekt sabotieren. Ich gebe Ihnen eine Woche Zeit«, sagte er.

Wir teilten uns in Gruppen auf, die eigenständig Pläne entwerfen sollten. Ich tat mich mit Andy zusammen. Nach meiner Erfahrung in Berlin fand ich, wir müssten einen Weg finden, um legal in die DDR zu kommen. Es musste gehen wie bei Purolator, aber jetzt in einem größeren Maßstab.

Andy stimmte zu. Der Chef hatte uns mit Fotos und Grundwissen über die Raffinerie versorgt. Es war ein riesiger Komplex, eine der größten Industrieanlagen in der ganzen Region. Wir würden bei dem Job das ganze Team brauchen.

Am Wochenende waren Sabine und ich mit Ginger und seiner Frau verabredet. Es war Gingers Idee gewesen. Ich hatte keine rechte Lust auf Gesellschaft, nicht einmal auf die eines Kumpels, aber er hatte darauf bestanden.

Ich hatte noch immer ein schlechtes Gewissen, weil die anderen hinter Gingers Rücken so über Margit gelacht hatten, als er, ermutigt durch meinen Beifall, in der Villa ihr Bild aufgestellt hatte.

Außerdem war ich in Gedanken immer bei unserer Aufgabe. Am Samstag war mir immer noch nicht eingefallen, wie wir über die Grenze kommen sollten, und ich war in düsterer Laune. Während unserer Einkaufstour im Supermarkt sprach mich Sabine darauf an. Ich sagte ihr, ich hätte eine schwierige Woche gehabt, aber als sie nachfragte, um mir eventuell einen Rat geben zu können, wusste ich nicht, was ich sagen sollte. Weil sie mir helfen wollte, aber nicht wusste, wie, brachte sie eine erfreuliche Alternative in Vorschlag. Wir verbrachten den Rest des Tages im Bett.

Wir sollten Ginger und Margit in einem Restaurant in ihrem Wohnort treffen. Sabine und ich betraten es Hand in Hand. Ich erkannte Margit schon aus der Ferne. Sie saß an der Bar. Ginger war nicht zu sehen. Wir gingen zu ihr hin und stellten uns vor.

Fünf Minuten später kam Ginger. Er wirkte ein bisschen nervös. Da fiel mir ein, dass Margit das Rauchen hasste. Sie war noch stämmiger und wuchtiger, als das Foto vermuten ließ. Ich widerstand der Versuchung, mir eine Zigarette anzuzünden. Glücklicherweise wurde uns bald ein Tisch angewiesen.

Sabine und ich bemühten uns nach besten Kräften, aber es war nahezu unmöglich, ein Gespräch in Gang zu bringen. Zwei Jahre lang hatte ich in Amerika von Ginger nur gehört, wie sehr er sie liebe und wie besonders sie sei. Aber sie sprachen kaum ein Wort. Um die Konversation aufrechtzuerhalten, mussten Sabine und ich die Alleinunterhalter spielen.

Als wir uns verabschiedet hatten, sagte Sabine zu mir: »Ich sage dir, diese Ehe kann nicht gut gehen.«

Ich lachte. »Ach komm, Sabine. Die waren heute bloß nicht in Form. Vielleicht haben sie sich gestritten. Deswegen steht nicht gleich die Scheidung bevor.«

»Seit wann bist du ein Ehefachmann?«

Ich erzählte ihr von Amerika und wie Ginger von Margit geschwärmt hatte.

Ginger sah recht gut aus. Ich wusste auch, dass er ein bisschen Vermögen in die Ehe einbrachte. Ich fand, dass Margit, die keine

Aussicht auf einen Schönheitspreis hatte, sich mit ihm glücklich preisen konnte. »Du müsstest ihn ebenso gut kennen wie ich«, sagte ich. »Sehr viel gesprächiger ist er nie. So ist es wohl bei beiden. Sie sind still, aber sehr glücklich.«

Ich hoffte, ich hätte Recht. Ich hatte den Eindruck gewonnen, dass Ginger der Zuverlässigste in unserer Gruppe war. Weil er der Älteste war, sprang er als Erster aus dem Flugzeug und beklagte sich als Letzter, wenn es uns dreckig ging. Zehn Prozent der Zeit allerdings benahm er sich wie ein Verrückter. Aber in den übrigen neunzig Prozent war er genau der Kumpel, den man im Feuergefecht gern neben sich hätte. Und was noch wichtiger war: Er war sensibel; er erfasste die Atmosphäre in einem Raum, sobald er ihn betrat. Man konnte sich ihm anvertrauen, wenn man jemanden zum Reden brauchte. Das hatte ich in der Villa bemerkt, während unserer Ausbildung in den USA, und auch hier in der Kaserne immer wieder. Ich wusste, warum der Chef ihn ausgewählt hatte. Das Spezialkommando Ost brauchte nicht nur Männer der Tat.

Sabine bedachte mich mit dem gleichen Blick, den sie mir zuwarf, wenn ich vor dem Essen in der Küche herumhing und alles probierte.

»Nun denn, mein lieber, süßer, allwissender Ehemann, ich habe Neuigkeiten für dich. Als du und Ginger auf eine Zigarette an die Bar gegangen seid, beugte sich Margit zu mir und sagte: ›Finden Sie es auch so hart, mit einem verdammten Soldaten verheiratet zu sein?‹ Ich weiß, sie war ein bisschen betrunken, aber es kam ihr aus dem Herzen.«

»Und was hast du gesagt?«, fragte ich, als ich den Porsche aufsperrte.

»Genau was du erwarten würdest. Ich bin deine Frau. Ich liebe dich. Ich sagte ihr die Wahrheit. Und als Frau eines Offiziers finde ich auch, dass ich verpflichtet bin, dich zu unterstützen.«

Ich zögerte noch, bevor ich den Motor anließ. »Und – *findest* du es hart, mit einem Soldaten zu leben?«

Sie ließ ihre Hand meinen Schenkel hinaufgleiten. »Ja«, sagte sie. »Aber auf die angenehmste Weise.«

Am nächsten Morgen fuhr ich nach Heidelberg. Andy und ich wollten uns zum Mittagessen treffen. Heidelberg lag ziemlich genau in der Mitte zwischen seinem Wohnort und dem meinen. Ich hatte einen guten Grund, wegzufahren. Sabine hatte Hans und Gabi zum Essen eingeladen. Ich mochte den ewigen Studenten Hans schon in guten Zeiten nicht. Und in meiner jetzigen Stimmung, wo die Sache mit Halle mir ständig im Kopf herumging, fand ich es klüger, ihm aus dem Weg zu gehen.

Andy saß schon an der Bar, als ich das Restaurant betrat. Er wirkte besoffen.

»Was gibt's?«, fragte ich, glitt auf den Hocker neben ihm und bestellte ein Bier.

Er trank an seinem. »Meiner Mutter geht's nicht gut. Ich hätte dieses Wochenende heimfahren und sie besuchen sollen.«

»Und warum hast du's nicht gemacht?«

»Die Wahrheit ist, dass ich meinen Vater nicht sehen will.« Er starrte in sein Glas. So hatte ich Andy noch nie gesehen.

Nach einer Weile fuhr er fort: »Die Ironie an der Sache ist: Mein Vater hat mir immer beigebracht, wie man an die Spitze kommt. Er wollte immer, dass ich Erfolg habe – aber auf seinem Gebiet, zu seinen Bedingungen, nicht zu meinen. Und jetzt bin ich auserwählt für etwas, was Krause als den besten Job in der Bundeswehr beschreibt, auserwählt unter tausenden von Soldaten – und ich darf es meinem Alten nicht sagen. Er glaubt, ich vergeude mein Leben.«

»Kann ich dir helfen?«, fragte ich.

»Nein. Das ist mein Problem, damit muss ich leben.« Er straffte sich. »Aber du bist nicht siebzig Kilometer gefahren, um solchen Mist zu hören. Lass uns über Halle reden.«

Wir setzten uns an einen ruhigen Tisch in der Ecke. Wir waren in Zeitdruck. Am Dienstag war die Woche vorbei, die Krause uns gegeben hatte, und wir mussten ihm einen Plan präsentieren. Wenn nicht, würde er uns einen vorlegen. Aber ich wusste allmählich, wie der Chef vorging. Ich hatte das Gefühl, das sei wieder einer von seinen Tests, und er erwarte ein Ergebnis von uns. Wie Andy und ich, so arbeiteten auch die anderen an ihren Plänen. Vielleicht würden sie eine brauchbare Idee ausbrüten, vielleicht auch nicht.

Aber wenn wir schon in die DDR gingen, wollte ich es gerne zu unseren eigenen Bedingungen tun.

Ich erzählte Andy von meinem Freund Wolfgang, der Geschäftsführer einer großen westdeutschen Baufirma war. Ich hatte ihn schon monatelang nicht gesehen, aber ich wusste, dass seine Firma im ganzen Ostblock Aufträge ausführte, in der DDR, in Ungarn, in Polen – eigentlich überall.

Es gehörte zur Ironie in unserem geteilten Land, dass westdeutsche Baufirmen viel im Osten arbeiteten. Der Westen besaß viel Fachwissen, das sich im Osten nie entwickelt hatte, und Bonn übernahm in seinen Bemühungen um ein besseres Verhältnis zu seinem kommunistischen Nachbarn einen Großteil der Kosten für solche Baumaßnahmen.

Firmen wie die von Wolfgang arbeiteten mit eigenem Personal, weil die ostdeutschen Arbeiter sich keine Gedanken über Baukosten und Produktivität machten. Wolfgang besorgte sich Spezialisten, Fach- und Hilfsarbeiter über spezielle Vermittlungsfirmen. Die Leute wurden in D-Mark bezahlt und bekamen neben hohen Löhnen auch großzügige Spesen.

Ich erklärte Andy, eine Möglichkeit für uns, dahin zu kommen, wohin wir wollten, sei die Gründung einer eigenen Vermittlungsagentur. Dann müssten wir nur noch schauen, dass wir bei einer Firma auf die Liste der Agenturen kamen, von denen sie sich angelernte Arbeiter oder Hilfsarbeiter besorgen ließ. Andy stimmte zu.

Sobald ich heimkam, rief ich bei Wolfgang an, aber es ging niemand ans Telefon. Am Montagmorgen rief ich in seinem Büro an und seine Sekretärin teilte mir mit, Wolfgang sei kurz ins Büro gekommen, aber sofort wieder gegangen. Ich gab der Sekretärin meine Privatnummer und bat sie, Wolfgang auszurichten, dass ich dringend mit ihm sprechen müsse.

Der Montag verging langsam. Ich wartete auf Wolfgangs Anruf und wurde allmählich müde und frustriert.

Sabine würde erst spät kommen. In der Praxis war viel los. Ich wollte fernsehen, aber es gab nichts. Ich ging zum Kühlschrank, doch es war kein Bier da. Ich zog gerade den Mantel an, um in eine Bar zu gehen, da klingelte das Telefon. Ich dachte, es wäre Sabine, die ankündigen wollte, dass sie bald käme, aber es war Wolfgang. Er entschuldigte sich überschwänglich, weil er nicht früher angerufen hatte, aber bei ihnen gehe es zu wie in einem Tollhaus.

Wir schwatzten ein bisschen, ich hörte ihm jedoch an, dass er nicht in der Stimmung für Konversation war, und so kam ich schnell zur Sache. Ich erzählte ihm, ich hätte vor ein paar Monaten meinen Abschied von der Bundeswehr genommen und mich seitdem ein bisschen nach Arbeit umgesehen. Ein Freund habe kürzlich eine Agentur für Hilfs- und angelernte Arbeiter gegründet und bemühe sich um Kunden. Ich könne mich an seinem jungen Unternehmen beteiligen, wenn ich Aufträge hereinbrächte.

Wolfgang sagte, er könne mir vielleicht helfen. Seine Firma stelle momentan Leute ein. Das Geschäft sei lebhaft, besonders in der DDR.

Ich sagte, ich hätte gehört, dass es in Städten wie Dessau und Jena zu tun gäbe. Den nächsten Satz versuchte ich so beiläufig wie möglich vorzubringen: Man höre gerüchteweise auch von einem Projekt in Halle.

Wolfgang murmelte irgendwas, und es klang so, als liefe bei ihm nicht alles so gut, wie er es dargestellt hatte.

Ich bat ihn, mir zu sagen, an welchen Vorhaben er arbeite, damit wir zur Sache kommen könnten.

Da ließ Wolfgang seine Vorsicht fahren und erzählte mir von den Projekten, die ihm den meisten Ärger machten. Und auf dieser Liste stand eine Raffinerie in Halle ziemlich weit oben.

Ich fuhr noch am selben Abend zurück in die Kaserne und fand Andy in seinem Zimmer. Er hatte gerade seine Laufsachen angezogen. »Lass alles stehen und liegen«, sagte ich. »Wir gründen unsere eigene Arbeitsvermittlungsagentur.«

Ich informierte ihn über unser Gespräch. Wolfgang wollte uns treffen. Bis Ende der Woche mussten wir alles geregelt haben.

Andy hörte gespannt zu. Als ich fertig war, lächelte er. »Vielleicht können wir gleichzeitig noch was verdienen.« Und nach einer Pause: »Steuerfrei.«

Er kannte einen Anwalt in Zürich, der sich auf die Gründung von Gesellschaften in Steuerparadiesen spezialisiert hatte.

Andy rief ihn gleich an, weil er wusste, dass er abends lang arbeitete. Der Anwalt sagte, es lasse sich machen, aber es koste Zeit und Geld. Wenn man eine Firma in Monrovia (Liberia) registrieren lasse, koste das für Anfänger 300 Dollar. Die Gründung der Firma würde zwei Wochen dauern, wenn sich jeder Beteiligte die Beine ausriss.

Die Sache kam in Gang. Wir mussten mit dem Chef sprechen.

Wir machten am nächsten Morgen mit Locke einen Termin aus und suchten Krause auf. Die Nacht hatten wir größtenteils damit verbracht, unseren Plan in die Maschine zu tippen. Auch ein Zeitplan gehörte dazu – von der Gründung einer richtigen Vermittlungsfirma, die den Eindruck machte, als könne sie alle Arbeitskräfte besorgen, die Wolfgang brauchen konnte, bis zu dem Augenblick, wo wir Zugang zu der Raffinerie haben würden. Erst dann konnten wir die Anlage erkunden und eine Strategie für die Ausführung unseres Auftrags entwickeln.

So weit, so gut. Aber um unsere Manpower-Agentur zu gründen, brauchten wir Krauses Erlaubnis. Außerdem brauchten wir Geld und falsche Ausweise.

Wir beobachteten Krause, während er, in seinen Sessel zurückgelehnt und an der Zigarre paffend, unseren Bericht las. Wir warteten gespannt. Schließlich schaute der Chef auf und sagte: »Gratuliere. Ihr Plan ist besser als meiner.«

Er zog eine Schreibtischschublade auf und holte zwei Aktendeckel heraus. Er beugte sich vor und gab Andy und mir je einen.

Ich schlug meinen auf. Ein Passfoto von mir war auf einen Bericht über einen gewissen Eduard Hagen aufgeheftet. Eduard Hagen hatte vieles mit mir gemeinsam: Größe, Gewicht, Augenfarbe und die Herkunft aus Berlin.

»Das ist alles schon längst vorbereitet«, sagte Krause. »Jeder hat sein eigenes Dossier. Wenn Sie ins Gesundheitsministerium gingen, würden Sie dort einen Akt über Eduard Hagen finden, der mit diesem hier identisch ist. In den nächsten Tagen bekommt jeder seinen Pass. Inzwischen sollen Sie jedes Detail, das Sie in diesem Akt finden, auswendig lernen – wo Sie zur Schule gegangen sind, welcher Bus an Ihrem Haus vorbeifährt und von welchem Fußballverein Sie Anhänger sind.«

Ich blätterte den Akt durch. Eduard Hagen kam aus Berlin-Charlottenburg, einem Stadtteil, den ich gut kannte. Es gab Fotos von dem Haus, wo er eine Wohnung gemietet hatte (das Haus gehörte dem BND), und von der Straße, in der das Haus stand. Es gab Fotos von einer Arztpraxis, einer Zahnarztpraxis, der U-Bahn-Station Sophie-Charlotte-Platz und verschiedenen Läden und besonderen Merkmalen des Viertels, wo Hagen wohnte. Der Chef teilte mir mit, ich müsse mich noch in der Wohnung sehen lassen, bevor wir in den Osten überwechselten.

»Eine Frage habe ich noch«, sagte Krause, als er unseren Bericht in die mittlere Schublade seines Schreibtisches schob. »Wie sieht es mit Geld aus?«

»Die geschätzten Ausgaben finden Sie im Bericht«, antwortete ich. »Tatsächlich wird es nicht sehr teuer. Die Gründung der Firma kostet ungefähr dreihundert Dollar. Dazu kommen noch Reisespesen. Zwei oder drei Flüge nach Zürich, ein paar Nächte im Hotel. Etwas Essensgeld. Das ist es dann schon.«

Krause drückte seine Zigarre im Aschenbecher aus und sagte kühl: »Ich spreche von dem Profit, den Sie dabei machen werden.«

Er tippte auf die Schublade, die unseren Bericht enthielt. »Meiner Schätzung nach werden Sie einen netten Gewinn bei der Sache machen. Von Ihrem ordentlichen Sold bei der Bundeswehr ganz abgesehen.«

Ich blickte zu Andy. Der hielt dem Blick des Chefs lächelnd stand.

»Wie wär's, wenn wir Sie davon zu einem netten Essen einladen würden?«, fragte er.

Kapitel 16

Andy und ich flogen nach Zürich. Wir hatten mit den Chef ausgemacht, dass wir den anderen nichts von unserem Vorhaben verraten wollten, um sie nicht von ihren eigenen Plänen abzulenken. Wenn unser Plan nicht klappte, würden wir eine Alternative brauchen. Aber wir mussten uns alle schon mal mit unseren neuen Identitäten vertraut machen. Mithilfe vom Chef und von Locke prägten wir uns die Details schnell ein.

In Zürich trafen sich Andy und ich mit einem Schweizer Anwalt und entwarfen die finanziellen Arrangements einer Gesellschaft namens »AFT«, die wir durch das liberianische Konsulat hatten registrieren lassen. Dann richteten wir bei einer Bank ein Nummernkonto ein, auf das die Gelder fließen sollten, die Wolfgangs Baufirma an AFT zahlte.

Nach zweitägigen Verhandlungen hatten wir die Fundamente unserer Arbeitsvermittlungsagentur gelegt. Andy war Vorsitzender und ich Hauptgeschäftsführer.

Zurück in Köln, rief ich Wolfgang an und vereinbarte für den folgenden Tag einen Besuch in seinem Büro in Frankfurt. Freitagnachmittag waren wir übereingekommen, dass unser Team in Halle seine Bewährungsprobe bestehen sollte. Wolfgang brauchte uns so bald wie möglich. Wir einigten uns auf die übernächste Woche.

Mit Wolfgang verhandelte ich als Thomas Sanders. In die DDR aber würde ich als Eduard Hagen gehen. Die Details unserer Verträge überließ Wolfgang den Leuten in der Personalabteilung, mit denen ich nur übers Telefon verhandelte. Hagen und Sanders waren für sie zwei verschiedene Personen.

Unsere Firma würde sieben Hilfsarbeiter zur Verfügung stellen – Andy, Angel, Chris, Ginger, Carl, Mike und mich – und zwei Elektriker, nämlich Tony und Lobo.

Die Leute in der Personalabteilung kümmerten sich um Reisedokumente und Arbeitserlaubnis. Wir mussten nur über die Grenze kommen und uns am Montagmorgen um acht Uhr beim zuständigen Vorarbeiter, Kleist mit Namen, melden.

Als wir das letzte Mal nach Zürich mussten, fuhren Andy und ich mit dem Auto. Der Etat, der unserer Abteilung für Flüge und Hotelkosten zur Verfügung stand, war begrenzt und wir hatten alle vorhandenen Mittel aufgebraucht. Wir nahmen den Porsche und bretterten die Autobahn hinunter, leisteten in der Anwaltskanzlei die letzten Unterschriften und machten uns mit den ganzen Papieren sofort wieder auf den Weg. Wir hatten für die einfache Strecke fünf Stunden gebraucht und wir mussten am gleichen Tag noch zurück.

Wir waren auf der Rückfahrt noch nicht weit gekommen, als mir auffiel, dass Andy ungewöhnlich schweigsam war. Ich schaute zu ihm hinüber und sah, dass er bedrückt wirkte.

»Was ist los?«, fragte ich.

»Wir kommen gleich am Haus meines Alten vorbei«, sagte er. »Wenn es dir nichts ausmacht, Jackson, möchte ich gern dort vorbeischauen.«

Ich erinnerte mich, dass es seiner Mutter schlecht gegangen war und dass das Verhältnis zu seinem Vater immer noch sehr gespannt war. Dieser Entschluss war ihm sicher nicht leicht gefallen. »Klar«, sagte ich.

»Jedenfalls würde es mich freuen, wenn ihr euch kennen lernt. Ich habe ihnen viel von dir erzählt.«

Wir fuhren kurz vor Baden-Baden von der Autobahn runter. Eine Viertelstunde später bogen wir durch ein schmiedeeisernes Tor ein und glitten eine lange, mit Ulmen bestandene Auffahrt entlang.

Ich hatte gewusst, dass Andys Familie reich war, aber die Größenordnung überraschte mich. Links von der Allee erstreckte sich eine Weide, auf der etwas stand, was einem Rasserennpferd sehr ähnlich sah. Ein Stalljunge winkte, als wir vorbeifuhren. Andy winkte ein bisschen verlegen zurück.

Die Auffahrt mündete in einen gekiesten Hof. Die Steine knirschten unter den Rädern. Solche Anwesen hatte ich bis dahin nur aus dem Kino gekannt.

Vor mir erhob sich eins der schönsten Häuser, die ich je gesehen hatte. Es war ungefähr zweihundert Jahre alt und hatte garantiert neun oder zehn Schlafzimmer.

Als wir vor dem Haus hielten, öffnete sich die Tür und ein etwa fünfundsechzigjähriger Mann mit gesunder Gesichtsfarbe erschien. Ein Gewehr hing ihm abgeknickt über der linken Schulter. Er trug ein abgewetztes Sportsakko und eine ausgebeulte grüne Kordhose, die von einem alten braunen Ledergürtel gehalten wurde. Man hätte ihn leicht für einen Wildhüter halten können – ich hatte vom Auto aus am Waldrand ein paar Gehege bemerkt. Ich fühlte, dass Andy neben mir ganz starr wurde.

Ich stieg aus dem Auto. Andy ging auf das Haus zu. Als der alte Mann seinen Sohn erkannte, erschien ein Lächeln auf seinem Gesicht. Er nahm das Gewehr über den Arm und kam mit ausgestreckter Hand auf uns zu, aber Andy ging schnurstracks an ihm vorbei und verschwand im Haus. Sein Vater und ich standen da und sahen uns an.

Es herrschte betretenes Schweigen. Seine rot geäderten, wässrigen Augen zeigten einen Ausdruck, den ich erst für Verlegenheit wegen Andys Benehmen hielt, aber es war mehr. Das war nicht der Mann, den ich zu treffen erwartet hatte. Ich wusste nicht, wie Andys Vater wirklich war, aber er war mir sofort sympathisch.

»Ich bin Thomas Sanders«, sagte ich. »Ich freue mich, Sie kennen zu lernen.«

Er schüttelte mir fest die Hand.

»Tut mir Leid«, erwiderte er mit unerwarteter Wärme in der Stimme, »aber meine Frau und ich haben nicht mit Ihnen gerechnet. Sonst hätten wir …« Er schaute einen Augenblick zum Himmel auf und starrte dann auf die Tür, durch die Andy verschwunden war.

»Meine Frau ist schon länger krank, müssen Sie wissen«, sagte er schließlich. »Ich bin jetzt im Ruhestand und kann mich um sie kümmern. Aber es trifft Andreas anscheinend schwerer, als ich dachte.«

»Er spricht oft von seiner Mutter. Und von Ihnen.«

Seine Schultern strafften sich und er sah mir in die Augen. »Jetzt hab ich's«, sagte er plötzlich. »Natürlich. Sanders. Thomas Sanders. Andy hat uns von Ihnen erzählt. Aber Sie werden meist anders genannt, wenn ich mich nicht irre.«

Ich nickte. »Jackson. Sie nennen mich Jackson.« Ich lächelte ihn an. »Aber fragen Sie mich nicht, warum.«

»Sie sind sein Vorgesetzter, nicht wahr?«

»Streng genommen, ja. Aber ich sehe es nicht so.« Ich warf einen Blick auf sein Gewehr. »Bitte, lassen Sie sich durch mich nicht aufhalten.«

Er sagte, er sei auf dem Weg, das Abendessen zu beschaffen. Ich sah mich um und überlegte, ob ich hineingehen oder beim Auto warten sollte.

»Warum kommen Sie nicht mit, Jackson? Sie haben doch nichts dagegen, wenn ich Sie Jackson nenne? Andy wird wohl eine Zeit lang bei seiner Mutter bleiben.« Er nickte in Richtung der Bäume. »Es dauert nicht lang und ich kann Sie bei der Gelegenheit ein bisschen rumführen.«

Wir brauchten fast zwanzig Minuten bis zum Waldrand. Wir kamen an einem Swimmingpool vorbei, an einem Tennisplatz und an einer Garage, in der ich einen dicken Mercedes und ein sportliches BMW-Cabrio erblickte. Andys Vater zeigte mir diese Dinge mit dem sichtlichen Stolz des Selfmademans. Ich fühlte mich wohl in seiner Gesellschaft. Er erinnerte mich an meinen Opa.

Andys Vater war einer der größten Autohändler der Gegend und hatte ein Vermögen gemacht. Andy hätte sein Geschäft übernehmen sollen, aber stur und eigensinnig wie er war, hatte er eine Karriere in der Armee vorgezogen.

Wir blieben bei einem kleinen Gehege unter den ersten Bäumen stehen. Innerhalb des Maschendrahtzauns stand ein hölzerner Stall, um den herum ein Dutzend braune Kaninchen nach Futter suchten. Andys Vater öffnete das Türchen im Zaun und wir gingen hinein. Er lehnte das Gewehr an einen Zaunpfosten und ging zum Stall hinüber.

Die Kaninchen hatten sich in die Ecken des Geheges geflüchtet. Andys Vater holte zwei Kisten hinter der Hütte hervor und stellte sie umgekehrt auf den Boden. Er winkte mir, mich zu setzen, dann betrat er den Stall und kam sofort wieder zurück, in der Hand eine kleine Flasche Schnaps und ein kleines Glas.

»Mein kleines Geheimnis«, sagte er. »Leisten Sie mir Gesellschaft?«

Bevor ich noch antworten konnte, schenkte er das Glas voll und reichte es mir. Dann hob er die Flasche. Wir stießen an und ich leerte das Glas.

»Sie sollten wissen«, sagte ich, »dass Ihr Sohn ein Ausnahmesoldat ist. Wir sind schon eine lange Zeit zusammen, erst in Amerika und jetzt hier. Er hat ungewöhnliches Talent.«

Sein Vater nickte. »Aber sein Mangel an Ehrgeiz ist mir ein Rätsel.«

»Es sieht so aus, wenn Sie mir die Bemerkung erlauben, als läge die Latte für ihn sehr hoch.«

Sein Vater schenkte mir noch einmal ein und hob wieder die Flasche an die Lippen.

Ich überlegte schon, wie lange dieses Ritual noch weitergehen würde, als ich hinter mir ein Geräusch hörte. Ich drehte mich um und sah Andy ins Gehege kommen. Die Kaninchen stoben wieder auseinander, aber eins war zu langsam, und Andy packte es. Das Tier zappelte mit vor Angst weit aufgerissenen Augen, aber Andy hielt es fest.

»Weißt du, warum er trinkt, wenn er hierher kommt, Jackson?«, fragte er, als ob sein Vater gar nicht da wäre. »Er trinkt sich Mut an.«

Er schlug plötzlich dem Kaninchen die Hand ins Genick. Der Schlag tötete es sofort. Er warf mir den toten Körper vor die Füße, nahm seinem Vater die Flasche aus der Hand und trank einen Schluck. »Manchmal ist es besser, es einfach zu tun.«

Als wir wieder auf der Autobahn in Richtung Norden rasten, ging mir dieser Vorfall immer noch im Kopf herum. Wenn ich in meinem Leben einen Groll hegte, dann deshalb, weil ich meinen Vater nie gekannt hatte.

Ich hatte den Zorn in Andys Augen gesehen, als er das Kaninchen tötete. Ich hatte mich in meiner Laufbahn ein einziges Mal vom Zorn hinreißen lassen und Garten hatte mich dafür bestraft. Ein Berufssoldat musste seine Gefühle unter Kontrolle haben. Ich hätte das Tier nicht töten können, jedenfalls nicht mit der bloßen Hand. Und nicht kaltblütig. Ich hätte es leicht erschießen können. Aber ich hätte ihm nie den Hals brechen können.

Was für eine Art von Soldat war ich also?

Kapitel 17

Fünf Tage bevor wir aufbrechen sollten, hatten wir wieder eine Besprechung mit dem Chef. Andy und ich hatten unseren Plan inzwischen mit den anderen diskutiert und sie hatten alle gefunden, dass das die beste Option sei. Der Chef hatte auf seinem Schreibtisch eine Reihe Pläne ausgebreitet und forderte uns auf, näher zu treten und sie anzuschauen. Die Pläne waren bemerkenswert genau, was darauf hinwies, dass der BND bis über die Ohren in der Sache drinsteckte. Außer Satellitenfotos der Raffinerie (die belegten, dass auch die Amerikaner die Hand im Spiel hatten) gab es Pläne vom Inneren der Gebäude, die nur von Informanten stammen konnten, die in der Anlage arbeiteten.

Der Chef deutete auf ein Gittermuster in der Mitte des Gesamtplans. Dies, sagte er, sei unser Ziel. Ich beugte mich tiefer hinab. Es war die Pumpstation, das Herz der Raffinerie.

Dann erklärte er uns, was unser Angriff bezweckte. Vor einem Jahr war am 7. Oktober, dem offiziellen Jahrestag der Gründung der DDR, am Alexanderplatz in Ostberlin ein Aufruhr entstanden. Ein paar Jugendliche hatten während eines Jazzkonzerts angefangen, Steine in Schaufenster und auf die Autos vorbeifahrender Politbüro-Größen zu werfen. Im Nu rotteten sich tausend Menschen zusammen und stellten sich gegen die von Volkspolizei und Stasi aufgebotenen Einsatzkräfte.

Sie hielten Transparente hoch und skandierten Parolen, mit denen sie die Abschaffung der Mauer forderten. Im anschließenden Getümmel wurden drei Menschen getötet und viele verletzt.

»Wir wissen, dass das kein Einzelfall war.« Der Chef wedelte mit seiner Zigarre. »Wohnungen, Verkehrssystem, Elektrizität, Heizung – Honeckers Regierung bemüht sich, die Bedürfnisse der Bevölkerung zu befriedigen. Der Winter naht heran, und es sieht so aus, als würde es ein harter Winter werden. Die Raffinerie in Halle liefert einen großen Teil des Heizöls, das die DDR braucht. Wenn wir die Versorgung ernsthaft stören können, entwickeln sich diese vereinzelten Vorkommnisse vielleicht zu etwas …« Er suchte nach dem richtigen Wort.

»Koordiniertem?«, schlug ich vor.

Der Chef hob die Augen zu mir. »Koordiniert. Ja.«

Ich dachte an meine Unterhaltung mit Andy. Solche Einblicke gewährte uns der Chef nur ab und zu. Wenn wir die Raffinerie für ein paar Monate lahm legten, konnte das weitreichende Konsequenzen für die Wirtschaft der DDR haben.

Der Chef fuhr mit der Einsatzbesprechung fort. Man hatte zwei Autos für uns besorgt. Sie waren auf Andy und Ginger zugelassen, natürlich unter ihren Decknamen. Wir sollten am Montag über die Grenze gehen und uns mit den Örtlichkeiten und mit den Betriebsabläufen vertraut machen. Die meisten westlichen Gastarbeiter hatten den gleichen Rhythmus: Man reiste am Montagmorgen ein, blieb die Woche über und fuhr am Freitagabend wieder heim. Wolfgangs Firma hatte für Unterkünfte gesorgt. Und weil wir an den Wochenenden heimfuhren, brauchten wir uns kein Alibi für Frauen und Freundinnen auszudenken. Sobald wir die Situation überblickten, würden wir den Sprengstoff über die Grenze schmuggeln und in ein Versteck bringen.

Chris und ich folgten Locke durch eine Reihe von explosionssicheren Türen und erreichten schließlich einen dunklen, raucherfüllten Raum am Ende des Ganges.

Wir blieben stehen und sahen uns um. Wir waren im Herzen eines Waffenlagers am Rande des Kasernengeländes.

Der Raum war leer, abgesehen von einer verschrammten Werkbank, auf der die einzelnen Bestandteile eines M 16 ausgebreitet lagen.

Hinter der Werkbank stand ein alter Mann mit gebeugten Schultern, grauem Haar und den dicksten Brillengläsern, die ich je gesehen hatte. Im Mundwinkel hing ihm eine filterlose Zigarette. Jahrzehntelanges Rauchen hatte seine Lippen bräunlichgelb verfärbt. Aus seinen Ohren und Nasenlöchern sprossen Haare und er hatte sich schon seit Tagen nicht mehr rasiert.

Offiziell war Walter schon pensioniert, hatte uns Locke auf dem Weg erklärt, aber er kannte den Chef schon eine Ewigkeit, der Chef vertraute ihm, und Walter hatte Freude an seiner Arbeit. Er arbeitete für niemanden sonst. Nur für uns. Ich konnte deshalb nicht wissen, bei wem Walter auf der Gehaltsliste stand, aber das war auch gleichgültig. Ob ihn die Armee, der BND oder der Chef selbst bezahlte – wir konnten ihm jedenfalls vertrauen.

Auf den ersten Blick sah es nicht so aus, denn Walter musterte uns finster, während Locke uns vorstellte. Ganz offensichtlich war er der Meinung, wir hätten hier nichts zu suchen.

Als Locke verstummte, schüttelte mir Walter widerstrebend die Hand, die hernach glitschig war und süßlich roch. Ich konnte nur hoffen, dass es sich um Waffenöl handelte.

Locke ging, und Chris begann zu erklären, was wir brauchten: genügend Sprengstoff, um die Rohre und Ventile, die das Herzstück der Pumpstation bildeten, ernsthaft zu beschädigen.

Walter humpelte davon und kam nach ein paar Minuten mit acht Kilo Semtex zurück. Wir brauchten Semtex, weil das in der Tschechoslowakei hergestellt wurde, einem kommunistischen Nachbarland der DDR. Chris bevorzugte zwar das im Westen fabrizierte Äquivalent C4, aber die Stasi sollte wegen des Semtex den Verdacht hegen, dass der Sabotageakt von Dissidenten aus dem kommunistischen Bereich ausgeübt worden war.

Walter legte den Sprengstoff auf den Tisch, neben das zerlegte M 16. Es ging so nüchtern zu wie in einem Gemischtwarenladen.

»Das dürfte reichen«, sagte er. »So, jetzt wisst ihr, wie acht Kilo Semtex aussehen. Ihr fahrt vermutlich mit dem Auto?«

»In zwei Autos, genauer gesagt«, antwortete Chris.

Walter zuckte die Achseln. »Eins oder zwei, das macht keinen Unterschied. Wo wollt ihr das Zeug denn verstecken?«

Ich schaute zu Chris, aber der schnüffelte in Walters Bücherregal herum. »Vielleicht können Sie einen Vorschlag machen?«, sagte ich.

Walter knurrte vernehmlich. »Was glauben Sie eigentlich, wo Sie sind?«, fragte er. »In einer verdammten Unternehmensberatung?«

Ich begann mich zu fragen, ob man mit diesem Menschen überhaupt vernünftig reden konnte, als Chris ein großes, blau gebundenes Nachschlagewerk aus dem Regal zog und darin herumblätterte.

»He«, sagte Walter, »lassen Sie das. Das Buch hat mich ein Vermögen gekostet.«

Chris blätterte die Titelseite auf. Es war ein Handbuch mit den technischen Daten von Flugzeugen. »Ich dachte, Sie seien Experte für Ballistik und Sprengstoffe, Walter«, sagte er.

»Wie der alte Kahlkopf gesagt hat, bin ich angeblich im Ruhestand«, gab er unfreundlich zurück. »Aber in meinem Alter muss man sich auf dem Laufenden halten, sonst verfault das Gehirn.«

»Sie wissen anscheinend allerhand über Flugzeuge«, sagte Chris.

Walter kam um den Tisch herum und schnappte Chris das Buch weg. Er untersuchte es auf Flecken und stellte es ins Regal zurück. »Hubschrauber interessieren mich noch mehr, wenn Sie es unbedingt wissen wollen«, sagte er. »Ich bin sozusagen ein verhinderter Erfinder. Panzer und Hubschrauber. Einfach faszinierend.«

»Und welchen Hubschrauber finden Sie am besten?«, fragte Chris.

»Das ist keine Frage. Überhaupt keine Frage. Der Mi-24 Hind-D. Verdammt geniale Ingenieurskunst. Und das will was heißen, wenn man bedenkt, dass es ein russisches Modell ist. Titanverkleidetes Cockpit, schusssichere Kanzelhaube, 12,7 mm Drehgeschütz und lasergesteuerte Raketen. Großartig. Einfach großartig. Im Westen gibt es nichts annähernd Vergleichbares. Wenn die Sowjets eines Tages wirklich die Grenze überrollen, werden diese Bastarde aus dem lächerlichen Gerät der Amis Schrott machen. Zwei Regimenter mit diesen Dingern sind westlich von Berlin stationiert. Wenn man hinter Helmstedt auf der Autobahn gut aufpasst, kann man sie manchmal sehen.«

Wir würden zwar bei Helmstedt über die Grenze fahren, aber mir schien, wir sollten uns doch lieber um andere Dinge kümmern.

»Bist du bald fertig?«, fragte ich Chris. Ich hatte genug gehört und gesehen. Es war mir gleich, was der Chef über Walter sagte. Ich musste mit einem Spezialisten sprechen.

»Beinahe«, sagte Chris. »Ich wollte Walter nur noch fragen, was er über den Hind-E gehört hat.«

Walter spitzte die Ohren. »Hind-E?«, fragte er stirnrunzelnd. »Den gibt's nicht.«

»Da muss ich Ihnen leider sagen, dass unsere Freunde vom BND anderer Meinung sind, Walter, weil ich die Akten darüber gesehen habe«, sagte Chris. »Er wurde vor zwei Monaten zum ersten Mal von einem Spion in der Nähe von Moskau gesichtet. Er hat einen neuen Sensor unter der Nase und – das wird Sie vermutlich interessieren – eine neue, noch nicht identifizierte Anti-Panzer-Rakete an kurzen Außenlastträgern.«

Walter war fasziniert. »Was weiß man darüber?«, fragte er. »Über die Rakete, meine ich.«

»Ich weiß nicht, ob ich darüber reden darf«, sagte Chris, was ein kluger Schachzug war.

Walter war am Boden zerstört.

Chris, der neben Walter fast groß aussah, klopfte ihm auf die Schulter. »Aber wenn Sie versprechen, dass es nicht aus diesem Raum dringt …« Er wandte sich an mich. »Jackson, was meinst du? Wir sitzen doch alle im gleichen Boot, oder?«

»Klar doch«, sagte ich.

Chris erzählte also weiter. Ich wusste nicht, wie viel davon der Wahrheit entsprach, aber ich kannte Chris und wusste, dass er mit der Materie vertraut war.

Walter lauschte hingerissen. Chris zeichnete die Rakete auf seine Zigarettenschachtel und Walter dachte über die Form des Geschosses nach. Er schloss daraus, dass es von einer Festbrennstoffrakete angetrieben wurde und von einer halbautomatischen Sichtsteuerung gelenkt wurde. Die Dimensionen von Rumpf und Spitze des Geschosses deuteten darauf hin, dass es sich um einen Sprengkörper von hoher Durchschlagskraft handelte. Chris nickte zustimmend.

»Also, wann braucht ihr den ganzen verdammten Krempel?«, fragte Walter, indem er sich an mich wandte.

»Wie bitte?«

»Semtex, Zündkapseln, Zeitschalter und den ganzen Rest der Scheiße.«

Ich schilderte ihm den Plan. Dass wir am Montag sauber in den Osten gehen und uns mindestens drei Wochen einarbeiten würden, bevor wir den Sprengstoff mitnahmen. Bis dahin sollten wir die statistische Wahrscheinlichkeit kennen, mit der man an der Grenze durchsucht wurde, und einen Platz wissen, wo wir unser Material verstecken konnten.

»Bringt mir die Autos am Samstag, bevor ihr das Zeug mitnehmen wollt. Ich werde sie dann übers Wochenende bearbeiten, und am Sonntagabend sind sie fertig. Recht so?«

Ich schaute Chris an. Er hob den Daumen.

Walter blickte wieder auf die Zeichnung der Rakete. »Andererseits«, sagte er und saugte an seinen Zähnen, »wäre es durchaus *möglich*, dass sie mit flüssigem Treibstoff angetrieben wird …«

Als ich den Raum verließ, waren Chris und Walter ins Gespräch vertieft wie zwei alte Freunde, verbunden durch die Leidenschaft für alles, was mit viel Getöse in die Luft gehen konnte.

Kapitel 18

Wir trafen uns an einer Autobahnraststätte in der Nähe von Gießen. Es war noch kalt, im Osten zeigte sich erstes Morgenrot. Ich kletterte aus dem Taxi und ging zum Café, unserem Treffpunkt.

Im hellen Licht der Parkplatzbeleuchtung erkannte ich ein paar von den Autos meiner Freunde und dazu den Opel und den Ford Taunus, mit denen wir über die Grenze fahren würden.

Keiner sah auf, als ich eintrat. Kaffee dampfte auf den Tischen, wo die Kameraden saßen. Spannung lag in der Luft. Ich war der Letzte.

Gießen liegt fünfzig Kilometer nördlich von Frankfurt und war ungefähr zweihundert Kilometer vom Grenzkontrollpunkt Helmstedt entfernt. Wenn alles gut lief, waren wir gegen acht Uhr an der Grenze und eineinhalb bis zwei Stunden später bei der Raffinerie.

Ich fuhr mit Andy, Mike und Carl; die anderen zwängten sich in Gingers Opel.

Ich wusste einiges über die Methoden der Vopos und der Grenzpolizisten, weil ich sie am Sektorenübergang Heinrich-Heine-Straße in Aktion gesehen hatte. Ich hatte beobachtet, wie sie Pfeifenreiniger in Benzintanks steckten, wie sie die Unterseite von Personen- und Lastwagen mit Spiegeln untersuchten, Kofferräume durchwühlten und Motorhauben aufklappten. Aber das geschah immer nur bei der Ausreise und der Zweck der Übung war die Suche nach Personen.

Wir hatten diesmal den Vorteil, dass wir bei der Einreise wenig zu verbergen hatten. Wir konnten legale Jobs vorweisen. Das Einzige, was mir Sorgen machte, war, ob Grenzer und Stasi uns unsere Pseudonyme abkaufen würden.

Wir wechselten kaum ein Wort, während wir die Autobahn hinaufbretterten.

Nach zwei Fahrstunden kamen wir an den ersten Hinweisschildern des Bundesgrenzschutzes vorbei, welche die Autofahrer darauf aufmerksam machten, dass sie sich der Transitautobahn näherten. Mein Magen krampfte sich zusammen.

Die Lichter an der Grenze sah man schon aus ein paar Kilometern Entfernung. Andy wurde langsamer, als die Fahrzeuge sich vor uns zusammenschoben. Ich griff in die Jacke und holte Eduard Hagens Pass und Papiere heraus.

Als wir zur Autoschlange aufschlossen, sagte ich ruhig: »Benehmt euch normal. Wir sind Arbeiter auf dem Weg zu unserem Arbeitsplatz. Vier Burschen, die ihr Brot verdienen. Das ist alles.«

Vor uns erstreckten sich, so weit das Auge reichte, die Scheinwerfer des Todesstreifens. In ihrem Licht konnte ich Details des vielschichtigen Systems von Zäunen erkennen, das Ost und West getrennt hielt. Ich hatte es schon oft gesehen, wenn ich als Zivilist von und nach Berlin reiste, aber diesmal kam es mir anders vor. Helmstedt war ein gehübschter Teil der Grenzzone; hier sollte den Besuchern ein sauberes Bild der DDR vermittelt werden. Die Grenze sollte als ein Meisterwerk ostdeutscher Ingenieurskunst betrachtet werden. Es gab hier keine Minen und keine Selbstschussanlagen. Aber das Ganze wirkte noch eindrucksvoll genug.

Mike und Carl gaben mir ihre Papiere und ich reichte sie zusammen mit den meinen an Andy weiter. Wir passierten die westlichen Kontrollpunkte und fuhren bis zu einer weißen Linie vor. Ein Grenzsoldat mit einer Pistole im Gürtel näherte sich dem Auto. Andy reichte ihm die Papiere, ohne auszusteigen.

Ich schaute in die Höhe und erblickte einen zwanzig Meter hohen Wachturm. An seinen Pfählen entlang führte eine Leiter hinauf zu einer Plattform, die von einer eineinhalb Meter hohen Schutzmauer umgeben war. Mitten auf der Plattform stand ein

Häuschen, das ein bisschen Schutz vor dem Wetter bot. Ich konnte drei Wachen auf der Plattform sehen; einer von ihnen, der Postenführer, lehnte sich auf die Mauer und beobachtete die Autos.

Personal und Zuständigkeiten im *Gesellschaftlichen System der Grenzsicherung*, das sich über das ganze Land erstreckte, waren nicht leicht zu durchschauen. Anfangs war die Grenzsicherung Aufgabe der Polizei gewesen. Aber bald nach dem Mauerbau im August 1961 übernahm sie die Nationale Volksarmee (NVA). Hier teilten sich die Grenztruppen, die Vopos und die Transportpolizei in die Arbeit, wobei alle der NVA gegenüber verantwortlich waren. Auch die Stasi war gegenwärtig. Ihre Abteilung 6 – Pass und Fahndung –, die Pässe und Visa untersuchte und Besucher überprüfte, hatte ein Auge auf alles, was vorging. Wenn die Grenzsoldaten oder die Vopos eine Unregelmäßigkeit entdeckten, die eventuell die nationale Sicherheit berührte, mischte sich die Stasi ein und übernahm den Fall.

Der Grenzer warf einen flüchtigen Blick auf unser Auto. Mit unseren Papieren in der Hand kontrollierte er die Nummernschilder. Dann schob er die Papiere in eine Mappe, schrieb die Zahl der Passagiere auf und notierte die Daten im Kraftfahrzeugbrief auf einem Zettel. Ein kleines Team von Vopos, Grenzern und sicher auch Stasi-Angehörigen würde unsere Arbeitserlaubnisse, Pässe und Autozulassungen überprüfen.

Der Grenzer winkte uns weiter vor.

Andy kurbelte das Fenster wieder hoch. Wir warteten.

Direkt vor uns stand am Straßenrand eine riesige Reklametafel. Ein handgemalter Fabrikarbeiter mit einem Schraubenschlüssel in der Faust und einem heroischen Gesichtsausdruck starrte auf uns herunter. Unten auf dem Plakat forderte ein Slogan die Proletarier der Welt auf, sich zu vereinigen. Aus dem Radio kam Sunday Girl von Blondie. Ich verstand den Text zwar nicht ganz, aber die Worte »hurry up, hurry up«, die im Refrain immer wieder vorkamen, schienen mir gut auf unsere Lage zu passen.

Ich warf einen Blick in den Rückspiegel, um zu sehen, ob der andere Wagen immer noch hinter uns war. Dabei fiel mein Blick auch auf Gingers Gesicht. Er sah aus wie eine Leiche auf Urlaub. Er brauchte dringend Ermunterung. Und wir anderen auch.

Die Tür der zweiten Baracke ging auf und ein Vopo kam heraus. Andy lächelte ihn an. Der Vopo hielt unsere Dokumentenmappe in der Hand. Er schaute grimmig drein.

Mein Magen krampfte sich noch fester zusammen.

»Alles in Ordnung?«, fragte Andy.

Ich zuckte innerlich zusammen. Halt den Mund, Andy. Natürlich war alles in Ordnung. Wieso denn nicht?

Der Vopo warf Andy einen Blick zu, holte unsere Papiere aus dem Ordner und reichte sie ihm. Dann winkte er uns auf die Autobahn.

Wir fuhren konstant mit hundert Stundenkilometern. Es gab Radarfallen an der Straße und in Buchten sich versteckt haltende Polizeiwagen.

Landwirtschaftlich genutzte Flächen glitten an uns vorbei. An den Bäumen hingen letzte Herbstblätter. Man sah Traktoren auf den Feldern. Was immer der Chef uns auch gesagt haben mochte, dieses Land wirkte nicht, als stünde es am Rande eines Aufruhrs.

Nach circa zwei Fahrstunden kamen wir am Stadtrand von Halle an. Aus unserer Karte wussten wir, dass die Raffinerie am anderen Ende der Stadt lag, aber die Straßen waren so schlecht ausgeschildert, dass wir auf der Ringstraße zwei Mal, und auf den kleineren Straßen, die von ihr wegführten, noch ein paar Mal anhalten mussten, um uns zu vergewissern, dass wir auf dem richtigen Weg waren.

Von der Ringstraße aus hatte ich über die geschwärzten Dächer von Halle hinweg in Richtung Altstadt geschaut und die vier Türme einer gotischen Kirche wahrgenommen, in der nach Mikes Angaben die Totenmaske von Martin Luther aufbewahrt wurde. Die Türme waren kaum zu sehen, weil der Schmutz aus dem Industriegebiet von Halle wie dichter Nebel über der Stadt lag.

Halle war im Bombenkrieg verhältnismäßig gut davongekommen, aber das hatte die kommunistische Stadtverwaltung nicht daran gehindert, die Zerstörung der Stadt selbst in die Hand zu nehmen, indem sie überall, im Stadtkern wie in den Außenbezirken, ausschließlich Plattenbauten erstellen ließ.

Alles, was wir sahen, von den hässlichen Bauten bis zu den Trabis und Lastwagen, die um uns auf den Straßen tuckerten, war mit einer Schmutzschicht bedeckt.

Halle war weiß Gott schlimm genug, aber die Raffinerie war die reinste Hölle. Als wir die Zufahrtsstraße hinauffuhren, türmte sie sich vor uns auf wie eine eigene wuchernde Stadt, die aus Röhren, Öltanks, Kaminen und Stahltürmen bestand. Die Luftverschmutzung war hier so stark, dass es den Anschein hatte, als habe die Anlage sich ihr eigenes Kleinklima geschaffen.

Sogar im Auto blieb uns die Luft im Hals stecken. Es begann zu tröpfeln. Die Scheibenwischer des alten Taunus arbeiteten schwer, um Andy die Sicht durch die Windschutzscheibe zu ermöglichen.

Carl tippte mir auf die Schulter und zeigte auf eine Flammenzunge, die aus einem Stahlkamin himmelwärts flackerte. Sie loderte so hoch, dass man den Eindruck haben konnte, sie sei außer Kontrolle. »Vielleicht ist uns jemand zuvorgekommen«, sagte er trocken.

Wir hielten vor einer gestreiften Metallschranke. Ein Wachmann in Zivil trat aus einem Häuschen gleich hinter dem Zaun und verlangte unsere Papiere. Fünf Minuten später beschrieb er uns den Weg zu der Stelle, wo wir unseren Vorarbeiter finden würden.

Wir trafen Ulrich Kleist in einem zwölf Meter langen Stahlcontainer, der zu einem Büro umfunktioniert worden war. Er war ein untersetzter Mann mit mächtigem Brustkorb und grauem Gesicht. Seine Blässe und die tief eingegrabenen Furchen zeugten davon, dass der Mann sein Arbeitsleben auf vielen Baustellen verbracht hatte, wo die Umstände genau so beschissen waren wie hier.

Kleist musste schreien, um sich verständlich zu machen, weil nur zwanzig Meter von seiner Hütte entfernt eine Dampframme einen fünfzig Zentimeter dicken Stahlpfosten in den Boden trieb.

Ich stellte mich vor, und er sah einen Moment lang verwirrt aus, aber dann hellte sich sein Gesicht auf, als er sich an ein Gespräch mit Wolfgang erinnerte.

Er schüttelte mir die Hand, behielt aber dabei ein Auge auf der Ramme, die unentwegt weiter dröhnte. Auf einem Tisch hinter ihm lagen Pläne mit einem Kaffeefleck mitten drauf. Kleist machte einen sehr besorgten Eindruck.

Er blätterte in einem Ordner und erklärte mir, dass wir an einer anderen Stelle, ein paar hundert Meter entfernt, eingesetzt werden würden.

»Es hat keinen Sinn, heute noch dahin zu gehen«, schrie er, indem er die Hände vor dem Mund zum Schalltrichter formte. Er hatte inzwischen gefunden, was er gesucht hatte, und reichte mir einen handgeschriebenen Zettel mit drei Adressen und einem grob skizzierten Plan darauf, und außerdem drei Umschläge.

»Mit diesem Plan kommt ihr zu euren Wohnungen. In den Umschlägen sind Schreiben, die euch zum Bezug der Wohnungen berechtigen. Die Namen der Hausmeister stehen außen drauf. Richtet euch häuslich ein. Wir sehen uns morgen um sieben Uhr.«

Er war schon wieder mit etwas anderem beschäftigt. Ich starrte einen Augenblick auf den Zettel und ging dann zu den Autos.

»He, Hagen!«

Ich drehte mich um. Kleist kam mir nach.

»Hör zu«, sagte er. »Da drinnen wollte ich nichts sagen. Hier weiß man nie, ob nicht jemand zuhört, wenn du weißt, was ich meine.«

Ich schwieg. Natürlich war es gut möglich, dass sein Büro verwanzt war.

»Hier gibt es einige Regeln, was man tun und lassen muss, das wisst ihr so gut wie ich, aber man kann sie meist umgehen. Im Moment ist grad die Hölle los, aber später einmal, wenn es ruhiger ist, bring ich euch ein paar Tricks bei.

Das Allerwichtigste: Tauscht euer Geld ja nicht zum offiziellen Kurs. Eins zu eins ist ein beschissener Kurs. Auf dem schwarzen Markt kriegt ihr drei bis vier Mal so viel, wenn ihr wisst, wo man hingehen muss. Ich mach es immer so, es ist ungefährlich. Wenn ihr eure Wohnungen bezieht, sucht euch ein vernünftiges Versteck für euer Geld, und beim nächsten Mal sage ich euch, was ihr tun müsst.« Er drückte mir fest die Hand. »Bis morgen also.«

Wir fuhren hintereinander her nach Halle zurück und folgten der Wegbeschreibung auf dem Zettel. Die Wohnungen lagen in verschiedenen Gebäuden, aber in fußläufiger Entfernung voneinander. Andy, Ginger und ich teilten uns eine, Angel, Chris und Mike nahmen die zweite und Carl, Lobo und Tony die dritte. Wir trennten uns und vereinbarten, uns mittags in einer Kneipe zu treffen, an der wir vorbeigefahren waren.

Unsere Wohnung lag im zweiten Stock eines riesigen, achtstöckigen Plattenbaus. Daneben waren eine Kirche und ein Restaurant mit einer dicken Rußschicht auf den Fensterscheiben. Als wir parkten, erschien eine Frau im Eingang des Gebäudes und sah zu, wie wir unsere Sachen aus dem Kofferraum holten.

Das musste Frau Brüner sein, unsere Hausmeisterin. Ihr Name stand neben der Adresse auf dem Umschlag.

Ich hatte richtig getippt. Frau Brüner war Mitte der Fünfziger und aufgetakelt wie ein Zirkuspferd. Ich fühlte mich an Renate erinnert. Sie erzählte sofort, dass sie verwitwet war, und flirtete mit Andy, während er uns vorstellte.

Im Treppenhaus roch es nach gekochtem Fleisch und Gemüse. Die meisten Wohnungen hier wurden von Raffineriearbeitern bewohnt, erklärte Frau Brüner. Ich vermutete, dass auch eine Menge Stasi-Informanten darunter waren.

Wir wussten Bescheid. Wir besprachen alles Wichtige nur außerhalb der Wohnungen, weil die Wahrscheinlichkeit groß war, dass sie abgehört wurden.

Frau Brüner sperrte die Tür auf, knipste einen Schalter an, und gelbes Licht fiel in die vier Ecken eines bescheidenen Zimmers. An einer Wand standen ein Stockbett und ein einzelnes Bett, an der anderen ein abgenutztes Sofa mit einem Blumenbezug aus den 1950er Jahren. Auf dem Linoleumboden lag in der Mitte ein kleiner Teppich und darauf standen ein runder Resopaltisch und drei Stühle.

Frau Brüner ging ans Fenster und zog die Vorhänge zurück. Eine Wolke von Staub wirbelte in den einfallenden Sonnenstrahlen. Die Luft war stickig. Rechts von der Tür sah ich einen zweiflammigen Kocher, einen Kühlschrank und ein Spülbecken. Im einzigen anderen Raum war eine Badewanne und eine angeschlagene Toilette ohne Brille.

Wir konnten uns glücklich schätzen. Verglichen mit den Schilderungen, die ich schon gehört hatte, war dieses Domizil fast luxuriös.

Während ich meine Sachen auspackte, fiel mir auf, dass Ginger immer noch den gleichen besorgten Gesichtsausdruck zur Schau trug, den ich an der Grenze im Rückspiegel bemerkt hatte. Wenn einem der Große Bruder ständig über die Schulter schaute, musste man sich wohl ein bestimmtes Verhalten zulegen, um dem Druck standzuhalten. Als ich ihm auf dem Weg zur Kneipe diese Erklärung vorlegte, lachte er.

»Jackson, das hier ist eine Erholung im Vergleich zu dem, was bei mir zu Hause los ist.«

Ich fragte ihn, was er damit meinte.

»Margit und ich streiten ständig. Es gibt gute Tage und schlechte Tage, aber das letzte Wochenende war die Hölle.«

Ich erinnerte mich an Sabines Bemerkungen nach unserem gemeinsamen Abendessen. Zum Teufel, dachte ich, sie hat Recht gehabt.

»Wenn du darüber reden möchtest ...«, sagte ich lahm.

»Scheiß drauf«, meinte er. »Der Teufel soll sie holen.«

Kapitel 19

Der Wecker läutete um fünf und ich rollte mich aus dem oberen Stockbett. Auf dem Weg nach unten gab ich Andy einen Tritt, um ihn aufzuwecken. Dann weckte ich Ginger und stolperte ins Bad, wo ich mich mit eiskaltem Wasser rasierte. Später bekam ich heraus, dass die einzige Chance, warmes Wasser zu kriegen, am späten Nachmittag bestand, bevor die Tschechen, Ungarn und Polen in den anderen Wohnungen es nach der Arbeit verbraucht hatten.

Ehe wir aufbrachen, schraubte ich einen Lichtschalter ab und versteckte mein Geld, eine Rolle D-Mark, in der Höhlung. Ich zweifelte nicht daran, dass Frau Brüner unsere Habe gründlich durchsuchen würde. Und wenn sie Geld fand, würde sie es garantiert behalten.

Wir stiegen ins Auto, holten die anderen von ihren Wohnungen ab und fuhren zur Raffinerie.

Kalter Nebel hing in der Luft, als wir die Kontrollen passierten und beim Baustellenbüro parkten.

Nachdem wir unsere Overalls und Schutzhelme in Empfang genommen hatten, brachte uns Kleist zu einer Baustelle, wo gerade eine große Lagerhalle im Entstehen war. Lobo und Tony nahm er wieder mit; ihr Fachwissen wurde anderswo gebraucht.

Eine Reihe Pfähle war in den Fundamenten verankert worden und jetzt wurden gerade die Träger, die das Dach tragen sollten, aufgelegt und miteinander verbunden. Einige lagen schon an ihrem Platz.

Ich blinzelte in die Scheinwerfer. Wir sollten uns einem Team von etwa dreißig Arbeitern anschließen, welche die Träger mit schweren Stahlbolzen an den Ständern befestigten, etwa zwanzig Meter über dem Boden. Glücklicherweise bin ich schwindelfrei.

Es war Knochenarbeit, aber erstaunlich befriedigend. Als wir Mittagspause machten, trottete ich inmitten meiner Kollegen, einer gemischten Schar aus Westdeutschen, Russen, Polen und Ungarn, hinüber zur Kantine.

Unterwegs suchte ich nach der Pumpstation, aber sie lag nicht an unserem Weg. Geduld, sagte ich mir. Wir hatten alle Zeit der Welt. Das einzige Interessante, an dem wir vorbeikamen, war ein zweistöckiges Betonhaus, das von einem niedrigen Zaun umgeben war. Das war das erste Gebäude hier, vor dem ein bewaffneter Posten stand. Zwei gelangweilte Soldaten patrouillierten am Zaun entlang und musterten uns, als wir vorbeigingen.

Angel entdeckte als Erster die Pumpstation. Als wir am Donnerstagabend nach der Arbeit zu einer Kneipe in der Nähe seiner Wohnung unterwegs waren, berichtete er, er sei am Nachmittag daran vorbeigefahren. Er gehörte zu einem kleinen Trupp, der für Röhren, die mit der Pumpstation verbunden werden sollten, einen Graben ausheben musste.

Sie war genauso, wie sie auf der Karte ausgesehen hatte – ein wucherndes Gewirr von Röhren, Ventilen und Regulatoren –, und lag hinter einem großen Gebäude, in dem sich die Pumpturbinen befanden, ungefähr vierhundert Meter nördlich von der Kantine. Sie war offen und unbewacht. Es wäre leicht, sagte er, den ganzen Scheiß zur Hölle zu blasen.

An diesem Abend feierten wir unsere erste Woche in einem Restaurant gleich neben unserer Stammkneipe. Das Essen war überraschend gut. Es war ein freundlicher Familienbetrieb und bot sehr gute Schnitzel und gutes Gulasch an. Wir spülten das Essen mit ostdeutschem Bier, rumänischem Wein und Schnaps hinunter.

Wir stießen miteinander an und feierten die produktive Arbeit einer Woche.

Unter der harmlosen Oberfläche freuten wir uns über zwei

Erfolge: Angels Blick auf die Pumpstation und seine Bestätigung, dass sie ein leichtes Ziel sei, und die Tatsache, dass wir einen Platz gefunden hatten, wo wir Sprengstoff, Zündkapseln und Fernzünder unterbringen konnten, nämlich einen verschließbaren Metallspind in einem der Container, der für die persönlichen Besitztümer der Gastarbeiter reserviert war.

In den nächsten zwei Wochen fügten wir uns in die Routine ein. Wir beachteten die Regeln und Vorschriften, die das Leben in der DDR bestimmten, sehr genau, und die Arbeit auf der Baustelle kam uns bald ganz normal vor.

In der vierten Woche fühlten wir uns sicher genug, um den Sprengstoff samt Zubehör mit über die Grenze zu nehmen. Ginger und Andy brachten die Autos, wie vereinbart, am Samstagmorgen zu Walter. Sie blieben übers Wochenende bei ihm und überwachten die Arbeit.

Um das Risiko möglichst gering zu halten, war es am klügsten, alles in einem einzigen Auto zu verstecken. Die Wahl fiel auf Andys Taunus, weil er größer und ein bisschen neuer war als Gingers Opel. Sobald Andy und Ginger ankamen, machte sich Walter ans Werk. Die Autos wurden in die Werkstatt gebracht und gründlich überholt. Die Motoren wurden ausgebaut und überprüft – wir konnten uns keine Panne leisten. Dann wurden die Reifen abmontiert und auf Löcher untersucht. Wir wollten keine neuen Reifen haben, weil wir fürchteten, sie könnten an der Grenze auffallen – Reifen waren ein beliebtes Versteck bei Schmugglern, und erfahrene Grenzer achteten darauf. Aber wir konnten uns auch keine Reifenpanne leisten. Walter löste das Problem, indem er die Reifen von innen verstärkte. Alle mit Ausnahme von Andys Ersatzreifen. Der wurde mit dem Semtex und dem Zubehör vollgestopft.

Am Sonntagabend fuhren Andy und Ginger mit ihren Autos heim und am nächsten Morgen wie üblich zur Raststätte bei Gießen. Die Fahrt nach Helmstedt verlief ohne Besonderheiten. Es war ein scheußlicher Tag, von Osten peitschte der Regen heran, aber Regen war gut, weil er auf die Neugier der Grenzsoldaten und Vopos dämpfend wirkte.

Wir reihten uns in Helmstedt in die Schlange ein und versuchten ruhig zu bleiben. Wir passierten die westliche Sicherheitszone und rückten dem ersten Kontrollpunkt näher. Wir steckten uns Zigaretten an. Die Schlange vor uns wurde kürzer.

Mike war während der ganzen Fahrt mäuschenstill neben Carl gesessen, aber jetzt sagte er plötzlich: »Kennt ihr den von den drei Geheimagenten, die ausgeschickt werden, um ein Wildschwein zu jagen?«

Andy wandte sich um. »Halt bloß den Mund, Mike.«

»Nein«, sagte ich und warf Mike im Spiegel einen Blick zu. »Erzähl.«

In diesem Augenblick winkte uns einer von den Vopos vorwärts. Andy fuhr langsam bis zum weißen Streifen und hielt an.

Ein Grenzer kam auf uns zu. Andy kurbelte sein Fenster hinunter und reichte ihm unsere Pässe und Papiere.

Der Grenzer schob die Papiere in einen Hefter, ging rund um unser Auto und schrieb die Nummer auf. Der Regen tropfte ihm von der Uniformmütze. Andy drehte das Fenster wieder hoch. Wir waren allein mit dem Geräusch der Scheibenwischer.

Der Grenzer reichte unsere Dokumente weiter und winkte uns zum nächsten Kontrollpunkt. Ich bemerkte, dass Andys Hand zitterte, als er den Gang einlegte.

»Los jetzt«, sagte ich. »Erzähl den verdammten Witz, Mike.«

Wir rückten vor und hielten wieder an. Andy stellte die Heizung höher.

»O. K.«, sagte Mike zögernd. »Drei Agenten, einer von der CIA, einer vom Mossad und einer von der Stasi, streiten, wer der Beste ist. Sie kommen überein, dass das nur entschieden werden kann, indem sie in den Wald gehen und Wildschweine schießen. Der Bursche von der CIA geht zuerst los und kommt nach einer Stunde zurück mit einem blutigen Stück Fleisch, das voller Kugeln steckt. ›Da habt ihr euer Wildschwein‹, sagt er. Sie schauen sich das Opfer genauer an, stellen fest, dass er Recht hat, und geben ihm hundert Punkte. Als Nächster ist der Mossad-Agent dran. Er verschwindet im Wald und taucht eine Dreiviertelstunde später wieder auf, mit einem Wildschwein, das er mit einem einzigen Schuss niedergestreckt hat. Dafür bekommt er zweihundert Punkte. Schließlich ist der Stasi-Bursche dran und ...«

»Halt's Maul, Mike«, sagte ich. »Da kommen sie.«

Die Tür der zweiten Hütte ging auf und ein Vopo trat heraus. Er bedeutete Andy mit einer Geste, den Motor abzustellen.

Er trat einen Schritt vor und zeigte auf den Kofferraum. Mein Herz überschlug sich zwei Mal. Das hieß, dass er den Kofferraum untersuchen wollte.

Andy schaltete den Motor aus und zog den Zündschlüssel ab. Ich an seiner Stelle wäre ausgestiegen, angetrieben vom Schuldbewusstsein. Aber Andy drehte nur das Fenster hinunter und streckte die Schlüssel durch den Spalt hinaus.

Der Vopo schüttelte den Kopf. Andy sollte den Kofferraum selbst aufmachen.

Andy stieg aus dem Auto. Ich musste etwas zu tun haben, egal was, und so drehte ich am Radio und versuchte eine Musik zu finden, zu der man mit den Fingern den Takt schlagen konnte, aber es gab nur ostdeutschen Schund. Von hinten hörte man ein Schnappen, als der Kofferraumdeckel aufging.

Das Auto schaukelte ein bisschen, als der Vopo unsere Taschen auspackte; man hörte ein Klappern, als er den Wagenheber heraushob.

Ich saß ganz steif da und wartete auf einen gebellten Befehl zum Aussteigen und auf das doppelte Klicken, wenn eine Kalaschnikow entsichert und gespannt wird. Ich hörte auf, am Radio herumzudrehen, als ich einen Nachrichtensender gefunden hatte. Andy und der Vopo wechselten ein paar Worte, aber ich drehte mich immer noch nicht um. Plötzlich gab es einen Knall, als der Kofferraumdeckel zugeworfen wurde, und auf einmal saß Andy wieder hinter dem Lenkrad.

Er winkte dem Vopo zu. In diesem Augenblick kam ein Offizier aus der Hütte und fuchtelte mit unseren Papieren herum. Andy kurbelte das Fenster hinunter und nahm sie in Empfang. Dann legte er den Gang ein und fuhr auf die Transit-Autobahn.

Einen halben Kilometer lang sagte ich kein Wort. Ich hätte am liebsten Hurra geschrien, aber die Stasi beobachtete die Fahrzeuge auf diesem Stück Autobahn sehr genau. Es interessierte mich aber brennend, was der Vopo gewollt hatte, und so fragte ich schließlich.

»Keine Ahnung«, sagte Andy

»Worüber habt ihr zwei denn geredet?«, fragte ich.

Andy griff in die Brusttasche seiner Jacke und setzte seine Sonnenbrille auf. Die Sonne war durch die Wolken gebrochen und blendete.

»Er kam dem Reservereifen schon bedenklich nahe«, sagte er. »Da fragte ich ihn nach dem Slogan auf dem Plakat.«

Ich war verblüfft. »Das Plakat mit dem Arbeiter und dem Schraubenschlüssel?«

Er wandte sich mir zu, und ich sah in seinen Augen, dass er nicht scherzte. »Ich sagte, ich wüsste nicht, was der Slogan bedeute, und bat ihn, es mir zu erklären. Da hat er mir nur einen Blick zugeworfen und gesagt, ich solle abhauen.« Er drehte sich zu Mike um. »Und wie geht der verdammte Witz weiter?«

Mike war so weiß wie ein Leintuch. Andy reichte ihm eine Zigarette nach hinten. »Jetzt war der Stasi-Bursche dran, ein Wildschwein zu jagen. Und was passierte?«

Mike zog an der Zigarette und sagte mit ruhiger, leiser Stimme: »Er kommt aus dem Wald, über und über voller Dreck, und hat ein Rentier bei sich …«

»Ein Rentier?«, fragte ich.

»Jawohl, ein Rentier«, sagte Mike. »Und er brüllt es an: ›Gib zu, dass du ein Wildschwein bist! Gib zu, dass du ein Wildschwein bist!‹«

In den Wochen vor Weihnachten mussten wir nur noch die tägliche und wöchentliche Routine in der Raffinerie genau beobachten, denn an dem Tag, an dem wir die Pumpstation attackierten, konnten wir keine Überraschungen brauchen. Wir machten also unsere Arbeit weiter und hielten Augen und Ohren offen.

Wenn wir am Ende der Woche die Grenze überquert und unsere Autos bei Gießen wieder abgeholt hatten, kehrten wir jedes Mal in einem Restaurant ein und aßen und tranken, bevor wir heimfuhren. Das war schnell zu einer Art Tradition geworden. Nach der Arbeitswoche waren wir immer hungrig, und obwohl das Essen in der DDR ganz ordentlich war, schmeckte es daheim doch ganz anders. In diesem Restaurant servierten sie riesige Scheiben Graubrot mit einer üppigen Menge Tatar.

»Das Problem ist«, sagte Chris einmal bei einem solchen Essen, »wir sprengen die Pumpstation in die Luft, es gibt einen Riesenknall, aber nach zwei oder drei Wochen ist sie wieder repariert.«

Er schaute nachdenklich in sein Glas, dann im Kreis herum. »Da fragt man sich doch, warum wir uns solche Mühe machen.«

Ich versuchte ihm klar zu machen, dass unser Sabotageakt nicht nur die Ölversorgung eine Zeit lang unterbrechen, sondern auch große symbolische Bedeutung haben würde. Vielleicht sollten wir die Sache so betrachten.

»Vielleicht bist du mit der Symbolik zufrieden, Jackson, aber ich möchte lieber einen ordentlichen, dauerhaften Schaden anrichten.«

Die anderen schwiegen. Chris trank aus und schickte sich zum Gehen an. Dann sagte er: »Wir sind dort die Augen und Ohren des Chefs. Wir sind es, auf deren Analyse der örtlichen Gegebenheiten er sich verlässt. Ich habe das Gefühl, dass er nicht nur erwartet, dass wir Befehle ausführen. Wenn es einen Weg gibt, die Sache gründlicher und besser zu machen, möchte er das bestimmt erfahren.«

An diesem Wochenende, das ich wie üblich mit Sabine verbrachte und an dem ich ihre Fragen wie üblich mit einer Reihe von kleinen Lügen über eine langweilige Woche in der Kaserne beantwortete, dachte ich über das nach, was Chris gesagt hatte. Aber als wir wieder zu unserer Arbeit nach Halle zurückkehrten – es war die vorletzte Woche vor der Arbeitspause über Weihnachten und Neujahr –, war mir noch keine gute Idee eingefallen. Die Anlage erstreckte sich über eine Fläche von mehreren Quadratkilometern. Hier mit acht Kilo Sprengstoff einen »ordentlichen, dauerhaften Schaden« anzurichten, war unmöglich. Meiner Meinung nach war das Äußerste, was wir erreichen konnten, ein hübsches Feuerwerk für die Anwohner und eine Unterbrechung des Betriebs für ein paar Wochen. Das Thema kam erst wieder in Gießen, am Ende der Arbeitswoche, aufs Tapet.

Lobo holte eine kleine Kamera aus der Tasche und legte sie auf den Tisch. Es war ein japanisches Fabrikat, ähnlich wie die, die wir in Fort Worth beim Training benutzt hatten.

Ich zündete mir eine Zigarette an. »Und?«, fragte ich.

»Ihr kennt das Haus in der Nähe der Kantine mit den bewaffneten Wachen? Es ist die Leitwarte, das Kontrollzentrum.« Man hörte die Befriedigung aus seiner Stimme heraus. »Das Nervenzentrum des ganzen verdammten Komplexes. Tony und ich mussten heute Nachmittag dort ein paar Drähte neu einziehen. Die Kamera habe ich für den Fall der Fälle immer dabeigehabt. Und heute haben wir das große Los gezogen. Die Bude ist vollgestopft mit Elektronik. Das solltet ihr mal sehen! Schaltkästen und Skalen und Black Boxes ohne Ende. Wenn wir das in die Luft sprengen könnten, würde es Monate dauern, bis der Betrieb wieder läuft.«

Er lehnte sich zufrieden zurück und sagte: »Sag dem Chef, das ist mein Weihnachtsgeschenk für ihn.«

Ich musste ein bisschen ins Detail gehen. »Das Gebäude wird von zwei bewaffneten Wachposten geschützt. Was sollen wir mit denen machen?«

»Wir holen sie raus. Fesseln sie. Verstecken sie irgendwo. Da fällt uns schon was ein.«

Ich schaute mich im Kreis um. Keiner sprach, aber ich sah, dass sie sich mit der Idee beschäftigten.

»Was hältst du davon?«, fragte ich Andy, als wir uns getrennt hatten. Seine leidenschaftslose Beurteilung einer Situation war immer unschätzbar.

Er lehnte sich an sein Auto. Von irgendwoher war Holzrauch zu riechen. Ich dachte daran, dass Sabine mit einem schönen Feuer auf mich wartete, und plötzlich konnte ich es kaum erwarten, heimzukommen. Ich schaute nach meinem Taxi aus.

»Ich glaube, dass Chris Recht hat«, sagte Andy schließlich. »Ich glaube, dass der Alte ein gerissener Bastard ist, der uns gern an der Nase herumführt, wenn es ihm passt. Ich glaube auch, dass er das als einen kollektiven Test für uns betrachtet, so wie der Job in Berlin ein Test für dich war.« Nach einer kleinen Pause fuhr er fort: »Vielleicht ist es Zeit, dass wir den Spieß umdrehen.«

Er folgte mit den Augen einem Paar Scheinwerfer, die sich zwischen den geparkten Autos dem Café hinter uns näherten. Ich sah das Taxischild auf dem Dach und setzte mich in Bewegung, aber Andy rief mich zurück. »Dir geht's doch genau wie mir, Jackson«, sagte er. »Wir stellen unsere Regeln am liebsten selbst auf. Lass die Fotos entwickeln. Ende nächster Woche müssen wir einen Plan haben.« Er grinste. »Ach ja, und ein schönes Wochenende.«

Kapitel 20

Wir arbeiteten alle innerlich an einem Plan, während wir in der Woche vor Weihnachten unserer Arbeit nachgingen. Jeden Tag, wenn ich am Kontrollzentrum vorbeikam, prägte ich mir ein anderes Detail ein. Und ich wusste, dass die anderen es genauso machten, obwohl wir nicht ausführlich darüber sprechen konnten, solange wir in der DDR waren.

Das Blockhaus hatte ungefähr die Grundfläche eines Tennisplatzes. Den niedrigen Zaun konnte man kaum als Sicherung betrachten, weil man ihn leicht überspringen konnte. Außerdem stand das Tor immer offen, wenn ich vorbeikam.

Im Erdgeschoss gab es keine Fenster, nur eine schwere Stahltür, die immer mindestens von einem Mann bewacht wurde. Lobo und Tony berichteten, dass die Wache jeden kontrollierte, der das Gebäude betreten wollte. Lobo hatte es riskiert, seine Kamera in seinem Werkzeugkasten zu verstecken, einem fünfundzwanzig Kilo schweren Metallkasten. Aber mehrere Kilo Sprengstoff in das Gebäude zu schmuggeln war eine ganz andere Sache.

Im ersten Stock gab es vergitterte Fenster. Es war klar, dass wir die Aktion an einem Freitagabend durchführen mussten, und jetzt, im Winter, würde es dunkel sein. Um das Risiko möglichst klein zu halten, mussten wir die Ladungen schnell platzieren. Jeder, der vorbeikam, würde Angel oder Chris bemerken können, wenn sie den Sprengstoff an oder neben den Fenstern anbrachten. Sprengstoff und Zündvorrichtungen mussten unentdeckt bleiben, bis wir wieder im Westen waren.

Eine andere Möglichkeit blieb noch. Chris hatte seitlich in der

Wand des Gebäudes, etwa zwei Meter über dem Boden, einen Schacht der Klimaanlage entdeckt. Es sollte möglich sein, meinte er, die Abdeckung des Schachtes zu entfernen und die Sprengladung dort zu platzieren. In einem so engen Raum innerhalb des Hauses würde die Explosion ungeheuren Schaden anrichten.

Die zwei Wachen wurden jeweils nach acht Stunden abgelöst. Es gab drei Schichten. Weil man das Gebäude offenbar nicht für schwer gefährdet hielt, machten die Dienst habenden Wachen ungefähr alle zwei Stunden eine kleine Pause. Hilfreich für uns war auch die Tatsache, dass es keine regelmäßigen Kontrollen durch Offiziere gab – jedenfalls nicht, soweit wir es beobachten konnten. Die Wachen mussten irgendwie aus der Gleichung verschwinden, aber ich wusste noch nicht, wie.

Sobald ich am Freitag aus Halle zurück war, suchte ich den Chef auf. Es war Heiligabend und der größte Teil der Kaserne war wegen Weihnachten verwaist.

Locke war schon auf Weihnachtsurlaub, aber ich sah einen schwachen Lichtstreif unter der Tür des Chefs, als ich den dunklen Vorraum betrat.

Ich klopfte und trat ein. Der Chef saß mit dem Rücken zu mir am Kaminfeuer. Ich sah nur seine linke Hand. Sie hielt ein großes Ballonglas mit dem üblichen Weinbrand. Der Alte reagierte nicht, als ich eintrat. Der Raum war nur vom Feuer und von der kleinen Lampe auf dem Schreibtisch beleuchtet.

Als ich näher kam, dachte ich, er schliefe. Aber als ich um den Lehnstuhl herumging, konnte ich im Licht des Feuers seine Augen sehen. Sie waren blutunterlaufen und rot geründert. In der anderen Hand, die auf der Armlehne lag, hielt er eine erloschene Zigarre. Er starrte in die Flammen.

Ich wunderte mich, dass er so spät am Heiligen Abend noch in der Kaserne war. Dann fiel mir auf, dass unter all den Sachen im Raum, den Antiquitäten, Ledersesseln und Büchern etwas fehlte: silbergerahmte Bilder von Frau und Kindern.

»Herr Oberst?«, sagte ich zögernd.

Er hob die Augen. Einen Moment lang schien er mich nicht zu erkennen. Dann erwachte sein Gesicht zum Leben. Er schüttelte seine Starre ab, lud mich zum Sitzen ein und bot mir Brandy und eine Zigarre an. Ich schüttelte den Kopf.

Ich wollte mich nicht lange aufhalten. Schließlich war Weihnachten. Ich wollte mit meiner Frau und einer Flasche Rotwein vor unserem eigenen Kaminfeuer sitzen.

Ich schilderte unseren Plan. Ich ging auf alle Details ein – den Grundriss des Hauses, die Tatsache, dass Chris glaubte, der Sprengstoff würde für Pumpstation *und* Kontrollgebäude reichen, und die Einzelheiten der Bewachung. Er hörte mir wortlos zu.

Als ich fertig war, fragte er, wie wir es durchführen wollten, und ich sagte, wir hätten den Plan noch nicht in allen Einzelheiten ausgearbeitet. Aber mit seiner Erlaubnis könnten wir den Plan umsetzen. In der zweiten Januarhälfte, sagte ich, könnten wir losschlagen.

Ich legte Lobos Fotoapparat auf die Armlehne seines Sessels. Es wäre nützlich für uns, sagte ich, wenn wir die Abzüge nach der nächsten Arbeitswoche sehen könnten. Vor allem Chris musste wissen, wie es im Inneren des Hauses aussah, bevor er die Sprengladung anbrachte. Vorausgesetzt natürlich, dass wir überhaupt die Erlaubnis bekamen, neben der Pumpstation auch das Kontrollzentrum zu sprengen.

Der Chef richtete sich in seinem Sessel auf. »Sieht aus, als hätten wir die Wahl«, sagte er. »Bei der Pumpstation ist das Risiko gering, der Schaden aber auch; beim Kontrollzentrum ist das Risiko groß, aber dementsprechend auch der Effekt. Ich weiß, wie man höheren Orts über dergleichen denkt, und rechne damit, dass dein Plan gebilligt wird. Aber ich muss ihn zur Genehmigung vorlegen. Jeder verdammte Schritt, den wir tun, muss einen endlosen Genehmigungsprozess durchlaufen.«

»Was denken Sie – bis wann werden Sie Bescheid wissen?«, fragte ich.

Der Chef zuckte die Achseln. »Es grenzt normalerweise schon an ein Wunder, wenn man Bonn und Washington dazu bringt, dass sie einer Meinung sind. Aber an Weihnachten? Da kannst du dir die Chancen ausrechnen.« Er wandte sich mir zu. »Tu, was du tun musst. Bereite alles vor und mach dich auf das Startsignal gefasst.«

Ich wünschte ihm fröhliche Weihnachten, aber er schien mich nicht zu hören.

Mein Taxi wartete draußen im Schnee mit laufendem Motor, um mich zur Bahnstation zu bringen. Als ich dankbar in die Wärme des Autos stieg, hörte ich im scharfen Ostwind leise die Klänge von *Stille Nacht.*

Nach der ersten Arbeitswoche im neuen Jahr fuhren wir nicht nach Hause, sondern versammelten uns alle neun in der Kaserne, um den Plan im Detail auszuarbeiten. Wir wollten ihn am Sonntagabend dem Chef präsentieren, bevor wir wieder nach Halle zurückfuhren.

Am Ende passte alles zusammen. Chris und Angel würden den Sprengstoff, die Kabel und Zeitschalter in einem nicht mehr benutzten Transformatorenhäuschen, das nur dreißig Meter von der Kontrollstation entfernt war, zurechtlegen. Angel hatte das Häuschen aus Beton und Ziegeln in der gleichen Woche entdeckt. Einen passenden Vierkantschlüssel für die Stahltür hatte Chris ohne Schwierigkeiten nachgemacht. Die beste Zeit für diesen Teil würde am späten Donnerstagnachmittag sein, wenn es schon dunkel war. Fünf Kilo wollten wir für das Kontrollzentrum vorsehen, drei für die Pumpstation.

Am Tag darauf würden wir uns wie üblich in der Kantine treffen, wenn die Arbeitswoche vorüber war. Auf ein Signal hin würde sich Angel zu Fuß auf den Weg zur Pumpstation machen.

Die Ladung würde schon verdrahtet und scharf gemacht sein. Angel musste das Ganze nur noch mitten in all den Rohren und Ventilen anbringen und den Zeitzünder einstellen. Dann sollte er uns beim Kontrollzentrum treffen.

Zwei Minuten, nachdem Angel die Kantine verlassen hatte, würden Chris, Ginger, Andy und ich zum Kontrollzentrum gehen.

Um vier Uhr war Schichtwechsel bei den Wachen. Ginger und ich sollten die beiden in ein Gespräch verwickeln und außer

Gefecht setzen, während Andy Schmiere stand. Glücklicherweise herrschte zu dieser Zeit, und ganz besonders am Freitag, auf dem ganzen Gelände Grabesruhe, aber wir konnten keine Überraschungen brauchen. Chris würde inzwischen den Sprengstoff, die Kabel und die Zeitschalter aus dem Trafohäuschen holen.

Chris brauchte nur einige Minuten, um alles zusammenzubauen. Er würde die Ladung an der Innenseite des Lüftungsschachtes rechts von der Tür anbringen – das sollte genügen, um eine gewaltige Druckwelle zu erzeugen, die das Gebäude schwer beschädigen würde.

Carl, Mike, Tony und Lobo sollten mit den Autos vorfahren, sobald wir die Wachen unschädlich gemacht hatten. Wir entschieden, sie zu fesseln, mitzunehmen und irgendwo auf dem Weg zur Grenze loszuwerden. Die Wachen von der dritten Schicht würden erst um Mitternacht antreten, so dass wir vier Stunden Zeit zur Flucht hatten und das Risiko, dass die Sprengladungen vorzeitig entdeckt wurden, sehr gering war.

Falls jemand aus dem Gebäude kam, sollte Angel ihn überwältigen.

Ich legte dem Chef den Plan am Sonntagabend in einem ruhigen Dorfwirtshaus in der Nähe der Kaserne dar. Ich hatte das Gefühl, dass er nicht hundertprozentig bei der Sache war. Erst als ich geendet hatte, bekam ich den Grund dafür heraus: Er hatte noch nicht die endgültige Genehmigung für das Vorhaben.

Wir fuhren wieder in die DDR. Allmählich wurden wir nervös. Der Plan stand, war aber durch irgendeinen undurchsichtigen transatlantischen Genehmigungsprozess blockiert. Diese Undurchsichtigkeit machte mich erst recht nervös.

Je länger wir den Plan verzögerten, desto größer war die Gefahr der Entdeckung. Wir wussten alle, dass die Regierung in Bonn von Stasi-Agenten unterwandert war. Wenn nun ein Spitzel Wind von der Sache bekam? Ich sprach mit den anderen nicht über meine Befürchtungen, aber das war auch nicht nötig. Ihre blassen, angespannten Gesichter spiegelten meine Sorgen wider. Unsere Lage wurde noch schlimmer dadurch, dass wir nicht offen darüber sprechen und damit Druck ablassen konnten. Jeder schlug sich mit seinen eigenen, im Lauf der Woche noch anwachsenden Ängsten herum.

Am Donnerstag spitzte sich die Lage zu. Ich hatte früh Schichtende und beschloss, mit dem Taxi zu unserer Wohnung zu fahren, um mir noch schnell ein heißes Bad zu gönnen, bevor die Polen, Tschechen und Ungarn das ganze Wasser verbrauchten.

Ich merkte sofort, dass etwas faul war, als ich den Schlüssel nicht ins Schloss brachte. Ich drückte gegen die Tür und sie schwang leise auf. Auf der Innenseite steckte ein Schlüssel.

Ich blieb einen Moment in der Tür stehen und lauschte. Aus dem Badezimmer war ein Plätschern zu hören. War Ginger oder Andy schneller gewesen? Aber ich hatte beide noch gesehen, als ich die Raffinerie verließ, und sie hatten auch nicht erwähnt, dass sie früher heimkommen wollten.

Ich schlich zur Badtür, drückte auf die Klinke und stieß die Tür auf.

Ich weiß nicht, wer mehr überrascht war – ich oder das Mädchen. Sie lag in der Wanne und drückte einen Schwamm über ihrem Kopf aus. Ihr tiefschwarzes Haar war glatt aus dem Gesicht gestrichen. Sie war jung, schlank und schön. Ich hatte sie noch nie gesehen.

Als sie mich erblickte, schoss sie aus dem Wasser, wobei sie einen Arm über ihre Brüste legte und mit der anderen Hand versuchte, ihre Scham zu bedecken.

Ich war zu erschrocken, um zu reagieren. So standen wir beide und starrten uns an, bis ich merkte, dass sie zitterte. Auf dem Waschbecken lagen ihre Kleider und ein Handtuch. Das Handtuch gehörte keinem von uns; sie musste es mitgebracht haben.

Ich trat vor und reichte ihr das Handtuch. Sie bedeckte sich und ich zog mich zurück.

Sie muss geglaubt haben, ich würde gleich zur Hausmeisterin laufen, denn sie folgte mir sofort, um mich davon abzubringen. Dabei wollte ich ihr nur Zeit zum Anziehen lassen. Das Handtuch war so klein, dass sie ihre Brust damit bedecken konnte, aber nicht viel mehr.

Sie sei Frau Brüners Putzfrau, stammelte sie. Ich konnte ihren

Akzent nicht identifizieren; aber sie musste aus dem Ostblock kommen.

Es tue ihr Leid, furchtbar Leid, aber sie habe nur ein Bad nehmen wollen. Frau Brüner sei ausgegangen und sie habe sich einfach einen Schlüssel genommen. Sie nehme öfters ein Bad, so lange die Arbeiter in der Raffinerie seien. In ihrer Unterkunft gebe es überhaupt kein warmes Wasser. Wenn ich es Frau Brüner weitererzählte, würde sie hinausgeworfen, und sie brauche die Arbeit unbedingt.

Ich konnte mir nicht helfen, ich fing zu lachen an. Und ich wusste, die anderen würden es mir nicht glauben.

Es wurde noch besser – oder schlimmer, wie man es nehmen wollte, denn als Nächstes ließ sie das Handtuch fallen und fragte mich geradeheraus, ob ich mit ihr schlafen wolle.

Du liebe Güte.

Ich stand da wie angewurzelt, starrte sie an und dachte, wie schön sie war. Aber dann meldete sich eine innere Stimme. Wie auch immer sie aussah, und auch wenn ich von der Kleinigkeit absah, dass ich verheiratet war – das Ganze kam mir irgendwie ganz falsch vor.

Ich sagte ihr, sie solle sich anziehen und schnellstmöglich verschwinden.

Ich hörte sie im Bad weinen. Gleich darauf klopfte es an meiner Wohnungstür. Ich erstarrte. Die Situation wurde allmählich grotesk. Ginger oder Andy musste den Schlüssel vergessen haben. Noch ein leises Klopfen. Ich schüttelte meine Lähmung ab. Ich brauchte mich nicht schuldig zu fühlen. Ich hatte nichts getan. In meinem Bad befand sich nur zufällig eine schöne, halbnackte Frau.

Ich öffnete die Tür und hätte beinahe einen Herzanfall gekriegt. Da standen zwei Männer. Beide trugen Trenchcoats. Im Treppenhaus war es zu dunkel, als dass man ihre Gesichter hätte sehen können. Einer von ihnen hatte eine Brille auf, deren Fassung in dem schwachen Lichtschein, der aus meinem Zimmer drang, ein bisschen blitzte. Eine Stimme in meinem Kopf schrie: Stasi!

Der Mann mit der Brille trat vor. »Eduard Hagen?«

Bevor ich noch etwas sagen konnte, schob er mich zur Seite und trat ins Zimmer. Im gleichen Augenblick kam das Mädchen voll angezogen aus dem Bad. Sie sah den Typen, schluchzte kurz auf und wollte ins Bad zurück. Aber der Mann war schneller und packte sie am Handgelenk. Es war so schnell vorbei, wie es angefangen hatte. Sie trat um sich und schrie, aber sie wurde abgeführt, und ich konnte nichts tun als zuschauen.

Ich schloss die Tür hinter ihnen. Meine Beine fühlten sich an wie Gelee. Ich sank aufs Sofa und saß da in der Dämmerung und fragte mich, ob sie wiederkommen würden, um mich zu holen. Ich sah auf die Uhr. Andy und Ginger hätten eigentlich schon da sein sollen. Wo blieben sie? In mir stieg Panik auf und ich kämpfte dagegen an. Mein Kopf war leer. In meinen Fingerspitzen kribbelte es. Ich bemühte mich, langsamer zu atmen, und wurde allmählich wieder klar im Kopf.

Ich rekapitulierte die Episode im Geist. Sie hatte etwas Surreales und Unnatürliches gehabt, beinahe, als sei sie inszeniert gewesen. Ein Mädchen, und ein schönes obendrein, nahm zufällig gerade dann ein Bad in meiner Wohnung, als ich – allein – von der Raffinerie zurückkam. Woher hatten sie gewusst, dass einer von uns allein kommen würde? Wurden wir am Arbeitsplatz überwacht? Der Mann hatte meinen Namen gekannt. Woher? Woher wussten sie, dass ich Hagen war? Ich hatte immer vermutet, dass wir observiert wurden. War das der Beweis dafür?

Hatten sie abgewartet, bis einmal einer von uns allein von der Arbeit kam, um ihn in eine Falle zu locken? Oder wollten sie uns eine Art von Signal geben? War es ein Stasi-Trick? Wollten sie uns nervös machen? Uns so weit bringen, dass wir einen Fehler begingen?

Abends, auf dem Weg zum Restaurant, erzählte ich Andy und Ginger, was geschehen war. Keiner konnte sich die Sache erklären, aber sie kam uns allen wie ein Omen vor.

Was dieser Vorfall zu bedeuten hatte, habe ich bis heute nicht verstanden. Vielleicht wollte sich das Mädchen uns anschließen, um mit einem von uns ein Verhältnis anzufangen, das vielleicht in einen Heiratsantrag mündete? Dann hätte sie einen offiziellen Ausreiseantrag stellen können. Oder vielleicht war sie eine Handlangerin der Stasi. Oder vielleicht wollte sie wirklich nur ein heißes Bad?

Was immer es bedeutete, wir hatten das Gefühl, lange genug im Osten gewesen zu sein. Wir konnten es uns nicht leisten, noch länger zu warten. Ich fühlte die Gegenwart unsichtbarer Mächte und den anderen ging es genau so. Wir mussten unsere Aufgabe so schnell wie möglich erledigen und abhauen.

Als ich an diesem Wochenende mit dem Chef sprach, stellte sich glücklicherweise heraus, dass die zuständigen Stellen der gleichen Meinung waren. Die Amerikaner hatten endlich grünes Licht gegeben. Unsere Variante habe ihnen gefallen, sagte der Alte. Wir hatten die Erlaubnis, unsere Aufgabe genauso auszuführen, wie wir es geplant hatten, und zwar am folgenden Freitag.

Kapitel 21

Ich konzentrierte mich auf die Straße, die von Rohren, Öllagertanks und bunkerartigen Gebäuden gesäumt war. Das Herz schlug mir hart gegen die Rippen und mein Atem ging stoßweise. Ich ging schnell. Das half mir, fest bei meinem Entschluss zu bleiben.

Ein wildes Durcheinander von Eindrücken und Gedanken, die zum Teil so flüchtig waren, dass ich sie nicht zu fassen bekam, störte meine Konzentration. Die Raffinerie war in Nebel gehüllt. Das war gut. Andererseits würde die Fahrt nach Helmstedt bei diesem Nebel eine Quälerei sein.

Was, wenn wir auf dem Weg zur Grenze in einen Verkehrsstau gerieten? Nimm immer eine Hürde nach der anderen, Sanders. Ich bog um die Ecke und der Nebel schien noch dichter zu werden. Dahinter war in einiger Entfernung der Lichtschimmer der zum Himmel lodernden Gasflammen zu sehen.

Ich blickte nach rechts, zu Ginger. Wir gingen nebeneinander. Die Dampfwolken seines Atems kräuselten sich vor seinem Gesicht.

Vor uns im Dunkel wurde allmählich das Kontrollzentrum erkennbar. Ich suchte nach den Wachen, sah aber nichts von ihnen. Ein Adrenalinschub ließ mein Herz schneller schlagen. Wenn wir sie nicht beim ersten Versuch kriegten, waren wir aufgeschmissen.

Noch ein paar Schritte und wir sind am Zaun. Aber noch keine Spur von den Wachen.

Verdammte Scheiße. Wo waren die bloß?

Zu spät, um alles abzublasen. Angel brachte bereits die Ladung in der Pumpstation an. Lobo, Mike, Tony und Carl waren schon dabei, die Autos zu holen.

Rein durch das Tor und für den Bruchteil einer Sekunde zögerte ich.

Plötzlich eine Bewegung bei der Tür, nur ein paar Meter vor uns.

Ein Wachposten tauchte aus dem Schatten auf; der Lauf seiner Kalaschnikow reflektierte einen schwachen Lichtschimmer.

Wieder bewegte sich etwas im Dunkel. Der zweite Wachposten, direkt hinter dem ersten.

Man sah die Glut ihrer Zigaretten, als sie sie schnell wegwarfen.

Im Nebel hielten sie uns wohl für eine Patrouille.

Der erste Posten machte den Mund auf, um etwas zu sagen, aber ich schlug ihm die rechte Faust ins Gesicht, bevor er noch ein Wort herausbrachte. Dann verabreichte ich ihm einen gewaltigen Kinnhaken. Der Schlag traf ihn wuchtiger, als ich geplant hatte, und ich hörte das Krachen, mit dem der Unterkiefer ausgerenkt wurde.

Er ging zu Boden wie vom Blitz getroffen.

Der andere versuchte noch zu schreien, aber Ginger schlug ihn voll auf den Mund, und der Schrei blieb ihm in der Kehle stecken. Ginger fluchte und hielt sich die Hand. Zwischen den Fingern sickerte Blut hervor. Er hatte sich an den Zähnen seines Gegners die Fingerknöchel aufgerissen.

Beide Wachen waren bewusstlos.

Ich stieß einen leisen Pfiff aus und Chris tauchte aus dem Dunkel auf. Er warf einen schnellen Blick auf die am Boden liegenden Männer und ging dann zu dem Trafohäuschen, wo er und Angel den Sprengstoff, die Zündkapseln und den Zeitschalter versteckt hatten.

Ginger und ich schleiften die Wachen neben das Haus und machten uns daran, ihnen mit Klebeband die Hände zu fesseln. Wir stopften ihnen Lappen in den Mund und befestigten sie ebenfalls mit Klebeband.

Von einem weiteren Lappen riss ich einen Streifen ab und gab ihn Ginger, damit er sich die Hand verbinden konnte.

Er bewachte die beiden mit einer Kalaschnikow, mit der anderen ging ich wieder vors Haus.

Als ich um die Ecke bog, kam gerade Angel durch das Tor im Zaun. Er hatte seine Aufgabe in der Pumpstation erledigt.

Ich reichte ihm das Gewehr. Er reckte den Daumen in die Höhe und stellte sich als Aufpasser neben die Türe.

Zehn Meter weiter war Chris damit beschäftigt, das Gitter des Lüftungsschachtes von der Wand abzumontieren. Die zwei vorbereiteten Ladungen lagen neben ihm. Eine bestand aus vier Kilo Semtex, die andere aus einem Kilo. Die zwei Ladungen sollten nahe beieinander platziert werden. Jede hatte einen eigenen Zünder und einen eigenen Zeitschalter, so dass im Fall, dass eine Ladung nicht von selbst losging, die andere sie zur Explosion bringen würde.

Chris packte das Gitter des Lüftungsschachtes, um es mit Gewalt von der Wand zu reißen, aber es gab leicht nach. Er hatte nicht einmal einen Schraubenzieher gebraucht.

Er stellte das Gitter auf den Boden und tastete mit der Hand in den Lüftungsschacht. Er nickte mir zu. Der Raum war groß genug, um die beiden Ladungen anzubringen.

Wir hörten Motorengeräusch. Ich blickte über die Schulter und sah, dass unsere beiden Autos am Zaun vorfuhren.

Chris schnippte mit den Fingern und ich gab ihm den kleineren Sprengsatz.

Eine Minute später schob er schon vorsichtig das Gehäuse wieder auf die Klimaanlage. Ich sah ihm an, dass er mit dem Ergebnis zufrieden war.

Gut. Und jetzt nichts wie weg.

Chris und ich gingen um das Haus herum und trafen Ginger, der den Lichtkegel seiner Taschenlampe über die Gesichter der Wachen gleiten ließ. Wir hatten sie schlimm zugerichtet. Meiner sah aus, als hätte er einen Baseballschläger über den Kopf bekommen; er hatte schon große Blutergüsse um die Augen.

Sie waren immer noch bewusstlos.

Wir warfen sie uns über die Schulter und trugen sie zu den Autos. Ginger ließ seinen in den Kofferraum des Taunus fallen und ich stopfte den anderen in den Opel. Chris nahm inzwischen die Magazine aus den Kalaschnikows, vergewisserte sich, dass die Kammern leer waren, und vergrub die Waffen unter unseren Taschen im Ford. Die Magazine legte er in den Kofferraum des zweiten Wagens. Ich kontrollierte die Fesseln und Knebel der Wachen, dann schloss ich die Kofferraumdeckel.

Die ganze Geschichte hatte kaum fünf Minuten gedauert. Und kein Wort war gefallen.

Wir verließen die Raffinerie in vorsichtiger Fahrt. Als wir das Tor passiert hatten, warf ich noch einen Blick zurück. Im Nebel, und vor den verschwommenen Flammen der Gasfackeln, sah die Anlage aus wie ein riesiges Gespensterschloss.

Ich zitterte unkontrollierbar. Die Heizung war schon voll aufgedreht. Andy reichte mir eine Zigarette. Ich nahm sie und hoffte, er würde nicht bemerken, dass meine Hände bebten. Erst als sich meine Lungen mit Rauch füllten, kamen meine Nerven wieder ein bisschen zur Ruhe.

Carl fuhr, Andy saß hinten neben Ginger. Mike fuhr den Opel. Wir hatten ausgemacht, dass wir uns in einer kleinen Seitenstraße kurz vor der Transitautobahn treffen wollten. Dort sollte Andy mit Carl tauschen und Ginger mit Mike, so dass alles genau so war wie bisher immer, wenn wir die Grenze überquert hatten.

Wir fuhren schweigend dahin. Carl hielt sich genau an das vorgeschriebene Tempo. Der Nebel war in Nieseln übergegangen.

Zu Beginn der Fahrt waren meine Gedanken immer um die Sprengladungen gekreist. Vier Stunden waren eine lange Zeit. Konnten wir uns darauf verlassen, dass sie unentdeckt blieben? Würden sie beide losgehen?

Aber diese Grübeleien führten zu nichts. Ich zwang mich, an etwas anderes zu denken.

Langsam, unausweichlich wandten sich meine Gedanken den Wachen zu. Man hörte kein Geräusch aus dem Kofferraum, aber die Anwesenheit des Mannes war mir so stark bewusst, als säße er tatsächlich neben mir. Je näher wir unserem Treffpunkt kamen, desto klarer wurde mir, dass unser Plan einen verhängnisvollen Fehler hatte.

Ich schaute Ginger an und sah, dass er das Gleiche dachte.

Wir bogen von der Transitautobahn in einen einsamen Parkplatz ein. Carl schaltete Zündung und Scheinwerfer aus. Der Opel hinter uns machte es nach. Die Kiefern über uns verdeckten den Himmel fast ganz.

Als wir in der Kaserne und in Kneipen unseren Plan ausarbeiteten, hatten wir es sehr vernünftig gefunden, die Wachen zu fesseln und im Wald zurückzulassen. Aber jetzt, wo die Zeitzünder schon tickten und wir nur noch fünfundzwanzig Minuten von der Grenze entfernt waren, konnten wir uns nicht mehr um das Problem herumdrücken. Wir mussten den Tatsachen ins Gesicht sehen.

Wenn die Wachen sich befreien konnten oder zufällig gefunden wurden, während wir auf dem Weg zur Grenze waren, war alles aus.

Ich holte die Taschenlampe aus dem Handschuhfach.

Ginger und ich stiegen aus. Die anderen rührten sich nicht. Ich ging hinter unser Auto, Ginger zur Rückseite des Opel. Das Knirschen unserer Stiefel auf dem Kies und die Geräusche der abkühlenden Motoren waren die einzigen Laute, die zu hören waren. Außer dem Regen. Er war stärker geworden und es war Wind aufgekommen. Die Luft roch schwer nach feuchtem Waldboden.

Ich machte den Kofferraum auf und leuchtete mit der Lampe hinein.

Der Gefesselte hatte sich zwischen unseren Taschen zu einer fötalen Haltung zusammengekrümmt. Er schlotterte vor Kälte. Sein Gesicht wandte sich mir zu. An seiner Hautfarbe sah ich, dass er Schwierigkeiten mit der Atmung gehabt hatte. Die blauen Flecken unter seinen Augen waren noch größer geworden.

Mir war schlecht.

Der Wachmann blinzelte ins Licht. Ich hatte genug gesehen und knipste die Lampe aus. Ich packte ihn am Kragen und zerrte ihn aus dem Kofferraum. Dabei stöhnte er. Ich prüfte, ob die

Fesseln um seine Handgelenke noch fest saßen. Dann ging ich mit ihm los und schob und zog ihn voran.

Vor mir hörte ich Ginger mit dem anderen Wachmann. Ich folgte dem Geräusch ihrer Schritte einen Pfad entlang. Meine Augen gewöhnten sich langsam an die Dunkelheit. Gerade als ich meine Nachtsicht erlangt hatte, bogen sie vom Weg ab und stolperten durch das Unterholz auf ein Dickicht aus Föhren und Farnen zu.

Es ging aufwärts und ich musste meinen Mann mühsam hinter mir her zerren. Als wir auf die Anhöhe kamen, gaben seine Beine nach und er fiel zu Boden. Durch seinen Knebel waren leise Klagelaute zu hören.

Die Wolken rissen kurz auf und ich sah Gingers Gesicht. Es war leichenblass. Auch sein Gefangener war zusammengebrochen. Hier also musste es geschehen.

Ich sah Ginger an und er mich. Plötzlich entstand Bewegung, als mein Wachmann auf die Füße zu kommen versuchte. Ich reagierte instinktiv. Es gab ein Knacken, als ich ihm den Kopf in den Rücken drehte, und dann sackte sein Körper zusammen.

Ginger hatte meine Reaktion als Stichwort gesehen. Als ich wieder zur Besinnung kam und Regen und Wind wieder auf meinem Gesicht spürte, waren beide Männer tot.

Wir zogen die Leichen in das dichte Farngestrüpp und gingen zu den Autos zurück, um die Kalaschnikows und die Magazine zu holen, und warfen sie zu den Leichen.

Ich ließ mich in den Beifahrersitz fallen. Andy fuhr los. Der Geruch nach feuchter Erde, der in meinen Kleidern hing, verursachte mir Brechreiz.

Auch heute noch erinnert mich dieser Geruch an den Augenblick, in dem unser schmutziger kleiner Krieg wirklich losging.

Kapitel 22

Andy, Carl und Mike aßen ihr Graubrot mit Tatar schweigend. Ich war auch hungrig, furchtbar hungrig sogar, aber ich brachte nichts hinunter. Wir saßen in der Raststätte, in der wir uns immer trafen, wenn wir wieder in Westdeutschland waren.

Es war zehn Minuten nach acht. Vor zehn Minuten musste in der Raffinerie die Hölle losgebrochen sein.

Ich wollte nicht heim. Mir ging es hier schon schlecht, aber daheim würde es noch viel schlimmer werden, das wusste ich. Hier war ich wenigstens unter Leuten, die Verständnis hatten.

Wir vermieden es, uns in die Augen zu schauen. Statt der Befriedigung, eine Aufgabe gut erledigt zu haben, fühlte ich nur eine tiefe Scham. Und aus der Art, wie die anderen jeden Augenkontakt vermieden, erkannte ich, dass es ihnen genauso ging.

Weil wir vorher bei der Planung geschlampt hatten, lagen jetzt zwei Männer – zwei Deutsche – tot in einem Wald jenseits der Grenze.

Ich starrte andauernd auf meine Hände. Es wäre schlimm genug gewesen, wenn ich einen Mann mit einem Messer oder einer Pistole umgebracht hätte. Aber mit bloßen Händen ... Ich konnte mir nicht vorstellen, dass ich meine Hände je wieder ohne Abscheu würde anschauen können. Aber es hatte sein müssen.

Wir fuhren schweigend weiter nach Gießen. Auf dem Parkplatz der Raststätte holte sich jeder sein Auto und fuhr ab. Montag wollten wir uns wieder sehen.

Mein Taxi kam, und ich hätte dem Fahrer beinahe gesagt, er solle mich hinfahren, wo er wolle, bloß nicht heim. Wie konnte ich Sabine mit diesen Händen anfassen? Wie konnte ich ihr in die Augen sehen?

Es war schon beinahe elf, als das Taxi vor der Wohnung hielt. Ich hoffte, Sabine wäre schon im Bett, aber als ich den Fahrer bezahlt hatte und mich umwandte, stand sie in der Haustür. Ich wünschte, der Erdboden möchte mich verschlingen.

Im erleuchteten Gang sah sie mein Gesicht.

»Um Himmels willen, Thomas, was ist mit dir los?«

Ich ließ meine Reisetasche fallen und hielt mir den Magen. »Ich habe in der Kaserne irgendwas Schlechtes erwischt. Mir geht es saumäßig.«

Sie streichelte mein Gesicht. »Armer Schatz. Aber jetzt ist es gut. Du bist daheim.« Doch ich sah die Enttäuschung in ihren Augen. Sie war aufgeblieben, damit wir uns, wie immer, wenn ich von der Kaserne kam, ausgiebig lieben konnten.

Ich duschte und hoffte, das Schuldgefühl zusammen mit dem Schmutz abwaschen zu können, aber als ich ins Bett schlüpfte und das Licht löschte, war ich wieder unter den Bäumen. Ich roch die Feuchtigkeit, die Kiefern und den Waldboden so intensiv, als wäre ich dort. Und das war noch nicht alles. Ich konnte die vom Knebel erstickten Schreie des Wachmanns hören.

Mir war nach Weinen zumute, aber ich fürchtete Sabine aufzuwecken. Ich stand auf und ging ins Bad. Da saß ich im hellen Licht der nackten Birne und ließ meinen Tränen freien Lauf. Das half.

Erst kurz vor Morgengrauen ging ich wieder zu Bett und fiel in einen unruhigen Schlaf.

Am nächsten Tag wollte Sabine einen Ausflug machen. Sie wollte ausgerechnet im Wald spazieren gehen.

Ich sagte, ich sei noch erholungsbedürftig und wolle allein sein. Sie besuchte Freunde. Als ich sie zum Abschied küsste, versuchte ich sie zu beruhigen. Ich würde abends wieder auf dem Damm sein, sagte ich.

Ich konzentrierte mich darauf, eine Besserung zu bewirken. Ich betrachtete meinen Geisteszustand als taktisches Problem. Ich würde die Ereignisse rekapitulieren und in Ordnung bringen.

Und dann alles zusammenpacken und wegräumen. Das hatte bisher in jeder Lebenslage funktioniert. Das musste auch jetzt funktionieren.

Als Sabine zurückkam, staunte sie, wie sehr ich mich geändert hatte, und ich fühlte mich tatsächlich besser. Ich hatte wieder Farbe im Gesicht. Ich konnte lächeln. Ich möchte ausgehen, sagte Sabine. Lass uns tanzen gehen.

Das war nicht ganz nach meinem Geschmack, aber ich sagte Ja. Wir gingen in ein Restaurant, das wir beide mochten, und als ich die Speisekarte sah, merkte ich, dass mein Appetit zurückgekehrt war.

Wir bestellten Austern und Champagner. Der Raum war schummrig und Sabine sah wunderbar aus. Als der Champagner kam, erhob ich mein Glas, sah ihr in die Augen und sagte: »Ich liebe dich.«

Gegen elf kamen wir in der Disco an, und ich war schon ein bisschen beschwipst vom Champagner und vom Kognak, der das Essen beschlossen hatte. Ich bestellte zwei Mal Rum mit Cola und wir setzten uns an einen Tisch am Rand der Tanzfläche. Sabine und ich tanzten und ich bestellte weitere Drinks. Ich hoffte, das würde mich wieder auf die Beine bringen, denn ich wurde langsam müde. Ich brauchte etwas, was mich wieder aufputschen konnte.

Sabine fragte, was mit mir los sei, und ich sagte die Wahrheit, nämlich, dass ich in der Nacht kaum geschlafen hatte. Die Drinks kamen und ich goss den meinen in einem Zug hinunter. Ich schmeckte den Rum gar nicht heraus, also bestellte ich noch einen.

Ich wollte mich wieder so fühlen wie im Restaurant.

Aber es ging nicht. Ich verlor den Boden unter den Füßen. Die Musik klang auf einmal anders. Die Leute sahen anders aus. Ich begriff nicht, was sie hier zu suchen hatten. Vor vierundzwanzig Stunden war ich in einem Wald in Ostdeutschland gewesen und hatte dem Leben eines DDR-Soldaten ein Ende gemacht. Diese Leute hatten ja keine Ahnung. Ihre Unwissenheit war erbärmlich.

Die Musik war ohrenbetäubend laut. Sabine tippte mir auf die Schulter. Sie schrie mir etwas ins Ohr, aber ich hörte sie nicht. Ich verzog das Gesicht.

»Glaubst du nicht, du hast genug?«

»Genug von was?«, schrie ich zurück.

Die Kellnerin hatte eben wieder Rum mit Cola vor mich hingestellt. Sabine deutete auf das Glas.

»Ich habe noch gar nicht angefangen«, sagte ich.

Ihre Augen wurden schmal. »Was ist los mit dir?«

Ich versuchte die Frage zu ignorieren. Ein Paar drehte sich auf der Tanzfläche, wand und bog sich unbeholfen zu einer Musik, die mir bekannt vorkam. Es war Debbie Harry. Sunday Girl von Blondie. Das hatte ich zum letzten Mal gehört, als wir bei unserer ersten Reise nach Halle die Grenze überquerten.

Sabine war hartnäckig. »Du kommst mir ganz fremd vor.«

»Hör mal«, sagte ich, plötzlich wütend. »Ich habe eine harte Woche hinter mir. Es ist allerhand passiert in der Kaserne. Sachen, die du nicht für möglich halten würdest.«

»Dann erzähl es mir doch.«

»Ich darf nicht«, antwortete ich. Theatralisch zog ich den Kragen in die Höhe. »Geheim. Militärangelegenheiten. Du weißt schon.«

»Tu nicht so gönnerhaft«, sagte sie.

»Tu ich ja gar nicht. Ich sage ja nur, dass ich eine schlimme Woche gehabt habe und keinen Streit brauche.«

»Ich auch nicht«, sagte sie. Ihre Augen blitzten. »Ich bin mir nicht mal sicher, ob ich dir glaube.«

»Was soll das heißen, zum Teufel?«

»Leute, die etwas zu verbergen haben, benehmen sich eigenartig«, antwortete sie.

Ich merkte, dass sie richtig wütend war. Aber ich war auch zornig.

»Wir haben das schon mal besprochen.« Sie schrie, um sich verständlich zu machen. »Du gehst fort. Du kommst wieder. Wir leben voll und ganz nach deinen Regeln.«

»Das ist mein Beruf, Sabine. Es ist meine Arbeit. Du hast bei der Heirat gewusst, dass unser Leben so aussehen würde. Du hast gewusst, was dir bevorsteht.«

»Wenn man davon absieht, dass du jede Woche verschwindest und nicht du selbst bist, wenn du zurückkommst. Du bist jemand anders. Ein Mensch, den ich überhaupt nicht kenne. Was soll ich denn glauben, was du unter der Woche machst, wenn du dich beim Heimkommen derartig benimmst?«

»Glaubst du, ich betrüge dich? Willst du das damit sagen?«

»Ich weiß nicht, was ich glauben soll. Ich weiß nur, dass du nicht mehr der Mann bist, den ich geheiratet habe.«

Ich blickte auf meine Hände hinunter. Das psychedelische Licht von der Tanzfläche ließ sie aussehen, als wären sie voller Blut. Als ich wieder aufsah, war Sabine fort.

Ich ging auch und fand ein paar Straßen weiter eine ruhigere Tränke. Dort blieb ich bis um drei Uhr früh.

Ich trank, bis Zorn und Schmerz sich legten und ich das Gesicht des Wachsoldaten nicht mehr vor mir sah. Als ich mir ein Taxi kommen ließ, konnte ich mich gerade noch an unsere Adresse erinnern. Daheim ließ ich mich sofort aufs Sofa fallen. Als ich die Augen wieder aufmachte, war es Morgen.

Die Sonne schien mir ins Gesicht und Gewissensbisse quälten mich. Als ich Sabine in der Dusche hörte, stand ich auf. Dafür, dass ich die halbe Stadt leergesoffen hatte, fühlte ich mich erstaunlich nüchtern. Ich machte Tee und trug ihn ins Schlafzimmer. Sabine zog sich an. Sie würdigte mich keines Blickes.

Ich setzte die Tassen ab, trat hinter sie und legte ihr die Hände auf die Schultern. Sie wich mir aus.

»Es tut mir Leid«, sagte ich. »Furchtbar Leid, wirklich.«

Sie sah mich immer noch nicht an. »Sag mir nur, dass ich mir keine Sorgen zu machen brauche«, erwiderte sie.

Ich drehte sie sanft herum. »Du brauchst dir keine Sorgen zu machen, Sabine, weil ich dich liebe.«

»Ich liebe dich auch«, sagte sie mit Tränen in den Augen.

Es war ein wunderbarer Tag, ein Sonntag, wie er im Buch steht. Wir machten einen Ausflug und wanderten über offenes Land. Die kalte Luft belebte und erfrischte uns. In einem ruhigen kleinen Wirtshaus aßen wir zu Mittag. Wir ließen uns Zeit und blieben lange sitzen.

Die Kaserne, ja sogar Halle, schien ganz weit weg.

Sonntagabend war ich überzeugt, ich hätte die Ereignisse vom Freitag verarbeitet und hinter mir gelassen und sei wieder bereit für den Dienst.

Als wir uns um zehn Uhr beim Chef zur Besprechung unserer Operation einfanden, wies nichts darauf hin, dass etwas nicht stimmte. Wir standen vor ihm und er sah uns der Reihe nach an. Ich hielt das Blitzen in seinen Augen zuerst für Stolz. Aber plötzlich schlug er mit der Faust hart auf den Schreibtisch.

»Ich hab es Ihnen schon einmal gesagt – Sie sind eine Bande von drittklassigen Amateuren«, schrie er. »Zu denken, dass ich an Sie geglaubt habe!«

Er musterte uns wieder, und als er bei mir angelangt war, fragte er: »Wie viel Sprengstoff hatten Sie dabei?«

Ich konnte nicht gleich antworten. In meinem Kopf ging es rund. »Acht Kilo«, sagte ich.

»Wie viel davon am Kontrollzentrum?«

»Fünf.« Wollte er sagen, dass die Ladung nicht hochgegangen war? Ich blickte zu Chris. Sein Gesicht war weiß.

Chris kannte sich mit Semtex aus wie ein Kind mit Plastilin. Die Sprengsätze *mussten* gezündet haben.

Der Chef schnaubte verächtlich. Er wandte sich an Angel. »Sie haben einmal gesagt, Sie seien noch besser, als Ihre Ausbilder Sie bewerteten. Bedauerlicherweise unterscheidet sich Ihre Vorstellung von Perfektion von der meinen.«

Jetzt reichte es mir. Ich trat vor. »Herr Oberst, ich würde gerne hören, was geschehen ist.«

Krause kam um den Schreibtisch herum und baute sich vor mir auf. Er lehnte sich an die Tischkante und verschränkte die Arme vor der Brust. Ich hielt seinem Blick stand. Nach all diesen Monaten nahm ich solche theatralischen Szenen nicht mehr ganz so ernst. Ich kannte Krause gut genug, um zu wissen, dass er seine wahren Gefühle gut verbergen konnte.

»Fünf Kilo, und alles, was ihr erreicht habt, ist ein Loch in der Mauer.«

Ich war noch dabei, das zu verdauen, als er sagte: »Sag mir, dass du dein Bestes gegeben hast, Jackson. Das ist im Moment alles, was ich wissen muss.«

Ich schüttelte den Kopf. »Ich übernehme die volle Verantwortung für die Mission«, sagte ich.

Krause runzelte die Stirn.

»Ich habe einem Aspekt der Operation nicht genügend Aufmerksamkeit gewidmet. Wir haben zwei Soldaten getötet.«

Krause brauchte ein paar Sekunden, um diese Neuigkeit zu verarbeiten. Er zuckte nicht mit der Wimper, sondern fragte: »Glaubst du, das wäre vermeidbar gewesen?«

»Nein, das wollte ich damit nicht sagen. Aber ich habe das Schicksal der Wachen nicht von Anfang an in den Plan mit einbezogen. Ich habe das Problem ausgeklammert. Wir mussten uns spontan entscheiden.«

Der Chef sah mir noch immer in die Augen. »Aha. Und was hältst du davon?«

»Rein persönlich fühle ich mich wie ein Sack Scheiße.«

Chris trat einen Schritt vor.

»Ich übernehme die volle Verantwortung für die Sprengungen.«

Die Andeutung eines Lächelns huschte über Krauses Lippen. Dass Chris mir beistand, gefiel ihm. Wenn es nicht darum gegangen wäre, dass wir in der DDR zwei Menschen getötet hatten, hätte ich vielleicht geglaubt, dass das wieder einer seiner Tests war.

Krause befahl Chris, wieder zurückzutreten. Er ging zum Fenster. Und mit dem Rücken zu uns berichtete er, was geschehen war. Woher er es wusste, habe ich nie erfahren. Er klärte uns nie über seine Quellen auf. Aber es musste sich um CIA oder BND handeln.

Der Sprengsatz in der Pumpstation war großartig explodiert. Man würde Wochen, oder, wenn wir Glück hatten, Monate brauchen, um sie wieder funktionsfähig zu machen.

Am Kontrollzentrum dagegen hatten wir nur erreicht, dass die Außenwand ein großes Loch hatte. Der Betrieb war nicht im Mindesten gestört.

Ich schwor mir, in Zukunft bei allem, was wir planten, jedes Detail zu berücksichtigen und mit jeder Eventualität zu rechnen.

Krause schien das zu spüren, denn sein Ton änderte sich. »Ihr habt zwei Monate in Ostdeutschland zugebracht«, sagte er. »Eure Teamarbeit ist gut. Das Hauptziel ist getroffen worden. Die Mission kann als erfolgreich bezeichnet werden.«

Die Stasi hatte, wie er sagte, Dutzende von Ostdeutschen, Polen, Tschechen und Ungarn, die in der Raffinerie arbeiteten, verhört, und die Soldaten der NVA, die rund um das Kontrollzentrum Dienst getan hatten, waren durch Soldaten der Sowjetarmee ersetzt worden. Möglicherweise glaubte man, die Wachen seien selbst irgendwie in die Sache verwickelt gewesen. »Dafür, dass es eure erste Mission war, habt ihr es gut gemacht«, sagte Krause. »Grämt euch nicht. Mit der Zeit werdet ihr erstklassig sein.«

Während wir im Gänsemarsch sein Büro verließen, erhaschte ich einen Blick auf seinen Gesichtsausdruck, als er zum Telefonhörer griff. Der versöhnliche Blick, den er uns zuliebe aufgesetzt hatte, war einem harten und düsteren Ausdruck gewichen. Er musste nun offenbar ein paar unangenehme Telefongespräche führen.

Wir gingen sofort in mein Zimmer.

Keiner hatte viel zu sagen. Das Kontrollzentrum war unsere Idee gewesen. Dass wir die Initiative ergriffen und ein zweites Ziel suchten, hatte dem Chef gefallen. Aber wenn man etwas macht, muss man es richtig machen. In Halle hatten wir die Chance gehabt, uns auszuzeichnen. Stattdessen hatten wir uns und den Chef blamiert.

»Ich versteh das einfach nicht«, murmelte Chris immer wieder kopfschüttelnd.

»He«, sagte Angel und schlug ihm auf den Rücken, »mach dich nicht verrückt deswegen. Allerdings«, fuhr er nach einer kleinen Pause fort, »möchte ich nicht mit dir tauschen, wenn du Walter erklären musst, was du mit seinem Semtex angefangen hast.«

Chris grübelte weiter. Er sprach mit sich selbst. Sein Gesicht sprach Bände. Die Nachricht lag ihm schwer im Magen. »Der Beton war doch gar nicht so dick. Sie müssen viel mehr Stahlverstärkung reintun als wir im Westen.«

»Zum Teufel, jetzt gib doch Ruhe«, sagte Lobo. »Nächstes Mal machen wir es eben besser.«

Andy sagte, er würde jetzt joggen gehen. Er stand auf und ging. Angel, Ginger und Chris folgten ihm auf dem Fuß. Auf einmal war ich allein.

Ich legte mich aufs Bett und blieb stundenlang liegen. Das Mittagessen ließ ich ausfallen. Ich war nicht hungrig. Ich hatte den Kopf zu voll.

Erst spät am Nachmittag kam mir die Erleuchtung, was wir tun mussten.

Ich rief die anderen zu mir. Ihre Stimmung hatte sich nicht gebessert. Ich wartete, bis sie sich auf Betten, Stühlen und dem Boden niedergelassen hatten.

Ich erklärte ihnen, dass wir zurückgehen und den Job vollenden sollten.

»Das ist wohl das Letzte, womit sie rechnen«, sagte ich. »Und wenn wir nicht wiederkommen, wird sich der Verdacht gegen uns richten. Wenn wir aber wiederkommen, wirken wir unverdächtig.«

Langes Schweigen.

»Was ist mit Wolfgang?«, fragte Andy. »Du hast dem Personalbüro mitgeteilt, dass wir eine Woche Urlaub machen wollen.«

»Ich ruf einfach an und sag ihnen, dass wir das Geld brauchen.«

»Das ist verrückt«, sagte Lobo. »Die nehmen uns doch fest, sobald wir über die Grenze gehen.«

»Was schlägst du dann vor?«

»Ich verstehe dich nicht, Jackson.« Lobo stand auf. »Wir sind reingegangen und wir haben den Job gemacht. In den Augen des Chefs haben wir unsere ursprüngliche Aufgabe erfüllt. Schön, die Zielsetzung war geändert worden. Aber auf unseren Vorschlag hin. Was wir geben, können wir auch wieder nehmen. Wer scheißt sich denn was um das Kontrollzentrum? Wen kümmert es?«

»Mich kümmert es«, antwortete ich. »Wir haben gesagt, wir sprengen es in die Luft, und wir haben es nicht getan.«

»Glaubst du, dass CIA und BND sich darum scheren? Und wenn wir da drüben eingelocht werden, kommen die dann vielleicht und holen uns aus der Scheiße?«

Ich hatte gewusst, dass das einmal zur Sprache kommen würde. Ich hatte nur nicht damit gerechnet, dass es gerade jetzt und hier sein müsste.

»Es geht nicht um sie«, sagte ich und bemühte mich um eine ruhige Stimme. »Es geht um uns.«

Er schnaubte verächtlich und trat noch einen Schritt auf mich zu. »Was gibt dir denn verdammt noch mal das Recht, uns da mit hineinzuziehen? Wir sind ein Team; wir waren es von Anfang an und werden es immer sein. Also komm uns nicht mit Offiziersgehabe.«

»Halt den Mund und setzt dich, Lobo«, sagte Andy. »Jackson sagt nur, was viele von uns denken. Das hat nichts mit Offizier und Nichtoffizier zu tun. Wir reden über einen Einsatz.«

»Das sagst du bloß so, Andreas. Du sagst sowieso zu allem, was Jackson vorschlägt, Ja und Amen.«

Andy sprang auf und ballte die Fäuste.

Ich stellte mich ihm in den Weg. »Reg dich nicht auf, Andy.« Dann wandte ich mich an Lobo: »Vielleicht sieht der Chef es anders, oder vielleicht ist einem verdammten Bonner Bürokraten wohler bei der Sache, wenn das Spezialkommando Ost von einem Offizier geführt wird. Aber ich sehe es nicht so. Wenn dir die Abmachungen nicht passen, wendest du dich am besten an Krause.«

»Vielleicht mach ich das. Kann schon sein«, sagte er.

Es gab Pfiffe und Buhrufe von Angel, Chris und Ginger. Tony, Mike und Carl, die auf der anderen Seite saßen, blieben stumm. Andy setzte sich wieder.

»Lobo«, sagte ich, »tu, was du tun musst. In der Zwischenzeit schlage ich vor, wir machen uns Gedanken über Halle.« Ich sah von einem zum anderen. »Wer ist dafür, wieder hinzugehen, wer will hier bleiben?«

Chris schubste Angel und fragte leise: »Was denkst du?«

Ich wusste, dass Chris darauf brannte, nach Halle zurückzugehen. Die Tatsache, dass das Semtex nicht vollbracht hatte, was er von ihm erwartete und was er uns versprochen hatte, hatte ihn nicht nur in seiner Berufsehre gekränkt; sie hatte auch sein Selbstbewusstsein erschüttert.

Aber Chris und Angel waren eine Einheit und keiner tat etwas ohne ausdrückliche Billigung des anderen.

Angel säuberte sich die Zahnzwischenräume mit einem Stück Pappe und ließ sich nicht dabei stören. »Keine Sorge«, knurrte er. »Diesmal lass ich dich nicht aus den Augen. Wir gehen.«

Der Nächste war Andy. Er zündete sich eine Zigarette an, schenkte mir ein halbes Lächeln und sagte: »Ich bin der gleichen Meinung. Wenn wir zurückgehen, wird uns keiner verdächtigen. Also stimme ich dafür.«

Mike, Carl und Tony hielten meist zusammen. Ich sah, dass sie unschlüssig waren.

Lobo schaute sie an. »Ihr wisst, was ich davon halte. Wir haben was falsch gemacht. Na und? Sogar wir können Fehler machen. Aber wenn wir zurückgehen, nachdem wir ins Wespennest gestochen haben, gehen wir drauf – alle. Und wofür?«

»Wir sind ein Spezialtrupp«, sagte Ginger ruhig, die Augen auf Lobo gerichtet. »Wir können nicht einfach sagen: ›Tut mir Leid, das macht mir irgendwie keinen Spaß. Ich bleibe lieber daheim.‹ Wir müssen wieder hinüber und es noch mal versuchen. So haben wir es dem Alten versprochen. Eine Hand wäscht die andere. Wir sind für ihn da, er für uns. So ist es ausgemacht.«

Lobo drückte seine Zigarette mit großem Nachdruck aus.

»Du willst dem Alten also etwas beweisen?«, sagte er schließlich.

Ginger zog an seiner Zigarette. »Ich weiß nicht, wie du darüber denkst«, fuhr er fort, »aber wenn wir das nicht zu Ende bringen, dann sehe ich keinen Sinn in allem, was wir die letzten vier Jahre gemacht haben. Meiner Meinung nach war dann alles umsonst.«

Ich sah in Gingers Augen wie in einen Spiegel.

Ich wusste jetzt, dass er das Wochenende über genau das Gleiche gefühlt hatte wie ich.

Ich wollte mich auf keinen Fall auf meinen Rang berufen. Wenn das Team funktionieren sollte, dann musste es eine Einheit sein.

Gingers Worte taten ihre Wirkung.

Ich sah Lobo, Mike, Carl und Tony an.

Fünf Minuten später betraten wir das Büro des Chefs und teilten ihm mit, dass wir nach Halle zurückgehen wollten.

Kapitel 23

Wenn wir einmal einen Beschluss gefasst hatten, grübelten wir nicht mehr lang herum. Wenn wir wussten, dass etwas richtig war, dann standen wir auch dahinter. Wir hatten die Entscheidung getroffen, die der Chef von uns erwartet hatte. Das konnte man an seinem Gesicht ablesen. Er würde das Vorhaben natürlich noch absegnen lassen müssen, bevor wir die uneingeschränkte Erlaubnis bekamen, aber es war keine Zeit zu verlieren.

Sollten wir genauso vorgehen wie beim ersten Mal? Dass jetzt Russen Wache standen – änderte das die Lage entscheidend? Es gab hundert Fragen, aber wir alle hatten das Gefühl, wir müssten so schnell wie möglich wieder nach Halle zurück. Von allem anderen ganz abgesehen: Wenn wir zu lang brauchten, wurde der Kontrollraum inzwischen repariert und wir waren wieder genau so weit wie am Anfang.

Ich erklärte dem Chef, dass wir uns mit den Einzelheiten des Plans befassen würden, wenn wir die Situation an Ort und Stelle beurteilen konnten. »Wenn es möglich ist, machen wir es«, sagte ich. »Wenn nicht, fahren wir wieder heim.« Wir besprachen ein paar praktische Fragen und hofften, bis zum Abend grünes Licht zu bekommen.

Ich wollte den anderen folgen, als sie gingen, aber Krause hielt mich zurück.

»Wie geht es dir?«, fragte er.

»So gut, wie man es unter den Umständen erwarten kann. Es gibt eine Menge zu tun.«

»Ich spreche von der Sache mit den Wachen.«

»Ginger und ich haben getan, was wir tun mussten. Ganz einfach.«

Krause klappte den Deckel seiner Zigarrenkiste auf und ließ einen prüfenden Blick über den Inhalt gleiten. »Ich weiß, dass es dir deshalb noch dreckig geht. Du bist kein Mörder, Jackson. Ich kenne dich besser, als du denkst. Es ist nicht leicht, einen Menschen vorsätzlich zu töten, und vielleicht fragst du dich, was an dieser Mission so wichtig ist, dass es sich lohnt, dafür zwei Menschen umzubringen.« Er nahm sich eine Zigarre und rollte sie behutsam zwischen den Fingern. »Vielleicht hilft es dir, wenn ich dich daran erinnere, dass wir uns im Krieg befinden? Der Ausdruck, den du jetzt auf den Gesichtern der Ostdeutschen siehst, wird auch auf denen der Frankfurter, Hamburger und Münchner zu sehen sein, wenn wir Honecker und seine sowjetischen Freunde gewinnen lassen. Daran musst du immer denken. Das wird dir helfen, Schlaf zu finden.«

»Ich danke Ihnen.«

Krause stand auf und legte mir den Arm um die Schultern. »Wenn diese Mission zu Ende ist, solltest du einen Arzt konsultieren. Das ist ganz üblich. Wir haben Leute mit spezieller Ausbildung, die in solchen Fällen helfen können. Und Dr. Hubertus gehört zu den Allerbesten. Es wird dir helfen, wenn du mit ihm sprichst. Auch wenn du das für Blödsinn hältst – man muss manchmal alles aus sich herauslassen. Ich bin immer für dich da, aber ich bin dein Vorgesetzter, und es gibt natürlicherweise Dinge, die du mit mir nicht besprechen möchtest. Hubertus ist ein guter Zuhörer und er kennt sich aus. Was du ihm erzählst, wird streng vertraulich behandelt. Und du kannst ihm gegenüber völlig offen sein. Er ist absolut vertrauenswürdig.«

»Ich danke Ihnen«, sagte ich und hoffte, es klänge diesmal überzeugter. »Ich werde daran denken.«

»Es ist kein Vorschlag, Jackson. Es ist ein Befehl. Komm wieder zu mir, wenn es etwas zu berichten gibt. Du kannst jetzt gehen. Ich weiß, dass du eine Menge zu tun hast.«

Ich rief in Wolfgangs Firma an und sagte ihnen, dass wir doch wieder zur Arbeit kommen würden. Ich erwartete, dass sie erwähnen würden, dass es auf der Baustelle ein Problem gab, aber es fiel keine Andeutung auf die Doppelexplosion, welche die Raffinerie am Freitag erschüttert hatte.

Die Sache war anscheinend totgeschwiegen worden, wie das im Ostblock üblich war, besonders wenn man den Verdacht hatte, dass ein Anschlag von eigenen Leuten durchgeführt worden war.

Chris und Angel hatten sich inzwischen auf den Weg zur Waffenkammer gemacht. Ich holte sie am Eingang ein. Wir hatten keine Zeit gehabt, Walter unseren Besuch anzukündigen.

Er war über die Werkbank gebeugt, als wir eintraten. Der Raum war dunkel, abgesehen von einem kleinen Lichtkegel, in dem er arbeitete.

Ein einzelnes rot geädertes Auge richtete sich auf uns. Es wurde durch eine an der Werkbank befestigte Lupe auf den Umfang einer Orange vergrößert.

Walter runzelte die Stirn wegen der Störung. Mir wurde klar, dass er uns ohne seine flaschenbodendicken Brillengläser nicht erkennen konnte. Die Zigarette, die ihm im Mundwinkel hing, bildete einen Rauchvorhang vor seinem Gesicht.

»Was wollt ihr?«, fragte er, als er uns erkannte.

Erst beim Näherkommen sah ich, woran Walter arbeitete. Er bastelte ein Panzermodell aus Plastik zusammen.

Angel ging um die Werkbank herum und sah sich die Schachtel an. Walter regte sich auf wie ein nervöses Huhn. Er schob das Vergrößerungsglas weg und setzte seine Brille wieder auf. Er hatte sichtlich Lust, Angel etwas auf die Ohren zu geben, aber Angel reichte ihm die Schachtel freiwillig und sagte: »Verdammt guter Panzer, der T-34. Hervorragendes Gewicht-Leistungs-Verhältnis. Gute Übertragung. Keine schlechte Leistung, wenn man bedenkt, dass er von Russen konstruiert und gebaut wurde.«

Dass Angel ein Werk der Technik lobte, das Walter sichtlich selbst mochte, schien seinen Zorn zu dämpfen, aber er blieb misstrauisch. Er musterte Angel mit einem Blick wie ein Chirurg einen Eindringling, der ungewaschen in den Operationssaal kommt. Ich schaute zu Chris und fragte mich, ob er Angel erzählt hatte, dass der Weg zu Walters Herz über kenntnisreiche Bemerkungen zu den Waffen führte, für die er sich so begeisterte.

»Also, was wollt ihr hier?«, fragte Walter und packte die restlichen Teile seines Panzers wieder in die Schachtel.

»Ich brauche noch einmal acht Kilo Semtex«, sagte ich unverblümt.

Walter starrte mich durch einen Rauchschleier an. »Was macht ihr denn mit dem verdammten Zeug? Fresst ihr es?«

Chris nickte in Richtung auf Angel. »Du weißt ja, wie Koch ist.«

Angel schien nicht zuzuhören. Mit erstaunlicher Zartheit hielt er Walters halbfertigen Panzer in der Hand, hob ihn ins Licht und betrachtete ihn von allen Seiten.

»Und? Wie ist es gegangen?«, fragte Walter.

Ich gab ihm eine grobe Beschreibung. Als ich geendet hatte, trug Chris die technischen Einzelheiten nach: wie er die fünf Kilo, die für das Kontrollzentrum vorgesehen waren, auf zwei verschiedene Sprengladungen aufgeteilt hatte, von denen eine viel kleiner gewesen war als die andere, so dass sie als Initialzündung wirken konnte, wenn der Hauptzünder versagte.

»Ich wollte absolut sicher gehen«, erklärte Chris. »Damals dachte keiner von uns daran, dass wir noch einmal hingehen würden. Tatsächlich sind beide Ladungen vorbildlich hochgegangen, aber ich hatte die Bauweise des Hauses falsch eingeschätzt. Sie verwenden offenbar viel mehr Stahlverstärkung, als wir uns im Westen träumen lassen.«

Chris war glücklich, dass er endlich über die Sache sprechen konnte; und noch glücklicher darüber, dass er sich in Walters Werkstatt die Hände schmutzig machen durfte. »Dieses Mal kann ich alle acht Kilo an der einen Stelle verwenden«, fuhr er fort. »Weil in der Außenwand schon eine Bresche ist, bin ich ziemlich sicher, dass sie einfallen wird. Aber zur Sicherheit nehme ich diesmal noch eine Zündkapsel, die absolut zuverlässig ist und die ich eigenhändig aktivieren kann, wenn es notwendig ist.«

Walter lauschte mit gespitzten Ohren. Gelegentlich nickte er oder runzelte die Stirn. Endlich schlurfte er in sein Lager und erschien kurz darauf wieder mit den gewünschten acht Kilo Semtex und einer braunen Pappschachtel. Ich schaute hinein. Sie enthielt verschiedene Zündvorrichtungen. Eine war vom gleichen Typ, den Chris voriges Mal benutzt hatte, aber da waren auch noch einige andere.

»Ein Tipp.« Walter wedelte mit seiner Zigarette für meine Begriffe gefährlich nahe am Sprengstoff herum. »Teilt das Semtex auf. Macht eine Hauptladung und zwei Hilfsladungen. Bringt den Sprengstoff in V-Form. Ihr kennt ja den Munro-Effekt.«

»Walter hat Recht«, sagte Chris. »Das letzte Mal habe ich die Eisenarmierung des Betons nicht in meine Berechnungen mit einbezogen. Wenn man es so macht, dann richtet sich die ganze Energie auf einen eng umgrenzten Fleck.«

»Wie dick ist der Beton?«, fragte Walter.

»Ungefähr einen halben Meter«, sagte Chris. »Aber das braucht dich nicht zu beeindrucken. Die letzte Explosion muss die Konstruktion erschüttert haben. Und diesmal machen wir es richtig.«

Ich nickte. Acht Kilo waren das Maximum, das wir mitnehmen konnten. Eine größere Menge konnte man in einem Ersatzreifen nicht verstecken.

Chris legte die acht Kilo nebeneinander auf die Werkbank, dann nahm er ein Blatt Papier aus seiner Hemdtasche und legte es daneben. Mit schnellen Strichen skizzierte er den betreffenden Teil der Mauer. Das machte ihm sichtlich Spaß.

»So«, sagte er nach einer Minute. »So stelle ich mir das vor: Ich teile die acht Kilo in drei Ladungen. Die Hauptladung kommt in die Mitte. Die zwei kleineren Ladungen platziere ich rechts und links davon. Wir müssen zuerst einmal schauen, wie stark die Mauer beschädigt ist. Ein Zeitzünder und ein paar Sprengkapseln sollten genügen, damit das Ganze mit gewaltigem Getöse losgeht.«

»Die Parkuhr kennt sich aus«, sagte Walter beifällig.

»Die Parkuhr?«, fragte ich.

»Dieser mickrige kleine Arschficker«, sagte Walter und deutete mit dem Daumen auf Chris. »Wieso, wie nennt ihr ihn denn?«

Angel brach in Gelächter aus. Er drehte mit dem Zeigefinger

am Geschütz des Panzers herum, dann legte er das Modell auf den Tisch und wandte sich an Chris.

»Bist du jetzt glücklich, kleine Parkuhr?«

»Wenn du mich noch einmal so nennst, leg ich dich um«, antwortete Chris.

Ich dachte an den Tritt, der Angel in den Swimmingpool befördert hatte. »Er meint das durchaus ernst«, sagte ich zu Walter.

Walter schüttelte den Kopf. Er verstand nicht, wovon wir sprachen, und es war ihm sowieso egal. Er nahm seinen Panzer in die Hand und schaute ihn prüfend an – ein deutliches Signal, dass unsere Anwesenheit nicht mehr erwünscht war.

Ich sagte, wir würden in einer Stunde die Autos bringen. Wir hatten nicht viel Zeit. Genau wie beim ersten Mal mussten nicht nur Sprengstoff, Zeituhren und Zünder in Andys Ersatzreifen gepackt, sondern auch die beiden Autos gründlich überholt werden, damit sie uns nicht im Stich ließen.

»Woher weißt du so viel über Panzer?«, sagte Chris zu Angel, als wir über das Kasernengelände zu unserem Block gingen. »War dein Alter in einem Panzerregiment?«

»Ich hab keine Ahnung«, sagte Angel.

»Was soll das heißen?«, fragte Chris. Seine Stimme klang ungewohnt streitlustig. Aber ich wusste, dass Chris empfindlich war, was seine Körpergröße anbetraf. Ich merkte, dass er bei aller Freundschaft, die sie verband, auf Angel wütend war, weil er über Walters Spitznamen gelacht hatte.

»Ich habe meinen Alten nie gesehen. Ich kenne überhaupt niemanden aus meiner Familie. Ich bin in einem Waisenhaus aufgewachsen«, sagte Angel.

Ich schaute zu Chris. Ich warf auch einen Blick auf Angel, aber sein Gesichtsausdruck war so ruhig und undurchdringlich wie immer. Angel sagte oder tat nie etwas, um Eindruck zu machen. Das war eine Information, nichts weiter. Aber es kam mir doch eigenartig vor, um das Mindeste zu sagen, dass von den neun Mitgliedern der Gruppe zwei ohne Vater aufgewachsen waren.

War das auch ein Auswahlkriterium gewesen?

Außer mentaler Vorbereitung hatten wir nicht viel zu tun. Wir hingen rum und warteten auf Nachrichten aus Pullach oder Washington, oder woher auch immer Krause seine Anweisungen bekam. Chris, Angel und Walter kümmerten sich um die Autos, wir anderen gingen laufen, arbeiteten im Kraftraum oder spielten Karten, immer bemüht, unsere Gedanken davon abzulenken, dass wir wieder über die Grenze mussten.

Am Abend rief uns der Chef zu sich. Locke hatte ein Feuer angezündet, das im Kamin knisterte. Als wir eintraten, legte der Alte noch zwei Scheite drauf. Das Holz knackte und versprühte Funken.

Krause setzte sich in seinen Sessel und lud uns auch zum Sitzen ein. Die meisten ließen sich auf dem Boden nieder.

»Es ist alles geregelt. Du hast die Erlaubnis, zurückzugehen«, sagte er.

Ich atmete erleichtert auf. Andy sah mich an und grinste.

»Es gibt eine Bedingung. Geh hinüber, nimm die Arbeit wieder auf und triff deine Vorbereitungen, aber unternimm nichts, bevor du von mir noch einmal hörst, dass das Kontrollzentrum in die Luft gesprengt werden soll. Man ist voll Bewunderung für euren Entschluss, zurückzugehen, aber solche Dinge wollen gründlich überlegt sein. So geht es bei Bürokraten eben zu. Noch Fragen?«

Chris hob die Hand. »Ich glaube, Lobo hat eine.«

Lobo lief rot an.

»Lobo?«, sagte der Chef. »Hast du etwas auf dem Herzen?«

Lobo warf Chris einen giftigen Blick zu. »Nein, es ist alles in Ordnung. Ich hatte einmal Fragen, aber die haben sich inzwischen von selbst beantwortet. Das war es wohl, was Chris gemeint hat.«

Krause klatschte in die Hände. »Gut«, sagte er mit einem Blick auf die Uhr. »Ihr müsst früh los. Ich will euch nicht aufhalten. Aber ich möchte euch noch einen letzten Rat geben. Benehmt euch drüben genau wie früher, selbst wenn euch das gefühlsmäßig widerstrebt. Was ich damit sagen will, ist Folgendes: Die Stasi überwacht euch natürlich. Sie überwacht alle. Ihre Leute wissen inzwischen, wie ihr euch verhaltet. Sie wissen, wo ihr zum Trinken hingeht; sie wissen, wie viel ihr trinkt. Ändert euer Verhalten nicht, wenn ihr jetzt zurückgeht. Das wird euch schwer fallen, weil ihr das Gefühl haben werdet, dass man euch verdächtigt. Aber nichts erregt so viel Verdacht, als wenn jemand plötzlich sein Verhalten und seine Gewohnheiten ändert. Viel Glück, meine Herren. Wir sehen uns in einer Woche wieder.«

Am nächsten Morgen standen wir früh auf und fuhren mit unseren gewohnten Autos ab.

Die Fahrt nach Helmstedt kam uns endlos vor. Je näher wir der Grenze kamen, desto unwahrscheinlicher schien es uns, dass die Stasi nicht mit einem Empfangskomitee auf uns wartete.

Wir kamen so glatt über die Grenze, wie wir es in den ganzen zwei Monaten kaum je erlebt hatten. Aber das verstärkte unseren Verdacht nur noch. Es war, als hätte die Stasi uns eine Falle gestellt.

»Scheiße«, sagte ich plötzlich.

»Was gibt's?«, fragte Andy.

»Geld. Wir brauchen Ostgeld. Wie viel habt ihr dabei?«

Carl und Mike zuckten mit den Schultern. Sie seien so gut wie blank, sagten sie. Mit Andy war es das Gleiche. Auch ich hatte kaum etwas und vermutlich ging es den anderen genauso.

»Wir hätten an der Grenze wechseln sollen«, sagte ich. »Einer muss auf die Bank gehen, sonst stehen wir völlig ohne Geld da.«

Andy schüttelte den Kopf. »Nein. Das geht nicht.«

»Und warum nicht, zum Teufel?«, fragte ich.

»Denk daran, was Krause gesagt hat. Wir müssen uns benehmen wie immer. Und er hat Recht. Wir haben nie zum offiziellen Kurs getauscht, sondern immer auf dem schwarzen Markt. Also warum jetzt auf einmal? Wenn wir mit Bündeln von D-Mark in die Bank marschieren und höflich um Ostmark bitten, wird vielleicht irgendwer irgendwo ins Grübeln kommen.«

»Aber es ist doch Vorschrift, dass man offiziell tauscht«, protestierte ich.

»Schon«, sagte Andy, »aber wir sind Angelernte und Hilfsarbeiter, die mit Mühe sich und ihre Familien ernähren. Alle Gastarbeiter wechseln ihr Geld auf dem schwarzen Markt und die Behörden wissen es auch. Aber sie drücken beide Augen zu, weil sie uns brauchen. Sie sind hinter den Großen her, nicht hinter uns.«

Es ging mir zwar gegen den Strich, aber ich sah ein, dass er Recht hatte. Auf Kleists Empfehlung hin hatten wir immer bei einem Kerl gewechselt, der in einer Discokneipe am Stadtrand herumhing, die viel von Gastarbeitern besucht wurde. Unter den gegebenen Umständen widerstrebte es mir gefühlsmäßig, aber wie der Alte gesagt hatte, mussten wir bei unseren Gewohnheiten bleiben.

Ich stimmte also widerstrebend zu.

Wir fuhren an den Wohnungen vorbei direkt zur Raffinerie. Sie erhob sich aus einer Schicht schmutzigen Nebels, durch die wir schon fuhren, seit wir den Stadtrand von Halle erreicht hatten.

Als wir näher kamen, bemerkten wir die ersten Auswirkungen unserer Tat.

Zusätzlich zu den Wachen in Zivil, die normalerweise am Tor standen, sah man jetzt Soldaten der Volksarmee an der Straße, die mit den Füßen stampften, um warm zu bleiben. Die Autoschlange rückte langsam vor. Jeden Tag fuhren tausende, vielleicht zehntausende von Arbeitern auf das Gelände und wieder heraus. Sie konnten unmöglich alle durchsuchen, sagte ich mir.

Wir kamen zum Tor und übergaben unsere Papiere.

Hier, dachte ich, mussten sie doch das Auto auseinander nehmen und den Sprengstoff finden.

Aber wie an der Grenze inspizierten die Wachleute den Wagen nur flüchtig. Vielleicht wurden unsere Papiere etwas gründlicher angeschaut, aber innerhalb von fünf Minuten waren wir in der Anlage und parkten vor dem Container-Büro unserer Firma.

Drinnen war Kleist, der Vorarbeiter, am Telefon. Er sah noch erschöpfter aus als sonst. Sein Gesicht war grau und müde, seine Augen rot geädert. Obwohl es draußen kalt war, lief ihm der Schweiß übers Gesicht.

Als er uns sah, leuchteten seine Augen auf. Er deutete auf das Telefon und machte eine gequälte Grimasse.

Kleist versuchte einen Vorgesetzten davon zu überzeugen, dass er nicht dafür verantwortlich war, wenn das Projekt sich verzögerte.

Dabei ging er wie die Katze um den heißen Brei – wie die meisten Westler war er klug genug, an einem möglicherweise angezapften Telefon nicht konkret zu werden –, aber ich begriff, warum er so froh war, uns zu sehen.

Als er aufgelegt hatte, kam er zu uns und schüttelte Andy überschwänglich die Hand.

»Danke, dass ihr gekommen seid. Mein Gott, was für ein Durcheinander.« Er wischte sich den Schweiß von der Stirn. »Was immer sie euch dafür zahlen, es ist auf keinen Fall genug. Aber ihr sollt wissen, wie dankbar ich bin.«

Andy begriff gottlob, was er andeutete, und spielte seine Rolle gut. Er wehrte bescheiden ab und murmelte irgendetwas.

In der verwickelten Kommunikation zwischen Ost und West hatte Kleist den Eindruck erweckt, wir hätten auf unseren Urlaub verzichtet, um ihm in der Stunde der Not zu helfen.

Ich fragte, was geschehen sei.

Er legte mir einen Arm über die Schulter und führte mich hinaus. Dort, weit weg von den möglichen Abhöranlagen in seinem Büro, erzählte mir Kleist von den Explosionen, welche die Raffinerie Freitagnacht erschüttert hatten, und davon, dass die Behörden gleich darauf einen Großteil der Gastarbeiter aus dem Ostblock verhört hatten.

Er sagte, er habe keine Ahnung, was vorgehe. Das Einzige, was er wusste, war, dass die DDR-Apparatschiks, welche die Bautätigkeit auf dem Gelände überwachten, in Panik waren, und dass sich Russen auf dem Gelände befanden. Das hatte er noch nie erlebt.

Er war nur um sein Projekt besorgt. Explosionen waren das eine, die Verzögerung seiner Arbeit etwas anderes. Nach dieser Störung brauchte er alle Leute, die er kriegen konnte.

Zum Zeichen seiner Dankbarkeit lieh uns Kleist drei seiner kostbaren Fahrräder für unsere Wege in der Anlage.

Als ich vom Lagerhaus zur Kantine radelte, kam ich am Kontrollzentrum vorbei.

Wo der Schacht der Klimaanlage gewesen war, klaffte ein zweieinhalb Meter großes, an den Rändern gezacktes Loch. Aus dem Beton ragten verbogene Überreste der Stahlarmierung, die, wie sich Chris offensichtlich zu Recht ausgerechnet hatte, das Gebäude vor größerem Schaden bewahrt hatte.

Und dann sah ich die Wachposten.

Geringfügige Unterschiede in den Uniformen fielen mir sofort ins Auge: der Olivton, die anderen Mützen, die Schulterstücke. Statt der zwei Wachen von vordem gab es jetzt vier. Aber es waren Soldaten der regulären Truppe, und aus ihrem gelangweilten Gesichtsausdruck schloss ich, dass sie zur örtlichen sowjetischen Garnison gehörten. Das war besser als befürchtet. Sie waren garantiert keine Spetsnaz-Leute.

Am Abend gingen wir in unsere Kneipe und danach in unser kleines Familienrestaurant um die Ecke. Wir hielten uns genau an unsere Zeiten und Gewohnheiten von ehedem.

Auf dem Heimweg nach dem Essen legte mir Angel einen Arm um die Schulter, um sich auf mich zu stützen, und torkelte wie ein Betrunkener die Straße entlang. Das wunderte mich, weil Angel kaum je Alkohol anrührte. Er vertrug ihn einfach nicht.

Er neigte sich zu meinem Ohr und erzählte, dass er die Pumpstation gesehen hatte.

»Sieht aus wie so ein verdammtes Bild von Dalí«, flüsterte er.

Ich sah, dass er lächelte. Er erzählte weiter. Nach der Explosion hatte es offenbar ein gigantisches Feuer gegeben. Die Hitze hatte Rohre und Ventile verbogen und verkrümmt. Eine große Mannschaft von Ingenieuren bemühte sich, die Schäden zu beheben. Sie würden Wochen brauchen.

Da, wo er arbeitete, hatten die Westarbeiter über die Sache gesprochen, aber mit der allergrößten Vorsicht. In der Lagerhalle, wo ich beschäftigt war, lief es genauso. Jeder wusste, dass etwas los war. Aber man konnte die Anwesenheit der Stasi förmlich riechen, und keiner war scharf darauf, verhört zu werden wie die Ostblock-Gastarbeiter. Die Art, wie die Leute das Wort »Unfall« betonten, machte klar, dass sie wussten, dass es sich gerade nicht um einen Unfall handelte. Aber mehr erfuhr man nicht.

Kapitel 24

Die Planung unserer Aktion verlief wie beim letzten Mal – im Gehen, während der kurzen Gespräche vor und nach dem Essen. Aber der Ton dieser Gespräche hatte nun etwas Drängendes.

In einem waren wir uns alle einig: Je länger wir uns hier aufhielten, desto größer wurde die Gefahr für uns und unsere Mission. Wir mussten so weit kommen, dass wir den Knopf drücken konnten, sobald wir Krauses endgültige Erlaubnis hatten.

Die Luft auf der Anlage hätte man mit dem Messer schneiden können. Man hatte das Gefühl, die Stasi sei allgegenwärtig, obwohl wir noch keine Spur von ihren Leuten gesehen hatten.

Reparaturtrupps trafen Vorbereitungen zur Schadensbehebung. Baumaterial und Betonmischer standen beim Kontrollzentrum bereit.

Es gab zwei Hauptpunkte, in denen der ursprüngliche Plan geändert werden musste. Erstens die Wachen. Dass es Russen waren, war die eine Sache. Das größere Problem aber war, dass sie verdoppelt worden waren.

Der Dienstplan wenigstens schien sich nicht geändert zu haben. Die erste Schicht kam um acht Uhr morgens, die zweite um vier Uhr nachmittags und die letzte um Mitternacht. Das bedeutete, dass der Zeitplan für unsere Unternehmung im Wesentlichen der gleiche sein würde wie das vorige Mal. Aber wir konnten uns ganz bestimmt nicht mehr auf den Luxus eines vierstündigen Vorsprungs verlassen und über die Grenze kommen, bevor die Explosion erfolgte. Um das Risiko einer Entdeckung möglichst gering zu halten, mussten wir die Zeitschalter auf eine viel kürzere Frist einstellen.

Wenn man erst einmal auf der Transitautobahn war, war man nur eins unter tausenden von Fahrzeugen, die von Westberlin nach Westdeutschland fuhren. Die Transitautobahn gewährte relative Sicherheit.

Die Sprengladung musste hochgehen, während wir noch im Osten waren.

Es war riskant, aber verdammt noch mal, wir hatten keine Wahl.

Donnerstagmorgen hatten wir noch nicht entschieden, was wir mit den Wachen machen sollten, aber eine andere wichtige Entscheidung hatten wir schon getroffen. Im Hinblick auf die paranoide Atmosphäre in der ganzen Anlage beschlossen wir, unser Material nicht im Spindraum aufzubewahren, sondern es direkt vom Auto in das bekannte Trafohäuschen zu bringen.

Damit Angel und Ginger die Sprengsätze unbeobachtet in das Versteck schaffen konnten, wurde Chris beauftragt, mit seinem fließenden Russisch die Wachen abzulenken.

Chris, Ginger und ich arbeiteten die letzten Einzelheiten unseres Plans am Donnerstagabend nach dem Essen aus. Es war eine harte Woche gewesen und wir waren alle erschöpft. Außerdem waren wir total pleite. Wir beschlossen deshalb, dass die anderen in ihre Wohnungen heimgehen und Andy und ich in der nahegelegenen Discokneipe ein paar D-Mark wechseln sollten.

Wir würden Krause einen kompletten Plan vorlegen können. Je genauer der Plan ausgearbeitet war, so schätzte ich, desto besser würde er den Bürokraten gefallen.

Chris hatte gründlich nachgedacht. »Ich werde mit den Wachen plaudern und ein paar Zigaretten verteilen«, sagte er, als wir heimgingen. Er schaute mich an und tat so, als spräche er übers Wetter. »Du, Andy, Angel und Ginger, ihr könnt vorbeikommen und mir zuwinken. Tut ruhig so, als wärt ihr ein bisschen blau; das ist immer gut. Dann stelle ich euch vor. Die Wachen, mit denen ich heute gesprochen habe, sind den ganzen Monat im Dienst.«

»Woher weißt du das alles? Erzähl mir bloß nicht, dass das Tolstoi-Fans sind.«

Chris tippte sich ans Hirn. »Ich hab ihnen gesagt, dass ich das nächste Mal ein paar Marlboros mitbringe. Da wurden sie gleich zugänglicher.«

»Und dann?«, fragte ich.

»Tony, Carl, Mike und Lobo können Schmiere stehen. Auf ein vorher vereinbartes Signal hin überwältigen wir sie. Wir sind zu fünft und sie zu viert. Das kann kein Problem sein.«

Ich nickte. Was sollten wir auch sonst machen? Aber eine Frage hatte ich noch. »Was tun wir mit ihnen, wenn wir sie unschädlich gemacht haben?«

Chris blickte zu Boden und kickte einen Stein auf die Straße. Er folgte ihm mit den Augen, als er zwischen zwei schmutzigen alten Trabants, die am Straßenrand geparkt waren, hindurchpolterte. Er versuchte nonchalant zu erscheinen, als er sich mir wieder zuwandte, aber ich sah ihm an, wie sehr ihm die Sache mit den Wachen und die Art, wie sie voriges Mal schiefgelaufen war, zu schaffen machte.

»Wir sind alle mitverantwortlich für das, was mit den Wachen passiert ist«, sagte er. »Du und Ginger, ihr habt euer Teil getan. Diesmal übernehmen Angel und ich die Männer.«

Ich wollte fragen, was er vorhatte, aber wir hatten seinen Wohnblock erreicht. Bis zur Kneipe waren es noch zehn Minuten. Ich wollte nicht lang aufbleiben. Andy und ich würden schnell etwas trinken, Geld wechseln und wieder gehen.

Schweißgeruch und Tabakrauch begrüßten uns, als wir uns durch die Tür der Kneipe schoben. Es war rappelvoll, wie immer am Donnerstag, wenn die Gastarbeiter – meist Polen, Tschechen, Ungarn und Rumänen, die sich aufs Wochenende freuten – mit dem Geld um sich warfen. Ostdeutsche waren nur wenige da.

Die Melodie einer frühen Pink-Floyd-Platte drang aus dem Keller herauf – ein Stück aus *A Saucerful of Secrets*, zu dem man unmöglich tanzen konnte; aber ich wusste, dass die Ostdeutschen es trotzdem versuchen würden.

Ich stieß mit einem betrunkenen Polen zusammen, der mit einer ausgefransten Jeansjacke bekleidet war. Er berührte mit dem Ellbogen meine Zigarette und ein bisschen Asche fiel in sein Bierglas. Seine Augen wurden schmal. Ich entschuldigte mich und schob mich weiter in Richtung Treppe.

Überall drängten sich die Leute. Ich kam an einer Gruppe Westdeutscher vorbei, die an einem Tisch neben der Tanzfläche saßen. Ihr Geld hatte eine Anzahl einheimischer Mädchen angelockt, die entweder sehr tapfer oder sehr dumm sein mussten, um sich in diese fast ausschließlich männliche Enklave zu wagen. Auf dem Tisch stand eine halbvolle Flasche Wodka.

Eins der Mädchen hatte ihre Zunge im Hals eines Burschen, den ich von der Raffinerie her kannte.

Andy und ich kämpften uns zur Bar durch und bestellten Bier. Eine Spiegelkugel reflektierte die roten, blauen und grünen Lichter der Disco bis in die Ecken des Raumes. Andy schubste mich an und deutete mit seiner Flasche auf eine Gestalt am Ende des Tresens. Der Geldwechsler war bereit für Geschäfte.

Ich kannte Willis Nachnamen nicht, aber das war auch nicht nötig. Dank Kleist wusste ich nur, dass er den besten Kurs in Halle bot. Er war ungefähr fünfundfünfzig Jahre und trug ein türkisfarbenes Hemd mit offenem Kragen.

Ich schob mich den Tresen entlang. Der Mann, der neben Willi saß, räumte seinen Hocker, als er mich kommen sah, damit ich mich setzen konnte. Ich bot Willi eine Marlboro an und er nahm sie. Das Geld war in meinen Schuhen versteckt, unter jedem Fuß ein Fünfzig-Mark-Schein.

»Wie viel heute?«, fragte Willi und schaute über meine Schulter auf ein Mädchen, das sich auf der Tanzfläche drehte. Ich konnte sie im Spiegel hinter der Bar sehen.

»Einhundert«, sagte ich. »Der übliche Kurs, ja?«

Willi neigte den Kopf. Der Deal war perfekt. Vier zu eins. Ich schaute hinüber zu Andy, der die Treppe hinaufstarrte auf ein Mädchen, das ein unglaublich kurzes Kleid trug. Ich wollte mich gerade zu Willi umwenden und das Geschäft abschließen, als Andy sich umdrehte und ich sein Gesicht sah.

In meinem Kopf schrillten Alarmglocken. Willi drückte mir etwas in die linke Hand. Ich blickte hinunter und sah einen Fünfzig-Mark-Schein.

Ich tastete unter die Bartheke und fand einen Spalt, wo die Senkrechte auf die Waagrechte traf. Ich drückte den Geldschein hinein und knetete ihn fest. Willi hatte die Nase ins Bierglas gesteckt.

Zwei Männer kamen die Treppe herunter. Sie trugen billige Anzüge und Regenmäntel.

Die Gastarbeiter machten ihnen Platz. Die Mädchen, die bei den Westdeutschen saßen, suchten sich andere Plätze. Ich fing Andys Blick auf. Er machte mir eine Geste mit der flachen Hand. Bleib, wo du bist.

Etwas anderes konnte ich auch nicht tun. Wo hätte ich hingehen sollen?

Die zwei Männer kamen auf uns zu. Und plötzlich hörte jede Bewegung im Raum auf. Ich sah auf, als sich einer der Stasi-Männer auf den Barhocker neben mir setzte. Der andere trat hinter Willi, beugte sich vor und nahm ihm die Marlboro aus der Hand. Willi hatte nicht einmal Zeit gehabt, sie anzuzünden. Der Agent roch daran, sah mich lange an und steckte sie in die Brusttasche seiner Jacke.

Willi hob sein Glas zum Mund und wollte trinken, aber seine Hand zitterte so sehr, dass er das Bier verschüttete. Er sagte kein Wort. Er stand einfach auf und ging, eskortiert von den Stasi-Agenten.

Kurz nach halb vier Uhr morgens kroch ich aus meinem Bett, kniete mich neben Andy und hielt ihm die Hand über den Mund. Ich legte einen Finger auf meine Lippen. In dem schwachen Lichtschein, der durch die Vorhänge von der Straßenbeleuchtung hereinkam, sah ich seine Augen und wusste, dass auch er nicht viel geschlafen hatte.

Ich machte eine Geste in Richtung Tür. Er stand auf und folgte mir. Ginger schnarchte weiter. Wir gingen auf den Gang hinaus.

Es war so kalt, dass unser Atem dampfte. Ich zog die Wohnungstür nicht ins Schloss, sondern klemmte eine Socke dazwischen, damit sie zu blieb.

Andy hatte Boxershorts und ein T-Shirt an, ich einen Schlafanzug. Es war völlig still im ganzen Wohnblock. Ich öffnete die Tür zum Treppenhaus und schaute über das Geländer. Jedes Stockwerk war vom Treppenhaus durch eine Feuertür abgetrennt. Das kleine Rechteck aus Maschenglas in der Tür ließ einen Lichtschimmer durch. Irgendwo tropfte Wasser auf den Betonboden. Es roch dumpf.

»Wir können hier nicht noch eine Woche herumhängen«, flüsterte ich mit klappernden Zähnen. »Es ist zu verdammt gefährlich. Himmel, hast du Willis Gesichtsausdruck gesehen, als die Männer ihn abführten? Es kam mir vor, als wollte er mir etwas sagen. Vielleicht hat Lobo Recht gehabt. Vielleicht war das eine gottverdammt verrückte Idee.«

»Ach komm, Jackson. Niemand verdächtigt uns. Wenn sie uns einlochen wollten, hätten sie es schon getan. Sie waren hinter Willi her, nicht hinter uns. Es war schlechtes Timing, ein saublöder Zufall, sonst nichts. Wir sind noch hier. Alles ist wie immer. Bleib ruhig.«

Ich fragte mich, wen er da eigentlich überzeugen wollte.

»Ich kann das Team nicht mehr hierher bringen. Und ich will nicht«, sagte ich.

Seine Augen wurden schmal. »Was willst du damit sagen?«

»Ich werde es nicht riskieren, nächste Woche wieder zu kommen. Wir machen es morgen. Zum Teufel mit dem Chef. Zum Teufel mit der ganzen Bürokratie. Sie wollen, dass wir das erledigen, und wir tun es.«

»Meinst du das ernst?«

»Absolut. Wir sind hier vor Ort. Wir sind diejenigen, die sich hier auskennen. Ich übernehme Krause gegenüber die volle Verantwortung.«

»O. K.«, sagte er nachdenklich. »Wie sieht dein Plan aus?«

»Ich werde Lobo, Tony, Carl, Mike und Ginger vor uns heimschicken. Wir vier können das Kontrollzentrum hochgehen lassen. Es ist nicht nötig, dass sich alle neun der Gefahr aussetzen. Wir treffen uns dann in unserer Graubrot-Raststätte jenseits der Grenze wieder.«

»Und weiter?«

»Wir machen es genau so, wie Chris es gesagt hat. Er schlendert hinüber und verteilt ein paar Marlboros. Wir kommen zufällig vorbei und setzen sie auf sein Signal hin außer Gefecht. Wir sind ein Mann weniger als beim ursprünglichen Plan, aber vier gegen vier reichen aus, weil wir das Überraschungsmoment auf unserer Seite haben. Du und Angel, ihr holt dann das Auto und parkt es hinter dem leer stehenden Lagerhaus zwischen Kontrollzentrum und Kantine. Ihr seid dann weit genug weg, um abhauen zu können, wenn wir es versauen, aber doch so nahe, dass wir schnell bei euch sind, wenn die Ladungen gelegt sind. Ich helfe Chris beim Anbringen der Sprengladungen.«

»Du? Warum nicht Angel? Er kennt sich mit diesem Scheiß besser aus als du.«

»Ich hab dir doch gesagt, wir kommen nicht wieder«, sagte ich. »Ich will hundertprozentig sicher sein, dass dieses Gebäude in Trümmer fällt.«

Andy kam noch näher. »Was willst du damit sagen?«

Ich hielt seinem Blick stand. »Ich werde die Hauptladung mit einem Handzünder verbinden«, sagte ich. »Wenn jemand dazwischenkommt, setze ich dieses Teil in Gang. Ich weiß, was ich tue, Andy. Mit fünfundzwanzig Zentimeter Zündschnur haben Chris und ich fünfzehn Sekunden, um davonzurennen. Wenn dieses Ding einmal in Gang gesetzt ist, kann es keiner aufhalten.«

»Aber dieser Zünder ist nur ein letzter Ausweg, oder?«

»Genau«, sagte ich. »Wenn alles gut läuft, wird Chris seine geformten Ladungen anbringen und wie geplant miteinander verbinden, und zehn Minuten nachdem wir die Anlage verlassen haben, geht alles in die Luft.«

»Das ist alles?«

Ich nickte. »Ja. Jetzt müssen wir es nur noch den anderen beibringen.«

Kapitel 25

Andy, Angel und ich waren gerade laut genug, dass man uns bemerken konnte, als wir uns dem Kontrollzentrum näherten.

Um überhaupt etwas zu reden zu haben, stritten sich Andy und Angel darüber, wer der bessere Stürmer sei, Beckenbauer oder Charlton. Ihre Worte gingen an mir vorbei. Wir waren dabei, uns ganz tief in die Scheiße zu stürzen. Das Signal zum Handeln sollte sein, dass Angel seine Zigarette auf den Boden warf. Das Komische war nur, sagte eine Stimme in meinem Hinterkopf immer wieder, dass Angel gar nicht rauchte.

Ich schaute zu der Gruppe Soldaten hinüber, die sich um die winzige Gestalt unseres Bombenexperten geschart hatten. Ein paar Bogenlampen hinter dem Gebäude beleuchteten die Wolke aus Zigarettenrauch, die über ihnen lag. Fast auf die Minute genau vor einer Woche war ich auch hier gewesen. Und genau wie damals krampfte sich auch jetzt mein Magen zusammen. Konnten wir ein zweites Mal davonkommen?

Als wir auf gleicher Höhe mit der Gruppe waren, bemerkte uns Chris mit gespielter Überraschung. Er winkte uns zu sich hinüber.

Wir schlenderten zu ihm, die Hände in den Hosentaschen. Völlig harmlos.

Aus drei Metern Entfernung stieg mir schon der strenge, ungewaschene Geruch der Soldaten in die Nase. Einer von ihnen warf einen Blick über die Schulter. Einen Augenblick lang fragte ich mich, ob sie jemand anderen erwartet hatten – einen Vorgesetzten vielleicht?

Zu spät für solche Gedanken.

Chris übernahm die Vorstellung. Ich verstand zwar die Worte nicht, aber es war nicht schwer zu erraten. Die Wachen drehten sich zu uns um und nickten. Es war zu kalt, um sich die Hände zu schütteln. Sie lächelten nicht. Sie wirkten nervös.

Chris holte eine Packung Marlboro aus seinem Parka und reichte sie herum. Kalte, nervöse Finger griffen nach der Schachtel und fummelten Zigaretten heraus.

Andy hatte schon eine Zigarette im Mund. Ich bot Angel eine an.

Zwei der Soldaten deuteten an, dass sie gern ein paar Zigaretten mehr hätten, für später. Daraufhin langte Chris in seinen Parka und förderte vier Packungen zutage. Er gab jedem eine.

Während die Soldaten im Chor leise *spasibo* sagten, hob Angel seine Zigarette zum Mund. Ich sah die Wachen an. Sie hatten, was sie wollten, und konnten sich jeden Augenblick zerstreuen, um ihren Dienst wieder aufzunehmen.

Mein Körper spannte sich und ich warf Angel aus dem Augenwinkel einen Blick zu. In diesem Moment schaltete mein Gehirn auf Zeitlupe. Ich nahm nicht wahr, dass Angel seine Zigarette fallen ließ.

Um mich herum war plötzlich der Teufel los, aber ich konnte mich für den Bruchteil einer Sekunde nicht bewegen.

Angel warf seinen Arm um den Soldaten, der ihm am nächsten stand, packte ihn bei den Haaren und stieß sein Gesicht mit voller Wucht gegen die eigene Stirn. Der Zusammenstoß erzeugte einen Sprühregen von Blut.

Hinter mir hörte ich das Röcheln eines Sterbenden. Chris hatte seinem Opfer die Luftröhre eingedrückt und ich war noch immer nicht aus den Startlöchern gekommen.

Ich hob die Augen und traf die eines Soldaten – meines Soldaten. Ich sah seine Angst und bemerkte noch etwas anderes: Er riss sich die Waffe von der Schulter.

Jetzt überflutete mich das Adrenalin und ich fand zu meiner Kampfkraft. Aber als ich zu einem Kinnhaken ansetzte, packte Angel den Mann am Uniformkragen und schmetterte seinen

Kopf gegen den des Bewusstlosen, den er immer noch bei den Haaren hielt.

Die Köpfe prallten krachend aufeinander. Die beiden Körper sackten zu Boden und blieben reglos liegen.

In meinem Gehirn trat mit aller Macht wieder Echtzeit ein. Ich drehte mich um und sah zwei weitere Gestalten auf dem Boden liegen. Andy und Chris standen über ihnen.

»Was zum Teufel war denn mit dir los?«, fragte Angel, noch atemlos. Sein Gesicht war besudelt vom Blut aus der Nase seines Soldaten.

Ich sah am Boden die Glut seiner Zigarette. Die beiden anderen, die ihm direkt gegenüber gestanden waren, hatten sie fallen sehen, ich aber nicht, weil ich neben ihm gewesen war und der Wind die Zigarette im Fallen zur anderen Seite geweht hatte.

Bevor ich das noch erklären konnte, sah ich über seine Schulter, dass sich auf der Straße etwas bewegte. Jemand kam auf uns zugelaufen und wurde im Licht der Straßenlampen immer wieder sichtbar. Das Herz klopfte mir bis zum Hals. Die Wachen hatten einen nervösen Eindruck gemacht. Hatten sie auf diesen Mann gewartet?

Angel sah ihn auch und bückte sich nach einer Kalaschnikow. Ich ging in die Hocke. Die Gestalt war jetzt nur noch fünfzig Meter weit weg und kam unbeirrt auf uns zu.

In dreißig Metern Entfernung kam die Gestalt wieder unter einer Straßenlampe durch und ich sah, dass es Ginger war. Ich traute meinen Augen nicht. Die anderen erkannten ihn zur gleichen Zeit. Langsam standen wir auf.

Ginger war ein bisschen außer Atem; er brachte den Rucksack mit Sprengstoff, Zündern und Zeitschaltuhren und gab ihn Chris.

»Was zum Teufel machst du hier?«, fragte ich. »Du hättest mit den anderen abfahren sollen.«

Er schlug mir auf die Schulter. »Beschimpf mich meinetwegen, aber ich hab es nicht fertig gebracht.« Er sah, dass ich wütend war. »Schau mich nicht so an, Jackson. Wir haben immer zusammengehört. Ich konnte es einfach nicht zulassen, dass ihr hier allein rumfummelt und alles versaut.«

»Wer fährt?«

»Lobo. Alles koscher. Er ist versichert. Die Papiere sind in Ordnung. Er kann das Auto ohne weiteres über die Grenze bringen.«

Wir hatten keine Zeit zum Streiten. Außerdem war ich im Stillen ganz froh, dass er uns den zweiminütigen Weg zu dem Häuschen erspart hatte, wo wir unser Bombenzubehör hätten holen müssen.

Wir bewegten uns schnell. Dergleichen hatten wir ja oft trainiert. Wir nahmen den Wachposten ihre Waffen ab. Ich schleppte einen der Toten in den Schatten neben dem Haus. Andy übernahm den anderen.

Angel legte die zwei Bewusstlosen vor dem Loch ab, das die erste Explosion gerissen hatte. Von der Straße aus waren sie nicht zu sehen, weil sie hinter einem Wall von Sand- und Zementsäcken lagen. Ich hörte, wie er sie mit Klebeband an Händen und Füßen fesselte und ihnen den Mund verschloss.

Ich verstand jetzt, was Chris gestern angedeutet hatte. Alles, was auf dieser Seite der Mauer aus Säcken lag, würde die volle Wucht der Explosion abbekommen.

»O.K.«, sagte ich, als Angel, Ginger und Andy fertig waren. »Lauft zum Auto. Chris und ich steigen dann hier ein.«

Angel und Andy setzten sich in Bewegung, aber Ginger rührte sich nicht. »Ich bleibe bei euch«, sagte er. »Wenn ihr an der Bombe bastelt, könnt ihr nichts sehen. Ihr braucht einen Wächter.«

»Gut«, erwiderte ich, weil ich erkannte, dass er sich alles überlegt hatte. »Halt die Augen offen. Wir brauchen ungefähr sechs bis sieben Minuten, um die Bomben zusammenzubauen. Aber die Hauptsprengladung ist nach zwei Minuten fertig. Wenn du etwas siehst, irgendwas, dann gib Laut, und ich aktiviere sie über den Handzünder. Und dann geht's ab. Alles klar?«

»Absolut.« Er nahm eine der Kalaschnikows an sich.

»Ginger«, sagte ich, »eines Tages werde ich mich revanchieren. Danke.«

»Wer's glaubt«, sagte Ginger und bezog neben einer Mauer Stellung.

Chris setzte das Semtex zusammen, während ich den Wunderzünder vorbereitete. Die Sprengschnur war schon auf eine Länge von drei Metern vorgeschnitten. Ich rollte sie aus und drehte das spiralförmige Ende in den Zünder. Dann nahm ich das fünfundzwanzig Zentimeter lange Stück Sicherheitszündschnur und steckte es in den zweiten Kontaktpunkt des Zünders.

Es würde fünfzehn Sekunden dauern, bis die Sicherheitszündschnur die Zündkapsel erreichte. Aber dann würde die Reaktion fast im gleichen Augenblick eintreten – die schnelle Zündschnur brannte mit einer Geschwindigkeit von beinahe tausend Metern in der Sekunde ab.

Das Ganze wurde von einer selbsttätigen Zündvorrichtung aktiviert, einem Bauteil von der Größe eines Feuerzeugs, das am freien Ende der Sicherheitszündschnur befestigt war. Wenn man auf dieses Teil drückte, fing die Zündschnur zu brennen an. Und fünfzehn Sekunden später erreichte der Zündfunke die Zündkapsel.

Chris hatte die Hauptsprengladung schon zusammengebastelt. Ich steckte das Ende der kurzen Zündschnur in die kittähnliche Masse.

Chris hatte mich aus dem Augenwinkel beobachtet, während er seine drei Sprengladungen mit Zündschnüren und der elektrischen Zeitschaltuhr zusammenbaute. Jetzt knurrte er irritiert. »Du bist doch kein verdammter Uhrmacher, Jackson. Stopf es richtig rein. Los. So.« Er knäulte ein Stück Sprengschnur, presste es in das Semtex und drückte den Sprengstoff drumherum fest. »Das Zeug beißt nicht.«

Chris platzierte die Nebensprengladungen links und rechts der Bresche in der Mauer. Ich kauerte neben ihm. Meine Hände waren schweißnass. Ich drückte mich mit dem Rücken an die Mauer und wartete, das feuerzeuggroße Zündteil fest in der Hand, bis Chris fertig wäre. Seine professionelle Ruhe gab mir Kraft. Er ließ sich durch nichts in seiner Arbeit ablenken.

Ich sah auf die Uhr. Vor fünf Minuten hatten wir die Wachen erledigt. Auf der Straße war es ruhig. Ich schaute zu Ginger. Wie lange konnte diese Ruhe vorhalten?

Ein Geräusch drang an mein Ohr. Ginger hörte es auch. Er spitzte die Ohren.

»Was ist es?«, fragte Chris, der an der Kante der Bresche herumarbeitete.

»Weiß nicht«, sagte ich. »Klingt wie ein Auto.«

Das Geräusch verebbte. Ginger gab uns das O.-K.-Zeichen. Ich lockerte meinen Griff an dem Zündteil.

»Alles in Ordnung«, sagte ich. »Wie lange dauert's noch?«

»Ich hab's gleich«, sagte Chris.

Sechseinhalb Minuten, nachdem er mit seiner Arbeit begonnen hatte, sprang Chris von der Bresche in der Mauer herunter. »Fertig. Die Uhr läuft«, sagte er. »In fünfzehn Minuten geht es los.«

Ich ließ meinen Zünder fallen und rannte los.

Kapitel 26

Wir fuhren langsam aus der Anlage hinaus, beschleunigten aber sofort, als wir auf der Hauptstraße waren. Wenn wir wenigstens bis auf die Transitautobahn kamen, hatten wir es so gut wie geschafft.

Das sagte ich mir jedenfalls vor.

Ich schaute auf die Uhr und rechnete. Der Zeitschalter lief noch ungefähr zwölf Minuten. Andy jagte das Auto durch die Kurven. Wir mussten uns so weit wie möglich von der Raffinerie entfernen. Der große Zeiger kroch über das Zifferblatt. Ich drehte mich um und versuchte, etwas von der Raffinerie zu sehen, aber das Dunkel war undurchdringlich.

Vor uns erschienen in der Ferne die Lichter der Autobahn.

Chris ließ seine Uhr nicht aus den Augen. »Jackson«, sagte er, »dreh dein Fenster runter und schau nach hinten.« Eine kleine Pause, dann begann er leise von zehn abwärts zu zählen. Andy und Ginger kurbelten ihre Fenster auch herunter.

Chris gab uns ein Zeichen, und ich drehte mich gerade rechtzeitig herum, um eine riesige Flamme am Horizont emporschießen zu sehen.

Wir waren so ungeheuer erleichtert, dass wir alle gleichzeitig lachten, schrien und uns beglückwünschten.

Wir fädelten uns in den Verkehr auf der Transitautobahn ein, erwogen kurz, ob wir eine Spritztour nach Westberlin unternehmen sollten, fuhren aber doch lieber schnurstracks nach Helmstedt. Es herrschte lebhafter Verkehr. Westdeutsche und Berliner, die übers Wochenende aus Berlin herausfuhren. Die Grenzer konnten nicht alle anhalten.

Zwei Stunden später waren wir wieder in Westdeutschland.

Wir fanden die anderen in unserem Gasthaus. Als ich eintrat, standen sie auf. Keiner sagte etwas. Lobo grinste mich an, schüttelte mir die Hand und umarmte mich. Wir feierten unseren Erfolg mit einer Runde Beck's.

Bevor Graubrot und Tatar kamen, schlüpfte ich hinaus. Es war spät, aber ich wusste, dass der Chef noch bei der Arbeit sein würde. Ich zündete mir eine Zigarette an und rauchte sie unterm Sternenhimmel. Dann rief ich ihn aus einer Zelle an.

Er hob sofort ab.

»Vor zwei Stunden hab ich irgendwo einen ziemlich lauten Krach gehört«, sagte ich.

Es gab eine Pause. »Sag das noch mal«, sagte er schließlich. Ich hörte Anspannung aus seiner Stimme heraus.

Ich wiederholte meine Worte und ließ meine Stimme ruhig und beiläufig klingen. Über ein öffentliches Telefon wollte ich mich nicht deutlicher ausdrücken.

Ich dachte, Krause würde explodieren, aber er fragte nur, ob keinem etwas passiert war.

»Wir sitzen in einem Rasthaus, essen Graubrot und Tatar und feiern mit ein paar Bieren«, teilte ich ihm mit.

Ich hörte Krauses Atemzüge. »Komm Montag früh gleich zu mir«, sagte er. Seine Stimme klang belegt. Ich dachte, er würde noch mehr sagen. Aber ich hörte nichts mehr. Er hatte aufgelegt.

Ich versuchte an nichts zu denken, während wir im Supermarkt unseren Einkauf erledigten, aber immer wieder drängte sich mir das Bild auf, wie Chris die Sprengladungen zusammensetzte, während ich neben ihm kauerte und den Initiator fest in der Hand hielt. Ich sah auch die Wachen vor mir, wie sie gefesselt und geknebelt ein paar Meter vor dem Loch lagen.

Ich betrachtete diese Bilder wie ein Zuschauer, nicht wie ein Beteiligter. Ich blickte von weit oben, aus Gottes Perspektive sozusagen, auf das Geschehen hinab. Wäre irgendjemand die Straße entlanggekommen, hätte ich den Wunderzünder aktiviert und wir wären wahrscheinlich bei der Explosion umgekommen. An die

Wachen hatte ich keinen Gedanken verschwendet. Alle meine Sinne waren nur darauf gerichtet gewesen, unsere Aufgabe zu erfüllen.

Solcherlei Gedanken hatten mich in den frühen Morgenstunden geweckt und sie ließen sich nicht vertreiben.

Gegen fünf Uhr hatte ich den Kampf aufgegeben und war in die Küche geschlichen, um mir eine Tasse Tee zu machen. Plötzlich war ich wieder mitten im normalen Leben. Meine Mutter würde am nächsten Tag zum Mittagessen kommen und wir mussten einkaufen. Es war Samstag und manche Dinge blieben immer gleich. Samstag war Supermarkt-Tag. Woche für Woche. Es war immer das Gleiche. Wir gingen früh, um dem großen Ansturm zuvorzukommen.

Sabine plauderte über alles Mögliche, aber ich hörte nicht recht zu. Ich schob den Einkaufswagen und holte die Dinge, die sie mir auftrug. Der Laden füllte sich allmählich.

Sabine bat mich, Salami zu holen, weil sie wusste, dass meine Mutter sie gern aß. Ich ging zur Wursttheke. Dort war noch eine Salami übrig. Aber bevor ich hinkam, drängte sich ein Mann vor mich, der so fett war, dass er sich kaum über den Rand der Theke beugen konnte. Er packte die Salami, schnüffelte daran und ließ sie in seinen Einkaufskorb fallen. Und schon eilte er weiter und ich sah nur noch seine dicken rosa Knöchel. Der verdammte Kerl hatte es so eilig, seinen Kühlschrank voll zu stopfen, dass er nicht einmal Socken angezogen hatte.

Ich schlängelte mich zu Sabine zurück und sagte ihr, dass es keine Salami mehr gab. Fünf Minuten später standen wir schon in der Kassenschlange.

Ich hätte alles drum gegeben, jetzt bei meinen Kumpels zu sein. Sie verstanden. Sie waren da gewesen, wo auch ich gewesen war. Aber das war es nicht allein. Noch nie hatte ich ein solch tiefes Gefühl der Kameradschaft empfunden. Es gab nichts, was wir neun nicht schaffen konnten.

Bei einem Blick nach unten sah ich ein Paar Knöchel, die mir bekannt waren. Ohne einen Augenblick zu überlegen, gab ich meinem Wagen einen Stoß.

Der Mann jaulte auf und fiel hin. Der Inhalt seines Korbes kullerte am Boden herum. Die Salami rollte unter ein Süßigkeitenregal.

Ein paar Leute halfen ihm auf, und ich entschuldigte mich und behauptete, der Wagen hätte mir nicht gehorcht. Aber draußen stellte Sabine mich zur Rede.

»Was hast du dir dabei eigentlich gedacht?«, fragte sie fassungslos. Sie hatte die Hände in die Hüften gestemmt.

»Es war ein Unfall«, sagte ich und lud unsere Tüten in den Kofferraum.

»Das ist nicht wahr. Ich habe es gesehen. Du hast den Wagen mit Absicht vorgestoßen, um den Mann zu treffen. Warum?«

Ich wandte mich zu ihr um. »Sagen wir doch einfach, der Kerl ist mir auf die Nerven gegangen.«

Ihre Augen wurden plötzlich weicher und ihre Stimme auch. »Ach, Thomas, was ist denn los mit dir?«

»Nichts«, sagte ich. »Ich bin bloß müde. Fahren wir.«

Wir fuhren schweigend heim.

Am Abend kamen die Nachbarn zu Besuch. Ich hatte ein schlechtes Gewissen wegen der Sache im Supermarkt und sagte nichts dagegen. Ich wusste, dass die Leute sich um Sabine kümmerten und dass sie sich in meiner Abwesenheit sicher fühlte, weil sie von Gleichaltrigen umgeben war. Hans, Gabi, Robert und Jutta waren mir zwar nicht sonderlich sympathisch, aber ich musste sie ja schließlich auch nicht lieben, sagte ich mir. Ich musste sie bloß ertragen.

Ich lehnte mich zurück und ließ das Gespräch an mir vorbeiplätschern.

Um Mitternacht waren alle außer Sabine und mir betrunken. Sabine saß am anderen Ende des Tisches und sprach mit Jutta und Gabi. Ich musste mich mit Hans und Robert befassen.

Hans forderte mich wiederholt auf, mich zu entspannen, und goss mir ständig Wein nach, aber ich wollte mich nicht betrinken und nippte nur am Glas. Nach dem Kaffee holte er den üblichen Joint heraus. Ich hatte nichts gegen Marihuana, aber seine Dreistigkeit ärgerte mich. Er fragte nie um Erlaubnis; er rauchte seinen Joint ganz selbstverständlich.

Hans reichte den Joint an Robert weiter und sagte dann zu mir: »Jetzt erzähl, Thomas. Hast du deine Bräune an einem hübschen Ort aufgefrischt?« Er kicherte. »Hat der bundesdeutsche Steuerzahler mal wieder für einen netten Auslandstrip bezahlt?«

Sein Kichern steckte Robert an. Die beiden bekamen einen solchen Lachanfall, dass sie über dem Tisch zusammenbrachen.

Ich schob meinen Stuhl zurück und ging ins Schlafzimmer. Zwei Minuten später kam ich im Schlafanzug zurück. Die Gespräche verstummten und alle starrten mich an.

Ich riss die Balkontür auf. Ein kalter Windstoß fuhr durchs Zimmer. Ich warf keinen Blick zurück, als ich wieder ins Schlafzimmer ging, aber zwei Minuten später hörte ich, dass die Gäste gingen.

Sabine kam in dieser Nacht nicht ins Bett. Sie schlief auf dem Sofa. Am anderen Morgen sprachen wir nur das Nötigste miteinander. Ich wollte nicht einlenken und Sabine auch nicht, aber solange meine Mutter da war, bemühten wir uns, uns normal zu benehmen.

Das Gespräch beim Essen war gezwungen. Ich wusste, dass meine Mutter die Stimmung spürte. Zweimal machte Sabine eine Bemerkung über mich und Supermärkte – simple Bemerkungen, keiner Beachtung wert, aber ich sah Verwirrung und Besorgnis in den Augen meiner Mutter. Als wir nach dem Essen kurz allein waren, fragte sie, ob zwischen uns alles in Ordnung sei.

»Ich bin müde, Mutti. Und Sabine auch. Es ist manchmal nicht einfach – ich bin die ganze Woche in Köln und Sabine ist hier allein. Aber im Grunde ist alles in Ordnung.«

Sie sah mich an. »Wenn was nicht stimmt, Thomas, dann musst du etwas tun. So ein Mädchen findet man nur einmal. Wenn ihr wegen deines Berufs Schwierigkeiten habt, musst du etwas ändern.«

Abends, im Zug zur Kaserne, dachte ich viel darüber nach.

Sie hatte Recht. Irgendetwas musste sich ändern. Aber ich konnte mir absolut nicht vorstellen, was.

Kapitel 27

Am Montagmorgen rief ich als Erstes Wolfgang an und teilte ihm mit, bei mir habe es einen Aufstand gegeben: Meinen Männern habe die Arbeit in Halle nicht gefallen – vor allem die letzte Woche sei schlimm gewesen – und sie hätten allesamt gekündigt. Mir bleibe nichts übrig, als die Firma aufzulösen.

Hinter den Kulissen war man wahrscheinlich schon dabei, neue Identitäten für uns alle vorzubereiten. Die Visa für die DDR waren nicht mit Fotos versehen, das war unser Vorteil, aber ich wollte es nicht unbedingt gleich ausprobieren. Die Tatsache, dass wir alle neun nach der zweiten Explosion nicht wieder zur Arbeit erschienen, musste uns verdächtig machen.

Ich versuchte, die Sache von der rosigen Seite zu sehen. Mit unserer Arbeit im Osten hatten wir ungefähr 75 000 D-Mark verdient. Das gab für jeden eine hübsche Summe, zusätzlich zum Sold.

Um zehn Uhr ließ der Chef Andy und mich zu sich kommen. Ich erklärte, warum ich beschlossen hatte loszuschlagen. Er hörte ohne Regung zu und sagte kein Wort. Ich teilte ihm mit, dass Andy und ich nach Zürich fahren und die AFT förmlich auflösen müssten. Er überlegte eine Weile und fragte dann, wo das Geld geblieben sei.

»Das Leben ist teuer«, sagte ich. »Wir hatten zweieinhalb harte Monate in der DDR, wir mussten für unsere Frauen oder Freundinnen Geschenke kaufen …«

»*Geschenke?*«, fragte Krause.

»Man muss die Frauen bei Laune halten«, sagte Andy.

»Und die Firma hat natürlich auch Unkosten verursacht«, fuhr ich fort.

Der Chef starrte uns über den Brillenrand an. »Worauf willst du hinaus?«

Ich versuchte, gelassen zu wirken, aber ich kam mir vor wie ein Kind, das mit der Hand in der Keksdose erwischt worden ist.

»Es ist schon etwas Geld da.«

Schweigen.

»Wir haben etwas zurückgelegt für das Essen, das wir Ihnen spendieren wollen«, sagte Andy.

Wieder Schweigen.

Ich hielt den Atem an.

Der Chef setzte seine Brille ab. Dann entließ er uns mit einem matten Wink. »Verschwindet. Haut bloß ab. Amüsiert euch irgendwo. Überall, nur nicht hier.«

»Befehlen Sie uns damit, Urlaub zu machen?«, fragte Andy.

Krause nickte. »Ich möchte zwei Wochen lang weder euch noch die anderen Arschlöcher, die mit euch arbeiten, vor meine Augen kriegen.«

Draußen vor der Tür schüttelten Andy und ich uns die Hände. Locke, der steif und mit Arbeit überhäuft an seinem Schreibtisch saß, musterte uns kalt. Dann klingelte sein Telefon. Er hob ab, lauschte und legte den Hörer wieder auf. Dann schaute er mich an.

»Der Chef möchte Sie noch einmal sehen, *Herr Leutnant.*«

»Jetzt?«

»Ja, jetzt.«

Ich klopfte an und trat wieder in Krauses Büro.

»Ah, Jackson«, sagte er und stand auf. »Ich wollte nur noch kurz mit dir sprechen. Allein.«

»Weil wir eigenmächtig gehandelt haben?«

Der Chef verzog das Gesicht. »Ja und nein«, sagte er. »Die Strategen hatten bereits entschieden, dass die Sache durchgezogen werden sollte. Die Durchführung kam nur etwas früher, als sie vielleicht erwartet haben, aber das dürfte kein großes Problem sein. Aber ich möchte wissen, wie du zu deinem Entschluss gekommen bist.«

Ich erzählte ihm, was an dem Abend geschehen war, als Andy und ich Geld wechseln wollten.

»Vielleicht hatte ich Recht, vielleicht auch nicht. Ich hatte nur das Gefühl, dass wir so bald wie möglich raus mussten. Sie können es Intuition nennen, oder was auch immer. Aber irgendetwas sagte mir, dass wir noch eine Woche nicht überstehen würden.«

Krause legte die Fingerspitzen zusammen. »Setz dich«, sagte er und nickte in Richtung der zwei Sessel am Kamin.

»Der Urlaub wird dir gut tun. Es ist nicht leicht, sich auf feindlichem Gebiet aufzuhalten, tagein, tagaus. Es ist ein beständiger Druck.« Er machte eine Pause. »Kannst du mit deiner Frau wegfahren?«

»Ich weiß nicht. Sie ist medizinisch-technische Assistentin. Es könnte schwierig für sie sein, von heute auf morgen Urlaub zu bekommen. Aber ich werde fragen.«

»Gut«, sagte er. »Du brauchst Ruhe. Stressabbau ist genau so wichtig wie die psychische Vorbereitung. Darum habe ich Dr. Hubertus gebeten, sich die nächsten paar Tage um dich zu kümmern.«

»Den Psychiater?«

Krause nickte. »Er wird mit euch allen sprechen.« Er schaute auf die Uhr. »Ich habe vorgeschlagen, dass er dich zuerst drannimmt. Er kommt um elf.«

»Aber ich habe doch eine Menge zu tun. Ich muss Berichte schreiben …«

Krause brachte mich mit einer Handbewegung zum Schweigen. »Das hat keine Eile. Geh zu Hubertus. Sprich mit ihm. Rede dir alles von der Seele. Ich weiß, es ist in Deutschland nicht üblich, zum Psychiater zu gehen, aber es ist wichtig, Jackson. Glaub mir. Keine Widerrede. Bitte. Tu's einfach.«

Hubertus war Oberst im Medizinischen Corps. Mit ihm zu sprechen war viel weniger schlimm, als ich befürchtet hatte. Er empfing mich in einem Büro am Ende des Ganges. Er saß mir gegenüber und machte sich Notizen. Er war Ende fünfzig, gesprächig und locker. Ich wusste, dass er vertrauenswürdig war, aber in dieser ersten Stunde kamen wir gar nicht zu Themen, welche die nationale Sicherheit berührten. Hubertus wollte einen Eindruck von mir bekommen, sagte er. Es war ihm wichtig, uns alle kennen zu lernen. Zwangsläufig fingen wir am Anfang an, mit meiner Kindheit.

Ich wusste, dass Hubertus die Ohren spitzen würde, wenn ich von meinem Vater erzählte – dass er meine Mutter verlassen hatte, als ich erst ein paar Monate alt war. Wir sprachen ein bisschen darüber, und auch darüber, dass ich immer, so weit ich mich zurückerinnern konnte, versucht hatte, einem Mann, den ich nicht kannte, etwas zu beweisen. Ich hatte keine Hemmungen, davon zu sprechen. Es fiel mir leicht. Man braucht kein Diplom in Psychologie, um zu verstehen, was das bedeutet. Ich hätte aber das Glück gehabt, sagte ich, dass mein Großvater da gewesen sei und mich angeleitet habe. Hubertus fragte nach weiteren formativen männlichen Einflüssen und ich erzählte ihm von meinem Urgroßvater und dem Traum.

Hubertus lehnte sich vor und stützte das Kinn auf die Fingerknöchel, als ich die Mauer beschrieb, meinen Urgroßvater, der nach mir rief, den Sack mit Äpfeln und das Blut …

»Wann haben Sie ihn zum letzten Mal gesehen?«, fragte Hubertus sanft.

Ich dachte einen Augenblick nach. »Kurz bevor die Mauer gebaut wurde.«

»Und wie alt waren Sie beim Mauerbau?«

»Sechs Jahre.«

»Erinnern Sie sich noch an Ihren Urgroßvater?«

»Ganz genau. Ich liebte ihn abgöttisch. Wir besuchten die Urgroßeltern jedes Wochenende. Sie lebten in einem Randbezirk von Berlin. Es war eine richtige Reise. Ich erinnere mich noch an den Geruch der S-Bahnen, die uns dort hinbrachten. Ich liebte diese Reise. Ich saß auf dem Schoß meiner Mutter und sah zu, wie Berlin an uns vorbeizog. Die Menschen, die Autos, die ganze Betriebsamkeit, die Baustellen. Und dann kamen wir zu ihrem Haus und waren in einer anderen Welt. Es war ein großes altes

Haus mit einer hohen Mauer drum herum. Wir läuteten und meine Urgroßmutter ließ uns durch das Tor ein. Ich ging auf Zehenspitzen ins Haus und fand Opa – so nannte ich ihn – schlafend in seinem Sessel. Natürlich schlief er nicht wirklich, es war nur ein Spiel, aber ich fiel immer wieder darauf herein. Dann öffnete er ein Auge und brüllte wie ein Bär, packte mich und zog mich an sich. Ich saß auf seinem Schoß und er erzählte mir Geschichten. Später gingen wir hinaus. Sie hatten einen eigenen Obstgarten. Opa hielt dort Kaninchen und Hühner. Wir hoben die abgefallenen Äpfel auf, dann sammelten wir die Eier und ich durfte mit den Kaninchen spielen.«

Ich sah zu Hubertus auf. »Ich war sehr gern dort. Es war wie im Paradies.«

»Erinnern Sie sich an das letzte Mal, als Sie ihn gesehen haben?«, fragte Hubertus.

»Ganz genau.«

»Obwohl Sie erst sechs Jahre alt waren?«

Ich nickte. »Damals ist etwas geschehen. Deshalb ist es in meinem Gedächtnis haften geblieben.«

»Erzählen Sie«, sagte Hubertus.

»Opa machte oft Feuer im Garten, wenn wir kamen. Er schickte mich in den Obstgarten, um dürre Zweige zu sammeln, und ich brachte sie ihm, und wir saßen beisammen und schauten ins Feuer. Das war schön. Einmal aber konnte ich keine Zweige finden, so viel ich auch suchte. Opa hatte mir immer wieder eingeschärft, nur heruntergefallene Zweige zu sammeln und nicht über den Obstgarten hinauszugehen. Aber ich wollte ihn nicht enttäuschen und so sah ich mich weiter um. In der Nähe der Mauer sah ich Holz – vier große Klötze auf einer Plastikplane. Ich beugte mich vor und griff nach einem, aber er war zu schwer für mich, und ich kippte vornüber, riss die Plane mit mir und fiel in eine Jauchegrube. Sie war tief und voll und ich konnte nicht schwimmen. Ich erinnere mich, dass ich geschrien habe und dass die Brühe mir bis ans Kinn kam und dann in den Mund, und ich erstickte in der widerlichen Brühe. Ich ertrank in diesem furchtbaren dunklen Loch, und obwohl ich erst sechs war, wusste ich, dass ich sterben würde. Und genau da hörte ich seine Stimme. Sie war ganz ruhig. Er hielt mir einen Stock hin und befahl mir, ihn zu packen. Dann zog er mich heraus. Ich sank in seine Arme, und er hielt und wiegte mich, bis meine Mutter kam. Sie hatte mich schreien gehört, hatte mich aber nicht gefunden. Aber Opa wusste sofort, wo ich war. Er hat mir das Leben gerettet. Das war das letzte Mal, dass ich ihn sah.«

Hubertus schaute mich aufmerksam an. »Und wie ging es mit Ihrem Urgroßvater weiter?«, fragte er.

»Im Sommer, als die Mauer gebaut wurde, besuchten ihn meine Mutter und meine Großeltern. Sie wären beinahe nicht wieder zurückgekommen.« Ich erzählte ihm den Rest der Geschichte. Beide Urgroßeltern waren gestorben, ohne dass ich sie noch einmal wiedergesehen hätte.

Hubertus lehnte sich zurück. Ich hatte nichts mehr zu sagen. Die Sitzung war vorüber.

Im Hinausgehen hörte ich seinen Füller kratzen. Er machte sich Notizen.

Kapitel 28

Sabine bat ihre Chefs um Urlaub, aber in der Praxis herrschte reger Betrieb, und es war unmöglich, in so kurzer Zeit eine Vertretung zu finden. Ich hatte den Eindruck, als hätte Sabine ihren Wunsch ohne besonderen Nachdruck vorgebracht. Die Beziehungen zwischen uns waren noch immer angespannt, seit ich an jenem Abend die Sache mit Hans in die Hand genommen hatte.

Da griff das Schicksal ein.

Am Nachmittag traf ich Angel. Er kam den Gang entlang und war in trübseliger Stimmung. Er und Chris hatten zusammen fortfahren wollen. Aber an diesem Morgen hatte ihnen die Freundin von Chris einen Strich durch die Rechnung gemacht. Sie hatte Urlaub bekommen und bestand darauf, dass sie und nicht Angel mit Chris wegfahren würde.

»Wo wolltet ihr denn hin?«, fragte ich.

»Nach Schweden«, sagte er. »Es ist schön dort um diese Jahreszeit. Schnee, Seen, klarer Himmel, ab und zu ein Elch. Nimm noch ein Buch mit oder zwei, und du hast die idealen Bedingungen, um abzuschalten und dich zu erholen.«

Nach dem Stress in Halle schien mir das genau richtig. Ich entschloss mich ganz spontan. Ich sagte, wenn er mich haben wolle, ginge ich statt Chris mit.

»Tatsächlich?« Seine Augen leuchteten auf. Er war wirklich wie ein großes Kind.

Ich brauchte nur anzutreten. Angel hatte sich schon um alles gekümmert.

Wir trafen uns zwei Tage später am Fährhafen von Travemünde. Ich sah mit Überraschung, dass er ausgerüstet war wie für einen Krieg. Ich trug Jeans und einen Pullover und hatte eine Reisetasche dabei. Angel aber hatte Stiefel und seinen Tarnanzug an und trug einen riesigen, vollbepackten Rucksack auf dem Rücken. Fehlten nur noch Helm und Gewehr.

»Findest du nicht, dass du ein bisschen overdressed bist?«, fragte ich.

»Ich?« Er lachte. »Du kommst wie ein Gigolo daher.«

Angel war manchmal exzentrisch. Ich lachte auch. Aber irgendwie war ich ein bisschen beunruhigt.

»Was hast du in Schweden eigentlich genau vor?«, fragte ich.

»Wie gesagt: Ein bisschen lesen, ein bisschen wandern.«

»Wandern? Davon hast du nichts gesagt.«

»Echt?« Er zuckte die Achseln. »Das ist der Hauptgrund für mich.«

Ich streckte die Arme empor. »Nun, da muss ich dich enttäuschen, mein Freund. Dafür bin ich nicht ausgerüstet.«

Angel sah niedergeschlagen aus.

»Pass auf«, sagte ich schnell. Ich wollte ihn nicht beleidigen, aber für Wanderungen hatte ich wirklich nichts übrig. »Wir machen das so: Du wanderst, so viel du willst. An schönen Tagen komme ich mit. An schlechten bleibe ich im Hotel.«

»Wir steigen aber nicht in einem Hotel ab«, sagte er. »Wir leben im Wald.«

Ich stellte mir ein Haus mit Satteldach direkt an einem See vor. Das war mir auch recht. Ich blieb ruhig. Aber ich sagte nichts mehr. Übers Wandern konnten wir vor Ort diskutieren.

»Außerdem«, sagte Angel, als wir die Gangway der Fähre hinaufgingen, »macht es nichts aus, dass du nicht die richtige Ausrüstung hast. Ich hab auch für dich alles Nötige mitgenommen.«

Ich beließ es dabei. Wenn wir erst einmal in seiner Unterkunft am See mit Kaminfeuer und Sauna waren, würde ich ihm schonend beibringen, dass nichts auf der Welt mich umstimmen konnte.

Fünfundachtzig Kilometer vor dem Polarkreis sprangen wir aus dem Bus. Ich schaute ihm nach, als er in der Ferne verschwand. Eben waren wir noch gemütlich dahingeschaukelt und ich hatte auf die kaum wahrnehmbare Linie geschaut, wo Tundra und Himmel aufeinander trafen. Dann sagte Angel etwas zum Fahrer und der ließ uns mitten im Nichts aussteigen.

Ich schaute Angel an. Er rieb sich die Hände und bewunderte die Aussicht. Ich drehte mich voll im Kreis. Es gab nichts zu sehen, nur Schnee und hie und da eine Baumgruppe. Angel kramte in seinem Rucksack und holte Kleidung für mich heraus – alles, was ich in diesem Klima brauchte. Wir waren erst ein paar Minuten im Freien, aber ich bibberte schon. Ich zog mich schnell um.

Als ich aufsah, war Angel schon auf dem halben Weg zum nächsten Wald. Er rief irgendwas, wie dass wir nicht herumtrödeln dürften. Es war gerade erst Mittag vorbei, aber im nördlichen Winter würde die Dunkelheit schnell einfallen. Ich nahm meine Sachen auf und zwang mich, ihm zu folgen.

Ich hätte ihn am liebsten umgebracht, denn jetzt erkannte ich die Wahrheit. Es gab kein kuscheliges Haus am See. Kein Kaminfeuer und keine Sauna. Das alles hatte ich mir eingebildet, weil es meiner Vorstellung von einem idealen Urlaub entsprach. Aber Angels Ideal sah anders aus. Ich hätte es wissen müssen. Er war nie glücklicher, als wenn er sich sein Essen selbst jagen und im Freien übernachten konnte.

Es war schon lang dunkel, als wir eine kleine Lichtung bei einem zugefrorenen See erreichten. Angel leuchtete mit der Taschenlampe herum und zeigte sich zufrieden. Das sei der richtige Platz, sagte er.

Ich hatte mittlerweile kapiert, auf was ich mich gefasst machen musste, und begab mich schicksalsergeben auf die Suche nach Holz fürs Feuer, während Angel unser Zelt aufstellte.

Wir aßen schweigend, aber eins muss ich ihm lassen: Er hatte uns etwas Gutes gekocht.

Es gab Gulasch aus einer Dose Fleisch und einer Dose Gemüse. Dann holte Angel eine kleine Flasche Kognak aus dem Rucksack. Er goss mir eine ordentliche Menge ein, für sich selbst aber nur wenig. Ich merkte, dass das ein Friedensangebot war, weil er schon kaum je Bier trank, geschweige denn harte Sachen.

Als ich in meinen Schlafsack kroch, holte Angel sich ein Buch – Shakespeares Sonette auf Englisch – und las noch eine Viertelstunde, bevor er die Kerze löschte.

In der Dunkelheit war das Schweigen überwältigend.

Er muss gespürt haben, in welche Richtung meine Gedanken gingen, denn er sagte plötzlich: »Jackson, ich weiß, dir gefällt's hier nicht, aber bitte geh nicht.«

Irgendetwas in seiner Stimme ließ mich von meinen Fluchtplänen abrücken. Ich stützte mich auf einen Ellbogen und schlug ihm einen Kompromiss vor.

Ich sagte, ich würde bleiben, weil er mein Freund sei, aber nur unter der Bedingung, dass wir hin und wieder – so etwa alle drei Tage – in irgendeiner Art von Behausung einkehrten, wo ich ein warmes Essen bekam, das ich mit Messer und Gabel an einem Tisch verzehren konnte, und wo es vielleicht sogar eine Dusche gab. Andernfalls würde ich bei erster Gelegenheit abhauen.

Mit diesem Abkommen konnten wir leben. Ich akzeptierte, dass für Angel das wahre Leben so aussah, und er erkannte an, dass ich mich für das abenteuerliche Dasein in der freien Natur nie so recht würde begeistern können.

Aber in dieser unberührten Wildnis entstand zwischen uns ein Band. Ich erzählte ihm von Sabine und von den Problemen, die ich mit der Anpassung an unsere Gruppe gehabt hatte. Er selbst gab anfangs nur wenig von sich preis, antwortete allerdings offen auf meine Fragen. Er war so rätselhaft: ein Kerl wie ein Berg, der kaum je eine Gefühlsregung äußerte, aber am Lagerfeuer Shakespeare las.

Ich erzählte ihm, wie ich aufgewachsen war und dass ich meinen Vater nicht gekannt hatte, und da fing auch er an, von seiner Kindheit zu erzählen.

Er hatte bis zum Alter von acht Jahren im Waisenhaus gelebt und war dann von Onkel und Tante adoptiert worden. Sie behandelten ihn wie den letzten Dreck, aber der junge Koch ließ sich nicht unterkriegen. Stattdessen versprach er sich selbst, er würde in allem, was er tat, der Beste sein. Er las viel und zeichnete sich in der Schule aus. Er war ein großartiger Fünfkämpfer, und wenn er nicht gerade lernte oder las, trainierte er oder spielte Fußball. Im Sport, sagte er, habe er seine Aggressionen ausleben können; er habe sie auf dem Sportplatz zurückgelassen. Er wollte sich nicht von Hassgefühlen oder Selbstmitleid behindern und aufhalten lassen.

»Nur die Besten kommen vorwärts im Leben«, sagte er. »Der Zweitbeste hat schon Probleme. Und wenn man sich mit seinen Problemen rumquält, bleibt man immer Zweitbester.«

Er musste mit achtzehn zur Bundeswehr und im Unterschied zu den meisten Altersgenossen gefiel es ihm dort. Er war weit weg von seinem Onkel und hatte Gelegenheit, sich auszuzeichnen. Sowohl theoretisch als auch praktisch war er allen anderen in seinem Ausbildungsregiment haushoch überlegen. Er war zur Marine gegangen, weil er sie für den besten Truppenteil der Bundeswehr hielt.

Nach allem, was ich bis jetzt über das Elitekommando Ost wusste, war es bei diesen Voraussetzungen kein Wunder, dass er dem Chef auffiel.

Nach einer Woche war es soweit gekommen, dass mir dieser Urlaub tatsächlich gefiel – und nicht nur, wenn wir an den Fleischtöpfen einer kleinen Bergarbeitersiedlung saßen.

Während ich hinter Angel durch die Wälder marschierte, verstand ich allmählich, wie er die Welt sah. Für ihn war sie immer noch voller Wunder.

Er hatte schon eine Reihe von Freundinnen gehabt, aber noch nie eine tiefere Beziehung. Auch in der Truppe blieb er auf Distanz, obwohl er allgemein beliebt war.

Angel bewunderte Chris, weil der ein Experte war und im Angesicht der Gefahr eiskalt blieb. Das entsprach Angels Vorstellung von Perfektion.

Angel summte vergnügt vor sich hin, als er mit zwei Forellen von beachtlicher Größe vom See heraufstapfte. Irgendwo schrie ein Nachtvogel. Es war unser letzter Abend – kalt, aber völlig still.

»Die Spur verweht, der Weg verschneit,
Und nächtlich singt der Kauz und schreit:
Tuhu.«

Er ließ die Fische auf den frostharten Boden fallen.

»Shakespeare. ›Liebes Leid und Lust‹«, sagte er auf meinen fragenden Blick hin.

Ich hatte schon Feuer gemacht. Angel nahm die Fische aus und spießte sie auf einen Stock. Zwanzig Minuten später speisten wir unter dem Sternenhimmel.

»Tust du mir einen Gefallen, Jackson?«, fragte er, als wir mit dem Essen fertig waren.

»Klar«, sagte ich. »Raus damit.«

»Erzähl den anderen nicht, was wir hier getrieben haben, o. k.?«

Ich lachte. »Und warum nicht?«

Angel wischte sich den Mund mit dem Ärmel ab. Er wirkte verlegen. »Du kannst ihnen ruhig erzählen, was dir gefallen hat – ich meine das Bier und die Bars und die Mädchen, mit denen wir die Nächte durchgetanzt haben.«

Er grinste über seine eigenen Erfindungen. »Aber erzähl ihnen nichts von diesem hier.« Er deutete auf den Wald rings um uns. »Bitte.«

»Das begreife ich nicht«, sagte ich.

»Ich möchte noch ein paar von den Jungs mit hierher nehmen und ihnen diese Gegend zeigen. Aber wenn du ihnen sagst, wie es wirklich ist, werden sie nicht mitkommen.«

»Da bist du auf dem Holzweg«, sagte ich. »Ich brauche ihnen nichts vorzulügen. Mir hat's hier gefallen.«

»Wirklich?«

Ich lachte. »Ja, wirklich.«

Angel schwieg und starrte ins Feuer.

»Weißt du, Jackson, ich bin noch nie so glücklich gewesen«, sagte er schließlich. »Ich rede jetzt nicht nur von diesem Urlaub. Ich meine den Job, das Team, den Chef. Alles. Was wir haben, ist ideal. Ich habe meinen Traumjob. Wenn es nach mir ginge, sollte alles immer so bleiben.« Er sah auf. »Wahrscheinlich ist es bei dir anders, weil du Sabine hast.«

»Nicht viel anders«, sagte ich in Erinnerung an die Atmosphäre zu Hause.

»Es gibt nicht viele Leute, mit denen ich darüber sprechen würde, aber ihr Burschen seid meine Familie«, sagte Angel.

Er hatte tatsächlich Tränen in den Augen.

Als wir alle wieder in der Kaserne waren, riss eine gewisse Missachtung der Vorschriften ein, was unser Äußeres anbetraf. Manche hatten sich die Haare unvorschriftsmäßig lang wachsen lassen, manche nahmen es mit dem Rasieren nicht mehr sehr genau. Angels Gesicht war so zugewuchert, dass er für einen Polarforscher hätte durchgehen können. Lobo sah mit seinen langen Haaren und dem Zapata-Schnurrbart aus, als sei er aus einem Italo-Western entsprungen.

In den anderen Einheiten begann man über uns zu reden und ab und zu beschwerte sich ein Offizier aus den mittleren Rängen über uns. Aber weil die Beschwerden an den Alten gerichtet werden mussten und der nichts unternahm, kam nie etwas dabei heraus. Bald gingen uns die Pedanten einfach aus dem Weg.

Ich fand, mein Zimmer könne eine Verschönerung brauchen, und entschied mich für eine zarte Purpurschattierung, die ich auf einem Clapton-Album bewundert hatte. Nach einer Zecherei im »Krokodil«, der Kasernenbar, machte ich mich ans Werk.

Mein Werk ging der Vollendung entgegen und ich malte noch ein paar Sterne an die Decke, als Locke vorbeikam. Er vergaß sich für einen Augenblick und sagte: »Was zum Teufel machen Sie hier, Sanders?«

Ich wollte ihm schon einen weißen Strich auf seine Uniform pinseln, aber dann empfahl ich ihm, sich umzudrehen und stillschweigend zu vergessen, was er gesehen hatte.

Gleich darauf erschien der Chef. Er hatte die Hände auf dem Rücken zusammengelegt, als er eintrat. Er ging im Zimmer herum und begutachtete meine Arbeit über den Rand seiner Brille hinweg. Dann blieb er stehen und ich wartete auf die Explosion, aber er murmelte nur: »Wirklich hübsch«, und ging wieder.

Zwei Wochen später ließ er uns zu sich kommen und teilte uns mit, dass neue Aufgaben auf uns warteten.

Jeder von uns würde zu einer anderen Einheit innerhalb unserer Kaserne abgeordnet werden, und zwar unter der Rubrik »Zur Besonderen Verfügung« oder ZBV.

Ich fürchtete, wir hätten es in der letzten Zeit zu weit getrieben. ZBV galt normalerweise als Bestrafung. Man konnte von einem Augenblick auf den andern mitten im normalen Betrieb – oder sogar aus dem warmen Bett – abgeholt werden und musste dann irgendeine banale oder entwürdigende Aufgabe ausführen, zum Beispiel dem General das Auto waschen oder die Toiletten putzen.

Der Chef erklärte, er habe nicht das Geld, um uns dauernd in Bereitschaft zu halten. Er müsse sich den Leuten gegenüber verantworten, die das Geld verwalteten.

Ich hörte aus diesen Worten heraus, dass ZBV in unserem Fall weniger eine Bestrafung als eine Tarnung war.

»Vielleicht ist schon morgen wieder alles in Ordnung«, sagte er. »Bis dahin jedoch müsst ihr alle zu einer normalen Einheit zurückkehren. Aber wenn ich euch brauche, dann hole ich euch. Darauf könnt ihr euch verlassen.«

Irgendetwas in seinem Ton ließ mich vermuten, dass jemand »weiter oben« dem Chef geraten hatte, nach Halle etwas kürzer zu treten.

Wir zogen aus unseren gewohnten Quartieren aus und trennten uns. Wir blieben in der Kaserne und wurden verschiedenen Zügen als Ausbilder zugewiesen.

Ich musste meine psychedelische Bude gegen ein weiß getünchtes Zimmer tauschen. Ich ließ mir die Haare schneiden und gewöhnte mich an meinen neuen Tagesablauf. Der Tag begann vor Morgengrauen mit dem Weckruf über Lautsprecher, einer kalten Dusche und einer Rasur. Dann kam das Frühstück in der Kantine und von dort ging es gleich in den Unterrichtsraum. Ich belehrte meine Schüler über die Feinheiten der Waffen, mit denen sie im Lauf ihres Soldatenlebens zu tun haben würden: Granaten, G3-Gewehre und das Maschinengewehr

LMG42. Ein andermal verbrachten wir den Vormittag auf dem Fußballplatz oder ich zeigte ihnen, wie man ein Schützenloch gräbt.

Nach der Hochspannung in unserer Einheit war das ziemlich langweilig, aber wir trösteten uns mit regelmäßigen abendlichen Zusammenkünften im »Krokodil«.

Gelegentlich sah ich den Chef auf dem Kasernengelände. Dann sprach ich ihn an und fragte, ob er nicht eine neue Mission für uns hätte. Die anderen bedrängten ihn genauso. Bald merkten wir, dass er Orte mied, wo er auf uns treffen konnte.

Jetzt, wo die Spannung von mir abgefallen war, fanden Sabine und ich schnell wieder zueinander. Wir kauften am Samstag im Supermarkt ein und gingen abends aus, aßen und tanzten. Eins hatte sich geändert: Ich traf die Nachbarn sehr viel seltener. Das war doch eine gewisse Entschädigung dafür, dass wir nicht richtig im Einsatz waren. Aber ich vermisste das Leben in der Gruppe sehr.

Ich versuchte, mir zu Hause den Frust nicht anmerken zu lassen, aber ich konnte mich mit dem augenblicklichen Zustand nicht recht abfinden. Gerade waren wir noch in der DDR gewesen und hatten den Kopf auf den Richtblock gelegt, und im nächsten Augenblick zeigten wir den verdammten Rekruten, wie man Schuhbänder bindet.

Kapitel 29

Aus Wochen wurden Monate. Und dann, als ich eines Tages an der Spitze meiner Rekruten aus dem Schulsaal ging, nahm mich ein Oberfeldwebel beiseite und teilte mir mit, dass mein Gesuch um Urlaub bewilligt worden sei.

Ich starrte ihn verständnislos an. In der Bundeswehr musste man schon ein Formular ausfüllen, wenn man nur einen Kugelschreiber brauchte. Für alles und jedes benötigte man ein Formular. An einen Urlaubsantrag hätte ich mich garantiert erinnert. »Ich hab keinen solchen Antrag gestellt«, sagte ich.

»Ihr Name steht auf dem Formular und der Oberst hat es unterschrieben«, erwiderte er.

Ich nahm den Zettel und sah Krauses Unterschrift. Ich ließ alles stehen und liegen und trabte zu unserem alten Block hinüber.

Krauses Vorzimmer war voller Zigarettenrauch. Angel, Chris, Mike, Andy und Tony waren schon da und redeten durcheinander. Sie begrüßten mich begeistert. Ihre Aufregung war mit Händen zu greifen.

Locke saß an seinem Schreibtisch und tippte einen Bericht. Er gab sich Mühe, uns zu ignorieren, aber ich sah, dass der Lärm ihm auf die Nerven ging. Er knurrte unwillig, wenn er einen falschen Buchstaben traf. Als Carl, Lobo und Ginger eintrafen, stieg der Lärm noch weiter an. Locke zog wieder ein verpatztes Blatt aus der Schreibmaschine und warf es in den Papierkorb.

Angel beugte sich zu mir und sagte: »Arme Locke. Ich hab in seinem Telefonhörer Mikro und Hörmembran vertauscht. Pass auf. Das könnte komisch werden.«

Punkt zehn läutete das Telefon.

Locke nahm den Hörer hoch und bellte: »Jawohl, Herr Oberst«, zog dann ein Gesicht und legte wieder auf.

Das Telefon läutete wieder und die Szene wiederholte sich.

Beim dritten Mal war Locke überzeugt, sein Telefon sei kaputt. Er hob den Hörer gar nicht bis zum Ohr, sondern brüllte aus einiger Entfernung hinein: »Leck mich doch!« Damit warf er den Hörer auf die Gabel.

Sekunden später hörten wir Krauses energische Schritte. Der Chef riss die Tür auf und streckte den Kopf ins Zimmer. Er war noch röter als Locke.

»Zum Teufel mit Ihnen«, schrie er, »was ist denn mit Ihren Ohren los?«

Locke wurde wieder rot und murmelte eine Entschuldigung. Als wir ins Zimmer des Alten gingen, lachten ein paar von uns immer noch. Angel winkte Locke zu.

Der Chef bedeutete uns mit einem Wink, Platz zu nehmen. Er setzte sich in seinen Sessel und wir gruppierten uns um ihn. Unsere Heiterkeit war angespannter Aufmerksamkeit gewichen.

»Es tut sich was«, sagte er. »Ihr sollt nach Stuttgart gehen.«

Wir sollten Bodyguards spielen. Wir sollten uns am nächsten Tag in einem Fünf-Sterne-Hotel im Stadtzentrum einfinden. Am Tag darauf würde eine italienische Familie – Mann, Frau und zwei Kinder – ankommen und wir sollten eine Woche lang auf sie aufpassen.

Der Chef sagte nicht, um was für eine Familie es sich handelte, nur, dass ihre Sicherheit von größter Wichtigkeit sei.

Es war eine bittere Enttäuschung für uns. Nach Halle kam uns ein Job als Leibwächter wie Kinderkram vor.

Als wir gingen, hielt mich der Chef zurück. Ich schloss die Tür wieder.

Der Chef stand auf und goss sich einen Remy Martin ein. Er fragte, ob ich auch ein Glas wolle. Ich lehnte ab. Es war noch nicht einmal elf Uhr.

Er setzte sich wieder an den Kamin. »Rede«, sagte er.

»Wir hatten mit einer ordentlichen Aufgabe gerechnet. So etwas hatten wir uns nicht vorgestellt.«

Er drehte an seinem Kognakschwenker und sah zu, wie der Brandy an den Seiten hochstieg. Dann wandte er sich mir zu. »Ich verstehe dich besser, als du denkst.«

»Dann behandeln Sie uns doch bitte nicht wie Kinder, wenn ich mir die Bemerkung erlauben darf.«

Krause war empört. Ich sah ihm in die Augen. Ich wurde nicht schlau aus ihm: Manchmal steckte er alles weg, manchmal ärgerte er sich über eine so harmlose Bemerkung.

»Wir sind Spezialisten«, sagte ich. »Wir müssen wissen, was vorgeht.«

»Für einen Soldaten ist es manchmal besser, wenn er nichts weiß, sondern einfach gehorcht.«

»Meinen Sie das wirklich?«, fragte ich.

Er schwieg.

»Wie viel hat man Ihnen gesagt?«, fragte ich. »Ich meine Bonn und Washington.«

Krause antwortete nicht. Er leerte sein Glas und setzte es auf einem Tischchen ab. »Sag mal, Jackson, welche Handfeuerwaffe benutzt du?«

Die Frage überraschte mich. Es gab verschiedene Pistolen bei der Bundeswehr, aber ich sah nicht recht, was das mit unserem Gespräch zu tun hatte. »Eine Walther P1«, sagte ich.

Der Chef schüttelte missbilligend den Kopf. »Ein Offizier der Bundeswehr sollte eine ordentliche Waffe haben. Geh zu Walter. Sag, ich hätte dich geschickt. Geh jetzt gleich. Besorg dir etwas Schönes.«

Walter wartete schon auf mich. Er stand hinter seiner Werkbank.

Vor ihm lagen fünf Pistolen.

»Sieht aus, als hättest du mich erwartet«, sagte ich.

»Wenn der Chef etwas befiehlt, meint er damit nicht morgen oder übermorgen, sondern gleich.« Er kratzte sich mit dem spitzen Ende eines Magazins im Schritt, was mich nicht wenig irritierte. Er betrachtete mich ungeduldig durch seine Brille.

»Willst du den ganzen Tag hier rumstehen oder dir eins von diesen Dingern raussuchen?«, fragte er.

Ich nickte, immer noch beunruhigt.

»Wie findest du die P1?«, fragte er.

Ich sagte, ich fände sie vom Gewicht her angenehm. Es war keine solche Kanone wie die Fünfundvierziger, die bei den Amerikaner sehr beliebt war, aber sie konnte durchaus tödlich wirken. Wenn ich irgendetwas daran auszusetzen hätte, sagte ich, dann die Tatsache, dass das Magazin zu wenig Patronen fasse. Außerdem fände ich den Griff ein bisschen unhandlich.

»Dann lass deine verdammte Hand mal sehen«, sagte Walter.

Ich legte sie mit der Handfläche nach oben auf die Werkbank. Walter nahm meine Finger in seine schwielige Hand und lachte in sich hinein. »Du bist in der verdammt falschen Branche, Jackson«, sagte er kopfschüttelnd. »Solche Hände sollten nicht schießen.«

»Sag bloß nicht, sie sollten Klavier spielen.«

»Der Chef hat die gleichen Hände«, sagte er.

Ich fragte Walter, wie lange er den Chef schon kannte. Er saugte an seinen Zähnen.

»Ich arbeite seit ungefähr zehn Jahren für ihn.«

»Hat er eine Familie?«, fragte ich.

»Kann ich wirklich nicht sagen«, sagte Walter. Er nahm eine der Waffen auf und wischte den Lauf an seinem Arbeitskittel blank. »Er ist ein verschwiegener Mensch. Ein Einzelgänger. Ich frage auch nicht. Ich will es gar nicht wissen. Ich mach nur meine Arbeit. Und weil wir schon dabei sind: Hier ist das Problem.« Er deutete auf den Hahn an der Vorderseite des Griffs der P1. »Das ist ein gutes System, aber der Griff wird dadurch für manche Hände zu unhandlich. Künstlerhände wie deine, Jackson, kommen damit nicht zurecht.«

Er musterte die anderen Pistolen auf der Werkbank durch seine dicken Gläser.

»Die da müsste dir liegen«, sagte er und reichte mir die am nächsten liegende Pistole. »Das ist eine Beretta 92SB. Mit kleinerem Griff, aber perfekt ausbalanciert. Probier sie aus.«

Sie hatte wirklich eine fast perfekte Balance und man sah, dass sie von einem Feinmechaniker zusammengebaut war. Walter behauptete, man könne sie im Sand vergraben oder in Wasser legen und sie würde immer noch funktionieren.

Wir gingen hinterm Haus vorbei zum Schießstand. Ich verschoss vier Magazine und sagte o.k. Es war eine wunderbare Waffe.

»Sie hat Platz für fünfzehn Schuss. Neun Millimeter Parabellum, aber mit etwas weniger Rückstoß«, erklärte Walter. »Das ist die perfekte Kombination. Deutsche Munition mit großer Durchschlagskraft und in der Waffe selbst italienische Technik. Mit diesem Ding kannst du ein Pferd umlegen. Man kann auch eine Patrone in den Lauf schieben und sie ist trotzdem sicher. Man muss nur die Sicherung lösen und – bumm! Oder man spannt den Hahn und drückt ihn sanft und langsam. Das erhöht die Zielsicherheit.«

Er langweilte mich. Das wusste ich alles.

Ich gab ihm die Waffe zurück.

»Ich sage dir, was ich machen werde«, sagte er. »Komm zu mir, bevor du nach Stuttgart fährst, und ich gebe dir drei Magazine mit 18 Schuß extra. Ich mache sie selbst, weißt du.«

Ich dankte ihm. Wenn ich es nicht besser gewusst hätte, hätte ich gesagt, dass Walter, der alte Grobian, uns ins Herz geschlossen hatte.

»Du wirst begeistert sein«, sagte Walter, als ich ging. »Sie ist schön in der Form und tödlich im Kampf. Mit ihr will keiner Streit haben.«

Ich drehte mich lächelnd um. »Das klingt nach einem Mädchen, mit dem ich zur Schule ging«, sagte ich.

»Wie hieß sie?«, fragte Walter.

»Susi Soundso. Es ist lang her.«

»So arg lang kann es nicht her sein«, sagte Walter. »Du und die anderen Dummköpfe, ihr seht aus, als hättet ihr erst vor Kurzem die ersten langen Hosen gekriegt. Susi, was?« Er schüttelte den Kopf. »Du Glückspilz.«

Wir checkten im Hotel ein und begannen, die Suite im sechsten Stock für unseren Italiener sicher zu machen. Wenn man da hinaufkommen wollte, musste man im Fahrstuhl einen Code aus vier Zahlen in ein Tastenfeld eingeben. In den Stockwerken darunter gab es nur Standardzimmer; die beiden Etagen darüber hatte eine Bank geleast und Büros darin eingerichtet. Es gab ein Treppenhaus, aber das war nur für den Notfall da, und die Türen, die von dort in die Korridore führten, waren alarmgesichert. Die Grundsicherung war also gut. In Stuttgart hatte man Erfahrung mit Terroristendrohungen.

Die Suite bestand aus einem großen Schlafzimmer und einem Zimmer für die Kinder. Wir hatten Anweisung vom Chef, uns im Hintergrund zu halten. In einer benachbarten Suite richteten wir unsere Operationsbasis ein.

Zwei Männer würden immer hier wachen, während zwei andere schliefen oder sich ausruhten. Die übrigen würden die Familie im Auge behalten, wenn sie im Hotel unterwegs war. Wir sollten sie auch auf ihren Ausflügen in die Stadt begleiten.

Wir waren alle neun auf diese Aufgabe angesetzt. Wir wollten uns in zwei Teams aufteilen, eine Tages- und eine Nachtschicht, und mit Funkgeräten miteinander in Verbindung bleiben.

Der Chef hatte mir ein Dossier über die Familie gegeben, worin alles stand, was ich wissen musste.

Ich hatte ein Farbfoto des Mannes studiert, dessen Leben wir mit dem unsrigen schützen sollten. Er hatte ein bräunliches Gesicht mit Hängebacken.

Das mit der Maschine geschriebene Dossier informierte mich, dass er sechsundfünfzig Jahre alt war, untersetzt und übergewichtig. Ein handschriftlicher Zusatz vom Chef wies uns an, ihn mit »Signor Carlo« anzureden.

Carlo hatte eine hohe Stirn, einen sauber geschnittenen Schnurrbart und kleine, durchdringende Augen. Sein Haar war glatt zurückgekämmt, wich an den Schläfen zurück und wirkte gefärbt. Carlo konnte ein Mafiaspitzel oder ein Richter sein. Mir war es gleich. Ich wollte die Sache mit möglichst wenig Aufwand erledigen und abhaken.

Carlos Frau, seine zweite, war zwanzig Jahre jünger als er. Die Fotografie zeigte eine Frau, die auf eine verwöhnte, ungnädige und sehr italienische Art schön war, mit scharfen Zügen, großen Augen und langem schwarzem Haar, dem man den teuren Friseur ansah.

Carlo hatte vier Kinder, aber nur die beiden Kinder von seiner zweiten Frau, Jungen im Alter von sieben und zehn Jahren, würden das Paar nach Stuttgart begleiten.

Hauptzweck der Reise war, dass Carlo sich mit einem Team von Rechtsanwälten und Steuerberatern treffen wollte. Warum, sagte man uns nicht. Sie würden vier Tage lang im Hotel Sitzungen abhalten. Die Familienmitglieder wollten ein bisschen einkaufen und Freunde besuchen. Das sei in Ordnung, sagte der Chef, weil keine konkrete Drohung gegen Carlo vorliege. Aber wir sollten trotzdem wachsam sein.

Im Vorjahr hatten Terroristen von den Brigate Rosse – den Roten Brigaden – den ehemaligen italienischen Premierminister Aldo Moro in Rom am helllichten Tag und auf offener Straße entführt. Um an ihn heranzukommen, hatten sie seinen Leibwächter erschossen. Nach mehr als fünfzig Tagen Kerkerhaft wurde auch Moro ermordet. Man fand seine von Kugeln durchsiebte Leiche im Kofferraum eines herrenlosen Wagens. Schätzungen nach hatten die Roten Brigaden immer noch mehr als 2000 Mitglieder, die sich auf aktive Zellen in Rom, Genua, Mailand und Turin verteilten. Man wusste auch, dass sie zu deutschen Terroristenorganisationen Verbindungen unterhielten, unter anderem zur Roten Armee Fraktion (RAF).

Je mehr Zeit ich mit Carlo verbrachte, desto mehr drängte sich mir der Verdacht auf, dass er mit dieser Sache zu tun hatte. Dieser Eindruck wurde verstärkt durch die Art von Kontakten, die Carlo in Stuttgart hatte.

Wir brauchten einen Tag, um die Suite zu untersuchen und uns mit den Gegebenheiten des Hotels vertraut zu machen. Dann rief ich den Chef an und sagte, wir seien bereit für Carlos Ankunft.

Er gab mir die Details durch. Wir sollten die Familie am nächsten Morgen um zehn am Flughafen abholen. Carlo sprach Englisch. In Zukunft würden wir unsere Anweisungen von ihm bekommen.

Kaum kam Carlo aus dem Flugzeug gewatschelt, merkte ich, dass wir ein Problem hatten. Er hatte seine ganze Familie mitgebracht. Es waren vier Kinder, nicht zwei, und keiner von ihnen – auch die Eltern nicht – hatte die geringste Ahnung, wie man sich unter Personenschutz verhalten musste. In der Ankunftshalle stritten sich die Jungen mit ihren Halbschwestern darüber, in welchem Laden man zuerst einkaufen sollte. Die vier waren lauter als das ganze Orchester der Scala.

Es war ein Albtraum. Die Jungen rannten überall herum; wir hätten auch Augen am Hinterkopf gebraucht, um sie zu überwachen. Und die Eltern waren nicht viel besser.

Das Erste, was ich Carlo einhämmerte, war, dass er uns informieren musste, bevor er irgendwo hinging, egal wohin.

Am dritten Tag kam es zu einem ersten Höhepunkt. Tony, Lobo und Carl begleiteten die Familie auf einem ganztägigen Einkaufsbummel in der Stadt, während der Rest von uns ein diskretes Auge auf Carlo und die Partner hatte, mit denen er eine Sitzung nach der anderen abhielt. Abends verkündeten die beiden Mädchen, die fünfzehn und siebzehn Jahre alt waren, aber aussahen wie zwanzig und fünfundzwanzig, dass sie einen Nachtclub besuchen wollten. Ich beauftragte Chris, Angel und Andy, sie zu begleiten.

Carlo aß mit seiner Frau und den beiden Jungen zu Abend. Kurz nach zehn gingen Frau und Kinder ins Bett.

Carlo teilte uns mit, dass er sich jetzt an der Bar einen Drink genehmigen werde.

Er sah aus, als hätte er einen beschissenen Tag gehabt.

Die Pianobar lag im Zwischengeschoss und von meinem Platz in einer Ecke hatte ich den vollen Überblick über die Bar und zugleich über die Hotellobby. Ginger hatte sich an einem der kleinen Tische niedergelassen und nippte an einem Seven-Up. Carlo saß auf einem Barhocker. Es war schon beinahe Mitternacht, aber er sah aus, als brauche er noch einiges, um sich zu entspannen.

Nach seinem dritten Whisky rutschte Carlo vom Hocker und deutete an, er müsse austreten.

Ginger stand auf und folgte ihm mit Abstand zur Herrentoilette. Vom Zwischengeschoss aus hatte man die Wahl zwischen der Toilette im ersten Stock und der im Parterre. Beide waren von der Bar aus nicht zu sehen. Aber Ginger wusste, was zu tun war. Welche Toilette Carlo auch wählte, Ginger würde sie zuerst überprüfen. Dann aber würde er gehen, um Carlo ein wenig Privatsphäre zu lassen. Wenn Carlo herauskam, würde er ihm in angemessener Entfernung folgen.

Sie waren erst ein paar Sekunden weg, als ich von unten aus der Hotellobby Lärm hörte. Ich schaute über das Geländer und sah zwei Geschäftsleute mit gelockerten Krawatten, die nicht mehr im allerbesten Zustand waren. Sie wurden von zwei Frauen begleitet, die ganz offensichtlich Huren waren.

Der Nachtportier hatte sie schnell abgefangen, und jetzt stritten sie, ob nach Mitternacht noch Gäste auf die Zimmer kommen dürften. Die Diskussion, die im Hinblick auf die zweifelhaften Damen ein bisschen surreal wirkte, drehte sich darum, dass es genau zwölf Uhr war. Ich stand auf, ging um die Ecke und sprach leise in das Funkgerät, das an der Innenseite meiner Jacke befestigt war. Mike tat in dem Zimmer neben der Suite Dienst. Tony las. Carl und Lobo schliefen. Alles war ruhig. Ich ging zurück zu meinem Tisch.

Der Krach, der von der Lobby über die Treppen heraufschallte, erschreckte mich so, dass ich zusammenzuckte und meine Cola verschüttete. Instinktiv griff ich nach Susi, die ich hinten im Hosenbund stecken hatte.

Als ich wieder übers Geländer schaute, konnte ich mir zusammenreimen, was geschehen war. Eine der Frauen hatte sich offenbar darüber empört, dass der Portier sie für eine Professionelle hielt, und hatte einen großen, teuren Spiegel von der Wand geschlagen. Er war auf den Marmorboden gefallen und in tausend Scherben zerbrochen. Die Frauen rannten aus der Eingangstür, verfolgt vom Portier und zwei weiteren Angestellten. Die beiden Geschäftsleute waren verschwunden.

Meine Nackenhaare stellten sich auf.

Ein paar Sekunden später hörte ich Gingers Stimme in meinem Ohrstück. »Was war das?«

Da wusste ich, dass er im ersten Stock war. Im Parterre hätte er selbst mitgekriegt, was geschehen war.

Ich ging wieder um die Ecke und gab ihm Bescheid. Die paar Leute, die noch in der Bar gesessen waren, verfolgten die Vorgänge in der Lobby genauso interessiert wie ich. Aber ich sah die beiden Männer nicht, die mit den Nutten gekommen waren. Ich versuchte mich zu beruhigen.

»Wo ist Carlo?«, fragte ich leise ins Funkgerät.

»Immer noch im Klo.«

»Stehst du draußen?«

»Ja.«

»Schau mal nach.«

Ginger ließ seinen Daumen auf dem Senderknopf, als er in die Herrentoilette eilte; ich hörte das Türenknallen, als er die Kabinen kontrollierte. Ich wusste schon, was er mir mitteilen würde, bevor noch seine Stimme über den Äther kam.

Carlo war verschwunden.

Ich rannte die Treppen hinauf und stieß beinahe mit Ginger zusammen. Gegenüber den Toiletten befanden sich zwei Lifttüren. Ich schaute auf die Stockwerksanzeigen. Der linke Lift ging aufwärts. An vier vorbei, an fünf vorbei. Bei sechs blieb er stehen.

Ich schaffte es, ruhig zu sprechen. »Wie lang hast du die Tür zu den Toiletten außer Sicht gelassen?«

Aus Gingers Gesicht war alle Farbe gewichen. Da wusste ich, dass er seinen Posten verlassen hatte, um nachzusehen, als der Spiegel zerschellte.

»Zwanzig Sekunden – maximal fünfundzwanzig«, sagte er.

Er wollte zum Lift, aber ich hielt ihn zurück. »Nein, sieh du in der Lobby nach. Ich geh rauf.«

Ich drückte den Sendeknopf und rief Mike. Gleichzeitig öffneten sich die Türen des rechten Lifts. Vier Nachtschwärmer – zwei Männer und zwei Frauen – traten heraus.

Carlo war verschwunden, die Sache mit dem Spiegel sah wie ein Ablenkungsmanöver aus, und irgendwo im Haus befanden sich zwei Männer, über deren Verbleib ich Bescheid wissen musste.

»Jackson?« Mikes Stimme knackte im Hörer, als die Lifttüren sich hinter mir schlossen.

Ich tippte den Code für den sechsten Stock ein und drückte auf den Knopf zum Türenschließen. Wenn das eine konzertierte Aktion war mit dem Ziel, Carlo oder seine Familie zu entführen oder umzubringen, dann sollte Mike nicht brüllend auf den Gang stürmen und einen Mordskrawall starten.

»Ich komme rauf«, flüsterte ich. Der Lift hielt. Ich griff unter meinem Jackett nach Susi. Ich entsicherte sie und trat auf den Gang hinaus. Er war nur schwach erleuchtet. Durch einen Spalt in unserer Tür konnte ich Mike sehen.

Ich zeigte ihm meine Waffe und gestikulierte mit der anderen Hand, er solle bleiben, wo er war. Carlos Tür nebenan war offen.

Ich schlich hin. Das matte Licht vom Gang fiel ins Zimmer. Ich sah die Umrisse des Himmelbetts und dass seine Frau darin lag. Und dann bemerkte ich eine Bewegung im Schatten am Kopfende des Bettes.

Mit erhobener Pistole rannte ich auf die Bettvorhänge zu. Carlos Frau schrie, als ich über sie sprang und auf die Gestalt hinter dem Vorhang prallte. Der Bettvorhang riss herunter, der Mann verfing sich in dem schweren Stoff und fiel unter der Wucht meines Angriffs zu Boden. Ich hielt ihn dort fest und bemerkte, dass er etwas in der Hand hatte, was wie eine Waffe aussah. Carlos Frau schrie hysterisch hinter meinem Rücken.

Plötzlich wurde es hell, als Mike hereinstürmte und das Licht anschaltete.

Ich zog den Vorhang weg und hielt Susi an den Kopf des Menschen, den ich bei der geringsten Bewegung erschießen würde.

Es war Carlo.

Er starrte mich aus hervorquellenden Augen an. Alles Blut war aus seinem Gesicht gewichen und er schlotterte vor Angst. Er klammerte sich an eine metallene Zigarrenhülse, als könne sie ihm das Leben retten.

Ich hielt Susis Lauf ein bisschen länger an seinen Hals als nötig. Ich war stinksauer.

Hinter mir versuchte Mike, die Frau zu beruhigen. Dann kamen die Kinder. Als ich den reglosen Carlo von meinem Gewicht befreite, drängelten sie sich an Mike vorbei zu ihrer Mutter. Ich sagte noch nichts. Ich baute immer noch Adrenalin ab und versuchte, mir zusammenzureimen, was geschehen war. Carlo war auf sein Zimmer gegangen, ohne uns Bescheid zu sagen, weil er plötzlich Lust auf eine Zigarre bekommen hatte. Es waren richtig dicke, teure Dinger und er bewahrte sie neben dem Bett auf. Er war aus der Toilette gekommen, ohne den Aufruhr in der Lobby zu bemerken. Und weil er Ginger nicht sah, stieg er einfach in den wartenden Lift ... und das war's.

Als ich mich am Ende der Woche an der Gangway seines Flugzeugs von ihm verabschiedete, gab er mir eine kleine Lederhandtasche – ein Accessoire, das in Mailand bestimmt besser ankam als in Berlin – und dankte mir für alles, was wir für ihn getan hatten. Im Innern der Tasche fand ich ein Trinkgeld von 10 000 D-Mark.

Carlo schüttelte mir die Hand. »Grazie«, sagte er noch mal. Und dann auf Deutsch: »Tut mir Leid, Jackson. Sie und Ihre Leute sind Profis. Ich hätte auf Sie hören sollen.«

Wieder im Hotel, hielten wir eine Besprechung ab. Wir konnten die Summe teilen, nach Hause fahren und es gut anlegen. Oder wir konnten uns mit dem Geld für weitere zwei Tage im Hotel einmieten und die Stadt auf den Kopf stellen.

Es war eine kurze Diskussion. In den nächsten zwei Tagen brachten wir das Geld gemeinsam durch.

Am Sonntagnachmittag hätten wir eigentlich heimfahren sollen, aber der Gedanke, mit einem ausgewachsenen Kater zu unseren Frauen und Freundinnen zurückzukehren, war zu viel für uns. Also fuhren wir zur Kaserne, steuerten das »Krokodil« an und fingen mit dem Trinken wieder von vorne an.

Wir hatten keine Ahnung, wie es mit uns weitergehen würde. Seit Halle hatte ich aufmerksam die Zeitungen gelesen, um zu erfahren, ob unsere Mission irgendwelche Auswirkungen auf die gesellschaftlichen Strukturen im Osten gehabt hatte. Aber der Winter war, im Gegensatz zu den Hoffnungen des Chefs, ohne Anzeichen für einen Aufstand dahingegangen – oder jedenfalls war nichts davon in die westlichen Blätter gedrungen.

Im Morgengrauen schleppten wir uns in unsere Betten. Wir hielten uns bereit für eine Mission, dabei wussten wir nicht einmal, ob das Elitekommando Ost als solches überhaupt noch existierte.

Kapitel 30

Im Frühjahr 1979 kauften Sabine und ich das Haus, von dem sie immer geträumt hatte, ein Haus aus der Mitte des 19. Jahrhunderts mit ein bisschen Land drumrum in der Nähe von Mainz. Uns gefielen die Weinberge und die Mythen des Rheinlands. Das Haus war nicht groß und ziemlich heruntergekommen.

Ich konnte meinen Lebens- und Arbeitsstil nicht ändern. Unter der Woche würde ich immer in der Kaserne sein. Aber nach den Verstimmungen der letzten Zeit musste ich etwas in meine Ehe investieren. Da war es ganz passend, mit diesem Haus anzufangen, und weil es so schlecht erhalten war, brauchten wir uns nicht bis über beide Ohren zu verschulden.

Die Anzahlung konnten wir mit dem Geld leisten, das ich bei dem Job in Halle abgezweigt hatte. Ich erklärte Sabine, die Summe sei das Ergebnis jahrelanger Sparsamkeit, und ich wäre froh gewesen, wenn all die Lügen und Halbwahrheiten, die ich Sabine schon erzählt hatte, so gut angekommen wären. Endlich hatten wir ein eigenes Haus.

Als wir einzogen, war die Küche der einzige bewohnbare Raum. Sechs Wochen lang schliefen wir dort auf Matratzen, während wir an unserem Schlafzimmer arbeiteten. Wir wuschen uns mit kaltem Wasser. Als das Schlafzimmer fertig war, richteten wir unsere Energie auf das Wohnzimmer. Und so ging es monatelang weiter, bis in den Sommer hinein. Jetzt schaudert mich, wenn ich daran denke, aber damals waren wir jung, und es war ein Abenteuer. Es entschädigte mich reichlich für die geisttötende Unterrichtstätigkeit in der Kaserne.

Ich kam an den Freitagen früh heim und arbeitete das ganze Wochenende bis in die Nacht am Haus, säuberte die Mauern mit einem Sandstrahlgebläse und besserte sie aus und verlegte Strom- und Wasserleitungen. Langsam bekam die Sache ein Gesicht. Sabine und ich stöberten in Antiquitäten- und Trödelläden und fuhren zu dem Zweck bis nach Holland und Belgien. Ich kaufte einen verschrammten alten Schreibtisch und ein paar Lampen. Monatelang sahen wir kaum einen Menschen.

Als die gröbste Arbeit im Haus getan war, richtete ich meine Aufmerksamkeit auf die Scheune. Sie hatte es mir vom ersten Augenblick an angetan: eine schöne, aber heruntergekommene zweistöckige Scheune, aus dem örtlichen Sandstein gebaut. Sie bettelte förmlich darum, bewohnbar gemacht zu werden.

Dieses Gebäude war mein Teil des Traums. Ich hatte mich immer danach gesehnt, einen Platz zu haben, an den ich mich zurückziehen konnte, wo ich die Tür zumachen und die Musik laut aufdrehen konnte.

Ich wollte das Schlimmste hinter mir haben, bevor der Winter kam. Das Team fing schon an, über mein verarbeitetes Aussehen zu lästern, und sie machten Witze darüber, dass ich beängstigend häuslich würde, aber schließlich boten Andy und Mike ihre Hilfe an. Wir hatten eine Woche Urlaub. Sie schworen, das Haus würde am Ende dieser Woche fertig sein.

Sie kamen Ende Oktober. Das Wetter war ungewöhnlich mild und wir kamen schnell vorwärts. Am Wochenende fuhr Andys neue Freundin Brigitte von Stuttgart herüber. Sie war blond und hübsch und krempelte begeistert die Ärmel auf, um zu helfen. Sie und Sabine waren sich sofort sympathisch. Sie arbeiteten im Haus, klebten Tapeten und stellten Regale auf, während wir drei im Stall wüteten, Mauern einrissen und neue hochzogen.

Gegen Ende der Woche tauchte Ginger auf. Margit hatte ihn für ein paar Tage verlassen, um ihre Eltern zu besuchen, wie er sagte. Er langweilte sich und brauchte Gesellschaft. Ich dachte damals nicht lang darüber nach. Er stürzte sich wie ein Besessener auf die Arbeit. Und wenn er nicht arbeitete, dann machte er sich noch zielstrebiger über das Bier her als wir anderen.

Am Sonntag, dem letzten Tag vor der Rückkehr in die Kaserne, ruhten wir uns aus und bewunderten unser Werk. Am Abend feierten wir eine Grillparty auf dem Lehmboden des Stalles. Einer holte die Stereoanlage und wir saßen um unser Feuer und sangen, tranken Bier und sahen Sabine und Brigitte zu, wie sie lachten und beschwipst zu den neuesten Hits tanzten.

Als alle abgefahren waren, saß ich allein in meiner Klause. Sie war beinahe fertig. Ich musste bloß noch die Elektroinstallation vollenden und ein bisschen malen. In einer Ecke des Raumes hatte ich den Schrank aufgestellt, der meine Waffensammlung enthielt. Nach deutschem Recht durfte ich solche Waffen, egal ob antik oder nicht, gar nicht besitzen, aber nachdem meine berufliche Tätigkeit auch nicht mit dem Gesetz übereinstimmte, ließ ich mir darüber keine grauen Haare wachsen. Wichtig war mir nur, dass die Sammlung sicher aufbewahrt war. Alle Waffen funktionierten einwandfrei. Mein ganzer Stolz war das zweiundzwanziger Walther-Scharfschützengewehr meines Großvaters.

Wie die meisten seiner Altersgenossen sprach auch mein Großvater nicht viel über den Krieg, aber ich wusste, dass er an vielen Feldzügen und Schlachten teilgenommen hatte. Er war bei den Siegen in Frankreich und den Niederlanden und bei den anfänglichen Erfolgen in Russland dabei gewesen.

Aber seit 1943 hatte sein Krieg nur mehr aus Niederlagen bestanden.

Am 1. Mai 1945, dem Tag nach Hitlers Selbstmord im Bunker, lag Großvater in den Ruinen von Berlin, und die Russen kamen. Alle aus seinem Zug – seine Kameraden in guten und schlechten Tagen – waren tot. Er hatte nur noch sein Gewehr.

Als er am nächsten Tag erfuhr, dass Berlin sich ergeben hatte, ging mein Großvater zum Haus meines Urgroßvaters und versteckte das Gewehr im Speicher, holte seine Frau und seine halbwüchsige Tochter – meine Mutter – und führte sie zwischen Bombenkratern und russischen Scharfschützen in Richtung Westen. Er wollte sie durch den russischen Ring um Berlin zu den Amerikanern bringen. Aber er wurde von einer Streife der Roten

Armee aufgegriffen und kam in Gefangenschaft. Erst nach zwei Jahren erfuhren meine Mutter und meine Großmutter überhaupt, dass er noch am Leben war.

Er wurde nach Frankreich verlegt und schließlich entlassen. Als er heimkam, fand er das Gewehr da wieder, wo er es versteckt hatte.

In all den Jahren, in denen ich mit ihm zusammenlebte, bekam ich das Gewehr nie zu sehen; ich hatte nicht einmal eine Ahnung von seiner Existenz. Aber als ich in die Armee eingetreten war und zu einem Kurzurlaub nach Hause kam, führte mich Großvater in sein Zimmer. Auf seinem Bett lag ein Paket, in Öltuch eingewickelt und verschnürt.

In seinen Augen standen Tränen, als ich es auspackte. Und dann hielt ich das Gewehr in der Hand. Es war wie neu. Man roch die Politur am Kolben und das Öl am Schloss.

Das war das einzige Mal, dass Großvater und ich uns umarmten.

In meinem Studio im ausgebauten Stall hielt ich an einem Novemberabend Großvaters Gewehr in einer Hand und eine Beretta 92SB in der anderen. Die Beretta war die ursprüngliche Version meiner Susi, die in der Kaserne sicher unter Verschluss lag. Der Winter rückte näher. Die Tage waren schon kurz und das Wetter war umgeschlagen. Im Kamin brannte ein Feuer; eine Flasche Rotwein stand daneben, um die richtige Temperatur zu bekommen. Sabine war im Haus und kochte das Abendessen. Die Rolling Stones dröhnten in solcher Lautstärke durch den Raum, dass der Staub von den Balken fiel.

Halle war der Höhepunkt meiner Karriere gewesen. Für kurze Zeit waren wir neun die Besten gewesen. Seit Halle waren wir quasi im Ruhestand.

Ich schaute auf das Gewehr und auf die Beretta.

Ich hatte die Beretta im Waffenschrank verwahren wollen, aber ich brachte es nicht fertig, sie am gleichen Ort wie das Gewehr unterzubringen. Ich legte sie in eine Schublade des großen Eichenschreibtisches, stellte den Kaminschirm vor das Feuer und ging zu meiner Frau.

Kapitel 31

Als wir wieder in der Kaserne waren, ließ der Chef uns gleich am ersten Morgen zu sich rufen. Er fragte, wie es uns gehe, ahnte aber vielleicht, dass ihm die Antwort eventuell nicht gefallen würde, und machte Schluss mit dem Smalltalk. Er eröffnete uns, dass der BND die Absicht habe, uns unter die Lupe zu nehmen.

»Eigentlich solltest hauptsächlich du geprüft werden, Christian«, sagte er.

Chris wurde rot. »Warum ausgerechnet ich?«, fragte er.

Der Chef lehnte sich in seinem Stuhl zurück. »Beim amerikanischen Militär gibt es den Ausdruck ›use it or lose it‹, was ungefähr heißt: Was keinen Nutzen bringt, wird gestrichen. Das gilt immer, wenn sich das Militär von den Gesetzgebern im Kongress bedroht fühlt. Ich brauche euch nicht daran zu erinnern, dass seit der letzten Aktion viele Monate vergangen sind. Und ich weiß genauso wenig wie ihr, wann wir wieder etwas zu tun kriegen.«

Er ließ seine Augen über uns schweifen und sagte dann: »In letzter Zeit verspüre ich den Drang, unsere Zahlmeister an unsere Existenz zu erinnern. Ich möchte ihnen zeigen, was ihr könnt.«

Krause langte in eine Schublade und holte einen Stoß großformatiger Schwarzweißfotografien heraus. Er breitete die Bilder auf dem Tisch aus und forderte uns auf, näher zu kommen.

»Was ihr da seht, ist einer der am besten gesicherten deutsch-deutschen Grenzabschnitte«, sagte er. »Der Todesstreifen ist auf beiden Seiten, der östlichen wie der westlichen, mit Zäunen und Stolperdrähten versehen, und das Land dazwischen ist erst kürzlich neu vermint worden.«

Wir warteten gespannt, bis er fortfuhr. »In eurer Abwesenheit war Walter auf eurem Spielplatz tätig. Er hat anhand dieser Fotos einen Teil des Streifens wirklichkeitsgetreu nachgemacht. Es gibt dort jetzt Stolperdrähte und Minen und vielleicht auch noch akustische und andere Sensoren. Das müsst ihr herausfinden. Natürlich kann Walter nur Vermutungen anstellen, an welchen Stellen sich tatsächlich Minen und getarnte Selbstschussanlagen befinden, aber ich denke doch, was er gemacht hat, ist dem Original sehr ähnlich. Ich weiß, dass ihr das Überwinden des Todesstreifens schon trainiert habt, aber der BND möchte es selbst sehen. Morgen sollt ihr es vorführen.«

»Eine Demonstration?«, fragte ich.

Der Chef verzog das Gesicht. »Nein, nichts so Formelles. Ihr braucht kein Lampenfieber zu haben. Euer Publikum wird aus mir, Unteroffizier Müller, Walter und einem Vertreter der Regierung bestehen. Aber versteh mich nicht falsch, Jackson. Ich möchte, dass ihr Eindruck macht.«

Angel schlug Chris auf den Rücken. »Natürlich werden wir Eindruck machen. Haben Sie schon gesehen, wie er durch das Minenfeld geht? So schnell und so geschickt wie eine Schlange.«

Der Chef nickte, sah aber nicht auf. »Die Leute vom BND haben die Berichte gelesen. Aber Berichte sind eine Sache und eine Vorführung in der Realität eine ganz andere.«

»Sie halten doch noch mit etwas hinterm Berg, oder?«, fragte ich.

Der Chef griff nach seiner Zigarrenkiste. Er öffnete sie und warf einen prüfenden Blick auf den Inhalt. »Um jedem Einwand zuvorzukommen, haben wir die Leute vom BND mit einem Bericht über Walters Anordnung der einzelnen Elemente versorgt. Tatsächlich haben wir die Anordnung sogar in Absprache mit ihnen festgelegt, weil sie sich in dieser Gegend sehr genau auskennen.« Er klopfte mit dem Ende der ausgewählten Zigarre auf die Fotos.

Wir warteten. Der Chef zündete sich die Zigarre an und rauchte gemächlich.

»Nach Einschätzung des BND ist es nicht möglich, den Todesstreifen in weniger als sechzig Minuten zu überqueren. Euer Spielplatz ist natürlich erheblich schmäler – Walter schätzt ihn auf ziemlich genau die halbe Breite. Diese Bastarde in Pullach wollen keine Gnade walten lassen und ich habe sie auch nicht darum gebeten.«

Jetzt würde es kommen. Ich wartete.

»Sie sind folgender Ansicht: Wenn ihr Walters Testgebiet in vierzig Minuten überwindet, dann entspricht das einer Überquerung des echten Streifens in achtzig Minuten«, sagte der Chef. »Ich habe behauptet, ihr würdet es in fünfunddreißig Minuten schaffen.«

Einen Augenblick war es vollkommen still. Fünfunddreißig Minuten – das würde knapp werden.

Dann hörte ich hinter mir ein Räuspern. Ich drehte mich um. Chris hatte die Hand gehoben.

»Sagen Sie den Leuten, wir schaffen es in dreißig.«

Der Chef schaute ihn an, dann mich.

»Genau«, sagte ich. »Sagen Sie ihnen, wir schaffen es in dreißig.« Ich hoffte nur, dass Chris wusste, was er sagte.

Die Sonne war hinter dem Horizont verschwunden, als die Uhr zu laufen begann und Chris sich ans Werk machte. Durch die Bäume am Rand unseres Spielplatzes waren noch die letzten Reste des Tages zu sehen: ein purpurroter Abendhimmel mit leuchtend roten und rosa Streifen. Wir anderen kauerten ein paar Meter hinter Chris. Ich hörte das gedämpfte Knacken seines Bolzenschneiders, als er in den äußeren Zaun eine »Tür« schnitt. Einen Meter hinter diesem Zaun, kaum sichtbar für uns, kamen die sechs parallelen Kontaktdrähte. Angel, der neben mir hockte, reichte mir das Nachtglas.

Ich wusste, dass auch der Mann vom BND von der Anhöhe hinter dem Spielplatz aus Chris' Fortschritte durch ein Fernglas beobachtete. Ich hatte einen ersten Eindruck von ihm bekommen, als wir ein paar Minuten vor Testbeginn in unserem Minibus ankamen. Krause, Locke, Walter und ihr Gast waren schon bereit gestanden.

Der Mann vom BND war untersetzt und kräftig. Unter dem Kragen seines Regenmantels hatte ich ein weißes Hemd mit Krawatte gesehen. Er hatte mit den Füßen gestampft, um sich warm zu halten.

Wir waren in voller Ausrüstung angetreten, mit schwarzen Overalls und Mützen und dicken imprägnierten Jacken. Aber ich spürte die Kälte trotzdem.

Ich beobachtete, wie Chris vorwärts kroch und die Handschuhe auszog. Im körnigen grünen Licht des Nachtglases sah ich die Tasche, die die nötigen Werkzeuge enthielt: Zangen, Schneider, Messer, Klemmen, Drähte und kleine Messgeräte. Chris machte sie auf, nahm ein Instrument heraus und hielt es an einen der Drähte.

Ich sah auf die Uhr. Es waren noch nicht einmal zwei Minuten vergangen. Als ich wieder durchs Fernglas schaute, befestigte Chris gerade ein paar Doppelklemmen am Stolperdraht.

»Elektrischer Kontaktdraht«, flüsterte Angel, als er wieder durch das Fernglas sah. »Sehr gut. Damit wird Chris im Schlaf fertig.«

Er schaffte es in drei Minuten. Ich hielt den Atem an, als er sich durch die Lücke schlängelte und auf die Sandfläche zukroch, die die Minen enthielt. Aus seinem Rucksack schlängelte sich eine Leine, die Chris immer wieder in der Erde feststeckte, um den Weg für uns zu markieren.

Im Fernglas war ein schwaches Glänzen zu sehen, als Chris die zwei Aluminiumstricknadeln herausholte, mit deren Hilfe er durch das Minenfeld kommen wollte.

In jeder Hand eine Nadel, starrte er auf den Boden.

»Was macht er denn?«, fragte ich Angel und gab ihm das Glas. »Warum bewegt er sich nicht?«

Angel drückte den Feldstecher an die Augen. »Er will ein Gefühl dafür bekommen, wo die Minen liegen. Frag mich nicht, wie er das macht. Christians Mutter muss eine Hexe sein. Er weiß einfach, wo er suchen muss. Es ist wie ein sechster Sinn.« Er richtete seine Aufmerksamkeit wieder auf Chris. »Aha, jetzt setzt er sich in Bewegung.«

Ich schaute wieder durchs Glas. Er bewegte die Hände mit verblüffender Geschwindigkeit. Aber es handelte sich um ein kompliziertes Muster. Im Westen hatte man zwei Jahrzehnte lang die Tätigkeiten der Grenzwachen analysiert und erkannt, dass der Wahnsinn Methode hatte. Manchmal war das Muster, in dem die Minen verlegt waren, leicht zu erkennen. Manchmal schien es aber überhaupt kein Muster zu geben. Auch wenn die Verteilung noch so zufällig wirkte, irgendein System gab es doch – hier eine Gruppierung, dort eine Gruppierung –, und Chris, der sich mit seinen Nadeln vorwärts tastete, schien sie zu spüren, wie ein Wünschelrutengänger eine Wasserader spürt.

Wenn er einen Fehler machte, würden wir es schnell merken. Die Übungsminen, die Walter verwendete, machten einen Krach, der Tote auferwecken konnte.

Ich sah auf die Uhr. Es waren weniger als fünfzehn Minuten vergangen und Chris war schon über die Hälfte hinaus. Ich gratulierte mir bereits innerlich, aber das war dumm von mir, denn fast im gleichen Augenblick blieb Chris stehen. Ich schaute wieder durchs Fernglas. Er hatte sich auf die Fersen gehockt und schaute mit gesenktem Kopf vor sich zu Boden. Ich sah, dass er mit der Hand am Kinn herumfummelte.

»Was ist los?«, flüsterte ich.

»Ich weiß nicht«, sagte Angel. »Er muss etwas gesehen haben.«

Ich dachte an Walter, der hinter uns auf de Anhöhe stand, und hätte gern gewusst, was in ihm vorging. Fand er es spannend, wie Chris seine Geisteskräfte mit den seinigen maß? Auf welcher Seite stand er?

Drei quälend lange Minuten saß Chris wie eine Statue da. Mit jeder Minute wurden unsere Chancen geringer. Am liebsten wäre ich aufgestanden und hätte ihm zugerufen, er solle sich gefälligst bewegen.

Als er es schließlich tat, bewegte er sich in eine Richtung, die ich nicht erwartet hatte.

Er machte kehrt und fuchtelte mit seinen Nadeln wieder über Flächen, die er vorher schon untersucht hatte.

»Was macht er denn *jetzt*?«, zischte ich.

Angel schaute schweigend durchs Fernglas. Ich warf wieder einen Blick auf die Uhr. Wir hatten noch fünf Minuten. Und aus einem Grund, den nur er kannte, hatte Chris beschlossen, rückwärts zu gehen.

»Was macht er?«, fragte ich noch einmal.

»Er misst die Abstände zwischen den Minen, an denen er bereits vorbeigekommen ist. Das Muster, in dem die Minen hinter ihm verlegt sind, gibt ihm einen Hinweis, wie die Minen vor ihm liegen.«

Chris wandte sich wieder der Strecke zu, die vor ihm lag. Er hielt die Nadeln hoch, wie ein Dirigent, dann ging er los.

In weniger als einer Minute kam er durch, erreichte die andere Seite und legte sich hin.

Das war das Signal, dass wir folgen sollten. Ich rannte gebückt los.

Am Maschendrahtzaun warf ich mich auf den Boden und kroch durch die Öffnung, dann heftete ich meine Augen auf den Kontaktzaun und auf das Ende der weißen Leine, das davor am Boden befestigt war. Ich schlängelte mich durch und die anderen folgten mir der Reihe nach. Dann stand ich auf und hielt mich auf einem schmalen Streifen beiderseits der Leine. Einen Augenblick später lag ich neben Chris am Boden.

Tony war der Letzte, der nachkam. Wir hatten es in achtundzwanzig Minuten geschafft.

Die Erregung und die Befriedigung über unsere Leistung wäre für jeden Beobachter direkt spürbar gewesen, als wir durch den Wald zurückgingen, aber wir gaben uns Mühe, cool zu wirken. Wir waren sieben Minuten unter der Zeit geblieben, die der BND als mindestens erforderlich ansah, um diesen scheinbar unüberwindlichen Todesstreifen zu überqueren, aber wir hätten es primitiv gefunden, jetzt zu jauchzen vor Freude.

Wir näherten uns der Anhöhe. Ich spähte durchs Dunkel. Es war still im Wald.

Der Chef, Locke, Walter und der Typ vom BND waren schon fort. Wir starrten hinter ihren Rücklichtern her, die bereits auf halbem Weg zur Kaserne waren.

Sabine und ich verbrachten den Tag nach Weihnachten in einem ruhigen Hotel auf dem Land. Kein Team, kein Chef, keine Familie. Nur wir zwei.

Aber einige tausend Kilometer östlich braute sich in einem Land, das die meisten Leute bis dahin nicht einmal auf der Landkarte gefunden hätten, etwas zusammen. Am 27. Dezember kehrten wir in unser Haus zurück. Als ich parkte und den Motor abstellte, hörte ich das Telefon läuten.

Ich rannte hinein und war ganz außer Atem, als ich den Hörer aufnahm. Es war Andy. »Hast du das Neueste schon gehört?«, fragte er.

»Was denn?« Ich erklärte ihm, dass ich eben erst durch die Tür gekommen sei.

»Die Sowjets sind in Afghanistan eingefallen. Der Alte hat versucht, dich zu erreichen.«

Afghanistan. Was ging uns Afghanistan an?

»Was will er denn?«

»Weiß der Teufel. An deiner Stelle würde ich das Radio einschalten und ihn dann anrufen.«

Ich schaltete den Fernseher ein. Mehr als 60 000 Sowjetsoldaten hatten die afghanische Grenze überschritten. Sondereinsatzkräfte der Spetsnaz hatten den Palast von Hafizulla Amin gestürmt. Amin war eine Marionette der Kommunisten und hatte viele Gegner im Land, vor allem die antikommunistischen Mudschaheddin, die ihn unbedingt stürzen wollten. Breschnew hatte, alarmiert durch das Auftreten radikaler, und womöglich ansteckender, militanter Islamisten gleich jenseits der südlichen Grenze der UDSSR – auf deren anderer Seite Millionen von sowjetischen Muslimen lebten –, diesen Überfall auf Kabul veranlasst. Die Sowjets hatten Amin durch Babrak Kamal ersetzt, einen Mann, mit dem sie sich verständigen zu können glaubten. Nun vereinigten sich unter dem Protestgeheul westlicher Regierungen die sowjetischen Truppen mit den afghanischen und sie nahmen gemeinsam den Kampf gegen die Rebellen auf.

Das Telefon läutete. Der Chef war mir zuvorgekommen.

Ich hörte zu, ohne ihn zu unterbrechen, und legte dann vorsichtig den Hörer auf.

Wir wurden in die Kaserne befohlen. Auf beiden Seiten des Eisernen Vorhangs waren die Truppen in höchster Alarmbereitschaft. Innerhalb von ein paar Stunden war der Weltuntergang in die Nähe gerückt. Es war fünf vor zwölf.

Kapitel 32

Den ganzen Januar hindurch herrschte gewaltige Betriebsamkeit. Wir besuchten Walter regelmäßig und verbrachten viele Stunden in den Schießständen, um uns wieder mit dem M203 und einer Anzahl anderer Waffen vertraut zu machen. Wir verschärften auch unser persönliches Fitness-Programm.

Wir unterrichteten nicht mehr so viel. Für ein paar Wochen wurden Ersatzlehrer für unsere Schüler gefunden. Inzwischen nahmen wir an Besprechungen teil, in denen es um Truppenbewegungen und die erhöhte Alarmbereitschaft im Osten ging.

Der Wortkrieg zwischen Washington und Moskau um die Invasion in Afghanistan ließ nicht nach. In den USA war Wahljahr. Präsident Jimmy Carters Position war ohnehin seit der Besetzung der US-Botschaft in Teheran im Vorjahr geschwächt. Die Republikaner, darunter ein Präsidentschaftskandidat namens Ronald Reagan, warfen Carter Unentschlossenheit vor. Ein neuer Geist herrschte in Amerika. Man hatte das Gefühl, dass die Amerikaner die Konfrontation suchten.

Es hatte zwar niemand etwas von einer neuen Mission gesagt, aber die Tatsache, dass wir wieder in unserem alten Kasernenblock waren, weckte Erwartungen in uns.

Eine Woche nach unserer Rückkehr schlich sich Angel in Lockes Büro und bestrich den Telefonhörer mit Schuhcreme. Dass er sich voll geschmiert hatte, merkte Locke erst, als die halbe Kantine in Lachen ausbrach.

Ich nahm das als Zeichen, dass das Team bereit war; möglicherweise mit einer Ausnahme: Ginger.

Seit Weihnachten war er nicht mehr der Alte. Seine Augen glänzten nicht mehr. Wenn ihn jemand darauf ansprach, sagte er, es sei alles in Ordnung.

Aber es stellte sich bald heraus, dass überhaupt nichts in Ordnung war.

Als ich einmal am Montagmorgen aus dem Wochenendurlaub zurückkam, fand ich an meine Tür geheftet einen Zettel von Locke. Er wollte mich sofort sehen.

»Es geht um Ginger«, sagte er ohne Vorrede. »Sie sollten wissen, dass er am Samstagabend in die Kaserne zurückgekommen ist.«

»Am Samstag?«, fragte ich. »Warum?«

»Ich weiß es nicht«, sagte Locke. Er sah ehrlich besorgt aus. »Er hat sich in seinem Zimmer eingeschlossen und ist den ganzen Sonntag dort geblieben. Ich dachte, das sollten Sie wissen.«

»Was ist mit dem Chef?«, fragte ich. »Weiß er Bescheid?«

Locke schüttelte den Kopf und nickte dann in Richtung auf die Tür des Alten. »Er ist da, aber er weiß nichts. Ich wollte es Ihnen überlassen, ob Sie ihn ins Bild setzen.«

Ich war richtig gerührt über seine Besorgnis. Wir hatten ihm schließlich schon allerhand angetan.

Ich dankte ihm, ging zurück in unseren Gang und klopfte an Gingers Tür. Keine Antwort. Ich drückte auf die Klinke. Zugesperrt. Ich klopfte noch mal.

»Ginger, ich bin's, Jackson.«

Lange geschah nichts. Dann hörte ich ein schwaches Schlurfen und der Schlüssel wurde umgedreht. Ich wartete noch einen Augenblick, dann stieß ich die Tür auf.

Ginger hatte sich aufs Bett geworfen. Auf dem Tisch daneben stand eine leere Whiskyflasche. Auf dem Boden lagen Fotos herum. Auch auf dem Tisch lag ein Stapel Fotos. Es waren lauter Bilder von Margit. Ginger hatte sie wohl eben erst vom Boden aufgehoben. Bei seinem Zustand war es kein Wunder, dass er nicht alle erwischt hatte.

Ich holte mir einen Stuhl ans Bettende und setzte mich. Lange Zeit sprach keiner von uns. Dann schüttelte er sich wie ein

Hund, setzte sich auf und holte eine weitere, halb volle Whiskyflasche unter dem Kissen hervor. Er hielt sie mir hin, aber ich lehnte dankend ab.

Ich fragte, was passiert sei.

»Daheim ist alles Scheiße. Wir streiten die ganze Zeit.« Er schaute auf seine Füße und seufzte. Es klang, als sei er den Tränen nahe. »Die ganze verdammte Zeit.«

»Und das geht schon seit Halle so?«

Er nickte. »Mindestens. Wenn ich heimkomme, möchte ich nur abschalten. Ich möchte nicht an die verdammte Armee denken. Ich will mich auch nicht mit ihren Freunden treffen. Ich möchte bei ihr sein, aber wenn wir zusammen sind, geht sofort der Streit los.«

»Glaubt sie, dass du ihr untreu bist?«

»Ich weiß nicht, was sie denkt.«

»Glaubst du, dass sie dir untreu ist?«

Er zuckte die Achseln und nahm einen Schluck aus der Whiskyflasche.

»Ich weiß, was du durchmachst. Bei Sabine und mir war es eine Zeit lang genau so«, sagte ich.

»Das ist ja gerade das Komische daran«, sagte Ginger. »Du weißt, was ich durchmache. Mit dir kann ich darüber reden. Du verstehst es. Jeder im Team versteht es. Nur unter uns können wir wir selbst sein. Angel versteht mich besser als meine eigene verdammte Frau, zum Teufel.«

»Vielleicht hättest du Koch heiraten sollen«, sagte ich.

Er nahm noch einen Schluck und lächelte.

»Bei Licht betrachtet, ist die Idee doch nicht so gut«, sagte ich. »Ich bin mit ihm in Urlaub gewesen. Er hat ein paar wirklich abstoßende Gewohnheiten.«

Ginger starrte immer noch auf den Boden. Dann sah er auf. »Was soll ich tun, Jackson?«, fragte er.

Ich erzählte ihm, dass auch Sabine und ich uns ewig gestritten hätten. Erst bei der Arbeit an unserem Haus sei uns wieder bewusst geworden, was wir ursprünglich aneinander geliebt hatten.

»Vielleicht musst du bloß einmal eine Zeit lang mit ihr zusammen sein«, sagte ich.

»Ich will aber meinen Platz im Team nicht verlieren.«

Ich sagte ihm, er solle sich deshalb keine Sorgen machen. Aber Tatsache war, dass ich ihn in diesem Zustand nicht brauchen konnte.

Ich riskierte es und ging zum Chef. Ich stellte die Sache in so freundlichen Farben wie möglich dar, aber der Alte war nicht dumm. Ich machte mich auf alles Mögliche gefasst.

»Weißt du noch, was ich sagte, als ihr euch zum ersten Mal in diesem Raum versammelt habt?«, fragte er. Er saß mit gelockerter Krawatte am Schreibtisch. »Ich sagte, wir seien eine Familie.«

»Ich wette, Sie haben diese Worte schon öfters bereut«, sagte ich.

Krause lachte. »Manchmal muss man eben ein bisschen Dampf ablassen, Jackson. Tatsächlich aber habe ich mich sehr darüber gefreut, wie ihr zusammenhaltet. Hat nicht Napoleon einmal gesagt, der Krieg sei so gut wie gewonnen, wenn seine Leute dem Feind nur halb so viel Angst einjagten wie ihm?«

Ich war eher der Meinung, das sei sein britischer Gegner Wellington gewesen, aber darauf kam es jetzt nicht an. Gingers Zukunft stand auf dem Spiel und Krause wollte sprechen.

Ich fühlte mich ein bisschen wie der verlorene Sohn.

Der Chef sprach des Langen und Breiten über alles, was in letzter Zeit geschehen war, und machte Andeutungen über unsere Zukunft. Schließlich hielt er inne und presste seine Fingerspitzen aneinander. Er sah aus wie ein Richter, der im Begriff ist, das Urteil zu verkünden. »Ich glaube, ich habe euch gesagt, wenn ihr mir vertrauen und füreinander einstehen würdet, würde auch ich für euch einstehen. Ginger ist ein äußerst wertvolles Mitglied des Teams. Sag ihm, er hat drei Wochen Zeit, um sich wieder zu fangen.«

Am nächsten Tag fuhr Ginger ab. Eine Woche lang hörte ich nichts. Dann läutete eines Morgens das Telefon. Ich war gerade dabei, die Abschlusszeugnisse für meine Schüler auszustellen. Ich hob ab. Es war Ginger. Er klang fröhlich.

Margit und er sprachen miteinander. Es gab Hoffnung.

Zwei Tage später rief er wieder an, und diesmal war er es, der die Fragen stellte. Er wollte alles wissen. Was los war. Ob es Neuigkeiten in Bezug auf eine Mission gab. Wie unser Training im Moment aussah. Was man aus dem Osten Neues hörte.

»Mann«, sagte ich, »du solltest diesen Kram doch eine Zeit lang vergessen.«

»Ja, ja«, sagte er. »Aber meine bessere Hälfte ist gerade beim Einkaufen. Ich bin allein, und da dachte ich eben, ich rufe dich an. Alles läuft prima. Ehrlich.«

Da war ich mir nicht so sicher. Besonders, als er mich nach drei Tagen schon wieder anrief und wir alles noch mal durchkauten.

Als ich nach Margit fragte, wich er mir aus. Er interessierte sich viel mehr für uns. Er hatte eine Heidenangst, wir könnten ohne ihn zu einem Einsatz losgeschickt werden. Ich musste schwören, dass nichts im Busch war. Erst dann versprach er, nicht mehr anzurufen.

Nach einer weiteren Woche war ich spät abends noch bei der Arbeit, als es an der Tür klopfte.

Ich schaute auf die Uhr und rieb mir die Augen. Ich hoffte, es wäre nicht der Chef. Seit wir wieder in der Kaserne waren, hatte er es sich angewöhnt, zu den unmöglichsten Zeiten bei mir aufzukreuzen, um ein Schwätzchen zu halten. Wir sprachen über die Stellung Westdeutschlands in der Nachkriegswelt, über die Frage, ob Ost und West jemals wieder zusammenkommen würden, und über die Notwendigkeit, den Kommunisten Widerstand entgegenzusetzen. Aber an diesem Abend war ich müde. Ich wollte ins Bett.

Ich sah auf. In der Tür stand Ginger. Er war kreidebleich. Ganz offensichtlich war alles vorbei.

In den folgenden Tagen und Wochen kümmerte sich das ganze Team um ihn. Was Ginger passiert war, konnte jedem von uns passieren.

Wir fanden für ihn eine Wohnung, fünfzehn Kilometer von der Kaserne entfernt. Manchmal ließen wir ihm Freiheit – die Freiheit, die er brauchte, um sich mit dem Bruch abzufinden –, zu anderen Zeiten wieder brachten wir ihn auf Trab und beteiligten ihn an allem, was wir machten. Wir brachten ihn sogar abwechselnd heim und kümmerten uns dann auch an den Wochenenden um ihn, zusammen mit unseren Freundinnen und Frauen.

Nach ein paar Wochen begannen die Wunden zu heilen.

Schließlich wurde Ginger es leid, ständig betütelt zu werden. Sechs Wochen nach seiner Trennung von Margit teilte er uns allen mit, wir hätten ihn jetzt lang genug bemuttert.

Gleich als wir sein Büro betraten, sah ich, dass der Chef nervös war. Menschenskind, dachte ich, hoffentlich ist bloß Carlo nicht wieder im Land.

Der Alte setzte sich in seinen Sessel und lud uns mit einem Wink ebenfalls zum Sitzen ein. Locke hatte wieder für Feuer im Kamin gesorgt. Es wurde ganz still im Raum.

»Ich habe etwas für euch, was euch glücklich machen wird«, verkündete der Chef.

Er schaute uns der Reihe nach an. Wir hingen alle an seinen Lippen. Ich fühlte die Hitze der Flammen im Rücken.

»Da gibt es jemanden jenseits der Grenze, der in den Westen zurück möchte«, sagte er. »Ich möchte, dass ihr ihn holt.«

Ich blickte zu Andy. Seine Mundwinkel verzogen sich zu einem Lächeln. Mir wurde vor Erregung die Brust eng.

»Ich sage euch, was ich weiß«, sagte der Chef. »Der Typ ist Chefingenieur bei der Reichsbahn und SED-Mitglied. Während er nach außen hin für die Stasi arbeitete, hat er den Westen fünfzehn Jahre lang mit wichtigen Informationen versorgt. Sie vertrauen ihm – oder besser, sie haben ihm vertraut.«

Der Chef zündete sich eine Zigarre an. Das fassten wir als Erlaubnis zum Rauchen auf und kramten nach unseren Zigarettenschachteln. Andy zündete zwei Marlboros an und gab mir eine. Ich inhalierte tief und ließ das Nikotin wirken.

Der Alte wartete, bis wieder Ruhe herrschte, dann fuhr er fort: »In den letzten zwei Jahren war unser Mann Mitglied einer Delegation, die mit Vertretern der Bundesbahn grenzüberschreitende

Konferenzen abhielt. Das gab dem BND natürlich die Gelegenheit, ihn auszufragen. Die Stasi ließ ihn raus, weil er in der DDR Familie hat – eine Frau und drei kleine Kinder.«

Er schwieg, zog an seiner Havanna und blies eine Rauchwolke in den Raum. »Aber jetzt muss unser Mann – wir wollen ihn Manfred nennen – raus.«

Andy sah erst mich an, dann den Chef. »Warum?«, fragte er.

»Vor einer Woche wurde eine Westreise, welche die Delegation geplant hatte, abgesagt. Zuerst dachte sich Manfred nichts dabei – solche Absagen hatte es immer wieder gegeben –, aber dann hörte er, dass jemand in seinem Büro herumgeschnüffelt und Fragen nach dem Fotokopier-Papier gestellt hatte.«

»Wieso das?«, fragte Angel.

»Manfred hat Unterlagen fotokopiert«, antwortete der Chef. »Eine Menge Unterlagen.«

»Jemand hat den Papiervorrat kontrolliert«, sagte Andy.

»Solche Sachen bleiben im Osten nicht unbemerkt«, sagte der Chef.

Einen Augenblick lang fragte ich mich, wieso die DDR einen Ingenieur so wichtig nahm, selbst wenn es sich um einen Chefingenieur der Deutschen Reichsbahn handelte.

Aber in einem kleinen Land wie der DDR wusste ein Mann, der sich mit der Eisenbahn auskannte, automatisch eine Menge über die strategische Bereitschaft des Warschauer Paktes. Bewegungen von deutschen und sowjetischen Truppen oder Panzern, Truppenaufmärsche an der Grenze, sogar der Transport taktischer Nuklearwaffen wurden regelmäßig per Eisenbahn bewerkstelligt. Plötzlich ging mir auf, was der Mann alles wissen konnte und warum die Bundesrepublik ihn herausholen wollte.

Ich konnte mir auch vorstellen, dass in einem Land, das über zwei Millionen bezahlter Informanten verfügte, so genannter informeller Mitarbeiter, welche die ganze Gesellschaft durchdrangen, sich irgendeiner bereit gefunden hatte, die Stasi darüber zu informieren, dass das Fotokopierpapier allzu schnell dahinschwand.

»Also müssen wir Manfred jetzt herausholen, und zwar schnell«, sagte der Chef. »Und nicht nur ihn, sondern auch seine Frau und die drei Kinder.«

»Wie alt sind die Kinder?«, fragte ich. Ich sah den kleinen Jungen vor mir, den ich im Laderaum des Purolator-Autos hatte beruhigen müssen.

»Zehn, sieben und fünf. Zwei Jungen und ein Mädchen.«

Hinter mir pfiff Lobo leise. »Und wie?«, fragte er.

»Man hat uns einen Treffpunkt angegeben. Ein Hochstand am Nordrand des Harzes, von einem Ort namens Hornburg aus gleich jenseits der Grenze. Bonn schickt uns Landkarten und alle wichtigen Details. Sie müssten morgen da sein. Ich wollte euch auch nur im Voraus informieren. Die Uhr läuft.«

»Wie lang haben wir Zeit?«, fragte ich.

»Wir haben uns geeinigt, dass wir ungefähr dreieinhalb Wochen brauchen, um einen Plan auszuarbeiten.«

»Das bedeutet, Sie möchten, dass wir in zweieinhalb fertig sind«, sagte Angel.

Der Chef lachte. »Koch, in Augenblicken wie diesem merke ich immer, dass du ein gutes Stück schlauer bist, als du aussiehst.«

Der Chef beantwortete noch ein paar Fragen, aber viel gab es nicht mehr zu besprechen. Er hatte uns offenbar alles gesagt, was er wusste.

Gleich nach diesem Meeting versammelten wir uns in unserem Besprechungszimmer, das mit einem Tisch, einem halben Dutzend Stühlen, mehreren weißen PVC-Tafeln und ein paar farbigen Stiften ausgerüstet war.

Wir scharten uns um eine Landkarte und warfen einen Blick auf die fragliche Gegend.

Der Harz, der sich einst in der Mitte Deutschlands befunden hatte, war jetzt eine abgelegene Gegend. Ich fuhr mit dem Finger an der Grenze entlang, bis ich Hornburg fand. Es liegt ungefähr dreißig Kilometer südlich von Braunschweig und fünfzehn Kilometer östlich von Salzgitter.

Ich bat Locke telefonisch, uns Waldwegkarten der Gegend zu besorgen. Diese Karten wurden in Westdeutschland von Wanderern und Bergsteigern benutzt. Sie würden uns Informationen über die topografische Lage der Umgebung liefern.

Wir konnten nicht auf die Sendung des BND warten. Außerdem hatte ich bei unserer Ausbildung vor allem gelernt, dass wir so selbstständig arbeiten mussten wie möglich.

Kapitel 33

Wir teilten uns in zwei Teams auf: Eines musste dafür sorgen, dass das Besprechungszimmer rund um die Uhr besetzt war, das andere sollte Feldforschung betreiben und an der Grenze Informationen sammeln. Innerhalb von vierundzwanzig Stunden hatten wir aus dem Besprechungszimmer unsere Operationszentrale gemacht.

Dank Lockes Bemühungen war die Wand am Fenster mit Karten bedeckt. Eine Generalstabskarte, in deren Mitte sich die Grenzen von Niedersachsen und den angrenzenden ostdeutschen Bezirken trafen, beherrschte den Raum.

Daneben hatten wir noch ein halbes Dutzend Waldwegkarten für das Grenzgebiet nordöstlich von Hornburg.

Die Grenze zwischen Ost- und Westdeutschland mit ihrem befestigten Todesstreifen hatte die Harzregion zweigeteilt.

Es gab dort eine Menge Wanderwege und verlassene Bergwerke, welche daran erinnerten, dass Täler und Schluchten einst widergehallt hatten vom Lärm der Menschen und Maschinen, die in den Bergen Silber, Kupfer, Zink und Blei förderten.

Seit dem Ende des Zweiten Weltkriegs war der Harz eine Art Niemandsland zwischen den militärischen Vorposten der Gegner im Kalten Krieg.

Gegen Ende des Krieges bauten die Nazis ein Netz von unterirdischen Fabriken in den waldreichen Bergen. Sie sollten die Produktion von Rüstungsgütern aufrechterhalten. Darunter waren auch Fabriken, die Geheimwaffen wie die V2-Rakete herstellten. Manche dieser Fabriken waren so gut getarnt, dass sie erst nach dem Zusammenbruch entdeckt wurden. Manche wurden von den Sowjets in den letzten Kriegstagen erobert und übernommen.

Das war jetzt fünfunddreißig Jahre her und immer noch verbargen sich im Harz viele militärische Einrichtungen der Russen. Man hatte im Westen nur lückenhafte Kenntnisse darüber. Die Topografie des Harzes schützte die sowjetischen Militäreinheiten genauso vor der Luftaufklärung wie früher die Nazis.

Mithilfe der Karten vom BND und genauen Koordinaten konnten wir den Treffpunkt lokalisieren.

Unsere Karten zeigten uns eine Gegend mit dichtem Mischwald, die, von ein paar unbedeutenden Weilern abgesehen, so gut wie unbewohnt war.

Im Süden stieg das Land steil an und bildete Klippen, Schluchten und Berge; aber in der Gegend des Treffpunkts war es gottlob nicht so schlimm.

Die erste Mannschaft bestand aus Lobo, Tony und Mike. Sie sollten das Operationszentrum leiten und alle einlaufenden Informationen sortieren.

Andy, Carl, Chris, Angel, Ginger und ich bildeten das zweite Team. Wir mussten Daten sammeln und an unsere Zentrale übermitteln.

Von dem Punkt an der Grenze aus, der dem Treffpunkt am nächsten lag, markierten Andy und ich nach rechts und links jeweils eine Strecke von elf Kilometern. Auf diesen insgesamt zweiundzwanzig Kilometer langen Grenzabschnitt konzentrierten wir uns.

Es war unbedingt nötig, dass wir die Sicherungsanlagen an diesem Abschnitt möglichst bald mit eigenen Augen sahen.

Chris, dessen Aufgabe es war, uns durch den Todesstreifen zu führen, versuchte, möglichst viel über den aktuellen Stand der Grenzsicherungen herauszubringen. Sie wurden nämlich laufend verändert.

Es war nicht immer ohne weiteres sichtbar, welche Grenzabschnitte aufgerüstet worden waren und wann – ein weiterer Grund, weshalb wir uns die Sache persönlich und genau anschauen mussten.

In unserem Einsatzgebiet verlief die Grenze, dem Gelände folgend, in Kurven und in wechselnder Höhe.

Wir teilten die Strecke aus taktischen Gründen in drei Zonen von je gut sieben Kilometern ein. Die kürzeste Entfernung vom Treffpunkt zur nördlichen Teilstrecke betrug etwa achteinhalb Kilometer, zur südlichen Teilstrecke elfeinhalb. Der mittlere Abschnitt bot die kürzeste Route: sieben Kilometer Luftlinie vom Treffpunkt zur Grenze.

Zwei Dinge waren mir klar bewusst: die kürzeste Strecke zum Treffpunkt musste nicht unbedingt die beste sein, und die günstigste Route durch den Todesstreifen – vorausgesetzt, wir fanden überhaupt eine – befand sich vielleicht gerade in dem Abschnitt, der am weitesten vom Treffpunkt entfernt war.

Bei einer solchen Operation mussten wir uns alle Optionen offen halten.

Am späten Nachmittag teilten wir das Feldforschungsteam in drei Gruppen auf. Diese Gruppen sollten sobald wie möglich aufbrechen und die drei Grenzabschnitte intensiv studieren.

Ginger und Carl sollten den nördlichen Sektor übernehmen, Angel und Chris den in der Mitte und Andy und ich den südlichen.

Um sechs Uhr wollte ich gerade den Chef ins Bild setzen, als Chris hereinkam. Ich wusste, dass er den ganzen Tag herumtelefoniert hatte, um von unseren Nachrichtenquellen möglichst viel zu erfahren. Chris blühte normalerweise bei Stress auf. Jetzt aber war er blass und wirkte abgespannt.

»Die neueste Nachricht ist, dass wir es mit einem nachgerüsteten Grenzabschnitt zu tun haben«, sagte er. Er holte zwei große Schwarzweißfotos aus einem Umschlag und legte sie nebeneinander auf den Tisch. Sie zeigten einen Grenzabschnitt mit zwei Zaunanlagen in hundertfünfzig Metern Entfernung voneinander. Er lag im Westharz und war der Anlage sehr ähnlich, die Walter für unseren Test vor dem BND hergestellt hatte.

Andy und ich rückten näher.

Chris drehte eine Schwenklampe so, dass sie direkt auf das linke Foto schien. Er deutete auf einen Sandstreifen zwischen dem

Fahrweg, der am östlichen Zaun entlang führte, und dem Grünstreifen in der Mitte. Der mit Gestrüpp bewachsene Streifen war oft vermint, der Sandstreifen immer.

»Dieses Bild wurde im vergangenen Oktober aufgenommen«, sagte Chris. »Achtet auf die Farbe des Sandstreifens.« Er verschob die Lampe noch ein bisschen. »Und jetzt schaut euch das andere Foto an, das erst vor wenigen Wochen aufgenommen wurde.«

Chris richtete das Licht direkt darauf. Wir beugten uns tief über das Bild. Ich sagte, mir scheine die Farbe des Sandes eine Schattierung oder zwei dunkler.

»Der dunklere Sand zeigt an, dass der Streifen erst vor kurzem neu vermint worden ist«, sagte Chris.

Minenräumung war Chris' Spezialität, aber ich hatte auch schon bei Besprechungen über die Ausstattung der Grenze teilgenommen und wusste, dass es eine ganze Menge verschiedener Anti-Personen-Minen gab. Die meisten waren sowjetischer Bauart oder Nachbauten russischer Modelle.

Die Pfahlmine war eine Splittergranate. Sie wurde an einem stählernen oder hölzernen Stab befestigt, den man in die Erde steckte. Sie wurde durch einen Stolperdraht aktiviert, der zwischen Zehenhöhe und fünfzehn oder zwanzig Zentimetern über dem Boden verlaufen konnte.

Es gab verschiedene Arten von Pfahlminen, aber alle hatten einen tödlichen Radius von bis zu dreißig Metern. Es gab die sowjetische Version der amerikanischen Claymore-Mine, die ebenfalls im Todesstreifen eingesetzt wurde. An einem Baum oder Pfahl befestigt oder einfach in die Erde gesteckt, wurde sie durch einen Stolperdraht gezündet und durchschlug alles innerhalb ihrer tödlichen Reichweite von fünfzig Metern.

Dann gab es die Springmine. Sie wurde ein paar Zentimeter tief im Boden vergraben und ging los, wenn man darauf trat. Ein Zeitschalter verzögerte die Explosion so lange, dass das Opfer noch einen Schritt oder zwei weitergehen konnte. Dann aktivierte der Zünder einen kraftvollen Sprungmechanismus, der die Mine auf Taillenhöhe des Opfers emporschleuderte. Dort explodierte die Mine und riss den Betreffenden in der Mitte auseinander.

»Und mit welchen Minen haben wir es hier zu tun?«, fragte ich.

Chris schob die zwei Fotos wieder in den Umschlag. »Das ist ja gerade das Schöne an meinem Job«, sagte er mit gezwungenem Lächeln. »Man weiß es erst, wenn man an Ort und Stelle ist. Und selbst das ist nicht sicher.«

Auf dem Weg zum Chef bat ich Locke, uns drei Pensionen in der Nähe des Operationsgebietes zu suchen.

Angel hatte Recht. Wir mussten damit rechnen, nicht mehr als zweieinhalb Wochen für unsere Vorbereitung zur Verfügung zu haben. Sechzehn Tage. Maximal achtzehn.

Ich musste zusehen, dass wir möglichst viel von unserer Zeit dafür aufwenden konnten, unser Zielgebiet zu beobachten und uns ein Bild davon zu machen.

Wenn wir wirklich bereit sein wollten, musste ich auch die schlimmsten Möglichkeiten einkalkulieren.

Wir hatten sechzehn Tage, um einen Plan auszuarbeiten, der uns über den Todesstreifen brachte und wieder zurück.

Am nächsten Abend mussten die Teams an ihren Beobachtungsposten sein.

Kapitel 34

Andy und ich aßen unser Wildgulasch fertig und sagten unseren Wirtsleuten, wir würden ausgehen. Es war sieben Uhr. Am Horizont waren noch die letzten Spuren eines wässrigen Sonnenuntergangs zu sehen. Mit einem ordentlichen Essen im Bauch waren wir bereit für die Grenze.

Unsere Zimmer befanden sich in einer umgebauten Scheune, fünfzig Meter vom Hauptgebäude des Bauernhofs entfernt. Die Bauersleute, ein Ehepaar in den Fünfzigern namens Giesecke, verschafften sich mit den Fremdenzimmern ein zusätzliches Einkommen.

Sie hatten uns die Schlüssel gegeben, so dass wir nach Belieben kommen und gehen konnten. Als Eltern einer großen Nachkommenschaft, sagten sie, seien sie an die Umtriebe junger Leute gewöhnt.

Locke hatte seine Sache gut gemacht. Ich nahm mir vor, ihm eine Postkarte zu schicken.

Von der Kaserne bis zur Grenze hatten wir fünf Sunden gebraucht. Kaum hatten wir die Schlote und Industriegebiete Nordrhein-Westfalens hinter uns gelassen, waren wir schon aus dem Flachland in Bergregionen mit Weiden und Wäldern gekommen.

Vor der Abfahrt hatte ich noch mit dem Alten gesprochen. Nach den Einsätzen in Berlin und Halle wusste ich allmählich, wie er am liebsten arbeitete. Er wollte erst am Ende der Planungsphase eingeschaltet werden, noch ein paar Fragen stellen und kleine Verbesserungsvorschläge machen.

Im Augenblick wollte er nur informiert werden.

Sonst hatte ich nur noch Sabine anrufen und ihr erklären müssen, dass ich kurzfristig zu einem Manöver abkommandiert worden sei und wahrscheinlich mindestens drei Wochen lang nicht heimkommen würde. Natürlich war sie nicht begeistert.

Unsere Pension lag in einem kleinen Dorf, ungefähr zwanzig Minuten Fahrzeit von der Grenze entfernt. Bei unseren Gastgebern gaben wir uns als zwei junge Städter auf Wander- und Bergsteigerurlaub aus. Hier, im tiefer gelegenen Teil des Harzes, war der Schnee schon weggetaut, und in der Luft lag ein feuchter Hauch von Frühling.

An diesem Abend war der Himmel klar, aber die Wettervorhersage hatte Regen angekündigt. Andy parkte an einem Picknickplatz fünfzig Meter abseits der kurvenreichen Straße, die zur Grenze führte. Ich stieg aus und leuchtete mit einer Taschenlampe ringsum. Der Lichtstrahl fiel durch die Bäume und verlor sich tief im Wald.

Ich schaltete die Lampe aus. An der Grenze würde ich nur noch eine Minitaschenlampe benutzen, und auch das möglichst wenig.

Wolken zogen vor einem Dreiviertelmond vorbei. Der Mondzyklus war günstig für uns. Zu der Zeit, wo wir voraussichtlich über die Grenze gingen, würden die Nächte dunkel sein.

Ich zog eine imprägnierte Jacke über den Pullover und vertauschte meine Halbschuhe mit Wanderstiefeln. Ich klopfte mir auf die Taschen, um mich zu versichern, dass ich Notizblock und Stift eingesteckt hatte. Dann machten wir uns nach einem Blick auf die Karte in Richtung Grenze auf.

Wir kamen durch Mischwald aus Tannen und Silberbirken und blieben ab und zu stehen, um uns zu orientieren und zu lauschen. Um uns war alles still und dunkel.

Plötzlich bemerkte ich einen schwachen Schimmer durch die Bäume. Fünfzig Meter weiter waren Lichtpunkte daraus geworden.

Andy und ich schauten uns an. Wir waren beinahe da.

Wir gingen auf die dunkle Gegend zwischen den beiden Lichtergruppen vor uns zu.

Und dann gaben die Bäume plötzlich die Sicht frei, viel schneller, als ich erwartet hatte. Direkt vor uns, in hundertfünfzig Meter Entfernung, nur als Silhouette erkennbar im Schein der Lampen, stand ein Wachturm.

Wir ließen uns neben einem umgestürzten Baum fallen. Nur einen Steinwurf vor uns war der Wald abrupt zu Ende. Auf dem gerodeten Gelände, ein paar Meter vom Wald weg, konnte ich einen weißen Grenzpfahl sehen. Und fünfzig Meter dahinter kam der erste Zaun.

Vor unseren Augen erhob sich die verkleinerte Ausgabe eines Flughafen-Towers oder so etwas wie ein Wachturm eines Konzentrationslagers.

Es gab zwei Grundmodelle von Wachtürmen. Die großen waren zehn bis zwölf Meter hoch und mit bis zu sechs Grenzsoldaten bemannt. Die Konstruktion war einfach: eine aus mehreren Bauteilen zusammengesetzte Betonröhre mit einer befestigten Beobachtungskanzel oben drauf, die rundum Fenster hatte und auf dem Dach ein oder zwei Scheinwerfer.

Solche Wachtürme standen meist dort, wo man einen weiten Überblick auf den Streifen hatte. Im Flachland standen die Türme in Sichtweite voneinander, so dass eine lückenlose Überwachung gewährleistet war. In Gegenden wie hier wurden sie durch kleinere Türme mit zwei Mann Besatzung unterstützt, die in den Senken postiert waren und Lücken ausfüllen sollten.

Das hier war einer von den großen.

Im Moment wollte ich mich eigentlich nur orientieren. Aber als sich die Wolken teilten und das Mondlicht das Bauwerk erfasste, war ich von dem Anblick fasziniert. Ich kauerte mich nieder und zwang mich, normal zu atmen.

Hinter den Fenstern des Turmes bewegten sich Schatten.

Am nächsten Abend würden wir mit Feldstechern und Nachtgläsern kommen. Aber jetzt wollte ich nur die Atmosphäre in mich aufnehmen.

Ich starrte auf den Todesstreifen. Da mussten wir also hinüber.

Durch die Stille kam das Motorengeräusch eines Autos. Über

dem Hügel zu unserer Linken erschienen Scheinwerfer. Ein Jeep rumpelte die Piste entlang, die neben dem zweiten Zaun verlief, und kam unter einer Lampe durch. Instinktiv begann ich zu zählen. In einer knappen Minute erreichte der Jeep den Turm und hielt.

In der Kanzel auf dem Turm gab es jetzt verstärkt Bewegung, Umrisse von Menschen zeichneten sich gegen das Mondlicht ab. An einem der Fenster erschien ein Kopf. Mit einiger Mühe konnte ich hören, dass gesprochen wurde, aber die Worte wurden vom Wind weggeblasen. Allein die Entfernung hätte sie aber schon unverständlich gemacht.

Der Jeep setzte sich wieder in Bewegung. Ich schaute auf die Uhr und notierte mir die Zeit: 22.21 Uhr. Der Jeep war innerhalb von zwei Minuten gekommen und wieder verschwunden.

Ich fühlte eine Berührung an der Schulter.

Andy zeigte auf seine Uhr. Er hatte Recht. Zeit zum Gehen.

Ich rappelte mich auf, drehte mich um und blieb wie angewurzelt stehen. Nicht mehr als fünf Meter entfernt starrte mich ein Paar Augen an. Mein Herz hämmerte. Ich sah, wie sich die Lichter der Grenze in den Augen des Hirsches spiegelten, und ich sah die Verästelungen seines Geweihs. Heißer Atem strömte aus seinen Nüstern. Ich starrte das Tier an und das Tier starrte mich an. Dann stand Andy auf.

Der Hirsch erschrak bei dieser Bewegung und sprang davon. Er brach durch das Gebüsch und sprang auf die gerodete Fläche jenseits des Grenzpfostens.

Andy und ich tauchten wieder hinter dem Baumstamm unter. Ich wartete darauf, dass die Suchscheinwerfer uns erfassten. Das Blut klopfte mir in den Ohren.

Ich wartete. Eine Minute verging. Keine Scheinwerfer.

Dann hörte ich ein leises Lachen.

»Die Rache der Natur«, flüsterte mir Andy ins Ohr. »Iss das nächste Mal kein Wild mehr.«

Wir schlüpften zurück in den Wald. Der Mond war hinter den Wolken verschwunden. Wir ließen die Lichter der Grenze hinter uns, dankbar für die Dunkelheit, die uns aufnahm.

Sechs Tage und Nächte lang konzentrierten wir uns auf die Wachtürme. In unserem Sektor gab es sechs; drei große und drei kleine. Am Morgen nach unserer Begegnung mit dem Hirsch gingen wir an der Grenze entlang und stellten ihre genauen Positionen fest. Aber hauptsächlich machten wir unsere Beobachtungen nachts, zu der Zeit, wo wir tatsächlich die Grenze überschreiten würden.

Es wurde regnerisch. Trotz unserer Schutzkleidung wurde ich in der zweiten Nacht klitschnass. Ich selbst konnte den Regen schon aushalten, aber ich hatte Schwierigkeiten mit dem Bildverstärker. Wenn ich den Todesstreifen durch dieses Fernrohr beobachtete, das die Dunkelheit durchdrang, indem es das vorhandene Licht verstärkte, dann wirkte der Regen wie das Gestöber bei einer Fernsehstörung.

Ich übernahm die drei Wachtürme links von uns, Andy die drei rechts von uns. Wir hatten vor, sie eine ganze Nacht lang zu beobachten.

Zwischen den Bäumen hockend, observierte und notierte ich jede Bewegung der Wachen.

Bald nachdem ich in der zweiten Nacht – der ersten vollen Nacht am Streifen – meinen Posten bezogen hatte, erschien ein Lastwagen. Er näherte sich von links auf der Piste, die am hinteren Zaun entlang lief. Am Turm hielt er an und vier Männer sprangen heraus.

Ich notierte mir die Zeit. Die erste Nachtschicht war gekommen.

Zwei Minuten später waren alle vier Männer der ersten Schicht ersetzt. Dann rollte der Lastwagen weiter zum nächsten Turm.

Ich schaute zum Wachraum hinauf. Die neuen Leute machten kein Licht, um sich die Nachtsicht nicht zu verderben.

Dann gingen sie an ihre gewohnte Beschäftigung. Einer von ihnen suchte mit dem Fernglas den Todesstreifen ab. Ab und zu hob er es, um etwas zu beobachten, was ihm aufgefallen war. Die anderen schauten auch hinunter, aber nur mit bloßem Auge.

In keinem Augenblick starrten weniger als drei von ihnen auf den Streifen.

Was wusste ich über die Soldaten auf dem Turm?

Ziemlich sicher war einer von ihnen ein Spitzel, der die anderen überwachte.

Ich wusste auch, dass in der DDR, wo Vertrauen ein unbekannter Luxus war, diese Soldaten regelmäßig ausgewechselt wurden. In langen Nachtschichten entstanden Freundschaften. Um sich die Zeit zu vertreiben, sprachen die Soldaten möglicherweise über ihre ureigenen Gedanken und Ängste. Und wenn sie genug Zeit hätten, um sich näher kennen zu lernen, würde das Gespräch vielleicht eine unerwünschte Wendung nehmen. Es könnte vielleicht gar der Gedanke an Flucht aufkommen.

Eine ständige Rotation bei den Soldaten verringerte das Risiko, dass solche Bündnisse entstanden.

Irgendwo auf der anderen Seite des Todesstreifens gab es eine Kaserne, welche die Mannschaften für diesen Grenzabschnitt stellte. Die Soldaten mussten acht Stunden lang, bis sie abgelöst wurden, voll wachsam sein. Wenn sie Fluchtversuche nicht vereitelten, drohten ihnen schwere Strafen. Sie hatten ständig ihre Kalaschnikow-Sturmgewehre bei sich. Ich spähte scharf, ob sie auch bessere Gewehre zur Verfügung hatten – sowjetische Scharfschützengewehre zum Beispiel –, aber ich sah nichts dergleichen.

In ihrer Beobachtungskanzel konnte man nichts anderes tun als rauchen, reden und das Gelände zwischen den beiden Zäunen observieren. Ich wusste aus eigener Erfahrung, dass ein solcher Dienst tödlich langweilig war.

Auch aus diesem Grund wurden die Wachen regelmäßig kontrolliert. Der Jeep, den wir am ersten Abend gesehen hatten, hatte eine solche Kontrolle durchgeführt.

Während der zweiten Nacht achtete ich besonders auf den Fahrplan des Jeeps. Bei Tagesanbruch war er schon neun Mal da gewesen. Manchmal kam er auf der Piste. Manchmal tauchte er aber auch aus dem Wald hinter dem östlichen Zaun auf. So konnten die Posten niemals wissen, wann er kam.

Aber wir auch nicht.

In der dritten Nacht richtete ich meine Aufmerksamkeit auf

den nächsten – kleineren – Turm. Hier, bei nur zwei Mann Besatzung, war die Arbeitsweise leichter zu durchschauen. Ein Posten beobachtete die linke Seite, der andere die rechte. Auch hier gab es nur ein Fernglas.

Der kleine Turm stand ungefähr einen halben Kilometer Luftlinie rechts von dem großen, den ich in der vergangenen Nacht observiert hatte. Der Lastwagen, der die Nachtschicht brachte, kam pünktlich. Er hatte sieben Minuten von einem Turm zum anderen gebraucht.

Es gab drei Acht-Stunden-Schichten. Diejenige, die uns interessierte, dauerte von zehn bis sechs.

Zwei frische Soldaten in Mänteln sprangen hinten aus dem Laster.

Der Schichtwechsel fand offenbar immer zur gleichen Zeit statt.

Ich schaute durch mein Nachtglas. Die Wachen rauchten, gingen herum, stampften mit den Füßen und tranken gelegentlich Tee oder Kaffee aus einer Thermoskanne. Ich wusste, dass es etwas Heißes war, weil ich aus den Bechern Dampf aufsteigen sah. Trotzdem notierte ich mir, dass wir auf Anzeichen von Alkoholkonsum achten sollten.

Um 22.37 kam der Kontrolljeep. Er fuhr am Turm vor. Ein Offizier lehnte sich aus dem Fenster, rief etwas hinauf und schien befriedigt, als beide Männer den Kopf aus dem Fenster streckten.

Es hatte fünf Grad minus in dieser Nacht und ich fror mir die Eier ab. Auch die Soldaten hatten ihre Mäntel anbehalten.

Noch eine Notiz: In diesem Turm funktionierte die Heizung nicht.

Um 2.33 öffnete einer der Soldaten ein Fenster und pisste über den Rand der Kanzel. Wieder holte ich meinen Stift heraus. Nach und nach bekam ich ein Bild vom Leben auf dem Todesstreifen.

In der dritten Nacht registrierte ich elf Kontrollfahrten. Ich notierte die Zeiten, und als ich ungefähr um dreiviertel sieben in die Pension zurückkehrte, verglich ich sie mit den Zeiten, zu denen die Jeeps in der vorigen Nacht aufgetaucht waren. Es gab keine einzige Übereinstimmung.

Kapitel 35

Am Morgen schrieb ich immer, bevor ich ins Bett ging, meine Beobachtungen zusammen und stellte den Wecker auf zehn Uhr. Locke ließ die Notizen jeden Tag zwischen elf und zwölf durch einen Kurier bei jedem Team abholen.

Sie sollten von Lobo, Tony und Mike in ihrer Operationszentrale zu einem verständlichen Bild zusammengesetzt werden.

Am Ende der dritten Nacht hatte ich selbst schon ein paar Erkenntnisse gewonnen. In den Türmen herrschte disziplinierte Routine. Die kleineren waren weniger bedrohlich. Vier Augenpaare machten jeden Überquerungsversuch in der Nähe der großen Türme zu einem höchst riskanten Unterfangen.

Diese Analyse war nicht gerade Spitzenwissenschaft.

Die meisten Sorgen machten mir die Kontrollen. Ihre Unregelmäßigkeit, mit der die Grenzsoldaten ständig in Unsicherheit darüber gehalten werden sollten, wann die nächste Kontrolle kommen würde, bedeutete für uns, dass wir in jedem Augenblick auf dem Streifen von dem Jeep überrascht werden konnten. Trotz aller Anstrengung sah ich da keinen Ausweg.

In der vierten Nacht übernahm ich Andys Abschnitt und er meinen. Es war wichtig, dass wir unsere Beobachtungen gegenseitig überprüften. Inzwischen bat ich unsere Zentrale um Einzelheiten bezüglich der Kommunikationsstrukturen am Todesstreifen. Ich wollte wissen, wie die einzelnen Türme sich miteinander in Verbindung setzten, wenn einer einen Fluchtversuch entdeckte.

Als wir schon eine Woche im Harz waren, trafen sich die sechs

Mitglieder des Beobachtungsteams, um über Fortschritte zu berichten und Notizen auszutauschen. Wir mussten allmählich unsere Optionen durchsprechen. Angel und Chris hatten eine ruhige Gaststätte in der Nähe ihrer Pension dafür vorgeschlagen.

Wir waren uns einig, dass die günstigsten Stellen die zwischen zwei kleinen Türmen waren. Aber welchen von unseren drei Sektoren sollten wir wählen?

Verhalten und Arbeitsweise der Wachposten waren offensichtlich überall ziemlich gleich. Kleine Unterschiede gab es beim Schichtbeginn, weil die Besatzungen der Türme ja der Reihe nach ausgetauscht wurden. Aber wenn sie erst einmal mit ihrem stumpfsinnigen Dienst angefangen hatten, war eine Mannschaft wie die andere.

Keiner hatte beobachtet, dass sie tranken, Karten spielten oder schliefen. Dafür sorgte schon das unberechenbare Auftauchen der Jeeps.

Ich erzählte ihnen von dem Hirsch, den Andy und ich am ersten Abend aufgeschreckt hatten. Eigentlich begann das Territorium der DDR bei den weißen Grenzpfosten. Die Soldaten durften deshalb auf alles schießen, was sich auf diesem Gebiet befand. Ihre wichtigste Aufgabe war es, Fluchtversuche zu vereiteln und nichts und niemand von Ost nach West gelangen zu lassen. Diese offene Fläche gab ihnen die Gelegenheit, tödliche Schüsse abzugeben.

»Was mir Sorgen macht, ist, dass sie nicht einmal einen Scheinwerfer auf das verdammte Vieh richten mussten«, sagte ich. »Sie haben es offenbar sofort gesehen, als es aus dem Wald sprang. In unserem Sektor liegen mindestens fünfzig Meter gerodetes Land zwischen dem Wald und dem ersten Grenzzaun. Hat jemand einen Vorschlag?«

»Bist du sicher, dass sie den Hirsch gesehen haben?«, fragte Carl.

»Der ist aus dem Wald gestürmt wie ein Rhinozeros«, antwortete Andy. »Sie konnten ihn gar nicht übersehen.«

»Vielleicht sollten wir uns Hirschfelle überziehen, wenn wir uns anschleichen«, sagte Angel.

»Schaut euch bloß Koch an, wie der sich erregt bei der Vorstellung, dass er sich verkleiden darf«, sagte Andy.

Alle lachten.

Chris blätterte in seinen Notizen, bis er ein Blatt mit einer Zeichnung fand. Er drehte das Notizbuch zu mir herüber, so dass ich die Seite richtig sehen konnte.

»In unserem Sektor ist der Waldrand viel näher am ersten Zaun«, sagte er. »Wenn wir zwischen zwei Wachtürmen rüber wollen, möchte ich euch auf diese beiden hinweisen.«

Er zeigte auf zwei Kreise in der Mitte des Blattes, welche die beiden Zwei-Mann-Türme darstellen sollten. Die Entfernung dazwischen hatte er dazugeschrieben: 2,3 Kilometer.

An dieser Strecke war der erste Zaun nur fünf Meter vom Waldrand entfernt. Das war bei den topografischen Gegebenheiten unvermeidlich gewesen. Der Todesstreifen stieß an eine Schlucht. Man hatte keine andere Wahl gehabt, als die Grenze bis an den Wald zu verschieben.

Das sah hoffnungsvoll aus. Und durch ein glückliches Zusammentreffen war von dem Sektor aus, den Angel und Chris observiert hatten, die Entfernung zum Treffpunkt am kürzesten, nämlich sieben Kilometer Luftlinie.

Aber es fiel uns kein Trick ein, um mit den Kontrollfahrten fertig zu werden. Ein oder zwei Mal in der Stunde tauchten die Jeeps auf, entweder auf der Piste oder plötzlich aus dem Wald.

»O. K., erst einmal die Grundlagen«, sagte ich, bevor die Moral unter Null sinken konnte. »Chris, wie lang brauchst du, um hinüberzukommen?«

Chris wiegte den Kopf. »Meine beste Zeit? Auf dem Spielplatz? Ihr wart ja selbst dort. Dreiundzwanzig Minuten für die halbe Breite des Todesstreifens. Nimm's mal zwei, und wir sind bei sechsundvierzig Minuten, eine Minute hin oder her.«

»Und die schlechteste?«, fragte Carl.

»Willst du das wirklich wissen?«

Ich machte eine Notiz. Ich hörte nur halb hin, weil ich schon an das nächste Glied der Kette dachte. »Nächste Frage: Weiß jemand was über Kinder?«

»Ich«, antwortete Andy. »Immer Kondome benutzen.«

»Sehr komisch«, sagte ich. »Wir müssen drei kleine Kinder – von denen das jüngste erst fünf ist, denkt dran – vor Sonnenaufgang mindestens sieben Kilometer durch den Wald und dann über den Streifen bringen. Ich habe keine Ahnung, wie weit ein Kind gehen oder laufen kann.«

»Bei Nacht? In der Kälte?«, sagte Carl. »Ich weiß es auch nicht. Aber besonders weit sicher nicht.«

Ich schaute die anderen an. Fünf Männer Mitte der Zwanziger, die von Kindern so gut wie keine Ahnung hatten, glotzten mich an. Hier kamen wir nicht weiter.

»Wenn die Jeeps sowieso unberechenbar sind, ist es ziemlich egal, wann wir loslegen«, sagte Ginger. »Ich würde sagen, je eher, desto besser.«

Ich nickte. Wenn wir hinübergelangten, bevor um zehn die Nachtschicht kam, hatten wir genug Zeit für den Hinweg. Wir konnten dann kurz nach zwei am Treffpunkt sein. Aber es blieben uns nur etwa drei Stunden, um mitsamt den drei kleinen Kindern zum Todesstreifen zurückzugehen und ihn noch vor Sonnenaufgang und vor Ankunft der neuen Schicht zu überqueren.

Ich hatte keine Ahnung, wie es auf der Ostseite im Wald aussah, aber weil es offenbar Fahrwege für die Inspektionsjeeps gab, würden wir uns wohl durchschlagen können.

»Sobald sie mit einer Inspektion fertig sind, könnten wir losgehen«, sagte ich.

»Und was, wenn sie in dieser Stunde zweimal kontrollieren?«, fragte Carl. Er klopfte auf sein Notizbuch. »In unserem Sektor ist das ein paar Mal vorgekommen.«

»Wir haben aber keine Wahl.« Mir gefiel es auch nicht, aber da war nichts zu machen. »Wann geht die Sonne auf?«, fragte ich, um weiterzukommen.

»So etwa um sechs habe ich ein bisschen Licht wahrgenommen«, sagte Angel. »In einer Woche oder in zweien wird es zwischen 5.40 und 5.50 hell werden.«

Die anderen nickten.

»Also müssen wir dafür sorgen, dass wir nicht später als 5.30 wieder am Streifen sind und bereit, ihn zu überqueren.« Um zwanzig vor sechs verloren wir den Schutz der Dunkelheit.

Um zehn vor sechs würde der Lastwagen mit der neuen Schicht an unserer Übergangsstelle vorbeikommen. Wenn wir es bis um halb sechs bis zur Grenze schafften, hatten wir zehn Minuten bis Sonnenaufgang. Nach diesen zehn Minuten würde der Laster mit der neuen Besatzung erscheinen und das Fenster würde sich schließen. Wenn wir später dran waren, saßen wir im Osten in der Falle. Die neue Schicht würde Chris' Leine über das Minenfeld entdecken und das Loch im Zaun sehen. Von da an wären wir so gut wie tot.

Ich erstattete den anderen Bericht. Sie waren nicht glücklich bei der Aussicht, den Streifen unter der ständigen Gefahr, dass zufällig ein Inspektionsjeep vorbeikam, überqueren zu müssen. Aber auch sie sahen keine andere Möglichkeit.

Wir tauschten die Sektoren. Andy und ich übernahmen den mittleren Sektor. Ich suchte mir einen Platz gegenüber dem linken der beiden Zwei-Mann-Türme. Andy befand sich zwei Kilometer rechts von mir und beobachtete den nächsten. Ich saß zwischen Bäumen, viel näher am Zaun, als das in der Vorwoche möglich gewesen war.

Es gab keine Patrouillen zu Fuß. Bei einem der großen Türme gab es einen Hundezwinger, aber weder Ginger noch Carl hatten je Hunde gesehen. In anderen Abschnitten des Todesstreifens liefen oft Hunde herum. Sie wären tödlich gewesen. Genauso tödlich wie Selbstschussanlagen. Wie Chris sagte, gab es hier keine. Das waren also zwei Faktoren zu unseren Gunsten.

Ich stellte mein Nachtglas ein. Chris hatte mich auf eine Sache im Inneren des Turms aufmerksam gemacht, die ihn beunruhigte. Sie schienen da drin ein Funkgerät oder etwas Ähnliches zu haben. In zwei klaren Nächten hatte er in der Beobachtungskanzel so etwas wie eine Antenne gesehen, aber das passte nicht zu dem, was man uns über die Strukturen der Kommunikation mitgeteilt hatte. Nach den Informationen, die Lobo, Tony und Mike zusammengetragen hatten, waren die Türme miteinander und mit der Außenwelt durch ein gewöhnliches Telefonsystem verbunden. Es gab da drei Verbindungen: Erstens konnten die Türme mit der zuständigen Koordinationsstelle Kontakt aufnehmen, zweitens konnten die Türme miteinander telefonieren, drittens konnten die Besatzungen den Telefonverkehr zwischen anderen Türmen ihres Grenzabschnitts abhören.

Was bedeutete es also, dass in diesem Turm ein Gerät stand, das nicht zur Standardausstattung gehörte?

Kurz nach Mitternacht bewegte sich einer der Soldaten zur Seite und ich sah durch das Fenster etwas blitzen.

Es war tatsächlich eine Antenne.

Die Drei in der Zentrale, welche die Aufgabe hatten, die Informationen auszuwerten, hegten die Befürchtung, es könne sich um eine Art Lauschgerät handeln. Bei der Überquerung würden wir über Sprechfunk miteinander in Verbindung stehen. Wir hatten Kehlenmikrofone, mit denen selbst ein Flüstern laut und deutlich im Ohrstück der anderen ankam. Aber wenn die Wachen über elektronische Überwachungsgeräte verfügten, mussten wir uns etwas anderes ausdenken.

Ein Inspektionsjeep tauchte auf und lenkte mich von meinen Gedanken ab. Ich trug die Zeit ein und beobachtete den Jeep, wie er sich auf dem Zufahrtsweg näherte.

Er hielt am Turm, es gab einen kurzen Wortwechsel, dann fuhr er weiter. Ich notierte die Abfahrtszeit. Als ich dann mit dem Nachtsichtgerät auf den Turm spähte, war die Antenne verschwunden.

Warum?

Ich musste kurz austreten. Als ich wiederkam, kontrollierte ich den Beobachtungsraum wieder mit meinen Gläsern. Die Antenne war wieder da.

Plötzlich wurde mir klar, was das hieß.

Diese zwei Burschen hatten ein Transistorradio in den Turm geschmuggelt. Um sich während der langen Schicht die Zeit zu vertreiben, hörten sie Musik. Wir hatten immer nur an die Raffinessen der Grenzsicherung gedacht und die einfachste Erklärung übersehen.

Ich war in Hochstimmung. Der Todesstreifen war nicht unüberwindlich. Es gab Schwachstellen. Das System hatte eine menschliche Komponente.

Am nächsten Morgen teilte uns die Zentrale mit, dass Lobo Fotos von der Baumgrenze zwischen den zwei kleinen Türmen im Mittelsektor brauchte. Das war schwieriger, als es klang. Fotos von den Grenzbefestigungen waren leicht zu beschaffen. Man richtete ein Teleobjektiv darauf und fotografierte zwischen den Bäumen durch. Aber wir mussten eine Möglichkeit finden, von den Grenzpfosten aus in Richtung Waldrand zu fotografieren, also in die Gegenrichtung.

Andy hatte eine Idee. Am nächsten Tag war Samstag. Warum sollten wir nicht unsere Mädchen kommen lassen?

Ich rief Sabine an, Andy rief Brigitte an. Wir sagten, wir hätten im Manöver einen Tag frei bekommen, und luden sie in unsere Pension ein.

Sabine arrangierte alles für die Reise und rief zurück. Sie wollten Samstag früh bei uns sein.

Sie kamen vormittags an, als wir gerade aufgewacht waren. Nach zwei Wochen Nachtwache im Wald überwältigten mich der Anblick und der Duft meiner schönen jungen Frau. Wir schlossen uns für drei Stunden in meinem Zimmer ein. Als wir dann rauchend auf dem Bett lagen, schlug ich vor, einen Spaziergang zu viert zu machen.

Es lief wie geschmiert. Wir waren vier junge Leute, die an einem schönen Samstagnachmittag spazieren gingen. Die Soldaten waren daran gewöhnt, dass an den Wochenenden Wanderer in der Gegend unterwegs waren. Es war schließlich ein Ausflugsgebiet. Die Mädchen winkten zu den Soldaten hinauf und warfen ihnen Handküsse zu.

Wir bekamen die Fotografien – oder besser, wir brachten die Mädchen dazu, sie zu machen. Unter der Unmenge Bilder, die wir aufnahmen, waren auch ein paar von Andy und mir mit der wichtigen Baumlinie als Hintergrund. Als wir uns am Abend verabschiedet hatten, rief ich Lobo an und sagte ihm, wir hätten, was er brauche.

Wir sprachen auch über das nächste Planungsstadium: Das Analystenteam sollte zu uns an die Grenze kommen, um sich selbst ein Bild machen zu können. Diese Überprüfung hielt ich für unbedingt nötig. Und damit die Grenze nicht unbeobachtet blieb, mussten Tony und Mike uns direkt ablösen. Sie sollten am Montag kommen und von Andy und mir eingewiesen werden. Dann würde Andy in die Kaserne zurückfahren. Am folgenden Tag würde auch ich nach Köln fahren, mich von Lobo unterrichten lassen und ihn ablösen.

Tag elf. In fünf Tagen mussten wir bereit sein.

Kapitel 36

Ich stand am Tisch und schaute auf die zwei Dioramen hinunter. Sie waren ganz hervorragend gemacht. Wie ich die Geländemodelle so aus meiner Vogelperspektive mit halb geschlossenen Augen betrachtete, kam ich mir fast vor, als flöge ich mit einem kleinen Flugzeug direkt über die Grenze hinweg.

Angel, Chris, Ginger und Andy standen hinter mir. Es war schon fast Mittag. Ich war als Letzter des Überwachungsteams von der Grenze zurückgekommen.

Lobo lehnte mit verschränkten Armen an der Wand. Er trug ein selbstzufriedenes Grinsen zur Schau. Ich musste zugeben, dass er an diesem Tag zweifellos das Recht dazu hatte.

Das Besprechungszimmer, in dem früher ein Durcheinander von Karten und Fotos geherrscht hatte, sah nun aus wie das Hauptquartier eines Nachrichtendienstes. Was wir an Daten zusammengetragen hatten, bedeckte die Wände fast vollständig. Ich hatte gedacht, wir seien diejenigen gewesen, dich sich abrackerten, aber jetzt fragte ich mich, ob die Leute vom Analystenteam in den vergangenen zwei Wochen überhaupt zum Schlafen gekommen waren.

Die zwei Modelle des Grenzabschnitts stellten ihre erstaunlichste Leistung dar. Eines war die Nachbildung der gesamten Strecke von zweiundzwanzig Kilometern, die wir in drei Teams observiert hatten. Es stand auf dem Tisch mitten im Raum. Lobo, Tony und Mike hatten es aus Gips und Pappmaché geformt und in verschiedenen Schattierungen von Grün und Braun angemalt, damit man sah, wo Felder und wo Wälder waren. Der Todesstreifen schmiegte sich an die Geländewellen wie eine Schlange. Ich sah die Position der Wachtürme und den Verlauf der Wege östlich der Grenze, soweit das Auftauchen der Jeeps sie uns verraten hatte. Dahinter, mit einer gelben Fahne markiert, war der Treffpunkt.

Rote Fahnen kennzeichneten die Stellen, an denen wir gesehen hatten, dass Jeeps aus dem Wald kamen.

Die Stelle, an der wir den Todesstreifen überqueren wollten, musste drei Voraussetzungen erfüllen: Sie musste ziemlich genau in der Mitte zwischen zwei Türmen liegen, um die Möglichkeit, dass ein aufmerksamer Posten uns entdeckte, gering zu halten. Sie musste in einer Gegend sein, wo wir noch nie Jeeps aus dem Wald hatten kommen sehen. Und sie musste möglichst nahe am Treffpunkt sein.

Wir mussten auch den Abstand zwischen den Lampen beachten. Er war, je nach Gelände, unterschiedlich groß, im Durchschnitt aber ungefähr 150 Meter. Dann kam es noch darauf an, wie nahe die Bäume an die Grenze heranreichten. Wir brauchten Deckung, wenn wir uns an den ersten Zaun heranschlichen.

Es war ein bisschen wie dreidimensionales Schach.

Neben diesem Modell gab es noch ein detailliertes Diorama der mittleren Sektion, zwei Meter auf zwei Meter groß, in dem besonderes Gewicht auf den kleinen Abschnitt gelegt worden war, in dem wir durchbrechen wollten.

Jetzt verstand ich, warum Lobo so viele Fotos gebraucht hatte.

Fotos, die er für besonders wichtig hielt, hatte er vergrößert und neben den Karten an die Wand gehängt. Es waren Bilder im Format 80 x 60, welche die Türme, die Laster, in denen die Soldaten transportiert wurden, und die Inspektionsjeeps zeigten.

Mir fiel eine Tageslichtfotografie eines jungen Grenzsoldaten auf, der eine Zigarette rauchte. Das Bild war bis an die Grenze des Möglichen vergrößert worden, trotzdem aber scharf genug, um erkennen zu lassen, dass die Zigarette keinen Filter hatte. Irgendjemand hatte das Fadenkreuz eines Zielfernrohrs über das Gesicht des Mannes gemalt.

Die Zeit verging und Lobo musste mir noch alles Nötige sagen und dann zur Grenze fahren. Ich wandte mich ihm zu und beglückwünschte ihn.

»Willst du zuerst die gute Nachricht oder die schlechte?«, fragte er.

»Beide, aber mach's kurz.«

Lobo zündete sich eine Zigarette an und ging an die weiße Tafel. Ich hatte sie vor lauter anderen wichtigen Sachen noch gar nicht richtig angesehen. Sie war vollständig bedeckt mit vierstelligen Zahlen in roter und blauer Farbe: Das waren die Ankunfts- und Abfahrtszeiten der Inspektionsjeeps.

»Ihr wart vielleicht zu nahe dran, um es zu bemerken«, sagte Lobo. »Aber wir haben die Zeiten unter die Lupe genommen und sie sind nicht ganz so unberechenbar, wie sie auf den ersten Blick aussehen.«

Ich schaute zu den anderen hinüber und bemerkte Andys halbes Lächeln. Er, Angel, Chris, Ginger und Carl wussten bereits, was ich hören würde.

»Wenn man alle Angaben über die Kontrollzeiten für die gesamten zweiundzwanzig Kilometer anschaut, dann sehen sie vollkommen willkürlich aus«, fuhr Lobo fort. Aber wenn man die Strecke in Sektoren aufteilt, wie wir es getan haben, beginnt sich ein Muster abzuzeichnen.«

»Ein Muster?«

Lobo lächelte. »Es gibt Lücken, Jackson. Ich erklär's dir.«

Er ging zu dem kleineren Modell hinüber.

»Die Ankunfts- und Abfahrtszeiten der Laster sind unterschiedlich, weil die Zeiten des Schichtwechsels von der Stellung der Türme an ihrer Fahrtroute abhängen.«

Er deutete auf ein Gebiet, das von den beiden Wachtürmen begrenzt wurde. »Eure Notizen zeigen, dass im Mittelabschnitt – bei diesen beiden Türmen – die Laster beim Schichtwechsel um zehn Uhr immer ein paar Minuten vor oder nach der vollen Stunde ankamen oder abfuhren. Während der Stunde davor gab es keine Inspektion seitens der Jeeps.«

»Warum?«, fragte ich.

»Das wissen wir nicht. Aber da gibt es tatsächlich Lücken.« Er deutete auf die Zahlen auf der weißen Tafel. »Das beweisen eure Angaben.«

Mein übernächtigtes Gehirn grübelte darüber nach, was seine Worte bedeuteten.

Wir hatten Ausschau gehalten nach einstündigen Lücken zwischen den Fahrten der Jeeps, weil das die Zeit war, die Chris brauchte, um sich durch die Todeszone durchzuarbeiten.

Während der ganzen zwei Wochen, in denen wir aufgepasst hatten, hatte es nie eine Zeit gegeben, wo nicht innerhalb einer Stunde die Lastwagen oder die Jeeps aufgekreuzt wären. Aber wenn man den Auftritt der Lastwagen, die immer pünktlich zum Schichtwechsel erschienen, außer Acht ließ, dann blieben die Ankunfts- und Abfahrtszeiten der Kontrolljeeps übrig, und es zeigte sich, dass sie niemals in der Stunde vor dem Schichtwechsel kamen.

Das bedeutete womöglich, dass wir in der Stunde vor dem Schichtwechsel den Streifen überqueren konnten, ohne befürchten zu müssen, gestört zu werden.

»Bist du dir da wirklich sicher?«, fragte ich.

Er nickte. »Hundertprozentig. Das bedeutet natürlich, dass Chris in weniger als fünfzig Minuten einen Weg über den Todesstreifen finden muss.« Er lächelte. »Fünfundvierzig wäre noch besser.«

Ich dachte an unsere Vorführung für den BND. Chris' Rekordzeit waren sechsundfünfzig Minuten gewesen. Irgendwie musste er auf einer Strecke, deren Schrecknisse keiner kannte, seiner Rekordzeit in unserer »Todeszone« gegenüber elf Minuten einsparen.

»Glaubst du, du schaffst das?«, fragte ich Chris.

Chris lächelte, aber er war leichenblass. »Keine Angst. Das schaff ich.«

Angel schlug ihm auf die Schulter. »Wenn er trödelt, Jackson, dann soll Carl ihm schallgedämpft direkt hinter die Fersen schießen.«

Carl sagte nichts. Er war normalerweise immer schweigsam und jetzt war ihm offensichtlich genauso unbehaglich wie Chris.

Lobo zeigte wieder auf die Tafel. »Diese Lücken gibt es wirklich, Jackson. Wir müssten verrückt sein, sie nicht auszunutzen.«

Ich schwieg. Er hatte natürlich Recht. Ich rieb mir die Augen. »O. K. Jetzt zum Rückweg.«

»Wir müssen die Familie an die Grenze schaffen. Die Leine von Chris ist ja schon da.«

»Aber die Kontrollfahrten machen mir auch da Sorgen.«

Lobo zeigte auf die Strecke zwischen den Wachtürmen. »In der mittleren und in der nördlichen Sektion von den dreien, die ihr beobachtet habt, gab es auch zwischen 5 und 6 Uhr, also wieder in der Stunde vor Schichtwechsel, keine Kontrollen.«

Ich erlaubte mir den Schatten eines Lächelns.

Spätestens um halb sechs mussten wir zurück über die Grenze.

Lobo sagte, er müsse gehen. Es gab nichts mehr zu besprechen. Tony und Mike erwarteten ihn an der Grenze. In ein paar Stunden würde es dunkel werden. Bald darauf musste er auf seinem Posten sein. Es war unerlässlich, dass wir den Streifen bis zum Beginn der Operation ständig beobachteten, wobei wir uns auf den voraussichtlichen Überquerungspunkt und zwei Alternativen konzentrierten. Wenn sich im letzten Moment etwas ändern sollte, mussten wir es mitkriegen.

Um sieben Uhr an jenem Abend waren wir so bereit, wie man nur sein konnte. Wir wussten, dass wir den Zaun schon aufschneiden mussten, bevor Chris sich an die Arbeit machte, um den Druck auf ihn zu verringern. Er gewann dadurch wertvolle Minuten für die Arbeit auf dem Streifen selbst.

Einer von uns sollte bald nach Einbruch der Dunkelheit den Maschendraht des äußeren Zauns aufschneiden und eine Art Schlupftür schaffen. Wir wollten den Zaun nur auf drei Seiten durchschneiden und aufklappen. So konnten wir die »Tür« hinter uns schließen. In den zwei Beobachtungswochen hatten wir kein einziges Mal gesehen, dass die Grenzsoldaten an diesem Zaun entlang patrouilliert wären. Verständlicherweise richtete sich ihre Aufmerksamkeit nicht so sehr auf Leute, die von West nach Ost gelangen wollten.

Wir hatten berechnet, dass Chris am besten Punkt neun anfangen sollte. Er hatte dann ungefähr fünfzig Minuten, bis der Lastwagen kam und die Wachen ausgetauscht wurden. Besser wäre es noch, fanden wir, wenn wir uns auf fünfundvierzig Minuten einstellten.

Sobald Chris einen Weg hinüber gefunden hatte, sollten fünf von uns folgen. Wir gingen davon aus, dass jeder eine Minute brauchen würde. Dadurch verringerte sich die Zeit, die Chris zur Verfügung stand, auf vierzig Minuten. Irgendwie musste er also ganze sechzehn Minuten unter seiner Bestzeit vom Spielplatz bleiben.

Da spielte nun die »Tür« eine Rolle. Bei seinen Übungsläufen hatte Chris die Zeit von dem Punkt an gemessen, an dem er begann, den westlichen Zaun aufzuschneiden. Wenn wir das Schlupfloch für ihn schon fertig hatten, konnten wir ihm sechs bis sieben Minuten sparen.

Dann betrug der Unterschied zwischen seiner bisherigen Bestzeit und der Zeit, die ihm hier zur Verfügung stand, nur noch neun oder zehn Minuten.

Chris sagte, damit könne er leben. Er werde eben schneller arbeiten müssen.

Auf dem Todesstreifen selbst machten ihm nicht die Minen die größte Sorge, sondern die Kontaktzäune. Die waren so angelegt, dass sie in den Wachtürmen und in verschiedenen Kontrollzentren entlang der Grenze Alarm auslösten, wenn etwas mit ihnen in Kontakt kam.

Es gab zwei Arten von Kontaktzäunen: elektrische und solche, die auf Druck reagierten. Wir hatten in unserer Todeszone mit beiden geübt. Wenn man den elektrischen Zaun berührte oder abschnitt, löste er Alarm aus. Der »Druckzaun« war womöglich noch tückischer. Er bestand aus ungefähr zwanzig Drähten, die im Abstand von etwa zwanzig Zentimetern übereinander angebracht waren. Jeder Draht hatte eine Spannung von 4,5 Kilo. Wurde die Spannung stärker, löste das System Alarm aus. Schnitt man den Draht ab, registrierte das System die Erschlaffung und löste auch Alarm aus. Um diese Anlage zu überlisten, musste Chris ein

Bypass-System einrichten, durch welches die Spannung von 4,5 Kilogramm erhalten blieb.

Diesen Zaun zu überwinden erforderte stählerne Nerven und die Geschicklichkeit eines Safeknackers. Walter hatte ein System erfunden und verfeinert, das auf Umlenkrollen basierte, die an den Zaunpfosten befestigt wurden. An diese musste Chris Drahtschlingen mit einer Feder in der Mitte hängen.

Sechs Drähte und Umlenkrollen reichten aus, um im Kontaktzaun ein mannsgroßes Loch zu schaffen.

Auf unserem Abschnitt waren beide Systeme installiert worden – elektrische auf der Ostseite und druckempfindliche auf der Westseite. Hinter dem Druckzaun erstreckte sich mit niedrigem Gestrüpp bewachsenes Land ungefähr fünfundsiebzig Meter breit. Es konnte vermint sein oder nicht – das würde Chris erst merken, wenn er dort war. Wo das bewachsene Land endete, begann der dreißig Meter breite Sandstreifen. Der war auf alle Fälle vermint, aber ob es sich um Pfahl-, Claymore- oder Springminen handelte, konnte Chris erst herausfinden, wenn er drin war.

So weit musste er routinemäßig vorgehen – soweit man am Todesstreifen von Routine überhaupt sprechen konnte.

Die Grenztruppen hatten die unangenehme Angewohnheit, neue Varianten einzuführen, wenn man es am allerwenigsten erwartete.

Nach dem Minenfeld kam der Fahrweg, und ein paar Meter weiter der Elektrozaun. Dahinter gab es noch einmal einen Maschendrahtzaun.

Wenn Chris drüben war, mussten sich die Übrigen auf den Weg machen, wobei wir uns eng an die Leine halten mussten, die Chris gelegt hatte. Die Leine war ungefähr vier Millimeter dick.

Dann würden wir im Wald verschwinden und immer daran denken, dass die Grenzsoldaten auch eine fünf Kilometer breite Sperrzone an der Grenze entlang überwachten und jede Person, die innerhalb dieser Zone aufgegriffen wurde, sofort verhafteten.

Wir wussten nicht, was im jenseitigen Wald vor sich ging, aber sicher waren dort Patrouillen unterwegs. Jedenfalls wussten wir, dass die Kontrolljeeps gelegentlich die Waldwege benutzten.

Es war nicht leicht, das Team zusammenzustellen, das den Streifen überqueren sollte. Jeder wollte dabei sein. Ursprünglich hatten Andy und ich Chris, Angel, Ginger, Carl und uns beide ausgewählt.

Lobo, Tony und Mike würden zurückbleiben, um uns Rückendeckung zu geben, wenn wir den Streifen überquerten, und während unserer Abwesenheit die Grenze im Auge behalten.

Aber Lobo hatte Recht gehabt: Manchmal war man so nahe an den Dingen dran, dass man den Wald vor lauter Bäumen nicht mehr sah. Es war Ginger, der mich darauf aufmerksam machte, dass es keinen Sinn hatte, mehr Leute in den Osten mitzunehmen, als wir unbedingt brauchten. Die Flüchtlingsfamilie hatte fünf Mitglieder: zwei Erwachsene und drei Kinder. Jeder von ihnen brauchte einen Beschützer. Es war nicht nötig, einen sechsten Mann mitzunehmen, und wir konnten Carl, unseren Scharfschützen, auf der Westseite zurücklassen. Von dort konnte er uns Feuerschutz geben, wenn es auf dem Streifen gefährlich wurde.

Ich ging ans Telefon und meldete Locke, wir seien bereit. Er ließ mich eine halbe Minute warten, dann kam er wieder ans Telefon und teilte mir mit, dass der Chef das Büro verlassen habe und auf dem Weg zu uns sei.

Kapitel 37

Wie der Chef, die Brille auf der Nasenspitze, von Foto zu Foto wanderte, von Skizze zu Skizze und von Tabelle zu Tabelle, wirkte er wie ein Kunstkenner, der mit dem Scheckbuch in der Hand die Exponate in einer Kunstgalerie studiert.

Wir wussten nicht, wie er reagieren würde. Wenn es ihm gefiel, setzten wir uns in Marsch; wenn nicht, mussten wir wieder an die Planungsarbeit gehen.

Seit wir an dieser Sache arbeiteten, war er noch nie in unserem Planungszentrum gewesen. In Übereinstimmung mit seinem Grundsatz, dass die Leute, die ein existenzielles Interesse an einer Aktion hatten, also diejenigen, deren Leben auf dem Spiel stand, am besten geeignet waren, sich mit den schwierigen Einzelheiten auseinander zu setzen, hatte er sich von uns fern gehalten, bis wir ihn benachrichtigten.

Beinahe eine Stunde lang sagte er so gut wie nichts. Gelegentlich deutete er auf eine Karte oder auf eins der Modelle und fragte: »Warum jetzt?« oder »Warum hier?« Doch er ließ sich nicht anmerken, ob er unsere Antworten befriedigend fand. Er machte sich auch keine Notizen, aber ich wusste, dass er ein phänomenales Gedächtnis sogar für kleinste Einzelheiten hatte.

Andy, Angel, Chris, Ginger und Carl saßen kettenrauchend an der Wand und schauten gespannt zu, wie der Chef zwischen den »Ausstellungsstücken« herumwanderte und jeden Schritt unserer Aktion prüfte.

Ich ging derweil innerlich unseren Plan noch einmal durch und drehte und wendete ihn im Geist hin und her, um zu sehen, ob wir etwas vergessen hätten.

Wir hatten uns für eine Stelle entschieden, die fast genau in der Mitte zwischen den zwei kleinen Türmen lag. Ich hatte beschlossen, ein bisschen näher an den Turm heranzurücken, in dem wir das Transistorradio gesehen hatten. In einem System, das Anspruch auf Unfehlbarkeit erhob, wies das Radio auf eine kleine Schwachstelle hin. So klein sie auch war, wir wollten sie nutzen.

Ich war so tief in Gedanken, dass ich es nicht gleich merkte, als der Chef mit mir sprach.

»Ein guter Plan sollte wie ein kostbares Collier sein – jeder Edelstein in sich vollkommen und mit den anderen so harmonisch verbunden, dass ein Meisterwerk entsteht.« Er machte eine Pause. »Ihr habt wirklich gute Arbeit geleistet. Ihr könnt stolz auf euch sein.« Er blickte auf die Zeitangaben auf der Tafel. »Aber ich sehe kein Datum.«

»Wir sind startbereit«, erklärte ich. »Wir müssen möglichst schnell losschlagen, um das Risiko, dass der Plan für den Schichtwechsel geändert wird, gering zu halten. Veränderung ist unser gefährlichster Feind.«

»Vor allem, wenn es sich um die Kontrollzeiten dreht«, sagte Andy.

Krause sah auf die Uhr. Es war schon beinahe acht. Er blieb noch einen Augenblick in Gedanken versunken stehen, dann wandte er sich uns zu. »Ich muss ein paar Anrufe tätigen«, sagte er. »Geht schlafen. Alle. Ihr seht müde aus.« Er zeigte auf Andy. »Du ganz besonders, Andreas.« Er verließ uns ohne ein weiteres Wort.

Ich rechnete nicht damit, ihn so bald wiederzusehen, aber zwanzig Minuten später, als wir geduscht hatten und rauchend in Gingers Zimmer zusammensaßen, kam Krause herein.

»Es wird innerhalb der nächsten zweiundsiebzig Stunden losgehen. Wenn ihr das Signal zum Aufbruch bekommt, fliegt ein Hubschrauber euch bis nahe an die Grenze. Dort steigt ihr in zwei VW-Minibusse um. Ihr braucht euch nichts aufzuschreiben – um die Logistik kümmern wir uns. Die Autos bringen euch bis auf einen Kilometer an den Punkt heran, den ihr ausgewählt habt. Ihr werdet, ebenso wie die anderen, eine gute Stunde vor dem Zeitpunkt, an dem Christian sich an die Arbeit machen muss, an Ort und Stelle sein. Das ist alles. Gute Nacht, meine Herren.«

Er schloss die Tür hinter sich.

Stumm schauten wir uns an. Am nächsten Morgen marschierten wir zu Walter.

Alle Teammitglieder würden in voller Montur zur Grenze fliegen: in Kampfanzug, wasserdichter Jacke und Kopfhaube. Das waren die normalen Ausrüstungsgegenstände. Wir fünf, die in den Osten gehen sollten, würden von Kopf bis Fuß schwarz gekleidet sein. Was jeder sonst mitnehmen wollte, konnte er selbst entscheiden. Die ideale Waffe, wenn es um schweres Gerät ging, war das M203, bei dem eine Abschussvorrichtung für Vierzig-Millimeter-Granaten auf das Grundmodell eines M16 aufmontiert war. Das M203 konnte Granaten abschießen und trug bis zu 350 Meter weit. In unserem Fall schien hochexplosive Munition ausreichend für alle plötzlichen Bedrohungen, die uns unterwegs begegnen konnten. Vier von uns wollten M203 mitnehmen. Nur Chris nahm lieber eine Uzi, weil sie leicht und vielseitig verwendbar war.

Als Handfeuerwaffe hatte ich meine Susi dabei, aber der Rest des Teams blieb bei seinen Walther PPKs und Heckler & Kochs. Alle Pistolen konnten mit Schalldämpfern versehen werden. Ich trug meine, die nur zehn Zentimeter lang war, in einer Tasche am linken Bein.

Für Carl besorgte Walter ein nagelneues Heckler & Koch G3. Das G3 war das übliche Gewehr in der Bundeswehr. Das Scharfschützenmodell besaß ein Zeiss-Zielfernrohr. Walter hatte Carls Exemplar zusätzlich mit einem Schalldämpfer versehen. Wir nahmen auch noch zwei LMG42 für Lobo und Mike mit.

Jeder würde auch noch eine Anzahl von Dingen mit dabei haben, die uns nach vielen Gesprächen und nach Jahren der Vorbereitung unverzichtbar schienen, wenn man in feindliches Territorium eindrang. Die Auswahl war individuell verschieden, aber insgesamt kamen Handgranaten, Blendgranaten und Messer zu unseren Waffen, Karten und Kompassen hinzu; dazu noch eine vollständige Erste-Hilfe-Ausrüstung und eine Rolle Klebeband als Allzweckwerkzeug; man konnte damit einfache Reparaturen ausführen und obendrein eignete es sich hervorragend als Ersatz für Handschellen. Außerdem hatte jeder noch ein kleines Funkgerät, mit dessen Hilfe wir untereinander und mit dem Unterstützungsteam auf der Westseite der Grenze Kontakt halten konnten.

So weit noch Platz war, stopften wir uns Schokoriegel, Wasserflaschen und, wegen des hohen Eiweißgehalts, Plastikbeutel mit Erdnussbutter in die Taschen. Das letzte Accessoire war ein Geldgürtel mit 3000 D-Mark. Während unserer Zeit in Halle hatten wir erlebt, dass die D-Mark mit ihrem hohen Schwarzmarktwert die beste Währung war, wenn man im Osten etwas brauchte.

Mittags gingen wir in die Kantine und liefen prompt Renate in die Hände. Ich hatte so viel im Kopf, dass ich auf diese Begegnung gern verzichtet hätte. Als sie mich an ihren ungeheuren Busen drückte und kein besonderes Entgegenkommen registrierte, überfiel sie kurzerhand Andy, den Bestaussehenden in unserer Gruppe.

Andy konnte sich nicht wehren, weil er sein Essenstablett in den Händen hatte. Renate packte seinen Kopf mit beiden Händen und zog ihn an ihre Brust. Aber sie ließ ihn sehr schnell wieder los. »Liebe Güte«, sagte sie, »der Mann hat Fieber.«

Ich stellte mein Tablett ab. Eine düstere Ahnung beschlich mich. Sie hatte Recht. Andys Augen waren rot und wässrig und sein Gesicht war feucht von Schweiß. Nach zwei Wochen an der Grenze sah keiner von uns besonders gut aus. Erkältet waren wir alle; ich hatte nicht groß darauf Acht gegeben. Aber jetzt erinnerte ich mich, dass der Chef gestern Andys Aussehen erwähnt hatte. Es stimmte. Andy hatte gestern furchtbar ausgesehen und jetzt war es nicht besser.

»He, Jackson, mir geht's gut«, fing er an. »Nur eine Erkältung. Das geht vorbei.«

Ich schüttelte den Kopf. »Tut mir Leid, aber das kann ich nicht riskieren. Wir können jeden Augenblick an die Grenze beordert werden. Ich kann keinen mitnehmen, der Fieber hat.«

Er kämpfte wacker, aber er wusste so gut wie ich, dass ein Mann mit Fieber auf der anderen Seite leicht zu einer Belastung werden konnte. Doch er bestand darauf, sich an der Unternehmung zu beteiligen, und ich wollte ihn auch nicht verlieren. Andy und ich waren die Einzigen in der Gruppe, welche die Details des großen Bildes im Kopf hatten. Wir beschlossen, dass Tony, der momentan an der Grenze war, seinen Platz einnehmen sollte.

Carl und Tony waren die großen Allrounder bei uns. Fit und stark, wie sie waren, zeigten sie sich jeder Aufgabe gewachsen. Carl und sein schallgedämpftes G3 Scharfschützengewehr brauchte ich an der Grenze. Also Tony.

Gleich nach dem Essen fuhr Andy an die Grenze und Tony kam zurück zu uns.

Der Nachmittag zog sich hin und allmählich wurden wir nervös. Ich hatte alles Nötige zusammengepackt. Mehr konnte ich nicht tun. Laufen gehen kam nicht in Frage, weil wir jeden Augenblick mit dem Marschbefehl rechnen mussten. Ich versuchte zu lesen, aber es blieb nichts hängen.

An Schlaf war auch nicht zu denken. Also rief ich Sabine an. Wegen dieser Unternehmung hatte ich sie im letzten Monat kaum gesehen. Ich wollte ihr sagen, wie sehr ich sie liebte.

Es war schon spät. Ich hatte damit gerechnet, dass sie schon schliefe, aber sie war noch wach.

Bevor sie loslegen konnte, wusste ich schon, dass sie wütend war. Sie sagte, sie hasse die Bundeswehr und das, was sie uns antat; sie hasse es, dass sie mich nie sehe und Nacht für Nacht allein im Haus sei.

So hatte ich sie noch nie erlebt.

»Ich werde im Nu bei dir sein«, sagte ich. »Versuche, dich darauf zu freuen.«

»Du bist mit der verdammten Armee mehr verheiratet, als du es mit mir je sein wirst!«

»Sabine, bitte …«

Meine Frau hatte für Alkohol nie viel übrig gehabt. Aber sie war allein in dem Haus, das unser Traumhaus sein sollte, und sie war betrunken. Es war beinahe Mitternacht.

Ich entschuldigte mich und legte auf. Ich musste einen klaren Kopf bewahren für das, was uns bevorstand. Ich löschte das Licht und schloss die Augen. Aber der Schlaf kam nicht. Ich konnte nur im Dunkeln liegen.

Kapitel 38

Nach einem weiteren vollen Tag des Wartens fing der Chef uns ab, als wir unser Gebäude verlassen und zum Frühstück gehen wollten. An diesem Abend sollten wir unsere Mission durchführen. Er und Locke kamen mit uns in die Kantine, aber es gab nicht mehr viel zu sagen. Keiner wollte mehr damit prahlen, dass wir es den Kommunisten zeigen würden. Wir waren sehr nachdenklich gestimmt.

Ich verbrachte den Tag damit, meine Ausrüstung noch mal zu kontrollieren – ein Ritual, das in solchen Zeiten für mich die beste Therapie war. Mittags verringerte ich die Spannung durch einen langsamen Waldlauf. Am Nachmittag überprüfte ich meine Ausrüstung noch einmal, dann wanderte ich zurück in unseren Kasernenblock.

Angel, Chris, Tony und Ginger spielten Karten. Carl war im Schießstand und probierte sein neues G3 aus. Ich hörte mir den Wetterbericht im Radio an. Hier bei uns, in der Umgebung von Köln, war es kalt und klar, aber im Harz gab es Nebel, der im Lauf des Abends dichter werden würde. Nebel war kein reiner Segen. Er würde uns helfen, wenn wir den Streifen überquerten, aber auf unserem langen Weg zum Hochstand würde er die Orientierung erschweren.

Um halb fünf Uhr gingen wir in die Kantine und ich aß so viele Spaghetti, wie ich konnte. Die Kohlenhydrate würden mir über die Nacht helfen.

Um fünf machten wir uns fertig, dann fuhr uns Locke zum Waffenlager.

Walter und ich hakten die Waffen ab: fünf M203 mit Zwillingsmagazinen, jeweils mit dreißig Schuss; die Uzi von Chris, Carls G3 und die zwei LMG42. Mit denen sollte das Unterstützungsteam uns vom Westen aus Deckung geben, während wir auf dem Todesstreifen waren.

Walter hatte die M203s und die LMG42s mit Leuchtspurmunition ausgerüstet, damit wir unsere Schüsse notfalls sicher ins Ziel bringen konnten.

Angel nahm ein LMG42 und Tony das andere. Sie nahmen auch zwei Kisten Munition mit, außerdem ihre M203, Granaten, Pistolen und Blendgranaten.

Ich steckte mir fünf Granaten für das M203 in die linke Hüfttasche, klemmte mir vier Allzweckgranaten an die Brusttasche und inspizierte Susi ein letztes Mal.

Ich sah mich um. Fünf Männer, die genauso ausgerüstet waren wie ich, erwiderten meinen Blick und hoben die Daumen.

Ich dankte Walter für alles, was er getan hatte, und ging.

Locke fuhr uns zum Hubschrauberlandeplatz am anderen Ende des Kasernengeländes. Schon von weitem zeichnete sich die Silhouette eines Transporthubschraubers gegen den Himmel ab.

Die Bell 205, das Arbeitspferd der US-Army in Vietnam, tat seit den 1960er Jahren Dienst in der Bundeswehr, und man sah es ihr an. Man hatte sie mir einmal geschildert als »fünftausend Schrauben und Muttern, die in geschlossener Formation vibrierten«. Ab und an fiel die Formation auseinander. Heute Abend blieb uns nichts anderes übrig, als auf das Können der Heeresflieger zu vertrauen und das Gemisch aus altem Schweiß und Motorenöl zu ertragen, das mir schon jetzt die Kehle zuschnürte.

Die anderen gingen an mir vorbei und kletterten an Bord.

Pilot und Kopilot führten die vorgeschriebenen Checks durch. Ich schaute auf die Uhr. Es war sechs Uhr vorbei.

Ich wollte auch gerade einsteigen, als ich ein Auto um die Ecke der Gebäude am Landeplatz kommen sah. Es war der ramponierte Mercedes des Chefs.

»Na, Jackson«, sagte er beim Aussteigen. »Jetzt ist es so weit.«

Es klang, als führe ich nach den Schulferien wieder ins Internat. »Seid ihr bereit?«

»So bereit wie nur möglich«, sagte ich. Aber weil das nicht genau ausdrückte, was ich wirklich empfand, oder weil es nicht der Eindruck war, den ich bei ihm hinterlassen wollte, fügte ich hinzu: »Jawohl. Wir sind vollkommen bereit. Ich bin froh, dass das Warten vorbei ist.«

Der Chef schaute zu Boden. Ich hatte noch nie erlebt, dass er um Worte verlegen war.

Hinter mir heulte der Motor auf.

Ich schüttelte dem Chef die Hand. Er sah mich an. Vielleicht war er dankbar, dass er nichts mehr sagen musste. Dann stieg ich ein. Als der Kopilot die Tür zuschob, sah ich den Alten zu seinem Auto zurückgehen. Er sah einsam aus und seine Schultern waren gebeugt.

Das Vibrieren wurde stärker. Die Bell löste sich vom Boden und erhob sich schwankend in die Luft. Mit einem letzten Blick erkannte ich, dass Locke uns nachwinkte, dann wandten wir uns nach Westen und ich sah nur noch den Horizont.

Der Kopilot tappte mir auf die Schulter und deutete auf einen Kopfhörer. Ich setzte ihn auf und hörte unter viel Knacken seine Stimme.

»Wir freuen uns, Sie an Bord zu haben. Wir werden in ungefähr einer Stunde und zehn Minuten am Ziel sein. Wir wünschen einen angenehmen Flug.«

Angel hielt sein LMG am Lauf fest; der Kolben stand auf dem Boden. Er grinste mich an. Chris hatte den Kopf mit geschlossenen Augen ans Schott gelehnt. Ginger rauchte. Carl starrte aus dem Fenster. Tony untersuchte sein LMG.

Gelegentlich kamen wir über ein Dorf oder eine Straße. Allmählich gingen dort unten die Lichter an. Ich versuchte mich an alles zu erinnern, was wir geübt hatten, aber der Lärm der Rotoren über meinem Kopf machte es unmöglich. Ich lehnte mich zurück und sagte mir vor, dass vor Sonnenaufgang alles vorüber sein würde.

Nach fünfundvierzig Minuten teilte mir der Pilot über Funk

mit, dass der Nebel am Landeplatz sich verdichtete; dann sagte er, ich solle dranbleiben, und schaltete auf eine andere Frequenz. Ich sah, wie er kurz ins Mikrofon sprach. Als ich seine Stimme wieder hörte, teilte er mir mit, dass der Anruf, der hereingekommen war, für mich war.

Gleich darauf hörte ich die Stimme des Chefs.

»Jackson? Brecht die Mission ab. Kannst du mich hören? Ihr sollt die Mission abbrechen.«

Ich fragte, was vorgefallen sei, aber er wiederholte nur die Anweisung. Dann sagte er mir, er habe dem Piloten befohlen, auf einem Militärgelände nahe bei unserem vorgesehenen Landeplatz niederzugehen. Wir sollten dort bleiben, bis wir weitere Befehle bekämen.

Ich fühlte mich, als hätte ich einen Boxhieb in den Magen bekommen. Wochen der Vorbereitung, und wir waren seelisch total aufgeputscht. Und nun das. Als ich es den anderen sagte, korrigierte der Pilot seinen Kurs. Fünf Minuten später kreisten wir über einem runden Dutzend Gebäuden aus Holz oder Klinkern am Waldrand, die von einem hohen Zaun umgeben waren. Die Lichter des Landeplatzes durchdrangen den Nebel.

Als wir gelandet waren, fragte ich den Piloten, wo wir seien, aber er wusste nur, dass es sich um eine Anlage der Bundeswehr handelte. Der Chef hatte ihm nur die Koordinaten angegeben, sonst nichts. Auf seiner Karte war die Anlage nicht eingezeichnet. Es sah mir aus wie ein abgelegenes Logistikzentrum oder eine Fernmeldeeinheit.

Als die Rotorblätter langsamer wurden, erschien ein kleiner VW-Bus. Der Chef hatte kein Empfangskomitee erwähnt. Ich wies die anderen an, sitzen zu bleiben, setzte meine Kopfhaube gerade auf und schob die Tür zurück.

Zwei Männer in Uniform näherten sich schnellen Schrittes. Ich sah, dass einer ein Major war, der andere ein Leutnant.

Ich sprang auf den Betonboden hinunter und die beiden Männer blieben wie angewurzelt stehen.

Der Major fasste sich wieder und kam langsam auf mich zu. Im Motor der Bell knackte es, als er in der Abendluft abkühlte.

»Verdammt noch mal, was geht hier vor? Wer zum Teufel sind Sie?«, bellte der Major, als er sich unter die langsam kreisenden Rotorblätter duckte.

Ich hatte keine Papiere bei mir, keinen Ausweis, nichts.

»Bleiben Sie stehen«, sagte ich.

Der Major gehorchte. Auch ohne mein Gewehr muss ich einen ziemlich Furcht einflößenden Anblick geboten haben. Die Kopfhaube bedeckte mein Gesicht und ließ nur die Augen frei.

»Gibt es hier eine Waffenkammer?«, fragte ich.

Der Major runzelte die Stirn. Er hatte kleine Augen und einen schmalen Schnurrbart. Er machte den Eindruck, als habe er seit Jahren kein Gewehr mehr in der Hand gehabt. Er schaute von mir zum Hubschrauber und wieder zurück. Meine Frage hatte er noch nicht beantwortet.

»Und Sie sind?«, fragte ich. Ich ließ ihm keine Zeit, sich zu erholen.

»Major Wolfinger«, antwortete er. »Ich – wir sind nicht von Ihrer Ankunft unterrichtet worden.« Er deutete auf den Helikopter. »Wer sind Sie?«, fragte er wieder.

»Tut mir Leid«, sagte ich, »aber ich bin nicht ermächtigt, Ihnen das zu sagen.« Ich holte einen Stift aus der Innentasche meiner Jacke und kritzelte eine Nummer auf meine Zigarettenschachtel. »Rufen Sie diese Nummer an und Sie werden alles erfahren, was Sie wissen müssen. Und jetzt, haben Sie eine Waffenkammer?«

»Eine Waffenkammer?«, fragte er geistesabwesend. Er starrte auf die Telefonnummer. »Warum?«

In diesem Augenblick sprangen Angel und Tony aus dem Heli. Jeder von ihnen hielt ein LMG42 und eine Kiste Munition in den Händen.

Dem Major fiel die Kinnlade runter. Sein Begleiter sah aus, als würde er am liebsten davonlaufen.

»Mein Gott«, sagte Wolfinger. »Wer sind Sie bloß?«

Während wir unsere Waffen in der Waffenkammer verstauten, rief Wolfinger den Chef an. Später hörte ich, dass der Alte ihm höflich, aber entschieden mitgeteilt hatte, was aus seiner Pension würde, wenn er nicht prompt mit uns kooperierte. Aber Wolfinger nahm es mit den Regeln sehr genau. Für diese militärische Fernmeldeeinheit an einem Waldrand in den westlichen Ausläufern des Harzes trug er die Verantwortung. Er verlangte ein paar Antworten, bevor er mit uns zusammenarbeitete.

Wir brachten unsere Waffen in einen separaten Raum und ich nahm den Schlüssel an mich. Ich verlangte vom Waffenmeister auch den Zweitschlüssel. Als Wolfinger das hörte, protestierte er der Form halber, aber die Worte des Chefs schienen doch in seinem Hinterkopf herumzuspuken, denn nach viel Geschnaube und Getue fand er sich damit ab und überließ uns der Fürsorge seines Stellvertreters, Leutnant Lautner.

Lautner brachte uns zu einer Baracke am Rande der Anlage, wo man uns T-Shirts und Trainingsanzüge gab. Dann wurden wir sechs und die zwei Piloten in die Offiziersmesse geführt und bekamen etwas zu essen.

Am anderen Tag erschien Lautner nach dem Frühstück in unserer Baracke und bat uns, ins Büro des Majors zu kommen.

Es war ein klarer, kalter Morgen. Wir gingen über das Gelände, erstaunt betrachtet von ein paar Funkern, die zwischen den Baracken unterwegs waren.

Wir betraten eines der Klinkergebäude und folgten Lautner die Treppe hinauf. Er blieb vor einer Tür am Ende des Ganges stehen, klopfte an und trat beiseite.

Wolfinger saß an seinem Schreibtisch. Er wirkte ganz anders als am Abend zuvor. Ich schaute mich um und verstand, warum. In einem Sessel zu seiner Rechten saß der Chef.

»Meine Herren, ich hoffe, ihr habt gut geschlafen«, sagte der Chef, als wir hereinkamen und uns hinsetzten, wo es ging. Ein paar saßen im Schneidersitz auf dem Boden. Der Chef holte eine Zigarre aus seiner Brusttasche. »Major Wolfinger hat sich freundlicherweise bereit erklärt, sich um euch zu kümmern, so lange ihr hier bleibt. Nicht wahr, Wolfinger?«

Der Major nickte gehorsam und zauberte einen Aschenbecher aus einer Schreibtischschublade. Er sah aus, als ob er sich selbst lieber erschießen als rauchen wollte, aber ein leibhaftiger Oberst war in dieser Gegend etwas Besonderes. Man musste ihm Ehrerbietung erweisen.

»Wir sind Major Wolfinger alle sehr dankbar, nicht wahr?«, sagte der Chef mit Betonung. »Ich habe ihm erklärt – und ich glaube, er versteht es jetzt –, dass es sich hier um eine äußerst heikle Sache handelt, welche die nationale Sicherheit betrifft.« Der Chef drehte sich zu ihm und Wolfinger wurde blass. »Danke, Major, das ist alles.«

Wolfinger glotzte. In kürzester Zeit war er aus dem Alltagstrott einer unbedeutenden Fernmeldeeinheit in die Höhenluft einer in Bonn ausgebrüteten Geheimaktion katapultiert worden. Und gleich wieder zurück auf den Boden.

»Danke, Major«, wiederholte der Chef und sah demonstrativ zur Tür.

Wolfinger stand auf, stieg über uns hinweg und verließ den Raum.

Der Alte wartete, bis seine Schritte verklungen waren, dann teilte er uns mit, dass der BND ihn kurz nach unserem Abflug angerufen hatte. Unser Überläufer hatte am Nachmittag, als er sich eigentlich auf den Weg zum Treffpunkt machen sollte, unerwartet Besuch von seinen Schwiegereltern bekommen. Man musste einen neuen Termin vereinbaren. Einstweilen sollten wir bleiben, wo wir waren, und die Entwicklung abwarten.

Ich schaute die anderen an und bemerkte die Erleichterung auf ihren Gesichtern. Die Mission war nicht abgesagt worden.

»Es kommt noch besser«, sagte der Chef. »Major Wolfinger und Leutnant Lautner werden uns heute Abend ins beste Restaurant der Gegend begleiten.« Er sah mich an. »Ich glaube mich zu erinnern, Jackson, dass du und Andreas mir ein Essen schuldet. Ich habe auch euren besten Ausgehanzug mitgebracht.«

Lautner brachte uns mit dem Minibus zum Restaurant. Er und Wolfinger waren unsere Gäste, und wir hofften, das würde sie darüber hinwegtrösten, dass wir sie so schlecht behandelt hatten.

Auf der Fahrt saß Ginger neben mir. Er fing plötzlich zu lachen an. Ich fragte, was er so lustig finde, und er sagte, er denke an Lobo, Andy und Mike, die sich dort draußen die Eier abfroren, während für uns hier der rote Teppich ausgerollt wurde. Sie würden stinksauer sein, wenn sie das erfuhren.

Aber wir hatten uns verrechnet. Als wir eintraten, saßen sie am Tisch, jeder mit einem großen Glas Bier in der Hand. Ich schaute den Alten fragend an.

»Heut Nacht frieren sich nur BND-Leute die Eier ab«, sagte er.

Es war eine klasse Party. Das Essen war gut und reichlich und der Wein floss in Strömen. Aber die wirkliche Überraschung in dieser Nacht war das Erscheinen einer Torte, komplett mit Kerzen. Alle standen auf und sangen. Ich hatte es ganz vergessen. Es war mein Geburtstag. Ich war fünfundzwanzig Jahre alt.

Der Chef brachte einen Toast auf mich aus und ich trank noch einen weiteren Schnaps. Dann schlich ich mich hinaus und suchte ein Telefon. Ich rief Sabine an, weil ich wusste, dass sie versucht haben musste, mich zu erreichen. Aber das Telefon läutete und läutete.

Ich fühlte mich sehr viel nüchterner als vor fünf Minuten und wollte zum Tisch zurück. Dabei begegnete ich dem Chef.

»Ah, das Geburtstagskind.« Er tätschelte mir väterlich die Backe und wollte sich in Richtung Toiletten entfernen.

Ich war nicht mehr so richtig in Partylaune. »Ich habe Sie schon immer fragen wollen«, sagte ich, »ob es in Bonn einen Plan gibt für den Fall, dass wir gefangen genommen werden?«

Er drehte sich ein bisschen unsicher um, aber sein Gesicht war ausdruckslos. »Vielleicht reden wir da später drüber«, sagte er.

Ohne Rücksicht darauf, dass er sich vielleicht ärgern würde, beharrte ich auf meiner Frage. »Ich möchte es aber jetzt wissen.«

»Das wird nicht geschehen, Jackson. Ihr seid Profis.« Ich wusste, dass das nicht nur eine Feststellung war, sondern auch ein Befehl. »Du weißt so gut wie ich, dass alles, was wir da tun, von der Bundesregierung verleugnet werden wird. Was ist plötzlich in dich gefahren?«

Ich schwieg. In meinem Kopf drehte sich alles. Die Gedanken an unsere Mission und die an Sabine stritten um meine Aufmerksamkeit. Sabine. An einem Abend betrunken, heute nicht zu Hause.

Der Chef machte einen Schritt auf mich zu und legte mir die Hand auf die Schulter. »Ich weiß, wenn da draußen etwas passiert, werdet ihr euch umeinander kümmern. Passt aufeinander auf, dann werde ich auf euch aufpassen. So war es ausgemacht, weißt du noch?«

Er blickte mir noch einen Moment in die Augen und entließ mich dann mit einem müden Wink. »Geh«, sagte er. »Geh zurück zu dieser verdammten Party.«

Am nächsten Morgen unternahm ich einen langen Lauf, um den Restalkohol abzubauen. Nachdem ich geduscht und gefrühstückt hatte, trafen wir neun uns in Wolfingers Büro. Der Chef saß hinter dem Schreibtisch. Er benahm sich wieder wie immer. Er musste nach Köln zurück. Andy, Lobo, Carl und Mike mussten wieder an die Grenze. Und wir Übrigen würden auf weitere Befehle warten.

Der Freitag kam und ging, desgleichen der Samstag. Andy rief mich an beiden Tagen morgens aus seiner Pension an, um mir das Neueste von der Grenze mitzuteilen. Wolfingers Telefon war sicher, das von Andy aber natürlich nicht, und so benutzten wir eine Art primitiven Code. Die Hauptnachricht war, dass sich am Kommen und Gehen der Grenzsoldaten nichts geändert hatte.

Wir fünf saßen in der Kaserne herum, spielten Karten und rauchten, und mir wurde beim Warten immer unbehaglicher. Je länger wir herumhingen, desto größer wurde die Gefahr, dass etwas schief ging.

Weil ich nichts zu tun hatte, dachte ich oft an Sabine, aber jetzt war nicht die Zeit für ein Gespräch. Hätte ich sie angerufen, dann hätte sie wissen wollen, wo ich war und warum sie mich nicht hatte erreichen können. Wir wären geradewegs auf einen Streit zugesteuert, und ich konnte im Moment nichts brauchen, was mich von der Aufgabe, die vor mir lag, ablenkte.

Am Sonntagmorgen gingen wir in die Kirche. Wolfinger hatte es vorgeschlagen und wir waren alle einverstanden gewesen. Ich hatte schon lange nicht mehr mit Gott gesprochen, aber an diesem Tag betete ich für unsere Mission. Es musste bald etwas geschehen. Die Spannung brachte uns um.

Wir aßen in der Offiziersmesse zu Mittag. Dann zogen wir uns in unsere Zimmer zurück. Angel, Chris, Ginger und Tony vertieften sich in eine Partie Poker, und ich ging hinaus, um zu rauchen. Ich war bei meiner zweiten Zigarette, als in der Baracke gewaltiger Lärm ausbrach. Ich rannte hinein und sah, dass Tony über den Tisch hinweg auf Chris einschrie, während Angel ihn zurückzuhalten versuchte. Ich fragte, was zum Teufel da los sei.

Es stellte sich heraus, dass Tony Chris gefragt hatte, ob er den Todesstreifen überhaupt schon einmal überquert habe. Chris brachte kein Verständnis auf für Tonys Befürchtungen und begann mit Angel eine Komödie aufzuführen. Das sei doch etwas so Alltägliches, sagten sie, dass sie sich beim besten Willen nicht erinnern könnten. Dann holte Chris seine Nadeln heraus und führte sich auf wie ein Indianer auf dem Kriegspfad, rannte um den Tisch, bellte wie ein Hund und fuchtelte mit den Nadeln, als ob es Speere wären.

An diesem Punkt hatte sich Tony auf ihn stürzen wollen.

Ich bemühte mich immer noch, Tony und Angel auseinander zu bringen, als Lautner hereinkam.

Er erstarrte beim Anblick dieser Szene. Dann fasste er sich und teilte mir mit, dass ich an Wolfingers Telefon verlangt würde. Dringend.

Ich rannte los. Der Major stand an seinem Schreibtisch, als ich eintrat. »Ihr Chef hat gerade angerufen. Er wird es demnächst noch einmal versuchen.« Er ging zur Tür. »Rufen Sie mich, wenn Sie mich brauchen.«

Das Telefon läutete. Ich hörte den Atem des Chefs, bevor er sprach. »Jackson, es geht los. Heute Abend. Ihr fliegt kurz nach sieben Uhr los und werdet rechtzeitig an der Grenze sein. Ansonsten bleibt alles beim Alten. Wenn es vorbei ist, trinken wir alle ein Bier zusammen.« Er machte eine Pause.

»Was gibt's noch?«, fragte ich.

»Denk an unser Gespräch kürzlich. Ich habe gerade unsere Freunde aus Pullach in der Leitung gehabt. Die denken auch an allerlei Möglichkeiten. Du sollst wissen, Jackson, dass ich meine Worte ernst gemeint habe. Wir sind ein Team. Wenn bei der Mission eine Gefahr auftaucht, müsst ihr euch bis zur Grenze zurück durchschlagen. Den Rest übernehmen wir. Aber wenn nur die geringste Möglichkeit besteht, dass der Überläufer lebend gefasst wird, müsst ihr ihn töten. Ist das klar?«

»Absolut«, sagte ich. Das hatte ich schon immer vermutet. Ich versuchte, nicht an die Kinder zu denken.

»Und noch etwas. Wenn ihr Kontakt mit Manfred aufnehmt, sagt er euch die Parole. Oscar Whisky Null Fünf.« Er ließ mich die Worte wiederholen. »Ihr braucht ihm nichts zu sagen. Eure Anwesenheit wird für sich selbst sprechen. Viel Glück.«

Ich legte auf und blieb noch einen Moment in Wolfingers stillem Büro stehen. Oskar Whisky Null Fünf. Fünf Personen von Ost nach West. Ein Kind hätte sich das ausdenken können.

Kapitel 39

Mit gelöschten Lichtern senkte sich der Hubschrauber auf den Landeplatz. Aus der Art, wie der Pilot die Maschine in den letzten Augenblicken vor der Landung herumgeschwenkt hatte, schloss ich, dass er die örtlichen Gegebenheiten nutzte, um den Anflug zu verschleiern. Die Wahrscheinlichkeit, dass uns ein DDR-Radar mit großer Reichweite erfasste, war gering, aber der Heeresflieger wollte nichts riskieren, und er kannte die Gegend.

Ich blickte aus dem Fenster. Das Wetter war genau wie an dem Abend, als die Unternehmung abgeblasen worden war. In den Senken lagen Nebelschwaden.

Unser Landeplatz befand sich auf einem Plateau, das ungefähr fünfzehn Fahrminuten von der Grenze entfernt war. Die Lichtstrahlen aus zwei Scheinwerferpaaren kreuzten sich und markierten damit die genaue Landestelle.

Ich schob die Tür zurück. Geduckt lief ich unter den Rotorblättern auf den näher stehenden der beiden Minibusse zu. Eine große Antenne ragte von seinem Dach auf. Als ich näher kam, trat ein Mann aus dem Dunkel hinter den Scheinwerfern und winkte mich zu sich.

Wir gaben uns die Hand. »Feldwebel Lutz zu Ihren Diensten«, schrie er, damit ich ihn beim Lärm der Bell hören konnte. »Alles in Ordnung?«

Ich nickte. Ich hatte jemand Jüngeren erwartet. Lutz war ein altgedienter Bundeswehrfeldwebel, groß, muskulös und hoch in den Fünfzigern. Eine Narbe zog sich von seiner Stirn über die Nase. Er sah aus wie ein Veteran, der schwere Schlachten hinter sich hat. Ich hatte noch nicht mit ihm zu tun gehabt; der logistische Teil unserer Unternehmung lag in den Händen von Locke und dem Chef.

Die andern Teammitglieder sammelten sich hinter mir.

Lutz griff in seine Brusttasche und reichte mir ein Blatt Papier. »Lesen Sie das im Bus«, sagte er. Er tippte auf seine Uhr. »Wir müssen los.«

»Was ist das?«, fragte ich und hielt den Zettel ins Licht.

»Es stammt von Ihrem Unteroffizier an der Grenze. Ist vor einer halben Stunde über Funk gekommen.«

Ich faltete den Zettel auseinander und begann zu lesen.

Lutz berührte mich an der Schulter. »Im Bus«, sagte er wieder.

Mir ahnte Schlimmes. Ich versuchte, den Zettel ruhig zu halten. Lutz' Handschrift wäre auch unter normalen Umständen schwer zu lesen gewesen. Aber schon der erste Satz machte mir klar, dass wir in der Scheiße steckten.

»Was gibt's?«, fragte Chris.

»Die Stelle für den Übergang hat sich geändert«, sagte ich. »Wir queren 3,8 Kilometer nordwestlich von der ursprünglich vorgesehenen Stelle.« Mir zog sich die Kehle zusammen. Meine Stimme klang mir fremd. Ich atmete tief durch. »Wir müssen reden«, sagte ich zu Chris.

Andys Nachricht gab keine Erklärung für die Änderung im Plan.

Angel, Chris und ich fuhren mit Lutz. Es war sehr eng im Auto, weil Lutz die ganze Funkausrüstung hinten drin hatte.

Tony und Ginger fuhren im zweiten VW. Sie hatten die LMGs und die Munitionskisten bei sich.

Chris und Angel falteten bereits eine Karte auseinander. Aus dem Augenwinkel sah ich, dass Chris versuchte, mit dem Zeigefinger auf den neuen Übergangsort zu zeigen, während der VW auf der holprigen Piste dahinrumpelte, in Richtung auf die Straße, die uns zur Grenze bringen sollte.

Andy wollte die Autos auf einem abgelegenen Weg, einen knappen Kilometer diesseits der Grenze, erwarten.

Lutz bog auf die Straße ein. Chris und Angel hielten die Karte ruhig. Im Licht der Scheinwerfer konnte ich den Nebel aus Gräben und Senken aufsteigen sehen.

»Verdammt«, sagte Chris kopfschüttelnd.

»Was ist?«, fragte ich.

»Der neue Übergangspunkt ist anscheinend nur hundertfünfzig Meter von einem großen Wachturm entfernt.«

»Andy muss verrückt sein«, sagte Angel.

Ich fragte mich, was noch alles kommen würde.

»Nein, das stimmt schon«, sagte Lutz, der abwechselnd auf die Straße und in den Rückspiegel schaute. Ich merkte, dass er einen Kick aus unserer Lage bezog. Ich biss mir auf die Lippen. Der Mann gefiel mir nicht.

»Die Botschaft war klar«, fuhr er fort. »3,8 Kilometer nordnordwest vom alten Übergangspunkt.«

Ich grübelte darüber nach, wie viel von unserem Vorhaben Lutz wohl sonst noch wusste.

»Die geben einem doch nie eine Begründung«, sagte er und suchte in meinen Augen nach einer Reaktion. Ich beherrschte mich. Lutz machte weiter. »Nach meiner Erfahrung zahlt immer die verdammte Infanterie für die Fehler der verdammten Offiziere«, sagte er, indem er sich umdrehte und einen Goldzahn entblößte.

»Wir sind hier nicht in Stalingrad, Lutz«, sagte ich scharf.

Von da an behielt er gottlob die Augen auf der Straße.

»Es ist euch doch klar, dass der Weg zum Treffpunkt damit drei Kilometer länger wird?«, sagte Angel.

»Andy wird schon seine Gründe haben«, sagte Chris.

»Seit wann bist du so verdammt philosophisch?«, fragte Angel.

»Wir haben doch keine Wahl«, antwortete Chris. »Wir müssen einfach einen Schritt nach dem anderen machen.« Er lehnte sich zurück und schloss die Augen.

Chris hatte Recht. Wir konnten nichts dagegen tun. Für ihn machte es keinen Unterschied, wo er sich durch den Streifen arbeitete. Es war auf jeden Fall unbekanntes Gelände.

Einen Schritt nach dem anderen. Erst mussten wir den Todesstreifen überwinden. Und das war Chris' Job.

Wir fuhren zehn Minuten schweigend weiter. Dann bog das Auto von der Straße ab und in einen anderen Fahrweg ein.

Lutz löschte die Scheinwerfer und fuhr mit Standlicht und im niedrigen Drehzahlbereich. Im schwachen Licht bewegten sich die hohen Tannen zu beiden Seiten des Weges wie Menschen.

Ich sah durch die Windschutzscheibe. Plötzlich trat eine Gestalt auf den Weg.

Es war Andy.

Wir hielten an und Lutz schaltete den Motor aus. Hinter uns kam der andere VW zum Stehen. Ich öffnete die Seitentür und stieg aus.

Der Boden unter meinen Füßen war feucht und weich. Ein intensiver Geruch nach Erde und Tannen lag in der Luft.

Während die anderen unsere Ausrüstung ausluden, nahm ich Andy beiseite.

»Ich weiß schon, was du sagen willst«, kam er mir zuvor. »Aber glaub mir, wir haben keine andere Wahl.«

»Was zum Teufel ist denn passiert?«, fragte ich. Mein Atem wirbelte in der kalten Luft.

Ich sah den Schweiß auf Andys Stirn. Er hatte immer noch Fieber.

»Ein Kontrollfahrzeug ist genau an unserem Punkt aus dem Wald gekommen«, sagte er. Bis dahin hatten wir keine Ahnung gehabt, dass es da überhaupt einen Fahrweg gab.

»Wann?«, fragte ich.

»Vor ungefähr einer Stunde. Ich habe es Lutz gefunkt und er hat den Chef angerufen. Ihr wart bereits unterwegs.«

»Was hat Krause gesagt?«

»Er sagte, die Entscheidung liege bei uns.« Nach einer Pause fuhr er fort: »Tut mir Leid. Ich musste mich so entscheiden.«

»Das war schon richtig«, sagte ich. Aber ich konnte sehen, wie besorgt er war. Die Entscheidung, die er unter so großem Druck gefällt hatte, war nachvollziehbar, aber sie gefiel mir genauso wenig wie ihm. Der neue Übergangspunkt war der einzige auf der ganzen Strecke, wo wir keine Fahrzeuge aus dem Wald hatten kommen sehen. Das Problem war, dass er so nahe an einem Hauptturm lag.

Aber Chris nahm von uns allen das größte Risiko auf sich und hatte erklärt, er könne damit leben.

»Und, wie sieht's dort aus?«, fragte ich.

»Der Nebel steigt. Das ist gut für uns, sehr gut. Lobo hat schon die Tür in den Zaun geschnitten.« Leise fügte er hinzu: »Ich wünschte zu Gott, ich könnte mitkommen, Jackson.«

Ich versuchte zu lächeln. »Blödsinn«, sagte ich. »Aber spendier mir einen Drink, wenn wir zurück sind.«

Es gab nichts mehr zu besprechen.

Wir gingen los; Angel, Tony und ich hinter Andy her.

An unserem Treffpunkt, dreihundert Meter von der Grenze entfernt, unterrichteten uns Lobo und Mike über die letzten Vorkommnisse. Vor dreißig Minuten war ein Inspektionsfahrzeug vorbeigekommen. Der jetzige Zeitpunkt war so gut wie jeder andere.

Die beiden wünschten uns Glück und verschwanden mit ihren LMGs, um Positionen einzunehmen, von denen aus sie den Wachturm im Visier hatten.

Carl lag schon irgendwo mit seinem Scharfschützengewehr.

Ginger, Angel, Chris, Tony und ich kontrollierten noch einmal unsere Waffen, während Andy am Waldrand wartete.

Der Lichtschimmer durch die Bäume zeigte uns die Richtung an.

Die Verhältnisse diesseits des Zauns waren an dieser Stelle so günstig wie nur möglich. Der Wald reichte bis auf drei Meter an den Zaun heran. Der Nebel war mittlerweile zu einem feinen Nieseln geworden.

Andy wartete auf ein Signal von Lobo, dann rutschte er auf dem Bauch zum Zaun und öffnete die »Tür«. Dahinter konnte ich die parallelen Drähte des Kontaktzauns sehen. Andy schlich sich zurück und Chris startete. Fünf Minuten lang beobachtete ich neben ihm, wie er seine Schlingen, Federn und Umlenkrollen anbrachte. Er bewegte die Hände schneller als ein Zauberer.

Es tat mir gut, ihm zuzusehen. Es lenkte mich von dem ab, was uns bevorstand.

Schließlich schaute Chris zu mir zurück und nickte. Ich kroch vorwärts, mit der Nase praktisch auf dem Boden. Als ich bei Chris ankam, reichte er mir seine Uzi. Ich schaute noch einmal auf seinen Rucksack und auf die Leine, die aus ihm heraushing.

Ich tippte ihm leicht auf die Schulter. Er war bereit. Dann drückte ich auf den Knopf meines Funkgeräts. Ein einziges Klicken informierte die anderen, dass er dabei war, den ersten Draht durchzuschneiden.

Hundertfünfzig Meter seitlich sah ich die schwachen Umrisse des Wachturms. Das Licht der Lampen, die rechts und links in je zweihundert Meter Entfernung standen, schimmerte auf dem Drahtzaun.

Es war bitter kalt. Ein leichter Wind wehte mir kleine Kondensationströpfchen von Mund und Nase und trug sie auf den Todesstreifen.

Ich beobachtete Chris' ruhige Hand, als er den Drahtschneider hob.

Es gab einen winzigen Laut, *zip,* und der Draht sprang auseinander.

Ein Blick auf Chris' Gesicht zeigte mir, dass etwas nicht stimmte. Und dann sah ich auch, was.

Die Feder hatte sich viel weiter gedehnt als angenommen.

Jesus. Ich rollte mich halb zur Seite und schaute zum Wachturm. Ich rechnete damit, Schüsse und Schreie zu hören.

Nichts. Auch kein Wort von Lobo. Ich behielt den Wachturm im Auge und wartete, ob Licht den Todesstreifen überfluten würde. Aber der Suchscheinwerfer blieb dunkel. Die einzigen Laute, die ich hören konnte, waren die Regentropfen auf meiner Jacke und Chris' Atem.

Chris war inzwischen dabei, die Feder in der zweiten Drahtschlinge durch eine stärkere zu ersetzen. Er musste sich völlig auf seinen Tastsinn verlassen und seine Hände arbeiteten schnell. Dieser Hundesohn sah wahrhaftig aus, als mache es ihm Spaß.

Mir klopfte das Herz bis zum Hals.

Chris schaute zu mir und nickte. Verdammt, dachte ich. Nächster Versuch.

Ich drückte auf die Sprechtaste und wartete auf den zweiten Schnitt.

Chris hob den Schneider – *zip* –, und die neue Feder bewegte sich kaum.

Er arbeitete schnell, ersetzte die Federn an den anderen Drähten und achtete darauf, dass sie die gleiche Spannungstoleranz hatten wie die erste.

Drei Minuten später signalisierte er, dass der Alarmzaun durchlässig sei. Die Drähte waren an ihrem Platz, bogen sich auf und über die Umlenkrollen, die er an den Zaunpfosten befestigt hatte. Die Lücke war groß genug zum Durchkriechen.

Ich schaute auf die Uhr. Es war zwölf Minuten nach neun und wir mussten noch übers Minenfeld.

Ich nahm das Ende der Leine, die aus Chris' Rucksack kam.

Er griff in eine Jackentasche und holte die Stricknadeln heraus, lächelte mir flüchtig zu und schlüpfte durch die Lücke.

Durch das Nachtglas beobachtete ich, wie er sich seinen Weg suchte, nach links und rechts auswich und die Leine am Boden befestigte, um uns auf seiner Spur zu führen.

Ein leises Knacken in meinem Ohrstück. Lobo.

»Halt, Chris. Eine Wache ist auf dem Balkon und geht auf deine Seite hinüber. O. K., er zündet sich eine Zigarette an und schaut auf die andere Seite. Mach weiter, mach weiter …«

Chris arbeitete sich zügig weiter vor. Ich verfolgte seinen Fortschritt mit dem Nachtglas, aber der Nieselregen beeinträchtigte seine Reichweite und ich verlor ihn bald aus den Augen.

Ich schaute immer wieder auf die Uhr. Fünfzehn, zwanzig Minuten vergingen ohne ein Wort. Dann hörte ich ihn. Er flüsterte.

»Jackson, hörst du mich?«

Ich antwortete mit einem Klick.

»Die gute Nachricht: Auf dieser Seite gibt es keinen Alarmzaun. Aber Drähte. Diese Hurensöhne haben zwei davon verlegt. Einen über dem Sand, einen darunter, direkt vor meiner Nase.

Ich weiß nicht, zu was sie führen. Möglicherweise Claymore-Minen …«

Hoffentlich nicht. Ich wartete.

»Die Drähte sind nicht straff gespannt«, berichtete er nach ein paar Minuten. »Ich schneide sie durch, aber ich weiß nicht genau, was dann passiert. Ich lasse den Sprechknopf unten, dann könnt ihr es hören.« Ich schwöre, ich hörte ihn amüsiert glucksen. »Bring mich nicht um, Jackson, wenn es schief geht.«

Wenn es schief ging, dachte ich, würde von ihm nichts mehr übrig sein, was man umbringen konnte.

Es gab eine endlose Pause. Ich konnte hören, wie Chris tief atmete, als er seinen Schneider hob, um den ersten Draht durchzuzwicken.

Ich richte mein Fernglas wieder auf den Turm. Man wusste ja nie, was diesen Bastarden einfiel. Vielleicht war dieser Draht nicht mit einer Claymore verbunden. Vielleicht war es ein elektrischer Stolperdraht.

Der Regen war dichter geworden, so dass man schlecht sehen konnte, was im Turm vorging. Im Fernglas sah der Regen fast aus wie Schnee.

Dann hörte ich es. Wir alle hörten es.

Zip.

Ich strengte meine Augen an, um etwaige Zeichen von erhöhter Aktivität im Turm zu entdecken. Lobo kam mit einer Nachricht durch.

»Zwei auf dem Balkon, auf der anderen Seite. Auf unsrer Seite einer. Sieht aus, als wische er die Fenster ab. Er scheint voll beschäftigt. Er schaut nicht auf und nicht um sich. Mach weiter, Chris.«

Der Geruch der nassen Erde stieg mir in die Nase. Regenwasser lief mir in den Kragen und machte nass, was ich darunter trug. Ich fröstelte.

Zip.

Und dann öffnete der Himmel seine Schleusen. Kein Vergleich mit dem Regen bisher. Es goss in Strömen, Regenschwaden wurden über den Streifen getrieben.

Plötzlich hörte ich wieder Lobos Stimme, rau und drängend.

»Sie sind reingegangen. Keiner schaut raus. Sie haben vor dem Regen Schutz gesucht. Geht los! Verdammt noch mal, los!«

Ich rappelte mich auf, kroch durch die Lücken in den Zäunen und lief los. Ich folgte der Leine, aber die Erde war zu Schlamm geworden und die Leine war stellenweise kaum zu sehen.

Egal. Ich rannte wie noch nie in meinem Leben, in Gedanken immer bei den Wachen im Turm. Lobo trieb mich an, und ich betete nur, dass ich, falls ich mehr als einen Meter seitlich von der Leine auftrat, nicht mehr merken würde, was mich getroffen hatte.

Ich überquerte den ganzen Streifen in etwas mehr als fünfzig Sekunden. Schon waren die jenseitigen Zäune in Sicht. Ich warf mich zu Boden, kroch durch die Öffnungen, die Chris geschaffen hatte, und sprang wieder auf die Füße, als ich durch war. Noch zehn Meter, und ich war im Wald.

Chris wartete. Er saß am Boden an einen Stamm gelehnt. Ich reichte ihm seine Uzi und wir warteten auf die anderen. Sie kamen schnell hintereinander an, im Abstand von jeweils fünfzig Sekunden.

Ich sah auf die Uhr und sagte innerlich Bingo.

Wir lagen fünf Minuten vor dem Zeitplan.

Kapitel 40

Wir bewegten uns langsam vorwärts, bis wir auf einen Weg kamen. Wir wussten vom BND, dass es auf der Ostseite der Grenze ein Netzwerk von Wegen gab, und zwar in regelmäßigem Raster. Wir wussten, dass die Wege von den Kontrollmannschaften benutzt wurden. Und wir wussten auch, dass sie an bestimmten Stellen auf den Streifen hinausführten.

Die Anordnung der Wege war klar erkennbar. Was für die Jeeps gut war, war jetzt auch für uns gut. Mithilfe dieses Gittermusters konnten wir den Treffpunkt schnell erreichen. Aber den Hauptnutzen würden wir auf dem Rückweg haben. Für die Kinder wäre es schwierig gewesen, durch den Wald zu stapfen, aber auf den Wegen konnten sie gehen.

Ich hielt eine kurze Besprechung ab. Nach dem Adrenalinschub der Überquerung begann jetzt die Kälte in uns hochzukriechen. Wir mussten uns in Bewegung setzen.

Wir wollten in zwei Kolonnen marschieren, auf jeder Seite des Weges eine. Chris und Angel würden auf der linken Seite gehen, ich, Tony und Ginger auf der rechten. Weil die Wege für schwere Fahrzeuge ausgelegt und fünf Meter breit waren, konnten wir viel Abstand voneinander halten. Wir vereinbarten fünfzehn Meter Abstand. Ich ging voraus.

Der Regen hatte den Nebel großteils aufgelöst. Wir hatten das Gefühl, wir könnten sehen, ohne gesehen zu werden.

Mit gesicherten Gewehren setzten wir uns in Trab. Ich prüfte unsere Richtung mit dem Kompass. Wir liefen ein paar hundert Meter parallel zur Grenze, dann kamen wir auf eine Kreuzung.

Ich besprach mich mit den anderen, schaute noch mal auf den Kompass und bog rechts ab. Als wir wieder liefen, versuchte ich die Strecke in Hundert-Meter-Abschnitten zu zählen. Und genau nach einem Kilometer erreichten wir die nächste Kreuzung.

»Gott segne diese verdammten Kommunisten«, flüsterte Angel, als wir uns neben der Straße ein bisschen ausruhten.

Jetzt brauchten wir eigentlich gar keinen Kompass mehr. Soldaten und Grenztruppen der DDR – oder wer immer dieses Wegenetz angelegt hatte – hatten unser Navigationsproblem für uns gelöst. Wir mussten den Wegen nur im Zickzack folgen, bis wir am Treffpunkt am jenseitigen Waldrand ankamen.

Wir hatten schon einiges an Strecke geschafft und wir kamen immer noch schnell vorwärts. An der nächsten Kreuzung liefen wir geradeaus. Meine Sinne hatten sich einigermaßen an die Umgebung angepasst. Der Wald war weit, dunkel und still. Ich hörte nur meinen Atem und das Geräusch meiner Füße auf dem Kies. Die anderen waren nicht zu hören.

Aber ich sah etwas – *großer Gott.*

Eine Welle von Adrenalin schoss durch meine Adern, ich kauerte mich nieder und schnippte mit den Fingern, damit Tony hinter mir es nachmachte. Ich schaute nach links. Chris hatte das Signal auch empfangen. Ich schaute wieder nach vorn, und da waren sie – Autolichter, aber so schwach, dass sie im Regen kaum zu sehen waren.

Ich scheuchte die anderen mit einer Armbewegung vom Weg runter und rollte mich nach rechts. Ein schwaches Rascheln hinter mir zeigte an, dass meine Kameraden meinem Beispiel gefolgt waren. Ich grübelte darüber nach, warum ich kein Motorengeräusch gehört hatte.

Ich lag im eiskalten Wasser des Straßengrabens auf dem Rücken und beobachtete die Lichter.

Wir hatten nichts gehört, weil der Motor nicht lief.

Die Lampen waren auf Standlicht geschaltet. Nach dem Abstand zwischen ihnen schätzte ich, dass das Fahrzeug hundert Meter von uns weg war.

Allmählich setzte mir die Kälte zu, und meine Muskeln begannen zu zucken. Ich versuchte, die Lichter beständig im Auge zu behalten, aber das Zittern war unkontrollierbar geworden. Wie lang konnte man so liegen, bevor man ohnmächtig wurde? Ich lauschte auf Geräusche aus der Richtung des Fahrzeugs, aber alles, was man hörte, war das Platschen des Regenwassers im Graben.

Ich schätzte die Entfernung zwischen Boden und Lichtern auf eineinhalb Meter. Also hatten wir es vermutlich mit einem Lastwagen zu tun.

Was zum Teufel hatte ein Lastwagen hier zu schaffen? Ich sah einen Schatten vor einem der Scheinwerfer vorbeigleiten. Einen Augenblick später hatte ich schon drei Gestalten gezählt, die von links nach rechts vor dem Auto vorbeigegangen waren. Mann Gottes. Da liefen Leute um das Auto herum. Warum? Was hatten sie vor? Hielten sie Ausschau nach uns?

Disziplin, Jackson. Wenn es an der Grenze ein Problem gegeben hätte – wenn sie das Loch im Zaun oder die Leine quer durch den Todesstreifen entdeckt hätten –, dann hätten wir es über Funk gehört. Erleichtert entspannte ich mich und dabei begann ich, in die Hose zu pinkeln.

Die Wärme war wunderbar. Ich hatte es nicht zurückhalten können, aber jetzt wollte ich gar nicht mehr, dass es aufhörte. Während sich die Wärme auf meinem Bauch und die Beine entlang verteilte, fand ich meine Lage ziemlich komisch. Ich lag in einem Graben, im kommunistischen Osten, pinkelte mir in die Hose und war noch dankbar dafür.

Dann hörte ich das Geräusch eines Anlassers und der warme Quell versiegte.

Ich hielt den Atem an und entsicherte mein Gewehr. Ich sah schnelle Bewegungen. Noch weitere Schatten vor den Lichtern. Sie sprangen wieder hinauf.

Rufe ertönten, eine Tür wurde zugeworfen.

Langsam setzte sich das Fahrzeug in Bewegung.

Es kam auf uns zu und das Motorengeräusch wurde lauter. Es war ein großer, schwerfälliger Laster von der Art, wie wir sie beim Schichtwechsel gesehen hatten. Ich drückte mich tiefer in den

Graben und lag bewegungslos, während der Lastwagen einen Meter neben mir vorbeirumpelte. Dann drehte ich mich langsam um und schaute ihm über die Schulter nach, wie er sich entfernte.

Die Rücklichter verschwanden und der Wald war wieder ruhig.

Ich kletterte aus dem Graben. Und dann fühlte ich die Kälte so richtig.

Wir liefen wieder los. Wir mussten Tempo machen, um wieder warm zu werden.

Wir liefen ohne Pause. Als der Wald lichter wurde, hob ich die Hand. Alle blieben stehen. Wir traten vom Weg hinunter und ich spähte durch das Nachtglas.

Wir hatten den Waldrand erreicht.

Ich kroch langsam zwischen den Bäumen zurück, bis ich Angel traf.

»Ich möchte, dass ihr hier zurückbleibt, während ich vorausgehe«, flüsterte ich. »Wenn ich etwas sehe, was mir nicht gefällt, sag ich's euch über Funk.«

»Was hast du vor?«, fragte er.

»Ich möchte mir die Sache ansehen und mich vergewissern, dass da niemand ist, der dort nicht hingehört.«

»Und dann?«

»Ich gehe zwei Minuten vor der vereinbarten Zeit hin. Ihr müsst dann startbereit sein. Wenn es eine Falle ist, werdet ihr es schon merken.« Ich klopfte auf mein Gewehr.

Ich kroch vorwärts und duckte mich in die Schatten am Wegrand. Hundert Meter vor der Baumgrenze schlich ich durch dünner werdenden Bewuchs, bis ich am Rand einer Wiese stand.

Über dem Gras lag hüfthoch der Nebel. Der Regen war wieder in leichtes Nieseln übergegangen und es zeigten sich Lücken in den Wolken. Ich sah ein paar Sterne.

Ich hob mein Fernglas und überprüfte die Wiese. Zuerst sah ich gar nichts. Aber beim zweiten Schwenk bemerkte ich etwas auf der linken Seite, einen dunklen Schatten, der sich in 150 Metern Entfernung aus dem Nebel erhob. Ich ging ein bisschen näher und schaute wieder durch das Glas. Diesmal konnte ich ein schräges Dach und die vier tragenden Pfosten eines Unterstands erkennen. Das Ding stand ungefähr dreißig Meter vom Waldrand entfernt. Wir waren am Ziel. Wir waren genau auf den Treffpunkt gestoßen.

Ich drückte die Sprechtaste und sagte einfach: »Ich hab's.«

Ich hockte auf den Fersen und spähte, ob sich etwas bewegte, und lauschte auf das geringste Geräusch.

Fünf Minuten vergingen. Ich hatte nichts gehört außer dem Regen in den Bäumen.

Ich gab über Funk Bescheid, dass ich losging. Wir hatten keine Zeit zu verschwenden. Mir war nicht behaglich, aber ich wusste, dass ich gedeckt war. Die anderen hatten genug Zeit gehabt, um sich an der Lichtung entlang zu postieren und mein Vorrücken zu decken.

Ich rannte geduckt und benutzte die Nebelschwaden als Deckung. Als ich noch zwanzig Meter von meinem Ziel entfernt war, stand ich auf, weil ich wusste, dass ich so oder so keine Chance hatte, falls mich schon jemand ins Visier genommen hatte.

Ich war am Unterstand. Meine Nackenhaare sträubten sich. Ich ging ringsherum.

Niemand da.

Das Herz hämmerte mir in der Brust. Ich kontrollierte meinen Atem, bis mein Pulsschlag wieder normal war, und versuchte klar zu denken.

Wie, wenn Manfred – oder wie zum Teufel er wirklich hieß – seinerseits *mich* beobachtete?

Ich drückte den Sprechknopf am Funkgerät und sagte: »Gebt mir Deckung.« Dann lehnte ich mein Gewehr an einen Pfosten des Hochstands und trat hinaus auf die Wiese.

Ich ging aufrecht, so dass mich jeder, der mich vom Wald aus beobachtete, gut sehen konnte. Es war ein unheimliches Gefühl. Der Nebel teilte sich wie Getreide, als ich hindurchging.

Ich schaute auf die Uhr. Es war jetzt acht Minuten nach der vereinbarten Zeit.

Fünfundzwanzig Meter von dem Hochstand entfernt, auf freiem Feld, blieb ich stehen und lauschte.

Stille.

Ich hielt die Hand ein paar Zentimeter über meinem Halfter. Ich wollte Manfred einen vertrauenswürdigen Anblick bieten, aber ich wollte nicht kampflos untergehen, falls ich in eine Falle getappt war.

Plötzlich hörte ich ein Knacken im Ohrstück. Dann eine Stimme. Es war Ginger.

»Jackson? Ich habe durch das Nachtglas Bewegung gesehen. Am Rand des Feldes. Hinter dir.«

Ich drehte mich langsam um. Zuerst sah ich nichts. Dann bemerkte ich, dass sich vor dem Hintergrund der Bäume etwas bewegte. Unwillkürlich berührte ich meine Pistole. Alle meine Instinkte schrien, ich solle mich hinwerfen, aber ich trotzte ihnen und blieb aufrecht stehen.

Fünf Schatten kamen auf mich zu.

Ich winkte sie mit der linken Hand zu mir, während die rechte in der Nähe von Susi blieb.

Die Gestalten blieben stehen.

Ich zog die Kopfhaube ab und winkte ihnen wieder. Diesmal kam eine der Gestalten näher. An der Größe und am Gang erkannte ich, dass es der Mann war.

Er kam zu mir und stand in dem diffusen Licht vor mir. Er war kleiner als ich und gut gepolstert. Ich sah eine Brille und einen Schnurrbart auf einem runden Gesicht. Er trug eine Tasche.

Er streckte mir die Hand hin; ich zögerte einen Augenblick, dann nahm ich sie. Aber mit der linken Hand; die rechte lag noch immer auf Susi.

Seine Hand war weich und kalt. Ich fühlte, dass er zitterte.

»Oscar Whisky Null Fünf«, sagte er mit unsicherer Stimme.

Einen Augenblick standen wir reglos da. Dann drückte ich auf den Sprechknopf. »Ich hab sie«, sagte ich. »Wir kommen.«

Kapitel 41

Wir sammelten uns im Schutz des Waldes. Erst einmal die Grundlagen, sagte ich mir. Wie verängstigt und verletzlich diese Leute auch sein mochten, wir mussten uns professionell verhalten. Ich entschuldigte mich zuerst und teilte Manfred dann mit, dass wir ihn, seine Frau und die Kinder durchsuchen mussten.

Die kleineren Kinder kuschelten sich an die Eltern. Die Frau trug einen dicken Wintermantel über einem Rollkragenpullover und einer Hose. Eine blonde Locke schaute unter dem Schal heraus, den sie fest um den Kopf gebunden hatte.

Ihr jüngstes Kind, das kleine Mädchen, klammerte sich ängstlich an ein Bein der Mutter. Das mittlere Kind hielt sich an der Hand des Vaters fest. Nur der Älteste stand allein. Vermutlich war er ermahnt worden, seinen Geschwistern ein gutes Beispiel zu geben.

Ich merkte, dass wir einschüchternd wirkten.

Die Suche ergab nichts, außer dass Manfred Papiere in seiner Tasche hatte – jede Menge Papiere.

Ich sah auf die Uhr. Es war zwei Uhr fünfundvierzig. Wir mussten los, aber zuerst mussten die Regeln für den Rückmarsch aufgestellt werden. Die Zeit, die wir auf die Vorbereitung verwendeten, würde uns später zugute kommen.

Wir beratschlagten uns kurz. Dabei hielt ich mit den Kindern Augenkontakt.

Wir holten Schokolade und Erdnussbutter heraus und gaben sie den Kindern. Die zwei jüngeren rissen gleich das Papier auf und ich hörte, wie sie ihre kleinen Zähne in die Schokolade schlugen. Der kleine Junge tuschelte aufgeregt mit seiner Schwester. Solche Riegel waren im Osten seltene Kostbarkeiten. Sein großer Bruder brachte ihn zum Schweigen.

»Wie heißt du?«, fragte ich den Ältesten. Ich sah in der Dunkelheit nur das Weiße seiner Augen und die Blässe seines Gesichts. An seinem schnellen Atem erkannte ich, dass die Aufregung des Zehnjährigen größer war als seine Angst.

»Heinz.«

Ich streckte die Hand aus und ergriff seine. »O. K., Heinz. Ich bin Jackson. Ein komischer Name, wie? Ich habe ihn in Amerika bekommen. Möchtest du auch nach Amerika?«

Er nickte vorsichtig.

Ich deutete auf Chris, der neben ihm hockte. »Das ist Chris. Bleib immer nahe bei ihm. Chris war auch in Amerika. Eines Tages nimmt er dich vielleicht dorthin mit.«

Chris schüttelte dem Jungen die Hand.

Ich sah den anderen Jungen an. »Ist das dein Bruder?«, fragte ich Heinz.

Er nickte. »Ja.« Und nach einer Pause: »Ja, Jackson.« Er sprach es »Jeckson« aus, wie die meisten Deutschen. »Er heißt Peter.«

»Wie alt bist du, Peter?«, fragte ich freundlich. Peter bekam von seinem Bruder einen Schubs und er antwortete: »Sieben Jahre.«

»Du kannst mich auch Jackson nennen«, sagte ich.

Er nickte, sagte aber nichts.

»O. K., Peter«, fuhr ich fort. »Tony kümmert sich um dich. Du musst dich immer dicht bei ihm halten und alles machen, was er macht. Es ist ein Spiel. Wir spielen alle ein Spiel. Magst du Spiele?«

Diesmal nickte er stärker.

»Das ist gut. Denn wenn ihr, du, dein Bruder und deine Schwester, alles tut, was wir sagen, dann gewinnt ihr das Spiel. Und wenn ihr das Spiel gewinnt, dann gibt es auf der anderen Seite dieses Waldes so viel Schokolade für euch, wie ihr essen könnt. Klingt das gut?«

»Ich mag Schokolade wahnsinnig gern«, flüsterte der Junge.

Ich fuhr ihm übers Haar. »Guter Junge. Und was ist mit deiner Schwester? Mag sie auch Schokolade?«

Das kleine Mädchen trat einen Schritt vor, ohne dass man sie schubsen musste. »Ich mag sie am allerliebsten«, flüsterte sie kühn. Ihr kleines Gesicht war nur Zentimeter von meinem weg. Ich roch Seife.

»Und wer bist du?«, fragte ich.

»Ich heiße Sabine«, sagte das kleine Mädchen.

Einen Augenblick lang wusste ich nicht, was ich erwidern sollte. Ich hatte einen Kloß in der Kehle. »Sabine«, brachte ich heraus. »Das ist ein schöner Name.«

Ich zog meinen Handschuh aus und berührte ihre Wange. »Weißt du, wie meine Frau heißt?«

Sie schüttelte den Kopf. »Sabine, genau wie du.«

»Mein Bruder sagt, es ist ein blöder Name.«

»Pst, Sabine«, warnte Heinz sie.

»Das macht nichts«, sagte ich zu Heinz. Ich wandte mich wieder an das Mädchen. »Wie alt bist du, Prinzessin?«

»Ich bin schon fünf«, sagte sie stolz.

»Das ist ziemlich alt«, fuhr ich fort. »Willst du auch das Spiel spielen?«

Sie nickte und fragte: »Wer kümmert sich um mich?«

»Ich«, sagte ich. »Ich bin der Chef, du kriegst also eine Vorzugsbehandlung.« Ich beugte mich vor und flüsterte ihr ins Ohr: »Das Wichtigste an dem ganzen Spiel ist, dass wir absolut still sind. Und wenn wir zu dem großen Zaun am anderen Ende des Waldes kommen, möchte ich von dir keinen Pieps hören, Prinzessin. In Ordnung?«

»Das haben Papa und Mama auch schon gesagt.« Sie klang gelangweilt.

»Gut.« Ich stand auf und nahm den Vater beiseite. Ich dachte an Krauses Befehl. Würde ich diesen Mann, den Vater von drei Kindern, erschießen können, wenn die Sache schief ging?

Erst einmal die Grundlagen, Jackson. Dazu würde es nicht kommen. In drei Stunden würden wir alle jenseits der Grenze und in Sicherheit sein.

»Hören Sie«, sagte ich zu dem Mann, »ich brauche Ihren wirklichen Namen nicht zu wissen. Wir haben Sie bei der Planung Manfred genannt, und von mir aus können wir dabei bleiben. Wie heißt Ihre Frau?«

»Anna«, sagte er.

»Prima. Sehen Sie den Riesen da? Er heißt Angel und wird sich um Sie kümmern. Tun Sie einfach, was er sagt, und wir sind im Nu über der Grenze. Mein Kollege Ginger wird sich Ihrer Frau annehmen. Tony, Chris und ich übernehmen die Kinder. Ich versichere Ihnen, dass wir alles tun werden, was in unserer Kraft steht, um die Sicherheit Ihrer Familie zu gewährleisten. Alles klar?«

»Vollkommen«, flüsterte er. Und dann ein bisschen verlegen: »Danke.«

»Danken Sie mir, wenn wir im Westen sind.« Ich sah wieder auf die Uhr. Wir hatten uns hier lang genug aufgehalten.

»O. K.«, sagte ich und nahm Sabine an der Hand. »Wir gehen.«

Kinder. Was wusste ich von Kindern? Während das kleine Mädchen meine Hand hielt, konnte ich nur an den Tag denken, als meine Frau gesagt hatte, sie wolle keine Kinder.

Sabine und ich gingen am Ende der Gruppe. Zwanzig Meter vor mir sah ich die Umrisse von Ginger und Anna. Es war schon fünfundzwanzig Minuten nach drei und wir hatten erst gut eineinhalb Kilometer zurückgelegt. Da musste sich etwas ändern. Wir waren zu langsam.

Irgendwo im Wald knackte ein Zweig. Ich ließ mich zu Boden fallen und zog das kleine Mädchen dicht an mich, jederzeit bereit, ihm mit der Hand den Mund zuzuhalten. Vor mir sah ich Anna und Ginger kauern. Auf dem Weg gab es keine Bewegung mehr.

Ich drückte das Mädchen mit der linken Hand an mich; in der rechten hielt ich mein Gewehr.

»Was war das?«, flüsterte sie.

»Ich weiß es nicht, Prinzessin. Aber sei ruhig.«

Ich spähte in den Wald. Schatten verschmolzen miteinander. Die Bäume schienen sich zu bewegen. Wieder knackte ein Zweig.

»Jackson?«, wisperte sie.

»Ja, Prinzessin?«

»Ich habe Angst.«

Ich spähte weiter durch die Bäume. »Es ist ein Spiel, weißt du noch?«

»Das Spiel gefällt mir nicht.«

»Pssst ...«

Irgendetwas kam in Sicht. Ich legte an. Über Kimme und Korn konnte ich vor der Nebelschicht, die zwischen dem Boden und den untersten Ästen lag, Bewegungen erkennen. Ich entsicherte das Gewehr.

Eine Wildschweinfamilie trottete vor uns über den Fahrweg. Ich zählte fünf. Sie kamen zwischen uns und Ginger und Anna durch. Ich schaute Sabine an. Ihre Augen waren so groß wie Suppenteller, ihr Mund stand offen.

Die Wildschweine verschwanden auf der anderen Seite des Weges im Wald.

»Hast du so was schon mal gesehen?«, flüsterte ich.

»Nein«, sagte sie. »Gehen die auch nach Amerika?«

Ich lächelte und stand auf. »Komm, Prinzessin, wir müssen weiter.«

Nach einer Viertelstunde fühlte ich ein leichtes Zerren an meiner Hand. Ich beugte mich hinunter.

»Das ist gar kein Spiel, Jackson, oder?«

»Was meinst du damit?«

»Mein Papa hat Angst. Ich hab gehört, wie er mit Mama geredet hat. Ich glaube, er hat geweint.«

»Das gehört dazu, dass man ein bisschen Angst hat«, sagte ich. »Aber jetzt sind wir da und passen auf euch auf.«

»Bist du aus Amerika, Jackson?«

»Nein, Prinzessin, ich bin so deutsch wie du. Nur aus einer anderen Gegend.«

»Warum müssen wir durch den Zaun gehen, Jackson – den Zaun, wo die bösen Männer sind?«

Ich blieb stehen und hockte mich vor ihr nieder. Ich hielt sie auf Armeslänge vor mir und sah ihr in die Augen. »Als ich ein kleiner Junge war, Prinzessin, ungefähr so alt wie du, ging ich oft zu einer großen Mauer, welche die Stadt, in der ich wohnte, in zwei teilte. Ich hatte Angst vor der Mauer, weil dort überall Männer mit Gewehren standen. Und die Mauer machte mich auch traurig, weil mein Urgroßvater auf der anderen Seite gefangen war. Ich liebte ihn sehr.«

»Hast du ihn nicht besuchen können?«

»Ich wollte schon, aber es ging nicht, wegen der Mauer. Das machte mich wütend. Ich ärgerte mich über die Leute, wegen denen ich ihn nicht besuchen durfte. Aber eines Tages, Prinzessin, fand ich heraus, wie ich über die Mauer gelangen konnte.«

»Hast du deinen Urgroßvater wiedergesehen?«

»Nein, nie wieder.«

»Warum nicht?«

»Er ist gestorben, Prinzessin.«

»Dann bist du wohl sehr traurig.«

»Ich war traurig, aber jetzt bin ich es nicht mehr.«

»Und du hast auch keine Angst?«

»Nein«, antwortete ich, »ich habe auch keine Angst mehr.«

»Dann habe ich auch keine«, sagte sie. »Ich will wie du sein.«

Ich tätschelte ihr den Kopf. »Braves Mädchen. Komm, wir müssen die anderen einholen.«

»Jackson?«

»Ja, Prinzessin?«

»Hilfst du meinem Vater auch? Ich will nicht, dass er Angst hat.«

Ich kannte dieses Kind erst seit einer Stunde. Es war meine Aufgabe, es zu schützen. Aber einen Augenblick lang beneidete ich diesen Mann.

»Deinem Vater wird es gut gehen, Sabine. Niemand wird ihm etwas tun, das verspreche ich dir.«

Das kleine Mädchen bemühte sich, mit mir Schritt zu halten. Wir gingen schnell. Zu schnell. Plötzlich fühlte ich, wie ihr Fuß in eine Furche geriet und ihre Hand aus meiner glitt. Sie fiel hart auf den Kies. Einen Augenblick – einen zu langen Augenblick –

stand ich wie angewurzelt. Dann hörte ich, wie sie Luft holte. Ganz tief.

Als sie zu schluchzen anfing, hielt ich ihr die Hand vor den Mund. Aber ich hatte das Gefühl, wir hätten die Toten auferweckt.

Ich verwünschte meine Ungeduld und meine Dummheit, als ihre Mutter und Ginger herbeistürzten. Aus dem Augenwinkel sah ich Schatten, die sich unter den Bäumen postierten. Angel, Chris und Tony waren einsatzbereit.

Anna versuchte Sabine zu trösten, aber das ist schwierig, wenn jemand dem Kind die Hand fest auf den Mund hält.

Mir kam es vor wie eine Ewigkeit, bis sich das Kind beruhigt hatte. Endlich hörten die Schluchzer auf.

Die Mutter sah mich an. Ich lockerte vorsichtig meinen Griff.

Sabine lag ganz ruhig da. Sie war eingeschlafen.

»Glaubst du, dass jemand das gehört hat?«, fragte ich Ginger.

Er zuckte die Achseln. »Das werden wir sehen.«

Ich überlegte. Die Versuchung, eine Pause zu machen, war groß. Aber ich schüttelte den Kopf. »Nein. Wir müssen weiter.«

Wir hatten nicht genug Zeit, um abzuwarten, ob jemand gelaufen kam.

Ich gab Ginger mein Gewehr und hob mir das Mädchen auf den Rücken. Wir gingen weiter, und obwohl wir Lärm gemacht hatten, fühlte ich mich jetzt wohler, weil ich das Tempo vorgeben konnte.

Es hatte wieder zu regnen angefangen. Anna zog ihrer Tochter die Anorakkapuze über den Kopf.

»Danke«, sagte sie. Das war das Einzige, was ich je von ihr hörte.

In der Folgezeit kamen wir schnell vorwärts, aber um zehn nach vier stellte ich fest, dass das Tempo sich wieder verlangsamte. Diesmal war es Peter. Er hatte seinem Beschützer, Tony, gesagt, dass er nicht mehr gehen könne.

Manfred wollte seinen Sohn tragen.

»Nein«, sage ich. »Sie müssen mit Ihren Kräften haushalten.«

Die Erkenntnis, dass ein weiteres Kind zu Ballast geworden

war, erschreckte mich. Wir hatten erst die halbe Strecke zurückgelegt und hatten nur noch eine Stunde und zwanzig Minuten, bis wir an der Grenze sein mussten.

»Tony«, flüsterte ich. »wir müssen schneller werden. Nimm das Kind.«

Tony hob sich das Kind auf den Rücken und übergab mir sein Gewehr. Ich wollte schon Manfred bitten, es zu tragen, als mir ein Gedanke kam.

Ich nahm das Magazin heraus, überprüfte, ob die Kammer leer war, und reichte Heinz das Gewehr.

»Für mich?«, fragte der Junge überrascht.

»Für dich«, sagte ich. »Pass gut drauf auf. Und pass auch auf Chris auf.«

Ich wandte mich an Angel. »Ich brauch dir nicht zu sagen, dass wir in der nächsten Viertelstunde einen Kilometer zurücklegen müssen, wenn wir es schaffen wollen.«

»Sollte Chris das Kind nicht tragen?«

Ich schüttelte den Kopf. »Verlass dich auf mich. Gib nur das Tempo vor.«

Es klappte. Heinz hielt sich die nächsten dreißig Minuten wacker. In dieser Zeit legten wir ein bisschen mehr als zwei Kilometer zurück. Das Tempo, das Angel vorgab, lag zwischen schnellem Gang und Joggen. Wir hielten uns eng beisammen, um sicher zu gehen, dass alle nachkamen und beisammenblieben. Ich ging hinten und konnte Heinz gut beobachten. Er machte genau, was Chris machte. Wenn Chris lief, lief auch er. Er trug sogar sein Gewehr genau wie Chris.

Aber die Geschwindigkeit unseres Marsches forderte ihren Tribut, und nicht nur von den Kindern.

Als es nur noch etwas über eine Stunde bis zum Sonnenaufgang war, stolperte Heinz und fiel erschöpft zu Boden. Als sie ihn fallen sah, schluchzte Anna, die direkt vor mir ging, auf und kam ihrem Sohn zu Hilfe.

Heinz bemühte sich, wieder auf die Füße zu kommen, und war entschlossen, weiterzugehen, aber Chris hatte die Lage schon erfasst.

»He, Soldat«, sagte er, »du hast dich gut gehalten.« Er nahm ihn auf den Rücken.

In dieser kurzen Pause hörte ich, wie Anna und Manfred um Atem rangen.

Wir ließen eine Wasserflasche kreisen, und ich zweifelte schon daran, dass wir es schaffen würden. Ich sagte dem Überläufer, er und seine Frau sollten sich ausruhen, während wir fünf die verbliebene Erdnussbutter und Schokolade verteilten. Ginger und Angel fütterten sie – sie schoben ihnen die Sachen buchstäblich in den Mund.

Zucker und Eiweiß spornten sie an, aber fünfundzwanzig Minuten später kam die nächste Krise. Anna war sichtlich am Ende ihrer Kräfte.

»Sie müssen durchhalten«, sagte ich ihr ins Ohr, obwohl ich sah, dass ihr jeder Schritt eine Qual bedeutete. »Denken Sie an Ihre Kinder, an ihre Zukunft ...«

Bevor ich den Satz noch vollenden konnte, brach sie zusammen und übergab sich.

Es war schon nach fünf und wir hatten noch zwei Kilometer vor uns.

Wir befanden uns mitten in der Pufferzone – dem Gebiet, auf dem wir beim Hinmarsch auf den Lastwagen gestoßen waren. Alle unsere Instinkte, in jahrelangem Training verfeinert, rieten zur Vorsicht, aber bei diesem Tempo konnten wir die Grenze nicht rechtzeitig erreichen.

»Angel«, zischte ich.

Angel kam von der Spitze der Kolonne zurück. Ich brauchte nichts zu sagen. Er zog Anna in die Höhe und hob sie auf seinen Rücken. Dann lief er auf seinen Platz zurück und übernahm in schnellem Trab wieder die Führung.

Nach weiteren fünfhundert Metern kamen wir an eine Kreuzung und hielten uns links.

Ich sah um mich und bemerkte, dass der Nachthimmel etwas erhellt war. Mir blieb fast das Herz stehen, weil ich dachte, es sei die Dämmerung, aber ein Blick auf die Uhr zeigte mir, dass es noch nicht so weit war. Ich wusste, dass wir an der Grenze waren. Wir mussten noch einen Kilometer parallel dazu gehen.

Auf den letzten fünfhundert Metern gaben Manfreds Beine nach. Er war so erschöpft, dass er auf die Knie fiel, unfähig, tief genug zu atmen. Es sah aus, als komme er nicht mehr weiter.

Ich holte Ginger zu mir. Manfred war groß und schwer. Wir konnten ihn auf keinen Fall über das Minenfeld tragen. Wir hatten nur noch wenige Minuten. Ich musste außerdem mit Andy Kontakt aufnehmen und ihm unsere Ankunft melden.

Ginger winkte mich beiseite. »Geh«, sagte er. »Ich kümmere mich um Manfred.«

Wir eilten noch dreihundert Meter weiter und ließen uns dann neben einem Gebüsch nieder. Durch die Zweige der letzten Bäume sah ich die Lampen des Todesstreifens. Der Zaun hob sich vor ihrem Licht ab. Dahinter lag ein Vorhang aus Nebel. Der Regen hatte aufgehört.

Ich legte Sabine vorsichtig auf den nassen Boden. Sie schlief immer noch. Chris und Tony legten Heinz und Peter daneben. Auch die schliefen fest. Gleich darauf kamen Ginger und Manfred nach. Manfred hechelte wie ein Hund, aber er war jedenfalls da, Ginger sei Dank. Er hatte ihn dazu gebracht, weiterzugehen.

Ich gab Ginger ein Zeichen. Manfred und seine Frau mussten die Kinder wecken. Dann funkte ich Andy an.

»Wir sehen uns gleich«, war alles, was ich sagte.

Seine Antwort, nur ein Wispern in meinem Ohr, klang beruhigend gelassen. »Minus eins null, Opa.«

Der Bastard erinnerte mich daran, dass wir zehn Minuten zu spät daran waren. Als ob ich diese Erinnerung gebraucht hätte!

Der erste Schimmer eines Frühlingstages würde sich in fünf Minuten zeigen – oder auch schon in zwei, wenn man den Meteorologen glauben wollte. Und ein paar Minuten später würde der Lastwagen, der die neue Schicht brachte, auf dem Fahrweg vorbeikommen.

Anna hielt ihrer Tochter den Mund zu, als sie sie weckte. Ich hörte, dass sie ihr etwas zuflüsterte. Manfred weckte die Jungen auf die gleiche Art. Wir konnten nur abwarten.

Aber Kinder sind unberechenbar. Alle drei hatten geschlafen wie tot, und trotzdem waren sie in einem Augenblick hellwach.

Ich hockte mich vor ihnen nieder. Ginger und Tony kauerten links von mir, Chris und Angel rechts. Im Licht der Grenzlampen sah ich die Gesichter der Kinder zum ersten Mal richtig. Peter war die jüngere Ausgabe seines großen Bruders. Beide Jungen hatten kurzes blondes Haar und blaue Augen. Sabine hätte nicht verschiedener sein können; aus der Kapuze ihres Anoraks hing eine dunkle Locke. Ihre braunen Augen waren den Augen meiner Frau unheimlich ähnlich. Manfred und Anna beobachteten mich gespannt. Anna hielt die beiden kleineren Kinder an den Händen. Heinz saß aufrecht und stolz neben seinem Vater.

»Also, jetzt sage ich euch, wie es weiter geht«, flüsterte ich. »Wir werden nun gleich aus dem Wald hinausgehen. Chris geht als Erster und Sie folgen ihm«, sagte ich zu Manfred. »Dann kommt Angel und hinter ihm die drei Kinder. Dann Anna und Tony. Bleiben Sie nahe beisammen und passen Sie aufeinander auf. Wenn alle drüben sind, bilden Ginger und ich die Nachhut. Alles klar?«

Ich blickte die Kinder an. Ihre Augen waren wach und aufmerksam und hingen fest an den meinen.

»Ich bin so stolz auf euch«, sagte ich. »Und Mama und Papa genauso. Aber jetzt kommt das Wichtigste an dem ganzen Spiel. Ihr könnt nur gewinnen, wenn ihr absolut still seid – so still wie Mäuse – und wenn ihr der Leine folgt.«

»Welcher Leine?«, wisperte das kleine Mädchen.

»Es gibt eine Leine, Prinzessin. Sie läuft von dem Zaun da gleich vor uns bis zu einem anderen Zaun. Den kannst du jetzt noch nicht sehen, aber das kommt noch. Chris hat die Leine gelegt; es ist eine Zauberleine und sie wird euch den Weg durch den Nebel zur anderen Seite zeigen. Um das Spiel zu gewinnen, musst du mit den Füßen auf der Leine bleiben und absolut still sein. Wenn du sprichst oder wenn du neben die Leine trittst, wird Angel es mir berichten müssen. Das willst du doch nicht, oder?«

Sabine sah Angel an. »Wird er dann meine Schokolade essen?«, fragte sie.

Ich versuchte ein Lächeln. »Folg einfach der Leine«, sagte ich. »Tu's für mich.«

Sie bewegten sich auf den Waldrand zu und Ginger und ich folgten ihnen. Chris schob sich vorwärts und spähte links und rechts an der Grenze entlang. Hundertfünfzig Meter zur Rechten sah ich die Umrisse des Wachturms. Dann flitzte Chris zum Zaun und bog die Tür zurück, die er beim Hinweg hineingeschnitten hatte. Er nickte mir zu.

Ich drückte die Sprechtaste und sagte: »Bingo.«

Rauschen in meinem Ohrstück, dann Lobos Stimme.

»Alles ist ruhig. Ich sehe nicht einmal jemand im Wachturm. Vielleicht rauchen sie …«

Oder sie lauschten einem verbotenen Radio, hoffte ich.

Ich gab Chris das Startzeichen. Angel hatte mich beobachtet und führte Manfred vorwärts. Tony und Anna geleiteten die Kinder an den Zaun. Ich folgte ihnen mit den Augen, so lange es ging. Chris verschwand im Nebel. Angel schlüpfte als Nächster durch die Tür und hockte sich rechts davon nieder. Manfred, Anna und Tony schoben die Kinder durch die Lücke. Angel scharte sie um sich wie eine Glucke, während er wartete, bis ihre Eltern und Tony sich auch durchgeschoben hatten. Dann machte er sich auf den Weg.

Ich sah ihnen nach und teilte Andy, Mike und Carl mit, dass sie unterwegs waren. Der seltsame Konvoi kam schnell außer Sicht.

»Wir sagen dir Bescheid, wenn sie am Zaun sind«, sagte Andy. »Dann könnt ihr kommen.«

Ich klickte zur Bestätigung und wartete auf sein Signal.

Ungefähr drei Minuten vergingen. Ich wollte schon nachfragen, ob sie es geschafft hätten, als Lobos Stimme mich erreichte: »O. K., los.«

Ich tippte Ginger auf die Schulter, hob den Daumen und deutete auf die Grenze. »Also dann«, sagte ich.

Wir krochen aus dem Schutz des Waldes und bewegten uns gebückt auf den Zaun zu.

Die ersten Spuren der Morgendämmerung waren schon zu ahnen. Der Gedanke daran, dass die anderen sicher jenseits der

Grenze waren, spornte mich an. Ich erreichte den Zaun und schaute rechts und links daran entlang. Nach dem Regen herrschte jetzt völlige Stille.

Der Nebel war dicht – dicht genug, um den jenseitigen Zaun zu verbergen, obwohl er kaum mehr als hundertfünfzig Meter entfernt war.

Ich sah noch einmal nach, ob mein Gewehr gesichert war, dann ging ich los, den rechten Fuß nach Möglichkeit immer auf der Leine.

Der Boden war jetzt matschiger als auf dem Hinweg; Chris' Leine war kaum mehr zu erkennen. Aber ich sah die Spuren der anderen und folgte ihnen einfach, wenn die Leine nicht mehr zu sehen war. Immer wieder fielen mir die kleinen Fußtapfen der Kinder auf.

Jeden Augenblick konnte jetzt die Ablösung kommen.

Wenn sie nun früher kam?

Denk nicht an so was. Thomas. Konzentrier dich. Lauf weiter.

Dann ein Knacken in meinem Ohrstück und Mike war dran. »Macht fix, Jungs. Alles ist ruhig. *Los, los, los!*«

Ich wäre gern gerannt, aber ich konnte die Leine nicht sehen. Ich musste die Tür finden, die Andy in den Zaun geschnitten hatte.

Wir waren halbwegs hinüber, als ich den Zaun erblickte. Und ich glaubte auch die Lücke zu erkennen. Ich konnte mich nicht mehr vergewissern, denn in diesem Augenblick traf uns der Suchscheinwerfer.

Er erfasste uns ganz genau und schwankte keinen Augenblick. Gott allein weiß, wie sie es geschafft hatten, dass er genau auf uns gerichtet war, als sie ihn einschalteten.

Ginger und ich taten nicht, was man instinktmäßig tut – und was Tiere tun –, nämlich absolut still stehen. Wir rannten um unser Leben und stolperten durch den Schlamm, um den rettenden Zaun zu erreichen. Meine Beine waren schwer wie Blei.

Alles geschah in Zeitlupe.

Ich sah die wirkliche Welt nicht mehr; das Minenfeld, der Zaun, der Suchscheinwerfer waren verschwunden.

Stattdessen sah ich Sabine, unser Haus, den Raum, den ich

gerade erst renoviert hatte, und den Hof dahinter. Ich stand mitten in meinem Raum und schaute auf die Regale, die meine Bücher enthielten, und auf den Gewehrschrank. Ich dachte an die vielen Kaminfeuer, an denen wir uns hier schon gefreut, und an die Weinflaschen, die wir hier geleert hatten.

Wir hatten für eine solche Situation trainiert, aber das hatte mich nicht wirklich darauf vorbereiten können.

Ich wollte hier nicht sterben. Ich wollte es schaffen.

Peng. Der erste Schuss und der Scheinwerfer erlosch.

Eine Stimme in meinem Hinterkopf sagte mir, dass noch keine zwei Sekunden vergangen waren, seit der Scheinwerfer uns erfasst hatte. Im Training hatte Carl den imaginären Scheinwerfer immer in weniger als zwei Sekunden ausgeschossen.

Es war mir unendlich lang vorgekommen.

Ich lief weiter.

Den metallischen Ton einer Kalaschnikow erkennt man sofort. Die Schüsse aus Kalaschnikows, die ich jetzt hörte, mischten sich mit dem Geknatter von LMGs und M16s, als unser Team das Feuer auf die Mannschaft im Turm eröffnete. Neben dem Krachen und dem Gehämmer der automatischen Waffen vernahm ich das Klicken und Heulen von Kugeln, die am Beton abprallten.

Dann pfiff eine Kugel an meinem Ohr vorbei und ich warf mich zu Boden.

Die Soldaten hatten unser Tempo berechnet und schossen auf das Gelände vor uns, um uns den Weg abzuschneiden.

Als ich mich fallen ließ, erhaschte ich einen Blick auf zwei Gestalten, eine riesige und eine winzige, die zu beiden Seiten des Lochs im Zaun knieten. Angel und Chris hielten den Wachturm unter Beschuss.

Jeder fünfte Schuss aus Angels M203 war Leuchtspurmunition. Ich sah, wie sie durch die Nacht zischte.

Ich rollte mich auf die Seite, um mein Gewehr auf den Turm zu richten.

Vom Waldrand kamen noch mehr Leuchtspurgeschosse. Das Team feuerte aus allen Rohren.

Ich zielte auf den schwachen Umriss des Turms und zog ab.

Der Rückstoß in meiner Schulter fühlte sich gut an. Besser, etwas zu tun, als bloß dazuliegen und zu sterben.

Hinter mir hörte ich Ginger unentwegt auf die Wachposten schießen. Ich wollte gerade eine zweite Granate in den Lauf schieben, als es plötzlich einen dumpfen Schlag gab. Gingers Gewehr verstummte und etwas Warmes und Klebriges spritzte auf mich.

Ich drehte mich um und sah ihn am Boden liegen. Hinter ihm stieg eine Rauchsäule auf.

Ich rollte mich wieder in Richtung Turm und ließ eine neue Folge automatisches Feuer los. Ich muss zwischendurch die Magazine ausgewechselt haben, denn schließlich merkte ich, dass ich alle sechzig Kugeln in meinen Doppelmagazinen verschossen hatte. Und mit meinem letzten Schuss trat Stille ein.

Als ich mich aufrappelte, fühlte ich Panik in mir aufsteigen. Ginger lag vollkommen reglos. Er hatte sich nicht mehr bewegt, seit er zu Boden gegangen war.

Als ich aufrecht stand, sah ich, was ich nicht hatte sehen können, so lange ich am Boden lag. Der Schock wurde durch die Stille ringsum noch verstärkt. Eineinhalb Meter von der Leine entfernt stieg immer noch Rauch aus einem Krater auf. Ginger hatte offensichtlich das Gleiche getan wie ich, als die Kugeln vor uns durch die Luft schwirrten. Er hatte sich auf den Boden geworfen. Aber er war dabei weiter von der Leine abgekommen als ich. Während der Schießerei war er offenbar noch ein bisschen weiter zur Seite gerückt.

Es sah aus, als hätte er eine Springmine ausgelöst, aber weil er am Boden lag, hatte die Mine nicht in die Luft springen und hinter ihm in Hüfthöhe explodieren können. Statt dessen war sie unter seinem Unterleib explodiert.

Von der Taille abwärts war nichts von ihm übrig geblieben.

Ich schleppte Gingers Überreste zum Zaun und fiel durch die Lücke. Die Luft war erfüllt vom Geruch nach Kordit und nach verbranntem Fleisch. Ich wollte mich wieder zum Zaun wenden, aber Angel und Chris schoben mich weg. Ich hörte Chris um Hilfe rufen.

Andy kam aus dem Wald gerannt und erstarrte, als er den Haufen Fleisch sah, der einmal Ginger gewesen war. Er schaute Ginger an, dann mich. Dann kam er Chris und Angel zu Hilfe.

Ich kam wieder auf die Beine und entfernte mich vom Zaun. Als mir dämmerte, dass der Geruch in der Luft von Ginger kam, lehnte ich mich an einen Baum und kotzte mir die Seele aus dem Leib.

Andy kam und führte mich in den Wald, weg von der Grenze.

Während wir durch den Wald gingen, hörte ich Kinder weinen. Sie mussten ganz nahe sein, aber ich sah sie nicht. Ich wollte dem Geräusch folgen, aber Andy zog mich zurück. Jemand gab mir eine Zigarette. Andys Stimme in meinen Ohren klang ruhig, aber fest. Wir mussten möglichst schnell zu den VWs, drängte er. Hier würde bald die Hölle los sein.

Der Familie ging es gut. Sie wurde von Lobo und Mike versorgt. Los, sagte Andy, wir gehen.

Wir fanden den Weg zurück durch den Wald und entlang dem Fahrweg bis dahin, wo die Minibusse warteten. Sie standen in der richtigen Richtung mit laufenden Motoren und Standlicht.

Andy rief Lutz. Der sprang aus dem Wagen, packte mich am Arm und bugsierte mich auf die Rückbank. Mein Anblick muss ihn furchtbar erschreckt haben. Ich weinte, mein Gesicht war voller Schmutz, ich hatte mich beim Kotzen besudelt, und auf meinem Anzug hafteten kleine Fetzen von Gingers Fleisch.

Kaum saß ich im Auto, erschienen Chris und Angel an der Tür. Angel trug Ginger, der in einen Umhang gehüllt war. In dem schwachen Licht konnte ich Gingers Gesicht erkennen. Weil ich sonst nichts sehen konnte, dachte ich einen Augenblick lang, ich hätte nur einen Albtraum gehabt.

Aber dann übergab Angel die Leiche an Chris und ich wusste, es war Wirklichkeit. Angels Gesicht war wie eine Maske. Er sagte kein Wort. Er kletterte neben mich in den Minibus und streckte dann die Hände aus, damit Chris ihm den Leichnam reichen konnte.

Ich beobachtete alles wie durch einen Nebel.

Chris übergab den Leichnam ehrfürchtig an Angel. Dann stieg auch er ein und schob die Tür zu.

Lutz wandte sich um und sagte: »Mann Gottes, was ist denn bei euch passiert?«

Ich sah auf und sagte mit einer Stimme, die wie der Teufel persönlich geklungen haben muss: »Halt dein verdammtes Maul und fahr los.«

Lutz legte den Gang ein und der VW schlingerte davon. Angel hielt Ginger auf dem Schoß. Etwas Nasses lief mir über die Füße. Ich schaute hinunter und brauchte einen Augenblick, um zu begreifen, dass es nicht Wasser war, das im Fußraum herumschwappte, sondern Gingers Blut.

Ich fing zu beten an und es half. Ich schloss die Augen und betete, wie ich nicht mehr gebetet hatte, seit ich ein Kind war. Ich betete für Ginger, der jetzt seine Ruhe hatte. Wie ich da so saß, von seinem Blut bedeckt, fühlte ich mich ihm unglaublich nahe – näher, als ich mich ihm im Leben gefühlt hatte. Es beruhigte mich. Langsam kam ich wieder in die Welt zurück.

Ich merkte, dass jemand sprach. Ich wandte mich der Stimme zu.

Angel hielt Ginger in den Armen und wiegte ihn wie ein Baby. Er schluchzte wie ein Kind.

Was immer auch geschah, wir neun würden immer ein Team bleiben, erzählte er Ginger.

Alles, was wir von jetzt an machten, würden wir für ihn tun.

Kapitel 42

Was in den nächsten zwei Wochen geschah, erlebte ich wie unter Betäubung. Angel, Chris, Tony und ich flogen mit Gingers Leiche zurück zur Kaserne. Locke erwartete den Hubschrauber mit einem Krankenwagen und Ginger wurde weggebracht.

Wir haben ihn nicht wiedergesehen.

Ich erfuhr später, dass seine Überreste an seine Familie übergeben und in aller Stille beigesetzt worden waren. Jedem, der ein Recht auf Auskunft hatte, wurde gesagt, er sei bei einem Manöverunfall ums Leben gekommen.

Ein Minibus brachte uns zu unserem Block, wo wir auf die anderen warteten. Als wir geduscht und uns umgezogen hatten, besorgte Angel Bier und wir saßen schweigend in meinem Zimmer, rauchten und tranken. Es war das erste und einzige Mal, dass ich Angel trinken sah in der Absicht, betrunken zu werden. Wir brauchten nicht zu sprechen, aber wir spürten das tiefe Bedürfnis, beisammen zu sein.

Bald kam auch der Chef und leistete uns Gesellschaft. Er wirkte genauso erschüttert wie wir. Er musste unter ungeheurem Druck stehen.

Die Leute, die uns und ihm das Gehalt zahlten, würden Fragen stellen und Antworten hören wollen. Aber es war typisch für den Chef, dass er an diesem Tag keine Erklärungen von uns verlangte. Er wollte nur in unserer Gemeinschaft sein.

Am nächsten Tag mussten wir uns ins Bundeswehrkrankenhaus begeben und wurden einer Reihe körperlicher und seelischer Tests unterzogen. Ich war lange bei Hubertus, aber ich sagte kaum etwas. Es war mir nicht nach Sprechen zumute. Hubertus schien das zu verstehen.

Am Tag darauf ließ uns der Chef kommen und teilte uns mit, er brauche schriftliche Berichte von jedem von uns.

Er saß an seinem Schreibtisch, den Hemdkragen offen, und sagte, dass keinen ein Vorwurf treffe. Wir seien hinübergegangen und hätten unsere Aufgabe erledigt. Manfred und seine Familie seien in Sicherheit. Aber bei der Aktion sei ein Mann getötet worden und es habe an der Grenze viel Aufregung gegeben. Wir hätten drei Tage, um unsere Geschichten zu Papier zu bringen.

Während wir unsere Berichte verfassten, trug jeder seinen Teil zum Gesamtbild bei, und zwischendurch suchten wir immer wieder den Chef auf. Wir schrieben viel und wir sprachen viel. Ich bin sicher, dass der Chef das so geplant hatte. Schreiben und Sprechen halfen uns, die Ereignisse jener Nacht zu verarbeiten.

Als die drei Tage vorbei waren, reichten wir die Berichte ein. Die Ärzte hatten an unserem Befinden nichts auszusetzen. Ihre Beurteilungen wurden dem Chef zugeleitet.

Wir wurden für zwei Wochen heimgeschickt. Ich hatte mich darauf gefreut, Sabine wiederzusehen, aber als ich sie sah, wusste ich, dass sich in unserer Beziehung etwas Grundlegendes geändert hatte.

Wir versuchten uns normal zu benehmen. Wir gingen zum Essen, machten Spaziergänge und besuchten die gewohnten Lokale. Aber je mehr ich mich bemühte, die Erinnerung an Gingers Tod zu unterdrücken, je mehr ich versuchte, in der Normalität des Alltagslebens aufzugehen, desto schlimmer wurde alles.

Nach den ersten Urlaubstagen begannen die Albträume. Es waren immer die gleichen.

Wir überquerten den Todesstreifen, Ginger und ich, und eine Explosion schleuderte mich in die Luft. Ich fiel zu Boden und versuchte aufzustehen, brachte es aber nicht fertig. Ich sah mich nach Ginger um, konnte ihn aber nicht entdecken. Dann schaute ich zu meinen Beinen hinunter. Sie waren weg. Von der Taille abwärts war alles weg. Meine Gedärme krümmten sich vor meinen Augen im Schlamm und Schmutz des Streifens. Ich war Ginger geworden, und Ginger ich.

»*Ginger!*«

Ich schrie nach ihm, so laut ich konnte.

Das Licht traf mich und ich wartete auf die Kugeln, die es löschen würden. Aber stattdessen hörte ich Sabines Stimme. Ich machte die Augen auf. Sie saß aufrecht im Bett und starrte mich an. Ihr Gesichtsausdruck spiegelte den Schrecken, den ich im Traum empfunden hatte.

»Mein Gott«, stammelte sie und zog mich an sich. »Was ist geschehen?«

Ich hob die Hände an mein Gesicht. Meine Wangen waren nass. Ich weinte immer noch.

»Hilf mir«, sagte ich. Ich war noch immer halb auf dem Streifen. Ich griff unter die Bettdecke und kontrollierte, ob meine Beine noch da seien. Erst dann hörte ich zu weinen auf. Ich fiel erschöpft zurück.

Sabine beugte sich über mich. Ich schaute sie starr an. »Es war ein Albtraum«, sagte sie und strich mir die Haare aus dem Gesicht. »Es ist alles in Ordnung. Du bist hier, bei mir.«

Sie wischte mir die Tränen ab, aber ich schob ihre Hand weg und stand auf. Ich war in die Wirklichkeit zurückgekehrt und die Scham überwältigte mich.

»Es war nur ein Albtraum«, wiederholte sie. »Du hast von Ginger geträumt. Aber du bist o. k. Er ist o. k. Alles ist in Ordnung. Komm wieder ins Bett. Ich will dich halten.«

Ich drehte mich nicht um. Ich bewegte mich nicht.

»Thomas?«

Ich zog meinen Morgenrock an und ging hinaus. Unten, in der Küche, holte ich ein Glas aus dem Schrank. Ich wollte es am Wasserhahn füllen, aber meine Hand zitterte so sehr, dass ich es aufgab. Ich stand am Spülbecken und meine Gedanken rasten. Was sollte ich ihr erzählen?

Ich wandte mich um. Sabine stand in der Tür.

»Mit Ginger ist etwas passiert, oder?«, fragte sie.

»Der Wagen, den er fuhr, kam von der Straße ab«, sagte ich.

Das war die Version, die der Chef ausgegeben hatte. Meine Stimme war ausdruckslos und klang mir fremd. »Er wurde von der Hüfte abwärts zerquetscht. Er hatte keine Chance.«

Sie schlug die Hand vor den Mund. Einen Augenblick lang dachte ich, sie würde weinen. Aber sie beherrschte sich. »Mein Gott, warum hast du denn nichts gesagt?«

»Reden bringt ihn auch nicht mehr zurück.«

»Aber er war dein Freund.« Sie strich sich die Haare aus dem Gesicht.

Ich wickelte den Morgenrock fester um mich. Ich hörte den Wind in den Bäumen. Ich sah auf die Uhr. Es war kurz nach drei.

»Ich weiß, dass es dir weh tut«, sagte sie. »Aber was ist mit uns? Ich mache mir seit Tagen die größten Sorgen, weil ich merkte, dass etwas nicht stimmt. Aber ich wusste nicht, was …«

Sie trat einen Schritt auf mich zu. »Thomas, wir haben immer miteinander gesprochen.«

»Sabine, es ist spät. Jetzt ist nicht die richtige Zeit.«

»Dann komm ins Bett. Bleib bei mir. Ich will dich halten. Ich will dir helfen.«

Ich nahm ihre Hand und wir gingen hinauf. Ich lag in ihren Armen und sie löschte das Licht. Ich schloss die Augen und entspannte mich so weit, dass ich eindöste. Aber sofort war ich wieder auf dem Todesstreifen und folgte der Leine. Hinter mir hörte ich Gingers Schritte. Der Nebel wurde dichter. Die Leine war verschwunden.

Ich riss die Augen auf. Sabine bewegte sich und rollte sich von mir weg.

Ich schlüpfte aus dem Bett und schlich mich wieder hinunter. Ich ging den Gang entlang, schloss die Tür auf und trat ins Freie. Es war Wind aufgekommen und er brachte Regen mit sich.

Ich überquerte den Hof und betrat den Stall. Der Grill, den ich an dem Abend gebastelt hatte, als Ginger, Andy, Mike und ich den Mädchen beim Tanzen zugesehen hatten, stand immer noch da. Ich stieg die Treppe hinauf und ging in mein Studio.

Es war kalt. Ich kniete mich vor den Kamin, schob ein paar Späne und Scheite hinein und steckte einen Feueranzünder an.

Auf dem Kaminsims stand eine Flasche Weinbrand. Ich nahm einen Schluck daraus, legte mich aufs Sofa und sah zu, wie das Feuer in Gang kam.

Ich weiß nicht, wann ich endlich einschlief, aber als ich am folgenden Morgen aufwachte und schwankend aufstand, war die Flasche leer, und Sabine war schon zur Arbeit gefahren.

Ich hatte noch nie Albträume gehabt und ich wusste, dass sie Sabine genauso erschreckten wie mich. Ich begann übermäßig zu trinken und ich merkte, dass sie mithielt. In der nebelhaften und fernen Erinnerung an mein Leben vor der Mission tauchte der Abend auf, an dem ich sie angerufen hatte und sie sinnlos betrunken gewesen war. Ich fühlte, dass ich daran schuld war. Aber dann erinnerte ich mich an meinen Geburtstag, drei Tage bevor wir über die Grenze gingen. Ich hatte Sabine spät am Abend angerufen und sie war nicht zu Hause gewesen.

Ich beschloss, nichts zu sagen, aber am Wochenende spitzte sich die Lage zu. Ich suchte nach Zahnpasta und fand in Sabines Toilettentasche ein Stück Dope.

Sabine machte in der Küche Kaffee. Sie war noch im Morgenrock.

Ich hielt das Dope hoch.

Sie sah mich an, sah das Dope an und fuhr mit ihrer Arbeit fort. Sie goss kochendes Wasser in die Cafetiere.

»Was möchtest du hören?«, fragte sie.

»Warum?«, erwiderte ich.

»Mir war langweilig«, sagte sie. Sie wandte mir noch immer den Rücken zu. »Wie soll ich mir denn die Zeit vertreiben, wenn du nicht da bist?«

Sabine drückte das Sieb der Cafetiere hinunter. Als sie sich umdrehte, wich sie meinem Blick nicht aus.

»Ich habe dich an meinem Geburtstag angerufen, Sabine, und du warst nicht da. Ein andermal warst du betrunken – oder vielleicht war es das«, sagte ich und legte das Zeug auf den Tisch. »Wo hast du das her?«

Ihre Augen verengten sich. »Willst du mir eine Predigt halten? Oder ist das ein Verhör?«

»Ich habe doch wohl das Recht, das zu erfahren.«

Sie warf lachend ihr Haar zurück. »Das Recht? Du redest von *Rechten*? Und dabei kommst du hier nur vorbei, wenn du mal Lust hast? Ich verdiene mein eigenes Geld und habe meine eigenen Freunde, Thomas. Ich kann machen, was ich will.«

Sie goss sich Kaffee ein.

»Schau um dich, Sabine. Wir haben das Haus unserer Träume und dazu noch Geld auf der Bank. Warum bist du so furchtbar wütend auf mich?«

»Weil du mir etwas vormachst. Du belügst mich, Thomas. Du hältst dich für so verdammt schlau. Aber das bist du nicht. Du hast dich verändert. Du hast dich sehr verändert. Du bist nicht mehr der Mann, den ich geheiratet habe. Du bist nie hier. Du bist nie bei mir. Ich hocke allein in diesem alten Haus mitten in der Pampa, und ich hasse es. Ich hasse es, allein zu sein. Ich vermisse meine Familie und meine Freunde. Und das Schlimmste ist: Ich weiß, dass du lieber bei deinen Freunden vom Militär bist als bei mir.«

»Das stimmt nicht«, sagte ich. Aber ich merkte selbst, wie lahm das klang.

»Ich bin deine Frau«, sagte sie am Rande ihrer Beherrschung. »Ich kenne dich besser als irgendjemand anders. Andy, Mike, Ginger …«

»Ginger ist tot«, sagte ich.

»Ja, er ist tot. Und du hast es mir nicht einmal erzählt. Was soll ich davon halten? Du bist ein Lügner, Thomas. Ginger ist nicht bei einem Autounfall gestorben. Eine Explosion hat ihm die Beine abgerissen und du warst dabei. Du warst neben ihm. Er ist gestorben, und du hast nichts dagegen tun können, und jetzt fühlst du dich schuldig. Du sprichst im Traum, Thomas. Oder besser, du schreist. Du schlägst dich Tag und Nacht mit diesem Erlebnis herum und sagst mir kein Wort. Das macht mich so wütend.«

»Wo warst du an meinem Geburtstag abends?«

Sie starrte in ihren Kaffee und bemühte sich um Fassung. Als sie wieder sprach, war ihre Stimme ruhiger, aber es klang immer noch Bitterkeit daraus.

»Dein Geburtstag. Dein verdammter kostbarer Geburtstag. Ich rief in der Kaserne an und man sagte mir, du seist im Manöver. Im *Manöver.* Genau wie damals, als du mich aus dem Harz angerufen hast. Wochenlang höre ich nichts von dir und dann bist du plötzlich in einer komischen kleinen Pension an der Grenze. Wir rammeln wie Kaninchen und schon bist du mich wieder los. Ich hab dieses Leben satt, Thomas, und ich hab es satt, angelogen zu werden.«

»Dann sag mir doch, wo *du* warst.«

»Ich bin nach Frankfurt gefahren, dorthin, wo wir früher gelebt haben. Ich war bei Hans und Gabi.«

Ich schaute auf das Dope. Natürlich. Hans und seine verdammte Gabi.

Ich ging hinauf und zog mich an. Zehn Minuten später verließ ich das Haus, ohne Sabine Bescheid zu sagen. Ich sprang ins Auto – einen alten, aber starken BMW, den wir für den Porsche eingetauscht hatten – und fuhr einfach los. Eine Stunde lang fuhr ich planlos durch die Gegend, bis ich in die Ortschaft kam, wo Andy wohnte. Auf dem Weg zu seiner Wohnung sah ich Andys Auto, das vor einer Kneipe an der Hauptstraße geparkt war.

Ich fand ihn drinnen. Er saß allein an einem Tisch in der Ecke und trank.

»Jackson? Was zum Teufel machst du denn hier?«, fragte er.

»Das könnte ich dich auch fragen.«

»Ich wohne hier«, sagte er. »Hast du das vergessen?« Er hob sein Glas und stieß mit mir an. Dabei verschüttete er sein Bier. Ich hatte Andy schon lange nicht mehr betrunken erlebt. Er war blau und dabei war es noch nicht einmal Mittag.

»Ich hab an Ginger gedacht«, sagte er. »Die Sache geht mir nicht aus dem Kopf.«

»Es hätte keinen Unterschied gemacht, wenn du dabei gewesen wärst, Andy. Vielleicht ist er ausgerutscht. Vielleicht vergaß er, wo er war, als die Kugeln um uns herum zischten. Wir werden es nie erfahren.«

Er starrte einen Moment aus dem Fenster, dann wandte er sich mir zu. »Und was führt dich nun wirklich her?«

Ich erzählte ihm von den Albträumen und ich erzählte ihm von Sabine. Wir sprachen lange darüber. Es tat uns gut. Andy und Brigitte hatten auch Probleme.

Ein paar Tage früher waren sie in einen Nachtclub gegangen und Andy hatte an der Bar Drinks besorgt. Dabei hatte sich ein Mann neben ihm umgedreht und Andys Bier von der Theke heruntergestoßen. Das Glas war in tausend Scherben zersprungen und das Bier überall hingespritzt.

»Und weißt du, was ich gemacht habe?«, fragte Andy.

Ich schüttelte den Kopf.

»Ich habe ihn furchtbar verprügelt. Ich kann mich aber nicht daran erinnern. Sie mussten mich von ihm wegzerren und ins Freie bringen. Ich war nicht betrunken; ich war so gut wie nüchtern. Und Brigitte wusste das. Ich brüllte sie an.«

Er starrte in sein Bier.

Ich erinnerte mich an den Tag, als wir seine Eltern besuchten; an den Groll, den er gegen seinen Vater hegte. Ich dachte auch an meine eigene Vergangenheit. Vielleicht wirkte sich das so aus.

»Wie geht's deiner Mutter?«, fragte ich.

»Besser. Viel besser«, sagte er. »Aber du klingst wie dieser aufgeblasene Esel von Hubertus.«

»Ich glaube, er will uns wirklich helfen.«

»Scheiß drauf, Jackson. Ich traue keinem von der Sorte. Ich weiß nicht einmal, ob ich dem Chef traue. Ich gehe zu Hubertus, weil ich muss. Aber ich mache nur zum Schein mit. Gott weiß, wo unsere Unterlagen am Ende landen. Von nun an spreche ich nur noch mit euch.« Er machte eine theatralische Geste. »Aber was wird aus dir und Sabine?«

Ich schüttelte den Kopf. »Ich weiß nicht. Ich weiß es wirklich nicht.«

»Sei nicht zu streng mit ihr«, sagte Andy. »Wir sind schließlich auch keine Heiligen, Jackson. Vielleicht solltest du es dem Chef sagen – dann kriegst du vielleicht Sonderurlaub, um eure Ehe zu kitten.«

»Das hat Ginger auch versucht und was hat er davon gehabt?«

»Schon. Aber du bist nicht Ginger. Du wirst damit fertig, das weiß ich. Du musst Sabine zeigen, dass du zu ihr stehst, das ist alles.«

Ich nickte, aber ich wusste, dass das nicht alles war, was sie brauchte.

Am nächsten Morgen fuhr ich heim. Ich hatte auf Andys Sofa geschlafen. Es war seit Wochen die erste Nacht gewesen, in der ich nicht geträumt hatte.

Unterwegs hielt ich an und kaufte eine Flasche Champagner und einen großen Blumenstrauß. Mein Leben steckte voller Widersprüche und wurde immer verwickelter, aber eine Klippe hatte ich gerade noch rechtzeitig erkannt: Ausgerechnet heute war unser Hochzeitstag.

Ich parkte vor dem Haus. Sabines Auto – ein Käfer, den wir auch noch für den Porsche gekriegt hatten – stand noch am selben Fleck wie am Vortag.

Ich ging ins Haus und rief nach ihr, bekam aber keine Antwort. Die Küche wirkte gespenstisch. Auf dem Tisch stand ein Teller, daneben sah ich einen Laib Brot, die Butterschale und etwas geräucherten Käse. Der Teekessel war noch warm.

Ich ging hinüber in den Stall.

Die Tür stand offen. Ich ging hinein. Unter der Tür zu meinem Studio drang ein Streifen Licht heraus.

Ich ging die Treppe hinauf und stieß die Tür auf.

Sabine saß an meinem Schreibtisch. Das Licht brannte. Sie blickte nicht auf. Sie starrte auf unser Hochzeitsbild. Ich konnte das Bild nicht sehen, aber ich kannte es in allen Einzelheiten: die schweren Eichentüren der Kirche, wir beide davor, und zu unseren Füßen die Blumen, welche die Hochzeitsgäste gestreut hatten.

Sabine war in ihrem Hochzeitskleid wunderschön gewesen. Ich hatte mir einen Smoking gekauft, um zu ihr zu passen, aber die Förmlichkeit der Hochzeit hatte bewirkt, dass ich mich unbehaglich fühlte, und das sah man mir auf dem Bild an. Sabine hatte meine Hand gehalten und damit mein Selbstvertrauen gestärkt. Auch das sah man.

Wir hatten uns hinter einem Strauß aus weißen und orangefarbigen Chrysanthemen an den Händen gehalten. Ihre Lieblingsblumen.

Und jetzt stand ich, fast auf die Minute genau vier Jahre später, in der Tür zu meinem Studio und hatte die gleichen Blumen in der Hand wie sie damals. Ich legte sie auf den alten Tisch neben der Tür. Sabine weinte, aber das war es nicht, was meine Augen fesselte und mein Blut gerinnen ließ. In der rechten Hand hielt sie eine Beretta, ein Duplikat meiner Susi, die ich in der Schreibtischschublade aufbewahrte.

Sabine hatte den Schlüssel zu dieser Schublade gefunden und auch den für den Waffenschrank. Ich hatte immer darauf geachtet, die Pistole und ihre Munition getrennt aufzubewahren. Aber Sabine hatte ein Magazin reingeschoben. Es war eins von Walters 18-Schuss-Spezialmagazinen. Ich hatte ihn gebeten, mir welche zu machen, damit ich unten im Keller der Scheune Schießübungen mit der Beretta durchführen konnte. Sabine hatte mir manchmal dabei zugesehen. Ich hatte sie sogar ein paar Mal schießen lassen. Sie wusste also, wie es ging.

»Sabine …«

Sie stand auf und zielte auf mich. Ich befand mich kaum einen Meter vom Schreibtisch entfernt.

Von mir aus konnte ich nicht sehen, ob die Waffe gesichert war oder nicht.

»Ich sollte dir wehtun, weil du mir so viel angetan hast …«

Ich sagte nichts. Aber sie muss mir die Antwort vom Gesicht abgelesen haben.

Sie legte die Pistole auf den Schreibtisch. »Ich habe meinen Job gekündigt. Ich gehe zurück zu meinen Eltern. Ich habe schon gepackt. Mach's gut, Thomas.«

Ich hatte nicht die Kraft zu kämpfen. Sie ging und dreißig Sekunden später hörte ich den Käfer stottern. Dann herrschte Stille.

An diesem Abend schenkte ich mir ein Glas von dem Champagner ein, den ich für unseren Hochzeitstag gekauft hatte, und trank es leer, während ich einen letzten Rundgang in unserem Haus machte. Dann warf ich meine Taschen hinten in den BMW und fuhr zur Kaserne.

Es war eine schöne Nacht. Der Mond schien hell und erleuchtete die Landschaft weithin.

Auf der Autobahn schob ich die Stones ein, drehte auf volle Lautstärke und trat das Gaspedal durch.

Ich hatte das Fenster offen und die frische Luft belebte mich. Ich beobachtete, wie der Tacho langsam auf zweihundert zuging.

Es war zwei Uhr morgens und es gab so gut wie keinen Verkehr.

In der Ferne sah ich eine Brücke über der Autobahn.

Ich lenkte das Auto auf den Seitenstreifen, bis die rechten Räder fast auf dem Gras liefen, und drückte die Tachonadel auf über zweihundert Kilometer. Der rechte Brückenpfeiler kam über dem Lenkrad ins Blickfeld. Zwei Sekunden später füllte er schon die halbe Windschutzscheibe aus. Ich schloss die Augen und versuchte, mir im Geist ein Bild von Sabine vorzuhalten, aber das Bild, das mir vor dem inneren Auge erschien, war das des kleinen Mädchens, das ihren Namen trug und dem ich aus der DDR herausgeholfen hatte.

Ich riss die Augen auf. Der Pfeiler war so nahe, dass ich im Scheinwerferlicht jeden Spalt und jeden Kratzer im Beton sehen konnte. Ich riss das Steuer herum und schoss um Haaresbreite am Pfeiler vorbei. Die Reifen quietschten und ich verlor die Kontrolle über das Auto. Ein Lastwagen auf der Gegenfahrbahn hupte, als ich in Richtung Mittelstreifen schleuderte. Es dauerte volle zehn Sekunden, bis ich den Wagen wieder unter Kontrolle hatte.

Hatte ich mich aus Liebeskummer umbringen wollen? Ich wusste es selbst nicht recht. Es kam mir verrückt vor. Ich fuhr mit angemessener Geschwindigkeit weiter. Bald würde ich wieder in der Kaserne sein, bei meinen Freunden.

Kapitel 43

Irgendetwas lag in der Luft, das spürten wir deutlich. Wir waren mit Franzosen, Briten und Amerikanern auf dem Truppenübungsplatz Grafenwöhr im Manöver. Der Chef hatte uns alle acht dazu abkommandiert, weil er hoffte, dass wir dadurch wieder in die richtige Verfassung kommen würden. Wir bildeten ein rotes Team, eine sowjetische Spetsnaz-Einheit; wir hatten die Aufgabe, hinter die feindlichen Linien vorzudringen. Die Manöver sollten drei Wochen dauern. Jetzt bereiteten wir uns auf den vernichtenden Schlag vor: den nächtlichen Angriff auf ein simuliertes Munitionsdepot, das von amerikanischen Truppen schwer bewacht wurde.

Aber bevor wir unseren Plan umsetzen konnten, eine Woche vor Ende des Manövers, bekam ich am Mittwoch einen Anruf von Locke. Wir wurden in die Kaserne zurückbefohlen.

Doch vorher konnten wir auf ein langes Wochenende heimfahren.

Ich hielt es zu Hause nur zwei Tage aus. Zu viele Erinnerungen umgaben mich. Den Rest der Zeit verbrachte ich mit Andy und Brigitte. Andy war der Einzige im Team, der wusste, dass Sabine und ich uns getrennt hatten. Fürs Erste wollte ich es auch dabei belassen.

Montagmorgen um zehn wartete ich wie befohlen in Lockes Büro, als die Tür aufging und Krause erschien. Vielleicht geschah es aus Nervosität, auf jeden Fall sprang ich auf und nahm Haltung an. »Leutnant Sanders zur Stelle!«

»Wie oft habe ich dir schon gesagt, du sollst den Blödsinn lassen, wenn du hier bist?«, sagte Krause. Er bat mich in sein Büro und kehrte an seinen Schreibtisch zurück. Es war schon beinahe Sommer, aber im Kamin brannte Feuer.

Ich hatte den Chef kaum gesehen in der Zeit nach Gingers Tod und ich bemerkte, dass er gealtert war. Seine Haut war fahl und faltig und er hatte sicher fünf oder sechs Kilo abgenommen. Seine braunen Augen, die normalerweise scharf waren, wirkten glasig. Aber dann fiel mir seine Uniform auf. Sie war tadellos gebügelt, der Hemdkragen war geschlossen und die Krawatte exakt gebunden. Ich wusste, dass er nicht meinetwegen so korrekt gekleidet war.

Er bot mir eine Zigarre an. Ich lehnte ab, zündete mir aber eine Zigarette an. Er kam schnell zur Sache.

»Die Amis wollen, dass jemand aus Ostberlin herausgeholt wird.« Er sah dem Rauch seiner Zigarre nach, der in einem Sonnenstrahl herumwirbelte. »Ich weiß nicht, wer oder was dieser Knabe ist. Ich kenne nur den Namen.«

Er wandte mir seine Augen wieder zu. »Er scheint ihnen sehr wichtig zu sein. Es liegt schon eine Weile in der Luft. Aber jetzt ist die Entscheidung sehr schnell gefallen.«

Ich stand da und wartete auf weitere Erklärungen. Krause machte einen nervösen Eindruck. Er sah auf die Uhr.

»Ich erwarte einen amerikanischen General. Er müsste jeden Augenblick da sein. Die Aktion wird nach Anweisung durchgeführt, Jackson – sie haben den Plan gemacht und wir müssen uns daran halten. Wie man hinein und wieder heraus kommt, die Entführung selbst … Die Amerikaner haben an alles gedacht. Wir müssen nur noch rein und den Kerl holen.«

»Nur?«, sagte ich.

»Es war ironisch gemeint. Das waren ihre Worte, nicht meine.«

Irgendetwas stimmte da nicht.

»Und warum diese Eile?«, fragte ich.

»Weil ihr heute Abend losschlagt.«

»Heute Abend?« Das kam mir komisch vor, aber ich dachte, wenn es so schnell gehen konnte, dann müsste es sich wohl um eine vergleichsweise harmlose Angelegenheit handeln. Dann sah ich Krauses Gesicht.

»Der Kerl sitzt in Rummelsburg ein«, sagte er leise.

Ich traute meinen Ohren nicht. »*Rummelsburg?*«

Der Chef nickte nur und ging zum Fenster. »Ich erwarte dich und Andy um zwölf wieder hier«, sagte er mit dem Rücken zu mir. »Bis dahin wissen wir alles ganz genau.«

Locke schaute von seiner Schreibmaschine auf, als ich sein Zimmer durchquerte. »Ist alles o. k.?«, fragte er.

Ich antwortete nicht, zündete mir eine Zigarette an und ging hinaus auf den Gang. Ich versuchte zu verdauen, was ich eben gehört hatte.

In meinem Kopf wiederholten sich immer die gleichen vier Worte. *Heute Nacht. Rummelsburg. Scheiße.*

Die Reihenfolge änderte sich gelegentlich, aber die Worte blieben immer gleich.

Rummelsburg war ein Hochsicherheitsgefängnis für Schwerverbrecher. Ihre Verbrechen reichten von antikommunistischen Aktivitäten bis zum Mord. Das Gefängnis wurde von der NVA, der Nationalen Volksarmee, betrieben, aber die meisten Insassen wurden von der Stasi eingeliefert. Ich hatte schon Fotos von der Anlage gesehen. Sie lag im Ostberliner Bezirk Rummelsburg, eingeklemmt zwischen dem trüben Rummelsburger See, einem brackigen Gewässer neben dem Spreekanal, und den Eisenbahngeleisen, die von den wichtigen Bahnhöfen nach Süden liefen. Es war eine hässliche, gottverlassene Anlage.

Ich erinnerte mich an vierstöckige Zellenblocks, die um einen zentralen Hof angeordnet und von einer hohen grauen Mauer umgeben waren. Die Mauer war oben mit Stacheldraht bewehrt.

Als ich es den anderen erzählte, reagierten sie anfänglich genau wie ich – entweder war es ein Missverständnis, oder jemand hatte einen verdammt schrägen Sinn für Humor.

Wir saßen in meinem Zimmer und rauchten. Keiner sagte viel, aber ich wusste, dass alle versuchten, aus der Sache schlau zu werden. Plötzlich klickte etwas in mir und ich stand auf.

»Los, meine Damen.« Ich wandte mich an Chris und Angel. »Ruft Walter an und schaut, ob er in der Waffenkammer ist. Wenn ja, geht zu ihm und sagt, dass wir Unterstützung brauchen. Wenn nicht, bringt den alten Bastard her, aber presto.«

Der Weckruf schien zu wirken. Angel sprang auf die Füße und zog Chris am Kragen in die Höhe.

»Tony, Lobo«, sagte ich, »geht ins Besprechungszimmer. Schaltet den Fernseher ein, hört Radio, schaut in die Zeitungen. Passt auf, ob in Ostberlin irgendetwas los ist, was wir heute oder morgen wissen sollten.«

»Was für Informationen hast du im Sinn?«, fragte Lobo.

»Irgendwas, was zeigt, dass die Amis Vorarbeit geleistet haben. Und außerdem kannst du Locke fragen, ob wir vom BND Unterstützung erwarten können.«

Als sie gingen, schlug ein Regenschauer ans Fenster. »Ach, und findet heraus, wie das Wetter wird.«

Carl und Mike waren bereits auf den Füßen. »Wir scheuchen den Quartiermeister in der Boutique Liberty auf«, sagte Carl. Die Boutique Liberty war eine spezielle Kleiderkammer, die uns bei unseren Aktionen ausrüstete.

»Gute Idee«, sagte ich. »Schaut, was sie an NVA-Ausrüstung haben – Uniformen, Pistolen, Gewehre; sogar den Schrott-Tabak, den sie da drüben rauchen.«

Mike und Carl zogen ab. Ich sah auf die Uhr. Wir hatten noch zwanzig Minuten, bevor Andy und ich zur Besprechung mussten. Ich fühlte mich schon besser, seit wir etwas taten.

»Die Befehle für mich?«, fragte Andy mit halbem Lächeln.

»Bleib sitzen«, antwortete ich. »Du gehst nirgendwohin.«

Ich holte eine Straßenkarte von Berlin aus dem Regal und breitete sie auf dem Boden aus. Ich zündete mir eine Zigarette an und studierte die Karte.

Die Mauer ging mitten durch die Stadt und war so gut gesichert, dass sie als unüberwindbar galt. Sie unterschied sich sehr stark von dem Grenzstreifen, den wir im Harz überquert hatten, und auch von der Mauer, wie ich sie als Kind gekannt hatte.

Aber selbst wenn man über die Mauer oder unter ihr durch

kam, musste man noch mit dem Grenzstreifen fertig werden: Er war hundert Meter breit und von Bogenlampen hell erleuchtet.

Es gab Gräben dort und Wälle, Stolperdrähte, elektronische Sensoren und Wachtürme.

Auch hier gab es den Schießbefehl für die Grenzsoldaten; sie waren außerdem besser ausgebildet als ihre Kollegen auf dem Land.

»Menschenskind«, sagte ich und musste gut aufpassen, dass mir die Hand nicht zitterte. »Was haben die vor? Wollen sie den Rest von uns auch noch umbringen?«

»Ach komm, Jackson«, meinte Andy. »Wenn der Chef uns dafür einsetzen will, dann muss er auch wissen, dass die Amerikaner einen Plan haben.«

Ich sog den Rauch meiner Zigarette tief ein und starrte wieder auf die Karte. Planung war für uns immer das Wesentliche gewesen. So hatten wir unsere Aufgabe von Anfang an verstanden. Wir hatten unsere Aktionen immer selbst planen können.

In diesem Fall aber mussten wir uns auf die Strategie eines anderen stützen. Wir hatten jedoch keine Wahl, weil wir schon am gleichen Abend dorthin mussten. Nach Rummelsburg. Ausgerechnet.

Andy berührte mich an der Schulter. »Alles in Ordnung mit dir?«, fragte er.

Ich drehte mich um und wollte ihn in meine Gedanken einweihen. Wenn wir noch heute Abend nach Rummelsburg kommen sollten, konnte das nur heißen, dass wir über die Mauer mussten. Aber bevor ich noch anfangen konnte, läutete das Telefon. Angel war dran. Chris und er hätten Walter überall gesucht, aber er sei nicht auffindbar. Sie hätten sogar Locke fragen wollen, aber der war am Telefon auch nicht zu erreichen.

Der amerikanische General war untersetzt und hatte ein rundes, fleischiges Gesicht. Sein dünnes Haar wich aus der Stirn zurück. Er trug eine schmalrandige Brille mit dicken Gläsern. Auf seiner Stirn glänzte Schweiß. Aber was mir wirklich auffiel, waren seine Augen. Sie waren klein, vogelähnlich und fast schwarz, und sie verfolgten jede meiner Bewegungen. Ich fand, dass die vier Reihen Orden auf seiner Brust schlecht zu seiner Korpulenz passten. Er wirkte viel eher wie ein Mann, der seine Tage am Schreibtisch verbringt.

Der Hauptmann, sein Adjutant, war das glatte Gegenteil. Er war groß, hatte ein energisches Kinn, und seine blonden Haare waren stoppelkurz geschnitten.

Der General begrüßte mich nur flüchtig, aber sein Adjutant schüttelte mir herzlich die Hand. Er sagte, es sei ihm eine Ehre, uns endlich kennen zu lernen. Die wenigen Auserwählten, die von unserer Existenz wüssten, seien ungeheuer stolz auf unsere Leistungen, und was wir täten, spiele eine wichtige Rolle bei den Bemühungen, den Kalten Krieg zu einem friedlichen Ende zu bringen.

Ich schaute zum Chef, der hinter ihm stand. Ich hätte keine solche Rede gebraucht, um zu wissen, dass wir in der Scheiße steckten. Dieses Arschloch sollte mir sagen, wie wir nach Rummelsburg hinein- und wieder herauskommen konnten. Wir brauchten keine Doktorarbeit über Wahrheit, Gerechtigkeit und den American Way of Life.

Krause erfasste wohl meine Stimmung. »Ich denke«, sagte er, »wir sollten mit der Besprechung fortfahren.«

Andy und ich folgten ihnen über den Gang in unser Konferenzzimmer.

Der Raum war von den Amerikanern in Beschlag genommen worden. Karten und Fotos hingen an allen beiden Seiten an der Wand.

Krause winkte Andy und mir, mich ihm gegenüber an den Tisch zu setzen. Der General stellte sich vor einer Leinwand auf.

»Der Mann, den Sie herausbringen sollen, heißt Erich Lehmann«, sagte er in einem Akzent aus dem tiefen Süden der Staaten. »Ich kann Ihnen nicht viel über ihn erzählen; ich kann Ihnen nur sagen, dass es von äußerster Wichtigkeit für Ihre Regierung und für unsere ist, dass er heil in den Westen kommt.«

Er schnippte mit den Fingern und der Hauptmann reichte ihm einen Umschlag. Der General holte ein halbes Dutzend Fotos im

Format 20 x 30 heraus. Das erste war ein vergrößertes Passbild eines ernst blickenden Mannes Mitte der Vierziger mit markanten schwarzen Augenbrauen und dichtem grauem Haar mit Seitenscheitel. Ich schaute es mir an und registrierte die breiten, hohen Backenknochen, dann reichte ich es an Andy weiter.

Der General gab mir ein anderes Bild, ein retuschiertes Foto von Lehmann, auf dem wesentliche Züge geändert oder verborgen worden waren. Sein dichtes Haar war abrasiert und ein struppiger Bart bedeckte sein Gesicht. Nur an den Augenbrauen war er noch zu erkennen.

Auf dem nächsten Bild sah Lehmann schon wie tot aus und nur noch zu faul zum Umfallen. Unter seinen Augen lagen tiefe schwarze Ringe. Die Form seines Mundes hatte sich verändert. Die Nase sah aus, als sei sie ein paar Mal gebrochen worden.

»Wir haben diese Bilder retuschiert, weil wir keine Ahnung haben, in welchem Zustand der Mann ist«, sagte der General. »Die Stasi hat ihn vielleicht hungern lassen oder vielleicht hat sie ihn von ein paar Schlägern bearbeiten lassen. Vielleicht haben sie ihn so lang eingesperrt, dass er seinen eigenen Namen nicht mehr kennt. Oder vielleicht haben sie ihn mit irgendeiner Schocktherapie umerzogen.

Ich will damit sagen: Versuchen Sie auf keinen Fall, Erich Lehmann an seiner Augenfarbe zu erkennen, denn vielleicht ist er so schwer misshandelt worden, dass er die Augen gar nicht mehr aufmachen kann.

Wir möchten Ihnen einen Film vorführen«, sagte der General mit einem Blick auf seinen Adjutanten. »Er zeigt Ihnen Ihren Weg. Wir haben seine Befreiung seit Monaten geplant. Ehrlich gesagt hätten wir gern noch ein bisschen mehr Zeit gehabt. Aber in den letzten zwei Wochen ist durchgesickert, dass Lehmann eventuell wieder verlegt wird. Der KGB interessiert sich für ihn. Und der Himmel weiß, was aus ihm wird, wenn er erst einmal in der Sowjetunion ist. Es ist also unbedingt nötig, dass wir ihn schnell kriegen.«

Ich bremste den Hauptmann, der den Film schon einlegte. »General, bevor wir weiter machen, möchte ich auch die übrigen Mitglieder des Teams einbeziehen. Sie können uns das Material zeigen, so oft Sie wollen, aber wir möchten dann den Film und die Fotos auch noch eine Weile allein studieren.«

Südlich von Tempelhof liegt die Berliner Vorstadt Buckow. Sie hat saubere, breite Straßen und wird von ruhigen, meist wohlhabenden Leuten bewohnt. Sie leben in gepflegten Wohnblocks und schmucken Einfamilienhäusern.

1980 sah Buckow eigentlich genauso aus wie heute, nur dass sich damals eine Ausbuchtung von Ostberliner Terrain nach Buckow hineinwölbte.

Kurz vor Einbruch der Dunkelheit, erklärte der General, würden die Anwohner der beiden Straßen, die in Buckow der Mauer am nächsten waren, aufgefordert werden, in den Häusern zu bleiben und Türen und Fenster fest zu schließen, weil eine Gasleitung gebrochen sei. Ein Team aus BND- und CIA-Leuten, die sich als Ingenieure ausgaben, würde Straßensperren errichten und die Gegend sichern. Die Ausgangssperre würde bis zum anderen Morgen in Kraft bleiben. Bis dahin wäre die Operation so oder so vorbei.

Eine halbe Stunde nach Mitternacht sollte ich Chris, Andy, Angel, Mike und Tony über die Mauer führen. Lobo und Carl sollten im Westen bleiben.

Jetzt erfuhren wir auch, warum wir Walter und Locke nicht hatten finden können: Sie waren vorausgefahren, um unseren Einfall in die DDR vorzubereiten.

Wir hatten geübt, wie man die Mauer überwinden könnte, aber es war uns nicht wohl, weil wir so wenig Zeit zur Vorbereitung hatten. Doch da bräuchten wir uns keine Sorgen zu machen, versicherte der Chef. Wir würden in Buckow schon sehen, wie es ging. Scheiße, Scheiße, Scheiße.

Sobald wir drüben waren, sollte Chris vorausgehen und einen Weg über den Todesstreifen suchen. Im Gegensatz zu ländlichen Gebieten, wo der Streifen fast immer vermint war, war er in Berlin streckenweise sauber. Bilder von Ostberliner Bürgern, die von Ostberliner Minen zerfetzt worden waren, hätten sich in der Zeitung nicht so gut gemacht.

Wenn Chris das Wunder vollbracht hatte, würden wir zweieinhalb Kilometer über Ackerland laufen, bis wir auf halber Strecke ein kleines Gebüsch erreichten.

Dort sollte sich das Team teilen. Angel, Mike und Tony würden sich im Gebüsch verbergen und eine Zwischenstation zwischen der Mauer und unserem Treffpunkt mit einem Agenten an der Waßmannsdorfer Chaussee bilden.

Um zwei Uhr sollten wir an einer sorgfältig ausgewählten Stelle sein, wo die Straße breit, dunkel und leer war, sollten mit einer Minitaschenlampe ein Signal entlang der Südwest-Achse der Chaussee geben und auf einen Zil warten. Wir würden ihn daran erkennen, dass beim Näherkommen erst der rechte, dann der linke Blinker eingeschaltet würde.

Es war sehr wichtig, dass wir diesen Treffpunkt rechtzeitig erreichten. Der Agent konnte nicht früher kommen und er konnte es nicht riskieren zu warten.

Das Fahrzeug würde halten und der Fahrer, unser Kontaktmann, würde aussteigen und den Kofferraum öffnen. Weder er noch wir brauchten etwas zu sagen. Im Kofferraum würden wir die Uniformen und Ausweise eines Offiziers der NVA und zweier Unteroffiziere finden. Wir würden die Kleider und die Dokumente übernehmen, dem Agenten die rote Minilampe geben, uns umziehen und einsteigen. Ich sollte den Offizier spielen, Chris meinen Sergeanten und Andy den Fahrer. Der Agent würde sich verstecken, bis wir zurückkamen.

Auch bei der Rückkehr mussten wir pünktlich sein. Der Agent würde uns genau um 3.30 zurückerwarten.

Die Fahrt vom Treffpunkt bis Rummelsburg dauerte ungefähr eine halbe Stunde. Wichtige Stellen an der Strecke waren in dem Film, den die Amerikaner mitgebracht hatten, hervorgehoben. Der Film war in der Nacht durch eine Windschutzscheibe hindurch aufgenommen worden und zeigte den Eisenbahnübergang an der Waltersdorfer Chaussee, die Brücke, auf der wir über die Spree fuhren, und schließlich die Rummelsburger Landstraße und ihre Verlängerung, die Hauptstraße.

Der monotone englische Kommentar wies auf Dinge hin, die

wir bei der Fahrt beachten sollten, Dinge, die uns zeigten, dass wir auf der richtigen Strecke waren: die Lichter des Flughafens Schönefeld, der Ostberlins Tor zur Welt war, eine Anzahl von Verkehrsampeln an der Kreuzung der Schönefelder Chaussee mit der Köpenicker Chaussee und ein HO-Laden an der Rummelsburger Landstraße.

Wir wurden daran erinnert, dass man in der DDR an einer roten Ampel rechts abbiegen durfte, und ermahnt, dass wir uns streng an die jeweils geltenden Geschwindigkeitsbeschränkungen halten sollten.

Was das Gefängnis selbst anbetraf, so hatten wir Fotografien und eine genaue Karte der Anlage, so dass wir wussten, was uns erwartete. Wir studierten sie immer wieder.

Die Amerikaner gaben sich große Mühe, uns zu überzeugen, dass die Papiere absolut einwandfrei sein würden.

Der kritische Moment würde kommen, wenn wir durch das solide äußere Eisentor fuhren und vor dem zweiten, einem Gittertor, anhalten mussten. Das äußere Tor würde sich hinter uns schließen und die Wachen würden unsere Ausweise und Papiere kontrollieren.

Am Eingang zum Gefängnis gab es drei Wachsoldaten; einen am äußeren Tor, einen, der als offizielles Begrüßungskomitee fungierte, und einen, der in einem Büro mit Blick auf den Eingangsbereich saß und ein Telefon zur Verfügung hatte. Wenn alles in Ordnung war, würde das zweite Tor aufgehen und wir würden auf das Gefängnisgelände einfahren.

Lehmann wurde im dritten Stock des zweiten Blocks gefangen gehalten, der vom Eingang aus rechts lag. Wir hatten eine halbe Stunde, um ihn zu holen und wieder hinauszufahren.

Die Amerikaner wussten, wo Lehmann war; sie kannten sogar seine Zellennummer. Aber sonst war einiges ziemlich vage, zum Beispiel, wie viele Wachen es auf jeder Etage gab, oder wie wir in den dritten Stock gelangen würden, wenn wir in Lehmanns Block waren.

Wir würden an Ort und Stelle improvisieren müssen.

Nachdem wir Lehmann befreit hatten, würden wir ihn im Kofferraum des Zil hinausschmuggeln müssen und auf dem gleichen Weg zurückfahren. Am Treffpunkt sollten wir Auto, Uniformen und Papiere zurückgeben. Eine halbe Stunde später würden wir uns mit dem Begleittrupp im Gebüsch treffen und zur Mauer zurückmarschieren. Vor dem ersten Morgenlicht, um fünf Uhr, mussten wir wieder im Westen sein.

Die Besprechung war zu Ende. Ich sah auf die Uhr. Beinahe halb sechs.

Es war kaum noch genügend Zeit, um unsere Sachen zusammenzupacken und etwas zu essen, bevor der Hubschrauber uns zum Flugplatz brachte, wo uns ein Flugzeug mit dem Ziel Tempelhof erwartete.

Gott sei Dank hatten wir schon vor der Besprechung die Initiative ergriffen und Vorbereitungen getroffen. Angel, Mike und Tony waren bewaffnet, wir anderen reisten ohne Gepäck, aber mit unseren Pistolen und Messern. Alles, was wir aus der Boutique Liberty hatten requirieren können, waren drei Paar Schuhe. Und die beschissenen Zigaretten natürlich.

Kapitel 44

Die Dornier Do 28 schwankte, als wir über dem wolkenverhangenen Berlin niedergingen. Die kleine Maschine bot Platz für bis zu vierzehn Passagieren. Ihre Größe machte sie zu einem idealen Lufttaxi. Do 28s gab es wie Sand am Meer und sie erregten wenig Aufmerksamkeit. Wenn eine solche Maschine nach Berlin-Tempelhof flog, dem wichtigsten Westberliner Flugplatz der Amerikaner, handelte es sich meistens um Postflüge.

In tausend Meter Höhe brachen wir durch die Wolken. Ich saß hinten, einen Meter vom nächsten Fenster entfernt, aber durch die offene Cockpit-Tür sah ich schon die Lichter der Landebahn. Die Atmosphäre in der Kabine war angespannt, und die Anwesenheit des Chefs, der genauso nervös war wie wir, machte es nicht besser. Wir saßen nebeneinander, nur durch den Gang getrennt.

Während des Fluges hatte es Turbulenzen gegeben. Ein paar Mal hatte der Chef eine Zigarre aus der Tasche gezogen und in den Mund gesteckt; aber dann hatte er es sich doch immer anders überlegt und sie wieder weggesteckt. Jetzt fing er schon wieder mit diesem Ritual an.

»Beruhigen Sie sich«, sagte ich. »Man könnte ja glauben, Sie gingen mit.«

Er wirkte ein bisschen verlegen. »Wenn ich in den Osten ginge, dann als Führer des Teams. Und dann bräuchte ich dich ja eigentlich nicht, Jackson, wie?«

Ich versuchte auf seinen Scherz einzugehen. »Da lässt sich schwer was dagegen sagen.«

Das Motorengeräusch änderte sich, als der Pilot die Maschine drosselte. Krause lehnte sich plötzlich über den Gang und legte mir die Hand auf den Arm. »Du bist doch hoffentlich vorsichtig.«

»Natürlich«, sagte ich. »Das gehört dazu.« Ich hätte gern seinen Gesichtsausdruck gesehen, aber es war zu dunkel im Flugzeug. »Soll das heißen, dass die Amerikaner ihre Hausaufgaben nicht gemacht haben?«

Er schüttelte den Kopf. »Es ist alles vorbereitet. Ich würde dich nicht gehen lassen, wenn das nicht der Fall wäre. Ich hätte nur gern ein bisschen mehr Zeit gehabt.«

Ich starrte auf die Lichter der Landebahn, die auf uns zurasten. Wir vertrauten auf den Chef und er vertraute auf die Amerikaner. Tatsächlich aber konnte man sich auf Rummelsburg nicht völlig vorbereiten. »Vielleicht ist es ganz gut so«, sagte ich.

Ein Rumpeln ging durch das Flugzeug, als es auf der nassen Landebahn aufsetzte. Ich schaute auf die Uhr. Es war 21.30. Trotz des Wetters, das seit unserem Abflug in Köln immer schlechter geworden war, lagen wir genau im Zeitplan.

Die Maschine rollte zu einer Reihe von US-Transportflugzeugen und blieb neben einem unbeleuchteten Hangar am Nordrand des Flugfelds stehen. Ich sprang heraus und holte meine Tasche hinten aus dem Flieger. Die Wolken hingen tief, aber es regnete nicht. Ich wusste nicht, ob das gut oder schlecht war.

Der Chef führte uns in den Hangar. An der linken Seite parkten drei Mercedes hintereinander. Rechts hinten in der Ecke stand ein Tisch, auf dem eine Lampe brannte. An diesem Tisch saßen vier Männer in grauen Hosen und Pullovern und rauchten, direkt unter einem großen Rauchen-Verboten-Schild. Sie verfolgten uns mit ihren Blicken, rührten sich aber nicht. Der Chef begleitete uns zu den Autos und sagte, wir sollten uns fertig machen.

»Scheiß CIA – schau dir die bloß an«, sagte Angel mir ins Ohr, während der Chef auf die vier Männer zuging. »Die sehen alle gleich aus. Sie könnten genauso gut Uniformen tragen.«

Ich zündete mir eine Zigarette an. Die nervliche Anspannung machte sich bemerkbar. Ich steckte mir meine Beretta in den

Hosenbund und vergewisserte mich, dass sie gut aufgehoben war. Die anderen machten es genauso. Wir gingen in Zivilkleidung. Zum Schutz gegen den Regen und die Kälte trug ich eine warme Lederjacke. Unser Erscheinungsbild wurde nur durch die Gummiüberschuhe beeinträchtigt, zu denen wir uns entschlossen hatten, weil wir zwischen Mauer und Treffpunkt durch Rieselfelder marschieren mussten.

Um 23.15 stiegen wir in die Autos. Andy und ich fuhren mit dem Chef. Einer der CIA-Leute machte den Fahrer. Wir kamen über den Platz der Luftbrücke mit seinem eindrucksvollen dreizackigen Denkmal, das an die Berliner Luftbrücke erinnert. Dann wandten wir uns südlich und folgten dem Verkehrsstrom die Karl-Marx-Straße, die Buschkrug-Allee und die Johannisthaler Chaussee entlang. Schließlich kamen wir nach Buckow und stießen nach einer Weile auf Straßensperren, welche die Polizei errichtet hatte, um die Umgebung rund um den vorgetäuschten Gasrohrbruch abzuriegeln.

Wir parkten in einiger Entfernung von der Mauer und stiegen aus. Ich schaute mich um. Es war so dunkel, dass man kaum die Hand vor den Augen sehen konnte. Ich kam mir fremd vor in der Stadt, die ich von Kindheit an gekannt hatte.

Als meine Augen sich an die Dunkelheit gewöhnten, erkannte ich die Umrisse von ein paar großen Villen. Die Amerikaner hatten die Gegend gut gewählt. Es gab keine hohen Gebäude. Keiner konnte uns von oben beobachten.

Wir zogen unsere Kopfhauben über, rollten sie aber nicht herunter. Wir rauchten eine letzte Zigarette bei den Autos. Es hatten sich noch ein paar Leute zu uns gesellt. Ich konnte im Dunkeln ihre Gesichter nicht sehen, aber ich hörte, dass einer von ihnen auf Deutsch mit dem Chef sprach.

Jetzt leistete uns also nicht nur die CIA, sondern auch der BND Gesellschaft.

Kurz vor Mitternacht zogen wir los und als wir um eine Ecke bogen, erhaschte ich einen ersten Blick auf die Mauer. Ungefähr fünfzig Meter jenseits der Mauer standen zwei Lampen, etwa zweihundertfünfzig Meter voneinander entfernt. Sie wirkten sehr hell in der tiefen Dunkelheit. Geführt vom Chef und begleitet von einem halben Dutzend Agenten von CIA und BND, steuerten wir auf einen Abschnitt der Mauer zwischen den Lampen zu. Das Einzige, was man hörte, war das ferne Dröhnen des Verkehrs in Westberlin.

Wir erreichten die Mauer und knieten in ihrem Schatten. Gleich neben unserem Platz hatte jemand in halbmeterhohen weißen Buchstaben »YANKS FUCK OFF« an die Mauer geschmiert, was ich unter den gegebenen Umständen verdammt komisch fand.

Ich schaute hinauf und sah die Krümmung der runden Mauerkrone. Dieser Betonwulst war so glatt, dass man keinen Halt daran finden konnte.

Adrenalin schoss in Schüben durch meine Adern. Ich atmete langsam, um meinen Herzschlag zu beruhigen. Dabei sah ich, dass eine Gestalt an der Mauer entlang auf uns zukam. Trotz der Dunkelheit erkannte ich sie sofort an ihrem charakteristischen Gang.

Walter.

Der Chef sah ihn auch und stand auf. Die beiden schüttelten sich die Hände.

Walter führte uns in die Richtung zurück, aus der er gekommen war. Vierzig Meter von unserem Warteplatz entfernt erblickte ich etwas, was wie ein Stapel Gerüstbauteile aussah.

Walter ging um die Stangen herum und kniete nieder. Wir folgten seinem Beispiel, wussten aber nicht recht, was wir da vor uns sahen.

Nach einigen Augenblicken erkannte ich, dass sie systematisch angeordnet waren – sie wirkten wie ein zerlegtes Klettergerüst für Kinder.

»Großer Gott, was soll denn das sein?«, flüsterte Andy mir zu. In der tiefen Stille waren seine Worte für alle hörbar.

Angel verlor als Erster die Fassung. Er zwickte sich in die Nase und schaukelte auf den Fersen, um das Lachen zurückzuhalten. Aber als es losbrach, steckte es im Nu alle anderen an. Das muss an der inneren Anspannung gelegen haben. Je mehr ich mich zu beherrschen versuchte, desto mehr musste ich lachen. Tränen liefen mir über die Backen. Das war also das große Geheimnis. Jesus.

Alles wurde noch schlimmer dadurch, dass der Chef und die Agenten daneben saßen und uns zuschauten.

Später fand ich heraus, dass Walter monatelang an der Konstruktion gearbeitet hatte. Er hatte eine Reihe Modelle gebaut, um die Wirkungsweise zu erproben, bevor er sich ernsthaft daranmachte. Das Gestell war aus Aluminium zusammengeschweißt, weshalb es zugleich leicht und stabil war. Es könne das Gewicht eines Elefanten aushalten, sagte Walter. Aber darauf hatten wir nur sein Wort, und es gab eine kurze Debatte, wer zuerst gehen sollte.

Chris als der Leichteste von uns und als derjenige, der uns über den Todesstreifen führen würde, meldete sich freiwillig.

Mithilfe von zwei BND-Agenten begann Walter das Gerüst aufzurichten. Erst lehnte er es an die Betonmauer. Es reichte bis ungefähr drei Viertel der Höhe hinauf. Walter hatte das Aluminium mit Gummi beschichtet, so dass es kein Geräusch gab, wenn es an die Mauer gelehnt wurde.

Zwei Agenten hielten das Gestell und Walter begann an einem Seil zu ziehen, das mit einem Flaschenzug am oberen Ende des Gestells verbunden war. Walters Maschine erwachte zum Leben. Es war, als sähe man einer Spinne zu. Das zweite Teilstück schob sich senkrecht hinauf. Dann, als das Gestell so hoch war wie die Mauer, kam das dritte Teilstück langsam zum Vorschein.

Ich hielt den Atem an, als der plumpe Apparat sich über die Mauerkrone schob, wobei nur ein paar Zentimeter Abstand blieben. Dann begann der Apparat seinen Abstieg auf der anderen Seite.

In weniger als einer Minute hatte Walter die Konstruktion voll ausgefahren und gesichert.

Chris trat vor und setzte einen Fuß auf die erste Sprosse. Ein BND-Mann, der an seiner Jacke ein Funkgerät befestigt hatte, berührte ihn am Arm, um ihn aufzuhalten. Der Agent lauschte auf sein Ohrstück. Dann gab er Chris das Startsignal. Im gleichen Moment startete ein Feuerwerk circa einen Kilometer entfernt, um die Grenzposten abzulenken.

Chris erreichte die Mauerkrone und spähte nach links und rechts. Dann drehte er sich mit der Gelenkigkeit eines Hochseilartisten um die eigene Achse und machte sich an den Abstieg.

Andy, Angel, Mike und Tony folgten. Dann war ich dran.

Es störte mich, dass ich unseren Weg nicht sehen konnte. Wir wussten nicht, was uns erwartete, bevor wir auf der anderen Seite waren.

Als ich mit dem Kopf über die Brüstung kam, konnte ich mich einen Augenblick umsehen.

Rechts von mir stand, gerade noch sichtbar, ein Wachturm.

Als ich mich umdrehte, um abzusteigen, erhaschte ich noch einen kurzen Blick auf den Chef. Er hatte das Gesicht mir zugewandt und eine Hand leicht ausgestreckt. Es war weder ein Gruß noch ein Winken. Ich stieg ab und der glatte Beton, auf dem kein Griff Halt fand, glitt vor mir vorüber.

Unten ließ ich mich neben Angel fallen, der am Fuß der Leiter hockte. Ich war überrascht und erleichtert, dass es auf dem Streifen deutlich dunkler war, als ich erwartet hatte.

Angel zupfte mich am Ärmel und deutete mit dem Finger auf einen fünf Meter entfernten Graben, der jeden Versuch, in einem Wagen die Mauer zu erreichen, endgültig verhindern würde. Er kroch von mir fort und sprang hinein.

In diesem Augenblick setzte sich unser Apparat mit einem Ruck in Bewegung. Auf unserer Seite war es so tödlich still, dass ich überzeugt war, man müsse das Geräusch weithin gehört haben. Zentimeter für Zentimeter zog sich das Gestell zu seinem Erfinder zurück. Ich wollte mich bewegen, brachte es aber nicht fertig. Ich stand wie angewurzelt. Irgendwo in der Ferne hörte man eine Sirene heulen. Ich schaute auf den Wachturm. Der Lärm verklang. Als ich zur Leiter zurückschaute, war sie verschwunden. Plötzlich konnte ich mich wieder rühren und ich ließ mich in den Graben fallen.

Andy, Angel, Tony und Mike drückten sich an die östliche Wand des Grabens.

Ich schubste Andy. »Wo ist Chris?«

Andy hob den Kopf über die Kante und deutete mit den Augen vorwärts. Zuerst sah ich gar nichts. Hinter dem Zaun, der vielleicht hundertfünfzig Meter weit weg war, war es stockdunkel. Das Ackerland war unsichtbar. Aber davor bemerkte ich plötzlich eine schwache Bewegung. Chris war schon halbwegs über den Streifen gekrochen. Er tastete den Boden mit seinen Stricknadeln ab.

Ich duckte mich wieder und jetzt durfte Mike hinausschauen. Als ich das nächste Mal an die Reihe kam, war Chris schon drüben. Ich schaute schnell zum Wachturm hinüber, aber er war zu weit weg, als dass man hinter den Fenstern einen Bewegung hätte wahrnehmen können. Dann schubste mich Angel. Chris war aufgestanden. Unser Signal, ihm zu folgen.

Andy stieg aus dem Graben. Tief gebückt lief er über den Streifen. Als er noch zehn Meter vom Kontaktzaun entfernt war, folgte ihm Tony. Als Nächster lief Mike los, dann Angel, dann ich.

Keine dünne Leine diesmal, der man folgen musste, aber die Erinnerung an Ginger wurde sehr lebendig, als ich auf den Zaun zu rannte.

Der Kontaktzaun war nicht so raffiniert angelegt wie der, mit dem wir es im Harz zu tun gehabt hatten. Chris hatte für die beiden unteren Drähte Bypässe angelegt und sie dann abgezwickt. Damit hatten wir genügend Platz zum Durchschlüpfen. Er hielt die losen Enden, während ich mich durchrollte. Ich stand auf und überquerte noch zehn Meter offenes Gelände. Chris schloss inzwischen die Lücke. Ich kroch durch die »Tür« im Maschendraht des zweiten Zauns und entdeckte Andy, der mir von einem Grasstreifen aus zuwinkte.

Als ich dort lag und nach Atem rang, kam mir ein fürchterlicher Gestank in die Nase.

Ich drehte mich zu Andy um, der einen Kompass in der Hand hielt. Jenseits des Feldes, gute zweieinhalb Kilometer weg, lag das Wäldchen, wo wir uns aufteilen würden.

»Mich brauchst du nicht anzuschauen«, sagte Andy, als er eine Peilung vornahm.

»Mir scheint, dahinten hat jemand scheußlich Angst gehabt«, sagte Tony.

Angel lag auf dem Rücken. Mit der einen Hand umfasste er sein Gewehr, mit der anderen hielt er sich Mund und Nase zu. »Jetzt wundert's mich nicht mehr, dass ihr verdammtes Essen nach Scheiße schmeckt«, sagte er.

»Wie kannst du in einem solchen Augenblick bloß an Essen denken?«, wunderte ich mich.

»Ich bin eben immer hungrig«, sagte er.

Der Adrenalinschub hatte mir den Mund ausgetrocknet. Meine Zunge fühlte sich wie Papier an. Wir lagen am Rand eines Ackers, der mit menschlichen Exkrementen gedüngt worden war. Willkommen in Ostberlin, dachte ich.

Wir brauchten vierzig Minuten bis zu dem Wäldchen. Das Gehen war anstrengend. Die Erde war nass und klebte zusammen mit dem Mist in schweren Klumpen an unseren Schuhen. Ich schüttelte die Erde ab, ging ein paar Schritte und war wieder so weit wie vorher. Am Ende bedeutete jeder Schritt eine Anstrengung. Wenn die Hundesöhne uns hier fanden, konnten wir nicht einmal davonlaufen. Wir konnten nur das Ziel im Auge behalten und weiterstolpern.

Als die Lichter des Streifens allmählich in der Ferne verschwanden, legte sich meine Nervosität ein bisschen. Fünfundfünfzig Minuten, nachdem wir die Mauer überstiegen hatten, kam der dunkle Umriss des Wäldchens in Sicht. Als ich zurückblickte, waren die Lampen an der Grenze mit dem Neonschimmer Westberlins verschmolzen.

Östlich, jenseits des Waldes, sah ich ein paar Scheinwerfer auf einer Straße dahinfahren. Ein Fahrzeug, das nach Berlin wollte. Die Waßmannsdorfer Chaussee war noch zwei Kilometer weit weg. Ich sah auf die Uhr. Der Agent würde in fünfunddreißig Minuten mit seinem Zil dort ankommen.

Wir hockten uns ins Gebüsch und rauchten eine schnelle Zigarette. Jetzt, wo wir im Osten waren, wechselte ich zu einer ostdeutschen Marke aus der Boutique Liberty, die allgemein als »F6« bekannt war. Das Beste, was man über die F6 sagen konnte, war, dass sie den Gestank aus den Äckern, die wir überquert hatten, durch etwas ersetzte, was nicht ganz so schlimm war.

Auf halbem Weg zwischen Wäldchen und Waßmannsdorfer Chaussee begann es zu nieseln. Chris, Andy und ich kamen an einen Stacheldrahtzaun, sprangen darüber und fanden uns auf Grasland wieder. Nach vier Kilometern Marsch über Äcker tat es wohl, wieder ebenen Boden unter den Füßen zu haben. Wir liefen noch ein Stück weiter, dann hielten wir an und lauschten.

Fünfhundert Meter vor uns verlief die Straße. Wir hatten im Wäldchen nur sehr kurz gerastet und dadurch etwas von der Zeit gut gemacht, die wir auf dem ersten Abschnitt verloren hatten. Es war jetzt zehn Minuten vor zwei. Ich peilte die Lage. Die Straße lag im Dunklen. Das letzte Auto, das vorbeigekommen war, war ein Trabant mit einem kaputten Scheinwerfer gewesen. Das war zehn Minuten her.

Andy und Chris kontrollierten unsere Richtung mit Kompass und Karte. Sie schützten die Karte mit ihren Jacken, während Andy mit der Minilampe unser Ziel suchte. Der Treffpunkt war genau vor uns.

Andy deutete auf einen Straßenabschnitt, an dem keine Bäume standen. Rechts davon erschien ein Auto, das in Richtung Stadt fuhr. Ein großes Auto. Ich brach mitten im Satz ab und schaute auf die Uhr. Das konnte nicht unser Mann sein. Es war sieben Minuten zu früh.

Aber als wir weitergingen, wurde das Auto langsamer. Dreißig Meter hinter unserem Treffpunkt hielt es am Straßenrand. Ich sah die anderen an. Andy schützte seine Augen mit der Hand vor dem Regen. Chris stand reglos. Das Innenlicht des Wagens brannte. Da konnte es keinen Zweifel geben. Auf einer leeren Straße, mitten im Nichts, hatte ein großes Auto mit dem Fahrer als einzigem Insassen an unserem Treffpunkt angehalten und präsentierte sich weithin sichtbar.

»Das ist er.« Ich lief los. Im Hinterkopf hörte ich, dass der Chef gesagt hatte, der Agent würde nur ein einziges Mal erscheinen. Ich wusste, dass wir uns nicht in der Zeit vertan hatten, aber dieses Arschloch offenbar schon.

Ich behielt das Auto fest im Auge. Die Tür ging auf und der Fahrer stieg aus. Ich erhöhte das Tempo. Hinter mir hörte ich Andy und Chris. Als ich noch hundert Meter von der Straße weg war, trat ich in eine Furche und stolperte. Als ich aufstand und wieder loslief, stieg der Mann wieder ein. Ich hörte die Tür zufallen. Das Innenlicht ging aus. Der Mistkerl wartete nicht einmal. Er wollte losfahren.

An diesem Punkt packte mich Andy von hinten und zog mich zu Boden.

»Das ist er nicht!«, flüsterte er mir atemlos ins Ohr. *»Das ist er nicht!«*

»Schau dir das Auto an, Thomas«, sagte Andy. »Das ist kein Zil. Der Kerl ist bloß ausgestiegen, um zu pinkeln. Das ist nicht unser Mann. Schau dir doch das Auto an, verdammt noch mal!«

Ich hob die Augen, als der Motor hustend ansprang. Siebzig Meter vor mir löste sich das Auto vom Straßenrand und ich sah es unter einem neuen Winkel. Andy hatte Recht. Es war kein Zil. Jetzt sah ich deutlich, dass es ein Wartburg war.

Wir sahen ihm nach, bis seine Rücklichter in der Ferne verschwanden. Der Regen wurde stärker.

Chris sah auf die Uhr. »Es ist Zeit«, sagte er. »Soll ich das Zeichen geben?«

Ich schüttelte den Kopf. »Ist schon o. k.«, antwortete ich. »Das ist meine Sache.« Ich kam mir immer noch wie ein Idiot vor.

Ich holte die Minilampe aus der Tasche, schaute rechts und links, ob die Luft rein war, trat in die Mitte der Straße und schaltete das rote Licht ein.

Die Reaktion erfolgte sofort. In zweihundertfünfzig Meter Entfernung leuchteten Scheinwerferlichter auf. Ein Auto setzte sich in Bewegung. Ich kauerte mich zu Andy und Chris, die am Straßenrand warteten. Dieses Mal war es zweifellos ein Zil; ein schwarzes Ungetüm mit massenhaft Chrom an Stoßstangen und Fensterrahmen.

Wir zogen unsere Überschuhe aus. Ich ließ das Auto nicht aus den Augen. Plötzlich leuchtete der rechte Blinker, dann der linke. Der Wagen hielt fast an der gleichen Stelle wie der andere.

Der Motor lief weiter. Aus dem Schatten heraus beobachteten wir, wie der Mann den Kofferraum öffnete.

Jetzt war die Sache endgültig klar.

Ich ging auf das Auto zu und machte meine Jacke auf, um sofort an meine Pistole zu kommen, wenn es eine Falle war.

Als ich noch fünf Meter entfernt war, erblickte der Mann mich. Ich konnte sein Gesicht nicht sehen, weil er den Kragen seiner Lederjacke aufgestellt hatte und eine Mütze trug. Aber ich fühlte, dass er nicht viel älter war als wir.

Er trat zur Seite und ich leuchtete mit meiner Minilampe in den Kofferraum. Der Lichtstrahl erfasste drei NVA-Uniformen. Ich griff in die Offiziersjacke und fand einen Packen Dokumente. Ich steckte sie in die Tasche und gab dem Agenten die Stiftlampe.

Chris legte die Uniformen auf den Rücksitz und unsere Überschuhe in den Kofferraum. Dann stieg er hinten ein. Andy saß bereits am Lenkrad. Ich öffnete die Beifahrertür und sah mich noch einmal nach dem Agenten um. Er war verschwunden.

Sobald ich eingestiegen war, lenkte Andy den Zil auf die Straße. Das Innere roch nach altem Leder und Zigarettenrauch.

Ich zündete drei F6 an und reichte sie herum. Andy zog einmal an seiner und warf sie dann aus dem Fenster.

»Wenn wir dort sind, musst du so tun, als schmeckten sie dir«, sagte ich.

Er schaute zu mir herüber. »Die Zigaretten sind o. k. Aber ich muss mich umziehen. Und du auch.«

Ich steckte die Dokumente ins Handschuhfach und griff nach meiner Uniform. Sie war eher groß, darum zog ich sie einfach über Oberhemd und Jeans an. Chris machte es genauso.

Nach einem knappen Kilometer schon wurde Andy langsamer. Ich sah auf. Zweihundert Meter vor uns konnte ich durch die schmutzige Windschutzscheibe Lichter sehen. Wir bemerkten die Einfahrt zu einem Bauernhof erst, als wir schon vorbei waren. Andy setzte zurück und parkte dort. Er ließ den Motor laufen, während er seine Uniform anzog.

Ich stieg aus und schaute die Straße entlang. Wir kamen jetzt in eine locker bebaute Gegend. Hier begann Ostberlin.

Vor einem niedrigen Gebäude parkten ein paar Lastwägen. Durch den Regen sah ich, dass bei einem Wolken aus dem Auspuff kamen. Dann leuchteten seine Scheinwerfer auf. Andy hatte seine Uniform schon angezogen, aber die Knöpfe waren noch offen.

»Da vorne ist eine Art Parkplatz«, sagte ich, »und es sieht aus, als käme einer der Laster auf uns zu.«

»Räumt unsere alten Jacken weg«, sagte er. »Ich bin fertig.«

Ich warf sie in den Kofferraum und sprang wieder ins Auto. Wir fuhren aus der Einfahrt heraus, als sich der Lkw eben in Bewegung setzte. Es war ein altes russisches Modell. Er kam uns entgegen, erfasste uns mit seinen Scheinwerfern und nahm langsam Fahrt auf. Andere Schwerlaster standen noch auf dem Parkplatz vor dem Gebäude. Zwischen zweien von ihnen entdeckte ich das Neonlicht eines Cafés. Es war offenbar eine durchgehend geöffnete Kneipe für Fernfahrer, die in Richtung Polen, Tschechoslowakei oder noch weiter östlich unterwegs waren.

Ich hielt das Lenkrad fest, während Andy an den Knöpfen seiner Jacke herumfummelte. Es gab nur wenig Verkehr. Nach zehn Minuten kamen wir schon am Flughafen Schönefeld vorbei und fuhren weiter auf der Schönefelder Chaussee.

Ich holte die Papiere aus dem Handschuhfach. Es waren drei Sätze Ausweispapiere und dazu ein Schreiben, das den Stempel des Stasi-Hauptquartiers trug und »Leutnant Herbert Thummler« ermächtigte, den Häftling Lehmann zu verhören.

Ich gab Andy die Papiere, zündete drei Zigaretten an und reichte sie herum.

Andy achtete exakt auf die vorgeschriebene Geschwindigkeit. Unsere Fahrt verlief genau wie in dem Film. Wir überquerten die Spree und kamen auf die Rummelsburger Landstraße. Es war 2.25 Uhr.

»Geht's dir gut?«, fragte Andy.

Ich bejahte, aber als ich die Zigarette zum Mund hob, zitterte mir die Hand.

Wir bogen zweimal links ab und waren auf der Hauptstraße, die zu beiden Seiten von Plattenbauten gesäumt war. Ich kannte sie aus dem Film. Ich schaute daran hinauf. Im obersten Stock brannte ein einsames Licht.

Geradeaus kam das Gefängnistor in Sicht.

Ich atmete tief durch und schloss die Augen für einen Moment.

»Schön, meine Damen«, sagte ich. »Rein mit uns.«

Kapitel 45

Heute Nacht. Rummelsburg. Scheiße. Wir fuhren rein und holten Lehmann raus.

Auf der Rückfahrt vom Gefängnis zogen die Bilder der Außenwelt an meinen Augen vorbei, aber mein Gehirn nahm sie nicht auf. Es befasste sich immer noch mit den Geschehnissen der letzten dreißig Minuten und wälzte sie hin und her.

Ich sah den Wachposten mit seinen schmutzigen Stiefeln vor mir, den Halteplatz zwischen den beiden Toren, Lehmanns Zellenblock und das Büro im Parterre, wo die Posten unsere Dokumente geprüft hatten. Ich dachte auch an die vagen Auskünfte der Amerikaner über das, was uns im Inneren der Gebäudes erwartete.

Sie wussten, dass Lehmann im dritten Stock gefangen gehalten wurde, aber sie wussten nicht, wie viele Wachen sich in diesem Block befanden. Das hatten sie jedenfalls gesagt.

Es waren zwei Wachleute pro Stockwerk gewesen. Und Lehmann hatte sich im dritten Stock befunden.

Acht Wachen. Chris hatte vier übernommen, ich auch.

Das Sicherheitssystem wurde erkennbar, als wir uns in dem Gebäude befanden. Wir warteten im Büro, bis ein Posten uns telefonisch im nächsten Stockwerk angekündigt hatte.

Er gab Bescheid, wer wir seien und was wir wollten. Dann schloss der andere die Tür zum nächsten Stockwerk auf. In den nächsten Stockwerken lief es genauso.

Diese Knilche waren so grün, dass sie nicht einmal das Schreiben lasen. Sie hatten den Stempel gesehen und hatten pariert.

Einen gefälschten Stasi-Befehl und ein Offiziersabzeichen an der Mütze – mehr hatten wir nicht gebraucht.

Acht Tote. Jeder anders. Und alle noch blutjung.

Als der Zil unter einer Straßenlampe durchkam, sah ich auf meine Hände. Ich hielt drei Zigaretten, eine für mich, eine für Chris und eine für Andy. In der Anspannung, die in unserem Zil immer noch direkt mit Händen zu greifen war, hatte ich nicht bemerkt, dass die beiden bereits rauchten.

Andy sagte irgendwas – dass ich stellvertretend für das ganze Team rauchte – und er und Chris lachten los. Sie lachten so sehr, dass ihnen die Tränen über die Wangen liefen. Ich hörte das Gelächter, aber es schien mir weit weg.

Ich sah vor mir, wie wir neun in der Villa lebten, Steaks grillten und Bier tranken. Ich sah den Tritt von Chris, der Angel in den Pool beförderte. Und ich sah Ginger.

Wenn ich die Augen schloss, konnte ich sogar die Ledersessel und das Kaminfeuer in Krauses Büro riechen.

Ich drehte das Fenster herunter und schmeckte den bitteren Regen von Ostberlin.

Andy rüttelte an meiner Schulter. Er schaute zwischen mir und der Straße hin und her. »Geht's dir gut?«, fragte er.

Ich warf die zwei überflüssigen Zigaretten in die Nacht hinaus. Ich wusste nicht, was ich sagen sollte. Ich hatte eben vier junge Männer mit bloßen Händen getötet. Aber der Erfolg schwemmte Adrenalin in meine Adern.

Ich war immer noch high, als die beiden Polizisten in die Kneipe kamen. Ich starrte sie an und sie starrten mich an. Ein paar Worte gingen mir immer wieder durch den Kopf.

Heute Nacht. Rummelsburg. Scheiße.

Jetzt war ich wirklich in der Scheiße.

Ich hatte kurz an Flucht gedacht, aber ich wusste nicht, wie viele Polizisten draußen warteten. Es stellte sich heraus, dass es nur einer war, und zwar der Fahrer. Aber da war es zu spät. Sie hatten mich.

Es gab nur eine Verteidigungslinie, und ich wusste, dass ich mich stur daran halten musste. Ich war Westdeutscher mit einem 24-Stunden-Touristenvisum für den Ostsektor; ich hatte getrunken und mich hierher verirrt.

Fürs Erste musste ich so tun, als sei ich betrunken, weil ich Zeit zum Nachdenken brauchte.

Draußen sollte ich mich ausweisen. Lallend erzählte ich meine Geschichte. Ich sei ein Westberliner und hätte meinen Ausweis verloren. Als sie mich nach meinem Namen fragten, sagte ich, ich sei Willy Brandt.

Die beiden Polizisten wechselten einen Blick und setzten mich auf die Rückbank des Wartburg. Wir fuhren in Richtung Stadt. Ich hatte immer noch den Geschmack von Wodka im Mund.

Die drei Polizisten sprachen nicht viel. Der Ältere, der vielleicht in den Vierzigern war, saß auf dem Beifahrersitz und hatte sich den Mantel auf die Knie gelegt. Er war klein und übergewichtig und sein Gesicht war so blass, als habe er sein Leben lang nur Nachtdienst gehabt.

Ich wurde zornig; das war eine Reaktion auf die Angst. Der jüngere Polizist, der neben mir saß, wusste nicht, was er tun sollte. Er war groß und mager und zupfte nervös an seinen Fingern. Ich rief, meine Gefangennahme sei illegal und ich wolle nur heim. Der ältere Polizist hörte sich das ein Minute lang an, dann drehte er sich um und sah mich scharf an.

»Herr Brandt«, sagte er und gab mir eine Zigarette, »rauchen Sie die und halten Sie den Mund, ja?«

Ich lehnte mich zurück und rauchte schweigend. Seit Halle hatten wir neue Identitäten. Eduard Hagen war ersetzt worden durch Alexander Puhl, einen Westberliner, der für eine Import- und Exportfirma arbeitete. Noch stellte ich mich betrunken, aber irgendwann würde ich zumindest meinen Decknamen nennen müssen.

Auf dem Flug nach Berlin hatte der Chef erklärt, er sei trotz der Eile, mit der die Amerikaner uns in den Osten schicken wollten, zufrieden mit ihren Vorbereitungen.

Der BND, so war es ausgemacht, sollte an einem der Ostberliner Checkpoints falsche Visa für uns hinterlegen, und zwar für unsere neuen Decknamen. Ich schloss die Augen und dachte an mein Gespräch mit dem Chef im Flugzeug. Das war noch keine sechs Stunden her.

»Es ist alles vorbereitet. Ich würde dich nicht gehen lassen, wenn das nicht der Fall wäre.«

Was bedeutete das genau? Was mir vor allem Angst machte, war das Visum. Wenn man als Tourist nach Ostberlin wollte, musste man am Grenzübergang ein Formular in dreifacher Ausfertigung ausfüllen. Ein Exemplar behielt der Besucher, ein zweites kam am Übergang zu den Akten, und das dritte kam Gott weiß wohin.

Selbst wenn ich mich weigerte, den Übergang zu nennen, konnte eine Überprüfung der Visumsanträge an sämtlichen Grenzübergängen schnell ans Tageslicht bringen, dass kein Mensch namens Alexander Puhl in den letzten vierundzwanzig Stunden nach Ostberlin eingereist war.

Der Wartburg hielt vor einem schäbigen zweistöckigen Gebäude.

Die Polizisten halfen mir aus dem Auto und die Stufen hinauf. Wir kamen an eine schwere, zweiflügelige Holztür mit kleinen Fensterscheiben aus verstärktem Milchglas. Der jüngere drückte auf einen Klingelknopf und identifizierte sich als Rauff. Ein Klicken ertönte und wir traten ein.

Die Tür schloss sich hinter uns und der Riegel schnappte wieder ein. Ich stand im Vorraum einer Polizeiwache. An einem Schreibtisch vor mir sah ich zwei Polizisten in Uniform. Einer von ihnen, ein Wachtmeister, stand da, der andere saß am Ende des Tisches und schrieb Berichte. Über dem Schreibtisch befand sich ein Fenster und daneben hing eine Uhr.

Es war kurz nach halb drei Uhr morgens.

Rauff ließ mich auf einer Bank Platz nehmen, während sein dicker Kollege die Polizisten am Schreibtisch informierte. Ich versuchte zu lauschen.

Rauff brachte mir eine Tasse Tee, dann holte er sich einen Stuhl und setzte sich mir gegenüber. Gleich darauf kam auch sein älterer Kollege dazu. Er ließ sich Zeit.

»Schön, dann fangen wir noch mal von vorne an, ja?«, sagte er. »Ich weiß, dass Sie aus dem Westen sind und Ihren Ausweis verloren haben. Ich möchte Ihnen helfen. Aber zuerst müssen Sie mir helfen.«

»Sie können mir helfen«, sagte ich, »indem Sie mich heimgehen lassen.«

»Trinken Sie Ihren Tee«, erwiderte er. »Sie müssen uns genaue Angaben machen. Wenn Sie mir Ihren Namen und den Übergangspunkt, den Sie benutzt haben, nennen, dann können wir die Sache schnell aufklären. Ist das ein Vorschlag?«

Diesmal erklärte ich, mein Name sei Puhl und ich sei am Kontrollpunkt Oberbaumbrücke in den Osten gekommen.

Die Polizisten schauten einander an, dann verließen sie den Raum durch eine Seitentür. Ich erhaschte einen Blick auf einen Korridor, von dem Bürotüren abgingen. Ich lauschte auf ihre leiser werdenden Schritte, dann hörte ich eine Tür aufgehen. Als sie sich schloss, war nur noch das Hämmern der Schreibmaschine zu hören, auf der der Polizist seine Berichte schrieb.

Der Wachtmeister stand am Schreibtisch, stützte sich mit einer Hand auf und beobachtete mich.

Ich legte mich auf der Bank hin und drehte mich zur Wand, so dass er mein Gesicht nicht sehen konnte.

Ich dachte an die anderen und hoffte zu Gott, sie würden nicht auf mich warten. Die Erkenntnis dessen, was ich da getan hatte, die Verantwortungslosigkeit und Dummheit meines Tuns überwältigten mich. Mir wurde direkt übel.

Wie lange dauerte es, bis ein Visumsantrag geprüft war? Wenn ich den Chef falsch verstanden hatte, dann würde es nur ein paar Minuten dauern. Ein Telefonanruf am Grenzposten würde genügen, um meine Lüge zu entlarven. Was würde geschehen, wenn es am Grenzübergang Oberbaumbrücke keine Unterlagen über die Einreise eines Alexander Puhl gab?

Die Bank war hart. Eine Dreiviertelstunde verging. Endlich hörte ich Schritte im Gang. Die Tür ging auf und ich war darauf gefasst, in die Höhe gezogen zu werden. Aber die Schritte gingen vorbei. Am Schreibtisch wurde leise gesprochen.

Ich hatte mit Rauff und seinem Kollegen gerechnet, aber die Stimmen waren mir unbekannt. Als ich mich umdrehte, merkte ich, dass die Ankömmlinge nichts mit mir zu tun hatten.

Es dämmerte über Ostberlin und die Tagschicht war angekommen.

Rauff und sein Kollege kamen aber doch noch zurück. Ich war mit dem Gesicht zur Wand liegen geblieben, seit die neuen Polizisten da waren, und hatte keine Ahnung, wie spät es war, als sie mich wachrüttelten.

Ich sah nun, dass es acht Uhr war. Die Stunden hatten sich unerträglich gedehnt. Aber bis jetzt hatte mich niemand beschuldigt. Das gab mir Hoffnung.

Ich wurde auf den Gang geführt. Vor einer der Bürotüren hielten wir an. Der dicke Polizist klopfte und wir traten ein.

Als Erstes sah ich einen großen Schreibtisch am anderen Ende das Raumes. Mitten auf diesem Tisch lag ein säuberlich geschichteter Stapel Papier. Daneben lagen ein Stift, eine Packung Zigaretten und ein Feuerzeug. Drei cremefarbige Bakelittelefone nahmen den linken Teil des Schreibtischs ein. Davor stand ein Aschenbecher.

Ich sah auf und in das Gesicht des Polizisten, der dahinter saß. Er hatte blaue Augen und ein energisches Kinn. Er trug die Uniform eines Hauptmanns und war meiner Schätzung nach nicht älter als dreißig.

Rauff winkte mir, mich auf den Plastikstuhl vor dem Schreibtisch zu setzen. Sein Kollege holte zwei weitere Stühle von einem anderen Tisch.

Das Büro war ziemlich groß – vielleicht sechs Meter im Quadrat. Es hatte ein kleines vergittertes Fenster.

Außer Tisch und Schreibtisch gab es nur noch ein weiteres Möbelstück: ein Bücherregal. Auf dem Regal stand ein verblichenes Farbfoto von einer blonden Frau mit einem Baby und daneben ein deutlich größeres Porträt von Erich Honecker.

Der Polizist beobachtete mich scharf. Als ich saß, bot er mir eine Zigarette an.

Ich lehnte ab und sagte ärgerlich: »Ich wüsste gern, wo ich bin und was ich hier soll.«

»Herr Puhl, bitte«, sagte er und zog langsam an seiner Zigarette. »Es ist früh am Morgen. Wir sind alle ein bisschen müde. Beruhigen Sie sich. Wir helfen Ihnen, so gut wir können.«

»Wie lang wollen Sie mich hier behalten?«, fragte ich. »Wann kann ich wieder zurück?«

Der Hauptmann sah mir fest in die Augen. »Herr Puhl, Ihnen ist vielleicht nicht klar, in wie großen Schwierigkeiten Sie sind. Sie sind in den frühen Morgenstunden in einer Fernfahrerkneipe aufgegriffen worden, betrunken und ohne ein Dokument, das zeigen könnte, wer Sie sind und was Sie in der DDR vorhaben. Rauff und Albrecht haben mir Bericht erstattet, aber es wäre besser, wenn ich es von Ihnen selbst hören würde.«

Ich sah zu Boden. Ich hatte über vier Stunden Zeit gehabt, um mir zu überlegen, was ich sagen wollte. Ich wusste auch, dass es nicht mehrere Stunden dauern konnte, bis die Visumanträge an der Oberbaumbrücke geprüft waren. Wenn sie mich der illegalen Einreise und womöglich der Spionage beschuldigen wollten, dann hätten sie es inzwischen wohl schon getan.

Ich befand mich in der Obhut der Polizei, nicht der Stasi. Hätte es an der Grenze Auffälligkeiten gegeben, wäre die Stasi in Windeseile da gewesen. Dieser Gedanke machte mir Mut. Aber ich war müde und wollte das Tempo selbst bestimmen.

Rauff holte einen Block, um mitzuschreiben.

»Ich habe mit meiner Frau gestritten. Ich musste ein paar Stunden weg, um darüber nachzudenken«, sagte ich direkt an den Hauptmann gerichtet.

Er machte sich eine Notiz. »Das ist doch wohl eine eigenartige Entscheidung«, sagte er ohne aufzusehen.

Ich schaute auf das Foto seiner Frau und seines Kindes. »Was macht man nicht alles, wenn es einem dreckig geht«, sagte ich.

Er sah mich ausdruckslos an.

»Wir haben gestritten und uns allerhand an den Kopf geworfen. Schlimme Dinge. Ich wollte wieder einen klaren Kopf bekommen. Ich bin fortgegangen und stundenlang im Tiergarten herumgewandert. Dann habe ich in einer Kneipe gegessen und ein bisschen was getrunken. Dann bin ich zur Mauer gegangen.«

Er sollte glauben, dass ich mich bei klarem Verstand dazu entschlossen hatte. Ich konnte diesem Kerl nicht schmeicheln, wollte ihn aber auch nicht beleidigen. Ich sagte, ich hätte eine Flasche Schnaps dabeigehabt und sie geleert, während ich rund um den Alexanderplatz wanderte. Es sei dunkel gewesen und ich hätte mich schon in einem schlimmen Zustand befunden. Als ich losmarschierte, habe es zu regnen angefangen und ich sei in ein paar Minuten völlig durchnässt gewesen. Dann habe ein Auto neben mir angehalten und der Fahrer habe mir angeboten, mich mitzunehmen. Danach könne ich mich an nichts erinnern bis zu dem Zeitpunkt, als ich in einer Seitenstraße aufwachte. Ich hätte keine Ahnung gehabt, wo ich mich befand. Ausweis und Brieftasche seien verschwunden gewesen.

Ich sei auf ein paar Straßenlampen zugegangen, hätte die Kneipe entdeckt, sei hineingegangen und hätte mir etwas zu trinken bestellt.

»Und dann haben Rauff und Albrecht Sie in dem Lokal gefunden?«, fragte der Polizist. »Warum haben Sie nicht gleich die Polizei angerufen?«

»Ich war erst ein paar Minuten dort. Ich wollte nachdenken. Ich hatte Angst. Ich wusste, dass ich in der Bredouille war.«

»Herr Puhl, lassen Sie mich ein paar Dinge erklären, die mein Land betreffen. Es ist hier nicht wie im Westen. Man darf nicht betrunken herumtaumeln. Die Menschen, die dieses Land groß gemacht haben, haben das geschafft, indem sie sich an eine Reihe sozialistischer Regeln und Grundsätze hielten – dazu gehören zuerst einmal die Bereitschaft zu harter Arbeit und die Achtung der Familie –, die offenbar jenseits der Grenze kaum verankert sind. Das müssen Sie bedenken, wenn Sie die Deutsche Demokratische Republik besuchen. Sie müssen immer Ihren Ausweis bei sich haben und desgleichen alle wichtigen Dokumente.«

Er hielt beim Sprechen den Kopf zur Seite geneigt und seine Stimme war kaum mehr als ein Flüstern. »Vor allem aber, Herr Puhl, müssen Sie sich darüber klar sein, dass die Besuchsrechte, welche die Deutsche Demokratische Republik unseren Freunden im Westen einräumt, nicht unbefristet sind. Sie hätten um Mitternacht wieder nach Westberlin zurückkehren müssen. Diese einfache Regel haben Sie verletzt.«

»Ich weiß«, sagte ich. Ich hatte den Eindruck, dass das Gespräch günstig lief. »Tut mir Leid.«

Er nahm ein paar Blätter auf und stieß sie auf der Tischplatte zurecht.

»Also lassen Sie mich frei?«, fragte ich.

»Nur Geduld. Erst müssen wir noch ein paar Dinge über Sie wissen.«

Das Blut gefror mir in den Adern. »Was für Dinge?«, fragte ich.

»Ein paar einfache Fragen. Ihr Geburtsdatum, Ihre Adresse, Ihr Arbeitsplatz. Solche Sachen.«

Ich wollte nicht gar zu gefügig sein, aber ich wollte sie auch nicht gegen mich aufbringen. »Was haben Sie davon?«, fragte ich.

»Herr Puhl, Sie haben gegen die Regeln verstoßen. Wir wollen die Sache gemeinsam in Ordnung bringen. Bevor wir Sie entlassen können, müssen wir gewisse Details wissen. Das ist das übliche Verfahren. Zuerst also Ihre Adresse und den Namen der Firma, für die Sie arbeiten. Lassen Sie uns unsere Arbeit machen und Sie werden im Nu wieder frei sein. Bitte. Denken Sie darüber nach. Wir wollen Ihnen helfen, vergessen Sie das nicht.«

Ich schaute wieder das Familienfoto an. Wie weit würden Sie bei der Überprüfung gehen? Vielleicht war das alles wirklich nur Routine und sie wollten mich nur ein bisschen einschüchtern, bevor sie mich wegschickten. Ich musste mich auf das Alias verlassen, das für mich konstruiert worden war.

Ich nannte Puhls Adresse und den Namen der Import-Export-Firma, für die er arbeitete.

»Gut«, sagte der Hauptmann schließlich. »Wenn Sie jetzt bitte draußen warten. Ich bin sicher, es wird nicht lang dauern.«

Albrecht und Rauff brachten mich wieder in den Vorraum und ließen mich auf der Bank vor dem Schreibtisch Platz nehmen.

Stunden vergingen. Als sie zurückkamen, war es früher Nachmittag. Ich wurde wieder den Gang entlang in den gleichen Raum gebracht.

Der Hauptmann sah nicht auf, als wir eintraten. Er hatte ein paar Papiere vor sich liegen. Ich versuchte, etwas darauf zu lesen, als ich mich wieder auf den gleichen Stuhl setzte, aber die Schrift war zu klein.

»Sagen Sie mir, was Sie in dieser Import-Export-Firma genau tun«, sagte der Polizist, indem er aufblickte.

Ich stand auf und schlug mit der flachen Hand auf den Schreibtisch. »Das ist ja nicht zum Aushalten!«, schrie ich. »Ich habe Ihnen doch alles gesagt, was Sie brauchen. Ist Ihr System so gestört, dass Sie immer nur eine Angabe auf einmal überprüfen können? Ich habe es Ihnen schon gesagt. Ich arbeite für eine Handelsfirma. Ich habe Ihnen die Adresse gegeben. Ich bin zuständig für Zollformalitäten. Zufrieden? Möchten Sie noch etwas wissen? Fragen Sie gleich. Aber sehen Sie um Himmels willen zu, dass wir vorwärtskommen.«

Er sah mich unverwandt an. Er hatte während meiner empörten Tirade nicht mit der Wimper gezuckt.

»Setzen Sie sich, Herr Puhl. Beherrschen Sie sich. Wir tun nur unsere Pflicht.« Er schaute zu Albrecht, schnippte mit den Fingern und deutete auf die Tür. Ich wurde hinausgeführt und wieder zu meiner Bank gebracht.

Das war jetzt die zweite Nacht, in der ich so gut wie keinen Schlaf bekam. Endlich kamen Rauff und Albrecht wieder, um mich zum nächsten Verhör zu bringen. Auf dem Gang kam mir mein eigener Geruch in die Nase. Zwei Tage ohne Körperpflege machten sich bemerkbar. Die Tür wurde aufgestoßen und wir traten ein.

Ich hatte mir vorgenommen, in die Offensive zu gehen. Ich wusste, wenn ich passiv blieb, würde ich hier nicht herauskommen. Ich musste die Oberhand gewinnen.

Der Hauptmann saß hinter seinem Schreibtisch. Neben dem Schreibtisch standen zwei Männer in grauen Anzügen.

»Guten Morgen, Herr Puhl«, sagte der Hauptmann. »Mir

scheint, wir kommen nicht weiter mit Ihnen.« Er sah auf die Männer zu seiner Linken.

Da wusste ich, dass die Polizei mich an Spezialisten übergeben hatte.

Die beiden Neuen führten mich hinaus; ich musste mich an einen Wartburg lehnen und sie tasteten mich ab. Als ich mich umwandte, um zu protestieren, band mir der eine die Augen zu, und der andere fesselte mir die Hände hinter dem Rücken mit Handschellen zusammen. Dann schubsten sie mich auf den Rücksitz.

Wir fuhren los und ich begann zu zählen. Die Fahrtzeit sollte mir einen Hinweis auf unser Ziel geben. Aber sie fingen sofort an, mich auszufragen. Wer sind Sie? Wie sind Sie dorthin gekommen? Was sind Sie von Beruf?

Es klang wie eine normale Unterhaltung, aber es reichte aus, um mich aus dem Konzept zu bringen. An ihrer Stelle hätte ich es genauso gemacht. Es gab nicht den geringsten Zweifel: Sie waren Profis.

Mein Verdacht erhärtete sich, als wir an einen Kreisel kamen und der Fahrer vier oder fünf Mal ringsherum fuhr. Ich hatte keine Ahnung mehr, in welche Richtung wir fuhren.

Nach ungefähr einer halben Stunde hielt das Auto an. Ich wurde herausgezerrt und ein paar Stufen hinaufgeführt. Wir gingen durch eine Haustür und weitere Treppen hinauf. Wir folgten einem Gang und bogen nach links in ein Zimmer ab. Sie gaben mir einen Stuhl und schlossen die Tür. Ich hatte auf dem Weg die Schritte von zwei Leuten neben mir gehört, aber ich war nicht sicher, ob alle zwei wieder gegangen waren. Ich fühlte mich beobachtet.

Fast eine Stunde lang saß ich auf diesem Stuhl. Die Handschellen schnitten mir in die Handgelenke. Ich suchte mir eine bequemere Stellung, aber ich blieb sitzen, wo ich war.

Ich hörte draußen Stimmen.

Die Tür ging auf und mindestens zwei Leute traten ein. Dann fiel die Tür mit einem Knall ins Schloss und die Schritte teilten sich auf. Der schwerere Schritt kam vor meinem Stuhl zum Stehen. Der andere hielt hinter mir an.

Die Person vor mir räusperte sich und sagte: »Ich brauche Ihren Namen, Ihre Adresse und Namen und Adresse der Firma, für die Sie arbeiten.« Die Stimme klang scharf, ganz anders als die meines Inquisitors auf dem Polizeirevier.

Ich wechselte die Stellung, um das Blut in meinen Armen wieder in Bewegung zu bringen, und hob den Kopf.

»Ich weiß schon, dass Sie nicht dabei waren, aber das habe ich alles schon gesagt.«

Schweigen.

»Also gut«, sagte ich, »wenn es Sie glücklich macht.« Und ich machte alle Angaben noch einmal.

»Die Augenbinde«, hörte ich ihn sagen.

Ein Mann näherte sich von hinten und nahm sie ab. Dabei riss er mir ein Büschel Haare aus. Ich fluchte und machte die Augen auf.

Der Vernehmungsbeamte stand an der Tür. Er war ungefähr fünfzig Jahre alt, klein und mager. Der Hemdkragen stand ihm vom Hals ab. Seine Augen waren blau und sehr kalt. Wo er noch Haare hatte, an den Seiten, waren sie rasiert.

Es gab nur ein schmales Fenster. Es lag hoch oben in der Wand, direkt unter der Decke, und war vergittert. Ein kleines, graues Stück Himmel schaute herein.

In der Mitte des Raumes stand ein Tisch mit zwei Stühlen dahinter. Darauf lag eine Zigarettenschachtel. Sonst war in dem Raum nichts zu sehen außer dem Holzboden, der schmutzig und mit Flecken übersät war. Über den Ursprung dieser Flecken wollte ich lieber nicht nachdenken.

Der Mann hinter mir nahm mir die Handschellen ab und die Uhr auch gleich. Dann gingen die beiden hinaus.

Ich ging zum Tisch hinüber und untersuchte die Zigarettenpackung. Es waren die F6. Vier Zigaretten waren noch drin, aber es gab kein Feuer.

Mehrere Stunden vergingen, bevor ich wieder Fußtritte hörte. Die Tür wurde aufgeschlossen und zwei Männer kamen herein, die ich noch nicht gesehen hatte. Einer zog mich auf die Füße und legte mir wieder Handschellen an. Der andere verband mir die Augen. Sie stießen mich auf den Gang und schubsten mich nach rechts. Wir kamen ans Treppenhaus und gingen hinab.

Eine Tür öffnete sich und ich wurde hindurchgeschoben. Sie nahmen mir die Handschellen und die Augenbinde ab und ließen mich allein.

Ich befand mich in einer kleinen, fensterlosen Zelle. In einer Ecke stand ein Bett, in einer anderen ein Eimer. Ich setzte mich auf den Bettrand. Es gab keine Matratze, nur eine Decke. Es herrschte betäubende Stille.

Wenn ich nur schlafen könnte, dann würde ich auch wieder denken können. Schlaf brauchte ich jetzt am dringendsten.

Während der Nacht hörte ich immer wieder Schritte. Ich betete jedes Mal, dass sie nicht mir galten.

Irgendwann einmal drehte sich der Schlüssel im Schloss und zwei Männer traten ein. Sie legten mir wieder Handschellen und Augenbinde an und brachten mich nach oben.

Wir gingen nur ein Stockwerk hinauf und dann zwanzig Schritte einen Gang entlang. Eine Tür öffnete sich.

Geführt von der Hand auf meinem Arm, schob ich mich vorwärts.

Als ich in den Raum trat, stellte mir jemand ein Bein und ich fiel hart auf den Boden.

Einer hob mich auf und sagte: »Na, na, Sie sollten wirklich besser aufpassen.« Ein Stuhl wurde in meine Richtung geschoben. Man sagte, ich solle mich setzen. Als ich mich setzen wollte, zogen sie den Stuhl weg und ich fiel wieder hin. Diesmal verdrehte ich mir einen Arm.

»Was machen Sie denn auf dem Boden?«, fragte die Stimme, als spräche sie mit einem Idioten.

Sie hoben mich auf und setzten mich auf den Stuhl. Ich wartete auf einen Faustschlag oder einen Stockhieb, aber stattdessen sagte eine Stimme: »Alexander Puhl. Was soll denn das für ein Name sein?«

»Es ist mein Name«, sagte ich in Richtung der Stimme.

»Aber es ist nicht Ihr *wirklicher* Name, wie?«, sagte eine andere Stimme. Sie kam von meiner linken Seite.

»Es ist mein wirklicher Name«, antwortete ich.

»Wir versuchen hier unsere Arbeit zu tun, mein Freund, aber Sie sind nicht sehr hilfsbereit«, erwiderte die erste Stimme. »Sagen Sie die Wahrheit, dann können Sie gehen. So einfach ist das.«

»Ich habe die Wahrheit gesagt.«

»Möchten Sie einen Kaffee? Oder vielleicht ein Bier?«

»Ich möchte nur, dass Sie mich gehen lassen.«

»Diese Firma, für die Sie da angeblich arbeiten, die gibt es nicht. Wir haben nachgeforscht. Sie lügen. Sie sind nicht Alexander Puhl. Es gibt keinen Alexander Puhl. Wer sind Sie? Was machen Sie hier? Warum sind Sie in die Deutsche Demokratische Republik gekommen?«

Ich blieb hartnäckig. Ich wusste, dass ich unbedingt bei meiner Geschichte bleiben musste.

»Verdammt noch mal, ich habe Ihnen doch erzählt …«

Der Mann rechts von mir unterbrach mich. »Na, na. Beruhigen Sie sich. Kein Grund, laut zu werden. Wir wollen uns doch zivilisiert benehmen. Also, warum fangen wir nicht noch mal von vorn an?«

»Wie können so viele Leute so blöd sein?«, brüllte ich. Ich hatte Angst, aber ich war auch wütend. Wenn sie wussten, wer ich war, warum sagten sie es dann nicht?

»Wenn Sie meine Angaben nicht überprüfen können, dann geben sich Ihre Leute keine besondere Mühe«, sagte ich mühsam beherrscht. »Ich kann die Arbeit nicht für Sie machen.«

Man zog mich hoch und führte mich hinaus. Wir gingen treppab. Ich zählte die Stufen. Gingen wir zu meiner Zelle oder woanders hin?

Ich verlor die Orientierung und wurde plötzlich von Panik befallen. Dann hörte ich Angeln quietschen und eine Tür wurde geöffnet. Die Zelle. Gott sei Dank.

Ich trat einen Schritt vor. Da sprach mich eine Stimme von hinten an.

Ich drehte mich um und die Tür wurde mir ins Gesicht geschlagen. Ich stolperte nach hinten, stieß ans Bett, fiel hintenüber und schlug mir den Kopf an der Wand an.

Mein Angreifer packte mich, rollte mich nach vorn und riss mir die Arme in die Höhe. Ich schrie vor Schmerz. Die Handschellen fielen ab und die Binde wurde entfernt.

Als ich die Augen öffnete, war ich wieder allein.

Ich griff mir an die Nase und sah Blut. Ich hatte einen metallischen Geschmack im Mund.

Ich sah um mich. Auf dem Tisch stand eine Flasche Wasser. Ich trank das Wasser. Dann prüfte ich mein Gesicht genau. Es war nichts gebrochen. Ich legte mich hin und versuchte zu schlafen. Schließlich glitt ich in eine Welt aus unruhigem Schlaf und schrecklichen Träumen.

Am nächsten Morgen holten sie mich wieder. Diesmal eröffneten sie das Verfahren mit einem Schlag in mein Gesicht. »Aufwachen, aufwachen, Puhl …«

Sie fingen wieder mit ihren Fragen an und ich wiederholte stur meine Antworten. Was anderes konnte ich nicht tun.

So ging es drei Tage lang. Fragen, Schläge; Schläge, Fragen. Die Tatsache, dass sie mich noch schlugen, gab mir Hoffnung.

Nachts in meiner Zelle dachte ich immer an den Augenblick, als ich Andy gesagt hatte, ich wolle in die Fernfahrerkneipe gehen. Jetzt bezahlte ich für meine Dummheit. Ich ließ die Szene immer wieder vor meinem inneren Auge ablaufen. Jedes Mal wurde meine Beschämung noch ein bisschen größer, jedes Mal wurde ich noch ein bisschen wütender auf mich selbst.

Aber sie konnten mich nicht ewig schlagen. Irgendwann musste sich etwas ändern.

Sie würden mich einlochen und den Schlüssel wegwerfen. Oder sie würden mich umbringen. Oder sie würden mich in den Westen zurückschicken.

Ich klammerte mich an diesen Gedanken. So oder so, es musste bald vorbei sein.

Kapitel 46

Mithilfe der Lampen, die auf dem Gang vor meiner Zelle an- und ausgingen, versuchte ich die Tage zu zählen. Am sechsten Abend wurde die Tür aufgerissen und zwei Kerle kamen herein und verprügelten mich. Ich konnte den Schlägen nicht ausweichen, und so rollte ich mich zu einer Kugel zusammen und versuchte mich zu schützen, so gut es möglich war. Als sie gingen, hatte ich das Gefühl, dass ein Paar Rippen gebrochen waren.

Ein paar Stunden später kam ein höflicher Mittvierziger in meine Zelle. Er trug einen gut geschnittenen Anzug, der aussah, als stamme er aus dem Westen. Seine Krawatte war rot und blau gesprenkelt. Das waren die ersten Farben, die ich in diesem Gefängnis erblickte.

Er wurde von zwei Schwergewichten begleitet. Vielleicht waren es dieselben, die mich verprügelt hatten. Die hatte ich in der Dunkelheit nicht gut sehen können.

Der Besucher bot mir eine Zigarette an. Ich nahm sie und inhalierte tief, aber die gebrochenen Rippen schmerzten dabei, und ich zuckte zusammen.

»Haben Sie Schmerzen?«, fragte der Mann.

Ich verzog das Gesicht. Was glaubte er wohl? Ich saß auf dem Pritschenrand mit meiner Decke über den Schultern und starrte ihn an.

»Hören Sie, Herr Puhl«, sagte er liebenswürdig. »Sie sollten mit uns zusammenarbeiten. Möglicherweise werden Sie morgen oder übermorgen entlassen. Wir überprüfen immer noch Ihre Angaben.« Und dann sagte er so beiläufig, als hätten wir über das Wetter gesprochen: »Was halten Sie von der Deutschen Demokratischen Republik?«

»Zwei von Ihren Kumpanen haben mich erst vor kurzem zusammengeschlagen. Was glauben Sie, was ich da von der verdammten DDR halte?«

»Nein, im Ernst«, sagte der Mann lächelnd. Er zupfte seine Manschetten zurecht. »Ich möchte wissen, was Sie denken. Wissen Sie, wie unser System funktioniert?«

»Ja«, sagte ich. »Ich bin gerade dabei, es herauszufinden.«

Als er sein Handbuch studierte, muss er das Stichwort »Ironie« ausgelassen haben. »Dann sagen Sie mir doch«, fuhr er fort, »welches System besser ist. In Ihren Städten pumpen sich die Jugendlichen bis an die Kiemen mit Heroin voll. Sie protestieren gegen Atomwaffen. Es gibt Probleme mit Immigranten. Auf den Straßen gibt es Kriminalität, ja sogar Terrorismus. Und man muss immer damit rechnen, arbeitslos zu werden. Kann das gut sein? Natürlich nicht. Kommen Sie, Puhl, reden wir darüber. Ihre Meinung interessiert mich. Ich möchte mit Ihnen diskutieren.«

Ich ging im Innern durch, was ich noch von unserem Informationsmaterial über Honeckers Politbüro wusste. Wie sich der Staatsapparat in alle Lebensbereiche der Menschen einschlich. Offiziell gab es in Ostdeutschland keine Arbeitslosigkeit und jeder hatte ein Dach über dem Kopf. Aber so sehr ich mich auch bemühte: Das Einzige, was mir sonst noch einfiel, war das Kapitel über die Stasi. Also sagte ich lieber nichts.

»Ich habe noch eine andere Frage an Sie«, sprach dieser feine Pinkel weiter. »Wie wäre es, wenn Sie für uns arbeiteten? Denken Sie einmal darüber nach. Ich weiß nicht, was Sie verdienen, aber warum sollten Sie weiterhin ein abgewirtschaftetes Regime unterstützen? Die Zukunft Deutschlands ist hier bei uns. Schließen Sie sich uns an. Arbeiten Sie mit uns. Wir können auch dafür sorgen, dass es sich lohnt – Ihr Gewissen ölen, sozusagen. Also was ist?«

Ich trat die Zigarette am Boden aus und sah ihn an. »Leck mich«, sagte ich.

Später kamen sie wieder. Ich holte aus und traf einen seitlich am Gesicht. Aber im Dunklen und mit gebrochenen Rippen hatte ich keine Chance. Als ich schon auf dem Boden lag und mich zusammengerollt hatte, bekam ich einen Tritt gegen den Hinterkopf und wurde ohnmächtig.

Als ich zu mir kam, fühlte mein Schädel sich an, als wäre er mit einer Axt gespalten worden. Ein Auge war fast zu und meine Unterlippe war so stark angeschwollen, dass sie gar nicht mehr zu mir zu gehören schien. Wenn ich ihnen frech kam, schlugen sie mich. Wenn ich selbst zuschlug, prügelten sie mich noch mehr. Aber es war mir klar geworden, dass ich einen Vorteil auf meiner Seite hatte: Tief innen war es mir gleichgültig, ob ich lebte oder starb.

Als sie mich das nächste Mal holten und hinaufschleppten, saß ich wieder dem feinen Pinkel gegenüber. »Zigarette?«, fragte er und streckte mir eine Schachtel Marlboro hin.

Meine Antwort bestand darin, dass ich ihm einen Schleimklumpen auf seine Krawatte spuckte. Der Schlag, der darauf folgte, machte mich sofort bewusstlos.

Ich lag in meiner Zelle und niemand störte mich außer den Leuten, die das Essen brachten. Ich aß nicht viel. Ich war schon froh, wenn ich Wasser bei mir behalten konnte. Ich vertrieb mir die Zeit mit Mordplänen für die Kerle, die mich geschlagen hatten.

So lange ich die Augen geschlossen hielt, konnte ich mich in eine Traumwelt flüchten. Ich dachte an meine Mutter und an Sabine. Was würde man ihnen sagen? Würde man ihnen mitteilen – oder hatte man ihnen bereits mitgeteilt –, dass ich bei einem Verkehrsunfall umgekommen sei?

Immer, wenn ich mir selbst Leid tun wollte, dachte ich bewusst an den Augenblick zurück, in dem ich beschlossen hatte, zu jener Kneipe zu gehen. Und wenn ich damit fertig war, dachte ich wieder an meine Peiniger und was ich mit ihnen anstellen würde, wenn ich die geringste Chance bekäme.

So muss ich einige Tage hingebracht haben, aber ehrlich gesagt kümmerte ich mich nicht mehr um die Zeit. Mit geschlossenen

Augen konnte ich den Schmerz fast bis zur Empfindungslosigkeit ausblenden.

Aber kaum machte ich die Augen auf und sah, wo ich war, durchströmte er mich wie ein reißender Fluss.

Ungefähr am zehnten Tag brachten sie mich mit verbundenen Augen in eine andere Zelle und setzten mich auf einen Holzstuhl. Ich hörte ein Reißen hinter mir – jemand zog Klebeband von der Rolle. Ich wollte aufstehen, aber zwei Hände drückten mich an den Schultern nieder. Das war etwas Neues. Als sie die Handschellen lösten und meine Arme auf die Armlehnen des Stuhles legten, fing ich zu schreien an.

»Worauf wartet ihr? Worauf wartet ihr? Ist es euch langweilig geworden, einen Mann zu schlagen, der die Hände auf dem Rücken hat? Los, ihr verdammten Kerle, macht mich fertig. Jetzt gleich. Ich bin bereit. Ihr könnt mir nicht wehtun.« Ich schrie und lachte gleichzeitig.

Sie wickelten Klebeband um meine Handgelenke und die Armlehnen. Als ich die Arme nicht mehr bewegen konnte, banden sie mir die Beine mit Klebeband an die Quersprosse unter dem Sitz.

Ich wartete auf den ersten Schlag und überlegte, aus welcher Richtung er kommen würde. Dann fühlte ich einen scharfen Schmerz unter dem Nagel meines linken kleinen Fingers.

Dann schoben sie etwas unter den Nagel des nächsten Fingers.

Irgendwo in dem Nebel aus Schmerz, der mich einzuhüllen begann, hörte ich mich schreien.

Ich blieb bei Bewusstsein, während sie sich durch alle Finger beider Hände durcharbeiteten. Ich spuckte und kreischte und überhäufte sie mit Beschimpfungen, weil ich wusste, dass ich die Schmerzen ein bisschen verdrängen konnte, wenn ich mich in Raserei hineinsteigerte und Adrenalin in mein System pumpte. Aber dann nahmen sie mir die Binde ab.

Stille. Absolute, vollkommene Stille.

O mein Gott, nein, sagte ich zu mir.

Unter allen Fingernägeln ragten Zahnstocher heraus. Sie waren mehrere Millimeter tief hineingetrieben worden.

Ich starrte mit einer Mischung aus Horror und Faszination auf meine Hände. Aus Nase und Mund tropfte mir Schleim in den Schoß.

Mein Kopf wurde nach hinten gerissen und ich sah das Gesicht eines bulligen Mannes vor meinen Augen. Er hatte kurze Haare und hohe, slawische Wangenknochen. Auf seiner Oberlippe standen Schweißtropfen.

»O. K., mein Freund, wie heißen Sie wirklich?«, fragte er mit erstaunlich sanfter Stimme.

Ich schüttelte den Kopf und schloss die Augen in der Hoffnung, Vergessen zu finden.

»Ich hab Sie was gefragt«, drängte die Stimme.

Der andere hielt mich immer noch an den Haaren gepackt und rüttelte jetzt meinen Kopf hin und her. Ich öffnete die Augen.

»Sie kennen meinen Namen«, murmelte ich mit zusammengebissenen Zähnen. »Puhl.«

Der Slawe beugte sich dicht über mein Gesicht. »Sie lü-ügen«, sagte er in einer Art Singsang.

Auge in Auge mit mir wählte er einen der Zahnstocher und schob ihn vorwärts. Brennender Schmerz schoss durch meinen rechten Mittelfinger und nistete sich in meiner Brust ein.

Ich wurde ohnmächtig, aber ein Eimer kaltes Wasser machte mich wieder wach.

Das Gesicht des Slawen war dem meinen immer noch ganz nahe. »Probieren wir's noch mal, ja?«

Er gab dem Mann hinter mir ein Zeichen und mein Kopf wurde nach vorn geschoben.

Der Slawe ließ seine Finger über den Meinigen herumtanzen. Jedes Mal, wenn er den Zahnstochern nahe kam, hatte ich genauso große Schmerzen, wie wenn er sie wirklich berührt hätte. Als er schließlich seine Wahl getroffen hatte und das Hölzchen weiter hineindrückte, ging der Schmerz wieder über meine Kraft.

Ich wurde wieder ohnmächtig.

In den nächsten paar Tagen wurde ich wiederholt verprügelt. Aber nach den Zahnstochern kam mir das wie eine Erholung vor. Ich war nahe daran gewesen, aufzugeben, aber jetzt kehrten meine Entschlusskraft und meine Wut allmählich zurück.

Dann wurde ich eines Tages wieder in diese Zelle gebracht und auf dem Stuhl festgebunden.

Jemand drückte mir auf einen Punkt unterhalb des Ohres und mein Mund klappte auf.

Sie entfernten die Augenbinde und ich sah den Kopf des Slawen. Er kniete nieder und steckte ein Kabel in eine Steckdose. Ich sah eine Maschine. Ein Helfer hielt mir den Mund offen, indem er mir die Daumen in die Wangen drückte.

Mein Geschrei machte ihm die Aufgabe nur noch leichter. Der Slawe presste mir eine unförmige Metallklammer in den Mund. Dann machte er sich ans Werk.

Er bohrte von der Innenseite aus einen meiner oberen Schneidezähne an und bohrte sich durch den Nerv und das fleischige Innere des Zahns. Ich schrie wieder vor Schmerz, aber er hielt nicht inne und wiederholte immer nur die gleiche Aufforderung: *»Wenn Sie uns etwas sagen möchten, geben Sie ein Zeichen, ja?«*

Die Augen quollen mir aus dem Kopf, mein Gehirn füllte sich mit dem Lärm meiner Schreie und dem Heulen des Bohrers. Ich schüttelte abwehrend den Kopf. Sie fassten das offenbar als Nein auf, denn jetzt übte der Slawe so viel Druck aus, dass der Bohrer durch die Basis des Zahns in den Kiefer drang. Ich durchlebte einen Augenblick der Agonie; es war, als wären eine Million Volt durch meinen Körper geschossen. Dann wurde alles schwarz.

Ich erwachte halbwegs in einem Nebel aus Schmerz und fürchterlichen Träumen. Das war immer noch weit besser als die Wirklichkeit, und so ergab ich mich diesem halbwachen Zustand, bis ein neues Geräusch in mein Bewusstsein drang.

Pfffft, pfffft.

Das Geräusch war mir bekannt, aber ich konnte es nicht identifizieren, also ließ ich mich innerlich wieder zurücksinken.

Pfffft, pfffft.

Noch ein Zischen, eine Prüfung, ob alles funktionierte, dann bliesen sie Druckluft in das Loch in meinem Zahn. Wieder wurde ich bewusstlos.

Dann machte ich die Augen wieder auf.

Der bullige Slawe hielt in einer Hand den Bohrer, in der anderen das Druckluftinstrument. Es sah aus, als lasse er mir die Wahl.

Erst beim sechsten Zahn hörten sie mit dem Bohren auf.

Die fleckigen Wände der Zelle wurden wieder sichtbar und ich erblickte meine Folterer. Sie lehnten an der Wand, rauchend, schweigend. Aus dem Augenwinkel beobachtete ich sie und sie beobachteten mich.

Ich wusste, dass sich irgendetwas geändert hatte, denn sogar der Slawe schien von meinem Anblick angeekelt zu sein.

Als ich stark blutend in meiner Zelle lag, hörte ich sie wieder kommen. Ich wollte ihnen entfliehen, indem ich unters Bett kroch, aber sie zogen mich heraus und fesselten mir Fußknöchel und Handgelenke mit Klebeband an den Bettrahmen. Zwei Holzklötze wurden rechts und links neben meinen Kopf gelegt und mit Klebeband fixiert. Dann rasierten sie mir den Oberkopf.

Meine Augen waren so verschwollen, dass ich kaum etwas sehen konnte. Ich hörte ein Quietschen. Irgendetwas wurde in meine Zelle gerollt. Ich wollte hinschauen, aber mein Kopf war fest eingeklemmt.

Wieder ein Quietschen. Dann schwamm so etwas wie ein metallener Garderobenständer in mein Blickfeld. An einem Haken hing ein Plastikgefäß mit einem Schlauch daran. Der Schlauch hatte einen Hahn.

Einer der Schläger drehte den Hahn auf und Wasser spritzte mir auf den Kopf.

Na prima, dachte ich. Heute werde ich gewaschen.

Der Mann fingerte am Hahn herum, bis das Wasser nur noch tropfenweise kam. Dann rückte er den Ständer so zurecht, dass die Tropfen mitten auf meiner Stirn auftrafen.

Sie löschten das Licht und gingen.

Alle drei Sekunden ungefähr fiel ein Tropfen. Ich zählte mit. Eins, zwei, drei, tropf. Eins, zwei, drei, tropf. Das Wasser war nicht kalt, aber mit der Zeit fühlte es sich kälter an. Ich versuchte wegzudämmern, zu schlafen, aber meine Gedanken konzentrierten sich auf den Punkt, wo die Tropfen landeten. Ich konnte nichts dagegen tun. Ich versuchte positiv zu denken, an Orte zu denken, an denen ich glücklich gewesen war. Aber immer kehrten meine Gedanken wieder zu den Tropfen zurück.

Eins, zwei, drei, tropf.

Die Kälte breitete sich in meinem Körper aus. Ich begann zu zittern. Denk an etwas Warmes, befahl ich mir. Ich dachte an Mexiko. Ich versuchte mir das Meer vorzustellen, wie es vor dem Hotel an den Strand plätscherte. Ich lag auf einer Strandliege, einen Rumpunsch in der Hand, und lauschte den Wellen.

Eins, zwei, drei, tropf.

Ich versuchte an Frauen zu denken. Die paar Frauen, die ich geliebt und mit denen ich geschlafen hatte.

Eins, zwei, drei, tropf.

Ich dachte an unsere Einheit.

Die letzten zwei Wochen hatte ich mich krampfhaft bemüht, nicht an unsere Einheit zu denken. Jetzt aber bot mir die Erinnerung an unsere gemeinsame Zeit einen unerschöpflichen Vorrat an Erlebnissen, an die ich denken konnte, in denen ich mich verlieren konnte. Damit konnte ich diesem Raum mit seinem widerlichen Gestank nach ungewaschenen Kleidern und Fäkalien entrinnen. Ich schwelgte in Erinnerungen an unsere Zeit in der Villa. Ich dachte an Pendleton und den Schleifer Garten. Jetzt konnte ich sogar an Garten mit einer Art Wehmut denken. Ich dachte an den Chef und sein Büro, diese Mischung aus Wärme und äußerster Schlichtheit, das Feuer im Kamin und das Fehlen aller Spuren eines Privatlebens. Was hielt der Chef wirklich von uns? War er wütend über meinen Entschluss, zurückzugehen? Auf jeden Fall. Würde er mir vergeben, wie ein Vater seinem Kind vergibt, wenn es etwas Dummes gemacht hat? Würde ich ihm Leid tun, wenn im Westen etwas über mein Schicksal durchsickerte? Würde er wissen, dass ich nicht geredet hatte?

War er stolz auf mich? Oder verfluchte er den Tag, an dem er sein Vertrauen in mich setzte?

Eins, zwei, drei, tropf.

Fünf oder sechs Stunden mussten so vergangen sein und eine neue Hoffnung erwachte in mir. Das Wasser im Eimer musste einmal zu Ende sein. Es konnte nicht ewig weitertropfen. Wenn das Wasser aus war, würde ich schlafen können. Aber kaum hatte ich das gedacht, als das Licht anging. Ein Mann kam herein und schüttete aus einem Kanister neues Wasser in den Eimer. Das Licht ging wieder aus und das Tropfen ging weiter.

Ich konnte mich nirgends verstecken. Nirgendwohin gehen. Ich begann zu weinen.

Die Zeit verging in einem Nebel halbbewusster Augenblicke. Meistens kam es mir vor, als wäre mein Gehirn zu Brei geworden. Ich erinnere mich, dass ich einmal gesungen habe – »*Raindrops Keep Falling On My Head*« – und laut gelacht habe, weil das so absurd war.

Ich schrie nach jemandem, der mich töten sollte. Aber niemand kam. Sie kamen nur, wenn der Eimer wieder aufgefüllt werden musste. Die Tropfen schienen mir durch die Haut zu schneiden, durch den Schädelknochen und durch den Kopf.

Zweimal entleerte sich mein Darm.

Als sie schließlich kamen und mich in eine Verhörzelle brachten, wusste ich nicht mehr, was wirklich war und was nicht. Ich war bereit, ihnen alles zu sagen. Sie machten sich nicht mehr die Umstände mit Augenbinde und Handschellen. Ich versuchte zu stehen, aber es war kein Gefühl in meinen Beinen.

Sobald ich wieder auf dem Stuhl saß, ging das Verhör los.

Ich sagte nichts. Ein paar Schläge noch und alles würde vorbei sein.

Ich bekam wieder eine Augenbinde und wurde aus dem Raum geschleppt. Meine Füße schleiften nutzlos auf dem Boden. Wir gingen ein paar Stufen hinunter. Dann fühlte ich kalte Luft auf meiner Haut. Ich hörte ein Auto vorfahren. Sie legten mir Handschellen an und verstauten mich im Kofferraum. Sie knallten den Deckel zu und das Auto setzte sich in Bewegung.

Ich wurde bewusstlos, kam wieder zu mir, wurde wieder

bewusstlos … Als das Auto endlich anhielt und der Motor ausgeschaltet wurde, hörte ich ein kurzes Gespräch zwischen zwei Männern, dann sprang der Kofferraumdeckel auf. Sie zogen mich heraus und versuchten, mich an das Auto zu lehnen, aber ich brach zusammen und stieß mir dabei den Kopf an der Stoßstange an.

Ich lag mit dem Gesicht auf der nassen Straße.

Wo immer ich war, es war gespenstisch ruhig. Sie packten mich bei den Armen und zogen mich vom Auto weg. Meine Zehen scharrten über den Asphalt. Ich hörte ein Geräusch – vielleicht eine Tür, die aufging – und dann ließen sie mich los.

Ich fiel auf weiche, nasse Erde, die Handschellen wurden mir abgenommen, und ich wartete auf die Kugel, die allem ein Ende machen würde.

Ich fühlte Blut auf meinen Wangen und ich schmeckte es im Mund. Ich wartete, aber nichts geschah. Dann hörte ich, dass ein Auto angelassen wurde.

Instinktiv versuchte ich, mich von dem Geräusch zu entfernen. Ich kroch auf den Ellbogen vorwärts, bis der Motorenlärm in der Ferne verklungen war.

Dann konnte ich nicht mehr weiter.

Die Stille war überwältigend, der Geruch frisch und unverkennbar.

Ich wusste, dass ich im Westen war, und ließ mich wieder von der Bewusstlosigkeit umfangen.

Kapitel 47

Ich kam in ein US-Army-Hospital in Westberlin. Ich wurde geröntgt und bekam Infusionen mit Kochsalzlösung. Man kümmerte sich um meine Zähne. Ich bekam Morphium gegen die Schmerzen. Krankenschwestern gingen ein und aus und die frische Bettwäsche fühlte sich wunderbar an.

Am Morgen des zweiten Tages kroch ich aus dem Bett und schaute mich im Spiegel an. Ich sah von allen Seiten gleich schrecklich aus. Beide Augen waren blau verschwollen und meine Nase sah aus, als wäre ein Panzer drüber gefahren. Ich hatte drei gebrochene Rippen.

Am selben Nachmittag besuchten mich zwei Männer, ein Deutscher und ein Amerikaner. Sie stellten sich nicht vor. Das war aber auch nicht nötig. Ich taufte sie Schmitt und Smith. BND und CIA waren gekommen, um zu sehen, wie sie ihr Kapital angelegt hatten.

»Krause lässt Sie grüßen«, sagte Schmitt steif. »Wie geht es Ihnen?«

Sie warteten auf eine Antwort.

Schmitt fummelte an den Bügelfalten seiner Hose herum.

»Können wir irgendetwas für Sie tun?«, fragte Smith. Sein Deutsch war gut, fast akzentfrei.

Ich wollte sprechen, aber es tat teuflisch weh.

»Wissen Sie, wie Sie hierher gekommen sind?«

Smith hatte einen Notizblock auf dem Schoß. Er bohrte mit seinem Stift im Ohr und bewunderte das Ergebnis. »Nein«, brachte ich heraus.

Sie erzählten es mir. Eine Polizeistreife hatte mich an einem einsamen Straßenstück in einem Außenbezirk von Westberlin gefunden. Ich hatte ihnen eine Telefonnummer geben können – eine Nummer in der US-Botschaft, die wir uns für Notfälle gemerkt hatten. Ich hatte sie mir einmal fest eingeprägt, dann aber völlig vergessen, dass ich sie kannte.

»Wir vermuten, dass man Sie durch eine Lücke in der Mauer gebracht und heraußen einfach liegen gelassen hat«, sagte Schmitt. »Die Polizei hielt Sie für einen Überläufer.«

»Glücklicherweise konnten wir dann die Sache in die Hand nehmen«, sagte Smith. Er sah auf seinen Notizblock hinab. »Können Sie uns vielleicht ein paar Fragen beantworten?«

»Habt ihr euch heute schon die Zähne geputzt?«, zischte ich mühsam. »Ja? Dann könnt ihr mir einen blasen.«

Ich gab ihnen zu verstehen, dass ich sonst nichts sagen würde, bevor ich mit dem Chef gesprochen hätte.

Zwei Tage lang geschah so gut wie nichts. Die Ärzte steckten mir Thermometer rein, nahmen mir Blut ab, untersuchten meine Röntgenbilder und teilten mir mit, dass mir nichts fehlte, was ein guter Zahnarzt nicht in Ordnung bringen könnte.

Das Team kam am Wochenende. Alle sieben. Angel klopfte und schlurfte herein, hinter ihm der Rest der Bande.

»Sag bloß nicht, dass ich mich nicht um dich kümmere, Jackson.« Angel brachte einen Blumenstrauß zum Vorschein und legte ihn auf den Tisch. »Der ist übrigens für die Schwestern.«

»Amerikanische Schwestern!«, sagte Andy voll Bewunderung. »Wir wollten eigentlich Renate mitbringen, um dich zu entsaften, aber mir scheint, das ist nicht nötig.«

Ich lachte, aber meine Rippen schmerzten, und ich hustete mir fast die Seele aus dem Leib.

Das hätte dem Besuch beinahe ein Ende gemacht, denn eine streng blickende Oberschwester kam herein und sagte, sie müssten gehen, wenn sie sich nicht benehmen könnten.

Als ich fragte, wie es in der Kaserne stehe, bemühte sich Angel, das Thema zu wechseln. »Unsere Lippen sind versiegelt. Wir haben es dem Chef versprochen.«

Ich rechnete auf jeden Fall damit, aus der Armee entlassen zu werden. Mit meiner unbedachten Tat hatte ich mich in die größten Schwierigkeiten gebracht. Bei meinen Freunden aber spürte ich keinen Groll, nur eine gewisse Verlegenheit, so als wüssten sie etwas, was ich nicht wusste.

Als ich sie darauf ansprach, erzählte Andy. Der Chef hatte sich nach der Mission Bericht erstatten lassen und sie dann in Urlaub geschickt. Er wollte sie aus dem Weg haben, als sich in Bonn und Washington die Fragen erhoben.

Als aus Tagen Wochen wurden und man nichts von mir hörte, war Krause immer unzugänglicher geworden. Er ließ sich am Telefon verleugnen. Andy hatte mit Locke Kontakt gehalten. Der berichtete ihm, dass der Chef die meiste Zeit damit beschäftigt war, Öl auf die Wogen zu gießen.

Das einzige Mal, wo er direkten Kontakt mit dem Chef gehabt habe, sagte Andy, sei gewesen, als Sabine angerufen habe.

Das überraschte mich. »Hast du mit ihr gesprochen?«

Er schüttelte den Kopf. »Nein. Brigitte.«

»Los. Erzähl schon«, sagte ich und richtete mich ein bisschen auf. Schmerz durchzuckte mich, aber ich war so gespannt, dass ich es kaum merkte.

»Es ist alles in Ordnung, Jackson. Reden wir lieber darüber, wenn es dir besser geht.«

»Nein, ich will es jetzt wissen«, beharrte ich.

»Ich war zu Hause, als sie anrief. Sie hatte versucht, dich in der Kaserne zu erreichen, aber der Diensthabende hat sie natürlich abgewimmelt. In ihrer Verzweiflung rief sie schließlich bei uns an. Brigitte ging ans Telefon. Ich bat sie, zu sagen, ich sei nicht daheim. Ich hätte nicht gewusst, was ich Sabine sagen sollte. Ich hatte gedacht, irgendjemand – vielleicht Krause – hätte ihr doch *irgendetwas* mitgeteilt. Aber nein. Sie war völlig ahnungslos. Da rief ich Locke an und machte Zoff. Ein paar Stunden später rief mich der Alte an.«

Eigentlich nahm ich es übel, dass der Chef nicht selbst gekommen war.

»Der arme Kerl hat unter mächtigem Druck gestanden, Jackson«, sagte Andy. »Darüber muss er Sabine glatt vergessen haben.«

»Was hat man ihr dann gesagt?«

»Zuerst, dass du im Manöver bist. Dass du einen Unfall gehabt hast. Genau weiß ich es nicht.«

Es verging noch ein Tag, bevor sich der Chef blicken ließ. Die Tür war offen und ich erhaschte einen Blick auf ihn, als er sich bei der Stationsschwester anmeldete. Ich erschrak bei seinem Anblick. Er hatte stark abgenommen. Normalerweise weltmännisch und souverän, wirkte er jetzt ein bisschen unbeholfen, als die Schwester ihm mein Zimmer zeigte.

Der Chef schloss leise die Tür hinter sich, hängte seinen Mantel an den Haken und wandte sich mir zu. Jetzt hatte er wieder die übliche straffe Haltung. Seine Krawatte saß gerade und sein Anzug war tadellos gebügelt.

Er zog sich einen Stuhl ans Bett und setzte sich. »Lass dich anschauen, Jackson«, sagte er. »Ich weiß nicht, woran es liegt, aber du hast dich verändert.«

»Sie sich auch«, sagte ich.

»Ich wollte sagen, dass die Zeit zu deinen Gunsten wirkt, was das Aussehen anbetrifft. In meinem Alter kann man das leider nicht mehr behaupten.«

»Nein, wahrscheinlich nicht.«

Der Chef räusperte sich und sagte: »Tut mir Leid. Ich wollte schon früher kommen. Aber du kannst dir vorstellen, dass allerhand los war.«

»Andy hat mir so einiges mitgeteilt.«

Ich schwieg und suchte nach Worten, um ihm zu sagen, was in diesen drei Wochen in mir vorgegangen war. »Ich möchte Ihnen sagen, wie …«

Ich konnte nicht weiterreden. Ich hatte damit gerechnet, dass er wütend wäre, aber er sah eher erleichtert aus. Ich nahm noch einmal Anlauf, doch er hob abwehrend die Hand.

»An deiner Stelle hätte ich wahrscheinlich das Gleiche gemacht, Jackson.«

»Entschuldigen Sie, wenn ich das sage, aber Sie lügen schlecht.«

»Glaub, was du willst, Jackson. Ich bin gekommen, um dir zu sagen, dass du weiterhin mein volles Vertrauen hast.«

Ich erzählte ihm, wie ich die beiden Agenten zum Teufel geschickt hatte.

»Die haben in ihrem Beruf schon weit Schlimmeres gehört«, sagte Krause. »Im Moment bräuchten sie dringend etwas, was ihr Selbstvertrauen stärkt.«

Er schaute aus dem Fenster. Es war spät am Nachmittag und im Osten ballten sich Gewitterwolken zusammen.

»Die Nachrichtendienstler sind eine eigene Rasse, Jackson. Sie glauben nichts ohne Beweis. Das liegt an ihrem Job. Aber wir sind Soldaten. Vor langer Zeit habe ich dir gesagt, dass wir eine Familie sind. Ich kümmere mich um euch. Ihr kümmert euch um mich. Quid pro quo. Ich weiß, du hast das Gefühl, mich enttäuscht zu haben. Aber Vertrauen beruht auf Gegenseitigkeit. Nach dem, was mit Ginger passiert ist, hätte ich dem, was mit dir passiert ist, mehr Aufmerksamkeit schenken müssen. Es tut mir Leid.«

»Ich verstehe nicht ganz.«

»Andy hat mir von deiner Frau erzählt. Ist da nichts mehr zu machen?«

»Vermutlich nicht«, sagte ich. »Was haben Sie ihr gesagt?«

»Wir mussten ihr sagen, du seist im Manöver und einige Zeit nicht erreichbar. So lange du dich im Osten befandest, waren uns die Hände gebunden. Als wir erfuhren, dass du freigelassen worden warst, teilten wir ihr mit, du seist in Bayern verletzt und nach Tempelhof geflogen worden. Mehr konnten wir nicht tun und mehr weiß sie nicht. Was du ihr sonst noch erzählen willst, liegt bei dir.«

Krause schaute wieder aus dem Fenster. Es hatte zu regnen begonnen.

»Ich weiß nicht, ob ich dich noch einmal besuchen kann«, sagte er im Aufstehen. »Ich fliege morgen nach Washington und bleibe mindestens eine Woche weg. Bis dahin bist du vermutlich hier schon draußen.«

»Und was dann?«

»Frag mich in einer Woche«, sagte er und klopfte mir auf die

Schulter. »Aber ich habe das Gefühl, dass alles in Ordnung kommt.« Er wandte sich zum Gehen.

»Ich habe nicht geredet«, sagte ich. »Vielleicht nützt es was, wenn Sie ihnen das sagen können.«

Krause machte sich an seinem Mantel zu schaffen. Er stand mit dem Rücken zu mir. »Das ist nicht nötig, Jackson. Sie wissen es.« Er drehte sich um. »Wenn du geredet hättet, wärst du immer noch drüben. So einfach ist das.«

Meine Mutter hatte geahnt, dass ich in Schwierigkeiten war. Am Tag meiner Gefangennahme überkam sie das Gefühl, dass etwas Schlimmes geschehen war. Als dieses Gefühl nicht weichen wollte, hatte sie Sabine angerufen.

Ich weiß nicht, was Sabine über uns erzählt hat – ich hatte beschlossen, meiner Mutter vorläufig noch nichts von unserer Trennung zu sagen, um sie zu schonen –, aber Mutti muss Bescheid gewusst haben. Das wurde völlig klar, als die beiden mich im Krankenhaus besuchten.

Meine Mutter und ich sprachen wenig, Sie hatte geweint, als sie mich sah. Aber seit sie wusste, dass ich nicht sterben würde, saß sie einfach bei mir am Bett und hielt meine Hand.

Sabine stand am Fußende des Bettes und sah zu. Als meine Mutter sich nach dem Unfall erkundigte, schaute Sabine mich scharf an und ihre Augen waren so dunkel wie die hereinbrechende Nacht.

Als die Schwester verkündete, es sei Zeit für die Besucher, zu gehen, bat ich meine Mutter, mich ein paar Minuten mit Sabine allein zu lassen.

»Warum bist du so wütend auf mich?«, fragte ich, sobald Mutti gegangen war.

»Willst du mir sagen, was wirklich geschehen ist?«, fragte sie.

»Es war ein Unfall, Sabine. Der Kerl hat mich überfahren. Er war betrunken. So etwas kann passieren.«

»Genau wie es Ginger passiert ist.«

»Ginger starb bei einem Manöverunfall.«

»Natürlich. Ein Manöverunfall.« Sie schüttelte langsam den

Kopf. »Und hat jetzt irgendein armer Kerl fürchterliche Schuldgefühle wegen dem, was dir passiert ist, Thomas – wegen dieses ›Unfalls‹?« Sie deutete mit den Fingern die Anführungszeichen an. »Andy vielleicht? Und versucht jetzt Brigitte, die Trümmer seines Lebens wieder zusammenzufügen, so wie ich es bei dir versucht habe? Früher oder später wird es so weit sein.«

»Es war ein Unfall, Sabine. Warum kannst du das nicht akzeptieren?«

Ich bekam keine Antwort. Sie drehte sich um und ging aus dem Zimmer.

Epilog

Nach zwei Wochen in Westberlin wurde ich nach Köln in ein anderes Krankenhaus verlegt und war wieder in der Nähe der Kaserne.

Meine Kraft kehrte allmählich zurück. Ich wurde weiterhin von Ärzten und Psychologen betreut. Als ich so weit war, dass ich auf den Füßen stehen und ohne Strohhalm Nahrung zu mir nehmen konnte, wurde ich für gesund erklärt und kehrte in die Kaserne zurück.

Einige Wochen nach seiner Rückkehr aus Washington zog mich der Chef in sein Büro und berichtete, wenigstens die Amis hätten mich von Schuld freigesprochen. Es sagte schon etwas aus über das Ansehen, das der Chef bei den Amerikanern genoss, dass er sie davon überzeugen konnte, dass die Operation durch meine Handlungsweise keinen Schaden gelitten hatte.

Der BND jedoch war davon nicht überzeugt.

Aus Pullach, ihrem Hauptquartier, kam eine Abordnung, die alles noch einmal untersuchen sollte. Sie wollten zweierlei wissen: Warum ich getan hätte, was ich getan hatte, und ob ich beim Verhör geredet hätte.

Das sei in Ordnung, beruhigte mich der Chef. Ich brauche bloß die Wahrheit zu sagen.

Ich hatte nichts zu verbergen. Mein einziger Fehler war, dass ich zurückgegangen war. Und wie es bei falschen Entscheidungen manchmal so geht, waren die Folgen katastrophal gewesen.

Die Untersuchungskommission etablierte sich in einem Büro nahe dem des Chefs. Tagelang löcherten sie mich mit ihren Fragen. Immer wieder fragten sie mich nach dem Grund. Warum war ich in die Kneipe gegangen? Warum hatte ich mich selbst und unsere Operation mutwillig in Gefahr gebracht?

Und genau auf diese Frage hatte ich keine Antwort. Ich wusste nicht, wo ich hätte beginnen sollen.

Was die Verhöre betraf, so war die Sache einfacher. Ich hatte nichts verraten, und das sagte ich ihnen. Aber beim BND kannte man sich mit den Verhörmethoden der Stasi aus, und ich sah es ihnen an den Augen an, dass es ihnen schwer fiel, mir zu glauben.

Wer von der Stasi gefangen gehalten und verhört wurde, hielt normalerweise nicht lange durch. Ich hatte es geschafft, siebzehn Tage lang den Mund zu halten.

Wenn ich die Angelegenheit aus dem Blickwinkel meiner BND-Befrager betrachte, begreife ich, warum sie so misstrauisch waren. Sie hatten einen Menschen vor sich, welcher der Anführer einer der geheimsten und heikelsten Einheiten der Bundeswehr war und der ohne ersichtlichen Grund umgekehrt und in den Osten zurückgegangen war, als er die Mauer schon in Sichtweite hatte.

Welcher Mensch, der bei Sinnen war, würde so etwas tun?

Und dann, nach zweieinhalb Wochen, hatte die Stasi mich gehen lassen.

In den frühen 1980er Jahren litt die Bundesregierung immer noch unter den Spionageskandalen des vergangenen Jahrzehnts und der BND lebte in ständiger Angst vor kommunistischer Unterwanderung. Meine Handlungsweise und die Tatsache, dass die Stasi mich schließlich laufen ließ, widersprachen jeder Vernunft und Logik. Außer natürlich, wenn ich ein Spion war.

Sie sagten es nie rundheraus. Aber sie dachten es. Das sah man ihnen deutlich an.

Der Chef seinerseits machte sich Vorwürfe, nicht gut genug auf uns aufgepasst zu haben. Der Druck, der auf uns – und ihm – lastete, war ungeheuer. Niemand hatte darüber nachgedacht, wie sich unsere Aufgaben auf unser Privatleben auswirkten, und umgekehrt. Weil wir über alles, was wir beruflich taten, allen Menschen gegenüber Stillschweigen bewahren mussten, führte dieser Druck unweigerlich zu Krisen.

Schließlich packte die Kommission ihre Sachen und fuhr ab. Ich rechnete immer damit, vom Chef zu hören, dass meine Karriere beendet sei. Aber Wochen vergingen und ich hörte nichts.

Das Elitekommando Ost wurde wieder für Routineaufgaben herangezogen. Offiziell galt es als aufgelöst, aber es konnte nötigenfalls sofort wieder gebildet und eingesetzt werden. Ich musste genau wie die anderen Teammitglieder frische Rekruten unterrichten. Meistens trafen wir acht uns am Freitagabend. Den Chef sahen wir immer seltener. Er versprach, nach uns zu schicken. Aber er tat es nicht.

Ich fand für mich eine kleine Wohnung dreißig Kilometer von der Kaserne entfernt. Sabine wohnte weiter in unserem Haus. Ich nahm meine Waffensammlung mit. Sie behielt alles Übrige.

Als es Zeit wurde, das Haus zu verkaufen, einigten wir uns einfach darauf, den Erlös zu teilen.

Wir brauchten keine Anwälte. Nach einiger Zeit lernte sie einen anderen Mann kennen – einen Österreicher, wie ich hörte. Wir ließen uns einvernehmlich scheiden. So ist das Leben.

Ich trainierte hart. Ohne Privatleben, das mich abgelenkt hätte, warf ich mich voll auf die Aufgabe, wieder fit zu werden. Ich lief stundenlang durch die Wälder.

Ich lernte den Wald wieder schätzen. Er gab mir Zeit und Raum zum Nachdenken. Gelegentlich kam ich an unserem Spielplatz vorbei. Auf der Sandfläche, die einst unsere Todeszone gewesen war, wucherte Unkraut. Das Ganze sah wieder wie ein Schrottplatz aus.

Worum war es gegangen? Unser Team hatte im Osten drei Operationen durchgeführt. Aber es waren im Effekt nur Nadelstiche gewesen. Der Osten war noch immer der Osten; die Mauer war immer noch da.

Zwei weitere Monate gingen vorüber und allmählich wuchsen Frustration und Wut in mir ins Riesenhafte.

Wenn ich das Ganze aus der Distanz betrachtete, dann sah ich, dass beide Seiten – Ost und West, BND und Stasi – nur ein Spiel spielten und dass wir in diesem Spiel nur ganz unbedeutende Figuren gewesen waren.

Mit einem falschen Pass, den ich mir in Düsseldorf auf dem schwarzen Markt besorgt hatte, und ohne jemandem ein Wort zu sagen, fuhr ich »legal« mit der S-Bahn nach Ostberlin. Das machten Touristen alle Tage. Weil die Grenzpolizei damals die Leute, die Visumsanträge stellten, nicht fotografierte, vertraute ich darauf, dass ich unbemerkt würde durchschlüpfen können.

Es klappte auch reibungslos. Ich ging in Richtung Kongresszentrum, wo die SED-Führungsspitze jedes Jahr zusammenkam, um die Richtlinien der Politik zu diskutieren. Im Moment stand das Gebäude leer und so war es nicht schwer, hineinzukommen. Ich erzählte den Türstehern, dass ich den Ort sehen wolle, wo sich die Größen der Kommunistischen Partei jedes Jahr versammelten, und die Luft atmen wolle, die Männer wie Honecker geatmet hatten.

Der Polizist, der im Inneren Wache schob, sah natürlich, dass ich aus dem Westen kam, und mein Interesse irritierte ihn. Ich durfte nicht in die Versammlungsräume, aber ich durfte die Toilette aufsuchen, die in der Nähe des Eingangs lag. Auf dem Rückweg schaffte ich es, einen Blick in einen der Ausschussräume zu werfen.

Der Rückweg über die Grenze ging genauso glatt. Nachdem ich gesehen hatte, was ich sehen wollte, kehrte ich in die Kaserne zurück und bat Locke, mir einen Termin beim Chef zu geben.

Der Chef war noch mit Papieren beschäftigt, als ich eintrat, aber er winkte mir, ich solle mich setzen. Als er fertig war, sah er auf. Ich stand immer noch. Er wartete.

»Ich war in Ostberlin«, sagte ich einfach.

Seine Augen verengten sich, aber er schaffte es, mit ruhiger Stimme zu sprechen. »Was hattest du – oder was *hast* du dort vor?«, fragte er.

Ich legte ein paar Skizzen und Pläne auf seinen Schreibtisch. Sie zeigten den Konferenzraum. Ich empfahl dem Chef, sich die Deckenverkleidung anzuschauen. Dort, so sagte ich, könne ich mit Hilfe von Chris und Angel genug Semtex unterbringen, um den Raum mit allen Menschen darin zu Krümeln zu sprengen.

Der Chef stand langsam auf und lehnte sich über den Tisch, bis er mir ganz nah in die Augen sehen konnte.

»Bist du völlig verrückt geworden?«, fragte er. Seine Stimme bebte vor Wut. »Hältst du *das* für die Lösung? Ich habe dir am Anfang gesagt, dass diese Truppe nur dann Erfolg haben – nur dann überhaupt fortbestehen – könne, wenn wir uns aufeinander verlassen könnten. Und nun gehst du in den Osten und startest eine hirnrissige Operation mit dem Ziel, Mielke und Honecker und noch ein Dutzend anderer Leute in die Luft zu jagen.«

»Ich habe keine Operation gestartet«, sagte ich. »Ich wollte Ihnen bloß etwas zeigen. Nämlich, dass wir der Sache ein Ende machen können, wenn wir wollen. Jederzeit. Sie brauchen nur ein Wort zu sagen.«

Und plötzlich schrie er mit voller Lautstärke: »Verdammt noch mal, was hast du dir dabei eigentlich gedacht? Hast du eine Ahnung, wie viel Mühe es mich gekostet hat, dich vor Konsequenzen zu bewahren? Ich habe denen gesagt, du seist vertrauenswürdig, du könntest deinen Platz in der Einheit behalten, ja sie sogar weiterhin führen. Und das ist dein Dank.«

Seine Wut war ansteckend. Die nervliche Anspannung langer Jahre, die Schuldgefühle, der aufgestaute Groll entluden sich.

»Ginger ist tot«, schrie ich zurück. »Und mich haben sie auch beinahe umgebracht. Und wofür? Die Mauer ist immer noch da. Sie steht so fest wie eh und je. Jetzt frage *ich* Sie einmal was. Worum geht es eigentlich? Wollen Sie und die Amis uns immer wieder rüberschicken, bis keiner von uns mehr übrig ist? Oder ist alles aus und man hat nur vergessen, es uns zu sagen?«

Er stand mit hängenden Schultern da und starrte blicklos auf die Papiere auf seinem Schreibtisch. Ich war zwar immer noch wütend, aber ich hatte mehr gesagt, als ich beabsichtigt oder gemeint hatte.

Der Zorn auf dem Gesicht des Chefs war einem Ausdruck großer Trauer gewichen.

Er ließ sich auf seinen Stuhl fallen. »Hau ab, ja?«, sagte er und entließ mich mit einem Wink. »Geh. Lass mich allein.«

Ich war schon halb die Treppe hinunter, als er mich zurückrief.

Wir gingen wieder in sein Büro und Krause deutete auf einen Stuhl. Er wirkte erschöpft.

»Ich weiß, wie schwer es manchmal für dich war«, sagte er. »Ich habe viel von dir verlangt – vielleicht mehr, als man unter den besonderen Umständen verlangen dürfte.« Er machte eine Pause. »Du hast mich einmal gefragt, Jackson, worum es eigentlich gehe. Die Wahrheit ist, dass es um viele verschiedene Dinge geht. Einerseits macht unsere Regierung Annäherungsversuche an die DDR. Wir subventionieren sogar ihre Wirtschaft und stützen damit diesen monströsen Staat jenseits der Mauer. Andererseits sind wir verpflichtet, den Amerikanern sowohl öffentlich als auch im Geheimen bei ihrem Kampf gegen den Kommunismus beizustehen. Aber denk einmal nach. Warum sollte die Bundesrepublik, die zwischen diesen beiden Ideologien eingeklemmt ist, eine militärisch so heikle Einheit wie die unsrige ins Leben rufen? Warum sollte Bonn Frieden und Sicherheit des Landes aufs Spiel setzen, um verrückte Geheimoperationen hinter der Mauer durchzuführen? Hältst du das für vernünftig bei einer Nation, die sich seit dreißig Jahren auf einer Gratwanderung zwischen Ost und West befindet?«

Krause lockerte seine Krawatte und lehnte sich zurück. Ich wartete gespannt.

»Im Osten weiß man natürlich, was wir treiben. Warum, glaubst du protestieren sie nicht, wenn wir eine Raffinerie sprengen oder ein Kommandoteam einschleusen? Denk nach, Jackson. Da kann es nur einen Grund geben.«

Ich starrte Krause an. Ich hörte das Ticken der Uhr auf dem Kaminsims. Natürlich. Für jede Aktion musste es eine angemessene Reaktion geben. Und ein Land, das so auf Rücksicht bedacht war wie das unsrige – ein Land, das es sich zum Ziel gesetzt hatte, das Unrecht der Vergangenheit gutzumachen, indem es dem Frieden die höchste Priorität einräumte –, würde nie von sich aus mit Feindseligkeiten beginnen.

»Wir zahlen ihnen nur heim, was sie uns antun«, sagte ich.

Krause lächelte. Er schwieg lange Zeit, dann fragte er mich, ob ich mit ihm irgendwo ein Bier trinken wolle.

Wir fanden eine Kneipe am Stadtrand und setzten uns an einen

Ecktisch. Der Raum war sonst so gut wie leer. Es war ein Werktag und die Leute waren noch in der Arbeit.

Der Chef hob sein Glas und stieß mit mir an.

»Und was ist mit Ihnen?«, fragte ich nach einem langen Schweigen.

Er sah mich fragend an.

»Haben Sie kein Zuhause? Keine Frau? Keine Freundin?« Ich lachte ein bisschen. »Oder sind Sie genau so beschissen dran wie wir?«

Sein Gesichtsausdruck bremste mich.

»Hören Sie. Was ich vorhin in Ihrem Büro gesagt habe …« Ich stockte. »Ich habe es nicht so gemeint. Niemand hätte mehr für mich – für uns alle – tun können, als Sie getan haben.«

»Das braucht dir nicht Leid zu tun, Jackson«, sagte er. »Ich verstehe dich besser, als du denkst.«

Ich merkte an seinem Ton, dass er nicht über Ginger sprach. Er trank einen Schluck Bier.

Es dauerte lange, bis er weitersprach. Er sah mich an.

»Du hast gefragt, ob ich eine Frau habe. Vor vier Jahren, kurz bevor ich eure Einheit gründete, wurden sie und meine Kinder bei einem Autounfall getötet. Der andere Fahrer war schuld. Der Arzt sagte, sie seien sofort tot gewesen. Es waren zwei Jungen, acht und sechs Jahre.« Er lächelte, aber ich sah Tränen in seinen Augen. »Ich hatte spät geheiratet. Zu verdammt beschäftigt mit Soldatenspielen bis dahin. Du weißt ja, wie es ist.«

»Mein Gott, das tut mir Leid.«

Als er das Glas absetzte, hatte er sich wieder gefasst. »Keine Ursache. Hätte ich mich um eine Familie kümmern müssen, wäre ich heute nicht da, wo wir sind. Vermutlich bin ich genauso sorgfältig ausgewählt worden wie ihr alle.«

Ich trank einen Schluck und sah ihn über mein Glas hinweg an. »Und wo genau sind wir heute?«, fragte ich. »War's das? Ist es vorbei?«

Krause starrte sein Glas an. Dann schob er es weg und stand auf. »Komm«, sagte er. »Ich möchte dir etwas zeigen.«

Wir fuhren zurück in Richtung Kaserne, bogen aber nicht in

das eigentliche Kasernengelände ein, sondern fuhren in den Wald hinein, zu einem abgeschirmten Teil der Anlage.

Am Kontrollpunkt lehnte sich der Chef aus dem Fenster; der Wachposten salutierte und winkte uns durch. Wir fuhren weiter, bis wir an eine Lichtung kamen. Vor uns breitete sich im Scheinwerferlicht ein Stück Todesstreifen aus.

Wir hielten an und stiegen aus. Die Anlage war noch nicht fertig, aber die Details waren unverkennbar: die Zaunpfosten, der sauber gerechte Sand, die zwei Zäune, die Lampen.

In der Ferne ragte ein halbfertiger Wachturm auf.

»Wann fangen wir an?«, fragte ich.

Aber der Chef war schon auf dem Weg zum Auto.

Ich warf einen letzten Blick auf die Anlage, dann folgte ich ihm. Für den Chef hatte das Ganze nie aufgehört.

Wir hatten wieder einen Spielplatz, eine künstliche Todeszone. Jetzt, um die Sache zu Ende zu bringen.

Danksagung

Ich möchte mich bei allen Menschen bedanken, die zum Zustandekommen dieses Buches beigetragen haben; vor allem bei Mark Lucas, der es auf den Weg gebracht hat. Ebenso bei meiner Frau Linda, ohne deren Hilfe und vertrauensvolle Unterstützung ich nicht durchgehalten hätte. Zudem möchte ich den Teams von Transworld und Heyne danken.